KB144958

빼앗는 남자

SCARLET ROMANCE STORY

빼앗는 남자

남혜정 장편 소설

01. 내 인생 역대급 사고 _ 007

02. 제이디라는 사람 _ 042

03. 돌아온 과거와 마주한 현재 _ 056

04. 첫 데이트 _ 073

05. 연애고자와 요물 _ 087

06. 진짜 반한 것 같아. 당신한테…… _ 111

07. 마음이 시키는 말 _ 136

08. 섹시미와 퇴폐미 사이 _ 171

09. 고개 드는 위험 _ 202

10. 밤엔 내 여자니까 _ 224

11. 파리, 로맨틱, 성공적(1) _ 240

12. 파리, 로맨틱, 성공적(2) _ 262

13. 선전 포고 _ 286

contents

304_ 14. 당신의 울타리

321_ 15. 지금 마시고 싶은 것? 너의 입술!

349_ 16. 오늘은 당신 울릴지도 모르겠다

366_ 17. 길 잃은 마음

382_ 18. 휘몰아치는 폭풍

402_ 19. 덫

427_ 20. 하나뿐인 버팀목

452_ 21. 가족, 그리고 우리

467_ 22. 밝혀지는 진실

497_ 23. 사랑하는 시간

513_ 24. 해피엔딩으로 가는 길

526_ 외전. 빼앗긴 남자

542_ 작가 후기

01. 내 인생 역대급 사고

그를 볼 때마다 나는 이상한 기분이 들었다. 무슨 이유인지는 알 수 없었지만 그의 차가운 눈빛이 내리꽂힐 때면 온몸이 아프도록 저려 왔고, 심장은 제어가 되지 않았다.

그렇기에 나는 그를 마주할 때마다 두렵고 무서운 기분이 들었다.

하지만 내가 그를 두려워하고 겁내 할수록 그는 나의 반응을 즐기는 듯 보였다. 성큼성큼 다가왔고, 여전히 따가운 눈빛으로 나를 바라보았다.

조금의 자비도 그는 내게 베풀지 않았다.

"한 대리, 메일 확인 했지? 이번에도 거절이야."

"왜? 왜! 도대체 왜냐구!"

이른 아침. 출근을 하자마자 자리에 앉아 메일을 확인한 은서는 입사 동기이자 친구인 나영의 말에 좌절했다.

벌써 세 번째. 토씨 하나 틀리지 않고 같은 내용의 답장을 받았고 그 메일에 여지없이 실망감을 감추지 못하는 은서였다.

"독하다, 너나 그쪽이나."

"도대체 왜 미팅조차 안 해 준다는 거냐고!"

"스케줄상 시간이 없다잖아."

"아니, 제이디는 밥도 안 먹고 잠도 안 자? 화장실도 안 가냐고! 직접 찾아가겠다는데 왜 자꾸만 거절인데?"

"네 사심을 눈치챘나 보다."

아침부터 곱게 세팅한 머리카락을 헝클며 좌절하는 은서의 모습이 재밌는 모양인지 나영은 히죽거렸다.

"사심이라니? 난 엄연히 공과 사는 구분할 줄 아는 여자거든?"

나영의 놀림에 은서는 입술을 삐죽거렸다.

"이게 어떻게 온 기회인데 이대로 포기할까 봐? 웃기지 마! 반드시 성공해 보일 테니까."

은서는 방금 전까지 삐죽이던 입술을 앙다물었다. 그러고는 결연한 표정으로 모니터를 노려보았다.

[제이디의 출장 스케줄상 4월에는 귀사와의 미팅은 어려울 것으로 보이며…….]

"제이디 일정 어떻게 되는지 알아?"

은서는 옆에 앉아 있는 나영에게 물었다.

"다음 주 일본에서 패션쇼 있고, 그다음엔 개인적인 스케줄이라고 하던데?"

"일본에서 패션쇼를 한다 그거지?"

나영의 말에 은서는 고개를 끄덕였다. 방금 전보다 조금 더 다부진 표정을 짓고 있었다.

"한 대리, 아침부터 파이팅이 넘치네?"

모니터를 보며 의지를 활활 불태우는 은서 앞에 장미주 팀장이 모습을 나타냈다. 짧은 커트머리에 화려한 무늬가 들어간 블라우스, 무릎까지 내려오는 H라인 스커트, 화려하지만 무척 세련된 외모의 그녀는 속옷 브랜드 '앨리스'의 디자인팀 팀장이며 은서의 든든한 조력자였다.

"팀장님, 은서 칭찬하지 마세요. 이러다 폭주할 것 같으니까."

나영은 자리에 앉는 팀장을 보며 말했다. 여기서 더 은서를 부추긴다면 지금 당장 유럽행 비행기 표를 끊을지도 모를 일이었다.

"폭주하면 어때? 그 일만 성사시키면 무슨 짓을 해도 다 용서할게."

"정말이죠?"

팀장의 말에 은서는 고개를 들어 눈을 번뜩였다. 얼굴에 엷은 미소가 걸린 것을 보아 무언가 생각이 있는 모양이었다.

"왜? 무슨 방법 있어? 팜므에서 그렇게 쉽게 파트너를 고르진 않을 거야. 경쟁사도 많고."

"일본에서 하는 팜므 패션쇼에 갈 수 있게 해 주세요. 너도나도 눈치 보는 이 판국엔 직접 부딪쳐 보는 수밖에 없잖아요?"

"한 대리, 진짜 찾아갈 거야?"

은서의 말에 나영은 깜짝 놀란 목소리로 말했지만 이미 은서의 두 귀는 다른 말을 듣지 않고 있었다.

"좋아, 구해 줄게 패션쇼 초대장. 하지만 알지? 이 일이 얼마나 리스크가 큰 일인지. 직접 찾아가서 그녀를 설득하지 못한다면 우린 이번 프로젝트에서 아웃되는 거야. 그럼 한 대리 커리어도 아웃되는 거란 거 명심해!"

"걱정 마세요. 제 인생에 포기란 엄마 배 속에서부터 존재하지 않았으니까!"

"하아, 하아."

한 줄기 빛조차 들어오지 않는 어두운 침실 안은 여자가 흘리는 신음 소리만이 가득했다. 남자의 손길이 닿을 때마다 새어 나오는 그녀의 소리는 환희와 쾌락으로 뭉쳐 온 방 안을 떠돌고 있었다.

"레이, 빨리……."

여자의 외침이 날카롭게 퍼졌지만 남자의 손길은 더욱 여유롭게 여자의 가슴 위를 훑었다. 자신의 손길에 이미 달아오를 대로 오른 여자의 모습이 재미있다는 듯이.

"레이, 그렇게 애태우지만 말고. 응?"

"쉿."

여자의 탐스럽고 봉긋한 가슴을 스치던 남자의 손길이 그녀의 입술로 다가갔다. 여자는 이미 남자를 받아들일 준비가 되어 있는 상태였지만 남자는 그것을 허락하지 않고 있었다.

"너 그거 알아?"

여자의 입술을 만지작거리며 레이가 말했다.

"뭘 말하는 거야?"

"나는 말이야, 해 달라고 조르는 여자한텐 의욕이 안 생겨."

남자가 주는 쾌감에 들떠 있던 여자는 어느새 식어 버린 남자의 목소리에 두 눈을 깜빡였다.

"뭐?"

"이렇게 쉽게 가질 수 있는 건 매력이 없다는 소리야."

황당한 얼굴로 자신을 바라보는 여자를 향해 싱긋 웃어 준 남자는 그대로 자리에서 일어났다. 그러고는 풀어져 있던 바지 버클을 채웠다. 달뜬 여자의 몸을 그대로 안아 버리는 것도 나쁘지 않았겠지만 그건 남자가 바라는 것이 아니었다.

"그만 일어나자, 오늘은 안 되겠어. 데려다줄게."

어느새 창가로 다가간 남자는 커튼을 활짝 걷었다. 아직 해가 지지 않았는지 붉어진 햇살이 침실로 비쳐 들었고 알몸의 여자는 밀려오는 수치심에 남자를 노려보았다.

"내가 쉬워서 매력이 없다 그거야?"

"미안, 그만 나가자. 나 일하러 가야 해."

"하!"

너무도 태연한 레이의 말에 여자는 어이가 없어졌다. 저런 걸 뻔뻔하다고 해야 하는 걸까? 아님 솔직하다고 해야 하는 걸까?

지이잉— 지이잉—

"씻고 나와. 데려다줄 테니까."

레이는 요란하게 울리는 핸드폰을 집어 들며 말했다.

"네, 레이입니다."

— 레이? 흐음! 또 여자랑 있구나? 어디야? 호텔?

전화기 너머로 카랑카랑한 여자의 목소리가 들려왔다.

"응, 호텔. 이제 나갈 거야."

— 시간 다 되어 가는 거 알지? 늦지 않게 와야 돼!

"OK, 걱정 마."

"데려다줄 필요 없어. 얼굴 보고 싶지 않으니까."

어느새 옷을 다 입었는지 여자는 레이를 노려보며 말했고 밖으로 나서려는 여자의 손목을 레이는 낚아챘다.

"기다려, 데려다줄게."

방금까지 여자에게 감당하기 힘든 수치심을 안겼던 남자가 맞기는 한지 금방 다정한 눈길로 여자에게 말하고 있는 레이였다.

— 뭐야? 또 여자한테 못된 짓 했구나?

"못된 짓이란 표현은 좀 그렇잖아?"

— 하여튼 자기도 병이야, 병! 바로 와. 시간 없어!

"알았어. 조금 있다 보자고."

레이는 전화기 너머로 들려오는 종알거리는 잔소리가 재밌다는 듯 피식 웃어 보이고는 핸드폰을 내려놓았다.

"난 혼자 갈 테니까, 빨리 오라는 그 여자한테나 가 봐. 두 번 다시 연락하지 말고!"

전화기 너머로 들려오던 목소리에 잔뜩 신경이 날카로워진 여자는 레이의 손을 뿌리치고는 금방이라도 그의 얼굴을 할퀼 것 같은 강렬한 눈빛으로 노려본 후 호텔 방을 나섰다.

"이번에도 너무 솔직했나?"

쾅 소릴 내며 닫힌 문을 바라보던 레이는 자신의 머리칼을 헝클었다. 이렇게 말하면 상대방이 상처받을 걸 알면서도 날카로운 말은 쉽사리 밖으로 튀어 나간다.

"하아."

레이는 밀려오는 씁쓸함에 한숨을 내쉰 후 복잡해져 오는 머리를 세차게 흔들었다. 이러지 말아야지 하면서도 쉽사리 고쳐지지 않는 버릇. 마음 한편이 답답해져 왔다.

누가 봐도 아름다운 색감, 저절로 눈길을 끄는 레이스와 관능적인 디자인. 유럽에서 요 몇 년간 가장 사랑받는 란제리 브랜드 '더 팜므'의 패션쇼는 은서의 눈길을 사로잡으며 한시도 다른 것은 생각할 수 없게 만들었다.

속옷 디자이너가 된 지 이제 5년.

막 대리를 달았고 일의 재미가 무엇인지 알아가는 은서에게 '팜므'는 그녀가 가장 사랑하는 브랜드 중 하나였다.

거기다 팜므의 대표이자 디자이너 제이디는 그야말로 은서에겐 동경의 대상이었다. 디자이너가 신비주의라 더 흥미를 유발하기도 하지만, 디자인이 하나같이 너무 황홀했기 때문이다.

한국인 디자이너들이 모여 만든 디자인팀으로 시작한 팜므는 어느덧 유럽에서 가장 핫한 브랜드가 되었고 아시아 진출을 위해 한국의 속옷 회사와 콜라보 프로젝트를 기획했다. 그 소식에 업계에선 너도나도 팜므의 프로젝트에 뛰어들었고 은서의 회사도 그 열기에 동참하게 된 것이다.

경쟁자가 많아 아직까진 확고부동하게 업계에 자리매김하지 못한 앨리스로선 이번 프로젝트는 반드시 성공시키고 싶은 일이었다.

제이디와의 미팅 약속조차 잡지 못했지만 무슨 일이 있어도 만나고 오겠다고 큰소리쳤으니 목표는 오로지 하나였다. 반드시 그녀를 만나 설득해야 한다는 것.

"목마른 사람이 우물 파는 거지."

패션쇼가 성황리에 끝이 나고 따로 초대받은 사람들만 모이는 뒤풀이 장소에 도착했다. 능력 있는 팀장과 일본 협력 업체의 도움으로 오게 된 뒤풀이 장소는 그야말로 화려한 파티장이었다.

너도나도 화려한 드레스 차림과 반짝거리는 보석, 거기에다 한껏 치장한 화려한 외모까지. 은서 본인이 남자였다면 이곳의 여자들을 보고 브라보를 외치고 있지 않았을까?

이럴 줄 알았으면 드레스 하나 빌려 오는 건데.

그저 간단한 뒤풀이쯤으로 생각한 은서는 본인의 의지와는 상관없이 이곳에서 가장 소박하고 단출한 차림의 사람이 되어 버렸다.

"그나저나 제이디도 온다고 했는데 어디 있는 거야?"

이렇게 화려한 자리라곤 생각조차 못 하고 온 자신의 행색이 그야말로 초라함의 극치였지만 은서는 두리번거리며 제이디 찾기에 여념이 없었다.

"얼굴을 모르니, 찾기도 어렵고……."

제이디에 관해 아는 것이라곤 삼십 대 중후반의 젊은 여성 디자이너로 세련된 외모를 가졌다는 것이 전부였다. 하지만 그마저도 사람들 사이에 오가는 소문일 뿐 실체를 아는 사람은 그의 측근들 외에는 없다고 했다.

이처럼 신비주의를 고집하던 그녀가 뒤풀이 장소에 나타난다고 했으니 분명 그녀의 곁으로 사람들이 몰릴 것은 자명한 일이었다. 은서는 삼삼오오 모여 와인을 즐기는 사람들 사이를 유심히 살폈다.

제이디가 못 해 준다는 미팅을 억지로 하러 온 거니까 실수 없이 해야 돼. 팀장 말대로 이번에 삐끗하면 우린 진짜 그 프로젝트에서 아웃일 테니까.

무조건 성공시키고 오겠노라 큰소리를 쳤지만 불안한 마음이 없는 것은 아니었다. 제이디에 관한 무수히 많은 소문 중 하나가 일에 관해서는 그 어떤 사람보다 깐깐하고 독종이라는 것이었다.

무작정 찾아오긴 했지만 은서의 마음이야 어쨌든 받아들이는 상대방으로선 부담스러운 일이 될 가능성이 높았다.

"뭐 좀 물어보려고 해도 한국 사람이 누군지 알 수가 있어야지."

가뜩이나 아는 사람이라곤 하나도 없는 곳, 거기다 외국인들 천지인 이곳에서 마음 편하게 한국말로 무엇인가를 물어보기란 쉬운 것이 아니었다.

"뭐 필요한 거 있으세요?"

한참을 두리번거리며 곤란해하고 있던 은서에게 반가운 목소리가 들렸다. 그것도 또렷하고 정확한 한국말이었다.

"한국분이세요?"

은서는 어느새 다가와 상냥한 얼굴로 자신에게 말을 거는 낯선 여자에게 물었다. 나이는 삼십 대 초반 정도? 큰 키의 늘씬한 몸매를 한 여자는 방긋 웃는 얼굴로 고개를 끄덕였다.

"네, 아까부터 두리번두리번하는 게 보여서요."

"아, 다행이다. 안 그래도 말이 안 통해서 답답하던 차였거든요."

"네, 혹시 필요한 거 있으시면 말씀하세요."

"필요한 건 아니고, 뭐 하나 물어볼게요."

"네."

은서는 중대한 이야길 하려는 사람처럼 고개를 두리번거리며 주위를 둘러보았다. 그러고는 누가 들으면 곤란한 이야기라도 하듯 작게 소곤거렸다.

"혹시 '팜므' 관계자들 어디 있는지 알아요? 제가 꼭 좀 만나야 돼서요."

"팜므 관계자요?"

"네, 꼭 만나야 해서 그래요. 알면 좀 가르쳐 줄래요?"

"저도 잘은 모르지만 스태프 중 한 명이 밖에 있는 건 봤어요. 팜므 직원들이 하는 레드 카드를 목에 걸고 있는 걸 봤거든요."

"아, 그래요? 고마워요!"

방금까지 풀 죽어 있던 은서의 얼굴이 금세 환하게 펴졌다. 꾸벅 인사를 한 후 파티장을 빠져나가던 은서는 조상님들의 지혜는 하나도 틀린 것이 없다는 생각을 했다.

호랑이 굴에 들어가도 정신만 차리면 살고, 하늘이 무너져도 솟아날 구멍이 있다고 한 그 말처럼 뭘 어찌해야 할지 모르는 와중에 짠! 하고 나타난 그녀는 그야말로 은서에겐 구원자요, 솟아날 구멍이었다.

하늘이 돕는구나, 반드시 제이디를 만나고 말겠어!

은서는 자신을 도와준 천사 같은 여자가 해 준 말을 따라 바깥 정원으로 나왔다. 봄바람이 살랑거리며 은서를 스쳐 지나갔고 싱그럽게 피어 있는 벚나무들이 조명으로 인해 더욱 반짝이고 있었다.

"어디 있는 거지?"

팜므의 관계자들이 한다는 붉은색 출입증 카드를 목에 걸고 있는 사람을 찾으려 은서는 주위를 둘러보았다. 간간이 오가는 사람은 눈에 띄었지만 붉은색 출입 카드를 하고 있는 사람은 보이지 않았다.

"안으로 들어갔나?"

"누구, 찾습니까?"

이리저리 두리번거리고 있던 은서의 귀에 처음 듣는 목소리가 들렸다. 낮고 울림이 좋은 남자의 목소리였다.

소리가 나는 곳으로 몸을 돌린 은서는 등 뒤에 서 있던 남자를 발견했다. 하얀색 면 티셔츠에 검은색 바지 차림의 키가 큰 남자였다. 서글서글한 이목구비를 가진 그는 무표정한 얼굴로 말을 걸고 있었다.

그래서일까? 은서는 다가와 말을 거는 남자의 얼굴을 보는 순간 자신도 모르게 두어 걸음 뒷걸음을 쳤다. 표정 없는 얼굴 때문이었을까? 온몸에 소름이 돋는 이상한 기분이었다.

"어? 레드 카드?"

그리고 그토록 찾았던 팜므 관계자의 표식인 붉은색 출입 카드가 그의 목에 걸려 있었다.

"혹시 팜므 관계자예요?"

은서는 눈빛을 반짝이며 물었고 남자는 공격적인 여자의 눈빛에 저도 모르게 고개를 끄덕였다.

"우와, 다행이다. 아무도 못 만나고 돌아가나 했는데!"

"무슨 일이시죠?"

감격에 겨워 잔뜩 신이 난 목소리의 여자를 남자는 경계심 가득한 눈빛으로 바라보았다.

'이 수상한 여자는 뭐지?' 하는 눈빛이 쏟아졌다.

내가 수상해 보이나?

"저 수상한 사람 아니고요, 제이디를 만나러 왔어요, 한국에서."

"한국에서 왔다고요?"

"네, 제이디를 만나고 싶은데 어디 있는지 아세요? 뒤풀이에 온다고 들었는데."

은서는 자신이 수상한 사람이 아니라 말하고 있지만 그럴수록 남자는 더욱 의심스러운 눈빛을 보내고 있었다.

갑자기 나타나 눈빛을 반짝거리며 제이디의 스케줄을 읊고 있는 여자. 그것도 제이디와 정식 약속을 잡지도 않았고 무작정 만나겠다며 한국에서 날아온 여자. 그의 눈엔 은서가 충분히 의심스러울 상황이었다.

"만나고 싶다고 다 만날 수 있는 사람이 아닙니다. 아무나 만나지도 않지만."

사나운 검은 고양이처럼 남자는 은서를 경계했다.

그래, 수상해 보일 수 있지. 그럼, 그럼!

"저는 한국 앨리스의 디자인팀 대리 한은서라고 합니다. 한국에서 하게 될 프로젝트 때문에 제이디와 미팅 약속을 잡고 싶은데 스케줄이 여의치 않다고 하셔서 직접 뵈러 왔어요."

남자의 의심을 풀기 위해선 자신이 누구인지 먼저 정확하게 밝혀야 한다는 생각에 은서는 계획에도 없던 자기소개를 하며 명함을 내밀었고 그제야 남자는 조금 경계를 풀기 시작했다.

"앨리스에서 직접 왔단 말입니까? 제이디를 만나러?"

여자가 건넨 명함을 이리저리 살피던 남자는 신기하다는 듯 은서를 바라보았다.

"네. 꼭 뵙고 싶어서요."

"음, 어쩌죠? 제이디는 호텔로 바로 돌아갔거든요. 만날 수 없을 것 같네요."

남자는 은서가 건넨 명함을 대충 주머니에 쑤셔 넣으며 대답했다. 제이디를 만나겠다는 적극적인 자세는 좋게 평가하지만 이렇게 무작정 찾아와서 쉽게 만날 수 있는 사람이 아니었다.

"정말요? 뒤풀이 온다고 들었는데 아닌가요?"

"그럴 예정이었지만 컨디션이 좋지 않아 바로 돌아갔어요."

방금 전까지 제이디를 만날 수 있다는 생각에 한껏 들떠 있던 은서의 얼굴은 이내 울상이 되었다. 그녀를 향한 팬심뿐 아니라 이건 비즈니스적으로도 매우 중요한 일이었다.

그렇기에 팀장 역시 개인 사비까지 털어 이리저리 선을 대어 은서를 일본까지 보낸 것이었다.

"아, 미치겠네!"

"흐음, 제이디를 꼭 봐야 하는 이유가 있습니까?"

남자는 좌절하는 은서를 바라보다 물었다. 시시때때로 바뀌는 여자의 얼굴을 보고 있자니 호기심이 일었기 때문이다.

"반드시 제이디를 만나서 제대로 된 미팅 약속을 잡아 오겠다고 큰소리쳤거든요. 한국 프로젝트 파트너로 말이죠."

이곳에 오면 반드시 그를 만날 수 있을 거라 생각했던 은서는 이제 자포자기의 심정이 되었다. 쉽게 만날 수 없는 사람인 건 이미 알고 있었지만 그래도 실낱같은 희망을 안고 이곳으로 왔던 것이다. 하지만 결국 제이디의 털끝도 구경하지 못하게 되었다.

"안타깝지만 다음번을 기약해야겠네요. 들어가서 식사하고 가세요."

"제가 밥 먹을 기분이 아니에요."

이 와중에 밥이 넘어가겠어요?

은서는 새침한 표정으로 남자를 바라보았다. 속의 말이 목구멍까지 올라왔지만 앞의 남자에게 화풀이해 봐야 소용없는 짓이었다.

"그러지 말고 들어가서 먹어요. 그리고 혹시 알아요? 그러다가 우리 회사 윗분들을 만날 수도 있잖아요?"

하나, 둘, 셋.

단 3초, 은서의 머릿속 계산기는 타닥타닥하며 답을 내놓았다.

"갑시다. 밥 먹으러!"

머리가 깨질 것처럼 아파 왔다. 정신은 들었지만 눈은 떠지지 않았고 그저 귓가에 들리는 소리만 머릿속을 맴돌고 있었다.

으음…….

쏴아아―

샤워기를 틀어 놨나?

귓가에 들리는 그 소리를 한참을 듣고 나서야 그게 샤워실에서 나는 소리라는 걸 인지한 은서였다.

차박― 차박―

한참 들리던 샤워실의 물소리가 뚝 끊어지자 이번엔 차박거리는 소리가 귓가에 맴돌았다. 소리는 점점 크게, 점점 가까이 자신에게로 다가오고 있었다.

뭐지, 저 소리는?

소리가 자신에게로 가까워질수록 은서는 이상한 기분이 들었다. 어젯밤, 제이디를 만나지 못한다는 실망감에 한 잔 두 잔 마시기 시작했던 술. 그리고 자신과 함께 술잔을 기울여 준 팜므의 직원이라던 남자 하나. 그는 자신의 이름을 '레이'라고 했다.

분명 같이 마신 건 기억이 나는데, 내가 혼자 호텔에 돌아왔나?

불안한 느낌이 가슴을 스치고 지나갔다.

"헉!"

방금 전까지 눈조차 뜨기 어려웠던 몸은 튕겨 나가는 고무줄처럼 빛의 속도로 침대에서 떨어졌고 감겨 있던 두 눈은 그 어느 때보다 크게 떠졌다.

"일어났네? 깨우려 했는데."

잔뜩 커질 대로 커진 은서의 눈앞에 머리의 물기를 털어 내며 다가오는 남자가 보였다. 편해 보이는 바지를 입고 상체는 벌거벗은 남자. 검은 머리카락의 물기를 털어 내며 자신을 바라보는 남자. 어젯밤 자신의 이야기를 들어 준 레이였다.

"뭐, 뭐, 뭐예요? 어, 어떻게 된 거예요?"

"뭐가?"

"왜 당신이……."

샤워를 하고 나와요? 그것도 반누드로?

은서는 하고 싶은 말을 삼키며 얼른 이불에 가려진 자신의 몸을 살폈다.

제발, 제발, 그런 건 아니겠지? 응?

"……."

하지만 헛된 바람일 뿐 실오라기 하나 걸치지 않은 자신의 알몸이 고스란히 눈에 들어왔다.

꿈이겠지?

은서는 자신의 알몸과 남자의 얼굴을 번갈아 몇 번이나 쳐다보았지만 이것은 꿈이 아닌 현실이었다. 그리고 너무 놀라 말조차 하지 못하는 은서의 모습에 어느새 다가온 남자는 다정한 목소리로 물었다.

"미안, 아프지? 어젠 내가 너무 거칠게 안았어."

꺄아아악!

한 잔, 두 잔 천천히 마시기 시작한 술은 어느새 탄력을 받았는지 목구멍을 미끄러지듯 술술 넘어갔다. 정신은 몽롱해졌고 애써 진정시켰던 가슴은 다시금 요동쳤다.

낯선 남자는 다정한 눈빛으로 자신의 푸념을 들어 주었고 은서는 그 다정함에 조금 위로받고 있었다.

"내가요. 제이디 속옷을 얼마나 좋아하냐면 말이죠!"

"내가 그 이야기를 벌써 세 번째 듣는 건 알아?"

잔뜩 흐트러진 눈빛으로 쫑알쫑알 뭐가 그렇게도 즐거운지 여자는 했던 이야길 하고 또 하고 있었다. 왜 여기까지 온 것인지, 제이디의 속옷을 얼마나 사랑하는지, 즐거웠다 우울했다 표정의 변화가 다채롭기 그지없다.

뭐 이렇게 흐트러진 이유는 제이디를 만나지 못했기 때문이겠지만.

하긴 한국에서 무작정 왔다던데, 속상하겠지.

"그러니까요, 제가 제이디 속옷을 얼마나 좋아하느냐면!"

"남자 친구랑 헤어진 것보다 그 남자가 사 준 속옷을 버릴 때 더 마음 아팠다며?"

"어? 어떻게 알았어요?"

외울 지경이다, 이 여자야!

기껏 한국에서 일본까지 실낱같은 희망으로 날아와 그 희망마저 산산조각 난 여자의 사정이 아니었다면 이미 이 주정뱅이 여자를 두고 돌아갔을 것이다.

딱해서 참는다. 참아!

"너무 많이 마신 것 같은데, 그만하고 일어나죠?"

"흐잉, 돌아가면 안 되는데요? 제이디 만나야 되거든요?"

먼저 자리에서 일어난 레이는 어느덧 취해서 훌쩍이는 은서의 몸을 일으켜 세웠다. 이대로 두다간 여기 있는 술을 몽땅 마시고 사고라도 칠 것 같은 불안한 기분이 들었다.

"집요하네, 알았으니까 일단 일어나라고. 너무 마셨어."

한국에서 제이디를 만나기 위해 무작정 찾아왔다는 여자. 평소라면 모르는 척 내버려 뒀을 텐데 왜 이렇게 뒤통수가 당기는지. 레이는 결국 비틀거리는 여자의 몸을 부축해야 했다.

"미안, 아프지? 어젠 내가 너무 거칠게 안았어."

당황스러움에 흔들리던 시선을 단 한마디로 사로잡은 레이는 갓 샤워했다는 걸 뽐내기라도 하듯 산뜻한 비누 향을 풍기고 있었다.

밝은 곳에서 마주한 레이의 얼굴은 짙은 눈썹이 가지런히 정리되어 있었고 그 아래로 날카로운 눈매가 시원스레 트여 있었다. 물방울 정도는 그대로 미끄러져 내릴 것 같은 날렵한 콧날. 그 밑으로 붉은 입술이 촉촉하게 물기를 머금고 있었다.

머릿속에 경고등이 반짝였다. 그를 처음 봤을 때 느꼈던 이유 모를 소름이 다시금 은서의 몸을 타고 올라왔다. 분명 부드러운 얼굴로 자신을 바라보고 있지만 그의 눈빛이 닿는 부분마다 불이 붙는 기분이었다.

"괜찮아?"

멍한 표정으로 자신을 바라보는 은서에게 조금 더 가까이 다가가 앉은 레이는 꼭 자신의 것인 양 은서의 뺨을 쓰다듬었다.

너무나 자연스럽고 편하게, 그의 손은 은서의 뺨을 스쳤고 그 뜨거운 온기에 은서는 고개를 돌려 버렸다.

머릿속 경고음이 요란한 소리를 내며 울리기 시작했다. 100프로 위험한 상황이라며.

"우리 정말……."

'잤어요?' 라고 물어보려던 은서는 나오려던 말을 속으로 집어삼켰다. 묻지 않아도 알 수 있었다. 그의 손길이 닿자마자 어젯밤 일이 조각조각 떠올랐고 아랫배에서 올라오는 아릿한 통증 역시 무슨 일이 있었는지 말해 주고 있었다.

시시때때로 휙휙 표정이 바뀌고 있는 은서의 모습에 피식 웃음을 흘린 레이는 천천히 그녀의 얼굴로 손을 뻗었다.

"왜 이렇게 뜨거워? 정말 어디 아픈 거 아니야?"

손끝을 타고 뜨거워진 여자의 열기가 고스란히 전해졌다.

"……."

꿈틀.

당황하는 얼굴로 자신의 손끝에서 멀어지려는 그녀의 모습에 레이는 짙은 눈썹을 꿈틀거리며 미간을 좁혔다.

누가 봐도 딴생각 중인 여자의 얼굴에 심기가 불편해진다. 어젯밤 자신에게 매달려 온기를 나누던 여자는 어디로 가고 낯선 여자가 앉아 있는 것일까?

"설마 기억이 안 난다는 건 아니지?"

여자의 뺨에서 떨어져 나온 레이의 손은 거칠게 자신의 머리칼을 헝클었다. 평소 짜증이 올라올 때면 나오는 그의 버릇이었다.

"다는 안 나요. 거기서 나와서 호텔 어디냐고 물은 것까진 정확히 기억이 나는데……."

잠시 머뭇거리던 은서는 그제야 고개를 돌려 레이와 눈을 마주쳤다. 좁아진 미간이 그의 지금 기분을 말해 주고 있었다.

나 지금 몹시 기분 나쁨. 그런 표정이네.

"고작 기억나는 게 그 정도다 이거야?"

레이의 목소리엔 한껏 짜증이 섞여 있었고 은서는 말 대신 고개를 끄덕였다.

"하! 그런 표정 짓지 마. 내가 못 할 짓 한 것 같잖아?"

예전 어떤 애니메이션에서 보았던 눈 큰 고양이 흉내를 내듯 여자는 금방이라도 울 것 같은 얼굴로 자신을 바라보고 있었다.

이 여자 보게? 마음 약해지게 만드는군?

"내가 술을 너무 많이 마셨나 봐요."

그래, 어제 엄청 마셔 대긴 하더군. 말려도 듣지 않은 채 말이지.

은서의 말에 레이의 고개가 끄덕여졌다. 취해 휘청거리는 여자의 몸을 부축해 여기까지 오는 동안 두어 번쯤 그냥 버려둘까 잠깐 고민하긴 했었다.

"미안해요. 필름이 끊기는 일이 많은 편은 아닌데……."

"있긴 있다는 소리군?"

살며시 펴졌던 미간이 다시금 좁아졌다. 그 모습에 움찔, 은서의 눈빛이 다시금 흔들린다.

"그래, 취해 있었으니까 기억이 안 날 수 있어."

일부러 잊어버린 건 아니니까.

레이의 고개가 모든 걸 이해한다는 듯 천천히 끄덕거려졌다.

"그 정도도 이해 못 하는 사람은 아니야. 내가."

그래, 내가 그 정도 이해력은 겸비한 사람이지.

"……네에."

이 와중에도 자신감 넘치는 레이의 말에 은서의 고개가 살며시 끄덕여지려던 찰나였다.

안심한 여자의 표정을 확인한 레이는 그녀의 가녀린 몸을 그대로 밀어 넘어뜨렸고 침대 위로 떠밀린 여자의 얼굴에 당황스러움이 서리기도 전 뜨거운 자신의 입술을 여자의 입술 위로 고스란히 덮어 버렸다.

"읍!"

"하지만……."

갑작스러운 키스에 버둥거리는 은서의 고개를 한 손으로 고정시킨 레이는 맛있는 음식을 발견한 맹수처럼 아주 짧은 찰나 입맛을 다셨고 이내 깊게 그녀의 입 안을 탐하기 시작했다. 말캉거리는 여자의 입술을 혀끝으로 맛본 후 앙다물어진 입술 사이를 비집고 들어갔다. 뜨겁고 달콤한 향기가 코끝을 간지럽혔다.

이 느낌. 어젯밤 느꼈던 짜릿한 뜨거움에 레이는 그제야 굳어져 있던 미간 사이를 폈다.

기억조차 남지 않았던 밤이란 게 조금 상처긴 하네. 키스 한 번에 나는 온몸이 저릿하는데 말이지.

"으읍! 음!"

얼마나 시간이 흘렀을까? 숨이 턱 끝까지 차올랐다. 정신은 그가 전해 주는 열기로 인해 이미 몽롱해져 있었고 그의 집요함은 은서의 몸을 뜨겁게 만들었다.

어젯밤 마신 술이 아직 채 깨지 않은 것인지 몸이 공중에 둥둥 뜬 느낌이 들었다.

더 이상 버틸 수 없는 은서의 마지막 버둥거림을 느낀 레이는 자신으로 인해 부풀어 오른 여자의 입술을 혀끝으로 훑으며 잔뜩 짙어진 눈빛으로 은서를 바라보았다.

"하아, 하아, 하아."

말조차 나오지 않는 은서는 그가 옮긴 열기로 인해 거친 숨을 몰아쉬었다.

"이게 뭐 하는……."

그를 향해 간신히 입을 뗀 은서는 어느새 다가와 자신의 볼에 입맞추는 남자로 인해 더 이상의 말을 이어 가지 못했다.

"싫으면 지금 거부해. 그렇지 않으면 멈출 생각 없으니까."

방금 전까지 사납게 밀어붙이던 남자는 여유로운 몸짓으로 은서의 이마에 입을 맞추었다. 거칠던 입맞춤과 달리 너무나 살며시, 부드럽게 내려앉는 입술의 감촉. 그러고는 곧바로 미끄러지듯 아래로 내려가 뽀얗게 드러난 여자의 목덜미에 도장을 찍듯 입술을 내리눌렀다.

움찔.

레이의 행동에 은서는 자신도 모르게 바르르 몸을 떨었다. 발끝부터 저릿하게 올라오는 야릇한 기분.

"싫어?"

레이는 흐릿한 눈빛으로 자신을 바라보고 있는 여자에게 대답을 재촉했다.

"……."

은서의 머릿속에 경고등은 이미 켜질 대로 다 켜져 있었지만 이성의 외침과는 달리 마음속의 열기는 그를 거부하고 싶지 않다고 외치고 있었다.

"이번에는 잊지 마. 안 그럼 용서 안 해."

새하얀 살결이 손끝을 지나칠 때마다 그 스치는 짧은 찰나가 아쉬
워 레이의 입에선 탄식이 흘러나오려 했다. 부드럽고 매끄럽고 폭신
한 느낌, 그 어떤 고급 구스도 이런 부드럽고 따뜻한 느낌을 주지 못
할 것이다.

"하아……."

레이의 입술이 천천히 삼키고 있던 은서의 입술을 놓아주자 자그
맣고 빨간 입술에선 깊은 한숨 섞인 신음이 새어 나온다. 뜨거운 숨결
이 순간 터져 나오자 레이는 그런 은서의 뺨을 쓰다듬었다. 잔뜩 경직
된 채 힘이 들어가 있는 몸은 여전히 긴장의 끈을 놓지 않고 있었다.

"너무 뻣뻣해."

할짝, 레이는 혀끝을 세워 은서의 입술을 핥았다. 긴장하지 않아
도 된다고, 어린아이 달래듯 은서의 입술을 간지럽혔다. 그러곤 이내
천천히 고갤 들어 은서의 눈동자를 마주했다. 발그레해진 두 뺨을 하
곤 레이의 다음 행동이 무엇일지 걱정 반, 긴장 반 혼란스러운 눈동
자를 하고 있는 은서를 향해 레이는 슬며시 미소 지었다.

"이번엔 잊지 말고 하나하나 다 기억해."

입꼬리를 살며시 끌어 올리며 레이가 중얼거렸다. 그 목소리가 어
찌나 섹시하게 들려오는지 은서는 저도 모르게 마른침을 꼴깍 집어
삼켰다. 그러자 기다렸다는 듯 레이는 은서의 입술에서 떨어져 미끄
러지듯 아래로 내려가기 시작했다. 보드라운 살결의 촉감이 레이의
입술을 통해 전해 오자 아찔한 기분에 은서는 두 눈을 감아 버렸다.

"이봐, 그렇다고 이런 식으로 나오면 곤란하잖아?"

"그냥 좀 잠깐만 내버려 둬요!"

은서는 머리끝까지 이불을 뒤집어썼다. 조금 전 남자와의 일이 머릿속을 웅웅거리며 돌아다니는 바람에 머리부터 발끝까지 불이 붙은 것처럼 뜨거웠다.

정신이 어떻게 된 게 아닐까?

은서는 자신의 정신 상태를 의심했다. 그가 주는 열기에 이성의 끈을 놓아 버린 스스로가 원망스러웠다.

결국 기억나지 않았던 어젯밤 일은 새로운 기억으로 덮여 버렸다.

"이불 뒤집어쓰고 안 나오겠다 그거지?"

레이는 그런 여자의 반응이 서운하면서도 제법 귀엽게 느껴졌다. 이불을 뒤집어쓰고 애벌레로 변신한 여자를 바라보며 빙긋 웃어 버렸다.

"배고파, 그만하고 밥 먹자."

"밥 먹을 기분 아니거든요?"

꼼지락거리며 고개만 내민 은서는 잔뜩 인상을 쓰며 남자를 노려보았다. 세상에서 가장 여유로운 얼굴로 자신을 바라보고 있는 그의 얼굴을 보고 있자니 다시금 부끄러움에 몸이 타 버릴 것 같았다.

"그럼 밥 먹을 기분으로 만들어 줄까?"

씨익. 남자의 입꼬리가 다시금 위로 올라갔다.

"또, 또 하려는 건 아니죠?"

"뭘?"

레이는 얼굴만 간신히 내어놓고 꿈틀거리는 애벌레가 되어 버린 은서의 몸을 이불째로 끌어안았다.

"뭘 또 해?"

"그거요. 그거! 암튼 난 못 해요. 절대 못 해!"

"밥도 안 먹었는데 세 번 이상은 나도 힘들어."

은서의 반응이 재미있는지 레이는 장난기 가득한 얼굴로 키득거렸다.

"그럼 뭔데요?"

"어제 가져온 기획안 제이디한테 보냈어. 읽고 답변은 해 주기로 했고."

생각지도 않았던 이야기에 은서의 눈이 동그래졌다.

"진짜예요? 정말이죠?"

"당신 말처럼 그녀가 워낙 바쁜 사람이라서 직접 만나긴 어려울 테고, 아무튼 기다려 보라고."

"진짜요? 거짓말 아니죠?"

"그런 거짓말해서 뭐 하게?"

레이의 말에 얼마나 기뻤는지 은서의 눈이 더 이상 커질 수 없을 정도로 커졌다. 조금 전까지 울상이었던 얼굴은 금방 환하게 바뀌었다.

"내용이 괜찮다면 검토하고 연락 주겠지. 기다려 봐."

그렇게 말하며 레이는 이불에 꽁꽁 싸여 있는 여자를 침대에서 일으켜 세웠다. 그러고는 자신보다 20cm는 족히 작아 보이는 여자에게 눈높이를 맞추며 말했다.

"이제 밥 먹자. 배고파."

"알았어요. 먹어요, 밥."

은서의 대답을 듣고서야 레이는 만족스러운 표정으로 숙였던 허리를 세웠고 긴 다리로 성큼성큼 어디론가 걸어갔다.

뭐야? 갑자기 왜 이렇게 심장이 쿵쿵거리지?

연애란 것을 하지 않은 지 어느덧 5년. 연애 세포가 얼마나 남아 있는지는 모르겠지만 연애 면역력은 현저히 떨어진 모양이다.

주책이다, 주책이야.

"그리고 이거 입어."

잠시 사라졌던 레이는 검은색 종이 가방을 가져와 은서에게 내밀었다.

"이건?"

더 팜므(The Femme)의 로고와 화려한 꽃 문양을 한 독특한 디자인의 종이백에는 그동안 은서가 갖고 싶어도 갖지 못했던 팜므의 한정판 란제리가 들어 있었다.

"당신은 여기 쇄골부터 가슴으로 떨어지는 라인이 예쁘니까, S컬렉션보다 이쪽이 더 잘 어울려."

레이의 손가락이 은서의 쇄골을 훑어 내려갔다. 그러고는 얇은 이불로 간신히 가려진 그녀의 가슴 언저리를 스치듯 매만지곤 말했다.

"얼른 준비해. 꾸물거리다간 나한테 먹히는 수가 있어."

술잔이 부딪치는 소리, 사람들의 수다 소리, 거기다 코를 자극하는 고소한 치킨의 향기. 1인1닭을 외치며 닭은 사랑이며 진리라, 그 참된 사랑을 실천하는 은서는 오늘따라 더욱 공격적으로 치킨느님을 영접하고 있었다.

"그래서? 연락처도 모른다 그거야? 으이그, 멍청이!"

"그렇다고 몇 번을 말해."

야무지게 닭 날개를 뜯던 은서는 목이 타는지 맥주를 벌컥벌컥 마셨다. 나영의 말처럼 자신이 멍청하단 생각을 하던 참이었다.

"마음에 들었으면 연락처라도 물어봤어야지!"

"그럼 어떡해? 그쪽은 나랑 연락할 생각이 없는 것 같더라고."

밥도 같이 먹고, 웃으면서 이야기까지 잘했는데, 이상하게 그는 공항으로 데려다주던 차 안에선 침묵을 유지했다.

"그런 남자가 공항까지 데려다줘? 그런 비싼 속옷도 선물로 주고?"

"아, 몰라. 생각하면 나도 머리 아파. 술이나 마셔!"

맥주잔에 남아 있는 술을 다 마셔 버린 은서는 다시 치킨에 집중했다. 일본에서 돌아온 지 일주일.

레이는 자신을 공항에 친절하게 데려다주면서도 어딘지 선을 긋는 느낌이 들었다. 차 안에서 침묵을 유지하는 것도 그랬고 눈빛도 처음과는 달리 차가워진 것만 같았다. 그래서 선뜻 연락처조차 먼저 물어보지 못했다.

아무래도 다시 볼 일 없는 여자니까, 선을 긋는 것 같은 그런 느낌?

"그 남자 팜므 직원이라며? 이름은 아니까 물어보면……. 그건 좀 그런가?"

"됐어, 나랑 그냥 원나잇으로 끝내고 싶었던 거 같아. 생각해 보면 나도 그게 좋을 것 같고."

그래. 상대방은 원하지 않는데 내 감정만 앞세울 순 없자나. 그러기엔 나도 겁나는 게 많아.

레이의 반응에 서운하기도 하고, 무안하기도 했다. 하지만 끝내 그는 아무런 말이 없었다.

"흐음, 그래 하루 즐겼으면 됐지! 너는 그렇게 해서라도 남자 좀 만나야 돼."

"더 생각 안 할래. 마시자, 마셔!"

빈 맥주잔에 술이 채워졌고 다시 비우길 반복했다. 제법 마신 것 같은데 정신은 더욱 또렷해졌다.

마지막 남자 친구와 헤어진 후론 오랜 시간 남자란 존재를 일적인 것 외에 만나 본 적이 없었다. 아마 그래서다. 그랬기에 레이의 사소한 행동에도 그렇게 심장이 난리 법석을 떨었던 것이다.

그래, 너무 안 만나다가 만나서 마음이 그런 거야. 더는 생각하지 말자!

지금 와서 잘 생각해 보면 같이 밥을 먹는 동안 레이는 자신에게 아무것도 묻지 않았다. 그랬기에 은서 역시 그에게 아무것도 물어볼 수가 없었다.

'오늘 밤, 호텔에 혼자 있으면 당신 생각이 날 것 같아.'

공항에 은서를 데려다준 레이가 마지막으로 한 말이었다. 언뜻언뜻 내보이던 미소는 어느새 사라지고 그의 얼굴은 그날 아침 호텔에서 처음 보았던 남자의 얼굴로 돌아와 있었다.

레이는 그렇게 작별 인사를 하며 은서의 이마에 입 맞췄다. 이상한 사람이란 생각이 들었다. 수컷의 냄새를 풍기다가도 어느새 다정한 눈빛을 보낸다. 어제 처음 만나 고작 하룻밤 잠자리를 한 사이임에도 남자의 눈빛은 순간순간 남자 친구의 눈빛처럼 다정해 보였다.

그래 놓고 연락처도 안 물어보냐? 또 보긴 어떻게 봐? 세상에 레이란 이름이 한둘이야? 은서란 이름이 한둘이냐고!

그래도…… 연락처나 물어볼걸.

비행기를 타고서야 은서는 후회가 되었다. 잠자리의 궁합이 좋아서인지, 그의 잘생긴 얼굴 덕분인지는 몰라도 그는 은서의 머릿속을 떠나지 않았다. 일주일이 지난 지금까지도.

"그러니까 이제 연애도 좀 하고 그래라. 너무 일에 미쳐 있지만 말고."

"그럴 시기 아니잖아. 아직 팜므에서도 연락이 없고."

나영의 말에 고개를 흔들었다. 지금 누군가를 만나 시간과 감정을 나누는 것이 은서에게는 기쁜 일이기보다 감정 소비, 시간 낭비로 느껴졌다. 프로젝트만 우선시하고 싶은 마음이다.

"웃기지 마! 은서 네가 일할 땐 독종에 미친개라도 내가 다 참고 이해해 주는데, 혼자 늙어 가는 독거할매가 되는 건 반대한다."

"독거할매라니, 같이 늙어 가는 처지에 너무한다?"

나영의 말에 은서는 울상을 지어 보이며 맥주를 벌컥 들이켰다.

"그러니까 연애 좀 하라고. 너 상훈 오빠랑 헤어지고 나서 벌써 몇 년째야?"

"그 이야긴 왜 꺼내."

나영의 말에 은서는 눈을 흘겼다. 잊고 지내던 이름이었는데 나영의 입을 통해 다시 듣고 보니 괜히 울컥, 기분이 나빠졌다.

그 나쁜 자식.

"그 천하의 양아치는 다른 여자 만나서 잘 먹고 잘 사는데 넌 이러고 있으니 내 속이 터지지!"

누군가를 다시 마음에 담을 수 있을까?

그 천하의 나쁜 놈과 헤어졌을 때, 살면서 처음으로 그런 생각을 했다. 대학에 입학했던 스무 살에 그를 만나 졸업할 때까지 그와 함께했다. 짧다면 짧고 길다면 긴 시간이었다.

은서와 처음 만났을 때 그는 군대를 다녀온 복학생 신분이었고 연애를 하는 동안 학교를 졸업하고 한 회사에 취직했다. 대기업은 아니었으나 그의 입장에서 갈 수 있는 꽤 좋은 회사였다. 그리고 그곳에서 갓 대학을 졸업한 어린 여자를 만나게 되었다. 결국 그는 오랜 시간 차곡차곡 은서에게 줬던 마음을 조금씩 떼어 그 여자에게로 옮겼고 아무것도 몰랐던 은서에게 어느 날 갑자기 번개처럼 이별이 다가왔다.

만나 온 시간에 비해 매우 간결하고 우스운 이별이었다.

처음부터 열심히 사랑했다. 최선을 다했고, 언제나 그에게 좋은 여자이고 싶어 노력했다. 하지만 시간이 지날수록 두근거림은 잦아들고, 익숙해졌으며, 서로에게 무덤덤한 존재가 되어 버렸다. 세상에 존재하는 모든 사랑이 다 그렇게 익숙해지고 무던해지며 끝을 향해 달려가는 것이란 걸 그때 처음 알았다.

두근거리는 감정은 다 한때이며, 열렬함도 시간이 지나면 익숙함으로 변해 때론 귀찮게 된다. 그렇기에 영원한 사랑은 없다.

고로 레이에 대한 이 두근거림이나 서운함도 시간이 지나면 분명 없어질 것이다. 이미 그런 과정을 겪어 봤으니 확신할 수 있는 일이다.

"연애는 당분간 됐어. 일단 이번 일이나 제대로 성공했으면 좋겠다."

"그래, 발등에 떨어진 불부터 해결해야지, 마시자!"

"그래!"

은서의 가라앉은 목소리가 느껴지자 나영은 잔을 들었다. 저 미련한 친구를 위해 해 줄 수 있는 건 지금 이것뿐이니까.

"나영아, 전화 온다. 받아."

조금 전부터 느껴지는 진동 소리에 은서가 고갯짓했다. 나영의 핸드폰이 애처롭게 부들부들 떨리고 있었다.

"팀장님이네? 잠깐만. 네, 신나영입니다. 어쩐 일이세요? 이 시간에?"

밤 9시. 퇴근한 지 세 시간이 넘은 이 시간에 걸려 온 팀장의 전화는 나영의 큰 눈을 더욱 크게 만들었다.

"네? 진짜예요? 정말요?"

"왜? 무슨 일 있대?"

"아, 알겠습니다. 지금 회사 근처예요. 바로 사무실로 들어갈게요."

은서의 말에 대충 고갯짓으로 대답을 대신한 나영의 얼굴은 한껏 격양되어 보였다.

"일어나, 회사 들어가야 돼."

잠깐 멍해져 있던 정신을 깨운 나영이 단호한 표정으로 말했다.

"왜?"

"한은서 너 진짜 대단해! 대단하다!"

나영은 자신의 핸드백과 은서의 백을 동시에 집어 들며 감탄을 연발했다. 평소 차분한 성격의 나영이 흥분하는 모습에 은서는 이해가 되지 않는다는 눈빛을 보냈다.

"뭐가? 뭐가 대단해?"

혹시? 아니, 아니, 기대했다가 실망할지도 몰라. 차분하자, 한은서!

"팜므에서 연락 왔대! 일주일 뒤에 한국 들어올 때 만났으면 좋겠대. 얼른 일어나. 그쪽 담당자가 너랑 통화하고 싶대!"

귓가를 웅웅거리며 들려오는 나영의 목소리에 은서는 저도 모르게 꺄악! 입 밖으로 탄성을 내지를 뻔했다.

"지, 진짜야?"

은서는 총구에서 쏘아진 총알처럼 벌떡 자리에서 일어났다. 심장이 세차게 뛰었다.

"아, 얼른. 팀장님이 10분 뒤에 전화 준다고 말해 놨데. 얼른 회사 들어가야 돼!"

"알았어! 들어가자, 얼른!"

"무작정 일본에 간다고 해서 걱정했더니, 한은서 대단하다! 대단해! 이거 진짜 그 레이란 사람 찾아서 고맙다고 해야 하는 거 아니야?"

"응, 그러게."

제이디에게 기획안을 보냈다고 했던 레이의 말이 떠올랐다. 짙은 눈썹 밑으로 시원하게 트여 있던 눈매, 웃을 때면 눈꼬리가 아래로 살며시 처지던 레이의 얼굴이 생각난 은서는 다시금 심장이 쿵쿵대는 걸 느낄 수 있었다.

혹시 만날 수 있으려나? 팜므랑 일하게 되면…….

다시 만나고 싶다. 그가 전해 준 열기도, 그에게서 나던 비누 향도 아직 생생히 기억하고 있다. 제이디를 만나고 싶어 무작정 찾아갔던 일본에서 지금 이 순간 제이디보다 더 보고 싶은 남자를 만나 버린 은서였다.

"너, 요즘 이상해도 너무, 너무, 너무 이상한 거 알지?"

스트라이프 무늬가 들어간 티셔츠, 부드러워 보이는 갈색 머리카락, 동글동글하고 부드러운 인상의 알렉스는 사무실로 들어오는 레이를 바라보며 물었다.

평소 저렇게 환하게 웃는 레이의 얼굴을 보는 건 쉬운 일이 아니었으므로 남자는 신기한 듯 그를 바라보았다.

"너 패션쇼하던 날 어디로 내뺐냐? 너 때문에 얼마나 곤란했는지 알아?"

"내가 가나 안 가나 별로 상관없는 일이잖아. 지니가 알아서 잘할 테고."

레이는 사무실 안 따로 준비된 자신의 방으로 향했고 그런 레이의 뒤를 따라 알렉스도 들어섰다.

"그건 그렇지, 그런데 그날 이후로 너무 이상해, 얼굴이 펴도 너무 폈어!"

"비밀이야. 그보다 한국 쪽 리스트는 추려 놨지?"

레이는 자신의 책상 위에 놓인 결재 서류들을 눈으로 휙휙 읽어 내려갔다. 며칠 일을 쉬었더니 그간 처리해야 할 업무가 꽤나 쌓여 있었다.

"미팅 약속도 잡아야 하니까 오늘 내로 나올 거야. 뭐, 헤라랑 라온 정도 아니겠어?"

"……."

"헤라는 알다시피 한국 란제리계에서 확고부동한 1위 기업, 라온은 그 뒤를 잇는 회사. 라온은 스포츠웨어 전문이긴 하지만 충분히 메리트는 있다고 봐."

알렉스는 자신의 회사인 것처럼 어깨까지 으쓱거리며 두 회사에 대한 이야길 술술 풀어냈다.

"그래?"

'메리트라.' 알렉스 말에 레이는 고개를 갸웃거렸다.

"응, 아마 기획실에선 헤라로 판가름 나지 않겠어?"

한국 시장 점유율 1위의 란제리 브랜드 '헤라'와의 콜라보 진행이 확률적으로는 가장 높다는 이야기에 레이는 고개를 끄덕였다.

유통망도 탄탄하고 브랜드의 가치도 있으니 그럴지도 모를 일이다.

"내가 준 기획안은? 어떻게 됐어?"

"아, 그 기획안? 지니가 먼저 확인하고 넘겼을 거야."

"앨리스 기획안 말하는 거지?"

알렉스가 쉴 틈 없이 말을 이어 가는 사이 레이의 사무실 문이 벌컥 열리며 화려한 외모의 여자가 나타났다. 짙은 붉은색의 립스틱 때문인지 하얀 얼굴이 더욱 하얗게 보였다.

갑자기 사려졌던 레이가 나타나 확인해 보라며 건넸던 기획안을 지니는 꼼꼼히 확인하고 또 했다.

"당신 그날, 그 아가씨랑 같이 있었어?"

지니는 잔뜩 신이 난 얼굴로 다가와 물었다.

"뭐야, 너 그날 여자랑 있었어? 그래서 그 뒤로 이렇게 얼굴이 폈던 거야?"

갑자기 나타나 쓸데없는 보고를 하고 있는 지니로 인해 레이는 읽고 있던 서류를 덮어 버렸다.

"제이디를 애타게 찾길래 이유가 뭘까 궁금해서 말이야. 뒤풀이 참석자 명단을 찾아보니까 거기에 앨리스 디자인팀 대리라고 떡하니 적혀 있더라고."

"쓸데없는 짓 많이도 한다."

"잠깐, 잠깐, 거기 둘! 자꾸 나만 모르는 이야길 하는데 친절한 설명 좀?"

두 사람 사이의 일을 자신이 모른다는 건 있을 수 없는 일이었다. 어딘지 왕따를 당하는 느낌에 알렉스의 얼굴이 붉어진다.

"흐음, 미팅 약속조차 못 잡았던 모양인데, 어떻게 된 거야?"

알렉스의 궁금증은 살며시 뒤로 제쳐 둔 채 레이는 물었다.

"이미 두 회사로 추려진 상태였고 가지고 있는 정보로는 시장 점유율이나 디자인팀의 경쟁력이 떨어진다고 판단했어. 뭐, 이 정도로 강한 집념을 가진 직원이 있을 줄은 몰랐지만."

"그 기획안 확인해 봐서 알겠지만 나쁘지 않아, 디자인 면에선 경쟁력이 떨어져 보이지도 않고."

"흐음, 그건 나도 인정해, 생각보다 참신하더라고."

"미팅 약속 잡아. 그 정도 기회는 줘도 될 것 같은데?"

레이의 말에 지니는 고개를 끄덕였다.

"그래, 당신이 일 문제에 개인감정을 넣는 사람은 아니니까. 그런데……."

지니는 말끝을 잠시 흐렸다.

"당신이 제이디란 건 말해 준 거야?"

"그럴 리가! 날 200프로 여자라고 생각하던데?"

지니의 말에 레이는 어이없다는 듯 코웃음을 쳤다. 워낙 여기저기 돌아다니는 소문이 많다 보니 그럴 수도 있는 일이지만 말이다. 하지만 본인을 앞에 두고도 제이디의 열렬한 팬이라며, 그녀를 한번 만나 보고 싶다고 말하던 여자의 얼굴이 떠오르자 웃음을 참기가 힘들어진다.

"맨날 여자 만날 땐 레이란 가명을 쓰니까 그렇지!"

옆에서 대화를 듣고 있던 알렉스가 끼어들었다. 조금 전 자기만 모르는 이야길 나누던 둘에게 단단히 삐친 모양인지 눈까지 흘긴다.

"충식이 네가 여자들 앞에서 알렉스란 이름 쓰는 거랑 같은 거야."

"무슨 소리! 난 일할 때도 알렉스잖아!"

지니의 말에 발끈한 알렉스 아니, 충식의 말에 제이디는 피식 웃어 버렸다.

"한국 일정에 앨리스 포함시켜. 지니 당신이 직접 약속 잡고. 미팅은 해 봐야지."

"알았어, 진행할게."

"응, 되도록 앨리스 쪽 스케줄에 맞춰 줘. 그 집념 강한 직원의 목이 걸려 있거든."

"흐음, 알았어. 접수!"

지니는 제이디의 말에 고개를 끄덕이며 사무실을 나갔고 알렉스는 여전히 혼자 피식거리는 제이디의 얼굴을 바라보고 있었다. 그런 알렉스의 눈빛이 부담스러웠는지 제이디는 힐끗 시선을 옮기며 말했다.

"넌 안 나가? 일 안 해?"

저 자식, 알렉스의 빙긋거리는 눈웃음을 보자 제이디는 머리가 띵해져 온다. 집념 강한 직원은 앨리스뿐 아니라 여기에도 하나 있으니까.

"내가 대충 들어서 잘 판단이 안 되는데, 너 좀 낯설다 오늘?"

"뭐가?"

하여간 이런 쪽으론 저놈 촉을 따라갈 사람이 없다니까.

"싱글벙글거리는 얼굴도 그렇고, 잘 모르는 여자한테 상당한 호의를 보이는 것 같단 말이지?"

평소 제이디라면 있을 수 없는 일이다.

"그냥 좀 재미있는 여자라 그래. 아무튼 그만하고 나가서 일해."

"쳇, 알았다. 알았어!"

저렇게 나오는 걸 보니 무슨 일이 있었는지 알려 주지 않을 것이 분명했다. 알렉스는 툴툴거리며 자리를 떴다.

'흐잉, 제이디 꼭 만나야 되는데, 안 그럼 나 회사 그만둬야 할지도 모르는데! 진짜로…….'

술에 취해 훌쩍거리며 웅얼거리던 여자의 모습이 떠올랐다. 다 걸었다고, 반드시 제이디를 만나서 이 기획안을 전해 줘야 한다고. 5분이라도 좋으니까 꼭 봐야 한다며 했던 말을 또 하고 또 하던 여자의 주정을 그는 한참을 들어 주었다.

"그나저나 내가 남자라는 건 생각하지도 않은 것 같은데, 이걸 어쩌나?"

피식, 그녀를 떠올리던 제이디의 입가에 웃음이 번졌다. 그 커다랗고 큰 눈이 자신을 보고 얼마나 더 커질지 상상이 되기 때문이었다.

깜짝 놀라 그대로 기절하는 건 아닐까? 아니면 자신을 속였다고, 이불을 뒤집어쓰고 시선을 돌려 버리던 그때처럼 자신을 피하는 건 아닐까?

'제이디는 제 동경의 대상이자 롤모델이에요. 제이디 같은 디자이너가 되고 싶어요. 그래서 꼭 같이 일해 보고 싶어요. 그녀가 일하는 걸 옆에서 볼 수 있다면 죽어도 소원이 없어요.'

죽어도 소원이 없다. 그 말에 제이디는 웃었다. 술에 취해 감정이 격해졌을지도 모르지만 그녀의 간절함은 느껴졌기 때문이다. 그렇게 말하며 자신을 바라보던 여자의 눈빛에 꼭 보지 말아야 할 것을 본 것처럼 오랜만에 심장이 쿵 소리를 냈었다.

"한국 일정이 꽤나 기대되는군."

제이디는 오랜만에 방문할 한국에 대한 기대보다 그녀가 깜짝 놀라 할 모습이 벌써부터 기대되고 있었다.

02. 제이디라는 사람

유명 호텔 레스토랑의 VIP 라운지에서 중후한 인상의 풍채 좋은 박세웅 회장이 식사를 하고 있었다. 패션 사업 전반에 확고한 기반을 두고 사업 확장을 하던 그의 회사는 어느덧 대한민국 패션계에서 가장 영향력 있는 회사가 되었고 그중 란제리 브랜드 헤라는 시장 점유율 1위를 차지하며 많은 사랑을 받고 있었다.

"윤 실장, 프로젝트 준비는 잘되어 가는 거지?"

나직하고 무게감 있는 박 회장의 목소리에 헤라의 디자인팀 실장 세령은 마시고 있던 와인 잔을 얼른 내려놓았다. 온화하고 사람 좋은 인상의 박 회장이었으나 세령은 그를 볼 때마다 위축되고 어려웠다.

"네, 최선을 다해 준비하고 있습니다."

"그래, 그 팜믄가 뭔가 하는 회사가 유럽에서 제법 잘나가는 속옷 회사라지?"

"네, 지금 유럽에서 가장 핫하게 떠오르고 있는 브랜듭니다. 이미 아시아에서도 입소문이 나 있는 상태고요."

"음, 그렇군. 한국 사람들도 이젠 제법 글로벌해졌어. 한국인이 만든 회사라지 거기가?"

서걱서걱, 고기를 썰어 가며 박 회장은 세령의 이야기에 집중했다.

"네, 한국인 디자인팀이 모여서 시작된 회사라고 합니다. 지금은 그 수익이 어마어마한 회사가 되었구요."

"아버지, 세령이 체하겠습니다. 똑 부러지는 성격인 거 잘 아시면서 무슨 걱정이세요?"

식사 자리에서 일 이야기가 길어질 조짐이 보이자 세령의 옆자리에 앉아 있던 진호는 그들의 대화를 자르며 넌지시 말을 던졌다.

SW패션그룹 기획본부장이자 박 회장의 외동아들인 그는 훤칠한 외모와 SW패션그룹 외아들이라는 집안 배경, 거기다 회사에서도 그 능력을 인정받고 있는 남자였다. 그로 인해 그를 탐내는 집안은 하나둘이 아니었지만 그의 선택은 첫눈에 반한 윤세령이었다.

자그마한 얼굴에 또렷하게 자리 잡은 눈, 코, 입. 부드러워 보이는 연갈색의 짧은 머리 스타일, 세련된 옷맵시, 가녀린 외모에서 풍겨지는 우아함. 그 모든 것이 진호의 이상형에 가까운 모습이었다. 거기다 그간 자신만 보면 달려드는 여자들과는 달리 세령은 언제나 진호 앞에서 당당했고 도도했다.

그게 진짜 매력이지.

오랜 구애 끝에 얻어 낸 그녀의 마음, 그는 진심으로 세령을 사랑하고 있었다.

"저놈이 저렇게 푼수였구만? 하하! 윤 실장이 본부장 좀 많이 도와주게."

평범한 집안 환경에서 자란 세령의 조건이 박 회장네 며느릿감으론 부족한 면이 많았다. 그렇기에 처음엔 아들의 선택을 반대하기도 했었지만 그녀가 헤라에 와서 보여 준 모습은 박 회장의 마음을 녹이는 데 충분했다.

"네, 그러겠습니다. 회장님."

"그만하시고 식사 먼저 하세요. 저 아직 배고픕니다."

"오냐, 그리하마. 얼른 식사부터 하자."

"얼른 먹어, 윤 실장. 여기 스테이크 좋아하잖아."

"네, 회장님도 어서 드세요."

세령은 상냥한 눈빛으로 웃어 보였다. 잘생긴 외모나 집안 배경이 아니더라도 진호는 품성이 착하고 마음이 따뜻한 좋은 남자였다. 비록 심장이 아프도록 뛰게 만들지는 않지만 그와 결혼한다면 분명 모두가 부러워할 따뜻하고 좋은 가정을 꾸릴 수 있을 것이다. 그리고…….

내겐 당신이 동아줄이니까.

처음엔 헛것을 봤나 싶었고 그러면서도 기쁜 마음이 들었다. 그다음엔 자신에게 윙크를 날리는 남자를 보며 저 남자가 미쳤구나. 그런 생각을 했다. 그리고 그가 자신의 이름을 말할 때 은서는 너무 놀라 벌어진 입을 다물지 못했다.

"안녕하세요. 제이디입니다."

말끔한 슈트 차림의 제이디는 더 이상 커질 수 없을 정도로 두 눈을 크게 뜨고 자신을 바라보는 여자의 반응이 매우 마음에 들었다.

진짜 놀랐나 보네. 입을 못 다무는 걸 보니.

"엄마야……."

여자의 반응에 흐뭇한 기분이 들던 때였다. 꽤나 많이 놀랐는지 은서는 결국 자리에 주저앉아 버렸다.

이런! 저 정도로 놀라면 미안해지는데?

"한 대리 괜찮아? 왜 그래? 어디 아파?"

갑자기 자리에 주저앉아 넋 나간 사람처럼 멍해져 있는 은서를 보며 놀란 장미주 팀장이 물었지만 그녀는 아무런 미동조차 하지 못하고 있었다.

제이디……, 제이디라고?

꿈을 꾸나? 내가 지금 뭘 들은 거지?

은서는 작게 고개를 흔들며 자신에게 쏟아지고 있는 눈빛들 사이로 레이를 바라보았다. 바닥에 주저앉아 있는 자신을 걱정스러운 눈으로 바라보고 있는 레이의 모습에 은서는 두 눈을 질끈 감았다 떴다.

진짜 레이가 제이디란 말이야?

"한 대리! 괜찮아? 왜 그래?"

"아, 네…… 아니, 아니, 죄, 죄송합니다."

은서는 풀릴 만큼 풀린 다리에 간신히 힘을 주었다. 하지만 부들부들 다리가 떨려 오기 시작했고 너무 놀라 멈출 뻔했던 심장도 요란한 소릴 내며 다시 뛰기 시작했다.

"괜찮으시면 이제 회의 시작할까요?"

부드러운 그의 목소리에 은서는 자기 앞에 놓인 기획안으로 얼른 시선을 돌렸다. 하지만 여전히 눈앞은 캄캄했다.

진짜 레이가 제이디란 말이지?

속았다.

정말 꿈에도 그가 제이디라고 생각해 본 적 없다. 아니, 제이디가 남자라고도 생각하지 못했다. 그런데 그렇게 동경하던, 꼭 한번 만나보고 싶던 그녀가 남자였다니. 그것도 자신과 하룻밤을 함께했던.

오, 마이, 갓!

은서는 머리가 점점 어지러워졌다. 아무리 애를 써도 회의에 집중할 수 없는 정신 상태였다. 그야말로 멘붕!

내가 일본에서 도대체 무슨 짓을 하고 돌아온 거야?

"후우."

은서의 입에서 깊은 한숨이 새어 나온다.

'만나고 싶다고 다 만날 수 있는 사람이 아닙니다.'

'당신 말처럼 그녀가 워낙 바쁜 사람이라서……'

일본에서 레이가 했던 말들을 곱씹고 또 곱씹었다. 그럴수록 밀려오는 배신감이란……

도대체 왜 그런 거짓말을 했냐고 당장이라도 따져 묻고 싶었지만 일은 일이니까.

부글부글 끓어오르는 자신의 속과는 반대로 그는 아무렇지 않은 표정으로 여유롭게 미팅을 이끌어 나갔다. 그는 미팅을 하는 동안 단 한 순간도 레이로 보이지 않았다. 그저 한 회사를 이끌고 있는 디자이너 겸 대표 제이디의 모습이었다.

그 모습이 너무 자연스럽고 유연해서 레이란 인물은 상상 속의 인물이 아니었을까? 내가 잠깐 꿈을 꾼 것은 아닐까? 의심스러워지는 은서였다.

"식사하고 오셔서 마무리하시죠?"

생각보다 길어지는 회의에 장미주 팀장이 시계를 바라보며 말했다. 일에 있어서 깐깐한 사람이란 소문이야 이미 업계에서 파다했기에 어느 정도 각오는 하고 있었지만, 사전 미팅에서 이렇게 많은 시간을 소비하게 될 줄은 예상치 못했다.

장 팀장의 말에 제이디는 빙긋, 웃음을 머금으며 은서를 바라봤다.

회의를 진행하는 동안 단 한 번도 자신에게 시선을 주지 않는 여자로 인해 자꾸만 마음이 조급해졌다.

계속 그렇게 쳐다보지 않겠다. 그거지?

"먼저들 드시죠. 저는 한은서 씨랑 이 기획안에 대해서 조금 더 이야기 하고 싶은데…… 한은서 씨 괜찮죠?"

"네?"

"아휴, 되죠, 되고말고요. 은서 씨. 그럼 우리 식사하고 올게. 대표님이랑 이야기하고 있어요."

장미주 팀장은 곤란한 얼굴로 자신을 바라보는 은서에게 그렇게 말했다.

청천벽력 같은 말을 툭 내던진 팀장이 마치 아버지의 눈을 뜨게 해 주려 인당수에 몸을 던지려 하는 심청이를 물속으로 곱게 밀어 주는 뺑덕어멈처럼 보였다.

"은서 씨, 힘내."

장 팀장은 그렇게 말하곤 회의실을 얼른 나섰다.

모두 점심 식사를 하러 나간 사이 회의실엔 정적만이 감돌았다.

은서에게서 눈을 떼지 않는 제이디와 그런 그의 시선을 열심히 외면하고 있는 은서는 세렝게티의 사자와 임팔라처럼 서로의 숨소리에 집중하며 침묵을 유지하고 있었다. 흐르는 적막함, 그 팽팽한 긴장감에 저도 모르게 침이 꼴깍 넘어가는 은서였다.

"언제까지 그렇게 쳐다도 안 볼 겁니까?"

숨 막히는 정적을 먼저 깬 쪽은 제이디였다. 의자에 비스듬히 기대어 앉은 그는 여전히 자신을 바라보지 않고 있는 은서를 향해 질문했다.

하지만 은서의 고개는 여전히 제이디에게 향하지 않았다.

부글부글, 속이 끓어올랐다. 저 사기꾼!

"한은서 씨."

"……."

대답도 하기 싫다?

"은서 씨."

"……."

어쭈? 계속 이렇게 나오겠다 그거지?

"한은서."

"……."

갑작스레 날아온 반말에 은서의 어깨가 움찔거렸다.

뭐, 뭐야? 그렇게 부르면 뭐? 설렐 줄 알아?

잠깐, 아주 잠깐 움찔거리긴 했지만 은서의 고개는 단단히 고정되어 있었다.

"나 안 보고 싶었어?"

하나, 둘, 셋.

무심한 듯 아무렇지 않은 듯 내뱉어진 말에 심장이 쾅! 하는 소릴 냈다. 순간 자신의 심장이 폭발이라도 한 건 아닌가 싶어 은서는 덜컥 겁이 났다.

"나, 안 보고 싶었어?"

여전히 대답 없는 은서의 모습에 작게 한숨 쉰 제이디는 비스듬히 기대 앉아 있던 자리에서 일어났다. 그러고는 천천히 걸음을 옮겨 반대편에 앉아 있는 은서의 바로 옆까지 다가섰다.

자신이 가까이 갈수록 긴장감에 떨리는 은서의 어깨가 눈에 띄었다.

제이디는 바닥에 주저앉아 빙글, 의자를 자신 쪽으로 돌려놓았다. 그 바람에 은서의 눈은 결국 제이디를 향하고 말았다.

이제야 보네.

당혹스러워하는 여자의 눈빛을 잠시 바라보다 빙긋 웃은 제이디는 작게 속삭였다.

"나는 보고 싶었는데."

자기가 천의 얼굴이야? 이랬다, 저랬다, 사람 헷갈리게!

방금 전까지 냉철한 사업가이자 디자이너 제이디의 얼굴이었던 그는 일전에 은서가 그러했듯 한 애니메이션의 눈 큰 고양이처럼 애처롭고 가여운 눈빛으로 은서를 바라보고 있었다.

"진짜 안 보고 싶었나 보네?"

저 남자, 뻔뻔한 거 맞지? 그런 거지?

"거짓말쟁이."

참았던 말이 입 밖으로 툭 나와 버린다.

"음."

굳게 다물어진 입이 겨우 떨어지나 했지만 은서의 입을 통해 나온 말에 제이디는 뭐라 대꾸할 수 없었다.

"사기꾼."

그래, 화나면 무슨 소리든 할 수 있어. 그럴 수 있지. 그래.

백번 생각해도 자신이 잘못했으니 제이디는 참기로 했다. 일단은.

"망나니! 파렴치한! 저질!"

뭐? 마, 망나니? 파렴, 파, 파……. 하아.

제이디의 미간이 좁아졌다, 펴졌다 바삐 움직인다.

"이봐, 그건 좀 심하……."

"그렇게 저 속이니까 재미있으셨어요?"

누가 봐도 정말 화가 나 있는 여자의 모습에 마음이 덜커덩 소리를 냈다.

서늘한 은서의 눈빛은 그가 내내 상상했던 여자의 얼굴이 아니었다. 조금 놀라긴 할지라도 자신을 보면 반갑게 웃어 줄 것이라 마냥 생각했었다.

물론 내가 생각해도 이기적인 생각이다.

"재미있자고 속인 건 아니야."

정말이다. 일부러 작정을 하고 속인 건 아니었다.

"아무것도 모르고 당신 말에 우울해하고, 신나 하고, 이랬다저랬다 하니까 제가 우스워 보이셨어요?"

은서의 목소리가 떨려 왔다.

다시 만나면 꼭 고맙다고, 당신 덕분에 기대하지 않았던 행운을 잡았다고 말해 주려 했었다. 그리고 이건 비밀이지만…… 고작 하룻밤 함께했던 사람일지라도, 그래도 한국에 와서도 당신 생각을 했었다고. 다시 만날 기회가 온다면 꼭 그 이야길 하고 싶었는데.

다시금 나타난 레이는 은서가 생각하고 있던 그가 아니었다.

"내가 누군지 사람들에게 알려지는 게 싫어서, 그러다 보니까 솔직히 말 못 했어."

제이디는 커다란 자신의 손을 들어 은서의 뺨을 매만졌다.

이 여자를 속여서 뭘 어떻게 해 보겠단 생각은 조금도 없었다. 그저 늘 그랬듯이, 내가 누군지, 어떤 사람인지 알려지는 게 별로라 말하지 않았을 뿐이다.

"손, 치워 주세요."

뺨을 매만지는 남자의 손길에 은서가 고개를 돌리며 말했다.

그의 손길을 거부하면서도 이렇게 심장이 벌렁거리다니, 아무래도 나영의 말처럼 누가 됐든 남자를 만나야겠다. 면역력을 키워야 돼!

"자꾸 피하면 나 속상한데."

은서의 반응에 서운한 마음이 들면서도 제이디의 시선은 조금도 그녀를 떠나지 않았다.

"한은서 씨."

이미 다른 쪽으로 돌아가 있는 은서의 뺨을 양손으로 붙잡아 자신을 보게 만든 제이디는 지진이 난 듯 흔들리는 여자의 눈동자를 응시했다.

"나한테 화 많이 났지?"

"……네."

이번에도 대답이 없을 줄 알았더니 은서는 고개까지 작게 끄덕이며 대답했다. 그 반응에 제이디는 조금 다행이다 싶은 생각이 들었다. 완전 무시하는 건 아니니까.

"근데 미안한데 나 혼날 짓 한 번만 더 할게."

"네?"

말캉하고 부드러운 은서의 볼을 그냥 지나칠 수 없었는지 제이디는 도장을 찍듯 쪽! 소리가 나게 은서의 볼에 입을 맞추었다.

예상 밖의 전개, 갑작스러운 제이디의 행동에 쿵쿵쿵. 심장이 몸밖으로 튀어나올 것처럼 요동쳤고 은서의 뺨에서 시작된 뜨거움은 온몸으로 퍼져 나갔다.

"엄마야……."

저도 모르게 엄마를 찾아 버린 은서는 떨리는 마음으로 제이디의 눈을 바라보았다.

이 남자, 200프로 위험해!

"속여서 미안해."

"……."

"다시 만나서 반가워."

씨익.

남자의 날카로운 눈은 완벽한 반달을 그리며 아래로 축 처졌다.

무장 해제.

잔뜩 경계를 하고 있던 성난 마음은 그가 전해 준 온기와 웃음에 스르륵 녹아 버린다.

"……워요."

"응?"

"……저도 ……반갑다구요."

수줍음 가득한 얼굴로 그렇게 인사를 마친 은서의 귀에 딸각거리며 회의실 문이 열리는 소리가 들려왔다.

"두 사람, 거기 서서 뭐 하세요? 아직 식사 안 했어요?"

어느새 식사를 마치고 일행들과 함께 돌아온 장미주 팀장은 서로를 쳐다보며 서 있는 제이디와 은서를 향해 물었다.

"이제 먹으러 가려고요. 한은서 씨, 갑시다."

"아, 네. 그, 그럼 다녀오겠습니다."

방금 전까지 이곳에서 무슨 일이 있었는지 알 리 없는 팀장은 점심시간이 끝나 가도록 식사조차 하지 않고 회의를 한 두 사람의 열정에 내심 감동하는 눈치였다.

"그래요, 은서 씨 식사 잘하고 와요. 마무리는 우리가 할게."

"네."

은서의 대답에 장 팀장은 고개를 끄덕이며 흐뭇한 표정으로 두 사람의 뒷모습을 바라보았다.

별다른 기대 없이, 그래도 혹시나 하는 마음에 일본으로 보냈던 은서가 이렇게 제대로 일을 처리하고 돌아와 팜프와 미팅까지 하게 되어 장 팀장은 그야말로 한껏 업이 되어 있었다.

헤라와 계약서에 도장만 찍지 않았지 거의 일이 성사되었다는 소문을 들었던 터라 그 감격은 두 배, 세 배였다.

"그나저나, 제이디가 남자였네. 그것도 저렇게 잘생긴 남자라니. 한 대리 깜짝 놀랐겠어."

란제리 업계 특성상 남자 디자이너는 아주 극소수에 불과했다. 더구나 팜므의 디자인은 워낙 섬세하고 디테일이 강조되다 보니 그가 남자란 생각을 하는 이는 거의 없었을 것이다. 철저한 신비주의로 있던 이유가 이것이었구나 싶은 장 팀장이었다.

"배 많이 고파?"

지하 주차장에 세워진 자신의 차에 올라타며 제이디가 물었다.

"죽을 것 같진 않아요."

"그럼 호텔부터 갈까?"

제이디는 은서의 안전벨트를 채워 주며 물었다. 은서의 반응이 어떨지 기대된다는 눈빛을 보내고 있었다.

"미, 미쳤어요?"

삐뽀삐뽀. 아무래도 위험한 남자임을 은서의 본능이 감지한 모양이다.

"하하, 농담이야. 농담. 가자고, 밥도 안 먹이고 일 시키는 나쁜 놈이란 말은 안 들어야지."

두 눈을 동그랗게 뜨고 놀라 소리치는 은서의 반응이 재밌다는 듯 제이디는 키득거렸고 은서는 자신의 팔을 엑스 자로 꼬아 올려 경계 태세를 갖췄다.

"안 덮칠 테니까 걱정 마."

반응이 바로바로 오니까 재미있단 말이야.

"빨리 운전이나 해요. 배고프니까."

"알았어요. 갑니다."

은서의 말에 제이디는 고개를 끄덕였고 그의 검은색 외제차는 미끄러지듯 주차장을 빠져나왔다.

오랜만에 오는 한국은 몹시 변한 것이 많은 것 같은데, 이 익숙한 느낌은 시간이 지나도 여전히 똑같이 느껴진다.

"뭐 하나, 물어봐도 될까요?"

"뭐든."

운전에 집중하고 있는 제이디의 옆모습을 은서는 잠시 바라보았다.

참, 얄밉게도 잘생겼다.

"왜 신비주의 콘셉트예요?"

"남자 디자이너니까. 사람들이 갖는 선입견도 싫고, 얼굴 알려지는 것도 별로 안 좋아하고."

간결한 대답에 은서는 고개를 끄덕였다. 어떤 대단한 이유가 있을 거라 생각한 건 아니었지만 다른 사람들이 제이디의 얼굴을 모른다니 어딘가 안타까웠다. 저 잘생긴 얼굴은 어디다 써먹으려고 꽁꽁 숨어 지낸 걸까.

"음, 그럼 하나만 더 물어봐도 돼요?"

이번엔 또 무슨 질문을 하려는지 은서의 얼굴이 조금 전보다 진지해졌다.

"물론."

고개를 이리저리 갸웃거리던 은서가 물었다.

"아니, 아무리 봐도 여성스러운 스타일은 아닌데, 왜 여자로 소문이 났어요?"

"소문이야 원래 그런 거지, 이번 프로젝트 팀장인 김지니 씨 봤지? 대외적으로 나 대신 일을 많이 해서 아마 그런 소문이 났나 봐."

"아, 솟아날 구멍?"

"뭐?"

"아니에요. 아무것도."

일본에서 자신에게 레이가 있는 곳을 알려 준 사람. 그 사람이 이번 프로젝트 팀장이란다. 큰 키에 옅은 갈색 머리, 늘씬한 몸매를 가진 화려하고 시선을 잡아끄는 사람이었다.

"그럼 나도 뭐 하나 물어봐도 되나?"

"말씀하세요."

은서는 머리칼을 쓸어 넘기며 그의 말에 대답했다. 그가 무엇을 물어볼지 내심 설렌다. 빠르지 않은 속도의 낮은 중저음의 목소리는 이상하게 귀가 아닌 심장으로 그 소리가 전해지는 기분이다.

"나 안 보고 싶었나? 대답을 영 안 해 주네?"

화르륵.

겨우 마음을 다스리며 진정해 가던 은서의 얼굴에 불을 붙여 버린 제이디였다.

03. 돌아온 과거와 마주한 현재

　모던한 연회색의 건물은 입구부터 사람의 시선을 사로잡았다. 적당한 크기의 정원에는 푸릇한 잔디가 깔려 있었고 그 사이엔 하얀색 조약돌이 박혀 있는 길이 나 있었다. 그 길을 따라 들어가다 보면 더 팜므의 심벌이 들어가 있는 자그마한 간판이 보이고 건물 1층의 한 쪽 면은 통유리로 되어 있어 내부가 고스란히 드러났다.

　"1, 2층은 사무실 겸 응접실, 3층은 작업실, 옥상은 자기 개인 공간이야. 거기 들어갈 침대랑 다른 가구들은 이번 주 내로 들어올 예정이라 며칠만 더 호텔에서 지내."

　지니의 말에 제이디는 대충 고개를 끄덕였다. 호텔 생활도 별로 불편할 것은 없으니까.

　"직원들 휴게실은?"

　커다란 문을 열고 안으로 들어선 제이디는 내부를 둘러보며 물었다. 내부 컬러부터 조명의 밝기까지 무엇 하나 제이디의 마음에 들지 않는 것이 없었다. 프로젝트를 준비하기 시작하면서 미리 공사부터 들어갔던 것이 잘한 일이란 생각이 들었다.

이런 일은 역시 지니를 따라갈 사람이 없어.

"응, 지하 1층엔 휴게실, 지하 2층은 수면실."

"응. 잘했네. 깔끔해."

"자기 취향이야 내가 꽉 잡고 있으니까."

제이디의 말에 지니는 흐뭇한 표정을 지으며 웃었다. 디자인 학교를 나와 잡지사에서 에디터로 일한 경험이 있는 지니는 그 센스와 트렌드를 읽는 눈이 탁월해 제이디가 전적으로 신뢰하고 있었다.

"헤라 측에선 몇 시에 오기로 했어?"

제이디는 베이지색의 푹신한 소파에 등을 기대며 물었다. 등에 닿는 촉감이 기분 좋게 온몸에 퍼져 나갔다.

"오후 2시. 기획안 초안 보니까 괜찮던데 자기 생각은 어때?"

"글쎄. 아직 조금 더 생각해 봐야 할 문제야."

"왜? 마음에 안 드는 부분이 있어?"

"참신함이 떨어져. 너무 틀에 박혔잖아, 디자인이. 그 정도 디자인, 메리트 없잖아?"

"으음. 그래도 거기 디자인 실장 실력파야, 자기랑 같은 디자인 학교 출신이고."

지니의 말을 듣는 둥 마는 둥 하며 제이디는 고개를 끄덕였다.

"그래, 일이야 나보다 자기가 더 확실하지. 알았어, 내 의견 피력은 여기까지! 이번 주 내로 본사에서 직원 둘이 더 올 거야. 다음 주부턴 본격적으로 일해야 되니까."

"응, 알았어. 고생했어."

"아, 나 뭐 하나만 물어봐도 돼?"

지니는 밖으로 나가려던 걸음을 멈추고 몸을 돌렸다. 그러곤 고개를 끄덕이는 제이디의 얼굴을 바라보며 물었다.

"자기, 한은서 씨 마음에 들었지? 따로 나가서 밥 먹지를 않나……. 원래 그런 스타일 아니잖아."

"굳이 대답할 이유 없지? 나가서 회의 준비 해."

"수상하지만 일단 알았어. 여기까지!"

그대로 몸을 돌려 나가는 지니의 뒷모습에 제이디는 피식 웃어 버렸다.

이놈의 회사는 사생활 보장이 안 되도 너무 안 되는 곳이다.

"그 여자…… 제법 귀엽거든."

제이디는 자신의 핸드폰을 꺼내 들었다. 어제 은서에게 자신의 핸드폰 번호를 찍어 주며 연락하라 했지만 종일 기다려도 그녀의 연락은 없었다.

"하여튼 쉽지 않다니까."

일찍 연락이 올 줄 알았던 그의 예상과 달리 감감무소식인 은서로 인해 오늘 하루 제이디는 핸드폰을 들여다보고 또 들여다봐야 했다

"하여간 재미있는 여자야."

마음대로 되지 않는 여자다. 이렇게 사람을 종일 기다리게 만들다니.

제이디는 보고 있던 핸드폰을 품속에 집어넣으며 3층으로 올라갔다. 한 시간 후에 있을 회의까지 잠시 쉬고 싶어졌다.

"충식 씨, 3층 가서 제이디 좀 불러와. 도착했나 봐, 헤라 사람들."

"그 충식이란 이름 좀 부르지 말라니까? 아, 진짜 우리 아버지가 원망스럽다. 이 잘생기고 완벽한 얼굴에 충식이란 이름을……."

투덜거리는 알렉스를 대충 바라본 후 지니는 시선을 밖으로 옮겼다. 회사 입구 주차장에 멈추어 선 검은색 차량 두 대에서 세 명의 사

람이 내리고 있었다.

"알았어, 얼른 내려오라고 해."

오구오구, 이 남자들 어르고 달래느라 늙는다, 늙어!

"알았어."

알렉스는 여전히 뚱한 얼굴로 제이디가 있는 3층 작업실로 뛰어 올라갔다.

"어서 오세요. 이번 프로젝트 팀장을 맡은 김지니입니다."

"네, 안녕하세요? 헤라 디자인팀 실장 윤세령입니다."

지니는 실내로 들어온 윤 실장의 모습에 잠시 감탄하고 있었다. 연갈색의 커트 머리가 너무 잘 어울리는 조그마한 얼굴. 시원하게 트 여 있는 눈매, 얇고 긴 팔 다리. 같은 여자가 봐도 무척 눈길이 가는 여자였다.

하얀 셔츠와 하이웨스트의 검은색 치마가 심플하면서도 우아한 분위기를 자아냈고, 빠르지도 느리지도 않은 적당한 속도의 걸음걸 이도 어딘지 매력적으로 보였다.

"이쪽은 저희 디자인팀 팀장 백미희 씨고요, 이쪽은 프로젝트 담 당 부장님이십니다."

세령은 환하게 웃는 얼굴로 자신의 일행을 소개했다. 함께 온 이 들 역시 이번 프로젝트의 중요성을 잘 알고 있었기에 누구보다 환한 얼굴로 인사를 나누었다. 팜므의 마음을 잡을 수만 있다면 어떤 일도 불사할 자신이 있는 사람들이었다.

"일단 앉으시죠. 저희 대표님 금방 오실 거예요."

"네."

지니의 안내에 따라 세령과 그의 일행은 넓은 응접실을 지나 1층 의 회의실로 들어섰다. 이미 깔끔하게 준비되어 있는 자신들의 자리가 눈에 들어왔다.

"사무실이 좋네요. 조명도 좋고 인테리어도 멋지고요."

세령은 정해진 자리에 앉으며 말했다. 모던하고 깔끔한 내부가 그녀의 취향에 가까웠다.

"저희 대표님 취향이라서요. 차는 어떤 것으로 하시겠어요?"

"전 커피 주세요. 미희 씨랑 부장님은요?"

"저도 커피 마실게요."

"저도 커피로 하겠습니다."

"네, 잠시만 기다려 주세요."

지니는 빙긋 웃어 보이곤 회의실을 나섰다.

"벌써 회의실 들어갔어?"

제이디를 데리러 갔던 알렉스가 먼저 계단을 내려오며 회의실 밖에 서 있는 지니에게 물었다.

"응, 제이디는?"

"내려왔어."

보이지 않던 제이디가 모습을 드러냈다. 그새 깔끔한 차림으로 갈아입은 모양이었다.

"두 사람, 마실 건?"

"난 커피."

"난 아무거나 가져다줘. 그리고 사람 하나 뽑자. 지니가 할 일이 너무 많아."

"오케이. 들어가 있어, 가져다줄게."

제이디는 지니의 말에 고개를 끄덕이곤 회의실로 향했다. 전천후 포지션을 가리지 않는 지니 덕분에 자신들이 편하게 일하고 있다는 걸 새삼 깨닫는다.

굳게 닫혀 있는 회의실 문을 열고 들어갔다.

긴 회의실 책상 한쪽에 헤라 관계자들이 나란히 앉아 있었다. 중년의 남자 하나, 삼십 대 초반으로 보이는 여자 둘이었다. 그리고 그중 한 명은 제이디와 알렉스의 눈에 낯이 익은 얼굴이었다.

"안녕하세요, 헤라 디자인 실장 윤세령입니다……."

사람이 들어오는 소리에 자리에서 일어난 세령은 하던 인사를 끝맺지 못했다. 그녀에게 익숙한 얼굴이 자신을 바라보고 있었기 때문이다.

"진운…… 씨?"

묘한 정적이 회의실에 감돌았다.

"안녕하세요. 제이디입니다."

그는 미소를 지으며 자리에 앉았다. 잠시 머뭇거렸던 일은 처음부터 없었던 것처럼.

어렵게 따낸 팜므와의 미팅이 진행되는 동안 세령은 회의에 제대로 집중하지 못하고 있었다. 평소라면 누구보다 열심히 임했을 그녀가 자꾸 다른 곳에 정신이 팔려 있자 백 팀장은 그런 세령이 걱정스러운지 조용한 목소리로 속삭였다.

"실장님?"

"아, 괜찮아요."

자신의 팔을 톡 건드리는 백 팀장에게 작게 미소 지어 보인 세령은 반대쪽에 앉아 회의 자료를 보고 있는 제이디에게로 시선을 옮겼다.

한 번도 자신이 있는 쪽으로 눈길을 주지 않는다.

"이번 프로젝트는 팜므와 헤라, 양 사에겐 서로 윈윈할 수 있는 좋은 기회라고 생각합니다. 원하시는 부분이 있으면 말씀해 주시죠."

헤라 측 프로젝트 담당 부장은 정중한 어투로 말했다. 팜므가 아시아 진출을 위해 한국에서 콜라보 프로젝트를 기획한 것처럼 헤라에겐 이번 기회가 세계 시장으로 뻗어 나갈 좋은 기회가 될 것이 분명했다.

"일단 저희 쪽에서도 충분한 검토가 필요한 문제라서요. 확인 후 연락드리겠습니다."

한참을 집중하던 제이디는 그렇게 말하며 회의를 마무리 지었다.

부드럽고 낮은 중저음의 목소리에 세령의 눈동자가 이리저리 흔들린다.

"네, 수고하셨습니다. 어떻게 괜찮으시면 같이 식사라도 하실까요?"

부장은 자리에서 일어서며 말했다. 소문엔 보통 깐깐한 여자가 아니라고 하더니 막상 만나 본 제이디는 소문처럼 여자도 아니었고 생각보다 젊고 성격도 좋아 보였다. 거기다 회의를 하는 동안 분위기도 나쁘지 않았으니 뭔가 일이 잘될 것 같은 마음의 여유도 생겼다.

하지만 부장의 기대와는 달리 제이디는 정중하게 그의 제안을 거절했다.

"다음 미팅이 있습니다. 죄송합니다."

"아, 아닙니다. 그럼 다음에 같이 식사하시죠."

"네, 그럼 기회가 되면 다시 뵙죠."

부장의 사람 좋아 보이는 웃음에 제이디 역시 엷은 미소로 답하고는 회의실을 나섰다.

"제이디!"

회의실을 나서는 제이디를 따라 나온 알렉스는 빠른 걸음으로 위층으로 올라가는 그를 불러 세운다.

"왜?"

"너……."

"괜찮아. 내 걱정 말고 마무리나 해."

알렉스가 무슨 말을 하려는지 다 안다는 듯 손을 들어 휘휘 저은 제이디는 3층 작업실로 올라갔다. 머리가 무겁고 지끈거려 온다.

널찍한 소파에 몸을 온전히 맡기며 자리에 누운 제이디는 지끈거리는 머리에 팔을 올리며 눈을 감았다.

'진운…… 씨?'

자신을 알아본 듯 머뭇거리던 세령의 얼굴이 떠오른다. 세월이 그렇게 흘렀는데도 처음 본 그때처럼 화사한 얼굴이었다.

"웃기는군."

제이디는 자신의 머리칼을 거칠게 헝클었다. 방금 머릿속에 떠오른 생각을 모조리 날려 버리고 싶었다. 그렇게 많은 시간이 흘렀음에도 조금도 달라진 것 없는 그녀의 모습, 그 모습을 한 번에 알아본 자신이 싫어지는 순간이었다.

팜므에 다녀온 뒤 꼼짝 않고 생각에 빠져 있는 세령에게 백 팀장이 다가왔다.

"실장님, 어디 아프세요? 팜므에서부터 얼굴색이 너무 안 좋으세요."

"네? 아, 아니요. 괜찮아요."

자신을 걱정스러운 눈으로 바라보는 백 팀장에게 환하게 웃어 보인 세령은 그녀가 건네는 서류를 받아 들었다.

"이건 회의 내용 정리한 거고, 이건 팜므 측에서 요구하는 부분을 정리해 둔 겁니다. 확인해 보세요."

"알았어요. 나가 봐요."

"네, 그럼 알겠습니다."

아무리 봐도 평소와 다른 윤 실장의 모습이 걱정스러웠지만 백 팀장은 그저 고개 숙여 인사하곤 그녀의 사무실을 나섰다.

"후우."

백 팀장이 나가자 세령의 입에서 한숨이 새어 나왔다. 그를 이렇게 다시 만날 것이라곤 생각하지 못했다.

'안녕하세요. 제이디입니다.'

깔끔한 검은색 셔츠와 발목에서 딱 떨어지는 슬랙스 차림의 남자는 환한 얼굴로 인사했다. 잠시 세령을 보며 머뭇거리긴 했지만 이내 평온을 되찾았고 회의가 끝나는 동안 그 모습을 유지했다.

'그럼 기회가 되면 다시 뵙죠.'

회의를 마치며 세령과 그의 일행들에게 인사를 한 후 제이디는 위층으로 올라갔고 세령은 그에게 어떤 말도 붙여 보지 못했다.

"진운 씨가 제이디……."

세령은 중얼거렸다. 그를 처음 본 건 14년 전, 다시 만나는 데까지 걸린 시간은 무려 10년이었다.

세령의 나이 스무 살, 어렵게 오게 된 디자인 학교에서 그를 처음 보았다.

세계 각국의 젊은이들이 꿈을 가지고 모이는 곳에서 유독 반짝반짝 빛나던 남자. 잘생긴 얼굴 덕도 있었지만 그의 재능은 특별했다. 그랬기에 언제나 교수님들의 칭찬은 모두 그의 몫이었고 그런 그를 세령은 동경했고, 사랑했었다.

세령은 오늘 받은 그의 명함을 책상 위에 올려 두었다. 제이디, 도진운. 그의 얼굴이 머릿속을 떠나지 않고 있었다.

"연락을 해? 하지 마? 해? 하지 마? 해?"

핸드폰에 찍혀 있는 번호를 보고 또 들여다봤다. 일본에서 돌아오던 날 그에게 묻고 싶었지만 물어볼 수 없었던 핸드폰 번호가 떡하니 자신의 핸드폰에 찍혀 있었지만 은서는 섣불리 통화 버튼을 누르지 못하고 있었다.

'연락해. 기다릴게.'

점심을 먹고 자신을 회사 앞까지 데려다준 그는 사무실로 돌아가기 전 그렇게 말했다.

"아, 어쩌지? 해? 하지 마? 해?"

"하지 마! 하지 마!"

종일 핸드폰을 보며 꿍얼거리는 은서의 모습을 더는 못 보겠는지 옆에 앉아 있던 나영이 소리쳤다.

"하지 마?"

"그래, 때려 쳐! 으이그, 그게 뭐가 어렵다고 연락을 못 해? 답답하게!"

하루 종일 똑같은 걸 묻고 또 묻고, 고민하고 또 고민하는 미련 곰탱이 같은 친구 때문에 스트레스 지수만 올라가는 나영이 은서의 핸드폰을 낚아챘다.

이게 그렇게 어렵냐? 버튼 하나만 누르면 되는데?

"이, 미련 곰탱이, 연애고자야!"

울상이 되어 버린 은서에게 버럭 소리를 지른 나영은 자신의 손에 들린 은서의 핸드폰 액정을 바라보았다.

[제이디 010-3234-****]

"연애고자라니!"

천하의 제이디가 밥도 사 주고, 연락도 하라고 번호도 줬는데! 왜!
왜!

"그렇게 보고 싶던 제이디가 연락처까지 줬는데 뭣 때문에 고민인
데? 더군다나 그렇게 마음에 들어 하던 레이란 사람이 제이디라며?"

"쉿, 목소리가 너무 커. 원나잇했다고 자랑할 일 있니?"

은서가 자신의 입에 손가락을 가져다 대며 조용히 하라고 했지만
나영은 고개를 절레절레 흔들었다.

"연락해. 꾸물거리지 말고! 잘생겼고, 능력 있고, 원나잇으로 만난
거면 어때? 지금이 조선 시대야? 죽으면 땅에 묻힐 몸! 아껴서 어디
다 쓸래?"

"그건 아니지만……."

"다시 만난 것도 대단한 일인데, 거기다 연락까지 하라고 했다며?
근데 왜 고민하냐고!"

"그렇게 대단한 사람이 연락하라는데 고민되는 게 당연한 거 아니
야?"

나영의 말에 은서는 시무룩해졌다.

그와 밥을 먹고 사무실로 돌아오니 정신이 번쩍 들었다. 같이 있
을 땐 심장이 너무 퐐딱거려 뇌 활동이 제대로 되지 않았던 모양이
다.

"뭐가 그렇게 고민되는데? 그 남자가 너랑 당장 사귀자고 한 것도
아닌데."

"나도 아는데, 근데 내 마음이, 내 마음이 컨트롤이 잘 안 돼. 이상
하게."

"뭐?"

은서의 말에 나영은 불끈 쥐고 있던 주먹을 펼쳤다. 저 진지한 얼
굴, 남자 때문에 고민하는 모습, 몹시도 오랜만이다.

"너무 만나고 싶던 제이디를 만났어. 근데 그 사람이 나랑 하룻밤을 잤던 사람인 거야. 거기다 짠! 하고 다시 나타나선 너무 다정하게 웃는 거야."

"그런데?"

"근데 그 웃음을 보고 있으니까 막 심장이 누군가한테 두드려 맞는 것같이 아프게 뛰더라고."

그 사람만 보면 심장이 내 것이 아닌 것같이 낯설다. 폭발할 것처럼 큰 소리를 내며 뛰기도 하고, 두드려 맞은 것처럼 아프기도 하다.

그래서 덜컥, 겁이 난다.

"……."

허! 저거, 저 아련한 눈빛! 저 깊은 한숨. 아무리 봐도 제이디에게 풍당풍당하기 직전인 게 분명해 보인다.

"그렇게 대단한 사람한테 이런 마음 가지는 거 안 되는 일이잖아. 나랑 완전 다른 세상 사람인데."

"별걱정을 다 한다. 마음 가는데 그런 게 어디 있어? 좋으면 직진하는 거지."

"몰라! 겁나."

은서는 답답하다는 듯 고개를 흔들었다.

레이를 다시 만날 수 있을까? 기대한 건 사실이다. 너무 보고 싶었다. 그런데 그가 제이디란 걸 알고 나니 그 사람 앞에서 밥을 먹는 것도 웃는 것도 조심스러웠다. 함께했던 일본에선 그 정도로 긴장하지 않았는데 말이다.

"네가 연애고자라서 그래. 너무 고민하지 말고 그냥 연락해. 당장 연애하자는 거 아니잖아? 같이 밥 먹고, 술도 마시고, 이야기도 하고, 그러다가 좋으면 만나는 거지. 당장 뭘 어떻게 하겠다 정해져야 만나는 건 아니잖아?"

"그건 나도 알거든?"

알지만 선뜻 그렇게 할 수가 없다. 마음에 브레이크가 걸린다.

"한은서, 너의 최대 단점이 뭔지 알아?"

나영은 자신을 바라보는 은서의 눈빛에 작게 한숨 쉬었다.

"단점?"

"응."

"뭔데?"

"너는 명확하지 않은 건 하려고 하질 않아."

"……."

"스스로 생각해서 완벽한 결론이 나지 않으면 시작 자체를 안 한다고."

"내가…… 그래?"

나영의 말에 은서가 되물었다.

"응. 물론 네가 더 좋은 결과를 위해서 노력하는 사람인 거 알아. 그래서 인정받는 것도 알고. 근데 사람 관계는 그렇게 쉬운 게 아니잖아."

"……."

"그러지 마. 머릿속 계산기로 사람 마음까지 계산할 순 없잖아. 아니, 네 마음은 어떻게 계산이 선다 해도 상대방 마음은 안 되잖아. 그러니까 애써 외면하지 말고 마음 가는 대로 해. 자연스럽게."

나영의 말에 얼굴이 화끈거린다. 어느덧 10년. 함께한 세월만큼 서로를 잘 알기 때문에 나영이 하는 말이 조금도 틀린 말이 아니란 걸 누구보다 잘 알았다.

"그리고 너무 걱정하지 마. 마음에 없는데 연락하라고 했을까?"

자신의 말에 안심이 되어서일까? 안도하는 표정이 된 은서의 얼굴을 보며 나영은 환하게 웃어 주었다. 너무 걱정하지 말라고.

은서는 알겠다고 고개를 끄덕였다.

"그러니까 고민하지 말고 만나. 좀 심하게 잘난 남자긴 한데. 그래, 좀 겁나게 잘난 남자는 맞는데, 너도 아주, 뭐, 심하게 별로는 아니니까."

"친구, 그거 칭찬 아닌 거 같은데?"

나영의 말에 은서의 입술이 삐죽인다.

그냥 보통 잘난 남자는 아니니까. 그게 무지하게 사람을 조심스럽게 만들긴 하니까.

"뭐 어때? 남들은 썸이니 뭐니 하면서 남자 대여섯은 우습게 만나고 다니는 세상에 넌 이게 뭐야? 열녀문이라도 세울려고? 누가 알아줘? 엉?"

나영의 잔소리에 은서는 눈을 감고 귀를 막았다.

더 이상의 잔소리는 거부한다. 그리고 자기도 남자 친구 없으면서.

"너도 없거든?"

"누가 그래? 썸타는 남자가 수두룩해. 시간이 없어서 못 만나는 거거든? 나 신나영이야!"

"네에, 네에, 그러시겠죠."

버럭! 소리를 지르는 나영의 모습에 은서는 고개를 끄덕거렸다.

대학 다닐 때 나영의 주위엔 늘 잘생긴 남자들이 있었다. 170cm에 가까운 키, 쭉쭉 빵빵한 몸매, 그야말로 베이글녀의 원조 격이었다. 회사 생활 하며 일에, 술에 찌들어 남자 만날 시간이 점점 줄어들고 있는 것 같긴 하지만 그래도 회사 내에서 나영을 흠모하는 남자 한둘은 매년 있었던 것 같다.

"근데 너, 내 걱정할 때가 아니야. 저거 봐. 저거!"

나영은 어딘지 자신만만한 표정을 지어 보였고 그녀의 손끝이 가리키는 곳을 따라 은서의 시선이 옮겨 갔다.

부르르, 부르르, 몸을 떠는 핸드폰 액정에 제이디의 이름이 떠올랐다.

"얼른 받아!"

나영은 몸을 떨며 울리는 은서의 핸드폰을 들어 그녀에게 건넸다.

"내 번호 어떻게 알았지?"

"그게 왜 중요해? 얼른!"

나영의 눈이 번뜩였다. 당장 받지 않으면 가만두지 않겠다는 매서운 눈빛이었다.

무, 무서워. 안 받았다가는 한 대 때릴 기세였다.

나영의 눈빛에 움찔. 은서는 결국 전화를 받았다.

"여, 여보세요? 한은서입니다."

— 나야.

이상한 남자다. 다른 사람들의 목소리는 한쪽 귀로 들어와 다른쪽 귀로 빠져나가는 것 같은데 이 남자 목소리는 귀를 통해 심장으로 향하는 것처럼 사람 마음을 저격한다.

"제 번호는 어떻게?"

— 잊었어? 자기소개 거창하게 하면서 나한테 명함 줬잖아.

일본에 갔던 날, 수상한 눈빛으로 자신을 바라보던 그에게 자신의 명함을 건넸던 것이 떠올랐다.

"아! 맞다. 어쩐 일로……."

— 연락이 통 안 와서 말이야. 기다리다가 목이 빠질 것 같아서 먼저 했어.

"아! 죄송해요, 그게……."

콩닥콩닥. 또 다, 이놈의 심장.

— 저녁 혼자 먹어야 될 것 같은데, 나랑 밥 좀 먹어 주겠어?

"밥이요?"

갑작스러운 남자의 제안에 은서는 잠시 머뭇거렸다.

"무조건 가!"

나영은 머뭇거리는 은서가 답답한지 옆에서 작게 소곤거리며 손바닥을 펼쳐 목 언저리에서 휙휙 흔든다. 안 가면 죽는다는 뜻이었다.

— 저녁에 약속 있어?

"아뇨, 그런 건 아니구요."

— 그럼 회사 앞으로 데리러 갈게. 퇴근하기 전에 연락해.

"저, 저기……."

은서의 목소리가 들리지 않았는지 제이디는 자신의 용건만을 이야기하곤 통화를 종료했고 은서는 자신의 핸드폰을 멍하게 바라보았다.

"저녁 먹자든? 데리러 온대?"

나영의 목소리가 잔뜩 신이 났다. 마치 자신이 데이트 신청을 받은 것처럼.

"응, 그렇게 하겠대. 일 마칠 때 연락하라고."

"그것 봐, 그 사람도 너한테 관심 있다니까? 혹시 아니? 너는 그 남자랑 연애하고 우린 네 덕에 계약할지."

뭐든 상관없다. 저 연애고자에게 연애의 참된 기쁨을 알려 줄 수만 있다면.

"그럴 스타일은 아닌 것 같은데……."

팜프와 미팅을 하던 날. 아니 땐 굴뚝에 연기 날 일 없다는 걸 여실하게 느낀 은서였다.

깐깐하다, 깐깐하다. 말만 들었지 그 정도로 디테일하고 깐깐한 사람일 줄 몰랐다. 그의 섬세한 디자인은 저런 성격에서 나온 거겠지 생각하며 그가 괜히 성공한 디자이너가 아니구나 싶었다.

어쩌나 하나부터 열까지 논리적이고 치밀한지 은서는 물론 앨리스 쪽 직원들은 결국 고개를 절레절레 흔들었다.

"우리가 찬밥 더운밥 가릴 처지 아닌 거 알지? 아무튼 데이트 잘해. 파이팅!"

주먹을 불끈 쥐며 말하는 나영의 파이팅에 은서는 고개를 끄덕였다.

그래, 밥 먹는 게 뭐 어려운 일이라고? 긴장하지 말자. 긴장하지 마!

"그래, 밥만 먹는 거야. 밥만."

은서는 그렇게 마음을 먹으며 중얼거리고 있었다.

04. 첫 데이트

"맛있어요?"

은서는 마주 앉은 제이디에게 물었다.

"별로."

제이디는 은서의 물음에 감흥 없는 목소리로 말했다.

"흐음, 별로구나?"

그렇구나, 별로구나, 저게 별로인 거구나?

"있으니까 먹는 거야."

음, 그렇겠죠. 그럴 거예요.

여전히 감흥 없는 목소리로 대답하면서도 그의 입은 쉬지 않고 열심히 움직였다.

"그렇구나."

은서는 그런 제이디의 모습에 고개를 끄덕이며 애써 터지려는 웃음을 눌러 참았다.

혼자 삼겹살 3인분을 먹어 놓고 별로라니? 무슨 푸드 파이터야?

'가리는 음식 있어?'

'아뇨, 다 잘 먹어요. 고기는 더 잘 먹고.'

파스타에 스테이크 썰며 분위기를 잡을 것 같던 그는 고기를 좋아한다는 은서의 말에 망설임 없이 삼겹살을 먹으러 왔고 삼겹살이란 걸 꼭 처음 먹어 보는 사람처럼 쉼 없이 입을 오물거렸다.

"삼겹살 처음 먹어요?"

"한 10년 넘었나? 외국 생활 하는 동안은 삼겹살 먹을 일이 없었거든."

"한인 식당에서 먹을 수도 있잖아요."

외국에선 삼겹살이 잘 안 먹는 부위라지만 그래도 곳곳에 있는 한인 식당에서 삼겹살을 판다는 것쯤은 은서도 알고 있었다.

"한국 음식 먹으면 다 포기하고 한국으로 돌아오고 싶어질 것 같아서 안 먹었는데, 그러다 보니 벌써 그렇게 됐네."

"아……."

이미 여러 나라 여성들에게 사랑받고 있는 팜므지만 지금의 위치에 오르기까지 그의 여정이 그리 쉽지만은 않았을 것이다. 작은 디자인팀에서 시작해 이렇게 사랑받는 브랜드로 거듭나기까지 그의 노력이, 땀이 얼마나 스며들어야 했을까?

"다 먹은 거야? 고기 좋아한다더니 왜 이렇게 못 먹어?"

제이디는 이제야 배가 부르다는 듯 젓가락을 내려놓았다.

"이게 못 먹은 건 절대 아니거든요?"

제이디의 말에 은서는 자기 앞에 놓인 빈 밥공기를 바라보았다. 삼겹살은 물론이고 된장찌개에 밥 한 공기까지 다 먹은 은서였다.

"생각보다 못 먹네. 고기 3인분 정도는 거뜬할 줄 알았는데?"

"뭐라구요?"

제이디의 말에 은서는 어이없다는 표정으로 그를 바라봤다.

요즘 살이 좀 찌긴 했는데, 같이 밥 먹을 때 그렇게 내가 많이 먹었나? 막 게걸스러웠나?

그의 말에 은서는 깔끔하게 비운 밥공기를 바라보며 저도 모르게 한숨 쉬었다.

"농담이야, 다 먹었으면 일어날까? 맥주도 한잔하고 싶은데."

"맥주요?"

"내일 쉬는 날이잖아. 이왕 놀아 주는 김에 인심 쓰라고."

제이디는 자리에서 일어나며 빙긋 웃었다.

미치겠다. 저 눈웃음은 심장에 심히 무리가 가는 것 같은데, 좀 참아 주지.

"진정하자, 진정!"

심장이 쿵쿵 소리를 냈다.

가게 안의 여자 손님들이 힐끔거리며 그를 쳐다볼 만큼 그의 외모는 눈에 띄었다. 큰 키 덕분도 있겠지만 그가 풍기는 화려한 느낌은 사람들의 시선을 잡아끌기에 충분했다. 물론 은서의 눈에도 자꾸 그가 멋있어 보인다.

자꾸 멋있어 보이면 안 되는데.

강하게 자신을 안던 남자와 지금 눈앞에 있는 남자는 꼭 다른 사람처럼 느껴진다. 레이였다가 디자이너 제이디가 되었다가, 사람 참 헷갈리게 만드는 것 같다.

"얼른 와."

은서는 자신을 부드러운 눈길로 바라보는 남자의 곁으로 다가갔다.

한 걸음 다가갈수록 심장은 더 큰 소리를 냈다. 조금 전만 해도 이런 심장을 진정시키려 애쓰던 은서는 그를 만나러 나오기 전 나영이

했던 말을 떠올렸다.

'애써 외면하지 말고 마음 가는 대로 해. 자연스럽게.'

그래, 지금은 그냥 마음 가는 대로 두자. 고민해 봐야 머리만 아프니까.

은서와 제이디는 카페가 즐비한 골목 한편에 자리 잡은 작은 맥줏집에 들어갔다. 평소 아는 사람들만 오고 가는 간판조차 없는 이 작은 맥줏집은 은서에겐 추억 가득한 공간이다.

1층엔 테이블 다섯 개가 전부였고 건물의 2층으로 올라가면 인조 잔디가 깔려 있고 조그마한 전구들과 은은한 색감의 조명이 빛나는 옥상이 나온다. 그리고 그곳엔 평상 대여섯 개가 띄엄띄엄 놓여 있었다.

"여긴 뭐야?"

"신기하죠?"

"맥줏집에 평상이라니 독특하네."

은서의 추천으로 오게 된 맥줏집의 신기한 광경에 제이디는 주위를 둘러보았다.

평상 위에 놓인 작은 테이블 위로 맥주와 안주를 올려놓고 두런두런 이야기를 나누는 사람들이 보였고 그 위로 투명한 비닐 천막이 늘어지게 쳐져 있었다. 그것이 어딘가 향수를 느끼게 하는 멋이 있었다.

"금요일인데 사람이 별로 없네?"

사람이 별로 없어서일까? 여유로움이 느껴진다.

"그러게요, 다들 꽃놀이 갔나? 사람 많은 날은 자리가 없어서 돌아간 적도 많아요."

"흐음, 그렇군."

은서는 오랜만에 찾은 이곳의 분위기가 여전히 마음에 드는지 평상 위로 올라가 먼저 자리를 잡았다. 여기저기서 벌써 고소한 냄새가 풍겨 온다.

"앉아요."

"응."

은서의 말에 제이디도 평상 위에 올라가 앉았다. 살랑살랑 봄바람이 불어오자 기분 좋은 상쾌함이 느껴졌다.

"괜찮네. 바람도 불고."

도심 속 작은 가게 옥상에 불과했지만 어딘지 가슴이 탁 트이는 것 같은 상쾌함에 제이디는 기분 좋은 미소를 지었다.

"메뉴는 제가 시키면 되죠?"

"그렇게 해."

어느새 다가온 종업원을 보며 은서가 묻자 제이디는 고개를 끄덕였다. 이곳에 들어오고 나서 은서의 눈빛이 더욱 초롱초롱해진 걸 보니 꽤나 좋아하는 곳인 모양이다.

"생맥 두 잔이랑 오징어튀김, 떠먹는 피자 하나 주세요."

은서가 주문한 안주와 맥주가 테이블 위에 놓여졌다. 침샘을 자극하는 비주얼과 고소한 향기가 느껴지자 방금까지 가득 찼던 배가 쑥 하고 꺼지는 느낌이 든다.

이러니 살이 찌지.

알면서도 포기할 수 없는 비주얼이다.

살얼음이 살짝 낀, 이가 시리도록 차가운 맥주를 한 모금 마신 제이디와 은서는 불어오는 봄바람에 몸을 맡기며 기분 좋은 시간을 보내고 있었다.

"맥주 맛있죠?"

"응, 괜찮네. 자주 오나 봐?"

"단골집이에요. 회사에서 봤던 신나영 씨 기억해요? 그 애랑 제가 대학 때부터 친구 사이거든요. 그때부터 다녔어요, 여기."

알코올의 힘일까? 맥주가 들어가자 남아 있던 어색함이 사라져 갔고 은서는 조금 더 편하게 그와 이야길 나눌 수 있게 되었다.

천만다행이었다. 그를 볼 때마다 심장이 어찌나 격하게 반응하는지 이러다가 병이라도 날까 겁이 났었는데 조금씩 편하게 이야기할 수 있게 되었다.

"음, 독특하고 정감 있네."

제이디 역시 가게가 주는 독특한 분위기와 진한 맛의 맥주가 마음에 들었다. 파리로 건너가 공부를 하며 자주 다니던 허름한 맥줏집이 떠오르는 맛이었다.

"왠지 한국 온 기분이 나."

"다행이네요."

제이디의 기분 좋은 미소에 은서 역시 잔잔한 미소로 화답했다.

"나 물어볼 거 하나 더 있는데."

꼴깍, 맥주 한 모금을 마시며 말하는 제이디를 향해 은서가 고개를 끄덕인다.

뭐든지 물어보시라고요.

"한은서 씨, 나이가 어떻게 돼?"

일본에서 만났던 날도 다시 한국에서 재회했던 날도 서로에 대해 아는 건 이름과 다니는 직장이 전부였던 두 사람이었다.

"제이디보다 여섯 살 어려요."

"흠, 그래? 내 나이까지 알고 계시는구만?"

"그게…… 우, 우연히 들었어요. 미팅하던 날."

어색하고 민망한지 은서가 배시시 웃어 보인다. 사실 궁금해서 '솟아날 구멍' 지니 씨에게 물어봤었다.

이 여자 보게? 어딘지 흐뭇한 기분이 스멀스멀 올라와 제이디는 기분 좋게 웃었다.

그나저나 서른 살이라? 여자들 나이는 가늠하기가 어려워.

제이디는 나이보다 서너 살은 더 어려 보이는 여자의 얼굴을 바라보았다. 어디 한 곳이 유달리 눈에 띄거나 감탄이 나올 만큼 미인형은 분명 아니었다. 하지만 평범해 보이는 은서의 얼굴은 차분하고 따뜻한 느낌이 들어 어딘지 사람의 마음을 편하게 만들었다.

비율이 나쁘지 않아서 그런가? 예뻐 보인단 말이야.

고소하고 달큰한 맛을 내는 오징어튀김을 입에 물고 오물거리는 은서의 입술이 귀여워 보인다.

"저도 물어보고 싶은 거 하나 있는데."

"뭐든."

무엇을 물어봐도 친절하고 성의 있게 대답하겠다는 듯 제이디는 손짓하며 끄덕였다.

"왜 이름이 제이디예요? 본명은 아니죠?"

궁금했다. 본명은 뭔지, 왜 제이디란 이름을 쓰고 있는지. 그가 신비주의를 유지하던 이유가 특별하지 않았던 것처럼 이번 역시 그럴지도 모르지만 그에 대한 호기심은 자꾸만 생겨났다.

"내 이름? 잘 안 알려 주는 건데. 알려 줘?"

제이디의 말에 은서는 고개를 끄덕인다. 알려 달라고. 궁금하다고.

"도진운이야. 진운의 J, 성인 도의 D. 별거 없지?"

"아, 진짜요?"

피식, 웃음이 난다.

"시시하지?"

"네, 시시해요."

은서는 고개를 끄덕였다. 정말 별거 아닌 이유다. 그런데도 뭔가 특별하게 느껴지는 건 왜일까?

도진운. 이름조차 멋지네. 저 남자는!

"그럼 이번에 내 차례."

"뭐든요."

은서는 제이디가 했던 것처럼 손짓하며 고개를 끄덕였다. 그 모습에 제이디는 들고 있던 맥주잔을 내려놓으며 턱을 괴고 여자를 바라보았다. 조금 전보다 더 가까워진 서로의 거리에 은서는 오물거리던 입마저 조심스러워진다.

"만나는 남자는 없어?"

방금까지와는 다른 아주 조금 느린 말투로 질문하는 제이디로 인해 심장에 또다시 발동이 걸린다. 두근두근.

"이왕 물어봐 줄 거면 만나는 남자는 있어? 라고 해 주지. 너무 확신에 찬 말투잖아요."

저렇게 확신에 찬 질문을 하다니, 이거 기분 나빠야 하는 거지?

은서는 제이디의 질문에 입술을 삐죽였다.

"확신까진 아니고 짐작."

이봐요, 그거나, 이거나, 다르지 않은 것 같거든요?

"없어요, 분하게도. 그러는 그쪽은 만나는 사람 있어요?"

"난 있을 것 같나 보군? 있어요? 라고 묻는 걸 보면."

은서의 시시각각 변하는 표정에 더 이상 웃음을 참을 수 없는지 제이디의 입꼬리가 씰룩거렸다.

없으면 이상할 외모거든요?

속에 있는 말이 입 밖으로 튀어나올 뻔했지만 은서는 그것만은 절대 안 된다며 참아 냈다.

"있다면 당신한테 그런 키스 할 수가 없잖아."

쿵!

나직한 목소리, 길지 않은 그 말에 심장이 쿵 소릴 내며 내려앉았다.

어떡하지? 심장이 떨어진 것 같은데? 아, 저 남자 진짜 위험한 남자야.

발끝에서부터 쑥스러움이란 것이 올라오는 기분. 어느새 귓불이 뜨끈해져 왔고 가슴 언저리는 간질간질했다. 사람이 어쩜 저럴까? 말 한마디로 이렇게 사람 마음을 쥐락펴락하다니!

"없을 줄 알았어요!"

민망하고 쑥스러워 맥주를 벌컥벌컥 마셨지만 가슴 언저리에서 느껴지는 간질거림은 가실 줄 모르고 있었다.

"우리 회사 프로젝트가 그렇게 중요해? 당신한테 그 정도로 가치 있는 일이야?"

민망했는지 시선이 이리저리 흔들리고 있는 여자를 바라보며 제이디는 물었다. 방금 전 머금었던 미소 대신 얼굴엔 진지함이 내려앉았다. 일본에서 처음 봤던 날, 술에 취해 울먹거리면서 그녀가 했던 말이 떠올랐다.

"경쟁사들이 워낙 빵빵한 데다 팜므 쪽에서도 시장 점유율이 높은 헤라랑 일을 하려 할 거라고, 그러니 다음 시즌 준비에 더욱 신경을 쓰는 것이 좋지 않겠냐. 다들 그랬었죠."

되지 않을 일이라면 차선책을 강구하는 것이 옳은 일이라. 팜므와의 프로젝트보단 실리 있게 다음 시즌 준비를 하자는 의견이 많았던 것이 사실이다.

"그래서?"

"해 보지도 않고 포기하면 정말 후회할 것 같아서요, 원래라면 그러지 않았을 텐데 개인적으로 팜므의 디자인을 좋아하기도 하고. 그래서 반대하는 장 팀장님 설득해서 미팅이라도 해 보고 포기하자고 한 건데, 그쪽이 미팅조차 안 해 줬잖아요. 그래서 일본까지 갔던 거예요."

"흐음, 행동력은 인정."

"안 된다고 하는 일 설득해서 제가 밀고 나갔으니까, 잘못되었을 때 그 책임은 제가 지는 게 맞는 거죠."

은서는 남아 있는 맥주를 모두 마셨다.

미팅 약속조차 잡을 수 없었던 팜므의 대표를 만나러 일본까지 갔고, 기획안을 전했고, 그렇게 원하던 미팅도 했다. 할 수 있는 것은 모두 했고 남아 있는 건 결과를 기다리는 일뿐이었다.

"만약에 내가 앨리스랑 일을 하지 않겠다고 한다면 우린 다시 못 만나는 건가? 당신은 나를 만나고 싶지 않아질까?"

비워진 맥주잔을 내려놓은 제이디는 다시금 은서를 바라봤다. 당황스러움이 가득 채워진 여자의 큰 눈이 그를 향하고 있었다.

논현동에 위치한 화보 촬영 스튜디오는 오늘따라 유난히 분주하고도 화기애애했다. 새롭게 바뀐 모델과 두 번째 촬영을 하는 날이라 앨리스 측 관계자들도 촬영장에 나와 오늘의 주인공을 기다리고 있었다.

회사에 있었다면 이미 퇴근했을 시간이지만 모델의 스케줄 여건상 저녁 8시가 넘은 이 시간밖에 되지 않아 나영은 퇴근도 하지 못한 채 촬영장에 나와 있었다.

"이쪽 남자 속옷은 여기 밴드 부분이랑 힙 부분이 살도록 잡아 주시고요, 이쪽은 가슴 전체를 감싸는 광택감이 있기 때문에 그걸 살려 주셔야 될 것 같아요. 그리고 이쪽은……."

나영은 진행팀과 촬영에 들어가기 전 속옷의 디테일한 부분을 체크하고 의견을 나누었다.

"그렇게 하겠습니다. 걱정 마세요."

"잘 부탁드릴게요."

진행팀의 말에 나영은 공손히 고개 숙이며 인사했다. 이번 촬영의 주인공인 모델이 오기까지 이제 10여 분. 나영은 주변을 둘러보았다.

여자 스태프들은 얼굴에 꽃이 피네, 꽃이 펴.

그도 그럴 것이 이번 시즌부터 새롭게 바뀐 모델은 한참 잘나가고 있는 모델 겸 연기자 강지훈이기 때문이다. 어린 나이에 모델로 데뷔해 주가를 높이고 연기자로 전향해서도 좋은 연기력으로 인정받은 그는 최근 로코계의 황태자로 불리며 큰 사랑을 받고 있었다.

그런 그가 굳이 속옷 모델로 앨리스와 일하게 된 것은 나영과 은서와의 친분이 크게 작용했다.

"나영 선배, 강지훈 씨랑 친하다고 하시던데 맞아요?"

디자인팀 막내인 세나는 두 눈을 초롱초롱 빛내며 물었다. 처음 나온 촬영장이 신기하기도 했지만 무엇보다 강지훈을 만난다는 사실이 그녀를 몹시 들뜨게 만들었다.

"친한 건 모르겠고, 한 대리랑 내 대학 선배야."

"진짜요? 완전 부럽다, 강지훈 씨 잘생겼잖아요. 저 완전 팬이거든요."

"흐음, 그러니?"

요즘 대한민국에서 강지훈 싫다는 여자가 있을까? 얼마 전에 찍은 드라마 덕에 남친 삼고 싶은 연예인 1위, 안기고 싶은 남자 1위 등등! 좋다, 멋지다 하는 건 지훈이 독식하는 중이었다.

대학을 다닐 때도 지훈은 늘 인기인이었다. 강지훈이 나타나는 곳엔 어김없이 학교 내 예쁘다, 얼굴값 좀 한다하는 애들이 줄을 섰다. 잘생긴 얼굴과 잘나가는 모델이라는 것도 그 이유가 되었겠지만 무엇보다 그는 늘 친절하고 젠틀했다. 그래서 그의 친절을 오해해 울

고불고 사느니 죽느니 하는 여자애들도 있었지만 말이다.

"이번 모델 건도 여러 번 거절하셨는데 결국에 한 대리님이랑 나영 선배 때문에 수락했다는 이야기가 있던데요?"

"글쎄다. 궁금하면 직접 물어봐."

친해진 이유는 특별할 것이 없었다. 과 선배의 부탁으로 인원수를 채우기 위해 나갔던 과팅에서 은서와 나영은 처음 지훈을 만났다. 학교 내외로 워낙 유명한 사람인지라 그를 모르지 않았고 그렇게 시작된 만남은 얼마 후 은서의 남자 친구였던 상훈 선배와 지훈이 아는 사이였다는 걸 시작으로 몇 번 함께 밥을 먹고 술을 마시다 보니 가깝게 지내게 되었다.

나영 역시 한때 잠시 그를 보며 설레었던 적도 분명 있었다. 아주 잠깐이었지만.

웅성웅성.

잠시 나영이 생각에 빠져 있던 때, 여기저기 여자 스태프들의 웅성거림이 들려오더니 그 소리는 점점 커지기 시작했다.

왔나 보네. 여자들 눈동자 굴러가는 소리가 들린다. 들려.

"꺄아, 왔어요! 진짜 왔어요! 완전 멋있어!"

세나의 말에 나영은 고개를 돌려 입구를 바라봤다.

여자 스태프들과 세나의 눈에서 하트를 발사하게 만든 지훈은 쓰고 있던 선글라스를 벗으며 눈에 보이는 모든 사람들에게 인사를 하고 있었다. 세월이 지나도 사람의 본성은 잘 바뀌지 않는 모양이다. 대학 때나 지금이나 저 친절하고 매너 있는 모습은 여전하니 말이다.

"나영이 와 있었네?"

여기저기 바삐 스태프들에게 인사를 마친 지훈은 한쪽 편에 서서 자신을 바라보고 있던 나영에게로 다가갔다. 조금 전보다 더 밝은 얼굴이 되어서.

부드러워 보이는 갈색 머리카락을 옆으로 쓸어 넘기며 웃는 지훈의 모습에 나영의 옆에 있던 세나는 숨이 넘어갈 지경이었다.

"네, 잘 지냈어요?"

"응, 그럼 잘 지냈지! 너도 잘 지냈지?"

부드러운 미소, 더 부드러운 목소리, 이러니 여자들이 반하지.

"네, 저야 잘 지냈죠. 아, 인사하세요. 여긴 우리 디자인팀 막내 박세나 씨."

"아, 안녕하세요. 박세나라고 합니다. 강지훈 씨 팬이에요."

세나는 주춤거리며 지훈에게 인사했다. 얼굴이 붉어져 머뭇거리는 세나의 모습이 나영의 눈에 귀엽게 보였다.

"반가워요. 강지훈입니다. 잘 부탁해요."

"네! 네. 저도, 저도 잘 부탁드립니다!"

세나의 씩씩한 목소리에 지훈은 옅게 웃어 보인다.

"세나 씨, 속옷 챙겨 놔요. 곧 촬영 들어갈 테니까."

"네? 아, 알겠습니다."

나영의 말에 세나는 아쉽다는 듯 두어 번 더 뒤를 돌아보고서야 걸음을 옮겼다.

"저녁은 먹었어?"

멀어지는 세나를 바라보던 지훈은 시선을 나영에게 옮겼다.

"네, 간단히요. 선배는 먹었어요?"

"김밥. 요즘 매일 김밥이야. 지겨워 죽겠어."

나영의 말에 콧등을 찡긋거린 지훈이 고개를 절레절레 흔들었다. 인기가 올라간 만큼 먹는 것, 자는 것은 포기하며 지내고 있으리라.

"살이 좀 빠진 것 같네요. 배고프면 뭐라도 좀 가져다 달라 할까요? 시간 좀 있으니까."

"아냐, 괜찮아. 그보다…… 은서는 오늘 안 왔어?"

두리번, 두리번, 아까부터 뭘 그렇게 찾나 궁금했던 나영은 지훈의 질문에 고개를 끄덕였다.

왜 안 물어보나 했어.

"은서는 오늘 안 왔어요. 약속이 있어서."

"약속?"

"네, 은서 없이 저만 있어서 아쉬워요?"

나영은 작게 미소 지었다. 그러자 지훈이 잠시 멍하게 나영을 바라본다. 꽤나 겸연쩍다는 듯.

"에이, 무슨. 그런 거 아니야. 나영이 너 봐서 좋은데 왜?"

멋쩍은 듯 머리를 쓸어 넘기며 다시금 콧등을 찡긋거리는 지훈의 모습에 나영은 고개를 끄덕였다.

티가 나도 너무 난다니까. 민망하거나 겸연쩍으면 꼭 나오는 버릇.

"선배는 참 안 변한다."

지훈의 말에 나영은 피식 웃으며 말했다. 다시 그를 만날 때까지 나영 역시도 잠깐 잊고 있었던 일. 지훈은 모두에게 친절하고 매너 있었지만 유독 한 사람에겐 더없이, 그리고 한없이 약했다.

"근데 은서 무슨 일 있거나 그런 건 아니지?"

"아니에요. 개인 프라이버시. 아무튼 오늘 촬영 잘 부탁해요, 선배."

나영은 꾸벅 인사하곤 돌아섰다. 그에게 설레던 풋풋하던 그때. 그의 시선을 좇던 나영은 그 시선 끝에 은서가 있음을 눈치챘다.

벌써 5년도 더 지난 일이었다.

05. 연애고자와 요물

"만약에 내가 앨리스랑 일을 하지 않겠다고 한다면 우린 다시 못 만나는 건가? 당신은 나를 만나고 싶지 않아질까?"

제이디의 표정이 사뭇 진지했다. 그는 은서가 어떤 말을 할지 몰라 꽤나 긴장이 되었는지 괴고 있던 턱을 들어 은서의 얼굴 쪽으로 시선을 고정했다.

하지만 은서는 큰 눈으로 그저 제이디를 바라만 볼 뿐 입은 본드 칠을 한 것처럼 옴짝달싹하지 않는다.

"솔직하게 말해 봐."

그의 재촉에도 은서는 말이 없다.

우리랑 일을 하지 않겠다고 하면 나는 저 남자가 보기 싫어질까? 남자의 말을 곱씹었다.

그가 왜 그런 질문을 하는지, 무슨 말이 듣고 싶어서 이러는지 가늠이 잘 되지 않아 입을 열기가 조심스러워진다.

역시 우리랑 일하기는 좀 어려운가? 헤라로 정해졌나? 미안해서 저런 말 하는 건가?

파박파박, 머릿속에 별의별 생각이 다 들기 시작했다. 그럴수록 입술을 떼기가 쉽지 않다. 그러지 말아야지 하면서도 마음속에 스며든 기대감은 이내 실망감으로 변하려 했다.

"어려운 질문이었나?"

"역시 헤라랑 계약하기로 정해진 건가요?"

잠시 뜸을 들이던 은서의 말에 제이디는 눈을 깜빡거렸다.

그런 말을 들으려고 물어본 게 아닌데.

"아니, 아직."

풀이 죽은 얼굴로 자신에게 되묻는 은서를 보던 제이디는 다시금 턱을 괴었다.

"듣고 싶은 말이 그건 아니었는데."

중얼중얼, 빈 맥주잔을 쳐다보며 웅얼거리는 제이디의 목소리가 들려온다.

듣고 싶은 말? 그게 뭐지? 시선을 돌려 그의 표정을 살폈다.

삐, 삐친 건가?

"듣고 싶은 말…… 있으셨어요?"

"……."

절레절레, 제이디의 고개가 좌우로 흔들린다.

삐친 거 맞지? 아무리 봐도 삐친 걸로 보이는 건 내 눈이 이상해서 그런 건 아닌 거지?

'나 지금 완전 삐쳤다.' 대놓고 티를 내고 있는 모습에 은서는 잠시 멍해졌다. 저렇게 귀여우면 반칙이다.

또다시 민망함이 발끝에서부터 올라오는 기분. 하지만 지금 이 순간엔 조금 솔직해져도 되지 않을까?

그가 실망하는 모습을 보고 있자니 그를 만나기 전 혼자 고민하고 끙끙거린 것이 부질없게 느껴졌다. 나영의 말처럼 마음 가는 대로 직진을 해 봐도 되지 않을까 싶은 마음. 어쩌면 그도 자신과 비슷한 마음을 가지고 있는 건 아닐까? 자신 없던 마음이 조금 채워지는 느낌이다.

웅성거리는 주변의 소음도 제대로 들리지 않는다. 그저 자신을 바라보는 남자에게 모든 포커스가 맞춰지는 기분.

은서는 앞에 놓인 튀김 하나를 집어 아그작 씹어 삼켰다. 어떤 맛인지 잘 느껴지진 않지만 그로 인해 배시시 새어 나오는 웃음을 감출 순 있었다.

"뭐, 일은 일이고…… 이건 이거니까……."

중얼중얼. 은서는 나지막이 속삭이며 그렇게 말했다. 떨리는 가슴을 진정시키며.

"진짜?"

끄덕끄덕. 그렇다고. 은서는 고갯짓했다. 쑥스러워 몸 둘 바를 모르겠는데 알면서도 확인하려는 저 남자.

"그럼 우리랑 일 안 해도 나랑은 만나고 싶단 소리네?"

다시금 확인받고 싶어 하는 제이디로 인해 앞에 놓인 물 한 컵을 벌컥벌컥 다 비워 버린 은서는 민망한지 이리저리 눈을 굴려 그의 시선을 피하려 애썼다.

"뭐, 꼭 그렇다기보단……."

"아닌 척해도 이미 눈치챘거든?"

제이디는 오징어튀김 하나를 포크에 찍어 우물쭈물하고 있는 은서에게 내밀었다. 입에 오징어튀김을 물고 오물거리는 은서의 모습을 다시 보고 싶어서였다.

"그런데 그런 질문은 왜 하는 거예요? 제 기획안이 그렇게 별로였어요? 가망이 없어요?"

엿듣는 사람도 없는데 은서는 제이디 쪽으로 몸을 바짝 붙이며 소곤거렸다.

저런 말을 하는 이유는 역시 우리 회사와의 계약은 안 되기 때문이 아닐까?

실망감이 몰려온다. 그렇게 열심히 준비했는데, 아무래도 부족했던 모양이다. 할 수 있는 건 다 했다고 생각했다. 안 해 준다는 미팅도 일본까지 날아가는 무리수 덕분에 성사시킬 수 있었고 버려질 뻔했던 기획안도 제이디에게 보여 줄 수 있었다.

그런데도 막상 이런 상황이 자신 앞에 놓이고 보니 감당 안 되는 실망감이 밀려왔다.

이래서 사람의 욕심은 끝이 없나 봐. 미팅만이라도 해 봤으면 좋겠다 했는데, 그래 놓고 이렇게 기대하고 또 실망하다니.

"기획안, 물론 보완해야 할 문제도 여럿 있었지만……."

물론 완벽하진 않았다. 하지만 나쁘지도 않았다. 오히려 헤라보다 디자인과 감각 면에선 훨씬 창의적이었고 그로 인한 발전 가능성도 다분해 보였다. 은서의 번뜩이는 아이디어와 그녀의 재능을 잘 끌어내 주기만 한다면 양쪽 회사에 충분히 플러스가 될 것이다.

"당신 기획안 나쁘지 않았어."

"정말요? 진짜요?"

워워, 진정하라고.

방금 전까지 쑥스러움에 이리저리, 자신의 눈을 피하던 은서의 시선이 제이디에게 정확하게 와서 부딪친다.

"100프로 진심! 오히려 참신한 걸로 치자면 앨리스 쪽이 헤라보다 조금 위야."

"정말요?"

"응, 아주 요만큼이긴 해도."

제이디는 금방 환한 얼굴이 되어 자신을 바라보는 여자에게 튀김에서 떨어져 나온 부스러기 하나를 들어 보이며 말했다.

요 정도. 요만큼 더 위라며.

"치이."

눈곱만한 크기의 부스러기에 입술이 삐죽 튀어나온다. 하지만 그럼에도 인정받았다는 기분 좋은 느낌. 그것도 열렬하게 동경하던 천하의 제이디에게 말이다.

"음, 하나 더 묻고 싶은 게 있는데……."

"또 뭔데요?"

새로 주문한 맥주를 한 모금 마시며 은서는 퉁퉁거렸다. 기분 좋은 걸 들키지 않으려 말이다.

"음……."

여태와는 달리 말끝을 흐리는 제이디의 모습에 은서는 그저 말없이 그의 다음 말을 기다렸다.

뭐가 궁금해서 저렇게 뜸을 들일까? 그의 입술에 절로 시선이 간다.

"한은서 씨, 꿈은 뭐야?"

에? 꿈?

두 눈을 깜빡깜빡, 그의 뜬금없는 질문에 은서의 두 눈이 바삐 움직인다.

"꿈이요?"

"응."

뭐지? 이 건설적이고 참신한 질문은? 지금의 자리와는 전혀 어울리지 않는 맥락 없는 질문.

"음……."

꿈, 물론 은서에게도 있었다. 열 살에는 화가가 되고 싶었고 열아

홉 살에는 원하는 대학에 들어가 의상 공부를 하는 것이었다. 스무 살에는 연애도 하고 여행도 다니며 원하는 회사에 들어가는 것이었고, 스물네 살엔 상훈 선배와 결혼이 하고 싶었다. 그리고 스물다섯 살에는 입사한 앨리스에서 인정받는 디자이너가 되는 것이었다. 그리고 지금의 꿈은…….

"언젠가 내 이름을 걸고 나만의 디자인을 하는 게 꿈이긴 한데, 이게 너무 막연한 일이라서…… 할 수 있을지 어떨지도 아직 모르겠고…….."

대한민국에서 디자이너, 그것도 란제리 디자이너로 성공하기란 얼마나 힘든 일인가는 이 일을 하면서 더욱 깨달았다. 제이디처럼 성공하는 디자이너는 1프로 남짓. 얼마나 치열하고, 어려운 일인지 일을 할수록, 나이를 먹을수록 알고 싶지 않아도 저절로 알게 됐다.

"할 수 있을 거야. 나도 처음엔 막연했으니까."

제이디는 채워진 맥주잔을 들었다. 건배. 당신의 꿈을 위해서.

"근데 꿈은 왜 물어보시는 거예요? 갑자기?"

그가 들어 올린 잔에 쨍! 하고 잔을 부딪친 은서가 묻는다. 누군가에게 꿈이 뭐냐는 질문을 받은 것은 초등학교 때, 그리고 입사 면접 때 이후로 처음이었다. 그러자 제이디는 어깨를 으쓱해 보이며 맥주를 벌컥벌컥 들이켰다.

차가운 맥주를 꽤나 마시고서야 잔을 내려놓은 제이디는 얼굴에 미소를 띠며 말했다.

"궁금해서. 무슨 생각을 가지고 이 길을 가고 있나, 뭐 그런? 소박한 호기심."

"음, 싱거운 거 알죠?"

"싱거워? 음, 그럼 싱겁지 않은 말 하나 해?"

은서의 반응에 제이디는 싱긋 미소 지은 후 다시금 그녀를 향해 시선을 고정시켰다.

"또 무슨 말이 하고 싶으신데요?"

또 어떤 말을 하려고 저러는지 궁금증이 일었다.

하지만 제이디는 말보다 자신의 팔을 뻗어 은서의 한쪽 손을 꼭 잡았다. 따뜻한 제이디의 손바닥 안으로 차갑고도 부드러운 은서의 손이 느껴진다.

"당신한테 무슨 핑계를 대야 내일도 나랑 밥을 먹어 줄까? 응?"

네? 방금 뭐라고 하신 거죠?

참으로 다정해 보이는 얼굴을 하고 자신의 반응을 살피는 남자의 모습.

보통 그런 걸 상대방한테 대놓고 물어보고 막 그러는 건가요?

후우, 숨을 크게 들이마셨다, 내뱉었다. 그런데도 숨이 고르게 쉬어지지 않는다. 너무 당황스러워서.

그는 사람을 여러 가지 방법으로 놀라게 만드는 재주가 있다. 어디서 과외를 받고 오는 것인지 아니면 타고나는 것인지, 툭툭 그가 농담처럼 던지는 말들은 사람의 마음을 쪼그라들게 만든다.

종교가 있었다면 나를 시험에 들게 하지 말아 달라 빌어 보기라도 했을 텐데.

"음, 그게…… 음……."

"같이 밥 먹기 싫어?"

은서의 손을 여전히 놓지 않은 채 제이디는 눈썹을 찡룩거렸다.

서운하다 시위 중.

"그런 건 아니고요……."

싫지 않지만, 그런 건 절대 아니지만, 그렇다고 자꾸 보고, 또 보면 안 될 것 같은 기분이 드는데…….

그리고 그 손.

"손 좀⋯⋯."

놔주시면 안 될까요? 심장이 너무 뛰어서 터질 것 같은데요.

"싫어."

그거 제 손이거든요? 소유자는 제가 맞는 것 같습니다만?

"그거 아무리 봐도 제 손 같은데⋯⋯."

힘을 줘서 빼내려면 충분히 손을 뺄 수 있겠지만 잡혀 있는 것이 손이 아니라 마음인 것 같아 은서는 애써 빼내려 하지 않았다.

지이잉— 지이잉—

심장이 쪼그라들었다가 펴졌다가 정신없이 뛰는 그때였다. 테이블 아래 놓아둔 은서의 핸드폰이 요란하게 울렸다.

"잠시, 잠시만요."

계속 울려오는 핸드폰을 잡으려 은서의 손이 제이디에게서 떨어져 나왔다.

[신나방]

나영의 전화였다.

"응, 나영아 왜? 여보세요? 누구세요?"

나영의 번호가 맞는데 들려오는 목소리는 나영이 아닌 낯선 남자의 목소리였다. 반나절 만에 없었던 남자 친구가 생긴 것은 아닐 테고, 무슨 일인가 싶어 목소리에 귀 기울인다.

"어? 선배? 어쩐 일로⋯⋯ 나영이가요? 얼마나요? 아니, 아니, 어딘데요? 제가 지금 갈게요."

은서의 얼굴빛이 급격히 나빠졌다.

"저, 죄송한데, 오늘은 먼저 일어나야겠어요."

전화를 끊은 은서의 표정이 좋지 않다.

무슨 일이 생긴 걸까?

"무슨 일 있어?"

"네, 친구가 좀 다쳤대요. 가 봐야 할 것 같아요. 식구들이 다 외국에 있어서 옆에 있어 줄 사람이 없거든요."

은서는 마음이 급한지 핸드폰을 가방에 밀어 넣었다.

오랜만에 연락이 닿은 지훈은 걱정스러운 목소리로 말했다. 나영이 촬영장에서 미끄러져 머리를 조금 부딪쳤다고. 크게 다친 건 아니지만 오늘 하루는 입원을 해야 한다고. 곧 일 때문에 가 봐야 하는데 옆에 있어 줄 사람이 없을 것 같아 연락했다는 말이었다.

"나영이라면, 그 친구?"

"네. 근처 병원에 있대요. 죄송해요. 가 볼게요."

은서는 가방을 얼른 어깨에 둘러메며 꾸벅 고개를 숙였다. 어두워진 표정을 보니 그 친구가 여간 친한 사이가 아닌 모양이다.

"잠깐만."

마음이 급해 보이는 은서를 제이디가 불러 세웠다.

"데려다줄게. 같이 가."

자리에서 일어나며 데려다주겠다는 남자.

에엣, 이런 일에도 마음이 설레? 아 진짜, 한은서 너, 이 정도면 병원 가서 심전도 검사부터 받아 봐야 하는 거거든?

"아니에요. 술 드셨잖아요. 전 택시 타고 가면 되니까……."

은서는 이미 자리에서 일어나 나갈 준비를 하는 제이디에게 고개를 흔들어 보였다. 그런 수고까진 괜찮다는 듯.

"아! 그리고 꼭 대리 불러서 가세요. 음주 운전 하면 안 되니까."

은서는 한 발자국 걸음을 떼려다 그렇게 말했다. 그와의 시간이 아쉽긴 하지만 그래도 지금은 가야 하니까.

"알았어."

은서의 당부에 제이디는 걱정 말라며 엷은 미소를 머금고 고갤 끄덕였다. 이 와중에도 자신을 걱정해 주는 게 나쁘지 않은 기분.

"그럼, 이만 가 볼게요."

고개 숙여 다시 인사한 은서는 종종걸음으로 후다닥 아래로 내려 갔다. 그를 두고 가는 게 마음에 걸리긴 했지만 나영의 상태가 걱정 스러워 발걸음이 저절로 빨라졌다.

"음, 친구한테 밀렸네."

제이디는 종종거리며 뛰어가는 여자의 뒷모습을 보며 피식 웃어 버렸다. 생각지도 않은 라이벌이 여자인 것이 조금 씁쓸해졌다.

코끝을 자극하는 소독약 냄새마저 달콤하게 느껴지는 기분. 쉬익 거리며 수증기를 뿜어내는 가습기가 무대에서 보던 특수 효과처럼 보이는 착각. 1분에 몇 번이나 손목의 시계를 보고, 또 보고. 그렇게 마음을 졸인다.

복도를 올리는 또각거리는 구두 굽 소리가 들려왔다. 점점 가까 이, 점점 크게. 그러다 드르륵거리며 병실 문이 열린다.

"선배!"

부드럽게 나풀거리는 머리칼, 발그레한 두 빰, 봄바람처럼 살랑거 리는 원피스, 꽤나 뛰어왔는지 가쁜 숨을 몰아쉬는 은서의 등장에 지 훈은 앉아 있던 자리에서 일어났다.

"뛰어왔어?"

참, 오랜만이다.

"마음이 급해서요, 그보다 나영이는 괜찮아요?"

"응. 괜찮대, 의사 말이. 지금은 잠든 것 같아."

너의 시선은 언제나 잠시 머물렀다 가는구나.

"아, 다행이다. 어쩌다가 다친 거예요?"

"촬영장에서 미끄러져서 넘어진 것 같은데, 나도 자세히는 모르겠어."

병실까지 뛰어오느라 꽤나 더웠던지 은서는 나풀거리는 머리카락을 스윽 올려 묶는다. 그 모습이 영화의 한 장면처럼 슬로모션으로 보여 지훈은 눈동자를 깜빡이는 것도 잊은 채 고스란히 눈에 담으려 애썼다.

"하여튼 신나영, 덤벙거리는 건 알아줘야 한다니까. 휴우…….."

"오늘 약속 있었다고 들었는데…… 끝내고 온 거야?"

"아, 네. 그보다 선배, 바쁘신 거 아니에요? 가 보셔야 되죠?"

새근거리며 잠든 나영을 확인하고 나니 안심이 되는지 은서는 그제야 지훈을 다시 바라봤다.

학교를 졸업하고, 상훈 오빠와 헤어진 다음 지훈을 만날 일이 없어졌다. 그러다 보니 연락도 하지 않게 되고 자연스럽게 멀어졌었다.

최근 끝낸 드라마의 인기로 중국이며 일본이며 해외 스케줄에 밀려드는 CF까지, 몸이 열두 개라도 모자란다는 이야길 들었는데, 이곳에 이러고 있어도 되는 건가 걱정스러워졌다.

"응, 이제 곧 가야지, 그보다 오랜만이지? 앨리스랑 계약할 때 보고 처음 보는 거 같은데."

5개월 전, 대학 졸업 후 따로 연락을 하거나 만난 적 없던 지훈이 먼저 연락을 해 왔고 몇 번 거절했던 모델 건을 은서와 나영 때문에 할 마음이 생겼다고 말했다. 그렇게 오랜만에 다시금 지훈을 만났다.

"그러게요. 잘 지내셨죠? 최근에 드라마 찍은 거 나영이랑 열심히 봤어요. 엄청 멋있던데요?"

방긋, 어찌나 말갛게 웃는지 지훈의 입가에도 은서를 따라 미소가 걸린다.

"은서 너한테 칭찬받으니까 기분 좋네."

저 상냥함, 오랜 시간이 지나도 변하지 않는 지훈의 모습이다.

"선배도 참…… 아! 뭐 좀 마실까요? 제가 뽑아 올게요."

"아니야. 괜찮아."

"제가 마시고 싶어서 그래요. 잠시만 기다려 주세요. 얼른 갔다 올게요."

괜찮다는 지훈에게 자신이 더 괜찮다는 손짓을 한 은서가 병실 문을 열고 나섰다. 오랜만에 지훈을 보고 있으니 대학생으로 돌아간 기분이 들었다.

"진짜 괜찮은데……."

은서가 나간 병실 문 쪽을 바라보며 중얼중얼, 지훈이 혼잣말을 한다.

음료수 같은 건 먹지 않아도 괜찮은데, 얼마 없는 시간 동안 조금만 더 이야길 나눌 수 있으면 좋으련만.

지훈은 아쉬움에 움직이지도 못하고 은서가 나간 문만 쳐다보았다.

"예전에도 뭐만 하면 뛰어다니더니, 똑같네."

운동화가 지금은 구두로 바뀌었을 뿐 종종거리며 뛰어가는 은서의 뒷모습이 익숙하고 그리워 지훈은 웃어 버렸다.

"선배."

언제 깼던 것인지 제대로 나오지도 않는 잠긴 목소리로 나영이 지훈을 불렀다.

"어? 나영이, 일어났니?"

"네. 지금 막 깼어요."

"그랬어? 왜 말 안 했어?"

들키지 말아야 할 무언가를 들킨 사람처럼 지훈의 얼굴에 당황스러움이 서린다.

조금 전 자신이 한 행동이 무엇인가 이상하진 않았을까? 걱정스러운 모양이었다.

"방해하는 것 같아서요."

"방해라니? 그게 무슨……."

무슨 말이냐며 지훈은 두 눈을 크게 뜨고 겸연쩍은 표정을 지었다. 그렇지 않다고 부정하려 할수록 입가가 떨리는 것이 안타깝기까지 했다.

그러자 나영이 엷은 미소를 머금었다. 저렇게 얼굴에 티가 나는 사람인데, 저걸 모르고 살아온 한은서는 얼마나 곰탱이란 말인가.

"선배, 설마 아직도…… 은서 좋아해요?"

"……어?"

안쓰러울 정도로 지훈의 눈동자가 마구 흔들렸다.

"오래전에 알았어요. 아직까지 마음이 있는지는 몰랐지만."

나영의 말에 지훈의 커다란 눈이 그저 깜빡거렸다.

"하하, 그랬구나……."

그리고 곧바로 터져 나오는 민망함이 섞인 웃음.

"……."

"나도 다시 만나고서야 알았어. 다 잊고 살았다고 생각했거든."

"선배도 참 생긴 거랑 달리 미련한 구석이 있어요."

"내가 좀 그런 면이 있어."

그래서 스스로 답답하고, 한심하게 느껴질 때가 있다. 알면서도 쉬이 나아갈 수 없는 그녀에게로의 한 걸음.

"지켜보기만 하지 말고 행동을 해요. 그러다 몸에서 사리 나오지."

나영은 몸에 힘을 주어 상체를 일으켰다. 넘어질 때 머리를 부딪친 게 떠올랐다.

"아우, 머리야."

"괜찮아? 세게 부딪쳤다더라."

일어나려는 나영을 부축해 앉혀 준 지훈이 걱정스러운 눈으로 그녀를 바라봤다.

"그런 거 같아요. 누가 일부러 부딪치고 갔는데, 어휴."

피팅용 속옷을 상자에 가득 담아 옮기던 중 분명 누군가와 세게 부딪쳤다. 그리고 그대로 넘어지면서 머리를 부딪친 거다.

"뭐? 누가?"

"글쎄요. 제 미모를 시기한 누군가거나……."

선배와 이야길 나누는 게 못마땅했던 어떤 여인네거나.

"아무튼 머리가 좀 띵한 거 같아요."

"오늘 하루 정도는 입원해서 쉬는 게 좋다더라. 푹 쉬어."

지훈이 걱정스레 하는 말에 나영이 고개를 끄덕였다.

"저기, 나영아. 은서한테는……."

"걱정 말아요. 말 안 해요."

"……고맙다."

그렇게 오랫동안 꽁꽁 감추고 산 당신 마음을 내가 어떻게 대신 전할 수 있을까?

나영은 걱정 말라는 듯 지훈을 바라보며 웃었다. 살면서 저렇게 잘생기고 짠 내 나는 남자는 나영 인생에 처음이었다.

"왜 그동안 은서한테 연락도 안 했어요? 마음이 있었으면 연락 좀 하고 들이대고 그러지."

저렇게 두 눈에 안타까움이 묻어나는데, 그간 왜 참고 살았을까? 지훈 선배는 저러다 몸에서 사리가 나올 것 같았다.

"나 보면…… 상훈이 생각날 것 같아서. 같이 자주 어울렸잖아. 불편해했을 거야, 은서가."

"흐음. 그건…… 그렇죠."

상훈과 은서, 나영과 지훈은 자주 어울렸다. 꼭 사이좋은 남매들처럼 밥을 먹을 때도, 술을 마실 때도, 여행을 갈 때도, 넷은 자주 함께였다.

몇 년을 그렇게 지냈으면서도 결국 상훈과 은서는 헤어졌고 상훈과 친구였던 지훈을 은서는 조금씩 멀리하기 시작했다.

아마 상훈 오빠 생각나서 그랬겠지. 그 미련퉁이가.

"아무튼 은서는 말 안 하면 모르니까, 좀 들이대 봐요. 딴 놈한테 뺏기기 전에."

"딴 놈? 은서 누구 만나?"

쑥스러움에 빙긋 웃던 지훈이 딴 놈이란 소리가 신경 쓰이는지 조심스레 물어 왔다. 다시 만난 후 대학 때보다 예뻐진 은서를 보며 누군가 곁에 있을지도 모른다는 생각을 했다. 상훈과 헤어지고 꽤나 긴 시간이 흘렀으니 누군가 곁에 있는 것이 은서를 위해 더 좋을 거란 생각도 했다.

하지만 마음을 덮어 오는 이 헛헛함.

"글쎄요. 궁금하면 선배가 직접 물어봐요. 은서 오는 것 같으니까."

나영은 빙긋 웃어 버렸다.

팜므의 파리 본사 관계자들은 이른 새벽 한국에서 돌아온 자신의 대표를 이해할 수 없다는 듯 답답한 표정으로 회의실을 빠져나왔다. 그것은 회의실에 남아 있는 프로젝트 팀장 지니 역시 마찬가지였다.

"왜 바로 결정을 못 내려? 왜 헤라랑 앨리스 사이에서 고민하는 건데?"

"아까 다 말했잖아."

"참신함이 떨어진다고? 그래, 헤라 쪽 디자인이 참신하진 않아. 그건 인정해. 그래서 만족스럽지 못했다고 쳐. 그래도 앨리스보단 우리에게 헤라가 훨씬 이득이야, 안 그래? 디자인은 충분히 우리 쪽에서……."

"김 팀장, 아직 결정하지 못했다고, 양쪽에서 디자인 다 받아 본후 결정하겠다고 한 말 못 들었습니까?"

언성이 높아지는 지니를 향해 고개를 든 제이디의 눈빛이 서늘하게 차가워졌다.

"후우, 대표님 하시는 행동, 평소 같지 않아서 몹시 당황스럽네요."

제이디의 차갑고도 딱딱한 어투에 지니의 기세가 한풀 꺾였다. 저렇게 사무적으로 지니를 부를 때, 그가 얼마나 화가 난 것인지 말하지 않아도 잘 알기 때문이다.

여간해선 흥분하지 않는 지니와 차가운 제이디의 모습에 알렉스는 어쩔 줄 몰라 하며 침만 꼴깍 삼키고 있었다.

저 고집쟁이들. 저렇게 싸우다간 아무래도 둘 중 하나가 그만둔다는 소리 할 것 같단 말이야. 불안해! 불안해!

"그래도…… 너라도 말해 봐 알렉스! 내 말이 틀렸어?"

화를 내도, 소리를 쳐도 차갑게 노려보기만 할 뿐 묵묵부답으로일관하는 제이디를 대신해 자신의 옆에 서 있는 알렉스에게 동의를구했지만 그는 고개를 흔들며 미간을 좁혔다.

그만하라는 뜻이다.

"뭐야, 진짜 왜들 이래? 여기 들어가는 시간과 돈이 얼만 줄 알아? 알면서 다들 왜 이러는데? 내가 고집부리는 것처럼 왜 이러냐고! 나확 진짜 때려 친다?"

이럴 줄 알았다. 둘 다 열받으면 앞뒤 안 가리고 덤벼드니, 내가 늙는다. 늙어!

"지니, 일단 나가요. 나가서 이야기하자. 응? 진정 좀 하고⋯⋯."

알렉스는 어이없다는 표정으로 자신을 바라보는 지니의 등을 밀어 그녀를 회의실 밖으로 데리고 나갔다. 둘을 같은 공간에 둬 봐야 좋을 것이 없다.

"너 진짜 왜 이래?"

"이유가 있어서 그래. 일단 나가서 진정 좀 하고 있어요."

황당해하는 지니를 어르고 달래며 간신히 밖으로 내보낸 알렉스는 회의실 가운데 무표정하게 앉아 있는 제이디를 힐끗 돌아봤다.

요 며칠 표정이 계속 좋지 않아 신경이 쓰이던 참이었다.

"더 할 말 없으니까, 묻지 마."

다가온 알렉스의 기척에 제이디는 짧게 말했다. 하지만 묻지 않고 넘어갈 수 없는 문제였기에 알렉스는 멈추지 않고 궁금했던 걸 물어본다.

"세령이 때문이야?"

여러 가지 조건을 두고 봤을 때 헤라와의 합작이 안전성은 물론 수익성도 높을 것이란 것은 이미 모두가 알고 있었다. 일에 대해 철저한 제이디가 그것을 모를 리는 없을 텐데 그럼에도 쉽게 결정을 내리지 못하고 앨리스를 이번 일에 끌어들이는 것이 쉽게 납득할 수 있는 일은 아니었다. 제이디의 말처럼 디자인적인 면은 헤라보다 앨리스가 조금 더 참신했다 하더라도 결정적인 이유는 아마 윤세령 때문이 아닐까?

"⋯⋯."

알렉스의 질문에 제이디는 어떠한 대답도 하지 않았다. 하지만 그 침묵이 그의 대답을 대신하고 있다는 것을 알렉스는 알고 있었다.

"그날 회의실에서 세령이 봤을 때 나도 놀라긴 했어. 너랑 헤어지고 나서 처음 본 거니까."

10년 전, 세령과 헤어지고 제이디가 얼마나 힘든 시간을 보냈는지 그걸 고스란히 지켜본 알렉스였기에 다시금 마주친 세령을 보며 그 역시 큰 충격을 받았다.

"무슨 말을 더 하려고?"

알렉스의 말에 제이디는 짜증스럽다는 듯 미간을 좁혔다.

"이해는 해. 네가 얼마나…… 근데 너 공과 사는 구분하는 스타일 이잖아. 세령이가 전 여자 친구라고 해도 일에 있어서 결부시키는 건 너답지 않아."

일에 있어선 그 누구보다 냉정하고 철저한 사람. 제이디의 그런 냉정하고 단호한 추진력 덕에 작은 디자인팀이었던 팜므는 단기간에 유럽에서 가장 사랑받는 란제리 회사 중 하나로 우뚝 설 수 있었다. 칼처럼 냉정하게 자르는 반면 수용할 것이 있다면 과감히 받아들이는 스타일. 그게 제이디가 일하는 스타일이었다.

그렇기에 직원들은 그의 결정을 어떠한 경우에라도 믿고 따라왔다. 그중엔 파격적인 행보도 있었고 쉽사리 납득하기 어려운 결정을 했던 적도 있었다. 하지만 그 결정은 모두의 우려를 단번에 씻을 수 있는 최상의 결과가 되어 돌아왔다. 그렇지만 이번 결정은 모든 상황을 계산해 봐도 논리적으로 이해하기에 벅찬 사안이었다. 누가 봐도 정확한 답이 나와 있는 문제를 이리저리 고민하고 있었기 때문이다.

"한때 나랑 사귀었던 사이라서, 그게 불편해서 이러는 거 아니야. 헤어진 여자라도 회사에 필요하다면 얼마든지 무릎도 꿇을 수 있어. 나 그런 놈인 거 네가 제일 잘 알잖아?"

아무것도 가진 것 없이 시작했다. 내 디자인을 펼칠 수 있는 회사를 차려야겠다고 마음먹던 그때 제이디는 자신이 가진 값나가는 것을 모두 팔았고 돈이 될 만한 일은 무엇이든 했다. 성공하고 싶어서.

혼자서 꼭 성공하겠다 수백 번 다짐했기 때문에 어떠한 것도 할 자신이 있었다.

그렇기에 회사에 도움이 되기만 한다면 그게 원수여도 사랑할 것이고, 간이며 쓸개며 뭐든 내다 버릴 각오도 돼 있었다. 지금 역시 그건 마찬가지다.

"그래, 그런데 왜 이러는데? 너답지 않아. 지니가 저렇게 화내는 것도 이해된다고."

알렉스는 이해가 되지 않는다며 고개를 흔들었다. 본인이 말했던 것처럼 회사를 위해서라면 헤어진 여자에게 무릎도 꿇을 수 있는 사람이 제이다. 그런데, 왜 굳이 이러는 걸까?

"헤라의 팀장이 그 윤세령이니까. 너도 알잖아?"

"……."

"시간이 필요해. 말해 둔 디자인 샘플 들어오면 보고 결정할 거야. 헤라도 앨리스도 정해진 건 없어. 보고 판단할 거니까. 헤라 쪽 디자인이 앨리스보다 좋다고 판단되면 헤라랑 계약할 거야. 그러니까 조금만 기다려."

제이디는 자리에서 일어났다. 당분간은 한국에서의 프로젝트에 온 정신을 집중해야 한다. 지니와 알렉스의 우려처럼 엄청난 시간과 돈을 투자한 일이다. 그렇기 때문에 조금의 실수도 용납할 수 없다.

"그럼 하나만 더 물어보자, 헤라가 아니라면 다른 곳도 있었어. 그런데 왜 굳이 앨리스야?"

차선책으로 준비된 회사들도 여럿 있었다. 모두 앨리스보다 시장 상황이나 유통망, 고객층도 더 나은 곳들이었다.

"이유는 아까 회의에서 말했잖아."

"이십 대에서 삼십 대 중반의 젊은 여성을 타깃으로 하는 젊은 디자인이 장점이라고? 팜므가 지향하는 디자인 콘셉트와 맞아떨어진다고? 그런 표면적인 이유 말고, 진짜 이유가 뭐냐고."

알렉스는 제이디의 대답이 만족스럽지 않은지 그에게 대답을 재촉했다.

대답을 듣기 전엔 결코 자신을 내버려 둘 것 같지 않은 알렉스의 모습에 제이디는 한숨을 내쉬었다. 그리고 어쩔 수 없다는 듯 은서를 떠올리며 말했다.

"그 여자 디자인이 마음에 들어. 엉성하고 부족한 부분도 있는데…… 꽤 욕심나는 디자인이었어."

"한은서 씨 디자인 말하는 거야?"

"응, 그 여자 재능이 탐나, 그저 그런 디자이너로 두는 게 아깝기도 하고……."

제이디의 눈빛이 순간 빛을 내며 반짝이다 이내 깊고 짙어졌다.

"으음……."

한국에서 왔다는 여자는 자신의 몸을 온전히 맡긴 후 피곤했는지 잠에 빠져들었다. 술을 꽤나 마시기도 했고 제이디의 열정에 지친 탓도 있었을 것이다.

은서의 새근거리는 숨소리를 들으며 제이디는 그녀의 곁에 앉아 기획안을 읽기 시작했다. 한국에서부터 제이디를 만나 꼭 전해 주고 싶다며 가져온 것이라 했었다.

한 장, 두 장, 그것들을 넘기며 읽어 내려가던 제이디는 첨부되어 있던 디자인화를 보던 중 한 장의 디자인에 눈길이 멈추었다. 제법 괜찮은 디자인이었다. 요즘 유럽에서 유행하고 있는 디자인 성향 분석을 제법 잘했다는 생각이 드는 것은 물론이고 적절히 자신만의 색깔을 입히려 노력한 흔적이 보였다.

좀 엉성한 부분도 있긴 하지만.

그 디자인화를 보고 있자니 이것들 중 이 여자의 디자인이 어떤 것인지 확인해 보고 싶어졌다.

어떻게 이걸 확인해 볼까?

고민하던 제이디의 눈에 열려 있는 은서의 가방 속 다이어리가 들어왔다.

이런 일을 하는 사람치고 다이어리에 디자인 하나둘 안 그려 둔 사람이 있을 리가 없다.

제이디는 끓어오르는 호기심에 결국 은서의 다이어리를 집어 들었다. 폭신한 패브릭 커버는 여자가 직접 만들었는지 속옷에 사용되는 자투리 프릴과 원사가 포함되어 있었다. 그것만으로도 이 여자의 성격이 어떠한지를 보여 주기 충분했다.

빼곡하게 들어차 있는 스케줄과 메모들, 아기자기하고 동글동글한 글씨체, 여기저기 붙어 있는 포스트잇, 얼마나 꼼꼼하고 섬세한지를 단편적이지만 충분히 가늠케 했다.

"음……."

역시나.

다이어리 속 곳곳에 남겨져 있는 흔적, 낙서처럼 그려 둔 디자인들이 꽤 여러 개였다. 기획안 속 제이디의 눈길을 사로잡았던 건 역시 이 여자의 디자인이었던 모양이다.

"제법인데?"

그중 시선을 끄는 하나, 색연필로 칠해 두었는지 옅은 베이비 핑크와 블랙의 조화가 돋보이는 디자인이었다. 브래지어는 귀여운 프릴 장식으로 캐주얼함을 잘 살리면서도 블랙으로 모던함을 표현했고 한국인의 특성을 고려해 가슴을 잘 받쳐 주는 저중심 디자인이었다. 그려 둔 디자인화 곳곳에 적혀 있는 원단의 색감과 몰드의 종류 등으로 미루어 봤을 때 이 여자가 얼마나 많은 노력을 해 왔는지 알 것 같았다.

훌륭하다고 할 정도는 아닐지도 모른다. 그러나 분명한 건 제이디의 취향에 가까웠다는 것. 그리고 한국에서 디자이너로 성공하기가 얼마나 힘든지 잘 알고 있는 그가 느끼는 여자의 재능에 대한 안타까움이었다.

아깝다. 누군가 그 재능을 이끌어 줄 수 있다면, 기회를 줄 사람이 있다면 더 좋은 디자이너로 성장할 수 있을 텐데. 처음엔 그저 그 정도의 마음이었다.

한 장, 한 장, 다시금 여자의 다이어리를 훑어 내려갔다. 하지 말아야 하는 짓이란 걸 알면서도 남의 비밀을 본다는 즐거움이 제이디의 손을 멈추지 못하게 했다.

회사에서 팀장에게 혼이 났는지 주저리주저리, 팀장에 대한 불만을 적어 둔 것도, 스트레스받아 닭발이 먹고 싶다는 둥, 매운 족발이 먹고 싶다는 둥, 그녀의 하루하루가 그곳에 적혀 있었다.

제이디는 그렇게 그녀가 써 내려간 일기에 같이 웃기도 하고 인상을 쓰기도 하며 때론 한숨을 쉬기도 했다.

직접 본 것은 아니지만 이 여자의 하루하루를 같이하는 것처럼.

"그 여자가 좋단 소리야? 아님 그 여자 재능이 갖고 싶다는 거야?"

제이디의 뜻 모를 소리에 알렉스는 지끈거리는 머리를 받치며 자리에 앉았다.

"둘 다."

"하여간 있는 놈이 더하지. 네 재능만으론 부족하냐?"

알렉스의 말에 으쓱거리며 어깨를 들썩인 제이디는 은서의 얼굴을 떠올렸다.

"그 여자 꽤 재능이 있어. 너도 알지만 한국에서 디자이너로 성장하려면 이런 좋은 기회가 아니면 힘들 거야. 내가 도와줄 수 있다면 기회를 한번 주고 싶어."

화려한 스펙과 학벌을 가지고 있어도 성공하기 어려운 바닥이다. 돈이 많고 환경이 좋다 해서 무조건 성공하지도 않을뿐더러 뛰어난 재능이 있다 하여도 살아남기란 어려운 실정이었다. 그게 언더웨어, 란제리 디자이너들의 현실. 바늘구멍보다 더 작은 성공이란 구멍을 통과하는 사람들은 1프로가 채 되지 못했다.

더욱이 기반이 탄탄한 큰 회사에 취직한다 하더라도 디자이너로서의 역량보단 정해져 있는 회사 고유의 디자인을 답습하고 상품을 내는 데 급급해진다. 현실이란 벽에 가로막힌 재능은 그 빛을 발하지 못하고 사그라지기 일쑤다.

"너 진짜 한은서 씨한테 왜 그렇게 마음을 쓰는 거야? 설마 정말 반했어?"

알렉스는 궁금해졌다. 자신의 친구이자 동료인 제이디는 다가오는 여자에겐 친절하나 쉽게 마음을 열지 않았다. 몸을 섞긴 해도 그 여자가 진심을 보이면 상처받은 성난 고양이처럼 상대방을 경계하곤 했다.

세령이와 그렇게 헤어진 게 이유일지도 모르지.

"반하는 중."

"넌 하여간 재능 있는 여자한테 약해."

취향 하난 참 변하지 않는다.

"알아. 네가 글래머한테 약한 것처럼 말이지."

처음엔 무작정 자신을 만나러 온 여자의 정성에 흐뭇했다. 그다음엔 눈길을 사로잡는 디자인이 마음에 들었고, 함께 몸을 섞었을 땐 여자의 신음이 마음을 들썩이게 했다. 자신을 보며 쑥스러워하던 여자의 발그레한 뺨이 귀여웠고, 하얗고 가느다란 손가락이 매혹적으로 보였다.

"남자의 본능이란 그런 게 아니겠어?"

부끄러움은 언제나 남의 몫. 알렉스는 아랑곳하지 않고 자신의 취향을 뽐내듯 자신만만한 표정을 지어 보였다.

"아, 이유 하나 더 있다."

"뭔데?"

뭔가 떠오른 듯 고개를 탁! 치켜드는 제이디에게 알렉스는 시큰둥한 얼굴로 물었다. 그러자 이번엔 제이디가 턱을 괴며 책상에 몸을 기울인다.

뭐가 그렇게 좋은지 서서히 얼굴 전체에 부드러운 미소가 번지기 시작했다.

"오징어튀김 먹는 입이 귀여워."

"……."

피식, 자신이 말하고도 민망한지 웃어 버리는 제이디의 모습에 알렉스는 눈을 흘기며 소리쳤다.

"미친놈."

"아, 당장 한국 가고 싶다."

내일 한국으로 돌아가면 그 여자가 맛있게 먹던 오징어튀김을 사러 가야겠다. 한 손 가득 포장해 간 그 튀김을 여자 입에 쏙 넣어 주리라. 그 여자의 재능 있는 손보다 지금은 오물거리는 그 입술이 갖고 싶어지는 제이디였다.

06. 진짜 반한 것 같아. 당신한테……

"하하, 박 본부장. 갈수록 실력이 느는 것 같구만."

파릇한 잔디가 드넓게 펼쳐진 HS컨트리클럽 퍼블릭 7번 홀에는 SW패션그룹 박세웅 회장과 그의 아들 박진호, 그리고 유통업계의 큰손으로 불리는 해상그룹 회장이 자리를 함께하고 있었다.

해상그룹은 복합 쇼핑몰과 호텔 사업을 기반으로 하는 유통계의 지배자였고 해상그룹의 오너는 돈이 될 만한 곳은 귀신같이 안다고 하여 돈귀신이란 조롱 섞인 별명도 가지고 있지만 누가 뭐라 해도 그의 사업 수완은 대단했다.

"과찬이십니다. 회장님."

"여기가 코스는 짧아도 난도가 높은 곳이야. 아주 잘하고 있네."

자신의 아들뻘 되는 박 본부장의 골프 실력이 는 게 마음에 드는 듯 그의 호탕한 웃음이 끊이질 않았다.

"박 회장님, 볼 때마다 부럽습니다. 박 본부장 인물도 좋고, 능력도 있고, 내가 딸이 하나 있었으면 낚아채서라도 사위를 삼았을 텐데요."

"하하, 그러게요. 저도 아쉽게 되었습니다. 회장님과 사돈을 맺으면 참 좋았을 텐데 말입니다."

아들을 칭찬하는 그의 말에 박 회장 역시 껄껄거리며 웃었다. 다른 이들이 그를 뭐라 욕하든 박 회장에겐 사업 파트너로 그만큼 이용 가치가 있는 이는 없을 것이다.

해상그룹이 보유한 쇼핑몰이며 백화점에 들어가고 있는 SW사의 제품 라인들만 해도 상당수였고 최근엔 HS호텔 면세점과 헤라와의 계약을 앞두고 있었다. 계약만 성사된다면 그로 인해 박 회장이 거둬들일 수익은 지금의 몇 배가 될 것이 분명하다.

"하하! 아니면 박 본부장 얼른 결혼시키세요. 손주들이라도 연을 맺어 보게요."

"그럴까요? 진호야, 네가 얼른 결혼을 해야겠다. 손주 기다리는 사람이 한 사람 더 늘었구나?"

두 어르신들의 눈빛에 진호는 쑥스러운지 잠시 머리를 긁적였다.

"올해 안에 가도록 노력해 보겠습니다."

"할 사람은 있고?"

"네, 만나는 사람이 있습니다."

해상그룹 회장의 질문에 진호는 자신의 얼굴이 얼마나 활짝 웃고 있는지도 모른 채 대답했다. 그녀를 생각하는 것만으로도 입술이 달싹거려 주체하지 못했다.

"그랬구만, 축하하네. 어떤 사람이기에 본부장 얼굴이 그렇게 피는 건가?"

"제가 그랬습니까?"

"저놈이, 이렇게 팔불출입니다. 저를 닮아서."

박 회장이 민망한지 농 섞인 말을 내뱉는다.

"하하하, 보기 좋은데요."

"헤라 디자인팀 실장입니다. 면세점 건 잘 부탁드리겠습니다."

면세점 입점을 위해 새로운 제품 디자인부터 홍보, 광고, 뭐 하나 세령의 손길을 거치지 않은 것이 없었다. 진호는 90도로 허리를 굽혀 인사했다. 그녀의 노력과 시간이 얼마나 들어갔는지 모르지 않기에 더욱 공손해졌다.

"면세점 건은 너무 걱정 말게. 헤라만큼 언더웨어 시장의 강자가 또 어디 있다고. 더구나 이번엔 큰 프로젝트도 준비한다고 들었네."

"네, 유럽 브랜드와 프로젝트를 협의하고 있습니다. 좋은 결과가 나올 것 같으니 기대해 주십시오."

자신감 가득한 표정에 회장은 진호의 어깨를 토닥였다.

"자 그럼, 다음 홀로 넘어갑시다. 이러다가 점심시간 놓치겠습니다."

"그렇게 합시다."

허허거리는 사람 좋은 웃음을 띠며 세 사람은 다음 코스로 걸음을 옮기기 시작했다.

"내일 본사 다시 들어가면 일주일 정도 있을 것 같으니까, 여기는 지니가 맡아서 일 처리 해 주고."

"알았어. 아! 오늘 헤라랑 앨리스에서 디자인 샘플 넘어오는 날이지?"

지니가 가져온 서류에 사인을 하던 제이디는 서류철을 덮으며 고개를 끄덕였다. 오늘 들어오는 디자인 샘플을 참고로 마지막 본사 회의를 할 것이고 거기서 파트너를 정하게 될 것이다.

"앨리스 프로젝트 담당자는 팀장이 아니라 한은서 씨가 맡기로 했다며?"

"응."

"괜찮겠어?"

"뭐가?"

지니의 질문에 이해가 가지 않는다는 듯 제이디가 되물었다.

"아니, 헤라 실장 실력파라잖아. 그런데 한은서 씨로 괜찮겠냐고."

기획안 속에 들어 있던 은서의 디자인이 좋은 느낌이었던 것은 맞지만 그것만으로 헤라를 이기기엔 앨리스 쪽이 확실히 불리해 보였다.

"왜? 안 될 것 같아?"

지니의 걱정스러운 얼굴과는 달리 제이디는 입꼬리를 올리며 의자에 비스듬히 등을 기댔다.

"왜 그렇게 자신만만한 표정이야?"

"엄청 열심히 하더라고. 같이 밥 먹자고 했다가 까였어. 놀아 줄 시간 없대."

"푸훗, 정말이야? 은서 씨 대단한데? 천하의 제이디를 까다니!"

"그치? 나 울 뻔했다니까."

고개를 끄덕이는 제이디의 미간이 좁아졌다.

'오늘 저녁에 뭐 해? 약속 없으면 같이 저녁…….'

'저 샘플 준비 하는 것 때문에 바빠요. 죄송해요, 밥은 다음에 먹어요.'

말이 채 끝나기도 전이었다. 은서의 단호한 목소리에 본사에서 돌아온 제이디는 기운이 쏙 빠져 버렸다.

'저녁은 먹어야 할 거 아니야?'

'대충 먹으면 돼요. 저 바빠요! 그럼 끊을게요.'

은서는 바쁘다며 자기 말만 하고 먼저 전화를 뚝 끊어 버렸다. 그 뒤로 이틀째, 제이디의 마음을 영 모르는지 은서는 연락이 없었다.

파리 본사에 있는 동안 그 오물거리는 입이 보고 싶어 혼이 났는데. 결국 오늘까지 연락이 없다.

그래, 내가 또 먼저 한다.

제이디는 자신의 핸드폰을 들어 도도도독 여자에게 메시지를 남겼다.

"잘할 거야. 내 유혹도 뿌리치는 여자니까."

표정은 영 좋지 않았지만 그럼에도 은서에 대한 믿음이 있는 모양인지 제이디는 어쩔 수 없다는 듯 고개를 끄덕였다. 그 모습에 지니는 반대로 고개를 흔든다.

빠졌네, 빠졌어. 푹 빠진 거야.

"그래, 나도 이쯤 되니 은서 씨가 꼭 잘했으면 좋겠다."

지니의 말에 제이디는 고개를 끄덕였다. 투덜거리긴 했지만 사실 그녀가 가져올 디자인 샘플이 어떤 모습을 하고 있을지 꽤나 기대되고 설레었다. 아주, 아주 잘해서 이 기대감을 한껏 충족시켜 주면 좋을 텐데.

그럼 더욱더 푹 빠져서 헤어 나오지 못할지도 모르지만.

"아, 나 본사 들어가 있는 동안 비서 하나 뽑아, 유능한 애로."

"응."

여러 가지로 할 일이 많은 지니의 부담을 덜어 주고 싶었는지 제이디는 비서를 하나 뽑아야겠다 말했다. 본사에 있는 자신의 비서를 데려올까 생각도 했지만 한국말을 배운 지 얼마 안 되어 말이 서툰 프랑스인 비서보단 한국에서 따로 채용하는 것이 더 효율적일 것이다.

똑똑.

지니와의 대화가 끝나 갈 즈음 대표실 문을 노크하는 소리가 들렸다.

"들어와."

제이디의 말에 지니가 먼저 걸음을 옮겨 대표실 문을 열었다.

"표정이 왜……."

알렉스의 표정이 어딘지 이상하게 느껴진 지니가 이유를 묻기도 전이었다. 곤란해 보이는 알렉스의 뒤로 화사하게 웃고 있는 세령의 얼굴이 보인다.

"어머, 윤 실장님이 직접 오셨어요?"

디자인 샘플을 가지고 온 모양이었다.

"헤라의 윤세령 씨 오셨습니다, 대표님."

지니는 굳어 있는 알렉스의 모습이 이상하게 보였지만 일단 몸을 돌려 세령의 도착을 알렸다.

"……."

"대표님?"

"들어오시라고 하세요."

"윤 실장님, 들어가 보세요."

"네. 감사합니다."

지니의 말에 더없이 맑은 미소로 화답한 세령은 걸음을 옮겨 제이디의 앞으로 다가섰다.

"왜 사무실에 좀비들만 앉아 있는 거죠?"

업체 미팅이 있어 평소보다 두세 시간 늦게 출근한 장 팀장은 사무실에 널브러져 있는 직원들을 둘러보며 말했다.

눈빛에 짙게 깔린 다크서클은 금방이라도 무릎까지 떨어질 듯했고, 평소라면 화사한 얼굴과 향긋한 향기로 미모를 뽐낼 여직원들은 책상과 한 몸인 듯 널브러져 일어날 줄을 몰랐다. 유난히 칙칙한 분위기다.

"주, 죽은 건 아니죠? 아이고, 놀라라!"

움찔, 좀비처럼 휘청거리며 고개를 치켜드는 은서의 모습에 장 팀장은 소스라치게 놀랐다. 아무래도 한숨도 자지 못하고 씻지도 못했는지 머리는 떡이 져 있고 얼굴엔 기름까지 번들번들하다.

"오늘 마감이니까요, 시간 내에 맞춘다고……."

"한 대리, 고생은 많았는데…… 일단 좀 씻고 와, 그 꼴로 제이디 보러 가려는 건 아니지?"

끄덕끄덕. 보지 않아도 자신의 몰골이 어떨지 팀장의 표정만으로 짐작 가능하다.

꼴이 말이 아닌가 보구나.

말하지 않아도 자신의 상태가 썩 좋지 않음을 감지한 은서는 비척비척 좀비처럼 일어나 잠깐 씻기 위해 밖으로 나섰다.

주어진 시간은 정확히 3일, 팜므의 상징과도 같은 블랙의 색상만으로 가장 매혹적인 디자인을 만들어 오라는 제이디의 주문에 은서는 3일 내내 제대로 잠을 자지도, 밥을 먹지도 못한 채 일을 해야 했다.

3일 만에 만족할 만한 디자인은 물론 샘플까지 만들어 오라니, 아무리 제이디라도 너무했다 싶어진다. 하지만 어쩌겠는가? 분명 아쉬운 건 우리 쪽이고 또한 이런 기회를 잡은 건 우리에겐 행운이었다. 절대 놓치면 안 되는 행운.

"팀장님, 밥 좀 사 주세요. 한 대리랑 저랑 어제 저녁도 못 먹고,

오늘 아침도 못 먹고, 삼각김밥으로 버텼어요. 저 독한 것이 밥 먹는 시간도 아깝다고……."

늦게까지 남아 일하는 동안 은서에게 맺힌 것이 많은지 나영이 중얼거렸다.

"일단 시작하면 끝장 보는 스타일인 거 나영 씨가 제일 잘 알면서 왜 그래?"

장 팀장은 힘들어 죽겠다며 엄살을 부리는 나영의 어깨를 토닥이며 말했다. 3일 동안 얼마나 많은 열정을 여기에 쏟아 냈는지는 장 팀장이 제일 잘 알고 있었다.

이번 프로젝트 담당자는 한 대리였으면 좋겠다는 팜므 쪽의 요청에 장 팀장은 조금의 망설임도 없이 그 일을 수락했다. 제대로 미팅조차 하지 못했을 일을 막판까지 헤라와 경쟁하는 분위기로 만들어 놓은 건 한 대리의 노력 덕분이란 걸 잘 알기 때문이었다.

"애 많이 썼어, 다들. 한 대리 오면 점심 먹으러 가자고. 내가 쏜다!"

"고기 먹어도 되나요?"

"얼마든지, 단 나영 씨도 좀 씻고 와! 그 꼴로 나가면 나 체할 것 같거든?"

너의 몰골도 말이 아니란다. 장 팀장은 속의 말을 삼키며 애써 웃었다. 이 좀비들의 3일간의 고생이 곧 결과로 나타날 것이다.

"은서야, 고기 사 주신데, 고기!"

막 세수를 끝내고 나온 은서를 보며 나영이 손을 흔들었다. 고기 하나에 이렇게 약해지는 가련한 영혼들.

"무리하시는 거 아니에요? 아직 결과도 안 나왔는데……."

"다들 이렇게 고생하는데 이 정도야 껌이지."

팀장의 말에 고개를 끄덕이며 자리에 앉은 은서는 어쨌든 끝냈다는 뿌듯함에 미소 지었다. 하루 24시간이 그렇게 짧고 아쉬웠던 적이 얼마 만인지…… 꿈 많던 그 시절로 돌아간 것 같은 기분이었다.

"후우."

끝냈다는 안도감에 참고 있던 배고픔과 졸음이 한꺼번에 몰려왔다. 낮은 한숨을 내뱉으며 고개를 흔들던 은서의 눈에 깜빡거리는 핸드폰 액정이 보였다.

[오늘 점심까지 거절하면 나 진짜 삐칩니다.]

푸훗, 제이디의 메시지에 은서는 저도 모르게 키득거렸다. 삐친다 말하는 남자의 표정이 상상이 되어 자꾸 입이 씰룩씰룩, 주체가 되지 않는다.

이런 메시지를 어쩜 이렇게 잘 보낼까? 본인은 쑥스러워 하기 힘든 걸 너무 자연스럽게 잘하는 이 남자가 신기하기까지 하다.

위험한 데다가 요물도 이런 요물이 따로 없다.

"뭐가 그렇게 좋아? 밥 먹으러 안 갈 거야?"

"나영아 미안, 팀장님 죄송해요. 저 팜므 사무실 들어가 봐야 할 것 같아요."

"어휴, 제이디도 참 너무한다. 사람 밥은 먹게 해 줘야지……. 알았어, 다녀와."

팜므 쪽 요청에 따라 촉박한 시일을 맞추느라 날밤을 새워서 고생한 사람에게 밥 먹을 시간도 주지 않는다며, 제이디를 오해한 장 팀장은 은서를 위로했다.

[나랑 밥 먹고 싶어서 그동안 어떻게 참았어요? 곧 갈게요. 조금 있다 봐요.]

"다녀오겠습니다."

은서는 그가 보낸 메시지에 얼른 답장을 한 후 준비된 디자인 샘플을 챙겼다. 열심히 한다고 했는데 얼마나 그의 눈에 만족스러울지 걱정이 앞선다.

할 수 있는 건 다 했잖아. 쫄지 말자. 한은서 파이팅!

"제이디 표정도 안 좋고, 너도 그렇고, 너희 진짜 왜 그래?"

아까부터 대표실을 보며 안절부절못하는 알렉스의 모습이 아무리 봐도 이상하게 여겨져 지니는 묻고 또 물었다. 하지만 그때마다 돌아오는 건 침묵뿐.

"대답 안 할래?"

초조한지 인상을 잔뜩 쓰고 있는 알렉스의 양 볼을 지니는 두 손으로 쭉 잡아당겼다.

"아파요."

"그러니까 말해."

곤란해 죽겠다는 표정을 지어 보이던 알렉스는 지니의 간절한 눈빛에 어쩔 수 없다는 듯 말했다.

"흐음. 비밀 지킬 거죠?"

"물론."

반응으로 보아 윤 실장과 제이디, 알렉스가 아는 사이라는 건 어느 정도 예상이 가능하다. 어떤 사이였을까?

"제이디 전 애인. 학교 다닐 때 4년 정도 사귄 사이예요."

"진짜?"

동그랗게 커진 눈을 한 지니의 시선이 대표실 문으로 향했다. 그간 스치듯 만나는 여자들은 있었지만 누군가와 깊은 관계가 되거나 오랫동안 만남을 가지는 것을 극도로 꺼려하는 걸 알고 있었다.

"설마 쟤 저렇게 까칠하고 아무한테도 의지 못 하는 병, 윤세령 씨랑 관련 있는 거야?"

갓 스물여덟 살이 된 제이디를 처음 만났을 때 지니는 느낄 수 있었다. 녀석은 친절하지만 친근함은 없고 다른 이의 감정을 인정은 하되 이해하지 않는다. 그건 여자와의 연애에 있어서도 마찬가지였다. 사랑이란 감정의 따뜻함은 인정하고 원하면서도 한편으론 절대 진심을 내보이지 않으려 했다.

"100프로는 아니지만 50프로 정도는."

"제이디한테 무슨 짓을 한 거야, 저 여자?"

성난 지니의 눈빛이 대표실 문을 향해 날아간다.

한편 세령과 제이디가 함께 있는 대표실엔 한없는 정적이 흐르고 있었다.

안으로 들어온 세령도, 그녀를 들어오라 했던 제이디도 서로 아무런 말없이 시선조차 마주치지 않는 상태였다.

사무실 안에 짙은 여자의 향수 냄새가 퍼진다. 익숙하고 낯설지 않은 향이 느껴지자 제이디는 그제야 작게 한숨을 내쉬었다.

"앉아."

"······."

자신의 책상에서 열 걸음 정도 떨어진 자리에 꼼짝 않고 서 있는 세령에게 앉으라 말했지만 그녀는 대답이 없다. 그저 그렇게 서 있을 뿐.

"앉으라고."

"······네."

제이디의 고개가 자신에게로 향하자 그제야 세령은 걸음을 옮겨 대표실 가운데 있는 크림색 소파에 몸을 맡겼다. 이 무거운 공기가 몸을 짓누르는 모양인지 푹신한 소파에 빨려 들어가는 기분이 들었다.

"할 말 있으면 빨리하고 가. 그러려고 직접 온 거잖아."

차갑고, 감정이 담기지 않은 눈빛으로 세령을 바라본다. 억지로 입꼬리를 올리고 있는 모습이 10년 전과 조금도 다르지 않아 보였다. 저 억지웃음. 조금도 변하지 않은 세령의 모습에 속이 울렁거리기 시작했다.

"오랜만이죠, 선배?"

세령의 입을 통해 나온 소리에 제이디는 어이가 없어 헛웃음이 나오려 했다.

오랜만? 그래, 몹시 오랜만이지.

"……디자인 그만뒀다고 생각했어요. 선배 아버지 일 돕는 줄 알았거든."

"그만둘 뻔했지. 누구 덕에."

칼날 같은 것이 가슴을 스치고 간다면 이런 마음일까? 냉랭한 제이디의 목소리에 세령의 몸이 뻣뻣하게 굳어 왔다. 하지만 입술을 질끈 깨물었다 뗀 세령은 말을 멈추지 않았다.

"……미안하게 생각해. 그때 일은."

"할 말 다 했으면 가 봐."

세령의 말에 고개를 절레절레 흔든 제이디는 더 이상 상대할 이유가 없다는 듯 덮어 두었던 서류철을 펼쳤다. 잊고 지냈던 일이, 잊고 있던 감정이 떠오르려 한다.

"선배."

익숙한 목소리, 익숙한 얼굴, 익숙한 눈빛. 모든 것이 너무 그대로라 제이디는 헛웃음이 터져 나오려 했다. 그렇게 오랜 시간이 흘렀음에도 바로 어제 일처럼 속이 울렁거리며 덮어 뒀던 화가 끓어올랐다.

"나한테 화 많이 난 거 아는데……."

세령의 말에 참았던 화가 폭발하듯 치밀어 올랐다. 제이디는 자리에서 일어나 뚜벅뚜벅 세령의 바로 앞까지 다가갔다. 다가갈수록 더욱 진하게 느껴지는 세령의 향수 냄새에 또다시 속이 울렁였다.

"……."

"좋은 말로 할 때 그만 가."

"선배, 오늘 하려던 말은……."

"가라고."

"진운 선배."

어느새 코앞까지 다가와 차갑게 자신을 내려다보고 있는 제이디의 품으로 세령이 갑자기 안겨 들었다. 익숙하고 그리웠던 그의 옅은 향수 냄새에 어느새 두 눈가에 눈물이 그렁그렁 차올랐다. 잊고 있던 지난 시간들이 주마등처럼 눈앞을 스친다.

"선배, 나…… 정말 뻔뻔한 거 아는데, 그런데 나 선배 잊고 지낸 적 없어."

"……."

"선배가 나 용서 못 한다는 거 아는데 아니, 선배한테 너무 미안해서 이렇게 용서 비는 것조차 너무 뻔뻔하다는 거 아는데……."

세령의 흐느낌이 커져 갔다. 세상에서 자신을 제일 따뜻하게 바라봐 주던 그 눈빛을 잊고 지내본 적이 없는데, 다시 만난 그는 너무 차갑고 낯설었다. 당연하단 걸 알면서도 눈물이 멈추지 않았다. 그 오랜 시간 가슴에 박혀 있던 가시가 깊숙이 파고드는 기분이 들었다.

"알면 그만하고 가지 그래?"

"지금 용서해 달라는 거 아니야, 그런 걸 바라는 건……."

제이디는 자신의 품에 안겨 울고 있는 세령을 매몰차게 떼어 냈다. 자그마한 얼굴은 눈물로 범벅이 되어 있었지만 그럴수록 마음은 더욱 차갑게 얼어붙고 가슴에 담아 뒀던 분노는 용솟음쳤다.

아무도 담지 않았던 마음속 가장 깊숙한 곳, 그 테두리 안에 처음 들어온 여자. 그럼에도 철저히 배신하고 떠나간 여자.

제이디의 입술이 비틀린다.

"선배?"

"네가 훔쳐 가서 공모전에 냈던 내 졸업 작품은 꽤 쓸 만했지? 당선도 되고, 그 덕에 지금 그 자리에 있는 것 같으니까, 유용하게 사용했다고 봐도 되겠네."

몇 년을 준비하고 공들인 순간이 한순간에 무너져 내렸다. 디자이너의 길을 반대하는 아버지께 보여 드리기 위해 노력한 순간들이 디자인 도용이라는 오명으로 더럽혀졌다. 그간 노력해서 쌓은 입지는 한순간에 흔들렸고 집안의 반대는 더욱 거세졌다.

하지만 제이디는 어떤 변명도 하지 않았다. 세령이 그럴 리 없다고 믿고 싶어서, 혹여 정말 그랬다 하더라도 무슨 이유가 있었을 거라 믿고 싶어서. 하지만 한국으로 돌아가 공모전에 입상한 세령의 소식만 무수히 들려올 뿐, 그녀는 끝내 제이디를 만나러 오지 않았다.

시간은 흘렀고 소문은 퍼져 나갔다. 변명조차 하지 않는 제이디를 받아 주는 회사는 없었고 자의 반 타의 반으로 제이디는 자신의 디자인팀을 꾸리기로 결심했다. 진운이란 이름도 그날 이후 버렸다. 이 세계에서 살아남기 위해선 무성한 소문들을 지워 버려야 했고 그렇게 제이디란 이름을 쓰기 시작했다. 실력으로 보여 줘야 하니까, 그래야만 자신의 오명을 씻을 수 있기 때문에. 그것을 위해서라면 어떤 것이라도 참고 이겨 낼 수 있었다.

"끌어내야 나갈래?"

"선배, 그땐 내가 정말 절박……."

"너에 대한 감정도, 그 디자인도, 그냥 쓰레기통에 버려 버렸어. 그날 이후로."

그런 마음으로 살았다. 아니 그런 마음으로 살아야 했다.

"……무슨 말을 해도 이해해. 쉽게 용서하지 못하겠지."

"……."

"그래도…… 지난 일 때문에 이번 프로젝트에 영향은 없었으면 좋겠어. 오늘은 그만 갈게."

흘렸던 눈물을 손으로 닦아 내며 세령은 그렇게 말했다.

"나에 대한 감정 때문에 서로에게 좋은 기회, 날리지 않길 바랄게. 다시 연락할게요. 오늘 정말 미안했어."

그 말을 남기고 세령은 천천히 제이디의 사무실을 나섰다. 할 말은 더 있었지만 차가운 그의 눈빛에 더 이상 말할 수가 없었다. 사귀는 동안엔 한 번도 본 적 없는 모습이었다.

미안하다? 절박했다? 프로젝트에 영향이 없었으면 좋겠다?

"하!"

결국 하고 싶은 말은 프로젝트에 영향이 없었으면 좋겠다는 것. 미안했다는 말은 그걸 위한 적절한 포장일 뿐.

사람의 본성은 쓸데없이 한결같아서 오랜 시간이 지나도 잘 변하지 않는다. 세령은 누구보다 자신의 성공과 욕망에 솔직한 여자였고 그때도 지금도 그것을 위해 망설이지 않았다.

쨍그랑!

"젠장!"

테이블에 놓여 있던 커피 잔이 그대로 바닥으로 내쳐졌고 제이디의 입에선 욕지거리가 흘러나왔다. 10년, 무려 10년이란 시간이 흐르는 동안 잘 잊고, 잘 묻어 뒀던 감정이 화산이 폭발하듯 가슴을 치고 올라왔다.

우습게도 남아 있는 것은 용서할 수 없는 배신감. 그것뿐.

"……괜찮으세요?"

치밀어 오르는 화를 채 다스리지도 못한 그때. 열려 있던 대표실 문 앞에 놀란 토끼 눈을 한 은서가 그를 바라보고 있었다.

빈 커피 잔이라 다행이란 생각이 들었다. 여기저기 바닥을 나뒹구는 유리 파편과 그런 모습을 들켜 놀란 제이디의 얼굴만으로도 은서는 충분히 당황스러웠다.

상상해 보지 못한 모습에 순간 발이 굳어 버리는 기분. 어그러진 그의 얼굴이 꼭 다른 사람처럼 낯설어 보였다.

은서의 등장에 놀란 제이디는 머리가 지끈거려 커다란 손으로 자신의 이마를 짚었다.

보이고 싶지 않았던 모습을 보였다는 부끄러움이 그를 덮쳐 왔다. 왜 이런 모습을 너에게 들켜 버린 걸까? 너에겐 보이고 싶지 않았는데.

"저기…… 어, 그러니까……."

어떤 말을 해야 할지 몰라 머뭇거리는 은서의 모습에 제이디는 거칠게 자신의 머리칼을 헝클어뜨렸다.

"잠깐 나갔다가 다시 올까요? 그게 아무래도……."

"언제 왔어?"

이러지도 저러지도 못하고 발을 동동 구르는 은서를 향해 물었다.

"방금…… 방금 왔어요."

더듬더듬. 걱정스럽고, 당황스러운 눈으로 자신을 바라본다.

많이 놀랐구나.

"……잠시 밖에 나가 있어. 유리 조각 때문에 위험해."

주변에 널브러진 유리 조각들에 은서가 베이기라도 할까 걱정스러워 그녀를 밖으로 내보내려 했지만 은서는 고개를 흔들었다.

"괜찮아요, 저는."

걱정스러운 남자의 눈빛이 닿자 굳어 있던 몸이 그제야 제대로 움직였다. 어릴 때 했던 얼음땡 놀이처럼, 그의 성난 모습에 얼음이 되었던 몸은 다시 그의 부드러운 눈빛에 녹아내렸다.

은서는 몇 발자국 걸음을 옮긴 후 조심히 무릎을 세우며 바닥에 쪼그려 앉았다. 그러곤 눈에 보이는 큰 유리 조각을 천천히 손으로 집어 한곳에 곱게 모으기 시작했다. 겨우 유리 조각일 뿐인데, 어째선지 그 유리 파편들이 남자의 조각난 마음 같아 그대로 둘 수가 없었다.

"만지지 마. 손이라도 다치면 어쩌려고 그래?"

평소라면 그 손을 붙잡아 그러지 말라 하겠지만 이상하게 제이디는 발이 떨어지지 않았다.

이렇게 네가 가까이 있는데, 네게 다가가면 내 마음이 붙잡힐까 봐 겁이 난다.

"괜찮아요."

그러지 말라 해도 말을 듣질 않는다. 저러다 손에 상처라도 나면 어쩌려고. 제이디는 떨어지지 않는 발걸음을 옮겨 그런 은서의 곁으로 다가섰다. 방금 전까지 가슴을 세차게 때리던 분노가 여자의 느리고 부드러운 움직임에 스르륵 녹아내리는 것만 같았다.

"청소하는 사람 있으니까 만지지 마."

제이디는 도통 말을 듣지 않는 은서의 곁에 그녀처럼 쪼그리고 앉았다. 그녀의 몸에서 아기 분 냄새와 같은 향이 느껴지자 마음이 요동쳤다.

가느다랗고 풍성한 은서의 속눈썹이 눈꺼풀의 움직임에 따라 나풀거렸고 평소보다 조금 느릿하게, 조금 더 천천히 움직이는 여자의 모습에 코끝이 찡해 오는 묘한 느낌. 그저 그곳에 있어 주는 것만으로 마음이 위로를 받고 있었다.

그녀가 가진 분위기가 제이디의 성난 마음을 다독였다.

"다치면 어쩌려고……."

유리 조각을 줍고 있던 은서는 걱정스러워하는 그의 목소리가 들리자 눈을 들어 남자의 얼굴을 바라보았다. 금방이라도 울 것 같은 그의 얼굴이 안타까워 마음에 잔잔한 물결이 일었다.

"……좀 진정이 돼요?"

왜 그렇게 화를 냈는지, 왜 또 그렇게 울 것 같은 얼굴로 자신을 바라보는지, 혹시 사무실을 나서던 그 아름다운 여자 때문인지, 묻고 싶은 말은 많았지만 말들은 입 안을 맴돌 뿐이었다.

"응, 진정됐어. 많이 놀랐지?"

제이디는 커다란 손으로 자신의 머리칼을 다시금 헝클었다. 이런 모습, 누구에게도 보이고 싶지 않았다. 그런데 하필 왜 한은서일까?

한 손으로 이마를 받치며 은서에게로 고개를 돌린다. 당황스러움에 흔들리던 눈동자는 어느새 안정을 찾았는지 반달을 그리며 내려앉아 있었다.

"다행이네요."

무슨 일 때문에 이러는지 궁금했을 텐데 은서는 조금도 묻지 않았다. 그런 여자의 행동이 고맙고 미안해 제이디는 엷은 미소를 머금었다.

참 따뜻하다, 너는.

커다란 남자의 손이 은서의 손을 잡았다. 유리 조각을 들고 있던 손은 마법에 걸린 듯 제이디가 이끄는 대로 따라왔다.

"한은서 씨."

제이디는 자신의 손에 잡혀 있는 은서의 손을 천천히 자신의 입술 쪽으로 끌어당겼다. 그리고 보드랍고 하얀 여자의 손등에 살며시 입을 맞췄다.

은서의 눈동자가 미세하게 떨려 왔지만 제이디의 눈빛은 더욱 짙어질 뿐이었다.

너라면 괜찮을 것 같은 기분이 들면서도 한편으론 또다시 누군가에게 마음이 붙잡힌다는 것이 나를 움츠러들게 한다. 당신과의 이 거리마저 놓치게 될까 봐.

"어떻게 하지?"

금방이라도 눈가가 젖어 올 듯 눈시울을 붉히는 제이디의 표정에 은서는 마음이 울렁거려 마른침만 꼴깍 삼켰다.

그런 표정, 마음이 아파 오니 그러지 말라고, 그의 뺨을 만져 주고 싶었지만 용기가 나지 않아 은서는 그저 그의 다음 말을 기다렸다.

"아무래도……."

두근두근, 들려오는 심장 소리가 내 것인지 너의 것인지 구별조차 할 수 없었다. 하지만,

"진짜 반한 것 같아, 당신한테."

포기하고 싶지 않은 너와의 거리.

'진짜 반한 것 같아, 당신한테.'

네?

'진짜 반한 것 같아, 당신한테.'

저요? 저 말씀하시는 거 맞아요?

'진짜 반한 것 같아, 당신한테.'

어, 엄마야…….

제이디의 목소리가 머릿속을 둥둥 떠다닌다. 무어라 대답해야 했지만 말들은 입 안을 맴돌았고 몰려오는 당혹감에 그에게 잡혀 있던

손을 슬그머니 빼 버렸다.

"정말…… 사람 놀라게 만드는……."

그의 갑작스러운 고백이 민망하고 쑥스러워 은서는 얼른 무릎에 얼굴을 묻었다. 귓불까지 달아올라 고개를 들 수가 없었다. 분명 얼굴은 불이 난 것처럼 붉어졌을 것이고 눈동자는 주체 없이 흔들리리라. 그걸 남자에게 고스란히 들킨다면 땅속으로 도망쳐 버리고 싶을 만큼 쑥스러울 것이다.

"고개 좀 들어 봐."

하지만 고개를 숙이며 중얼거리는 은서를 바라보는 제이디의 목소리에 아쉬움이 서렸다.

누군가에게 붙잡힌 마음이 또 길을 잃을까 봐 일정한 거리를 유지하며 살아왔다. 먼저 다가오는 여자들은 경계했고 자신에게 적극적인 여자는 의심했다. 누군가와 특별한 사이가 된다는 것은 늘 두려움이었기에 상대에게 온전한 마음을 줘 보지 못했다. 하지만 방금 전까지 성난 파도처럼 세차게 부서져 내리던 마음은 그녀가 모아 둔 유리 조각처럼 은서로 인해 다시금 조각조각 모이기 시작했다.

"내가 싫어?"

"아니요."

그런 게 아니라며 고개를 흔드는 은서의 모습에 조금 안심이 되는지 제이디의 입가에 잔잔한 미소가 걸렸다.

너에게 내 마음을 보이는 일이 얼마나 큰 용기가 필요한 것인지 너는 모르겠지. 하지만 조각난 마음조차 보듬어 줄 것 같은 너에게 반한 건 얼마나 다행스러운 일인지. 그러니 한 번 더 따뜻한 눈으로 나를 바라봐 주면 좋겠다.

제이디는 여전히 고개를 들지 않는 은서를 한 번 더 불러 봤다.

"그럼, 부담스러워?"

"……."

은서의 고개가 좌우로 흔들린다. 그의 안타까움 섞인 목소리에도 쉽게 고개 들 용기가 나지 않아 머뭇거리게 된다.

그의 목소리만으로도 이렇게 심장이 덜커덩거리는 소리를 내는데 그의 눈빛을 본다면 이 주책맞고 솔직한 심장은 몸 밖을 뛰쳐나와 저기 지구 밖으로 날아가 버릴지도 모를 일이다.

고개를 들 수가 없어요, 민망해 죽겠단 말이에요!

마음속 외침과는 달리 꾹 다물어진 입은 열릴 줄 모른다.

"역시 부담돼? 그래서 그래?"

이런 반응을 기대한 게 아니었는데…….

설마 쳐다보지도 않을 줄이야. 너무 갑작스러운 말이 은서에게 부담으로 다가왔나 싶어 제이디는 조심스레 여자의 눈치를 보았다.

살면서 누구 눈치 보는 일, 참 없는 편인데 너에게 솔직한 마음을 털어놓고 나니 왜 이렇게 눈치가 보이는지 모르겠다.

"부담……보단……."

"응?"

"……."

부담이 되지 않는 것은 아니다. 누가 뭐라고 해도 너무너무 잘난 남자는 맞으니까. 하지만 이 순간 그런 것보다 더욱 은서를 곤란하게 하는 것은 기쁨에 콩닥거리는 심장과 감당 안 되는 쑥스러움, 그리고 저 멀리 올라가서 내려올 줄 모르는 입꼬리였다.

"그러지 말고 나 좀 봐."

이게 뭐 그리 큰일이라고 그의 눈을 바로 볼 용기가 나지 않는지. 분명 환한 얼굴로 웃어 주면 더욱 좋아할 남자란 걸 알면서도 쑥스러움에 고개가 들어지지 않는다.

"……."

고개를 들어야 하나 말아야 하나 고민하는 은서의 어깨 위로 제이디의 손길이 와 닿았다.

그 순간 나영의 말이 머릿속을 스쳤다. '이 연애고자!' 인정하기 싫지만 인정해야겠다. 난 연애고자가 맞았던 모양이다. 이렇게 손길 한 번에 심장이 오그라드는 걸 보면.

"한 번만 봐."

이 남자는 어떻게 생겨 먹은 사람이길래 목소리마저 이렇게 좋은 거야?

부드러운 목소리를 듣고 있자니 그의 촉촉한 눈빛이 생각나 마음이 찌르르르해 온다.

아까처럼 울 것 같은 얼굴로 바라보고 있을까? 아니면 이런 내가 재미있다는 듯 웃고 있을까?

머뭇거리던 은서는 결국 고개를 들어 옆을 바라봤다.

"어?"

하지만 상상했던 제이디의 모습은 오간 데 없이 뻘겋게 달아오른 얼굴로 자신을 바라보고 있는 남자의 얼굴만 눈에 들어왔다. 사람 얼굴이 저렇게 빨개질 수 있을까? 잘 익은 딸기가 따로 없다는 생각이 드는 은서였다.

"혹시……."

나만큼 쑥스러웠던 건가요? 나만 이렇게 입꼬리가 씰룩거리고, 눈동자가 흔들리고, 심장이 터질 것같이 뛰는 건 아니었던 건가요?

"나도 쑥스럽거든?"

"푸훗."

빨갛게 달아오른 자신의 얼굴을 들키기 싫어 제이디는 슬며시 고개를 돌려 버린다. 그 모습이 얼마나 귀여운지 은서는 저도 모르게 웃어 버렸다. 사람의 감정이란 참으로 요상한 놈이다. 그렇게 민망하고 부끄러웠던 감정이 그의 얼굴을 보자 모두 다 사랑스러움으로 바뀌어 버린다.

민망함에 빨개진 제이디의 귀조차 사랑스럽게 보일 정도로.

"순간 웬 딸기가 여기 있나 했어요."

"딸기라니?"

발끈, 은서의 말에 제이디의 고개가 획 돌아갔다. 그런 고백을 했는데 겨우 듣는 말은 딸기라니 어딘지 손해 보는 기분이 들었다. 이런 말을 듣고 싶었던 것은 아니었다는 듯 제이디의 미간이 훅! 좁아졌다.

"꼭 딸기 같던데요?"

그 역시 나와 조금도 다르지 않았다는 생각이 들자 빨개진 얼굴을 들킬까 염려하던 마음이 스르륵 사라져 갔다. 자기보다 조금 더 용기를 내 준 남자에게 고마운 마음이 들었다.

"저 배고파요."

민망함과 당혹감으로 채워져 있던 곳에 사랑스러움이 비집고 들어오자 긴장감 역시 사라지는지 잠시 잊고 있던 배고픔이 몰려왔다. 그를 만나러 조금이라도 일찍 나오려고 팀장이 사 준다고 했던 고기마저 뿌리치고 왔던 것이 생각났다.

"점심 먹으러 갈까?"

은서의 말에 자리에서 일어난 제이디는 여전히 쪼그리고 앉아 있는 은서에게 손을 내밀었다.

"네, 어제 저녁도 못 먹고 아침도 못 먹었어요."

가벼운 은서의 몸이 제이디의 손길에 홀랑 들어 올려진다.

"다이어트해? 아직 뺄 정돈 아닌 것 같은데."

"날벼락 맞아서요. 갑자기 3일 만에 샘플을 만들어 오라고 누가 그래서……"

제이디의 힘에 의해 자리에서 일어난 은서는 새침한 표정으로 그를 바라봤다. 그의 말 한마디에 요 3일간을 얼마나 하얗게 불태웠는지 상상도 못 하는 모양이다.

지금 회사 사무실에 득실거리고 있는 좀비들에게 제이디를 던져 놓으면 분명 뼈도 못 추릴 것이다.

"음……."

여러 가지 일정을 고려해 그렇게밖에 할 수 없긴 했지만 촉박했을 시간에 마음 졸였을 은서에게 슬며시 미안한 마음이 들어 제이디는 은서의 머리칼을 쓸어 넘겼다.

"잠도 못 잤어?"

"네. 3일 동안 잔 시간 다 합해도 여덟 시간이 채 안 될걸요?"

꽤나 몸을 혹사했군. 그러고 보니 많이 피곤했는지 다크서클도 좀 내려온 것 같고 피부도 까칠해진 것 같다.

머리칼을 매만지던 제이디의 손이 어느새 은서의 얼굴로 향하여 이내 보드라운 여자의 뺨을 살며시 매만진다. 고생했다고, 잘했다고.

"고생 많았어. 고기 사 줄까? 소고기로."

빙긋 웃으며 묻는 제이디의 말에 은서의 고개가 빛의 속도로 끄덕여졌다.

"먹을래요."

이 여자, 고기 사 준단 말 안 했으면 어쩔 뻔했어?

여자의 행동, 말 한 마디 한 마디에 자신의 심장이 저격당하는 기분. 놀랍고 신기하면서도 기분 나쁘지 않은 당혹감.

내가 이런 여자한테 약했구나.

그간 모르고 지내던 자신의 취향까지 깨닫게 해 준 은서의 붉어진 뺨을 다시금 슬쩍 만진 제이디가 고개를 끄덕이며 웃었다. 앞으로 은서가 우울하거나 기분이 안 좋을 때는 반드시 고기를 먹이겠다고 다짐했다.

"가자, 밥 먹으러."

"네. 가요."

어느새 제이디가 내민 손을 붙잡은 은서는 그와 함께 두어 걸음 걷다 자리에 멈추어 섰다.

"응?"

그러곤 반달이 된 눈으로 그를 올려다본다.

"저도요."

"응?"

무슨 말인지 이해가 되지 않는 듯 제이디가 되묻자 은서는 그의 손을 더욱 힘주어 꽉 잡았다. 커다랗고 따뜻하고 부드러운 손이다.

"저도, 반했다고요."

화르륵. 다시금 얼굴에 불은 붙었지만 그의 용기에 대한 최소한의 용기. 그걸 은서는 내보기로 한다. 어느덧 빨개진 얼굴로 자신을 올려다보는 은서로 인해 그녀의 얼굴에 붙었던 불길이 제이디에게로 옮겨 갔다.

"자꾸 그러면 곤란해. 나 지금 엄청 힘들거든?"

정말 곤란하다는 듯 그의 미간이 좁아졌다.

"에?"

"밥보다 호텔로 데려가고 싶어진다고. 그렇게 귀여우면."

삐뽀삐뽀.

역시 위험한 남자가 분명하다.

07. 마음이 시키는 말

"아앗! 조금 더 안아 줘요. 더요, 더."

"후우, 좋아."

"진호 씨! 하아!"

D호텔 스위트룸 가득 세령의 간드러지는 신음 소리가 울려 퍼졌다. 자신의 연인인 SW패션그룹 본부장 진호의 허리에 얇은 다리를 두르고 그를 더욱 자신 쪽으로 끌어당겼다. 이미 깊숙이 들어와 있는 진호의 온기로는 부족한 듯 그를 조이며 더욱 깊게 그를 갈구한다.

"후우, 당신 오늘 왜 이렇게, 윽!"

몸이 들썩거릴 정도로 거칠게 몰아붙이는 남자의 몸짓으로도 만족할 수 없는 모양인지 세령은 남자의 가슴에 작은 돌기를 치아로 잘근거렸고 진호는 세령이 주는 쾌감에 두 눈을 질끈 감았다.

저릿한 쾌감이 발가락부터 머리끝까지 관통했다. 더 이상 커질 수 없을 것 같던 진호의 남성이 세령 안에서 또다시 부풀어 올랐고 세령은 그제야 만족스럽다는 듯 그의 목덜미에 팔을 둘렀다.

"놓지…… 말아요."

세령은 그렇게 중얼거리며 진호의 목덜미에 입술을 묻었고 진호는 멈출 수 없는 자신의 하체를 더욱 깊숙이 세령에게 밀어붙였다. 둘 사이에 들어올 수 있는 것은 아무것도 없다는 듯, 완벽히 밀착된 두 사람의 뜨거운 온기가 룸 안을 가득 메웠다.

"놓을 리가…… 없잖아."

그의 음성이 쾌감으로 흠뻑 젖어 있었고 진호의 커다랗고 뜨거운 손은 세령의 가슴을 한 손 가득 움켜쥐었다. 부드러운 촉감을 느끼던 그의 손에 서서히 힘이 들어갔다.

"더 거칠게 안아도 돼요. 아니, 더…… 거칠게 안아 줘요."

세령은 진호의 리듬에 몸을 들썩거리며 말했다. 바스락거리는 시트에 엉덩이가 스칠 때마다 저릿한 느낌이 온몸을 휘감았고 그렇게 세령은 이성의 끈을 놓고 있었다.

"오늘 왜 이렇게 적극적이야?"

평소보다 거칠고 길었던 행위를 끝낸 후 몸을 씻고 나온 진호는 침대에 누워 흐릿한 눈으로 자신을 바라보는 세령에게 물었다. 평소 도도한 그녀가 흐트러진 모습을 보이는 건 자신과의 잠자리가 유일했지만 이렇게 적극적으로 매달리는 건 그녀를 만나는 동안 처음 있는 일이었다.

"그냥, 오늘은 그렇게 안겨 보고 싶었어요."

남아 있는 머리카락의 물기를 털어 낸 진호가 옆으로 다가와 몸을 눕히자 세령은 어미 품을 찾는 강아지처럼 그의 품에 파고들었다. 언제나 이 품에선 쉽사리 잠이 오려 한다.

"하하, 어리광이야? 당신이 이런 모습을 보일 때가 다 있네?"

평소와 다른 세령의 모습에 진호는 너털웃음을 보였다.

"이상해요?"

"아니. 좋은데? 당신이 나 아니면 어디서 어리광을 부리겠어?"

"……."

말없이 고개를 끄덕이는 세령을 바라보는 진호의 눈빛이 한없이 따뜻했다.

"팜므랑 하는 일, 걱정돼서 그래? 평소답지 않아."

흐트러진 세령의 머리카락을 귀 뒤로 넘겨 주며 진호가 말했다. 늘 자신감 넘치고 일에 있어선 누구보다 완벽함을 추구하는 그녀가 이번 프로젝트는 꽤나 중압감을 느끼는지 평소와 달리 초조해하는 모습이 안쓰럽게 느껴졌다.

"걱정이에요. 회장님께서 각별히 신경 쓰셨는데."

"헤라 아니면 그 일 누가 하겠어? 너무 걱정 말고, 오늘은 편히 눈 좀 붙여. 요즘 통 못 먹고, 못 자는 것 같던데."

"진호 씨, 고마워요."

어깨를 토닥이며 진호가 말하자 세령은 그제야 안심이라는 듯 환하게 웃으며 그의 가슴 위에 얼굴을 묻었다. 그가 있어서, 그가 SW그룹의 본부장이기에, 그런 그가 자신을 사랑하기에 얼마나 다행인지 그는 모를 것이다.

차갑게 자신을 떼어 놓던 진운의 눈동자와 그의 따뜻한 눈동자가 오버랩 된다. 어이없게도 그의 따뜻한 눈빛을 보면 진운의 차가웠던 눈동자가 더욱 짙게 떠올라 마음을 후벼 팠다.

자신을 원망했을 것이고, 미워했을 것이고, 분노했을 것은 분명하지만, 그래도 10년이란 시간 동안 세령이 그를 잊지 못한 것처럼, 다시 만난 그에게 안기고 싶었던 마음처럼, 그도 그러했으리라 생각했다. 하지만 그는 아주 낯선 사람이 되어 있었고 그의 차가움에 상처받았다.

"면세점 계약 건도 잘될 것 같아. 오늘 라운딩 돌면서 회장님과 분위기도 좋았고."

"정말요?"

세령의 고개가 진호에게로 향했다. 금방 기분이 좋아졌는지 두 눈을 초롱거린다.

"응. 그러니까 마음 놓으라고. 당신 그렇게 초조해하는 거 보면 마음 아파."

"네, 그럴게요, 진호 씨……."

세령의 목소리가 감격에 겨운 듯 떨려 왔다.

하면 안 될 일이라는 걸 잘 알면서도 그 방법밖에 없다고 여겼다. 진운의 졸업 작품을 가지고 한국에 돌아왔을 때, 공모전 대상이란 큰 상에 입상했음에도 세령은 하루도 편하게 잠들어 보지 못했다. 그렇게 갈망하던 헤라에 입사를 했음에도 한 번도 맘 편히 웃어 보질 못했다.

처음엔 진운의 입에서 무슨 말이 흘러나올지 몰라 불안했고 그의 작품으로 입상했다는 사실을 숨기기 위해 더욱 공부에 매진했다. 누구보다 필사적으로 노력했다. 시작은 비록 잘못되었을지 모르지만 지금 이 자리에 있는 건 노력의 결과였다. 그건 누구도 부정할 수 없다.

"진호 씨."

"응?"

"나, 진호 씨랑 결혼하고 싶어요."

"정말?"

세령이 진호의 품으로 더욱 파고들었다. 늘 불안하고 초조해 발을 동동 구르며 살아온 자신에게 누구보다 따뜻한 품을 내어 준 사람. 그를 만나 마음은 안정을 되찾았고 불면증에 시달리던 시간도 끝이 났다.

"네, 이번 프로젝트 성공시키고 해요. 회장님께 꼭 인정받고 싶어요. 당당하게."

"지금도 충분히⋯⋯."

진호의 말에 세령은 고개를 흔들었다. 헤라의 디자인 팀장으로 인정받는 것보다 SW그룹의 며느리로 인정받고 싶다. 박세웅 회장의 며느리가 되기엔 가진 것 없고 배운 것 없는 자신의 부모님은 너무나 초라했고 그 부분을 탐탁지 않게 여기는 것도 잘 알고 있었다.

"도와줘요. 꼭 성공할 수 있게."

"걱정 마. 당신이 원하는 거라면 뭐든 해 줄게."

"지훈이 너 왜 이렇게 오늘 집중을 못 해?"

지훈의 매니저 김동호 실장은 드라마 촬영장을 나서며 지훈의 안색을 살폈다. 촬영하는 동안 평소답지 않게 NG도 많이 내고 어딘지 멍해져 있는 것이 몸이라도 좋지 않은 건가 싶어 걱정이 앞선다.

"형."

"응, 어디 아픈 거야?"

"아니, 그건 아니고⋯⋯. 형, 결혼 전에 형수님 오래 짝사랑했다고 했지?"

"응, 15년을 친구로 지내다가 내가 먼저 좋아하게 됐지. 한 3년 짝사랑했었나? 갑자기 그건 왜?"

어느덧 함께한 지 6년, 꽤 오랜 시간 함께했음에도 그간 묻지 않았던 질문을 하는 지훈이 낯설어 김 실장은 머리를 긁적이며 너털웃음을 터트린다.

"고백하니까 형수님이 놀라지 않았어?"

"엄청 놀랐지, 처음엔 나보고 미쳤냐고 소리를 지르고 난리도 아니었다니까."

그 시절이 떠오르는지 김 실장의 입가에 웃음이 떠날 줄을 몰랐다. 오랜 친구였던 지금의 와이프가 어느 날부터 여자로 보이기 시작했고 오랫동안 간직했던 마음을 그녀에게 고백하던 날, 기대와 달리 돌아온 대답은 '너 미쳤니?' 였다. 그 말 한마디에 어찌나 절망했던지.

김 실장은 백미러로 힐끗 지훈을 쳐다보았다. 평소 같지 않은 질문도 그렇고 멍해져 있는 시간도 길어지는 것이 아무래도 어딘지 이상해 보였다.

"그런 질문은 왜 해? 너 혹시 연애해? 혹시 최송이?"

최근 함께 드라마를 찍었던 최송이는 지훈을 이상형이라 말하며 그와 연기하게 된 것은 지금껏 살면서 가장 좋았던 일이라 했다. 앞으로도 꼭 같이 일하고 싶다며, 하는 인터뷰마다 지훈을 언급했고 주변에서도 둘이 사귀는 것이 아니냐는 의혹을 제기하기도 했었다.

"나 송이 연락처도 모르는데?"

"진짜지?"

"그럼. 송이 같은 스타일은 부담스러워."

큰 키에 모델 같은 몸매, 또렷하고 화려한 외모, 대한민국 남자라면 최송이를 좋아하지 않을 사람이 없겠지만 지훈은 그런 완벽한 외모가 어딘지 부담스럽게만 느껴졌다.

"호오! 네가 그런 말 하는 거 처음 듣는 것 같다? 좋아하는 여자 취향이 있긴 해?"

주위 사람에게 늘 다정하고 친절하게 대하는 젠틀맨, 그래서 오해도 많이 사고 그런 만큼 인기도 많지만 정작 본인의 마음을 드러내는 일이 거의 없는 지훈이었고 김 실장은 그런 포커페이스가 지훈의 장점이자 단점이라 생각해 왔다.

"나도 남잔데 그런 게 없으려고?"

"도통 네 이야긴 안 하니까. 너랑 나랑 같이 일한 게 얼만데, 안 그래도 나 그거 좀 섭섭했어."

김 실장의 투덜거림을 듣고 있던 지훈은 그런 매니저의 모습에 미안하다는 듯 어색한 미소를 지어 보였다. 일부러 그랬던 것은 아니다. 단지 누군가에게 마음을 이야기하는 것이 어색했을 뿐이다.

"여자 만날 시간이 없어서 이야기 못 했어, 그러니까 너무 서운해하지 마."

"근데 너 오늘 정말 왜 그래? 낯설다?"

"……나도 이젠 마음을 좀 표현하고 살아야 하지 않을까 해서."

지훈은 자신의 손에 들려 있는 핸드폰을 바라보며 중얼거렸다.

나영이 있던 병원에서 은서와 다시 만나던 날, 마음속을 휘감아 치는 욕심에 지훈은 잠을 설쳐야 했다. 상훈의 여자 친구라 안 된다며 스스로 묶어 둔 마음, 상훈과 헤어진 은서를 괴롭힐까 스스로 묻어 버린 마음이 용솟음쳤다. 오래도록 길을 잃고 있던 마음이 이제야 또렷한 길을 찾은 것처럼 자꾸만 은서가 떠오르고, 은서가 보고 싶어진다.

"지훈아."

"응."

"연애하는 건 좋은데, 들키진 마라. 물 들어올 때 노 젓는다고, 지금 이 인기 관리 잘해야 되는 거 알지?"

"알았어."

인기라는 건 언제든 사그라질 수 있는 것이란 걸 누구보다 잘 알고 있다. 모델부터 시작해서 지금의 자리까지 오르는 동안 함께했던 동료들의 사라짐을 얼마나 많이 보았던가.

하지만 지금 지훈에게 중요한 건 많은 이들의 사랑을 받는 것보다 한 사람의 마음의 문을 두드리는 것이었다.

은서는 뭐 하고 있으려나? 어떻게 전활 해야 자연스러울까? 무슨 말을 해야 부담 주지 않고 자연스럽게 널 볼 수 있을까?

지훈의 머릿속이 복잡해져 왔다.

"형."

"응?"

"그…… 여자한테 연락할 때, 무슨 말을 해야 덜 부담스러워할까?"

"음, 어떤 여자냐에 따라 다르겠지."

좋아하는 여자가 있던 것인지, 언제 만났는지, 누군지, 모든 게 궁금했지만 진지한 지훈의 모습에 김 실장은 일단 모른 척 넘어가 주기로 했다.

저 녀석이 이런 걸 묻는 것 자체가 신기했기 때문에.

"대학 후배, 오랫동안 연락도 못 하고 지냈는데 최근에 다시 만났거든."

"그, 그, 앨리스 디자이너라던?"

지훈이 찍은 드라마들이 연달아 히트를 함에 따라 연기자로서의 입지는 단단해졌고 그의 몸값 또한 올라가게 되었다. 때마침 들어왔던 여러 가지 CF와 화보, 잡지, 기타 인터뷰들까지 달라진 그의 위상에 따라 차곡차곡 정리되고 있었는데 그때 거절했던 것들 중 하나가 앨리스의 화보였다.

회사 차원에서 거절했던 화보를 어떻게 된 일인지 지훈은 무조건 하겠다고 했고 결국 세 번이나 거절했던 화보 건을 찍게 되었다.

"응."

지훈은 고개를 끄덕였다. 우연히 대표실에서 들어온 일거리들을 보던 지훈의 눈에 들어온 낯설지 않은 이름 하나. 자신이 알던 그 사람이 맞는지 확인하고 싶어 대학 동기들에게 묻고 물어 은서의 소식을 접하게 되었고 거절하려 했던 그 일을 지훈은 무조건 하겠다고 나섰다.

"둘 중에 누구? 그 키 컸던 단발머리? 미인이던데."

화사한 분위기가 나던 나영이 떠올라 김 실장이 운을 떼 보았지만 지훈은 고개를 흔들었다.

"아, 그럼 그 키 작고 귀엽게 생겼던 분? 웨이브 진 머리에 얼굴 하얗고."

"형, 기억력 좋다."

"내가 우리 회사 캐스팅 디렉터 출신인 거 잊었냐?"

지훈의 칭찬에 김 실장이 으쓱, 어깨를 들어 보였다. 길거리 캐스팅을 전담으로 했던 디렉터 출신이라 사람 얼굴 기억하는 건 누구에게도 지지 않는다는 자부심이 있었다.

"그랬지."

"음, 대학 후배면 편하게 쉬는 날 밥 한번 먹자 그래. 몇 년 만에 만나는 건데 밥 한번 선배로서 사 줄 수 있잖아?"

"불편해할 것 같아서……."

이미 상훈과 헤어진 지 오랜 시간이 흘렀지만 함께했던 추억들이 있기에 은서가 불편할까 마음이 쓰이는 지훈이다.

"그럼 그 쭉쭉빵빵 미인 언니랑 같이 만나든지, 둘보단 셋이 편할지도 모르니까. 아님 날 껴서 넷도……."

"그러다 형수님한테 쫓겨난다?"

"너만 입 다물어 준다면."

완전 범죄를 꿈꾸는 듯 입꼬리를 올리는 김 실장을 보던 지훈의 입에서 피식 웃음이 새어 나왔다. 말은 저렇게 해도 부인 앞에선 꼼짝없이 순한 강아지가 되는 그를 너무 잘 알고 있기 때문이었다.

"지훈아."

작게 미소 짓고 있는 지훈을 보던 김 실장이 조심스레 그를 부른다.

"응?"

"넌 너무 사람이 좋기만 해서 문제다. 알지? 그리고 이건 내가 오버하는 걸 수도 있는데."

"응."

"세상엔 참아지지 않는 마음 같은 것도 있어. 참을 수 없는, 그런 거."

세상 모든 사람에게 좋은 사람일 필요는 없는데, 간혹 지훈을 보면 모두에게 너무 좋은 사람이라 정작 본인은 힘에 부치는 게 아닐까 싶어질 때가 있다. 때론 모두보단 오로지 한 사람에게만 좋은 사람인 것도 나쁘지 않을 텐데 말이다.

"나 그렇게 좋은 사람 아닌데, 암튼 형 고마워."

친구의 여자 친구를 마음에 담아 놓고도 친구에게 미안한 마음보단 좋은 선배라는 가면을 쓰고라도 그녀를 조금 더 오래 보고 싶었다. 멀어지는 게 두려워서 고백조차 하지 못하고 혹 다른 누군가를 만날까 마음 졸이기도 했었다.

지훈은 크게 심호흡했다. 그러고는 결심한 듯 핸드폰 키패드를 눌렀다.

[본사 갔다 올 동안 한눈팔지 말고 있어. 선물 사 올게.]

은서는 5일째 같은 문자를 보고 또 보고 또 봤다. 음성 지원은 전혀 되지 않는데도 볼 때마다 제이디의 목소리가 자동 재생되는 신기한 경험에 입가가 자꾸만 위로 올라갔다.

한눈은 무슨, 한눈팔 사람도 없거든요?

꼭 눈앞에 제이디가 있는 것처럼 은서는 새초롬한 표정을 지어 보이며 속으로 중얼거렸다. 그러자 이번엔 영상 통화라도 하는 듯 그의 표정이 생생하게 떠오른다.

시원하게 트여 있는 날카로운 그의 눈매는 금방 녹아내릴 듯 둥근 모양으로 변해 자신의 눈을 바라볼 것이다. 커다란 손으론 부드럽게 뺨을 쓸어 만질 것이고 그런 다음 기다란 손가락으로 자신의 입술을 스치듯 만질 것이다. 그러고 나면 조금 더 짙은 눈으로…….

"내가 지금 무슨 생각을 하는 거야?"

자신이 하고 있는 생각에 깜짝 놀란 은서는 핸드폰을 얼른 책상 위에 내려놓았다. 그러곤 머릿속에 떠오른 생각을 지워 버리려 고개를 세차게 흔들었다.

미쳤어, 미쳤어! 한은서 너 진짜 단단히 미쳤구나?

그의 손길의 감촉이 생생하게 떠올라 얼굴에 열꽃이 핀 것처럼 빨개졌다. 달아오른 뺨의 열기를 식히려 은서는 손바닥으로 휘휘 부채질을 했다. 며칠째 문자를 보며 얼른 제이디가 돌아왔으면 좋겠다 생각했는데 오라는 제이디 대신 음란 마귀가 찾아온 것 같아 은서는 몹시 당황스러워졌다.

"그나저나 문자 하나 보내 놓고 도통 연락이 없네. 많이 바쁜가?"

본사가 있는 파리에 갔다 온다며 한눈팔지 말란 문자 하나 남긴 제이디는 일이 바쁜지 그 뒤로 다른 연락은 한 번도 오질 않았다. 그래서인지 문자를 보고 또 보며 그를 생각하는 시간은 더 많아졌고 덕분에 하지 않아도 될 망상까지 하게 된 것이라며 은서는 투덜거렸다.

먼저 연락을 해 볼까도 했지만 본사에 들어가는 이유가 프로젝트 파트너 선정을 위해서란 말이 떠올라 은서는 쉽게 연락할 수가 없었다. 공과 사의 경계가 분명했으면 좋겠다는 생각 때문이었다.

지금 연락하면 왠지 다른 걸로 어필하는 것 같잖아.

그가 그렇게 생각하지 않더라도 은서는 어딘지 자꾸만 조심스러워졌다.

[본사 갔다 올 동안 한눈팔지 말고 있어. 선물 사 올게.]

슬그머니 엎어 둔 핸드폰을 다시금 들여다본 은서는 속으로 중얼거린다.

선물은 됐고 전화나 한 통 해 주지. 목소리 듣고 싶은데. 일주일이란 시간이 이렇게 길 줄은 정말 몰랐었다.

지잉— 지잉— 지잉—

제이디의 얼굴을 떠올리며 중얼거리던 때였다. 은서의 핸드폰이 진동 소릴 요란하게 내며 울려 왔다.

"지훈 선배?"

어쩐 일로 전화를 다 한 거지? 기대했던 제이디의 전화는 아니었지만 은서는 조심스레 액정에 손을 갖다 댔다.

"네, 여보세요?"

— 은서니? 나 강지훈.

"네, 알고 있어요. 선배 어쩐 일이세요?"

나영을 병원으로 데려다준 지훈을 만난 후로 오랜만이었다. 예전엔 지훈의 목소리가 어색했던 적이 없었는데, 흘러간 시간이 두 사람을 그렇게 만든 것인지, 왕래가 없던 세월 동안 너무 낯선 존재가 된 것인지 들려오는 목소리가 참으로 낯설게 느껴졌다.

— 다른 건 아니고, 혹시 내일 시간 괜찮아? 내가 밥 한번 사고 싶어서.

"밥이요?"

갑작스러운 지훈의 말에 은서의 눈이 동그랗게 커졌다. 갑자기 밥을 산다니, 왜?

— 응, 너랑 나영이도 시간 괜찮으면 같이……. 화보 건 반응도 좋고, 오랜만에 너희들하고 밥 한 끼 하고 싶어서.

지훈의 더듬거리는 말투에 은서는 잠시 생각에 빠졌다. 몇 년 전만 해도 같이 모여 밥 먹고 술 마시는 건 이렇게 어려운 일이 아니었는데.

"저는 괜찮은데, 선배 바쁘신 거 아니에요?"

어색한 분위기를 없애려 은서는 밝은 목소리로 물었다.

— 내일은 시간 낼 수 있을 것 같아서. 너는 괜찮아? 나영이는?

"나영이도 괜찮을 거예요. 놀아 줄 친구라곤 저밖에 없잖아요."

— 하하! 맞다. 그랬지? 그럼 내일 보는 걸로 하자, 장소는 너희가 정해서 알려 줘.

은서의 말에 지훈은 낮게 웃으며 대답했고 은서 역시 풀어진 분위기를 느끼며 말했다.

"네, 그럴게요. 그럼 내일 봬요."

— 그래, 내일 꼭 보자.

지훈의 마지막 말에 고개를 끄덕인 은서는 전화를 끊었다. 학교 다니는 내내 참 좋은 선배였던 지훈이지만 상훈과 헤어진 후 그의 친구였다는 이유로 너무 거리를 뒀던 게 아닌가 싶은 생각에 어딘지 미안한 마음이 들었다.

고민도, 걱정도 많고 뭐든 서툴렀던 그 시절. 상훈보다도 더 열심히 자신의 이야기에 귀 기울여 주던 사람이 지훈이었는데 은서는 그걸 너무 잊고 살았던 것 같다는 생각이 들었다.

"나영아."

"응?"

잠시 자리를 비웠던 나영이 돌아오자 은서는 그런 나영을 얼른 불러 세웠다.

"내일 저녁에 지훈 선배가 밥 사겠대. 너랑 같이 오래."

"갑자기? 음, 나랑 같이 오라고 했어?"

"응! 화보 건도 반응이 좋고, 오랜만에, 어때?"

"나야 상관없긴 한데……."

지훈의 마음을 알고 있는 나영은 잠시 대답을 머뭇거렸다. 같이 가자니 지훈의 입장에선 방해가 될 것 같기도 하고 그렇다고 가지 않자니 은서가 혼자서는 갈 것 같지 않아서였다.

"왜? 약속 있어?"

일단 같이 가서 분위기를 보고 빠져 주든지 해야겠네. 하여간 지훈 선배도 참 답답하다니까?

"그래, 알았어. 어디 배 터지게 얻어먹어 보자. 오랜만에."

같이 밥 한번 먹자는 말을 또 얼마나 고민하고 했을지 보지 않아도 알 것 같아 나영은 그러자며 고개를 끄덕였다. 어렵게 낸 지훈의 용기를 조금은 응원해 주고 싶은 마음도 들었기 때문이다.

팜므의 파리 본사.

「결과는 나왔어?」

대표실에 앉아 초조한 얼굴로 결과를 기다리던 제이디는 사무실로 들어오는 자신의 비서 마크를 보며 물었다.

파리로 날아온 제이디는 프로젝트 파트너를 뽑는 데 공정성을 두기 위해 두 회사에서 받은 샘플 제품을 놓고 블라인드 투표를 진행했다.

세령에 대한 불신이나 은서에 대한 마음 때문에 앨리스를 파트너로 선정하게 된다면 공정성은 떨어질 것이고 직원들이 납득하기에도 분명 문제가 생길 것이었다. 그렇기에 제이디는 자신의 마음은 한편으로 밀어 두고 이번 블라인드 테스트를 진행하게 되었다.

「네.」

마크는 제이디의 물음에 환한 얼굴로 다가서며 생각했다. 오랜 시간 그를 곁에서 모셨지만 아직도 그의 철저함과 냉정함은 참 무섭게 느껴질 때가 있었다.

「대단한 분이십니다.」

손에 들려 있던 종이 한 장을 건네며 마크는 말했고 그의 말에 영문을 모르겠다는 듯 제이디는 눈썹을 씰룩거리며 입꼬리를 올렸다.

하얀 종이에 적혀 있는 숫자가 제이디의 눈에 들어왔다.

누가 봐도 헤라보다 부족한 부분이 많은 앨리스를 막판까지 끌고 온 것은 단 하나의 이유였다. 분명 꽤나 큰 모험일 수 있지만 한은서의 열정과 자신의 눈을 믿었기 때문이었다.

제이디의 얼굴에 긴장감 대신 기분 좋은 미소가 걸렸다.

마크, 내 눈이 틀리지 않았던 모양이다.

샘플(A): 42표, 샘플(B): 51표, 기권: 2표

결과: 샘플 B 앨리스 프로젝트 담당자 한은서

합정역 부근에 자리한 레스토랑의 입구는 작은 숲을 옮겨 놓은 듯 푸릇한 매력을 한껏 뽐내고 있었다. 레스토랑으로 들어서면 몇 개 놓여 있지 않은 테이블이 보이고 싱그러운 풀꽃들과 나무들, 그리고 한

쪽 면을 채운 담쟁이넝쿨과 꼬마전구들까지. 아기자기하고 멋스러움이 느껴지는 곳이었다.

"여기 진짜 오랜만이다. 그치?"

은서는 야외 테라스에 위치한 한 테이블에 자리 잡으며 말했다. 이 주변 대학을 다닐 때 나영과 함께 오곤 했던 추억이 많은 곳이었다.

"그러게, 지훈 선배가 모델료 받으면 여기 와서 밥 사 주고 했었는데."

대학생 시절 지훈은 이미 꽤 유명한 모델이었고 광고 같은 걸 찍고서 생기는 수입으로 은서와 나영에게 늘 맛있는 걸 사 주곤 했다.

"나, 지훈 선배 덕분에 와인도 여기서 처음 마셔 봤잖아."

은서는 오랜만에 온 레스토랑이 조금도 달라진 것 없이 그대로인 게 즐거워 주위를 두리번거렸다. 스무 살, 어렸던 은서에게 지훈은 별나라 사람처럼 많은 경험을 하게 해 줬다. 이런 고급 레스토랑에서의 식사나 와인도 지훈 덕에 처음 경험했었다.

가난한 대학생이 오기엔 비싼 곳이니까.

"너 그때 홀짝홀짝 와인 마시다가 취해 가지고, 얼마나 웃겼는지 알아?"

나영 역시 그때가 떠오르는지 활짝 웃었다. 처음 마셔 보는 와인의 달콤함에 취해 홀짝홀짝 술을 마시던 은서는 결국 취했고 뭐가 그렇게 좋은지 헤실헤실 웃어 가며 노래까지 흥얼거렸었다.

"웃기기만 한 건 아니고 조금 귀엽기도 했었어."

어디서부터 듣고 있던 것인지 나영의 말에 지훈이 비어 있는 의자에 자리 잡으며 한마디 거든다.

청바지에 하얀색 티셔츠, 거기다 산드로의 블루종으로 가볍고 깔끔한 멋을 낸 지훈은 자신의 얼굴을 가리기 위해 쓰고 왔던 선글라스를 벗어 놓으며 환하게 웃었다.

어느덧 서른이 된 자신과 달리 지훈만은 세월이 비껴가는 듯, 샤방샤방한 그의 꽃미모는 여전하다 싶었다.

"비싼 거 사 준다니까, 왜 여기로 왔어? 지갑 털릴 준비 하고 왔는데."

"저희 여기서 배 터질 때까지 먹으려고요."

지훈의 말에 나영이 대답했고 은서 역시 동의하는 바라며 고개를 끄덕였다. 그러자 지훈의 시선이 나영을 거쳐 은서에게로 직행한다.

"먹고 싶은 거 다 사 줄 테니까. 맘껏 시켜."

지훈의 말에 고개를 끄덕이며 메뉴판을 집어 든 은서는 힐끗 앞에 앉아 있는 지훈과 나영을 번갈아 쳐다보았다. 5년 전 대학생 때로 돌아간 기분에 은서는 작게 키득거렸다.

"왜 웃어?"

"예전 생각 나서요. 선배, 예전에도 저희 거둬 먹이셨잖아요. 그때 선배 아니었으면 이런 곳 구경도 못 해 봤을 텐데."

"나만 한 선배가 없지?"

환한 얼굴로 묻는 지훈에게 은서는 고개를 끄덕여 화답했다. 그렇다고, 선배만큼 좋은 선배는 아직 만나 보지 못했다고.

지방에서 올라온 은서에겐 스무 살의 서울은 낯설고 어렵고 복잡하기만 한 곳이었다. 넉넉하지 않은 형편에 서울로, 그것도 미술 공부를 하겠다고 올라간 딸의 학비만으로도 부모님은 충분히 벅찼고 그로 인해 늘 한두 개의 아르바이트는 해야 했던 은서에게 이런 레스토랑은 그야말로 사치였다.

그런 은서에게 지훈은 대학생이 되어 한 번쯤 해 보고 싶었던 것들을 경험하게 해 준 사람이었다.

"선배 덕분에 학교 다닐 때 용돈을 얼마나 아꼈는지 몰라요."

"그랬어?"

"네."

은서의 말에 지훈은 기분 좋다는 듯 웃어 보였다. 여기까지 오는 동안 긴장되었던 마음은 어느새 사라져 갔고 잊고 지냈던 추억들은 하나하나 다시 떠올라 세 사람 주위를 따뜻하게 만들었다.

"선배, 학교 다닐 때 선배 별명이 뭐였는지 알아요?"

주문한 음식이 나오길 기다리며 나영이 지훈에게 물었다.

"나? 별명이 있었어?"

지훈은 처음 듣는 말에 고개를 갸웃거리며 물었다. 아마 본인의 별명이 무엇이었는지 한 번도 들어 본 적이 없었던 모양이다.

"별명이 뭐였는데?"

재미있다는 듯 지훈을 바라보는 나영과 달리 은서는 요리조리 지훈의 시선을 피했다. 차마 자신의 입으로는 말하지 못하겠는지 코랄 빛을 머금은 입술은 그저 꾸욱 다물어져 있었다.

"이거 반응을 보니까 좋은 건 아니었나 보네, 나 호구 뭐 그런 거야?"

"아니요, 아니요! 그런 건 아니었어요."

지훈의 콧등이 찡긋거리자 은서는 손사래 쳤다. 그런 건 아니라고, 그 정도로 심한 건 아니었다고.

"쿠쿠요. 전기밥솥 쿠쿠!"

"쿠쿠?"

나영의 말에 지훈은 영문을 모르겠다는 듯 두 눈을 크게 뜬다.

"매번 우리 얼굴만 보이면 밥 먹자고 하니까, 어쩌다 보니 그렇게 됐어요. 쿠쿠 선배."

"쓰읍, 이렇게 잘생긴 밥통이 어디 있어? 어? 그러고 보니 나 그 제품 CF 찍었었는데?"

3년 전쯤 그 브랜드 광고를 찍었던 것이 떠올라 지훈은 눈썹을 꿈틀거리며 은서와 나영을 번갈아 바라봤다. 이미 입꼬리가 마음대로 되질 않는지 씰룩거리는 것이 보였다.

"너희들 엄청 웃었구나?"

"많이 웃은 건 아니구요, 흠흠! 조금 웃긴 했어요. 조금!"

은서는 자신의 엄지손가락과 집게손가락을 붙여 보이며 강조했다. 아주 조금이라고, 하지만 이미 올라가 있는 입꼬리는 내려올 줄 모르고 있었다.

"거짓말."

지훈의 표정이 떨떠름하게 변했다. 겨우 밥통 같은 선배로 기억되고 있었던 것인가!

"사실 좀 많이 웃긴 했어요. 엄청 먼 나라 사람처럼 느껴졌었는데, 그 광고 보니까 대학 때 생각나고 좋던데요?"

은서는 자신의 잔에 담겨 있는 와인을 한 모금 삼키며 말했다. 연락을 하지 않고 지낸 지 꽤나 시간이 흘렀고 나날이 인기가 높아지는 지훈 선배를 보며 잘됐다는 생각도 들었다. 한편으론 이젠 정말 먼 사람이구나 싶어지기도 했었다.

그런데 그 광고를 봤을 때 얼마나 우습던지, 꼭 그 시절로 돌아가 지훈 선배의 목소리가 재생되는 기분이 들었다.

'선배가 밥 사 줄게, 뭐 먹을래?'

"뭐, 기분은 썩 좋지 않지만 그래도 용서해 줄게."

툴툴거리며 와인 잔을 드는 지훈의 입가는 나오는 말과 달리 한껏 올라가 있었다. 뭐가 되었든 자신을 기억하며 웃어 줬단 사실이 그를 기쁘게 만들었다.

"저 잠시 화장실 좀……."

은서는 실컷 웃고 떠드는 동안 화장실이 급해졌는지 머뭇거리며

말했고 고개를 끄덕이는 두 사람을 두고 얼른 자리에서 일어섰다. 홀
짝홀짝 마신 와인의 양이 제법 되는 것 같다.

잠시 은서가 자릴 비운 사이 방금 전까지 화기애애했던 테이블은
적막이 감돌았다. 누군가 자신의 마음을 알고 있다는 사실과 남의 비
밀을 알아 버렸다는 민망함이 대화를 단절시키고 있었다.

지훈은 남아 있는 와인을 비워 내며 나영의 얼굴을 바라봤다. 자
신의 와인 잔을 손끝으로 만지작거리던 나영은 자신에게 쏠리는 시
선에 고개를 들었다.

"선배."

"응?"

적막을 깬 쪽은 나영이었다.

"이번엔 은서가 어색해할까 봐 눈치 없단 소리 들을 각오로 같이
왔어요. 그러니까 다음번엔 저 빼고 은서랑 둘이 만나요."

자신의 말에 흔들리는 지훈의 눈동자가 고스란히 눈에 들어온다.
부드럽게 곡선을 그린 눈이 역시 가볍게 떨려 오고 있었다.

"그런 거 아니야. 물론 은서가 어색해할까 봐 걱정되기도 했는데,
너한테 고마운 것도 있고."

지훈은 고개를 저었다. 그녀의 말이 틀린 건 아니었지만 이런 용
기를 낼 수 있었던 것은 나영에게 마음을 들킨 후였다. 더 이상 바라
만 보지 말라고. 그의 마음을 독려한 것은 나영이었고 지훈은 그런
나영에게 고마운 마음이 들었다.

"좋은 선배 그만하고 좋은 남자 하세요. 전 먼저 일어나니까 은서
오면 집까지 잘 데려다줘요. 알겠죠?"

"나영아, 그러지 않아도 돼."

남아 있는 와인을 모두 입에 털어 넣은 나영이 자리에서 일어나려
하자 지훈이 일어나 그런 나영을 말렸다. 그러지 말라고.

하지만 나영은 미소 지으며 고개를 흔들었다.

"선배는 너무 조심스러운 게 문제야. 이왕 용기 낸 거 밀어붙여요. 저 갈게요."

자신의 팔을 붙잡는 지훈의 손을 슬그머니 떼어 낸 나영은 벗어 둔 코트를 집어 들었다. 바보처럼 그저 지켜보다 고백 한번 못 해 보고 포기하는 건 한 사람으로 족하니까. 나영은 한 번 더 빙긋 웃어 보이곤 은서가 나오기 전 얼른 레스토랑을 빠져나갔다.

잠시 자리를 비웠다 돌아온 은서는 갑자기 사라진 나영에게 전화를 걸었지만 뭐가 그렇게 바쁜지 연락은 되지 않았고 그길로 두 사람은 레스토랑을 나섰다.

별로 멀지 않은 곳에 살고 있어 데려다주지 않아도 된다는 은서의 말에 지훈은 생색내려 그러는 것이니 거절하지 말라며 은서를 자신의 차에 태웠다.

함께하는 시간은 왜 이렇게 빨리 가는지, 최대한 천천히 차를 몰았지만 은서의 집까지는 눈 깜짝할 사이에 도착해 버렸다.

"선배, 오늘 저녁 정말 잘 먹었습니다. 덕분에 집에도 편하게 오고요."

은서는 집 앞까지 데려다준 지훈에게 꾸벅 고개 숙여 인사했다.

"아니야, 나도 오랜만에 너희 봐서 좋았어."

"저도 예전 생각 나고 좋았어요. 그럼 조심히 들어가세요, 선배."

은서는 지훈에게 다시 인사하곤 차 문을 열었다. 따뜻한 봄바람이 기분 좋게 뺨을 스치고 지나갔다.

그동안 왜 그렇게 지훈을 멀리하고 살았을까? 상훈의 친구일 뿐 아니라 자신에게도 좋은 선배였음은 틀림없었는데. 괜히 지훈에게 미안한 마음이 들었다.

"은서야."

은서를 따라 차에서 내린 지훈은 걸음을 옮기는 은서를 불러 세웠다.

"네?"

"저기……."

"하실 말씀 있으세요?"

"연락, 자주 해도 될까?"

몇 글자 되지도 않는 말이 왜 그렇게 굼뜨게 나오는지, 괜한 소리로 은서를 부담스럽게 하는 건 아닌지 지훈은 조심스러웠다. 한 마디, 한 마디, 은서에게 향하는 말들은 모두 느림보처럼 평소 속도를 내지 못한다.

"……."

떨리는 그의 마음은 모르는지 은서는 지훈의 얼굴로 향해 있던 시선을 고정한 채 그의 질문에는 어떠한 답도 하지 않았다.

그저 멍하게 지훈 쪽으로 시선을 두고 있을 뿐이었다.

그 시선에 지훈은 입술이 바짝 타는 듯한 기분이 들었다. 이렇게 흐트러짐 없이 은서의 시선을 받는 일은 처음 있는 일이었다.

"은서야?"

열리는 방법을 모르는 듯 꾹 다물어져 있던 은서의 입꼬리가 서서히 위로 올라갔다. 그리고 멍해져 있던 시선도 부드러운 빛을 내며 반짝인다.

금방 환한 얼굴이 되어 웃고 있는 은서의 모습에 지훈 역시 저도 모르게 입꼬리가 올라갔다.

"한은서 씨."

"한국 언제 왔어요? 여긴 어떻게 알고?"

하지만 지훈을 향해 있는 것 같던 시선은 그의 어깨 너머로 흘러갔고 들려오는 남자의 목소리에 은서는 걸음을 옮겼다.

"방금 왔어."

지훈은 소리가 나는 방향으로 몸을 돌렸다. 은서의 걸음이 향했던 곳을 따라 시선을 옮기자 큰 키에 잘생긴 남자가 은서만큼 부드러운 눈빛으로 그녈 바라보고 있었다.

"미리 연락 좀 하지. 기다렸잖아요."

낯설지만 낯설지 않은 모습, 본 적 있지만 기억하고 싶지 않았던 미소, 자신이 아닌 다른 누군가에게 향해 있는 은서의 눈길에 지훈은 아찔한 기분이 들었다.

"은서야."

은서의 뒤에 서서 그녀를 부르는 남자의 모습에 제이디의 미간이 꿈틀거린다.

"누구야?"

"아, 제 대학 선배예요. 잠깐만요."

은서는 제이디에게 그렇게 말한 후 지훈에게로 걸어갔다. 갑자기 나타난 제이디로 인해 지훈을 깜빡할 뻔했다.

"아는 사람이야?"

"네, 선배 오늘은 정말 감사했어요. 다음엔 제가 밥 살게요."

은서는 한껏 밝아진 얼굴로 지훈에게 인사했다.

"……응, 그럼 이만 가 볼게. 다음에 또 연락할게."

누군지, 어떻게 아는 사인지 알고 싶었지만 지훈은 차마 입이 떨어지지 않았고 그렇게 은서를 두고 자신의 차에 올랐다.

"어떻게 아는 사람이기에 그렇게 반가운 얼굴이 되는 거니?"

환한 얼굴로 걸음을 옮기는 은서의 모습을 떠올리며 지훈은 씁쓸한 표정을 지어 보였다.

"한눈팔지 말고 있으라고 한 것 같은데?"

지훈의 차가 멀어지는 걸 눈으로 확인한 제이디가 뾰로통한 얼굴로 말했다. 기쁜 마음으로 한국으로 날아왔건만 웬 남자와 함께 귀가하는 은서의 모습에 제이디의 기분은 팍 상하고 말았다.

"한눈판 거 아니거든요? 그냥 대학 선배예요."

"그냥 대학 선배가 이 시간에 집 앞까지 데려다줘?"

씰룩, 짙은 그의 눈썹 한쪽이 위로 쑥 올라간다. 누가 봐도 기분 나쁘다는 얼굴을 하고.

"오랜만에 연락이 됐거든요. 나영이랑 같이 밥 먹었어요."

"흐음. 그래?"

삐딱한 자세로 자신의 차에 기대어 팔짱을 낀다. 여전히 뾰로통한 얼굴은 풀리지 않고 있었다.

"혹시……."

툴툴거리는 말투 하며 씰룩거리는 눈썹에 삐딱한 자세까지. 한껏 기분 나쁘다는 티를 내고 있는 그의 모습에 은서는 기분 좋은 웃음을 숨기지 못했다. 무려 6일 동안 전화 한 통 없어 살짝 삐치긴 했었지만 그의 모습을 보자마자 은서는 그런 건 몽땅 잊어버렸다.

"혹시 뭐?"

"질투해요?"

"질투? 질투우?"

은서의 말에 발끈하며 기대었던 몸을 일으키는 제이디는 어이없다는 표정으로 은서를 바라봤다.

"질투하는 거 맞는 것 같은데, 아니에요?"

뭐가 그렇게 재미있는지 은서의 입술이 달싹거리며 움직이자 제이디는 고개를 절레절레 흔들었다. 어딘지 말리는 기분이 드는 제이디였다.

"내가 질투했으면 좋겠어?"

진짜 질투를 하는지 하지 않는지 확인하고 싶어 하는 은서에게 제이디가 물었다. 그러자 은서는 대답 대신 작게 고개를 끄덕인다.

"제대로 질투 한번 해 줘?"

끄덕끄덕. 이번에도 대답 대신 고개가 끄덕여진다. 초롱초롱한 눈을 하고선 자신의 반응을 살피는 은서의 모습에 제이디는 어쩔 수 없다는 듯 팔짱을 풀었다.

질투라, 내가 얼마나 질투의 화신인지 보여 주지. 당신의 기대를 충족시켜 주리라.

날랜 범이 토끼를 사냥하듯 은서의 팔을 낚아챈 제이디는 그대로 은서의 몸을 자신에게로 잡아당겼다.

제이디의 힘에 은서의 몸은 조금의 반항도 해 보지 못한 채 그의 품으로 끌려 들어갔고 중심조차 제대로 잡지 못한 은서의 뺨 위로 따뜻하고 물컹한 무엇인가가 와 닿았다.

"어?"

깜빡깜빡. 은서의 두 눈이 사태를 파악하기 위해 연신 깜빡였고 그녀의 뺨 위로 내려앉은 제이디의 입술은 천천히 그녀에게서 떨어졌다.

지금 무슨 일이…….

당황한 은서를 향해 찡긋 윙크를 날린 제이디는 누구보다 해맑게 웃어 보였다.

"도장 찍은 거야. 주인백."

"언제까지 그렇게 노려볼 거예요? 커피 다 식는데…….."

은서의 집 근처 카페로 자리를 옮긴 두 사람은 부드럽고 달큰한 향을 내는 커피를 시켜 놓고 마주 앉았다. 하지만 커피는 그저 향으로만 즐길 뿐 한 모금도 두 사람의 입 속으로 들어가지 못했다.

웃으면 안 돼. 참자, 참아.

팔짱을 끼고 앉은 제이디의 미간이 좁아졌다, 펴졌다, 몹시도 바삐 움직였고 은서는 그런 제이디를 보며 배슬배슬 흘러나오는 웃음을 간신히 참고 있었다.

도장을 찍는다며 전에 없던 자신의 뺨 소유권을 주장하며 웃던 모습은 어디로 갔는지, 연신 짙은 그의 눈썹이 꿈틀거린다.

"일주일 만에 보는 건데 계속 그러고 있을 거예요?"

끄덕끄덕. 그럴 거라고. 은서의 질문에 제이디의 고개가 빛의 속도로 움직였다.

"진짜 삐쳐야 할 사람은 난데……."

은서는 앞에 놓인 커피를 한 모금 마신 후 제이디처럼 팔짱을 끼고 의자에 등을 기대었다. 그러곤 제이디처럼 눈썹 한쪽을 으쓱 위로 올렸다.

자꾸 그렇게 나오면 나도 할 말 있으니까!

"뭐?"

"일주일 동안 문자 하나 보내고 연락 안 하신 분이 있어서요."

다시금 커피 한 모금을 마시고 힐끗 제이디를 바라보자 기다렸다는 듯 그의 시선이 은서에게로 와 부딪친다.

"일주일 동안 문자 하나 없던 사람도 있었는데?"

여전히 그의 미간은 펴지지 않았고 제이디의 말에 은서는 마음이 뜨끔해져 왔다.

그러고 보니, 답장을 안 했었다.

"그게, 사실 보낼 타이밍을 놓쳐서……."

하하하, 되로 주고 말로 받았다는 말이 이런 건가?

은서의 눈꼬리가 아래로 훅 처지며 어색한 웃음이 흘러나온다.

그의 메시지를 늦게 보기도 했고 본사에 들어간 이유가 파트너 선정이라는 걸 알고 있었기에 자신에게 반했다는 그의 말에 다른 어필을 하는 것 같은 인상을 주고 싶지 않았다. 그러다 보니 그의 문자를 보고 또 보면서도 답장을 할 수가 없었다.

"엄청 기다렸는데, 엄청!"

제이디의 입꼬리가 제법 장난스럽게 올라갔다. 당황하는 은서의 모습에 스르륵 마음이 풀리는 것 같은 기분.

"음…… 그나저나 일찍 왔네요? 내일쯤 들어온다고 하지 않았어요?"

흠흠! 헛기침을 한 은서는 얼른 대화 주제를 바꾸려 애썼다. 엄청 기다렸다는 말을 강조하며 자신을 바라보는 제이디를 보고 있으니 그의 페이스에 말려들 것 같았다.

"누가 연락 한 통 없어서 말이야. 보고 싶어서 참을 수가 있어야지."

아무래도 외국 생활을 오래 해서 그런지 언어 습관이 너무 솔직하고 공격적이야!

은서는 그가 자신의 볼에 도장을 찍던 때만큼 당황스러워져 들고 있던 커피 잔을 내려놓았다.

솔직하다고 해야 할지, 스킬이 좋다고 해야 할지, 은서는 그의 언어 습관에 당최 적응이 잘되지 않았다.

"사람을 좀 당황하게 만드는 재주가 있어요."

은서의 양손이 열기가 오르려는 뺨을 달래듯 연신 바삐 부채질을 해 댔다.

"솔직한 건 내 장점이고."

별일 아니라는 듯 어깨를 으쓱이며 말하는 제이디의 모습에 은서는 고개를 끄덕였다.

그러신 듯합니다. 그러신 것 같아요. 약간 자뻑 기질이 있는 것도 같고…….

은서는 그의 솔직함을 감당하기엔 아직 적응 기간이 조금 필요하단 생각이 들었다. 물론 그래도 멋있다는 건 함정이지만.

"그보다 아까 같은 그런 선배는 몇이나 있어?"

"네?"

풀려 있던 제이디의 팔이 다시금 꼬아졌다.

자신을 보며 당황하던 남자의 얼굴. 멀리서도 제이디의 눈엔 그 모습이 보였고 생각할수록 거슬렸다. 그냥 선배라면 왜 자신을 보고 당황했을까?

나한테 첫눈에 반한 게이가 아니라면 이건 백 프로거든?

"없어요. 대학 때 친하게 지낸 남자 선배는 지훈 선배가 유일하거든요."

"유일해? 그게 더 위험한 것 같은데."

고개를 흔들며 아니라고 하는 여자의 모습에 제이디는 왠지 더 울컥하는 마음이 들었다. 유일하게 친하게 지낸 남자 선배라, 어딘지 꺼림칙한 기분이 든다. 하지만 그의 마음을 모르는지 은서의 입은 쉬지 않았다.

"대학 다닐 땐 친했었는데 한동안 연락 안 하고 지내다가 최근에 다시 봤어요. 저희 회사 남성 언더웨어 모델이거든요."

"모델?"

어딘지 기생오라비같이 곱상하게 생겼다 했더니 모델이었구나 싶은 제이디였다.

"네, 아! 한국 연예인 잘 모르죠? 잘나가는 배우예요. 모델 출신."

심지어 배우란다. 그것도 잘나가는. 은서가 말을 꺼낼 때마다 왠지 그 선배란 사람이 더 마음에 들지 않는 것은 물론이요, 기분 역시 슬슬 나빠진다.

인정하기 싫었지만 백 프로 질투 중 되시겠다.

"그러거나 말거나."

질투할 사이 전혀 아니라고, 신경 쓰지 않아도 된다는 말을 하려던 은서는 질투하는 그의 모습이 귀여워 그저 모른 척기로 마음먹었다. 투덜투덜, 꽁한 표정의 제이디를 보고 있자니 은서의 머릿속에 익숙한 무엇인가가 떠올랐다. 눈썹은 위로 쭉 올라가 있고 시큰둥한 표정에 투덜거리는 일이 일상인.

"투덜이 스머프 알아요? 혹시?"

"뭐?"

"투덜이 스머프라고 있는데 지금 제이디랑 똑같이 생겼어요."

"Oh, mon Dieu!(Oh, my God!)"

질투 한번 했을 뿐인데, 푸르뎅뎅한 그 난쟁이랑 비교가 되다니. 제이디는 고개를 흔든다. 인정할 수 없다고. 하지만 이미 은서의 눈은 반달이 되어 내려앉아 있었다.

"흠, 핸드폰에 저장된 이름 바꿔야겠다."

은서는 얼른 핸드폰을 꺼내 저장된 연락처의 제이디란 이름을 지웠다. 그러곤 키패드를 꾹꾹 눌러 그의 새로운 이름을 입력했다.

투덜이 스머프.

하트는 부끄러우니까 생략하는 걸로.

"일찍 날아온 결과물이 고작 투덜이 스머프라니, 이거 좀 김새네."

귀여워서 그래요. 속의 말이 나오려 달싹거리는 입술에게 자제하란 신호를 보내는 은서의 앞에 제이디는 작은 종이백 하나를 꺼내 놓았다.

"뭐예요?"

"선물. 투덜이 스머프라도 줄 건 줘야지."

남아 있는 커피를 마시며 제이디는 고갯짓했다. 얼른 열어 보라고. 그 모습에 은서는 자신 앞에 놓인 종이백을 가져와 안을 들여다봤다. 크지 않은 검은색 상자에 팜므의 로고가 떡하니 찍혀 있었다.

"이건?"

예전에 그가 줬던 한정판 팜므의 란제리가 떠올라 은서는 얼른 제이디를 바라봤다. 그런 비싼 건 또 받긴 그렇고, 하지만 은서의 곤란한 표정에 제이디는 그저 고개를 저었다.

"열어 봐."

은서는 조심스레 상자를 꺼냈다. 손에 들려 올라오는 상자의 가벼움으로 보아 속옷이 분명해 보였고 상자의 뚜껑을 열어 보니 역시나! 팜므의 라벨이 붙어 있는 속옷이 눈에 들어왔다. 짙은 블랙의 몰드에 여리여리하고 섬세한 리버레이스가 감싸져 있었다. 그리고 어깨끈에 새겨진 자수.

"어, 이거? 내가 디자인했던……."

속옷을 꺼내 형체를 확인한 은서는 깜짝 놀란 얼굴로 제이디를 바라봤다. 아무리 봐도 자신이 샘플로 준비해 팜므에 냈던 그 디자인과 아주 흡사했다.

"샘플 보고 내가 다시 만들었어. 레이스 종류는 리버레이스가 더 어울릴 것 같아서 바꿨지만. 전체적인 건 그대로야."

Design by H.

광택감 있는 실로 어깨끈에 새겨진 자수와 팜므의 로고가 붙어 있는 속옷을 보자 은서는 마음이 떨려 왔다.

"이거 혹시……."

그토록 원했던 일이 현실로 다가오는 소리가 들렸다.

"앨리스랑 일하게 됐어. 물론 담당자는 당신이고."

감격에 겨워 어쩔 줄 모르는 은서를 보는 제이디의 입가에 미소가 걸렸다. 이렇게 기뻐하는 얼굴이 보고 싶어 일찍 돌아온 것이 잘한 일이란 생각이 들었다.

"어쩌죠? 저 지금 너무 기뻐서 울 것 같아요!"

너무나 곱게, 반짝이며 새겨진 자신의 이니셜에 은서는 코끝이 찡해져 왔다. 흔히들 이야기하는, 파노라마처럼 그간의 일이 스쳐 지나가는 경험을 이 짧은 순간에 은서 역시 하고 있었다.

다들 포기하자고 말할 때 그대로 포기해 버리면 평생 후회할 것 같아 제이디의 패션쇼장을 찾아갔던 때부터 마지막까지 밤을 지새우며 샘플을 만들었던 날까지. 그간의 노력이 헛된 것이 아니었단 생각이 왈칵 눈물이 쏟아지려 했다.

"꿈꾸고 있는 거 아니죠? 그렇죠?"

작게 떨려 오는 은서의 목소리에 제이디의 고개가 좌우로 흔들렸다. 꿈이 아니라 말해 주는 남자의 모습에 은서는 어느새 입가에 환한 미소를 머금었다. 눈가는 촉촉했지만 그 웃음만큼은 너무 말갛게 피어올라 만개하고 있는 꽃과 같았다.

"6개월간 꽤나 힘들 텐데, 자신 있어?"

팜므와 앨리스의 프로젝트 론칭 파티까지 정해진 시간은 6개월 남짓. 결코 여유로운 일정이 아니란 걸 알고 있기에 은서는 제이디의 물음에 고개를 끄덕였다. 꿈만 같던 일이 벌어지고 있는데 6개월이란 시간을 결코 허투루 쓰지 않겠다 마음먹는다.

"자신 있다, 이 말이지?"

"그럼요. 열심히 할 거예요."

그토록 동경하고 좋아하던 팜므의 디자이너 제이디와 함께 일한다는 것이 지금 얼마나 심장을 세차게 뛰게 하는지 그는 알지 못할 것이다.

"그럼 나 뭐 하나 물어봐도 될까?"

뭐든, 뭐가 되었든 최선을 다해 대답할 거예요!

은서의 고개가 끄덕끄덕 바삐 움직인다.

"음……."

머리칼을 쓸어 넘기며 은서에게 향했던 시선을 잠시 다른 곳으로 옮겼다 가져온 제이디는 선뜻 입을 열지 못했다.

"말해 봐요."

"이런 말 하면 당신이 어떻게 생각할지 모르겠지만, 나는 일과 관련된 여자는 만나지 않는다는 주의거든."

이미 한 번 경험해 보았던 일이므로 일로 엮인 여자들과 깊은 관계가 되는 것은 자신의 인생에선 절대 사양하고 싶은 일 중 하나였다. 그것도 같은 디자이너라면 더더욱.

"……."

진지한 남자의 목소리에 은서는 조금 전과 다른 심장 박동을 느끼고 있었다. 방금 전 하늘이라도 날아오를 것 같던 기쁨은 어느새 저만큼 추락하는 듯했다.

"일로 엮인 사람을 개인적으로 만나게 되면 여러 가지로 복잡해질 거야. 사내 연애라면 더더욱 그러겠지. 그래서……."

은서 역시 제이디의 말에 공감하는 바였다. 대학 CC일 때도 흔히 남들 연애하는 것처럼 싸우고 헤어지고 싸우고 헤어지고를 반복했지만 그때마다 CC라는 이유로 사생활은 몽땅 주위의 재밋거리로 전락해 입방아에 오르내렸다. 회사라면 더더욱 그럴 것이다.

하지만 그의 말을 이해하면서도 은서는 마음이 움찔거린다. 너무 들떠 있었던 건 아닌지, 혼자 너무 앞서간 건 아니었나? 투덜이 스머프 뒤에 하트를 붙여야 하나 말아야 하나 방금 전 고민했던 것이 부끄럽게 느껴지는 순간이었다.

그렇다면 왜 그동안 그렇게 자신에게 잘해 줬을까? 반했다는 말은 왜 했을까?

아마 함께 일하게 될 거란 생각을 그는 하지 못했었나 보다. 하긴, 나도 내가 이 일을 하게 될 줄 꿈에도 몰랐으니까.

"무슨 말인지 알겠어요."

마음을 주고받는다 해서 모두 함께할 수 있는 건 아니니까. 은서는 고개를 끄덕였다. 연애라는 건 달콤하기만 한 일은 아니니까, 싸울 때도 있을 것이고, 어쩌면 서로 너무 맞지 않아 결국 헤어질 수도 있다는 걸 서른의 은서는 충분히 이해하고 있었다.

같이 일을 하는 동안 혹여 마음이 맞지 않는 순간이 온다면 서로 불편해질 것은 분명한 일이었다.

그가 어떤 생각을 하는지 알지 못하고 저만큼 앞서가 설레던 자신의 모습이 너무 민망하고 창피해 은서는 자리에서 벌떡 일어섰다. 여기 더 앉아 있다간 눈물이라도 찔끔 흘릴 것 같은 기분이었다.

"당신 지금 무슨 생각하는지 알겠는데 내 말뜻은 그런 게 아니고……."

은서의 돌발 행동에 제이디는 깜짝 놀라 자리에서 일어났다. 자신의 말이 채 끝나지도 않았는데 저 여자의 머릿속은 어디까지 달려간 것인지 이미 얼굴에 남아 있던 미소는 몽땅 사라져 있었다.

"저한테도 그 일 무척 중요해요. 그래서 서로 불편할 일 만들고 싶지 않고요."

"앉아. 내 말 아직 안 끝났어."

"더 안 들어도 알 것 같아요. 저한테 제이디냐 그 프로젝트냐 묻는다면 전 당연히 그 일을 선택할 거예요. 나한텐 정말 꿈 같은 일이니까. 그러니까 걱정 마세요. 서로 불편하고 어색할 일 절대 안 만들어요. 여태 있었던 일도 몽땅 잊을 거니까. 그럼 가 볼게요."

은서가 이렇게 말을 빨리하는 사람이란 걸 제이디는 그동안 모르고 있었다. 속사포처럼 다다다닥 자신의 할 말을 하고 꾸벅 고개 숙여 인사까지 하고 나가는 여자의 모습에 제이디는 잠시 멍해졌다.

자신의 말은 이제부터가 시작이었는데 여자의 오해는 이미 깊어질 대로 깊어졌고 가까워졌던 거리는 그녀가 발걸음을 옮긴 만큼 멀어지고 말았다.

"하여간 성질도 급하지. 내 말 안 끝났다니까!"

잠시 멍해져 있던 제이디는 빠르게 멀어져 이미 들리지 않는 은서의 구두 굽 소리에 얼른 그녀가 뛰어나간 곳으로 걸음을 옮겼다.

짧은 다리로 어찌나 빨리 뛰었는지 입구로 나간 제이디의 두 눈에 은서의 뒷모습은 보이지 않았다.

내가 반했다고 했잖아, 이 여자야!

제이디는 핸드폰을 열어 은서의 번호를 눌렀다. 6개월만 비밀 연애를 하자고 할 생각이었는데 도대체 어디까지 생각이 앞서 나간 것인지 여태껏 있던 일을 몽땅 잊어 주시겠단다.

"거기다 나보다 프로젝트? 어쭈!"

하지만 신호가 울리고 또 울려도 은서의 목소리는 들리지 않았다.

"하, 이러려고 그런 게 아니었는데!"

제이디는 은서가 전화까지 받지 않자 자신이 실수했단 생각이 들었다. 조금 더 부드럽게 돌려서 이야기했어야 했던 것은 아니었을까?

아니 사실 망설이는 마음이 조금은 남아 있었다. 지금이라면 사람과 마음을 나누는 일에 크게 상처받지 않고 그 감정을 고이 접어 둘 수 있을 것 같은 기분이 들기도 했다. 그걸 은서가 자신보다 조금 먼저 눈치챘을지도 모른다.

그럼에도.

"한은서, 전화 좀 받아라."

놓치고 싶지 않은 여자.

제이디는 받지 않는 전화를 걸며 자신의 차에 올랐다. 조금 전 여자를 기다렸던 곳으로 가기 위해서.

"남의 말도 다 안 듣고 도망을 가? 누가 놓칠 줄 알고?"

08. 섹시미와 퇴폐미 사이

'일로 엮인 사람을 개인적으로 만나게 되면 여러 가지로 복잡해질 거야. 사내 연애라면 더더욱 그러겠지. 그래서…….'

그다음 말이 무엇이었을까? 더는 이렇게 잘해 주지 못할 것 같다? 아님, 반하긴 했지만 연애할 마음은 없으니 꿈 깨라?

뭐가 됐든 혼자 북 치고 장구 치고 난리 블루스.

머리부터 발끝까지 은서의 온몸은 어찌할 수 없는 창피함에 붉게 달아올랐다. 살면서 이런 민망한 일을 또 겪을 수 있을까?

내가 미쳤지, 내가 미쳤어! 어쩌자고 혼자 그렇게 앞서갔을까?

집으로 돌아와 차가운 물에 세수를 한 은서는 욕실 거울에 비친 자신의 얼굴을 보며 머리를 세차게 흔들었다. 정신이 번쩍 들 정도의 차가운 물에 세수를 했지만 붉어진 두 뺨은 여전히 식을 줄 몰랐다.

오랜만에 누군가에게 예뻐 보이고 싶고, 잘해 보고 싶고, 또다시 상처받을까 조심스레 닫아 두었던 마음을 조금은 열어 보여도 되지 않을까? 한없이 다정한 눈길로 자신을 바라보는 남자를 보며 그런 생각을 했었다.

바보 같아. 그 사람 마음은 어떤지 잘 알지도 못하고…….

상훈과 헤어진 이후 처음 있는 일이었기에 마음은 브레이크를 걸어야 할 타이밍을 놓쳤고 상대와의 거리를 저만큼 벌려 놓았다.

"그래, 그냥 하룻밤 인연이었던 거야. 그렇게 됐어야 했던 거야."

은서는 눈물방울이 뚝뚝 떨어지는 얼굴을 보드라운 수건으로 스윽 훔쳤다. 그러자 우습게도 보드라운 수건의 감촉이 꼭 그의 손길처럼 느껴져 어느새 몽글몽글 피어난 그의 얼굴이 눈앞을 스친다.

'나는 일과 관련된 여자는 만나지 않는다는 주의거든.'

"이럴 거면서 반했다는 말은 왜 해? 사람 착각하게…… 그런 말 듣고 마음 설레지 않을 여자가 어디 있다고."

세상에서 둘도 없는 안타까운 눈으로 자신을 바라보며 반했다는 말을 할 땐 언제고, 이젠 그런 일은 전혀 기억조차 나지 않는 사람처럼…….

지잉— 지잉—

욕실을 나와 침대에 엉덩이 붙이고 앉은 은서의 귀에 익숙한 진동 소리가 들려왔다.

[투덜이 스머프]

핸드폰 액정에 뜨는 이름에 은서의 입에서 깊은 한숨이 흘러나왔다. 또 무슨 말을 해서 사람 마음을 뒤집으려고 이러는지 덜컥 겁이 나 핸드폰에 선뜻 손이 가지 않았다.

무슨 말을 들어도 마음에 생채기가 날 것 같아 은서는 울려오는 진동을 애써 모른 척했다.

지잉— 지잉—

"으음."

적막한 침실을 가득 메우는 진동 소리에 은서는 저도 모르게 앓는 소리를 냈다. 받을 수도 받지 않을 수도 없는 참 복잡하고도 곤란한 상황.

모르겠다. 모르겠어.

길고 길었던 진동 소리가 멈추자마자 은서는 핸드폰을 들어 배터리를 분리시켜 버렸다. 더는 그의 말에 마음을 휘둘리고 싶지 않아 분리된 핸드폰을 저 멀리 던져두고 은서는 이불 속에 몸을 묻었다.

쉽게 잠이 올 것 같지 않은 밤, 은서는 자고 일어나면 모든 게 거짓말처럼 다 잊혀지면 좋겠다 생각했다. 아무것도 생각하지 않고 일만 할 수 있길 바라며 애써 눈을 감았다.

"선배, 나 이번에 D&S 디자이너 공모전에 나가 보려 하는데……."

"응."

"……."

캠퍼스 안 푸릇한 잔디밭 위에서 에스모드 패턴 북을 외우기라도 할 모양인지 진운의 시선은 세령의 말에도 조금의 흔들림 없이 책을 훑어 내려갔다. 아까부터 수선스럽게 떠드는 세령의 목소리에도 그의 대답은 참으로 건조하고 담백했다.

"선배, D&S가 선배 스카우트하려고 하는 데 맞죠?"

파리에서 제법 잘나가는 언더웨어 회사인 D&S에서 진운을 디자이너로 삼고 싶어 인사 담당자가 여러 번 그를 만나러 직접 찾아오기도 했었다.

"응."

여전히 보고 있는 책에서 진운의 시선은 떨어지지 않았다.

"나도 거기 입사해서 선배랑 같이 일하고 싶어. 열심히 할게요."

의욕을 불태우며 두 손을 불끈 쥐는 세령에게 그제야 진운의 시선이 와 닿는다. 들고 있던 책은 여전히 그의 손 위에 펼쳐져 있었고 그의 표정은 여전히 담담했다.

"D&S 레벨 맞추려면 지금 포트폴리오론 부족하지 않아? 굳이 나가겠다면 말리진 않겠지만……."

참으로 무심한 투로 아무렇지 않게 마음을 쿡 찔러 오는 남자로 인해 세령은 쥐고 있던 손에 힘이 풀려 오는 걸 느꼈다.

"……."

가까이에서 보면 볼수록 그가 얼마나 대단한 사람인지 알고 싶지 않아도 저절로 알게 된다. 학교를 졸업하기도 전 이미 여러 회사에서 그를 데려가기 위해 러브콜을 보내는 건 물론이었고 직접 그를 보기 위해 학교 앞에서 기다리는 이들도 여럿이었다. 그런 그를 사귀며 어깨가 으쓱했던 적이 한두 번이 아니었지만 반면 스스로가 너무 초라하고 작아 보여 어딘가로 숨고 싶어지는 순간도 여러 번 겪었다.

"음…… 그래도 하고 싶은 거면 열심히 해. 응원할게."

진운의 커다란 손이 세령의 머리를 쓰다듬었고 그의 무심한 표정과 달리 너무나 따뜻한 손길에 세령은 세차게 고개를 끄덕였다. 꼭 공모전에 당선되어 그의 곁에 당당히 서고 싶었다. 그의 도움을 얻어 실기에서 좋은 점수를 얻는다는 말은 더는 듣고 싶지 않았다. 꼭 실력으로 당당하게 보여 주고 싶었다.

"준비할 시간도 부족했고 이 디자인, 네 색깔이 너무 없어."

하지만 원하는 것은 꼭 속절없이 멀어져 갔다. 손에 움켜쥔 모래알처럼 붙잡고 싶어 더욱 애쓰고 마음을 졸일수록 원하는 것은 세령의 손에 닿지 않았다.

"선배한테까지 평가받고 싶지 않아."

그의 말이 조금도 틀리지 않았다는 걸 잘 알고 있었다.

"네가 뭐가 부족한지 모르니까 계속 그 자리잖아."

다른 누구보다 그에게 듣는 평가가 가장 아팠다. 자존감은 무너져 내리고 그를 향한 사랑이, 믿음이 커질수록 그를 향한 질투심도 날로 커져만 갔다.

"선배처럼 다 가지고 태어난 사람이 내 절박함을 어떻게 이해해? 계속 그 자리라고? 나 누구보다 열심히 했어! 노력했다고!"

"······."

"적어도 선배는! 선배만큼은 위로해 줄 수 있는 거잖아? 이번엔 운이 나빴던 거라고, 넌 충분히 잘했다고 인정해 줘도 되잖아!"

세령은 눈물범벅이 된 얼굴로 진운을 향해 소리쳤고 들고 있던 포트폴리오를 바닥에 내던졌다.

"2페이지 모던 시크릿, 빅토리아 트리플 컬렉션. 6페이지 S다이어리, 하나비 모던A 컬렉션. 7페이지······. 더 이야기할까?"

세령이 내던진 포트폴리오를 집어 든 진운은 그것들을 뒤적이며 그렇게 중얼거렸다.

"······."

"절박해? 노력했어? 그래서? 그래서 다른 디자인을 가져다 써? 다른 사람의 노력을 아무런 죄책감 없이 가져다 쓴 네가 디자이너라고 할 수 있는 거야?"

진운의 표정과 목소리가 여태와는 달리 차갑게 얼어 있었다.

"참고했을 뿐이야."

"디자이너로서의 윤세령은 긍지도, 자존심도 없어? 이 포트폴리오 안에 네가 조금도 없잖아."

"남들도 다 그렇게 해! 선배같이 뛰어난 능력 가진 사람 아니고서는 다 조금씩 나처럼 한다고!"

"그만하자. 더 실망하고 싶지 않으니까."

그를 만나면서 처음 들어 본 말이었다. 늘, 결국은 세령에게 져 주던 진운이 조금의 흔들림도 없이 걸음을 옮겼다. 들고 있던 세령의 포트폴리오는 그의 손에 의해 버려졌고 세령은 꼼짝도 안 하고 멀어져 가는 그를 지켜봤다.

동아줄이라 생각했었다.

가난하고 구질구질한 인생에서 벗어나겠다고 마음먹은 세령에게 진운은 가진 것이 너무 많은, 너무나 탐나는 동아줄이었다. 그의 곁에 있으면 디자이너로, 그의 여자로 행복한 인생을 걸어갈 것이란 확신이 있었다.

"선배가 뭘 알아? 내가 어떤 마음으로 살고 있는지, 얼마나 절박한지 아무것도 모르면서……."

"풋."

오래전 기억을 더듬고 있던 세령의 입에서 작은 실소가 터져 나왔다. 멀어지는 그의 마음을 보며 더 이상 그의 여자로 있을 수 없다는 사실을 알게 되었을 때, 자신에게 남은 선택지는 오로지 하나였다.

이미 유학하는 동안 쌓인 빚은 부모님의 능력으론 갚을 수 없었고 원하던 회사엔 기회가 닿지 않았다. 결국 다른 여지 없이 한국으로 돌아와야 했고 세령의 손엔 진운의 작품이 들려 있었다.

세령은 작게 한숨을 내쉬며 전화기를 들었다.

"미희 씨, 앨리스 쪽 프로젝트 담당자가 누군지 좀 알아봐요. 자세하면 자세할수록 좋아요."

진운에게 상처를 주고 얻은 기회였지만 세령은 돌아갈 수 없는 제이디의 곁보단 한국에서의 성공을 택했다. 성공하고 싶었고 보여 주고 싶었다. 그 시절 윤세령의 긍지는 바닥에 떨어졌지만 그 뒤 누구보다 노력했던 자신을, 지금은 누구보다 긍지와 자존심으로 똘똘 뭉쳐 있는 윤세령을 보여 주고 싶었다.

"선배, 후회할 거예요. 그런 기회조차 주지 않은 건."

"으음."

책상에 엎드려 턱을 받치고 끙끙거린 지 어느덧 30분째. 가지런하게 정리된 짙은 눈썹은 연체동물처럼 꿈틀꿈틀, 잘 뻗은 콧대는 씰룩씰룩, 꼭 무엇인가 발라 놓은 것처럼 촉촉한 입술은 초조한지 연신 잘근거려지고 있었다.

"후우."

이번엔 땅이 꺼질 듯 깊은 한숨까지 내쉰다.

"거참, 사람 불편하게 왜 그래? 불만 있으면 노려보지 말고 말을 해! 말을!"

하루도 아니고 이틀도 아니고 벌써 3일째. 사무실 분위기 험악하게 만드는 것도 모자라 회의실에 불러 놓고 직원들 눈치 보게 만들고, 제대로 숨도 못 쉬게 만드는 악덕 사장 제이디는 물러가라! 물러가라!

"후우. 시끄러."

알렉스의 말에도 제이디의 표정은 세상 다 산 사람처럼 시큰둥하기 이를 데 없었다.

"이봐요, 대표님! 직원들 눈치 보는 거 안 보이십니까? 우리 김지니 팀장님이랑 양 비서님 아름다운 얼굴에 주름살 늘어 가는 거 안 보이냐고!"

알렉스의 말에 제이디의 몸이 천천히 세워졌다. 지니는 물론이고 새로 뽑은 비서까지 자신을 바라보고 있었다.

제이디는 이제 곧, 무슨 일이냐며 지니의 집요한 질문 공세가 시작될 것을 짐작했다.

"도대체 무슨 일……."

"나 좀 올라가서 잘게. 한 시간밖에 못 잤어. 작업하느라."

무슨 일 때문에 며칠째 그렇게 죽상을 하고 있는지 지니의 질문이 나오려는 찰나 제이디는 조금 앞서 자리에서 일어났다.

"왜 도망가?"

"도망은 무슨. 아무튼 좀 잘 테니까 나중에 사람들 오면 깨워. 알렉스 넌 나 좀 보자."

아무래도 뭔가 잘못되었다. 그것도 한참!

"알았어."

한은서의 전화기는 며칠째 꺼져 있고 아무리 기다려도 그녀의 답은 돌아오지 않았다. 다 잊어 준다더니 잊는 것으로도 모자라 아예 지구를 떠나 버린 게 아닌가 덜컥 겁이 날 지경이었다.

제이디는 옥상에 위치한 자신의 침실로 들어서며 알렉스에게 물었다. 이런 걸 물어볼 사람은 주위에 이 녀석 하나뿐이니까.

"여자들…… 화나면 보통 핸드폰 꺼 두거나 그러나?"

제이디는 스스로 생각해도 민망한지 연신 헛기침을 해 댔다.

"뭐, 그런 경우도 있지. 그건 왜?"

"보통 한 3일씩 꺼 두고 그러는 거냐?"

"3일? 음, 그 정도면 심각하지. 딱 한 번! 나도 당해 본 적 있어."

제이디의 질문에 알렉스는 입꼬리를 비틀며 눈빛을 번쩍였다. 지금 생각해도 몹시 화가 난다는 듯.

"언제?"

"너도 알 거야. 크리스티나!"

"크리스티나? 그 러시아 무용수?"

제이디의 말에 알렉스의 고개가 끄덕여졌다. 런던에서 그녀의 육감적인 몸매에 반해 알렉스가 그녀를 쫓아다닌 지 일주일, 결국 둘은 사랑에 빠졌고 알렉스는 이상형을 만났다며 좋아했었다.

"너 차였잖아. 그것도 제대로."

"그래! 잠깐, 아주 잠깐, 파리지앵 안나랑 밥 한 번 먹은 걸로 차였지. 그때였어. 3일째 내 전화를 안 받더니 헤어지자고 하더라고. 그걸로 모자라 내 뺨을……."

알렉스는 크리스티나에게 맞았던 고통이 생생히 떠오르는 듯 자신의 두 뺨을 감싸 쥐었다.

"맞을 만했잖아. 그건."

"포인트는 그거야! 여자한테 맞을 짓을 한 것이 아니라면 3일째 전화를 꺼 둘 리가 없지. 너 무슨 짓을 하고 돌아다니는 거야?"

알렉스의 말에 제이디는 잠시 그날의 일을 떠올렸다. 그날 이후 수십 번을 넘게 생각해도 자신이 말실수한 것을 부정할 수 없다.

맞을 짓까진 아니지 않았나? 설마 내가 저놈이랑 같은 짓을…….

저 바람둥이, 한량 알렉스와 자신이 동일 선상에 놓여 있단 사실에 제이디는 뒷목이 뻐근해져 옴을 느꼈다.

"그런 거까지 알 건 없고, 어떻게 해야 풀리겠어?"

몇 년 만에 제대로 된 연애를 해 보고 싶었는데, 시작도 하기 전에 차일 위기라니! 아니, 다 잊어 준다는 말을 들었을 때 이미 차였는지도…….

아니, 아니, 말이 씨가 된다고 방금 말은 취소다.

제이디는 초조함에 입술이 바짝 타들어 가는 기분이 들었다.

"어떤 여자냐에 따라 방법은 달라지겠지만……."

알렉스는 고민된다는 듯 엄지와 집게손가락을 턱에 갖다 댔다. 그러곤 코난이라도 빙의한 것처럼 진지한 얼굴로 제이디를 위아래로 훑어본다.

"확실한 방법이 있지!"

"확실한 방법?"

일말의 불안감이 스치고 지나갔지만 일단은 알렉스만큼 여자를 자주, 많이, 만나는 놈은 주위에 없으니 일단 녀석의 말을 듣기로 마음먹는다.

"페로몬으로 녹여 버려."

"뭐?"

"여자들이 너한테 껌뻑 죽는 이유가 그거야. 페로몬! 섹시미! 그러니까 필살기로 밀고 나가."

페로몬이라, 섹시함을 어필하라 이건가? 물론 여자들에게 아주 효과적이라는 건 본인도 잘 알고 있는 바였다.

"자신 없으면 무릎 꿇고 싹싹 빌어 보든지. 결정은 알아서 하도록!"

그래, 뭐가 됐든 한은서의 마음을 돌려놓아야 하니까.

섹시함이 아니라 퇴폐미라도 끌어내야겠다며 제이디는 의욕에 불타올랐다.

"너 주말에 핸드폰 왜 계속 꺼 뒀어?"

아까부터 말없이 앉아 멍하게 생각에 잠긴 은서에게 나영이 물었다. 회사를 나와 팜므 사무실로 가는 차 안에서 평소와 달리 말이 없는 은서가 나영은 여간 신경 쓰이는 게 아니었다.

무슨 일이냐 물어봐도 그저 별일 아니야, 정도로 넘어가니 끓어오르는 호기심을 주체하지 못하는 중이다.

"지훈 선배가…… 혹시 뭐라고 해?"

손에 잡혀 있는 핸들을 더욱 꽉 움켜쥐며 나영이 물었다.

"응?"

"그날 말이야, 나 먼저 가고 나서 지훈 선배가 뭐 다른 말 안 해?"

일부러 일찍 자리를 피해 줬으니 뭔가 일이 있었던 게 아닐까 싶었다. 그렇지 않고서야 저 일귀신 은서가 회의 내내 멍을 때리진 않았을 테니 말이다.

"그냥 연락 자주 해도 되나 뭐 그런 말밖엔……."

나영의 질문에 대충 대답을 마친 은서는 자신의 손에 들려 있는 꺼진 핸드폰을 바라봤다. 한번 꺼 둔 핸드폰을 3일째 그 상태로 방치해 두었다. 한번 겁을 먹고 움츠러든 마음은 쉽게 돌이켜지지 않았다.

"그 멍청이."

나영은 용기 없는 지훈을 떠올리며 구시렁거렸다. 기껏 한다는 말이 연락 자주 해도 되냐는 소리라니! 나이 먹는 동안 연애는 안 하고 일만 했던 모양인지 요즘 초딩보다도 진도를 못 빼는 지훈 때문에 나영의 속이 터지려 했다.

답답이! 답답이! 연애를 글로도 못 배웠나? 지금이 조선 시대냐고!

씩씩거리며 나영이 콧김을 뿜어내고 있었지만 은서는 그런 나영의 사정을 알지 못한 채 깊은 한숨만 내쉬었다.

"후우."

당황하지 않고 자연스럽게 행동해야 돼.

제이디를 만나면 당황하지 않고 자연스럽게 행동해야 된다고 수십 번 마음을 먹고 또 먹었지만 막상 팜므의 사무실이 가까워질수록 심장은 들쑥날쑥 요동을 쳤다.

"그나저나 그렇게 소원이던 팜므랑 일하게 됐는데 얼굴이 영 썩어들어간다?"

"그래 보여? 얼굴이 썩었어? 못 봐 줄 정도야?"

생각에 빠져 시큰둥한 반응만 보이던 은서는 나영의 말에 놀란 눈으로 얼른 고개를 돌렸다. 수십 번 왔다 갔다 하는 마음을 다잡느라 얼굴이 말이 아니었는지 은서는 거울에 자신의 얼굴을 비춰 봤다.

누가 봐도 엉망이라고 할 만하네, 자기 때문에 그런 거라고 생각하면 안 되는데.

까칠해진 얼굴이 마음에 들지 않았지만 더욱 걱정이 되는 건 이런 모습을 제이디에게 보여야 한다는 것이었다. 당신 때문에 계속 고민하고 있었다는 듯한 얼굴이었음으로.

"심각해! 우리도 이제 서른이거든? 관리 안 하면 짜글짜글해지는 거 시간문제야."

"너는 무섭게 짜글짜글이 뭐야!"

"그러니까 관리해야 한다고. 그 찡그린 인상부터 펴고!"

"알았어."

나영의 입에서 흘러나온 말이 신경 쓰여 은서는 다시금 거울을 들여다봤다. 그러곤 짜글짜글이란 말이 신경 쓰여 요리조리 얼굴을 살폈다.

나영의 말처럼 며칠 사이에 얼굴이 망가진 거 같기도 하고……

이 와중에도 절대 그에게 못생긴 얼굴은 보여 주고 싶지 않은 스스로가 우습게 느껴졌지만 은서는 거울을 보며 애써 입꼬리를 올려 웃는 얼굴을 만들어 봤다.

"근데 너 요즘 제이디 이야기 안 한다? 만나고 와서 뭐 다른 말이 있을 줄 알았더니."

"응? 다, 다른 말은 무슨……."

"완전 제대로 수상하지만…… 일단 인사 끝내고 나와서 다시 이야기하자."

팜므와 앨리스 간의 계약이 무사히 체결되었고 6개월간 함께 일할 앨리스 쪽 디자이너는 프로젝트 팀장 은서와 나영 그리고 디자이너 둘 포함 총 넷이었다. 아무래도 서로의 회사에서 추구하는 디자인 콘셉트가 있었기에 디자인팀이 가장 많은 회의와 조율을 겪을 것임으로 효율성을 위해 팜므의 사무실에서 함께하기로 했다.

"회사 완전 좋다. 그치?"

넓고 깔끔한 주차장에 차를 주차시키며 나영이 말했다. 어디 꼭 물 좋은 곳의 펜션에 놀러 온 듯한 착각이 들 정도로 팜므의 사무실은 모던하고 예쁜 디자인을 한껏 뽐내고 있었다.

"응, 전에 봤어."

드디어 와 버렸다. 피하고 싶었지만 피할 수 없었고 도망치고 싶었지만 도망칠 수 없어서 오게 된 팜므의 사무실. 은서는 크게 심호흡했다.

"후우."

최대한 자연스럽게 웃으면서, 할 수 있어!

"너 계속 그러고 있을 거야?"

"응?"

"계속 그렇게 넋 나간 사람처럼 딴생각할 거냐고."

중얼중얼 아까부터 무슨 생각 하고 있는지 구시렁거리는 은서를 보며 나영이 투덜거렸다.

"아, 아니야."

"일단 일 끝나고 멍 때리는 이유 밝혀내겠으!"

"그런 거 없어, 들어가자."

쉽게 포기할 리 없는 나영의 시선을 애써 외면하며 건물 안으로 들어선 은서는 깔끔하고 환한 실내를 두리번거렸다. 마음이 떨려 왔다. 제이디를 마주치게 될까 봐.

"끝내준다. 완전 예뻐!"

나영의 호들갑에도 은서는 대충 끄덕이며 주위를 둘러봤다.

마주치지 말았으면 좋겠다. 제발!

입구에서 몇 개의 계단을 올라가니 넓은 응접실이 눈에 들어왔고 나영과 은서를 기다리는 팜므의 직원들이 보였다.

그중 그들을 제일 먼저 반긴 것은 알렉스였다.

"어서 오세요! 팜므에 오신 걸 환영합니다!"

하얀색 슬랙스에 줄무늬 셔츠를 입고 동그랗고 커다란 안경을 낀 알렉스는 주인을 반기는 강아지처럼 환한 얼굴로 두 팔을 벌려 은서와 나영을 반겼다.

"안녕하세요."

두 팔 벌려 환영하는 알렉스의 인사에 은서는 정중히 고개를 숙였다. 그가 한 것처럼 두 팔을 벌려 인사한다면 왠지 알렉스가 자신의 품으로 달려들 것 같은 기분이 들어서였다.

인사를 마친 후 사무실 안을 두리번거렸지만 은서의 눈에 제이디의 모습은 보이지 않았고 해맑은 알렉스와 지니, 그리고 처음 보는 직원 셋이 자신들을 바라보고 있었다.

"어서 와요. 6개월간 잘 지내봅시다."

이미 일본에서도, 그리고 한국에서도 만난 적 있던 지니가 은서에게 악수를 건넸다. 그녀는 여전히 화려하고 매력적인 미인이었다.

"네, 잘 부탁드립니다."

그래, 차라리 마주치지 않는 게 훨씬 나을 거야. 분명 당황할 테니까.

"나영 씨도 잘 부탁해요. 아마 내가 한 열 살 이상은 언니일 것 같으니까, 어려운 일 있으면 말하고요."

"네? 열 살요?"

"에이, 농담하지 마세요."

지니의 말에 은서와 나영이 말도 안 되는 소리라며 손사래 쳤다. 아무리 많이 봐도 삼십 대 중반 정도로밖에 보이지 않는 외모였다.

"놀라는 마음 이해하지만 사실이에요. 후훗."

놀란 은서와 나영이 귀여워 웃고 있던 지니 곁으로 알렉스가 다가왔다.

"진짜 사실이에요. 200년 전부터 저 얼굴이란 소리도 있고!"

"푸훗, 뱀파이어예요?"

알렉스의 말에 나영이 재미있다는 듯 웃었다.

"관리의 힘이야! 암튼, 두 분 들어와요."

알렉스의 실없는 농담에 지니는 빽! 소리를 지른 후 다시 환한 얼굴로 미소 지었다.

재밌는 사람들이네. 완전 해맑아.

은서는 명랑한 알렉스와 지니의 모습에 조금 안심하고 있었다. 앞으로 함께 일하는 6개월간 제이디로 인해 불편한 건 어쩔 수 없다 쳐도 함께 일하는 다른 사람들까지 맞지 않거나 갑질이라도 한다 치면 이곳으로 출근하는 게 끔찍할 것 같았다.

하지만 그런 은서의 걱정을 알고 있기라도 한 듯 지니와 알렉스는 친근한 태도로 그녀를 맞아 주었다.

"오늘은 개인 짐 정리하시면 될 것 같고, 업무 일정 조율 정도만

하면 될 것 같아요."

지니는 걸음을 옮기며 은서와 나영을 자리로 안내했다. 넓고 커다란 화이트색 데스크가 은서의 마음에 쏙 들었다.

"심지어 책상도 예뻐!"

나영은 자신의 자리가 마음에 드는 듯 활짝 웃으며 말했고 은서는 잠시 두리번거리다 조심스럽게 입을 열었다.

"저기…… 대표님은 자리에 없으세요?"

"아! 늦게까지 디자인 작업 하느라 잠을 못 자서. 곧 나올 거예요."

그렇구나. 곧 나오는구나. 오늘은 안 봐도 될 것 같은데.

굳이 그러지 않아도 될 테지만 곧 나온다는 말에 은서는 작게 한숨 쉬었다. 마음을 그렇게 먹고 왔는데 막상 보려니 눈앞이 깜깜해진다. 그의 얼굴을 다시 본다면 당황스러운 건 둘째 치고 무척 창피할 것 같았다.

없었던 일처럼 다 잊어 준다고 말하긴 했지만 그래도 신경 쓰이는 걸.

"제발 늦게, 늦게 나와라."

은서는 준비된 자신의 책상에 자리 잡고 앉으며 중얼거렸다. 마음 같아선 퇴근할 때쯤 왔으면 좋겠다는 생각이 들었다.

"지하 1층엔 카페 형식의 휴게실이 있고요, 지하 2층엔 수면실이 있으니까 졸려서 일이 안 될 것 같거나 하면 쉬면 돼요. 다 먹고살자고 하는 일인데 스트레스받지 말자고요."

"우와, 시설 너무 좋네요?"

나영은 지니의 말에 반색하며 말했다. 깔끔한 실내도 그렇고 자유로워 보이는 분위기도 마음에 드는 눈치였다.

"아! 그리고 이건 주의 사항! 같이 일하다 보면 알게 되겠지만 저희 대표님이 디자인 작업 할 땐 많이 예민해요. 며칠씩 잠도 안 자고 일해서 그런 건지……. 아무튼 그때만 되면 사악한 악마로 돌변하기도 하니까 너무 당황하지 말고 그러려니 하시면 돼요. 그냥 넌 짖어라~ 이렇게 생각하세요."

지니는 자신의 자리로 돌아가기 전 빙긋 웃으며 말했다. 어떻게 돌변하기에 사악한 악마라는 소리를 듣는지 은서는 내심 궁금해졌다.

"걱정 마세요. 여기도 일할 때는 만만치 않아요."

나영은 두 손을 공손히 하여 은서의 턱 밑에 가져다 댔다. 일할 때는 피도 눈물도 없는! 밥도 먹이지 않고 일을 시키는 악덕 상사 한은서 님 되시겠다.

"진짜요? 한 대리님 전혀 안 그럴 것 같은데?"

알렉스는 신기하다는 듯 은서를 바라보았다. 전체적으로 차분한 인상에 귀엽게 생긴 한 대리의 분위기는 몽글몽글한 솜사탕 같은 느낌이라 전혀 상상이 되지 않았다.

"한번 물면 끝장을 내야 되는 스타일이에요. 일명 미친개…… 아얏!"

은서는 하지 않아도 될 말을 하고 있는 나영의 옆구리를 세게 꼬집었다. 그로 인해 나영의 입도 다물어졌다.

"이런, 이런, 제이디에 은서 씨까지? 우리 조심해야겠어요."

"은서 씨, 나는 물어도 돼요. 미인한테 물리는 건 언제든지 환영이니까!"

은서에게는 기꺼이 팔 한쪽 내어 주겠다는 듯 자신의 팔을 툭툭 손으로 치며 알렉스는 뭐가 그렇게 좋은지 활짝 웃었다.

가벼워, 한없이 가벼워! 깃털 같은 가벼운 매력이 있으시네.

은서는 몰랐던 알렉스의 매력을 발견하곤 애써 웃어 보였다.

"은서 씨, 저 화상 마음껏 이용해요. 내가 허락할게. 제이디도 심심치 않게 이용해요."

"내가 뭐?"

알렉스의 말에 지니가 재미있다는 듯 웃으며 말할 때였다. 터벅터벅 계단을 내려오는 소리가 들리더니 보이지 않던 제이디가 모습을 드러냈다.

발목에서 딱 떨어지는 검은색 슬랙스에 한껏 핏 되는 하얀 셔츠가 그의 단단한 상체의 실루엣을 고스란히 드러내고 있었다. 가볍게 풀려 있는 두 개의 단추는 제이디의 숨겨져 있던 쇄골의 라인을 은근슬쩍 보여 주고 있었다.

"쟤는 자다 깨서 실내에서 무슨 선글라스를 다……."

만진 듯 만지지 않은 듯 살짝 세팅된 머리카락과 평소에 잘 쓰지 않는 선글라스까지 매치한 제이디의 모습에 지니는 이해가 되지 않는다는 듯 알렉스를 바라보며 중얼거렸다.

"잠이 덜 깼나? 왜 저렇게 힘을 주고 나왔지? 단추까지 풀어 헤치고?"

"요즘 욕구 불만인가?"

"너 왜 이렇게 일찍 일어났어? 들어간 지 두 시간도 안 됐잖아?"

아침까지 디자인 작업을 하고 꺼칠해진 얼굴로 이상한 소리만 해대던 제이디가 두 시간도 되지 않아 다시 내려오자 알렉스는 걱정스럽다는 듯 물었다.

못 자면 더 까칠해지는데, 오늘 조심해야겠어. 아무래도 상태가…….

"흠흠! 잠이 안 와서. 왔어요?"

계단을 내려온 제이디는 헛기침을 하며 도착해 있는 은서와 나영을 향해 고개를 돌렸다.

"은서야, 제이디 뭔가 아우라가 장난 아니다. 역시 남자의 셔츠는

188

진리야. 진리!"

나영은 탄탄해 보이는 제이디의 상체를 힐끗 쳐다보며 은서에게 속삭였고 은서는 나영의 말에 고개를 끄덕였다.

그를 다시 만날 땐 절대 놀라지 않고 자연스럽게 행동하겠다고 마음먹었는데 그를 보자마자 나도 모르게 고개는 돌아가 버렸고 그런 중에도 남자의 모습이 눈동자에 담겨 은서를 당황스럽게 만들었다.

이, 바보! 자연스럽게 행동하자고 마음먹어 놓고선 이게 뭐야? 시선 피한 거 엄청 티 났을 거야!

쿵쿵쿵.

심장이 요란한 소리를 냈다. 이 와중에도 그가 멋있어 보이다니. 은서는 고개를 절레절레 흔들었다.

"환영 인사는 나중에 다시 하기로 하고, 음, 한은서 씨는 2층 대표실에서 저 좀 따로 봅시다."

제이디는 자신의 머리칼을 쓸어 넘기며 은서에게 말했다.

"네?"

제이디의 한마디에 은서의 고개가 다시 휙 그에게로 돌아갔다.

얼굴색 하나, 눈썹 하나 꿈틀거리지 않고 너무나 자연스러운 남자의 모습을 보자 은서는 더욱 민망해졌다.

너무 아무렇지 않네, 긴장한 내가 바보 같잖아.

남처럼, 모르는 사이처럼 다 잊고 지내자고 자신이 말해 놓고 정작 그가 아무렇지 않게 행동하자 은서는 그의 행동, 말투가 다 서운하게 느껴졌다.

"무슨 일 때문에 그러세요?"

평온한 남자의 얼굴이 얄밉게 보여 은서는 퉁명스레 말했다.

"앨리스 측 기획안에 대해서 조율할 것도 있고 해서요. 일하러 오신 거 아닙니까?"

퉁명스러운 은서의 목소리가 거슬렸던 것일까? 방금까지 부드러웠던 제이디의 음성 역시 그녀만큼이나 퉁명스러워졌다.

내가 혼자 헛물켰던 게 분명해. 나만 이렇게 당황하잖아.

조금도 어색함 없이 너무나 자연스럽게 그는 또다시 한 회사의 대표인 제이디의 모습으로 돌아가 있었고 그 모습을 보자 자신이 얼마나 혼자 오해를 하고 있는지 깨닫게 되어 은서는 귀까지 뜨끈해져 옴을 느꼈다.

"누, 누가 뭐래요? 일 열심히 하러 온 거 맞거든요?"

민망함에 큰 소리를 친 은서는 벌겋게 달아오른 얼굴로 먼저 걸음을 옮겼다.

누가 뭐래? 일할 거야! 완전, 완전, 일만 열심히 할 거라고!

"두 사람 싸웠어?"

대표실로 올라가는 은서의 뒷모습을 보고 있던 지니가 궁금하다는 듯 물었다.

방금 이곳의 모두가 눈치챌 정도로 퉁명스럽게 말을 내뱉던 제이디는 쓰고 있던 선글라스를 벗으며 은서의 뒷모습을 바라봤다. 어느새 그의 얼굴엔 화사한 미소가 걸려 있었다.

"아니."

은서와 남다른 감정이 오가는 것처럼 보였던 제이디의 퉁명스러움이 이해가 되지 않는지 지니는 연신 고개를 갸웃거렸다.

"그럼 왜 못되게 굴어?"

지니의 질문에 잠시 생각에 빠진 듯했던 제이디는 빙긋 웃으며 말했다.

"방금 엄청 귀엽지 않았어?"

그녀의 오해를 풀어야겠다는 일념으로 쏟아지는 졸음도 참아 내며 은서가 오기를 기다렸다. 그리고 도착한 은서는 제이디가 예상했던 것처럼 그를 제대로 바라보지도 않았다. 그런 여자를 보며 제이디는 묘한 승부욕에 불타올랐다.

물론 조금 치사해 보일지는 몰라도 그녀와 단둘이 있어야만 제대로 된 대화를 할 수 있겠다 싶어 은서를 대표실로 올려 보냈지만 막상 단둘이 마주할 생각을 하니 평소답지 않게 긴장감이 몰려왔다.

"저기 대표님?"

"응?"

대표실 문을 올려다보며 웃고 있는 제이디를 보던 지니가 조심스레 그를 불렀다.

"너 지금 엄청 변태 같았어. 괴롭히고 귀엽다니! 사고 치면 곤란합니다. 알죠?"

"걱정 말고 여기 신나영 씨 커피부터 드리죠? 한은서 씨, 안 잡아먹을 테니까 너무 걱정 말아요."

저 남자가 왜 저러나? 의심 가득한 눈빛으로 자신을 바라보고 있는 나영에게 제이디가 먼저 걱정 말라며 선수를 쳤다. 그러자 나영은 고개를 끄덕였다.

"제자리로 돌려만 주세요."

"그럴게요. 아무도 2층으로 올라오지 마요."

나영의 말에 그건 걱정 말라며 제이디는 손을 들어 휘휘 내저었다. 그러고는 크게 심호흡을 한 후 은서가 기다리는 대표실로 천천히 걸음을 옮겼다.

"제발, 섹시미든 퇴폐미든 먹히기만 해라."

잠도 자지 않은 채 고민하고 고민했던 작전을 써먹겠다며 의지를 불태우는 제이디와 그 뒤에 서 있던 알렉스는 도저히 참을 수 없다는 듯 연신 입술을 실룩거렸다. 결국 그는 제이디가 올라갈 때까지 웃음을 참아 내느라 입에 쥐가 날 지경이었다.

"푸, 푸하하하!"

"뭐가 그렇게 좋아서 웃어?"

"크흐흑, 지니, 나 지금까지 살면서 오늘이 제일 재밌었어!"

"왜? 무슨 일인데?"

"나 한은서 씨 팬 할까 봐. 아무도 못 한 일을 해내시네. 멋져! 아주 멋져!"

궁금함에 두 눈을 초롱초롱 빛내며 자신을 바라보는 여인들의 시선을 훑던 알렉스는 엄지를 치켜세우며 제이디와 은서가 함께 있는 대표실을 바라봤다. 제이디를 고민하게 만드는 여자가 누구인지 궁금해서 참을 수가 없었는데 녀석의 행동을 보니 그게 누구인지 묻지 않아도 알 수 있었다.

평소 잘 입지 않던 단단한 상체가 살짝 비치는 하얀 셔츠와 풀어진 단추, 거기다 선글라스까지. 수컷으로서의 멋짐을 한껏 뽐내고 있던 친구의 모습이 떠오른다.

"나영 씨, 한 대리님 섹시한 남자 좋아해요?"

"네? 음, 싫어하진 않을걸요. 그건 왜요?"

"그냥 궁금해서요. 이왕 두 분 오셨으니까 저녁이나 같이 먹죠? 친목 도모 겸 화합의 자리. 오케이?"

프로젝트 성공을 위해 친목 도모와 화합은 필수라고 알렉스는 생각했다. 거기다 여자에게 잘 보이려 한껏 멋을 낸, 평소 보기 힘든 모습의 제이디와 그를 고민에 빠지게 만든 은서의 관계 발전을 위해서라도 반드시 함께 저녁을 먹고야 말겠다고 다짐하는 알렉스였다.

이거 도통 어려운 일이 아닌걸?

날렵한 턱선과 콧대를 살리기 위해 45도로 고개를 살짝 틀어 올렸다. 말로만 듣던 얼짱 각도라는 걸 살면서 직접 해 보게 될 줄은 몰랐다.

그런 후 힐끗 눈동자를 굴려 은서를 보았지만 그녀의 시선은 다른 곳을 향해 있었다.

이쪽 좀 쳐다보지.

은서의 시선이 닿지 않자 이번엔 부드럽게 내려와 있는 머리카락을 쓸어 올렸다. 짙은 눈썹과 훤칠한 이마가 고스란히 드러났다.

제발 봐라, 제발.

하지만 이번에도 역시 은서의 시선은 닿지 않았고 제이디의 마음은 초조해졌다.

"흠흠."

돌아오지 않는 은서의 시선을 잡으려 헛기침까지 한 제이디는 상체에 타이트하게 붙어 있는 하얀 셔츠의 단추를 하나 더 풀어냈다.

그간의 경험에 의하면 여자들은 이 셔츠 사이로 보이는 자신의 가슴과 쇄골을 좋아했었던 것 같았다.

제이디의 헛기침 소리에 은서의 가녀린 어깨가 잠시 움찔하긴 했지만 목에 깁스라도 한 사람처럼 뻣뻣하게 굳어 여전히 고개를 돌리지 않는다.

그녀의 도망간 시선을 잡으려 이리저리 다리도 꼬았다 풀었다 휘적거려 보았지만 제이디의 노력은 모두 무용지물이었다. 은서의 눈길을 기다리며 3분이 지나고 5분이 지나고 10분이 지났지만 그녀의 시선은 여전히 냉담했다.

멋있어 보이려 유지하고 있던 자세 때문에 온몸에서 쥐가 나려 했다.

이 여자야, 이쪽을 좀 보라고!

텔레파시를 보냈다. 제발 이쪽을 좀 봐 달라고. 하지만 여자의 무심한 눈길은 여전히 자신이 아닌 저기 창밖 너머였다. 이럴 줄 알았다면 사무실 창에 달려 있는 블라인드를 모두 내려 뒀을 텐데, 제이디는 자신의 생각이 짧았음을 후회했다.

단추를 풀어 헤치고 속살을 보여 주면 뭘 하나? 이쪽으론 눈길도 주질 않는데.

"한은서 씨."

제이디는 결국 꼬고 있던 다리도 풀고 유지하고 있던 얼짱 각도도 포기하며 자세를 고쳐 앉았다. 조상님들이 그런 말씀을 하셨다. 목마른 놈이 우물 판다고. 살면서 한 번도 공감해 본 적 없던 그 말이 가슴 깊이 와닿는 순간이었다.

"네."

그렇게 여자의 시선을 기다리며 이리저리 몸을 뒤척일 땐 결코 오지 않던 시선이 짧게나마 자신에게 와 닿았다. 그 짧은 순간 스쳐 지나간 낯설고 차가운 눈빛에 제이디는 가슴이 철렁 내려앉는 기분이 들었다.

단단히 오해하고 있구나.

"핸드폰 계속 꺼져 있던데. 왜 꺼 뒀어?"

"그냥요."

제이디는 한국에 들어와 은서를 다시 만났던 날을 떠올렸다. 거짓말쟁이에 사기꾼이라며 자신을 보려 하지 않았던 그때의 모습과 지금의 은서가 오버랩 된다. 잠시 닿았던 시선은 이미 저만큼 멀어졌다.

내가 한참 생각을 잘못했군. 알렉스 녀석 말을 듣는 게 아니었어.

제이디는 풀어 뒀던 단추 하나를 다시금 채웠다.

왜 나 혼자만 새로운 시작이 어렵고 겁나는 일이라고 생각했을까?

그녀 역시도 나와 다르지 않을지도 모르는데……. 자신의 마음에 응답해 준 것도 어쩌면 큰 용기가 필요했을지도 모를 일인데 말이다.

"그날, 내가 했던 말 오해……."

"저기요."

오해라고 말하려던 찰나였다. 제이디의 말이 끝나기도 전 은서는 자리에서 일어나며 그의 말을 잘라 냈다.

"일 관련된 말씀 아니시면 그만 나가 봐도 될까요?"

얼음이 뚝뚝 떨어졌다. 그런 은서를 보고 있자니 제이디는 오래전 지니가 자신에게 했던 말이 떠올랐다. 사람에게 상처받지 않으려 털을 세우고 발톱을 세우는 성난 고양이 같다고. 그리고 오늘, 지금 이 순간 제이디의 눈에도 은서가 그런 고양이처럼 보였다. 다만 발톱과 털을 세운 고양이가 아닌, 상처받기 싫어 잔뜩 웅크리고 몸을 숨긴 작고 어린 고양이.

"그날 하려던 말, 따로 있었어."

"……안 들을래요. 그만 나가 보겠습니다."

혼자 북 치고 장구 치는 짓은 더 하고 싶지 않으니까. 그러니까 더는 아무런 말도 하지 말아 주세요.

제이디의 말에 은서는 고개를 숙여 인사하곤 얼른 몸을 돌렸다. 어떤 말로 사람을 또다시 부끄럽게 만들지 몰라 겁이 났다.

은서는 그렇게 인사하곤 빠르게 걸음을 옮겼다.

"왜 이렇게 급해?"

하지만 3일 내내 그녀로 인해 마음을 졸였던 제이디는 결코 은서를 그냥 내보낼 수 없었다.

한 손 안에 온전히 들어오는 가녀린 은서의 손목을 낚아챈 제이디는 고갤 돌리며 자신의 눈길을 피하는 은서를 바라봤다. 깊고 짙은 검은색 눈동자가 이리저리 안타깝게 흔들리고 있었다.

"……더 들을 말 없다니까요."

잡힌 손을 빼내려 안간힘 쓰는 은서였지만 제이디는 그럴수록 더욱 힘을 줘 은서를 붙들었다. 이대로 놓친다면 그녀의 마음 역시도 놓칠 것만 같았다.

"당신이 잘못 생각한 거야."

나 역시 잘못 생각하고 있었어. 내 상처만 아프다 생각하며 살았거든. 나처럼 다른 이들도 그런 마음을 가지고 산다는 걸 모르고 있었어.

"이제 와서 아무래도 상관없잖아요……."

잡혀 있는 팔을 빼내려 이리저리 몸을 비트는 은서를 바라보던 제이디의 마음 한쪽이 울렁거렸다.

"일하면서 불편하지 않게 한다고 했잖아요, 그러니까 이것 좀……."

"싫어."

"이봐요!"

얼마나 세게 힘을 준 것인지 은서는 손목을 타고 올라오는 아릿한 통증에 결국 미간을 좁히며 소리쳤다.

수십 번, 수백 번을 다짐하며 평정심을 유지하려 노력했던 순간이 자신의 얼굴을 감싸 쥐는 그의 손길 한 번에 일순 무너져 내린다.

"이제야 제대로 보네."

또다. 세상에 둘도 없을 것 같은 안타까움 가득한 눈빛. 주위의 소음이나 주변 모습은 조금도 눈에 들어오지 않고 오로지 한 사람에게만 맞춰지는 포커스.

심장이 귓가에 위치하고 있는 것처럼 쿵쾅쿵쾅 요란한 소리를 내며 뛰기 시작했고 은서는 자신을 내려다보는 제이디의 눈빛에 꼼짝없이 얼어붙었다.

또 왜 그런 말을 하는 거죠? 또 얼마나 사람을 부끄럽고 낯 뜨겁게 만들고 싶은데요?

은서의 원망 섞인 눈빛에도 제이디의 커다란 손은 그녀의 뜨거워진 뺨에서 떨어질 줄 모르고 있었다.

"이렇게 성격이 급한 줄 몰랐어."

엷은 미소를 머금은 제이디의 입가로 은서의 눈길이 옮겨 갔다. 저 붉은 입술 사이로 어떤 말이 더 흘러나올까?

"너무 급해서 하고 싶던 말을 하나도 못 했잖아."

"하고 싶은 말…… 하세요. 들어 드릴게요."

제이디의 손에서 벗어나려 고개를 돌린 은서는 가까이 다가온 그에게서 한 발자국 멀어졌다. 적정 거리를 유지해야 한다고 마음속 외침이 들려왔다.

하지만 그런 은서의 마음을 비웃기라도 하는 듯 제이디는 한 발 멀어지는 은서에게로 더욱 가까이 다가갔다.

"미안해. 당신이 겁 많은 여자란 걸 몰랐어."

"그게 무슨……."

"겪어 보면 알겠지만 회사에선 결코 좋은 남자가 못 돼. 다정하지도 못하고."

그래서요? 내가 겁쟁이인 게 뭐가 어때서요? 당신이 나쁜 남자란 걸 나한테 알려서 어쩌자고!

은서는 자신의 뺨을 두 손으로 감싸 쥐는 제이디를 올려다보았다. 빨려 들어갈 것처럼 까만 그의 눈동자가 자신의 마음처럼 요동치고 있었다.

"하지만 회사 밖에선 좋은 남자가 되어 볼게."

"지금 무슨 말을 하시는 거예요?"

은서의 커다란 눈동자가 그의 말을 이해하지 못해 깜빡깜빡 바삐 움직였다.

"6개월만 참아 달라고. 미안하지만 워낙 보는 눈이 많아서 당신 불편할까 봐 비밀 연애 좀 해야겠다고 하려 했는데 그날 내 말 다 안 듣고 가 버렸잖아."

"거짓말."

은서는 고개를 흔들었다.

"일과 관련된 여자는 만나지 않는다고……."

그 말에 심장이 얼마나 덜커덩거렸는지 알아요?

"한은서를 만나기 전까지 그랬어."

"사내 연애는 더더욱 힘들다고……."

할 수 있다면 쥐구멍에라도 숨고 싶었다고요. 알아요?

"그렇다고 해도 한은서는 절대 놓치고 싶지 않으니까."

"내가 얼마나 부끄럽고, 민망하고……."

도대체 3일간 자신이 뭘 했던 건가 싶어 은서는 눈물이 핑 돌았다.

그런 말은 빨리했어야죠. 여기까지 오는 동안 내가 얼마나 고민하고 또 고민했는데!

울컥 자꾸만 차오르는 눈물을 들키기 싫어 은서는 그를 밀어냈다. 막상 다 듣지 못했던 그날의 말을 듣고 나니 민망함은 두 배가 되었고 내내 자신을 고민하게 만든 남자가 미웠다.

"내가 당신만큼 겁쟁이라서 그랬어."

멀어지는 은서를 다시 끌어당겨 자신의 품 안에 가둔 제이디는 두 팔에 힘을 주어 그녀의 허리를 휘감았다. 작고 가녀린 은서의 몸이 그의 가슴팍에 단단히 고정되었다.

"이거 놔요."

처음부터 그랬다. 이 남자를 만나면 마음은 브레이크 없는 자전거 처럼 씽씽 앞을 향해 달려갔고 주춤주춤 겁이 나면서도 그의 말 한마디, 그의 미소 한 번에 마음의 문은 조금씩 그를 향해 열리기 시작했다.

누군가를 만나 새로운 관계를 만들고, 마음을 주고받고, 새로운 사랑을 시작하는 것이 얼마나 어려운지 알면서도 마음은 의지를 배반한다.

"싫어. 이대로 놔주면 정말 도망갈 거잖아."

이리저리 휘둘리고 상처받는 건 더 하고 싶지 않아서 열심히 일을 하며 시간을 보냈다. 새로운 사람과 마음을 주고받는 일도 오래전에 포기했었다.

상훈과 헤어질 때 영원한 사랑은 없고 영원한 마음은 없다는 걸 알게 되었다. 마음의 상처는 아물었지만 흉터는 남아 새로운 시작을 할 때면 욱신욱신 그때의 고통을 깨우치게 만들었다.

은서는 제이디의 가슴을 밀어냈다. 하지만 단단하게 뿌리박힌 나무처럼 제이디의 몸은 꿈쩍하지 않고 은서를 더욱 자신의 품 안으로 끌어안는다.

"마음 아프게 해서 미안해. 제대로 시작도 못 했는데 상처부터 줘서."

"도망갈 거예요……."

미안하다 말하는 제이디의 가슴에 얼굴을 묻은 은서는 옅은 비누향 같은 그의 향기에 눈을 감았다. 미안하다 하는 그의 목소리는 안도감과 함께 은서의 성난 마음을 다독이고 있었다.

"그럼, 이대로 있자. 난 당신 놓치고 싶지 않아."

제이디의 말에 은서는 크게 숨을 내쉬었다. 그의 말에 코끝이 찡해 왔고 길을 잃어 갈 곳 없던 마음은 다시금 레일 위로 올라섰다.

은서는 자신과 그의 가슴 사이에 끼여 있던 팔을 빼냈다.

"도망갈 거예요. 또 그러면."

작게 떨리던 손끝은 제이디의 하얀 셔츠를 붙잡았고 은서의 팔은 그의 단단한 허리에 둘러졌다.

"응, 명심할게."

미세하게 떨려 오는 은서의 손끝이 느껴지자 제이디는 상체를 살짝 뒤로 젖혀 자신에게 딱 붙어 있는 은서를 바라봤다.

상처받지 않으려 잔뜩 움츠리고 숨어 있던 고양이는 자신의 품속으로 온전히 들어왔다.

사랑스럽다.

끄덕끄덕. 제이디의 말에 은서의 고개가 작게 끄덕여진다.

"도망가지 않게 도장 한 번 더 찍어도 되나?"

살짝 은서를 품에서 떼어 놓은 제이디는 자신보다 20cm는 족히 작아 보이는 은서와 눈높이를 맞추려 상체를 살짝 숙였다.

낯설기만 하던 차가운 눈빛은 어느새 녹아내려 달콤한 꿀을 머금고 있었다.

쪽. 보드라운 은서의 볼에 짧게 입 맞춘 제이디는 이제야 안심이 된다는 듯 환하게 웃어 보였다.

그 도장은 정말 사람의 마음을 무방비하게 만드는 힘이 있어 숨겨지지 않는 쑥스러움에 은서는 입술을 질끈 깨물었다.

"쿠폰도 아니고 자꾸 도장을……."

쪽. 한쪽만 하면 다른 볼이 서운해하기라도 할까 봐 제이디는 은서의 다른 한쪽 뺨에도 입을 맞춘다.

"열 번 찍으면 소원이라도 들어주려고?"

"누, 누가 그렇데요?"

불시의 공격에 흠흠거리며 헛기침을 하는 은서가 사랑스러워 제이디는 여전히 허리를 숙인 채 은서의 얼굴을 살폈다.

무슨 향수를 쓰는 것인지 그녀에게선 포근하고 달콤한 향기가 흘러넘친다.

그것마저 사랑스럽다.

제이디는 은서의 허리를 바짝 끌어당겼다. 그러곤 빨간 꽃잎처럼 촉촉한 은서의 입술을 그대로 자신의 입 속으로 빨아 당겼다.

따뜻하고 보드라운 감촉이 입술 위로, 혀끝으로 고스란히 두 사람에게 전해져 왔다.

갑작스러운 제이디의 입맞춤에 두 눈을 질끈 감은 은서는 그가 전해 주는 열기를 조금의 거부감 없이 받아들이며 그의 허리를 다시금 끌어안았다.

얼마나 그로 인해 가슴이 뛰는지 증명해 보이고 싶기라도 한 듯 심장은 요란한 소리를 내며 세차게 뛰었고 그의 혀끝으로 전해지는 온기에 은서는 가슴속 깊은 곳부터 따스함이 올라오는 것을 느끼고 있었다.

09. 고개 드는 위험

"자자! 우리의 프로젝트를 위하여 건배하겠습니다, 잔들 들어 주세요!"

은은한 조명과 고급스러운 분위기. 미리 예약해 둔 강남의 한 와인 바에 도착한 합작 프로젝트팀은 알렉스로 인해 가득 채워진 와인 잔을 들었다.

"대표님 한 말씀 하시죠?"

알렉스는 제이디에게 건배사를 권유했다.

프라이빗한 공간에 제이디를 제외한 은서, 나영, 알렉스, 지니 네 명의 시선이 그에게로 고정되었다.

"음."

뭐 그런 걸 시키냐는 듯 잠시 곤란한 표정을 지어 보인 제이디는 초롱초롱한 눈빛으로 자신을 바라보는 은서의 시선에 어쩔 수 없다는 듯 와인 잔을 들고 자리에서 일어났다.

참으로 쑥스러워 평소 잘하지 않는 행동도 그녀 앞에선 하게 되는 이상 현상.

"6개월이란 시간이 생각보다 짧아 꽤나 힘든 일정이 될 겁니다."

이제 스타트 선에 위치한 두 회사의 프로젝트는 타이트한 일정 속에서 치러질 것이다.

"6개월간 후회 없이, 한번 죽어 봅시다."

제이디는 죽어 보자는 말로 건배사를 대신했고 간담이 서늘해지는 그 말에 잠시 두 눈을 깜빡이던 일행들은 어쩔 수 없다는 듯 와인 잔을 높이 들었다.

"죽기 직전까지만 굴려 줘요."

찡긋 윙크를 날리며 애교 섞인 말을 하는 지니에게 손가락으로 오케이 표시를 해 보인 제이디는 자신의 옆자리에 앉은 은서의 잔에 자신의 와인 잔을 부딪쳤다.

쨍 하는 청량한 소리가 울려 퍼지자 은서는 눈을 돌려 제이디를 바라봤다.

한은서는 안 죽여. 걱정 마.

다른 사람들은 들리지 않게 뻥긋거리며 입술을 움직이는 제이디에게 알겠다며 고개를 끄덕인 은서는 향기로운 와인을 한 모금 삼켰다.

목구멍을 타고 넘어간 와인은 부드럽고 달콤한 향기와 함께 간질거리는 설렘까지 전해 주고 있었다.

알았어요.

은서 역시 입을 뻐끔뻐끔하였고 제이디는 그런 은서가 귀여워 피식 웃어 버렸다.

"거기 두 사람! 싸우지 말고 잘 지내야 해요! 알았죠?"

와인을 한 모금 마신 지니는 고약한 성격의 제이디로 인해 은서가 힘이 들까 은근슬쩍 걱정이 되었다.

하지만 정작 모두의 염려와는 달리 본인은 아무런 걱정이 없다는 듯 환한 얼굴로 웃으며 고개를 끄덕였다.

테이블 아래 놓인, 와인 잔을 들고 있지 않은 은서의 손은 제이디의 큰 손안에 잡혀 있었다. 서로의 손을 타고 전해지는 온기와 두근거림에 두 사람의 주위엔 다른 이들은 알아챌 수 없는 따뜻하고 몽글거리는 기운이 감돌았다.

다른 이들은 알 수 없는 따스한 온기를 느끼며 은서와 제이디는 서로에게 향해 있던 시선을 각자 다른 곳으로 옮겼다. 하지만 마음을 타고 들어오는 감정은 길을 잃지 않고 곧장 서로에게 향했고 손끝으로 전해지는 심장 박동에 은서와 제이디 두 사람 모두 세상에서 가장 따뜻하고 사랑스러운 얼굴이 되어 있었다.

"SW그룹은 확실히 스케일이 달라도 너무 다르네."

SW패션그룹의 새 아웃도어 브랜드 '와일드' 론칭 파티에 초대받은 지훈과 그의 매니저 김 실장은 이곳에 초대된 셀럽들을 둘러보고 있었다. 1년에 드라마든 영화든 한 편만 찍어도 몇 년은 놀고먹을 수 있는 유명 연예인들은 물론이고 흔히 말하는 재벌가의 2세들도 심심치 않게 보였다.

"그러네."

지훈은 김 실장의 말에 별다른 감흥 없이 주변을 둘러보았다. 여기저기 화려하게 치장한 사람들이 가득 모여 있었다.

"대표님 부탁으로 온 거니까 좀 웃어, 웃어."

지훈의 기획사 대표는 최근 컨디션이 나빠 보이는 지훈의 기분 전

환 겸 여러 가지 사업적인 이유로 자신을 대신해 지훈을 이 파티장으로 보냈다. 하지만 억지로 끌려온 지훈은 이 자리가 흥미롭지 않은지 시종일관 시큰둥한 반응이었다.

"굳이 내가 올 이유가 없었던 거 같은데?"

"무슨 소리! 지훈이 네가 우리 기획사 대표 배운데 강 대표가 못 오면 당연히 네가 오는 게 맞지."

이대로 집으로 돌아간다고 할까 봐 김 실장은 지훈의 얼굴색을 살피며 아부 아닌 아부를 했다. 요 근래 영 컨디션이 좋아 보이지 않는 지훈도 걱정되긴 했지만 대표의 부탁이 있었기에 당장은 가고 싶어도 갈 수가 없는 김 실장은 지훈의 눈치를 봐야만 했다.

"형, 딱 한 시간만 있다가 가자. 피곤해."

지훈은 손에 들고 있던 핸드폰의 시간을 체크하며 말했다. 일주일 내내 제대로 자지도 못하고 촬영을 하다 겨우 하루 쉬는 건데, 이런 곳에서 시간을 보내는 게 지훈은 몹시 아깝게 느껴졌다.

"알았어, 좀 있으면 SW그룹 회장 아들 올 거야. 그룹 본부장이래, 박진호? 아무튼 그 사람한테 인사만 하고 가자."

"그 사람이랑 대표님이랑 무슨 사인데?"

지훈은 자신의 이름이 써진 테이블에 자리 잡으며 물었다. 도대체 어떤 사이기에 평소 이런 행사는 잘 챙기지 않던 자신의 대표가 이렇게까지 하는 건가 궁금해졌다.

"나도 자세히는 모르고 고종 사촌이라던가 이종 사촌이라던가 그랬던 거 같아. 기획사 만들 때 도움을 꽤 받았나 보더라고."

"으음."

김 실장의 말에 지훈의 고개가 끄덕여졌다. 서른일곱의 젊은 나이로 이만한 사업을 하고 있는 대표의 집안이 꽤나 좋다는 이야긴 건너 건너 들었었지만 SW그룹과 인척 관계인 것은 처음 듣는 말이었다.

"그러니까 그 나이에 이 정도 사업 하는 거지. 요즘이 어떤 세상인데, 말로만 듣던 금수저가 바로 강 대표야."

김 실장은 같은 나이지만 사정이 달라도 너무 다른 강 대표를 떠올리며 투덜거렸다. 이래서 소시민의 삶은 괴롭다는 둥 금수저, 흙수저 사이의 간극이 커져서 걱정이라는 둥 투덜거리는 소리가 길어진다.

"형, 나 잠깐 화장실 좀 갔다 올게."

"응, 다녀와."

길어지는 김 실장의 말을 자르며 지훈이 자리에서 일어났다. 행사 시작 전까지 얼마 남지 않은 시간만이라도 홀 안을 가득 메운 향수 냄새가 아닌 맑은 바깥의 공기를 쐬고 싶어졌다.

지금 내가 뭘 하고 있는 건지 모르겠네.

지훈은 행사장을 느릿한 걸음으로 빠져나와 야외 주차장 옆에 위치한 작은 벤치에 엉덩일 붙이고 앉았다. 봄의 향기가 가득한 바람을 맞으며 지훈은 쓰고 있던 선글라스를 벗었다.

파란 하늘에 부서지듯 반짝이는 햇빛, 커다란 나무 아래 벤치에 등을 기댄 지훈은 손에 들려 있는 핸드폰 액정을 바라봤다.

[선배, 덕분에 너무 맛있게 먹었어요. 조만간 제가 꼭 밥 살게요.]

길지 않은 문자를 들여다볼 때마다 마음은 이랬다저랬다 지훈을 복잡하게 만들었다.

그 조만간이 언제인지 물어볼 걸 그랬나? 그때 그 남자는 너한테 어떤 존재일까? 나영이가 말했던 너를 뺏길지도 모른다던 그 사람일까?

환한 얼굴이 되어 그 남자에게로 망설임 없이 걸어가던 은서의 뒷모습이 떠오르자 지훈의 입에서 옅은 한숨이 흘러나왔다.

오래전에도 그랬었다. 즐겁게 이야길 나누다가도 상훈이 나타나면 망설임 없이 녀석에게 걸어가던 은서의 뒷모습을 보며 가슴을 쥐어짜던 그때. 어쩔 수 없는 일이란 걸 잘 알면서도 그 뒷모습에 마음 한편은 외로워졌고 차오르는 허무함에 쓸쓸했었다.

"하아."

더는 망설이지 말자고 마음먹었지만 낯선 듯 낯익은 은서의 모습에 마음은 또다시 주춤거리며 앞으로 나서지 못한다.

"언제까지 이럴 거냐."

스스로 생각해도 자신이 답답한지 지훈은 고개를 젖혀 답답한 마음과는 달리 너무나 화창하고 맑은 파란 하늘로 시선을 옮겼다. 남들은 쉽게도 하는 것들이 왜 이렇게 스스로에겐 어려운 일인지.

지잉— 지잉—

아찔할 만큼 파란 하늘이 아득하게 느껴질 때였다. 지훈의 핸드폰이 요란한 진동 소릴 내며 울렸다. 누군지 확인하지 않아도 알 수 있었기에 지훈은 슬며시 눈을 감으며 핸드폰을 받아 들었다.

"응, 형."

"어디야? 화장실에도 없고! 이제 곧 행사 시작해. 얼른 와!"

"알았어. 들어갈게."

바깥바람이 행사장에 가득한 여자들의 향수 냄새보다 몇 배는 좋게 느껴지지만 들어가야만 했다. 강 대표의 성격상 이런 일을 부탁했다는 건 그만큼 중요하다는 거니까.

제대로 말 안 들었다간 그 삐침도 오래갈 테고 말이지.

지훈은 쉽게 떨어지지 않는 발걸음을 조금씩 옮기기 시작했다.

이렇게 좋은 날 은서와 함께 차도 마시고 이야길 나눌 수 있다면 얼마나 좋을까. 그렇다면 잠을 자지 않고도, 먹지 않고도 하루 종일 행복한 기분이 들 것 같다. 말갛게 웃는 은서의 얼굴이 보고 싶어진다.

"연락……해 볼까?"

망설이던 스스로의 마음을 다독이며 지훈은 핸드폰을 들었다. 그러고는 머뭇거리며 은서의 연락처를 찾아 누른다.

고작 번호 하나 눌렀을 뿐인데 심장은 천둥 같은 소릴 내며 뛰고 있었다.

사춘기 때도 이러지는 않았던 것 같은데, 나도 참.

지훈은 스스로 생각해도 이런 자신이 우스워 피식 웃어 버렸다.

처음 들어 보는 달달한 노랫말이 전화기를 통해 흘러나왔다. 꽤나 경쾌한 멜로디를 들으며 은서의 목소릴 기다리는 지훈의 눈에 주차장으로 진입하는 빨간색 재규어 한 대가 들어왔다. 평소 지훈이 좋아하던 차종이었다.

— 네, 한은서입니다.

"은서야, 나야 지훈이."

— 네 알아요. 선배, 어쩐 일이세요?

지훈의 가슴은 세차게 뛰고 있었지만 은서의 목소리는 평소와 다를 바 없이 차분하고 달콤했다.

"너한테 밥 얻어먹으려고, 나 오늘 쉬는 날이거든. 너 시간 괜찮아?"

사실은 그냥 네가 너무 보고 싶어서. 속에 있는 말을 다 해 버리면 아마 너는 깜짝 놀라겠지?

고작 한마디 내뱉어 놓고 지훈의 머릿속은 어떤 말이 더 좋았을까 수많은 단어들이 떠오르고 또 사라져 갔다.

— 전 괜찮은데, 나영이가 오늘 시간이…….

"나영이는 다음에 같이 보면 되지. 음, 둘이 만나는 건 역시 좀 불편해?"

— 네? 아니에요! 불편하긴요. 그럼 7시쯤 괜찮으세요?

지훈의 걱정스러운 목소리를 알아챘는지 은서는 아무렇지 않은 듯 웃으며 말했고 그런 은서의 말에 지훈은 보이지도 않는데 고개까지 끄덕이고 있었다.

"그럼 괜찮지! 내가 데리러 갈게. 회사 앞으로 가면 돼?"

너를 만날 수 있다면 회사 앞이 아니라 어디든 달려갈 수 있는데, 그걸 어떻게 해야 네가 알아줄까?

— 일 때문에 한동안 다른 곳으로 출근해요. 제가 선배 정하는 곳으로 갈게요.

"아니야, 내가 데리러 갈게. 어디로 가면 돼?"

— 으음, 그럼 제가 주소 문자로 넣을게요. 7시까지 봬요.

"그래 알았어. 문자 줘. 조금 있다 보자, 은서야."

여섯 시간 후면 그녀를 만날 수 있다는 생각에 지훈은 함박웃음을 머금고 전화를 끊었다. 방금 전까지 스스로가 못나 보이고 답답해 이 아름다운 봄날이 그저 우울하기만 했는데 웃으며 선배라 불러 주는 은서의 한마디에 꽁꽁 얼어붙어 있던 추운 마음은 꽃피는 봄이 되었다.

지훈은 설렘으로 가득 찬 가벼운 걸음을 옮기기 시작했다.

"미희 씨, 내가 알아보라고 한 건 알아봤어요?"

또각거리는 빨간 하이힐에 늘씬한 몸매를 뽐내기라도 하듯 딱 달라붙은 검은색 원피스 차림의 여자는 자신의 구두 컬러만큼 화려하고 관능적인 빨간색 재규어에서 내려 행사장 안으로 걸어 들어가고 있었다.

저 차 주인이 여자였나 보네.

평소 지훈이 좋아하던 차종인 재규어의 주인이 예상외로 젊은 여자인 듯 보여 지훈은 호기심 가득한 눈이 되었다. 앞모습은 직접 보지 않아 모르겠지만 뒤태만큼은 꽤나 매혹적인 여성이었다.

"역시 프로젝트 팀장은 앨리스 장 팀장이 아니란 말이죠? 그럼 누구죠?"

여자의 목소리가 날카롭게 변했다.

앨리스? 은서네 회사 말하는 건가?

지훈은 들려오는 소리에 조금 더 빠르게 걸음을 옮겼다. 그러곤 앞선 여자의 말에 귀를 기울였다.

"한은서? 처음 듣는 이름인데, 프로필 뽑아 뒀죠? 메일로 바로 넣어 줘요."

한은서? 방금 은서라고 한 건가?

낯선 여자에게서 그저 은서의 이름이 흘러나왔을 뿐인데도 어딘지 개운치 않은 기분이 들어 지훈은 조금 더 걸음을 빨리해 여자와의 거리를 좁혔다. 무슨 말을 더 할지 들어야 될 것만 같은 기분이었다.

"더 자세히 알아봐요. 회사 안에서의 평판이든 사생활이든. 분명 쓸데가 있을 테니까."

결코 좋은 의도가 있어 보이지 않는 여자의 목소리가 지훈의 신경을 날카롭게 했다. 무슨 이유가 있기에 은서의 뒷조사를 하는 것일까?

지훈은 은서를 조사하는 여자의 정체가 알고 싶어 더욱 걸음을 빨리했지만 지훈만큼 여자도 바쁜 모양인지 높은 굽의 구두를 신고도 그녀는 빠르게 행사장 안으로 사라져 갔다.

"아 저기 오네요! 지훈아, 얼른 와. 얼른!"

여자를 쫓아 행사장 안으로 들어선 지훈을 보며 김 실장이 손을 흔들며 그를 재촉했다. 김 실장 주변엔 이미 말끔한 명품 정장을 빼입은 젊은 남자 한 명이 서 있었다.

저 사람이 SW그룹 회장 아들이군.

그동안은 모르고 있었지만 오늘 친척이란 이야길 듣고 보니 강 대

표와 눈매가 상당히 닮아 있었다. 이래서 피는 못 속인다고 하는 것
이겠지.

"어?"

천천히 김 실장과 SW그룹 박진호 본부장이 있는 곳으로 걸음을
옮기던 지훈의 눈에 방금 전 밖에서 보았던 빨간 하이힐의 여자가 들
어왔다.

그녀는 매우 아름다운 얼굴과 화사한 웃음을 머금은 채 주변 사람
들에게 인사한 후 천천히 다가와 박 본부장 옆에 자리 잡고 섰다.

"한 팀장님, 이 몰드 부분의 프린팅은 자칫 과해 보이지 않겠습니
까?"

아침부터 이어진 디자인 회의는 점심을 먹고 난 오후까지 계속 이
어졌다. 점심시간 전까지 함께했던 직원들은 각자 맡은 일을 하기
위해 자리로 돌아갔고 회의실에 남은 이는 제이디와 은서 단둘이었
다.

제이디는 여러 콘셉트의 디자인화를 살폈고 그중 선별하고 선별
한 것들 중 하나를 꺼내 들었다. 색상은 블랙으로 통일했지만 몰드
부분에 뱀피 무늬의 프린팅을 넣어 밋밋한 감을 없앤 디자인이었다.
다만 프린팅의 크기가 크다 보니 여성성은 줄어들고 와일드함이 돋
보였다.

"저도 그 부분이 조금 걸렸는데요, 너무 와일드해 보이지 않게 자
잘한 뱀피 모양 프린팅을 해 볼까 해요. 색상이 블랙이니까 광택을
살려 볼륨감을 업시키면 도발적인 매력을 낼 수 있다고 생각합니
다."

"음, 작은 사이즈의 무늬로 프린팅을 한다면 나쁘지 않겠지만……."

은서의 의견이 나쁘지 않다 생각하면서도 자칫 밋밋해질 수 있는 디자인에 대한 제이디의 고심이 깊어지고 있었다. 조금 더 팜므의 섹시함과 앨리스의 귀엽고 캐주얼한 느낌을 살릴 수 있는 디자인으로 바꿔 보고 싶은 욕심이 일었다.

진하게 내린 원두커피를 한 모금 들이켜는 제이디의 모습을 은서는 잠시 말없이 바라봤다. 자기 일에 열정이 있는 남자가 멋있어 보인다는 말을 들은 적이 있는데, 그 말은 지금 여기 앉아 고민에 빠진 제이디를 위해 만들어진 말처럼 느껴졌다.

짙은 눈썹 한쪽이 씰룩 위로 올라갔다. 그러고는 미간 사이가 꿈틀거리며 좁아졌다 펴졌다 바삐 움직인다.

집중할 땐 미간이 좁아지네?

적당히 낮은 중저음의 목소리는 제법 편안한 톤을 유지하고 있었다.

목소리는 딱 듣기 좋은 정도?

날카로워 보이는 눈매는 쌍꺼풀은 없지만 시원하게 트여 꽤나 커 보이는 편이었다.

건방져 보이는 눈매가 웃을 땐 아래로 훅 처지더란 말이지?

웃을 땐 눈꼬리가 아래로 처지며 한껏 순해 보이기도 했었다. 그 날카로운 눈이 반달 모양으로 내려앉으면 은서의 심장도 함께 아래로 쿵 하고 떨어지는 기분이 들곤 했다.

웃을 땐 너무 멋있으니까 그건 반칙이야. 반칙!

코도 잘생겼네. 얄밉게.

"한 팀장님?"

입술은…… 입술은 따뜻하고 기분 좋았어. 인정하기 싫지만 말캉

말캉하고 따뜻하고…….

"한은서 씨."

키스도 잘했던 것 같아. 역시 나이가 나이니만큼 경험이 많겠지? 인기도 많았을 테고 아무리 봐도 여자들이 가만히 뒀을 것 같지가 않아.

얼마나 넋을 놓고 있었던 걸까? 직원들이 나가고 곧바로 이어진 제이디와의 마무리 회의에서 은서는 옆에 앉은 남자의 얼굴을 감상하느라 아무런 소리도 듣지 못하고 있었다.

탁!

한참을 멍하게 자신을 바라보고 있던 은서의 모습에 제이디는 들고 있던 서류철을 책상에 세게 내리쳤다.

"에?"

딱딱한 서류철이 책상과 부딪쳐 큰 소리를 냈고 잠시 나갔던 은서의 정신을 불러왔다.

"한은서 씨, 지금 뭐 합니까?"

남자의 건방져 보이는 눈매가 더욱 사납게 변해 있었다.

"네?"

"지금 집중 안 하고 무슨 생각을 하는 겁니까?"

"아…… 죄송해요. 잠시…….."

은서는 당혹스러움에 두 눈을 깜빡거렸다. 남자의 얼굴에 홀려 일하는 중이란 걸 잠시 잊어버리고 있었다.

미쳤어, 미쳤어! 아무리 좋아도 일할 땐 열심히 해야 할 거 아니야?

넋을 놓고 그의 얼굴을 바라보다 회의 내용조차 제대로 듣지 못한 자신의 모습이 창피해 은서는 시선을 어디에 둬야 할지 모른 채 안절부절못했고 제이디의 미간은 여전히 펴지지 않은 채 한껏 구겨져 있었다.

"일할 땐 집중 좀 하시죠?"

'일할 땐 좋은 남자가 못 돼.'

제이디가 했던 말이 떠오른다. 공과 사는 확실히 구분하고 싶었던 것은 은서 역시 마찬가지였기에 그의 말을 조금의 서운함 없이 수긍했었다.

"집중해서 일할 생각 없으면 그만 나가도 좋습니다. 난 했던 말 또 하고, 또 하는 건 취미 없으니까."

알렉스와 지니도 입을 모아 말했었다. 제이디는 일할 땐 사악한 악마 같기도 하고 때론 몸속에 피가 얼어붙은 냉혈 인간 같기도 하고. 제이디 본인 역시 좋은 남자는 아니라고 했기에 어느 정도 각오는 하고 있었지만 정작 화가 나 얼음이 뚝뚝 떨어지는 제이디를 보고 있자니 식은땀이 날 만큼 그가 무섭게 보였다.

진짜 화났구나.

평소 사람을 깜짝깜짝 놀라게 만드는 그의 직설적인 화법에 여러 번 당황하긴 했었지만 이렇게 화를 내고 있는 제이디의 말들은 그때보다 더욱 직설적이고 솔직하게 날아와 은서의 심장에 아프도록 쿡 박혀 온다.

"죄송합니다. 집중할게요."

제이디의 화난 모습은 처음 보는지라 은서는 안쓰러울 만큼 긴장하고 말았다. 하지만 본인이 잘못했다는 건 잘 알고 있었기에 은서는 어떤 말도 하지 못한 채 고개를 숙였다.

시간도 없는데, 집중해도 모자랄 시간에 다른 생각 하고 있었으니까 혼나도 이건 할 말 없지, 뭐.

"후우."

풀이 죽어 고개를 숙이고 있는 은서의 모습을 본 제이디의 입에서 작게 한숨이 새어 나왔다. 다른 직원이 그랬다면 이미 회의실 밖으로 던져 버렸을 테지만 한은서를 던질 수는 없으니까.

"잠시 쉬었다 합시다."

제이디는 식어 버린 커피를 마저 들이켜곤 자리에서 일어났다. 그러곤 회의실 유리벽을 둘러싸고 있는 블라인드를 하나하나 치기 시작했다.

아무도 없는 회의실, 바깥의 시선은 침범할 수 없게 블라인드를 친 제이디는 몸을 돌려 은서를 바라봤다.

"무슨 생각을 하기에 그렇게 집중을 못 하는지 좀 들어 볼까?"

"네?"

일할 때와 달리 편안해진 그의 말투에 은서는 숙이고 있던 고개를 들어 제이디의 모습을 눈으로 좇았다. 방금 전 찬바람 쌩쌩 일으키며 서늘한 기운을 뿜어내던 사람은 조금 누그러진 표정으로 은서에게 다가왔다.

"무슨 생각 하고 있었어? 저녁에 만난다는 그 선배 생각인가?"

얼마나 빨리 움직였는지 회의실 안 블라인드는 모두 내려져 있었고 그로 인해 밖에 있는 직원들은 이곳에서 일어나는 일을 전혀 알지 못하는 상태가 되었다.

"말 못 하는 걸 보니 그런가 보네?"

블라인드를 모두 내리고 은서의 곁으로 다가온 제이디는 여자가 앉아 있는 옆자리에 자릴 잡고 앉았다.

"아, 아니에요. 그런 거."

그쪽 얼굴에 홀려서 잠시 정신줄을 놓은 건데, 이건 말할 수 없다구요!

은서는 아니라며 고갤 흔들었고 제이디는 그런 은서의 얼굴을 말없이 물끄러미 바라봤다.

공과 사는 확실히 구분해야 한다고 마음먹어 놓고선 정작 자신의 말 한마디에 풀이 죽은 은서의 얼굴을 보고 있자니 가슴은 따끔거리고 미안한 마음이 요동친다.

"근데 블라인드는 왜……."

갑자기 회의실 유리벽에 달린 블라인드를 모두 내리고 자신에게 다가온 제이디의 행동이 의아해 은서가 물었다.

그러자 제이디는 은서의 의자를 자신에게 돌려 마주 보게 한 후 나직한 목소리로 말했다.

"이렇게 해야 공적인 공간에서 사적으로 당신 얼굴 볼 수 있잖아."

회사를 다니면서 회의실이 이렇게 특별한 공간이 될 수 있다고 생각해 본 적이 없었다. 하지만 그의 한마디에 공적이었던 공간은 일순 세상에서 가장 로맨틱한 공간으로 바뀌었다.

"다른 직원들이 이상하게 보면 어떻게 하려고요."

얼음이 뚝뚝 떨어지던 때와 달리 부드러운 표정으로 달콤한 말을 내뱉는 제이디의 모습에 한편으론 기분이 좋으면서도 다른 직원들 눈이 신경 쓰여 은서는 블라인드가 쳐진 창문으로 시선을 옮겼다.

비밀 연애 하기로 해 놓고 너무 금방 탄로 나면 안 되는 거 아닌가?

"아마 나한테 엄청나게 깨지고 있나 보다 할걸? 그러니까 걱정 마."

은서의 눈길이 향하고 있는 곳을 힐끗 바라본 제이디는 좁아진 은서의 미간을 엄지손가락으로 살살 문질렀다.

그녀의 걱정은 아무것도 아니라는 듯 미소 띤 얼굴이었다.

"그러니까 인상 좀 펴."

제이디의 손길이 닿았던 곳이 뜨끈해져 와 은서는 자신의 이마를 만졌다. 그저 미간 사이를 살살 문질렀을 뿐인데 도대체 자신에게 무슨 마법을 부린 건지 미간을 통해 가슴까지 찌르르한 감정이 고스란히 전달되었다.

"그래도요. 나영이가 눈치가 엄청 빨라서요."

비밀 연애라 나영에게 말하지 못한 게 은서는 마음에 걸렸다. 오랜 시간 친구로 지내서 자신에 대해 모르는 게 없기도 하지만 워낙 타고난 감이 좋은 나영이라 조금이라도 이상한 행동을 했다간 들키기 십상일 것이다.

은서가 걱정스레 중얼거렸다. 그러자 제이디는 은서의 한쪽 손을 끌어다 잡았다.

"알게 되면 그땐 어쩔 수 없고. 그것보다……."

"네?"

"혹시 내가 아까처럼 화를 내거나 큰소리를 내도 일할 때만 그런 거니까 당신이 이해를 좀 해 줬으면 좋겠는데."

조금 전 그녀에게 한마디 한 것이 마음이 쓰였던지 제이디는 조심스레 은서의 눈치를 살폈다.

"그게 신경 쓰였어요?"

걱정스러운 눈빛으로 고개를 끄덕이는 제이디의 모습에 은서의 입꼬리가 절로 올라갔다. 회사에선 좋은 남자가 되지 못할 것 같다고 하더니 막상 그런 상황에 처하고 보니 은서와 다를 바 없이 신경이 쓰이는 모양이었다.

"조금 전엔 제가 잘못한 거라 혼나도 뭐. 그리고 한마디 하면 어때요? 일할 땐 사악한 제이디잖아요."

은서는 손가락으로 뿔 모양을 만들어 머리 위로 들어 보였다. 화난 모습을 처음 봐서 조금 놀라긴 했지만 그의 말에 상처받거나 마음이 상하진 않았다.

"흠흠, 그럼 다행이지만."

은서의 행동이 귀여워 저도 모르게 입이 벌어지려 하는 것을 억지로 참아 낸 제이디는 손에서 빠져나간 은서의 손을 다시금 잡아챘다.

"그리고 제이디한테 한 소리 들으면 다른 직원들하고 욕하면서 스트레스 풀 거니까 걱정 말아요."

"대놓고 날 씹겠다 이거네?"

제이디의 말에 은서의 고개가 끄덕끄덕 빨리도 움직였다. 굳이 본인이 하지 않더라도 회의실에서 나가는 순간 다들 제이디의 뒤통수를 노려보며 은서에게 심심한 위로를 날릴 것이다.

"그리고 회사 생활 하면서 더한 소리도 많이 들었어요. 그러니까 걱정 마요."

은서는 자신의 손을 잡고 있는 제이디의 손 위로 다른 한 손을 겹쳤다. 자신이 했던 말과 달리 일할 때마저 좋은 남자인 그가 사랑스럽게 보였다.

"누구한테 무슨 심한 소릴 들으면서 회사를 다닌 거야?"

우리 아이 혼낸 녀석이 누구야! 성난 엄마처럼 제이디의 눈썹이 위로 씰룩 올라갔다 내려온다.

"신입 때 욕 안 먹고 일 배우는 디자이너가 어디 있어요? 재능 없다, 이렇게 할 거면 다시 학교로 돌아가라, 너는 안 된다. 기타 등등! 안 들어 본 말이 없을걸요?"

유학은 기본으로 다녀온 스펙 좋은 직원들 사이에서 참으로 기죽어 일했던 신입 때가 떠올랐다. 그땐 행동 하나하나, 말 한마디 하는 것도 선배들의 눈치를 보고, 뭐만 했다 하면 혼이 났던 것 같다.

화장실에 들어가 남몰래 흘린 눈물은 얼마고 나영이와 함께 마신 술은 또 얼마인가! 그때 마신 술값을 모았다면 차를 한 대 뽑았을지도 모를 일이다.

"한은서한테 재능 없다고 했던 선배는 어떻게 됐어?"

그 선배 안목이 알 만하군.

"저 입사하고 1년 뒤에 결혼하셨어요. 지금은 어떻게 지내는지 잘 모르지만."

그 선배에게 들어 먹은 욕 덕분에 수명이 10년은 늘었을 거라며 나영과 함께 했던 말이 떠오른다. 정말 더러워서 못 다니겠다 싶은 순간에도 그 선배에게 들어 먹은 욕이 아까워 오기로 버텼던 게 지금은 얼마나 다행인지.

"유학을 다녀와야 하나 엄청 고민했던 적도 있고요. 하루에도 열두 번은 더 그만둬야 하나 했던 적도 있었어요."

제이디는 보지 않아도 알 수 있을 것 같은 은서의 신입 시절을 상상했다. 이 세계에서 살아남는 것이 얼마나 힘든 것인지 누구보다 잘 알고 있으니까. 그녀가 얼마나 이를 악물고 버텨 냈을지 충분히 상상 가능했다.

"그래도 장하네, 잘 버틴 덕에 이렇게 같이 일도 하고."

제이디는 잘 버텨 준 은서가 기특하다는 듯 그녀의 머리를 쓰다듬었다. 따뜻하고 부드러운 손길이었다.

"네, 관두지 않은 게 다행이라고 생각해요."

진심으로 그렇게 생각했다. 열심히 노력한 자신이 요즘처럼 자랑스러울 때가 있었나 싶을 정도로 팜프와의 프로젝트는 은서에게 특별한 의미였다.

회사가 추구하는 디자인 베이스 위에 자신들의 색깔을 입히는 팜프의 디자이너들이 대단해 보였다. 설렁설렁, 장난스럽던 알렉스마저 일하는 순간엔 누구보다 진지했고 정확했다. 그걸 보고 있자니 그들의 실력이, 노하우가 너무나 부럽게 느껴졌다. 많은 걸 보고 경험한 사람만이 가질 수 있는 특권.

배울 수 있다면 저 사람들의 기술도 아이디어도 전부 다 배우고 싶어졌다.

"내가 뭐라 하는 것쯤은 괜찮다고 했으니까 앞으론 거침없이 혼낼 거야."

씨익. 각오하는 게 좋을 거라는 듯 입꼬릴 올리며 사악하게 웃는 제이디의 모습에 잠깐 등골이 서늘해지는 기분이 들었지만 은서는 고갤 끄덕이며 알겠다고 했다.

근데 살짝 겁나긴 해.

"배울 게 있다면 뭐든 다 배워. 나 역시 한은서 머릿속에 있는 아이디어, 몽땅 **빼앗아**서 멋진 속옷으로 만들어 낼 거니까."

자신만만한 웃음을 짓고 있는 제이디를 바라보며 은서가 말했다.

"그럼 나도 그렇게 할래요. 제이디 머릿속에 있는 거 몽땅 **빼앗아**서⋯⋯."

그러자 남자의 얼굴이 순식간에 쑤욱 은서의 얼굴 앞까지 다가왔다.

"공짜로는 안 돼. 엄청 비싼 거야."

아차 하면 입술이 닿을 정도로 가까이 다가온 제이디의 얼굴을 피하지 못하고 마주한 은서는 큰 눈을 깜빡거리며 그를 바라봤다.

날렵한 콧대를 타고 내려온 코끝이 은서의 코끝을 살며시 스친다. 그러자 그의 향기가 심장에 장착된 동작 스위치를 누른 것처럼 그녀의 심장을 요란하게 만들었다.

이제 보니까 나 놀리는 데 재미가 붙었나 봐.

자신의 반응을 기다리는 남자의 잘생긴 얼굴과 달콤한 향기에 배꼽 아래부터 간질간질한 무언가가 올라오기 시작했다.

저 여유롭고 자신만만한 얼굴에 불을 붙여 보고 싶은 마음.

"그럼 저도 도장⋯⋯."

쪽!

"⋯⋯찍을래요."

눈 깜짝할 사이. 은서의 말캉한 입술은 제이디의 입술 위에 살포시 내려앉았다 떨어졌다.

순식간에 벌어진 일에 깜짝 놀라 얼어붙어 있는 제이디의 표정이 눈에 들어왔다. 그의 당황한 얼굴을 보자 자신이 저지른 짓이 무슨 짓인지 실감이 난 은서는 용감무쌍한 자신의 입술을 손바닥으로 가리며 자리에서 일어났다.

몇 년분의 용기를 끌어다 쓴 건지 가늠이 되지 않았지만 그의 얼굴에 홀려 대범한 짓을 저지른 것은 분명했다.

"왜 도망쳐?"

하지만 민망함에 밖으로 걸음을 옮기려는 은서의 손목을 낚아챈 제이디는 당황하는 은서를 자리에 끌어다 앉혔다.

"사람 마음에 불 지를 땐 언제고."

그, 그 입 좀 다물어 주시면 안 되겠죠? 민망함에 불타올라 재가 될 것 같아요.

앞으로 이 회의실에 어떻게 들어오나, 은서는 평소와 달리 너무나 적극적이었던 자신의 입술이 원망스러워졌다.

"이렇게 도발하면 곤란한데."

한층 더 낮게 울리는 목소리, 짙어진 눈빛의 제이디는 은서의 머리카락을 귀 뒤로 쓸어 넘겼다. 그러곤 이내 보드랍고 말캉한 은서의 입술을 자신의 손가락으로 매만졌다.

방금 전까지 달달함으로 말랑말랑했던 회의실 분위기는 그의 손짓 한 번에 팽팽한 긴장감이 감돌았다.

굳이 도발하려던 건 아니었고 당신 얼굴에 홀려서 그런 건데…….

입술 위로 제이디의 손길이 느껴져 은서는 차마 하고 싶던 말을 소리 내어 하지 못했다.

"그 선배 만나고 일찍 들어가."

다른 남자를 만나러 가는 것이 불만스럽다는 듯 잠시 얼굴을 찡그린 제이디는 은서의 고개를 살짝 틀어 오른쪽 뺨에 쪽! 소리 나게 입을 맞췄다.

"다른 남자한테 설레지 말고."

쪽. 이번엔 왼쪽 뺨.

그의 손끝이 스칠 때마다 온몸을 타고 흐르는 찌릿한 전기에 은서는 눈짓으로 대답을 대신했다.

"다른 남자한텐 웃어 주지도 마."

은서의 양 볼에 입을 맞춘 제이디는 그것으론 채워지지 않는지 고개를 숙여 보드라운 입술을 깊게 쏙 빨아 당겼다.

말캉한 은서의 입술은 아무런 저항 없이 제이디의 입술 안으로 사라졌고 제이디는 말캉거리는 은서의 달달한 입술을 더욱 깊이 빨아 당기며 살며시 벌어진 그녀의 입 안을 탐하기 시작했다.

흔들리는 은서의 고개를 잡아 고정시킨 제이디는 다른 한 팔을 그녀의 허리에 휘감으며 자신의 품속으로 바짝 끌어당겨 안았다. 그러곤 뜨거운 혀끝으로 은서의 입 안을 천천히 훑어 들어갔다.

"으음……."

그가 전해 주는 열기를 고스란히 온몸으로 받아 내며 은서는 자신의 입 안을 헤집는 그의 혀끝을 따라 조심스레 움직였다.

"보내고 싶지 않아."

깊게 은서의 입술을 탐하던 제이디는 살며시 그녀의 입술에서 떨어지며 중얼거렸다. 서로의 타액으로 촉촉이 젖은 은서의 입술 위로 제이디의 뜨거운 숨결이 쏟아져 내렸다.

따뜻한 서로의 체온이, 서로의 마음이, 두 사람의 심장 소리가 한데 어우러져 회의실 안은 뜨거운 열기로 가득 채워지고 있었다.

"한 팀장님 혹시 울었어요? 얼굴이 새빨간 사과네."

"도대체 저 인간이 얼마나 갈군 거예요?"

블라인드 쳐진 회의실에서 한참을 나오지 못하던 은서가 밖으로 나왔을 때 사무실 직원들은 안타까운 눈으로 은서를 바라봤다. 꼭 한참 울다 나온 사람처럼 새빨간 은서의 얼굴에 다들 제이디가 있는 대표실을 쏘아보기 바빴다.

사실은 그와의 키스 때문에 온몸이 달아올라 그랬단 말은 할 수 없어 은서는 그저 두 눈만 깜빡여야 했다.

10. 밤엔 내 여자니까

"푸훗!"

은서는 앞에 놓인 커피 잔을 들다 사무실에서의 일이 떠올라 피식 웃음이 터져 버렸다.

"무슨 좋은 일 있었어?"

한참 멍하게 생각에 빠져 있는 은서의 얼굴을 바라보던 지훈은 피식 웃음을 터트리는 은서에게 궁금하다는 듯 물었다.

함께 식사를 하는 동안에도 잠깐잠깐 핸드폰을 보며 뭐가 그렇게 즐거운지 미소 짓는 은서의 모습에 마음 한쪽엔 불안감이 스치고 있었다.

그 미소가 온전히 자신에게만 향했으면 하는 유치한 욕심.

"에? 아, 아니에요. 죄송해요. 잠깐 다른 생각 좀 하느라."

[다른 남자 앞에선 웃지도 마!]

알면 알수록 질투 덩어리!

[최선을 다해 보긴 할 텐데 쉽지 않아요.]

원래 웃음이 많다구요.

[정 웃어야 한다면 한쪽 입꼬리만 쓱 올려. 비웃듯이!]

은서는 비웃듯이 웃으라는 그의 말이 귀여워 얼굴 가득 미소를 머금었다. 부드러운 헤이즐넛 향이 코를 즐겁게 만들고 있었다.

"프로젝트 따냈다며? 일은 잘되어 가는 거야?"

"네. 배우면서 열심히 하고 있어요."

"팜므 수석 디자이너가 굉장한 사람이라던데……."

유럽에선 이미 꽤나 알려진 유명 브랜드 팜므와 일을 한다는 사실만으로도 행복한지 굳이 묻지 않아도 알 수 있을 정도로 은서의 표정은 즐거워 보였다.

"네, 그 사람 천재예요. 선 한 번, 바느질 한 번이 의미 없는 부분이 없어요. 그런 사람이랑 일하는 건 진짜 제 복이라니까요!"

존경하던 영웅을 만난 어린아이처럼 신나 하는 은서를 보는 것이 지훈 역시 즐거웠다. 저 해맑은 미소가, 웃을 때 반달 모양이 되는 커다란 눈도 지훈이 은서를 좋아하는 수십 가지 이유 중 하나였다.

"그렇게 좋아?"

"이번 일 정말 기대 못 했던 일인데 성사된 거거든요. 엄청 신나요."

"경쟁 업체가 헤라였다는 것 같던데 맞아?"

"네, 나중에 안 사실이긴 하지만 거의 헤라랑 계약하는 게 당연한 분위기였나 봐요. 사실 회사 규모도 그렇고 시장 장악력도 그렇고 우리가 헤라한테 밀리긴 했거든요."

업계 1위, 대한민국 대표 란제리 브랜드로서의 자존심이 꽤나 상했겠구나. 혹시 그래서 은서의 뒤를 조사하고 있었던 건가?

지훈은 오늘 낮 행사장에서 만났던 헤라의 디자인 실장 윤세령의 얼굴을 떠올렸다. 카랑카랑하고 날카로운 목소리로 은서에 대해 조사해 달라 했던 여자는 마치 그런 일은 지시한 적 없는 사람처럼 천사 같고 아름다운 미소로 박 본부장 옆을 지키고 있었다.

곧 결혼할 사이라고 그녀를 소개하던 박 본부장의 미소가 어딘지 안쓰럽게 느껴진 것은 그녀가 짓고 있는 미소가 가짜처럼 느껴졌기 때문이었을까?

화사한 미소는 분명 무척 아름다웠지만 지훈에겐 낯설지 않은 이질감이 들었다. 연기를 하며 알게 된 향기 없는 꽃들의 미소, 그것과 세령의 미소는 똑 닮아 있었다.

아름다워 보이지만 숨겨져 있을 치명적인 독이 은서를 헤칠까 마음이 쓰이는 지훈이었다.

"은서야."

"네?"

"혹시 헤라 디자인 실장이란 사람 알아?"

"직접적으로 아는 건 아니지만 알고 있어요. 업계에서 유명해요. 실력파에 상당한 미인이라던데요?"

오래전 한 행사장에 참석한 은서의 상사 장 팀장이 했던 말이 떠올랐다. 이 란제리 업계에서 그렇게 화려하고 눈길이 가는 미인은 처음이었다고. 같은 여자가 봐도 반할 것 같은 여자라고 말했었다.

"그렇구나. 그런 사람이랑 경쟁해서 이겼으니까 은서 네가 더 대단한 거 아니야?"

열심히 노력해서 원하는 일을 하게 된 은서가 기특하고 대견스러워 지훈은 술잔처럼 은서가 들고 있는 커피 잔에 자신의 잔을 부딪쳤다.

"더 대단한 건 모르겠지만 기분 좋긴 해요. 열심히 해야죠, 악으로 깡으로!"

지훈의 칭찬이 쑥스러워 은서는 두 주먹을 불끈 쥐어 보이며 어색하게 웃었다. 엄청난 일을 해낸 것처럼 자신을 치켜세워 주는 지훈의 칭찬이 쑥스러우면서도 기분 좋게 다가왔다.

조금 더 열심히 해야겠다 싶은 그런 마음.

"넌 잘할 거야."

지훈은 엄지손가락을 치켜세워 보였다. 항상 바삐 움직이고 뭐 하나 시작하면 끝을 보던 대학생 시절 은서와 지금의 은서가 다르지 않다는 게 왜인지 모르게 기쁘게 느껴졌다.

"선배는 요즘 어때요? 촬영하느라 바쁘지 않아요?"

"괜찮아, 별로 안 바빠. 그러니까 은서 네가 자주 놈 놀아 줘."

그저 이렇게 마주 앉아 이야길 나누는 것만으로도 심장이 터질 것 같고 너의 웃는 모습만 봐도 행복한데 그런데도 자꾸만 고개를 드는 욕심.

"은서야."

지훈의 말에 고갤 끄덕이던 은서는 자신의 이름을 부르는 그를 향해 시선을 옮겼다.

"네."

"혹시 무슨 힘든 일 있거나, 내 도움 필요한 일 생기면 언제든지 연락해."

윤세령이 왜 은서 너에 대한 조사를 하고 다니는지 아직 알 수 없지만 좋지 않은 예감이 들어.

"선배도 참, 제가 아직도 스무 살 어린애로 보여요? 저 벌써 서른이에요."

지금도 스무 살 때의 어렸던 한은서로 자신을 보고 있는 것 같은 지훈의 말에 걱정 말란 듯 은서는 빙긋 웃어 보였다.

"그런 말이 아니라……."

"선배, 혹시 무슨 일 있어요?"

작게 고개를 흔든 지훈의 말끝이 흐려지자 은서는 그런 지훈의 표정을 살폈다. 언뜻언뜻 얼굴에 그늘이 지는 것 같았다.

"내가, 자꾸만 네가 걱정돼서 그래."

마시고 있던 찻잔을 내려놓은 지훈의 눈빛이 여태와 달리 짙어져 있음을 은서는 그때 처음으로 느끼고 있었다.

자재 셀렉부터 디자인, 패턴 메이킹 작업까지 빠른 시간에 진행될 거란 예상과는 달리 꼼꼼하고 완벽함을 추구하는 제이디로 인해 여러 번의 수정 작업을 거쳐야 했다.

란제리 디자인은 일반 의류 디자인과 달리 패턴 메이킹을 직접 하기 때문에 디자이너가 생각하는 모습 그대로 직접 형태를 잡아 내기에 디자이너의 역량과 감도가 중요하다.

"한은서 씨, 몰드 부분 수평비가 틀리잖아!"

재단해 둔 원단을 확인하던 제이디의 손에서 붉은 천 하나가 내던져졌다. 그로 인해 업무를 보고 있던 직원들의 눈이 제이디와 은서 사이를 왔다 갔다 바삐 움직였다.

또 시작이로구나.

하루에도 두세 번은 보는 광경이지만 그때마다 직원들은 긴장감에 숨조차 조심스레 쉬어야 했다.

"음……."

제대로 혼낸다고 하더니 그 뒤로 정말 거침없이 몰아치는 제이디로 인해 은서는 하루에도 몇 번씩 한숨을 내쉬어야 했다.

그때 그렇게 말하면 안 되는 거였어! 이렇게 맨날 혼날 줄은 몰랐다구.

평소 꼼꼼함으로는 은서도 회사 내에서 결코 지는 법이 없었건만 이곳에 와선 저 매의 눈 제이디를 피해 갈 수 없었다.

"수정하겠습니다."

여러 번 체크하고 재단을 했는데도 그의 눈엔 부족한 부분이 보였던 모양이다. 바닥에 떨어진 원단을 주워 드는 알렉스를 확인한 제이디는 잔뜩 인상을 쓴 채 은서의 곁으로 성큼성큼 다가왔다.

"부자재 셀렉은 다 했습니까?"

"네, 수입해야 하는 건 김 팀장님께서 직접 발주하실 거고요. 나머지는 제가 정리했습니다."

은서는 미리 정리해 둔 서류철을 다가온 제이디에게 내밀었다. 살짝 내려온 앞머리가 귀찮다는 듯 쓸어 넘긴 그는 은서가 건네는 서류철을 눈으로 훑어 내려간 뒤 책상 한쪽 귀퉁이에 올려 두었다. 그러고는 한쪽 손을 책상에 짚으며 여자가 보고 있던 컴퓨터 모니터를 들여다본다.

"염색 직접 할 겁니까?"

"네, 아무래도 직접 해야 원하는 색을 찾을 것 같아서요. 지금 이 컬러랑 이 컬러를 생각 중인데."

은서는 다가온 제이디에게 모니터 속 자신이 정해 둔 색감을 손으로 짚어 가며 설명했고 제이디는 그런 여자의 말을 귀담아듣고 있었다.

"나쁘지 않긴 한데……."

은서가 선택한 컬러가 썩 마음에 들지 않는지 제이디의 말끝이 흐려졌다.

"음, 마음에 안 드세요?"

"아니. 그게 아니라."

"그럼 무슨 할 말 있으세요?"

하고 싶은 말이 있는 듯 머뭇거리는 제이디의 말에 은서는 모니터를 향했던 시선을 그의 얼굴로 돌렸다.

바짝 다가와 있는 그의 옆모습에 은서는 살짝 자신의 고개를 뒤로 뺐다.

하마터면 저 볼에 또다시 도장을 찍을 뻔했다.

요즘 욕구 불만이 생긴 건지 저 남자의 얼굴만 보면 자꾸 만지고 싶고 가까이 있고 싶은 마음이 들었다. 이런 욕구를 자제하기 위해 은서는 종교를 가져야 하는 게 아닐까 고민이 될 지경이었다.

"염색은 지금 말고 며칠 뒤에 하는 게 좋겠어요."

"네?"

하루하루 밥 먹는 시간조차 아까울 판에 일을 뒤로 미루라니? 제이디답지 않은 소리에 은서는 이유를 모르겠다는 듯 고개를 갸웃했다.

자신을 의아하게 바라보는 은서의 시선이 느껴지자 제이디는 다른 이들이 알지 못하게 턱짓으로 은서의 책상을 가리켰다.

"응?"

제이디의 턱이 가리키는 곳엔 하얀색 메모지 하나가 반으로 접혀 놓여 있었다.

"한은서 씨, 여권 있죠?"

제이디가 은서의 자리에서 멀어지며 물었고 은서는 놓여 있는 하얀 종이를 집어 들었다.

"네? 네. 있어요."

그의 말에 고개를 끄덕인 은서는 제이디가 놓고 간 하얀 종이를 펼쳤다.

'거부권 없음.'

이게 뭐지? 거부권?

"본사 들어갈 때 같이 가려고요?"

"응. 3일 뒤에 본사 들어갈 때 같이 가죠. 일정이 3박 4일이라 타이트해서 좀 피곤하긴 하겠지만."

"진짜요?"

팜므 본사를 볼 수 있다는 것도 기뻤지만 유럽의 란제리 시장을 직접 눈으로 보고 경험할 수 있다는 생각에 기쁨이 몰려와 은서는 앉아 있던 자리에서 벌떡 일어섰다.

이미 얼굴 가득 기쁜 표정을 숨기지 못하고 있었다.

"놀러 가는 거 아닙니다. 일하러 가는 거지."

"어우, 진짜! 저, 저 입을 어떻게 할 수도 없고! 은서 씨, 가는 김에 맛있는 것도 먹고 가 보고 싶은 데도 가 보고 그리고 와요. 일은 어차피 제이디 혼자 해도 되는 거니까."

깐깐하게 구는 제이디가 못마땅하다는 듯 지니는 그를 노려보았다.

"네. 여기서 못 구하는 책이 많아서 늘 아쉬웠는데 이번에 간 김에 왕창 쓸어 와야겠어요!"

한국에선 란제리 관련 서적이 턱없이 부족하기 때문에 늘 아쉬움이 컸는데 이번 기회에 반드시 원하는 책들을 사서 와야겠다 마음먹는 은서였다.

꽤 비싸다고 들었는데, 한 달 가난하게 살지 뭐.

"제이디한테 사 달라 그래요. 우리도 같이 돌려 보게. 이럴 때 법카를 써 줘야지!"

"내가 호구야?"

알렉스의 말에 제이디가 투덜거렸다.

"아뇨, 아뇨, 제가 사면 돼요."

"됐어요, 다른 직원들도 보면 좋으니까 내가 사죠. 아무튼 같이 가는 걸로 합시다. 알았죠?"

거부는 거부한다.

단호한 제이디의 표정에 은서는 고개를 끄덕였다.

"네. 준비할게요."

"흠흠, 그럼 오늘은 정시 퇴근 할 수 있게 노력합시다."

활짝 웃고 있는 은서의 모습을 보고 있던 제이디는 얼른 몸을 돌려 자신의 사무실로 들어갔다.

저렇게 좋아하는 모습을 보니 제이디는 이야기 꺼내길 잘했다는 생각이 들었다. 많은 걸 보여 주고 경험하게 해 주고 싶던 차에 좋은 기회가 생겼단 생각이 든다.

"오, 한은서 부럽다. 그렇게 파리 가고 싶다 그러더니."

"그러게. 기분 엄청 좋아."

"잘 보고 와. 그리고 올 때 면세점에서 화장품 사 오는 거 잊지 말고 알았지?"

행복한 얼굴이 되어 있는 은서에게 나영이 말했다. 유럽에서 디자인을 배울 수 있다면 얼마나 좋았을까? 형편이 좋지 않아 그 꿈을 이루지 못했던 은서에게 파리는 특별한 곳이었다.

지이잉―

나영의 말에 고갤 끄덕이던 은서는 깜빡거리는 핸드폰 액정을 바라봤다.

[투덜이 스머프]

제이디의 메시지가 와 있었다.

[방은 따로 안 잡아 줄 거야. 밤엔 내 여자니까.]

화르륵.

은서의 얼굴에 또다시 불이 붙는다. 저 남자의 끝 모를 솔직함을 어쩌면 좋을까?

파리의 거리를 채우고 있을 디자이너 브랜드의 란제리 숍을 구경하는 것보다 그와 함께할 파리의 밤이 기다려지는 건 절대 비밀로 해야겠다고 은서는 마음먹었다.

"이게 좋을까? 너무 어려 보이나?"

가지고 있는 속옷 세트를 침대에 쭈욱 늘어놓았다. 평소 좋아하던 브랜드의 속옷은 물론이고 제이디에게 선물받은 속옷 또한 포함이었다.

3박 4일. 길지 않은 시간 동안이지만 파리로 간다는 것이 기뻤다. 그리고 막상 내일 떠난단 생각을 하고 나니 그가 보내온 메시지의 단어들이 머릿속을 둥둥 떠다녀 은서는 그냥 잠을 청할 수가 없었다.

'밤엔 내 여자니까.'

"진짜, 솔직한 게 과하다니까."

은서의 입은 투덜거리고 있었지만 발그레하게 달아오른 두 뺨은 그의 말이 싫지 않다고 말해 주고 있었다.

언젠가 꼭 파리에 가야겠다고, 단순한 여행이 되었든 뭐가 되었든 그곳은 은서가 살면서 꼭 한번 가 보고 싶다고 생각했던 곳이었다. 그동안 시간도, 기회도 없어서 가지 못했던 곳이지만 이렇게라도 가게 된 것이 은서는 무척 기뻤다.

더구나 제이디와 함께 간다는 것도 또 하나, 기쁨의 이유였다. 예쁜 속옷을 골라 가야 된다는 것이 고민거리였지만.

잠시 속옷을 놓고 고민에 빠져 있던 은서의 귀에 핸드폰 벨소리가 들렸다.

한 시간 전, 퇴근 후 함께 밥을 먹고 은서를 집 앞까지 데려다준 제이디의 전화였다.

"네, 여보세요?"

— 안 자?

"네, 아직요. 잘 들어갔죠?"

전화기를 타고 들려오는 제이디의 목소리에 은서는 펼쳐 두었던 속옷을 한곳으로 밀어 놓으며 침대 위에 올라가 누웠다.

목소리를 듣고 있으니 헤어진 지 얼마 되지 않았는데도 그의 얼굴이 다시 몽글몽글 떠오르며 보고 싶어졌다.

부드럽고 따뜻한 중저음의 목소리, 전화기 너머 보이지 않는 그의 표정이 어떨지 상상이 되었다.

— 응, 잘 들어왔어. 씻고 자려고 누웠는데 당신 생각 나서.

"그랬어요?"

그가 꺼내는 한 마디, 한 마디는 전부 다 듣기 좋은 노래가 되어 은서의 귓가를 간지럽힌다.

— 파리 처음 가는 거라고 했지?

부드러운 그의 목소리를 들으며 은서는 꼼지락꼼지락 이불을 끌어 덮었다. 연애할 때 남들이 다 해 보는 것 중 하나인 늦은 밤 남자 친구와 통화하기.

"네, 한 번도 가 본 적 없어요."

그저 목소리만 듣는데도 위로 올라간 은서의 입꼬리는 내려올 줄 모르고 있었다.

— 가 보고 싶은 곳 있어? 첫날은 그렇고 둘째 날은 시간 좀 있을 것 같은데.

"엄청 많은데, 일단 개선문 전망대에 올라가서 에펠탑을 보고 싶어요."

개선문이 있는 에투알광장 중심으로 쭉 펼쳐진 파리의 모습을 눈으로 담아 보고 싶다. 그러곤 높게 솟은 에펠탑을 보고 싶다. 파리 하면 에펠탑이니까.

— 그리고?

신나 하는 은서의 목소리를 듣는 게 기분 좋다는 듯 제이디는 은서의 다음 이야기에 집중했다.

"샹젤리제 거리! 거기 걸어 보고 싶어요. 먹을 것도 많고, 볼 것도 많다던데요?"

2km나 되는 긴 가로수 길엔 먹을 것도 많고 온갖 명품 숍에 구경거리가 넘쳐 난다고 했다. 언젠가 파리에 간다면 꼭 그곳에 들러 파리지앵들을 구경하리라! 마음먹었었다.

"유명한 폴에 들러서 빵도 먹어 보고 싶구, 그리고 디즈니 스토어도 가고 싶고, 그리고 또……."

파리에 데려가지 않으면 어쩔 뻔했는지 종알종알 끊임없이 가고 싶은 곳을 늘어놓는 은서가 귀여워 제이디는 작게 웃음을 터트렸다.

"제이디는 어땠어요? 파리 처음 갔을 때요."

은서는 수화기 너머 잔잔히 들려오는 남자의 웃음소리를 들으며 눈을 감았다. 그리고 그가 파리에 갔던 때는 어땠을지 궁금해져 그에게 질문을 던졌다.

— 음, 처음 파리에 갔을 때라. 너무 오래전이라서…….

"좋았어요? 설레었어요?"

— 아니, 사실 파리로 쫓겨난 거야. 자의 반 타의 반으로.

"쫓겨났다고요?"

— 응, 집안의 반대가 심했거든. 기껏 공부시켰는데 여자 속옷을 만들겠다고 하니까 엄청 싫으셨던 모양이야. 싸우다 싸우다 서로 지

쳐서 파리로 도망쳤지.

오래전 기억을 더듬으며 제이디는 중얼거렸다. 매일같이 아버지와 소리 높여 싸우는 자신과 아버지 사이에서 이러지도 저러지도 못해 마음 졸이시던 어머니. 결국 어머니는 악화되는 부자 사이를 보고만 있을 수 없어 제이디를 파리로 보냈다.

"그랬구나."

대가 없이 이루는 성공이 어디 있을까? 자신이 이 악물고 회사에서 버텼던 것처럼 그 역시 아무도 없는 외로운 파리에서 이를 악물고 버텨 냈을 거란 생각에 마음 한구석이 찌르르르 아파 왔다.

"제이디도 기특하네요. 잘 버텨 낸 게."

열심히 버텨 냈다며 자신의 머리를 쓰다듬어 주던 그의 손길이 떠올랐다. 할 수 있다면 지금 당장이라도 그가 했던 것처럼 쓰다듬어 주고 싶었다.

— 제이디란 이름은 일할 때만 불러 주면 안 되나? 남자 친구일 땐 다르게 불러 줬으면 좋겠는데.

"다르게요? 음…… 뭐라고 부를까요?"

— 당신 편한 걸로.

오빠? 아냐, 아냐, 이건 좀 너무 흔하잖아.

자기? 아, 이건 너무 부끄러울 것 같은데.

스머프라고 하면 화낼 거야. 이건 탈락!

"음, 진운 씨라고 할까요?"

— 나쁘지 않네. 평범하게 자기야 정도도 괜찮은데 나는?

"그, 그냥 진운 씨라고 할게요. 그건 너무 쑥스럽단 말이에요."

평범하게 자기야 정도라니! 저 남잔 쑥스러움도 없나 봐.

누군가를 만나면서 한 번도 자기야란 말은 해 본 적이 없는 은서였다. 그 말이 뭐가 그렇게 어려운 말이라고 쑥스러움에 목구멍을 타고 넘어올 생각을 하지 않는 단어. 자. 기. 야.

— 그럼 내가 자기야라고 불러 줘? 응?

"아, 그, 그냥 은서야 이렇게 불러요. 그건 듣는 것도 쑥스러워."

— 알았어. 은서야.

"흠흠! 어, 얼른 자요. 일찍 일어나야 되잖아요."

발가락 끝부터 머리끝까지 쑥스러움에 몸이 배배 꼬이는 기분이 들었다.

30년을 듣고 산 이름이 그의 입을 통해 뭔가 특별해지는 느낌.

내 이름이 이렇게 듣기 좋고 예쁜 이름이었나?

— 알았어. 푹 자.

"네, 잘 자요. 좋은 꿈 꿔요."

전화를 끊었는데도 귓가에 그의 목소리가 맴돈다.

'은서야.'

"아, 얼른 자자. 그래야 내일이 빨리 오지."

은서는 머리끝까지 이불을 뒤집어썼다. 간질거리고 달달한 떨림이 기분 좋게 몸속으로 퍼져 나갔다.

"한은서. 대전 출생. H대 미대 졸업. 앨리스 신입 디자이너 공채로 입사……."

특별할 것 없는 프로필을 읽어 내려갔다. 중·고교 시절엔 제법 공부를 잘한 편이었고 교우 관계도 나쁘지 않았다. 집안 형편은 넉넉하지 않았던 것 같다.

대학 시절도, 회사 내의 평판도 나쁘지 않고.

"특별한 구석은 하나도 없는데?"

그저 흔하디흔한 여자다. 특별히 재능이 있는지도 모르겠고 공통된 장점은 성실하다는 정도?

세령은 첨부된 여자의 사진을 꺼내 들었다.

하얀 피부에 하늘거리는 갈색 머리카락, 커다랗고 시원스레 트여 있는 눈매, 눈길을 사로잡을 만큼 아주 뛰어난 미인은 아니었지만 그녀의 사진을 보고 있자니 세령은 한 가지 사실을 깨달을 수 있었다.

"선배가 좋아하는 스타일이긴 하네."

특히 시원스럽게 트여 있는 눈매, 귀엽고 착해 보이는 그 눈매가 평소 진운이 좋아했던 외모의 여자란 느낌이 들게 했다. 물론 그렇다고 그의 성격상 여자의 외모로 파트너를 정하진 않았을 거란 생각이 들지만.

세령은 들고 있던 서류를 내려놓고 전화길 들었다.

길지 않은 신호음이 울리고 카랑카랑한 여자의 목소리가 수화기 너머로 퍼져 갔다.

"윤세령입니다. 제가 부탁한 건 준비해 두셨죠?"

— 네.

"그럼 내일 저녁에 뵙죠. 약속 장소랑 시간은 정해서 다시 연락드릴게요."

세령은 상대방의 대답을 듣고서 만족스러운 얼굴로 전화를 끊었다. 프로젝트가 어긋나면서 박 회장은 대놓고 이번 일에 실망감을 표했다. 그로 인해 세령은 또다시 그의 눈치를 살피며 위축되었다.

무조건 잘 해내고 싶었다. 완벽하게 조금의 흠도 없이 해내고 싶었다. 그런데 듣도 보도 못한 한은서라는 여자가 자신의 앞길을 가로막았다.

"후, 괜찮아. 아직 기회는 있으니까."

세령은 책상 위에 올려 둔 은서의 프로필을 그대로 구겨 쓰레기통에 집어넣었다. 아무리 봐도 특별한 구석은 없어 보이는 여자가 어떻게 이 일을 따낼 수 있었을까?

　얼마나 대단한 디자인을 했기에 자신이 아닌 저 여자가 이번 일을 하게 되었을지 세령은 몹시 궁금해졌다.

11. 파리, 로맨틱, 성공적(1)

반짝거리는 조명이 머리 위로 쏟아져 내린다. 별것 아닌 그 조명 빛은 그 어떤 보석보다 은서의 마음을 설레게 만들었다.

이리저리 순서 없이 흩어져 있는 듯 보이는 속옷들은 저마다의 개성을 뽐내며 자신의 자태를 드러내고 있었고 섬세하고 아름다운 레이스는 은서의 마음을 들뜨게 만들었다.

파리, 팜므의 본사 건물 바로 옆에 위치한 팜므의 파리 본점 매장은 그야말로 반짝반짝 빛나는 빛의 세계처럼 은서의 눈길을 사로잡았다.

"너무 예뻐!"

"완전 예뻐!"

드넓은 매장을 둘러보며 연신 은서는 감탄사를 내뱉고 있었다. 말로만 듣던 별천지가 여기구나 싶은 마음이었다.

유럽에 와야지만 볼 수 있는 팜므의 매장을, 그것도 본점에 와 있다는 사실만으로도 은서의 마음은 이미 저 하늘 위를 날기에 충분했다.

"그렇게 좋아?"

"네, 너무 좋아요."

어린아이처럼 매장 안 이곳저곳을 둘러보며 두 눈을 반짝이는 은서의 모습에 제이디의 얼굴에도 이미 기분 좋은 미소가 걸려 있었다.

열세 시간이 넘는 긴 비행시간에 지친 몸을 이끌고 파리에 도착한 제이디는 도착과 동시에 회사로 가야 했다. 그를 기다리고 있는 회사 임원들의 조찬 회의가 있었고 제이디가 직접 처리해야 할 결재들도 있었기 때문이었다.

"혼자 있어서 심심하진 않았어?"

그로 인해 은서는 그의 비서 마크의 안내로 제이디가 살았던 파리 집으로 향했고 간단히 짐도 풀고 잠도 청할 수 있었다.

"아뇨, 잠도 자고, 밥도 먹고, 요기 앞에 카페에서 커피도 마시고, 서점도 가고, 엄청 바빴어요. 그리고 그 비서분 마크 씨? 그분이 한국말을 잘하셔서 도움도 많이 받았고요."

파리에 도착하자마자 처리해야 할 일들이 많았던 제이디는 마크를 대신 보낸 것이 못내 마음에 걸렸다. 처음 오는 파리가 익숙하지 않을 것은 분명했음에도 그녀를 반나절이나 혼자 있게 만들었다.

"회의한다고 힘들었죠?"

눈길을 빼앗는 란제리에서 시선을 거둔 은서는 두어 걸음 뒤에 서 있는 제이디의 곁으로 다가갔다. 긴 비행과 연달아 이어진 회의를 하느라 꽤 피곤했는지 그의 눈이 피로에 젖어 있었다.

"조금. 한은서 혼자 뭐 하나 싶어서, 여간 신경 쓰이는 게 아니더라고."

"난 혼자 엄청 신나게 놀았는데 제이디한테 미안할 정도로."

다가온 은서의 손을 잡은 제이디는 미안해하지 않아도 된다는 듯 고개를 끄덕였다.

"더구나 팜므 매장을 이렇게 혼자 구경하는 것도 엄청 영광이고요. 저 지금 너무 신나요."

밤 11시가 넘은 시각, 일을 끝낸 제이디와 은서는 간단한 저녁을 먹고 파리의 거리를 잠시 걸었다. 그리고 난 후 불 꺼진 팜므의 매장 안으로 들어왔다.

은서가 꼭 가 보고 싶다고 했던 팜므의 파리 매장은 오로지 은서만을 위해 늦은 시각 다시 불이 켜졌다.

"이번 프로젝트가 끝나면 한국에도 매장이 생길 거야."

"아마 거기 1등 고객이 제가 될지도 몰라요."

그동안 해외 사이트를 통해서 구입해야 했던 팜므의 속옷을 한국에서 직접 살 수 있다면 그 기쁨은 아마 배가될 것이었다.

"매장도 너무 예쁘다."

블랙 앤 화이트, 거기다 은은한 조명들만으로도 팜므의 매장은 특별해 보였다. 더욱이 다른 이들은 아무도 없이 오로지 은서 자신과 제이디, 단둘만 이곳에 있다고 생각하니 그 특별함은 두 배, 세 배로 느껴졌다.

"그 전에 내가 선물할게. 골라 봐."

반나절이나 혼자 있게 만든 것이 미안하기도 했고, 저렇게 신나하는 얼굴을 보고 있자니 이곳에 있는 긴 뭐든 다 주고 싶어지는 제이디였다.

"네?"

"원하는 거 다 골라 봐. 한정판도 있어."

"아니에요. 구경하는 거로 충분해요!"

제이디의 말에 은서는 손사래 치며 말했다. 일본에서 받았던 한정판 란제리만 해도 그 가격이 한국 돈으로 몇십만 원이 되는 비싼 선물이었다. 거기다 직접 만들어 준 세상에서 하나밖에 없는 속옷도 받았다. 그걸로 이미 충분했다.

하지만 그런 은서의 말을 단호하게 거절한 제이디는 그녀의 손을 잡고 걸음을 옮기기 시작했다.

"내가 란제리 디자이너인 거 잊었어?"

1층 매장을 지나 2층 매장으로 올라가며 제이디는 그렇게 물었다.

"네?"

그걸 모를 리가 있나요? 그것도 이렇게 어마어마한 디자이넌데.

"남자 친구가 디자이넌데 내 여자한테 다른 사람이 만든 걸 입힐 순 없지, 싫어."

"……질투쟁이."

다른 사람이 만든 속옷은 입힐 수 없다 말하는 그가 귀여워 은서는 피식 웃어 버렸다. 이제 별거 아닌 거에도 저렇게 질투 작렬 하시다니. 그런 말에 다 설레는 나도 어쩔 수 없는 여잔가 보다.

"음, 당신은 볼륨감이 있으니까 이쪽 데이지 라인이 어울려. 이런 것도 난 괜찮은데?"

면사포처럼 속이 훤하게 비치는 하얀색 슬립을 들어 보인 제이디는 은서를 향해 장난스레 웃어 보였다. 골반에서 한 뼘 정도 내려오는 짧은 길이에 허리 부분까지 파여 있는 과감한 뒤태의 슬립은 은서가 입어 볼 엄두조차 내 보지 못했던 섹시한 란제리였다.

"안 돼요. 너무 야해요."

은서는 고개를 흔들었다. 저런 건 살면서 돈 주고 사 본 적이 없는 물건이었다.

꿈에서나 한번 입어 볼까 말까 한 건데.

"나만 볼 거니까 괜찮아."

"칫, 누가 보여 준대요? 얼른 다시 걸어 둬요."

저런 건 나중에, 나중에 결혼해서 신혼여행 때나 입는 거라며 은서는 얼른 걸어 두라고 했지만 이미 슬립에 꽂힌 제이디는 은서의 말을 듣는 둥 마는 둥, 옷걸이에 걸린 슬립을 빼내 자신의 팔에 떡하니 걸쳐 놓았다.

"이것도 어울릴 것 같은데."

제이디는 최근 200개 한정으로 나온 속옷 세트를 들어 은서에게 건넸다. 블랙과 베이비 핑크의 조화가 무척 사랑스럽게 느껴지는 속옷이었다.

"진짜 안 그래도 되는데……."

"마음에 안 들어?"

마음에 안 들다니요, 그럴 리가 없잖아요. 이렇게 예쁜데? 그것도 한국에선 본 적도 없는 한정판 컬렉션!

그래도 매번 받기만 하는 것 같아 은서는 선뜻 그가 건네는 속옷을 받지 못했다.

"흐음. 그렇게 나오면 어쩔 수 없지."

무엇 때문에 망설이는지 물어보지 않아도 알 것 같아 제이디는 어쩔 수 없다는 듯 은서의 손을 잡아끌었다. 은서의 손을 잡고 있지 않은 다른 한 손엔 이미 제이디가 골라 놓은 속옷 세트가 여러 벌 들려 있었다.

"어디 가려고……."

Fitting Room

의아해하는 은서를 탈의실 앞까지 데려온 제이디는 갸웃거리는 은서의 표정이 여전히 재미있는지 장난스러운 웃음을 거두지 않고 있었다.

"고르라고 해도 안 고르니까. 내가 골라 준 걸로 입어 봐."

씨익, 제이디의 입꼬리가 위험스레 위로 올라갔다. 그러곤 당황해하는 은서의 몸을 피팅룸 안으로 쑥 밀어 넣었다.

"네? 뭐라고요?"

두 사람이 들어와도 제법 넉넉한 탈의실 안 공간은 하얀색으로 칠해진 벽과 반짝이는 조명, 전신 거울이 설치되어 있었다. 하지만 이런 밀실, 그것도 좁은 공간에 제이디와 단둘이 있어 본 적 없는 은서는 이제야 당황스러움이 몰려왔다.

"설마 제이디 있는 데서 입어 보란 건 아니죠?"

에이, 설마 그런 건 아니겠지?

하지만 이 상황이 무척 재미있는지 올라간 제이디의 입꼬리는 내려올 생각을 하지 않았다.

"안 그럼 안 입어 볼 거잖아."

탈의실에 들어오자마자 벽에 걸린 고리에 속옷을 걸어 둔 제이디는 그중 제일 처음 은서에게 골라 준 한정판 속옷 세트를 꺼내 들었다.

"아, 알았어요. 입어 볼 테니까 일단 좀 나가요."

진작 고르라고 할 때 고를걸! 저 눈빛, 농담은 아닌 것 같은데, 어쩌지?

탈의실로 자신을 데려와 갈아입어 보라는 말을 할 거라 생각하지 못했던 은서는 난감함에 식은땀이 나려 했다.

하지만 문에 등을 기대고 선 제이디는 이곳에서 나가 줄 생각이 조금도 없는 듯 팔짱을 낀 채 은서를 바라보고 있었다.

"저기……."

문에 등을 기대고 서 있던 제이디는 무슨 말을 해야 할지 몰라 머뭉거리는 은서의 곁으로 천천히 다가갔다. 몇 발자국 떨어져 있지 않았음에도 그의 걸음이 느릿느릿 여유로워 은서는 그 모든 것들이 슬로모션으로 보였다.

그가 다가오면 다가올수록 심장이 더욱 큰 소릴 냈다.

"보고 싶어."

은서의 곁으로 다가온 제이디는 자신을 바라보고 있는 은서의 몸을 돌려 전신 거울에 비춰 보았다. 은서를 볼 때마다 큰 키는 아니었지만 전체적인 밸런스가 좋은 아름다운 몸매란 생각이 들었다.

제이디는 거울을 마주하고 있는 은서의 떨고 있는 몸을 가볍게 끌어안았다. 작고 가녀린 몸이 제이디의 품으로 쏙 들어왔다.

"내 여자가 입었을 때 섹시한 속옷을 만들고 싶어. 그러니까 당신이 입어 줘."

자신의 목덜미에 입술을 묻은 제이디의 중얼거림에 은서는 다리에 힘이 풀리려 했다. 온몸에 찌릿한 기분과 함께 닭살이 돋을 만큼 그의 목소리가 섹시하게 들려왔다.

"그치만……."

하지만 이런 공간에서, 좋아하는 남자 앞에서, 속옷을 갈아입어 본다는 생각은 해 본 적 없었기에 은서는 그의 제안이 너무 당혹스럽고 부끄럽게만 느껴졌다.

이미 그와 하룻밤을 보낸 적도 있으면서, 그때의 일은 까맣게 잊어버린 것처럼 부끄러움에 온몸이 뜨거워졌다.

"부끄러워?"

이미 달아오른 은서의 얼굴을 자신 쪽으로 돌린 제이디는 쑥스러워하는 그녀의 빰을 쓰다듬었다. 그러자 은서의 고개가 작게 끄덕여진다.

쪽.

"귀여워서 봐준다. 나가 있을 테니까 입어 봐."

한껏 달아오른 빨간 볼을 그대로 뒀다간 불이라도 붙지 싶어 제이디는 한발 물러섰다. 장난을 칠 때마다 저렇게 얼굴에 곤란함을 다 드러내는 여자의 모습이 귀여워 그냥 둘 수가 없다.

"짓궂어요. 알죠?"

밖으로 나가려 몸을 돌리는 제이디의 옷자락을 붙잡은 은서는 그렇게 중얼거렸다. 아무래도 자신을 놀리는 데 재미가 든 게 분명해 보인다.

이렇게 사람을 놀라게 만들다니, 그럼에도 싫지 않은 건 이 사람이기 때문이겠지.

"오늘 골라 준 건…… 앞으로 천천히 보여 줄게요."

한 번도 그래 본 적은 없었지만 그럼에도 용기를 내 보고 싶은 건 당신이기 때문에.

"응?"

"입은 거, 보고 싶다고 했으니까……. 앞으로 천천히 보여 준다고요."

깜빡깜빡.

은서의 수줍은, 그럼에도 용기 있는 고백에 제이디의 입가엔 감출 수 없는 기분 좋은 미소가 걸렸다.

제이디는 쑥스러워 어쩔 줄 몰라 하는 은서의 몸을 다시금 끌어안았다. 그러곤 그녀의 가녀린 어깨에 입술을 묻었다.

"이렇게 나오면 오늘 밤 재울 자신이 없어지는데 어쩌지?"

같은 사무실에서 일을 하는 동안 제이디는 은서의 얼굴을 10초 이상 들여다볼 수가 없었다. 하루에 열두 번도 더, 얼굴을 바라볼 때마다 그녀의 입술을 가지고 싶어지는 욕심이 고갤 들었기 때문이다.

그렇게 하루에도 몇 번씩 이 보드라운 몸을 끌어안고 싶어졌다. 그녀의 체온을 온전히 가지고 싶어서.

굳이 상기시키지 않아도 함께 있는 동안, 그녀를 지켜보는 시간이 길어질수록 제이디는 깨닫고 있었다. 이 여자에게 빠져도 단단히 빠졌다는 걸.

공과 사 같은 소린 개나 주라고 하고 싶어질 때도 제법 있었다. 그런 스스로가 낯설고 당황스러우면서도 싫지 않은 기분.

쿵쾅거리는 제이디의 심장 소리가 은서의 가슴을 세차게 때리고 있었다. 그의 마음의 분량대로 빼거나 보태는 것 없이 너무나 솔직하고 직설적으로 다가오는 그의 말이 고스란히 은서의 귓가로 흘러 들어왔다. 그의 마음이, 소유욕이 오늘처럼 섹시하게 느껴진 때가 없었다.

은서는 말없이 그의 허리에 팔을 둘렀다. 그러곤 따뜻하고 보드라운 그의 품에 얼굴을 묻었다.

"……저, 많이 잤어요. 오늘."

파리의 날씨는 변덕스럽다. 방금까지 선선한 바람이 기분 좋게 불어오더니 이내 추적추적 빗방울을 내려보냈다.

파리지앵들이 사랑하는 마레지구에 위치한 제이디의 집은 오래된 주택을 개조해서 만든 곳이라 했다. 붉은 벽돌의 외관은 어딘지 고풍스러운 느낌을 뽐내고 있었고 2층으로 된 집의 실내는 그의 취향을 반영해 깔끔하면서도 모던한 느낌을 풍겼다.

1층에서 몇 개의 계단을 오르면 2층에 위치한 그의 침실이 나왔다. 아주 커다란 침대가 방 가운데 놓여 있었고 연한 그레이 색상의 침구가 깔끔함을 더하고 있었다.

넓고 폭신한 침대는 은서의 몸을 부드럽게 받아들이고 있었다.

쪽.

제이디의 입술이 은서의 이마에 닿았다 떨어졌다.

팜므의 매장을 나와 이곳으로 오기까지 길지 않은 시간 동안 서로 어떠한 말도 하지 않았다. 하지만 그가 잡고 있는 손이 모든 걸 말해 주고 있었다.

서로가 얼마나 서로를 원하고 있는지. 마음에 붙은 불은 쉬이 꺼질 것 같지 않다는 걸.

제이디는 자신의 침대 위에 누워 있는 은서를 짙어진 눈빛으로 바라보았다. 은서의 흐트러진 머리카락조차 숨 막히게 제이디를 흔들어 댔다. 이미 경험해 본 적 있는 여자의 몸이지만 끝없이 가지고 싶은 욕망을 애써 누르느라 제이디는 크게 숨을 들이마셔야 했다.

기다란 손가락이 은서의 흐트러진 머리카락을 쓸어 넘기고 천천히 은서의 뺨으로 내려왔다. 그의 손길이 방향을 바꿀 때마다 은서는 자신의 몸을 관통하는 야릇한 기분에 눈을 질끈 감았다 떴다.

은서의 보드라운 뺨을 지나 앙증맞은 빨간 입술을 매만졌다. 촉각이란 놈은 그 기억력 또한 좋은 것인지 은서의 입술을 만진 것만으로도 그녀와의 키스가 떠올라 아랫배에 묵직한 감각을 전해 준다.

"볼이 뜨거워."

자신에게 와 닿는 손길에 긴장된 얼굴이 되어 있는 은서를 향해 제이디가 작게 속삭였다. 그러자 은서는 떨리는 눈으로 그를 바라봤다.

"긴장돼요."

심장이 몸 밖으로 튀어나올 정도로 가슴이 세차게 뛰고 있었다. 그의 솔직함은 감춰져 있던 스스로의 용기를 끌어내는 것 같다.

"나도 긴장돼."

은서의 말에 미소 지은 제이디는 천천히 고개를 숙였다. 말캉거리고 기분 좋은 은서의 입술에 다시금 제이디의 입술이 닿았다.

은서의 아랫입술을 지그시 눌러 내린 제이디는 이번엔 그녀의 윗입술을 자신의 입술로 머금었다. 보드랍고 달달한 향기가 코끝을 스쳐 지나갔다.

온 신경이 입술에 모여 있는 것처럼 숨결만 스쳐도 온몸이 저릿저릿해져 왔다. 은서는 제이디가 전해 주는 온기에 온 신경을 집중했다. 매끄러운 혀끝이 입술 사이를 집요하게 파고들었다. 끈질겼고, 악착같이 은서의 혀끝을 따라 제이디는 움직이고 있었다.

"하아……."

조금의 느슨함 없이 깊게 입술을 삼키는 제이디로 인해 은서는 턱 밑까지 숨이 차올랐다. 입술 사이로 간신히 비집고 나온 숨을 몰아쉬자 그는 기다렸다는 듯 은서의 턱을 지나 하얗고 가느다란 목덜미로, 목덜미에서 쇄골로 점점 아래로 천천히 내려가기 시작했다.

"하앗."

입술로 도장을 찍기라도 하듯 제이디는 은서의 목덜미 언저리를 다시 맴돌고 있었다. 말캉한 입술로 목덜미를 간질이듯 부드럽게 쓸어내린 제이디는 이내 은서를 몸을 맛볼 요량인 듯 하얀 그녀의 목덜미를 강하게 빨아 당겼다.

흡사 흡혈귀라도 된 것처럼 살짝 여자의 목덜미를 깨물며 빨아 당기자 은서의 입에선 탄식과도 같은 신음이 흘러나왔다.

그가 전해 주는 열기에 아랫배가 간질거려와 은서는 저도 모르게 몸을 비틀었다. 제이디의 입술이 닿는 곳마다 불이 붙은 것처럼 뜨거웠다.

하얗던 은서의 목덜미에 붉은 꽃잎처럼 키스 마크가 새겨졌다. 제이디는 그 모습이 만족스러운 듯 다시금 살며시 그 위에 입술을 포겠다.

할 수 있다면 은서의 온몸에 자신의 흔적을 새기고 싶었다.

제이디는 성난 소유욕을 애써 진정시키며 조금 더 아래로 내려갔다.

"으음……."

그의 입술이 브래지어가 다 담아내지 못한 은서의 가슴으로 내려갔다. 봉긋하게 솟아 있는 가슴 윗부분을 살며시 혀끝으로 간질였다. 그러자 은서의 입에선 어김없이 짧은 신음이 흘러나왔다.

튜닝이 잘되어 있는 기타 줄처럼 은서의 몸은 제이디의 입술이 닿을 때마다 각기 다른 쾌락의 몸짓을 쏟아 냈다.

끊어질 듯 새어 나오는 은서의 신음 소리에 제이디는 고개를 들어 여자의 얼굴을 바라봤다. 달아오른 볼과 자신의 키스로 도톰하게 부어 있는 은서의 입술이 보였다.

할 수 있다면 그대로 집어삼키고 싶을 만큼 관능적이었다.

"후우."

몸을 일으킨 제이디는 그대로 자신의 셔츠를 벗어 냈다. 하얀 셔츠의 단추를 하나하나 풀어 헤칠 때마다 은서의 시선이 그의 손가락을 따라 움직이고 있었다. 잔뜩 흐릿해져 있는 여자의 눈빛에 마음이 조급해졌지만 제이디는 천천히, 천천히, 그녀의 시선을 받으며 셔츠 단추를 풀어냈다.

갖고 싶다.

탄탄하고 균형 잡힌 제이디의 몸이 고스란히 눈으로 들어왔다. 군살 없이 단단해 보이는 그의 근육들은 세포 하나하나가 살아 움직이는 듯 꿈틀거리고 있었다.

그를 갖고 싶다.

은서는 처음으로 남자의 몸을 보며 그런 생각을 했다. 그가 전해 주는 열기로 몸은 이미 달아오르고 있었고 눈앞에 펼쳐진 완벽한 피조물은 숨겨져 있던 본능을 일깨운다.

은서의 차가운 손이 단단하게 자리 잡은 제이디의 복근으로 향했다.

움찔.

살아 숨 쉬는 생명체처럼 은서의 손길에 제이디의 근육들이 꿈틀거렸다. 탄탄한 복근을 지나 그의 허리춤으로 손을 옮기자 제이디는 기다렸다는 듯 몸을 숙였다.

"당신 손 차가워서 기분 좋아."

은서의 볼에 입 맞추며 중얼거린 제이디는 은서의 가슴을 감싸고 있는 브래지어의 후크를 풀어냈다. 그러자 새하얗고 봉긋한 은서의 가슴이 고스란히 드러났다.

아찔할 만큼 아름다운 모습이었다. 손안에 가득 들어차는 부드러운 감촉이 생생히 떠올랐다. 그녀를 처음 가졌을 때처럼 제이디는 천천히 새하얀 가슴 위로 솟아오른 분홍색 열매를 혀끝으로 핥았다.

"아앗!"

아주 부드러운 소프트아이스크림을 혀로 핥듯 제이디는 천천히, 느리게 은서의 열매를 맛보기 시작했다.

"예뻐."

제이디의 혀끝이 움직일 때마다 은서의 몸은 움찔거리며 바르르 떨려 왔다. 그 모습이 어찌나 사랑스러운지.

쪽!

혀끝으로만 맛을 보고 있던 분홍 열매를 입 안으로 삼켜 버렸다. 그러곤 이내 보들거리는 그 열매를 살며시, 아프지 않게 깨물었다.

"읏!"

은서의 허리가 휘어졌다. 제이디는 그런 은서의 허리를 살며시 손으로 눌러 내렸다. 자신이 전해 주는 감각에 몸을 비틀며 열기를 뿜어내는 여자를 보자 걷잡을 수 없이 차오르는 불길에 제이디는 아랫배가 뻐근해져 왔다.

당장이라도 그녀를 갖고 싶어진다.

솟아오른 열매를 맛보던 제이디의 입술이 조금 더 아래로 내려갔다. 붓으로 그림을 그리듯 뾰족하게 세워진 혀끝은 가슴을 지나 매끈한 은서의 배 위를 지나 작은 천으로 가려진 은서의 은밀한 곳에 다다랐다.

"하앗, 거긴⋯⋯."

남자가 전해 주는 아찔한 기분에 이성의 끈을 놓아 가던 은서는 그의 뜨거운 입김이 허벅지 사이에 닿자 얼른 다리를 오므렸다.

"쉿, 괜찮아."

그러자 제이디는 괜찮다는 듯 몸을 일으켜 은서의 입술에 입을 맞췄다. 놀라지 말라고.

"하아⋯⋯."

은서의 입술을 빨아들이며 제이디의 손은 다시 아래로 내려갔다. 그러곤 은서의 은밀한 곳을 가리고 있는 작은 팬티를 그대로 벗겨 냈다. 실오라기 하나 걸치지 않은 태초의 모습이 제이디의 눈앞에 펼쳐진다.

실크보다 부드럽고, 용광로보다 뜨거운 은서의 몸이 간신히 잡고 있던 제이디의 이성을 날려 버린다.

오로지 그녀가 갖고 싶다는 딱 한 가지 열망. 저 아름다운 여자를 오로지 자신의 것으로 하고 싶다는 뜨거운 욕망이 제이디를 덮쳐 왔다.

제이디는 은서의 가녀린 손목을 낚아채며 여자의 머리 위로 올려 고정시켰다. 그러곤 탄탄한 자신의 몸 아래 은서를 고정시킨다.

　"하아, 진운…… 으읍!"

　열에 들떠 거친 숨을 몰아쉬는 은서의 입술을 다시금 집어삼켰다. 조금 전과 달리 거칠게 여자의 입술을 탐하는 제이디의 다른 손은 여자의 몸을 부드럽게 쓸어내렸다. 그리고 이내 오므려져 있는 은서의 허벅지 사이에 다다랐다.

　허락받은 이만 들어갈 수 있는 은서의 은밀한 공간에 제이디의 뜨거운 손이 닿았다. 그의 욕망에 솔직해질 대로 솔직해진 여자의 몸은 이미 그를 받아들이기 위해 촉촉이 젖어 오고 있었다.

　"아앗!"

　제이디의 기다란 손가락이 숨겨진 공간으로 침입해 들어가자 은서의 몸은 튕겨져 나가듯 솟아올랐고 이내 남자의 목에 팔을 둘러 그를 끌어안았다.

　겁이 날 정도로 온몸이 저릿해져 왔다.

　"진운 씨…… 하아, 하아!"

　"후우, 괜찮아, 힘 빼."

　제이디는 자신의 목에 매달리듯 안겨 오는 여자를 부드러운 목소리로 달랬고 그의 손가락은 조금 더 깊게 여자의 안으로 들어가 리듬감 있게 움직이기 시작했다. 천천히 들어갔다, 나왔다, 조금 깊게, 조금 얕게, 리드미컬한 손가락의 움직임에 은서는 저도 모르게 눈물이 나려 했다.

　"하앗! 제발……."

　온몸에 불이 붙은 것 같았다. 달뜬 신음은 방 안을 가득 채웠고 그의 손은 조금의 자비도 없이 은서의 안으로 집요하게 파고들었다.

　"하앗! 안, 안 돼요…… 아앗!"

점점 빨라지는 손놀림에 은서의 숨소리도 점점 거칠어졌다. 이미 그를 받아들일 준비가 충분히 되어 있는 그곳은 흥건히 젖어 있었지만 제이디의 손은 멈추지 않고 점점 더 깊고, 빠르게 움직였다.

"하, 미치겠다."

당장이라도 여자의 안으로 파고들고 싶었다. 자신의 손놀림에 몸을 비틀며 신음을 쏟아 내는 여자의 모습에 허벅지 사이는 뻐근해져 왔고 입술은 바짝 말라 왔다.

"후우."

달뜬 신음을 쏟아 내며 자신의 목에 팔을 두른 은서를 제이디는 천천히 떼어 냈다.

"괜찮아."

이미 그를 받아들일 충분한 준비가 되어 있는 은서의 그곳을 부드럽게 손으로 쓰다듬은 제이디는 오므려져 있는 여자의 다릴 양손으로 움켜잡으며 살짝 벌려 세웠다.

그러자 은서의 고개가 좌우로 흔들렸다. 고스란히 드러나는 자신의 모습이 부끄러워서.

하지만 제이디는 자신의 허벅지로 여자의 허벅지를 단단히 받쳐 들었다.

"하앗!"

부풀어 오를 대로 부푼 제이디의 남성이 은서의 은밀한 곳에 닿았다. 살짝 닿았을 뿐인데도 은서는 몸을 부르르 떨며 자신의 다릴 잡고 있는 그의 한쪽 팔을 움켜잡았다. 열에 들뜬 눈빛은 기대감과 함께 이글거리는 그의 욕망에 대한 두려움이 공존하고 있었다.

당장에라도 은서의 안을 헤집을 듯 솟아오른 남성을 제이디는 살며시 은서의 은밀한 곳에 비볐다. 촉촉하고 뜨거운 것이 닿자 머리털이 삐죽 서는 기분이 들었다.

"하아, 제발요. 진운 씨……."

더는 기다릴 수 없는지 엉덩이를 들썩이며 그에게 애원하는 은서를 보곤 그제야 제이디는 기다렸다는 듯 조금의 망설임 없이 그녀의 안으로 단단한 남성을 밀어 넣었다.

"흐읏!"

뜨거운 남성이 몸 안에 가득 들어찼고 은서는 가쁜 숨을 몰아쉬었다. 아랫배를 타고 올라온 열기가 온몸을 휘감았다.

"읏!"

깊게 파고드는 제이디에 놀란 은서의 몸이 단단히 그의 남성을 붙잡았다. 조금의 공간도 없이 꽉 들어찬 그가 고스란히 전해져 왔다.

"후우."

자신을 강하게 옭아매는 여자의 몸을 천천히 쓸어 만지며 거친 숨을 몰아쉰 제이디는 조금씩 엉덩이를 들어 그녀의 안으로 끝까지 들어갔다.

미끄러지듯 부드러운 남자의 몸놀림에 은서는 멈춰지지 않는 신음을 내뱉었고 제이디는 거침없이 그녀의 몸을 탐했다. 끈적이는 타액의 소리와 쾌락에 젖은 신음, 몸에 쓸리는 침대 시트의 바스락거리는 소리까지 그 모든 것들이 하나의 음악처럼 이 공간을 에워쌌다.

"하아, 하앗!"

자신의 움직임을 따라 박자를 맞추는 은서의 몸을 일으켜 세운 제이디는 그녀의 땀에 젖은 몸을 손으로 쓸어내렸다. 원래부터 하나의 몸이었던 것처럼 마주 보며 붙어 있는 두 사람은 공기조차 자신들을 비집고 들어올 수 없게끔 밀착했다.

거칠게 몰아붙이는 제이디의 몸놀림에 은서의 몸은 이미 절정을 향해 갔다. 욱신거리는 아픔은 이미 쾌락으로 바뀐 지 오래였고 밀고 들어오는 그를 내보내는 그 짧은 순간마저 아쉬워 탄식했다.

"부, 부서질 것…… 같아요."

땀에 젖은 그의 머리칼을 쓸어 넘긴 은서의 고개가 그의 입술 위로 떨어졌다. 아래에서부터 치고 올라오는 그의 거침없는 몸놀림에 온몸에 힘이 들어가지 않았고 정신은 하늘 위를 나는 것처럼 몽롱해졌다.

이대로 온몸이 조각조각 날 것 같아 그의 몸을 세게 끌어안는 순간이었다. 제이디의 몸이 뻣뻣하게 경직되었고 은서의 안을 차지하고 있던 남성이 더욱 크게 부풀어 올랐다.

"아악!"

"흐읍!"

거칠게 숨을 몰아쉬며 은서의 몸을 세차게 끌어안는 그의 마지막 전율!

뜨거운 그의 마음과 본능이 은서의 안으로 고스란히 스며들어 갔다.

"하아, 하아."

그의 숨결이 스치기만 해도 은서의 몸은 부르르 떨려 왔다. 그가 전해 준 쾌락의 늪에서 은서는 허우적거렸다. 한 번도 경험해 보지 못한 전율이었다.

제이디는 자신의 어깨에 기대어 거친 숨을 몰아쉬는 은서의 얼굴을 바라봤다. 쾌락에 흐릿해진 시선은 힘겹게 그를 향해 옮겨 온다.

쪽.

땀으로 젖은 은서의 얼굴을 쓰다듬은 제이디는 그녀의 부풀어 오른 입술에 입을 맞췄다.

"사랑해. 한은서."

달콤하고 부드러운 제이디의 목소리에 은서는 힘겹게 고개를 끄덕였다. 땀에 젖은 그의 얼굴을 쓰다듬으며 은서는 미소 지었다.

"저도 사랑해요, 진운 씨."

따뜻한 물에 샤워를 마치고 나온 제이디는 자신의 침대에 지친 몸을 뉘이고 있는 은서를 바라봤다. 침대에서 일어나 욕실까지 가는 그 길지 않은 거리를 제이디는 은서를 안고 걸어갔다. 온몸에 힘이 빠져 다리가 후들거린다는 은서의 말 때문이었다.

부끄러워서 싫다는 은서를 욕조에 넣어 씻겨 주고 다시금 침대에 눕혀 놓았다.

어린아이가 된 것 같다고, 부끄러워 죽겠다며 은서는 투덜거렸지만 그런 모습이 귀여워 제이디는 연신 싱글벙글 웃어 댔다.

머리에 묻은 물기를 털어 내며 침대로 다가온 제이디는 꽤나 힘들었는지 그사이 새근거리며 잠을 자고 있는 은서의 곁에 자릴 잡았다.

두 눈에 눈물을 그렁그렁 담고 사랑한다 말하던 은서의 얼굴이 떠오른다.

그동안 스치듯 수많은 여자를 만나 왔었다. 모든 남자의 시선을 받는 아름다운 여자도, 환상적인 몸매를 가진 여자도 개중에 있었다. 때론 그의 마음을 설레게 했던 아름다운 미술품이나 고가의 조각품들도, 심지어 멋진 란제리조차도 이렇게까지 자신의 마음을 뒤흔든 적은 없었다.

여자의 눈물은 귀찮은 것이라 생각하며 살아왔던 제이디에게 사랑한다 말하며 글썽이는 은서의 모습은 심장이 쿵 하고 떨어지는 기분을 느끼게 했다.

자신에게 온몸을 맡긴 채 박자를 맞추는 은서가 아름다웠고 사랑스러웠다.

목에 감겨 오는 가녀린 팔도, 허리에 둘러지는 허벅지도, 가슴을 쓸어내리는 여자의 손길도, 본능에 충실했던 일본에서의 밤보다 몇 배는 더 짜릿하고 뜨겁게 제이디의 본능을 자극했다.

'진운 씨, 더는, 더는 안 돼요…….'

제이디가 세 번째 절정을 맞는 순간, 은서의 입에선 애원 섞인 말이 새어 나왔다. 모든 기운을 쏟아 낸 제이디의 몸 위로 쓰러지듯 몸을 눕힌 은서의 몸은 가녀리게 떨고 있었다.

그 순간, 내 여자를 만족시켰다는 쾌감과 함께 세상에서 가장 행복한 남자가 된 것 같은 기분이 들었다.

그렇게 귀여우면 곤란하다고 이 아가씨야.

은서의 자는 모습을 바라보던 제이디는 그녀의 곁에 자릴 잡고 누웠다.

"으음…… 다 씻었어요?"

깊게 잠이 든 것은 아니었는지 감고 있던 눈을 반쯤 뜬 은서가 다가온 그를 바라보며 작게 중얼거렸다.

"응, 피곤할 텐데 눈 좀 붙여."

제이디는 은서의 목 뒤로 자신의 팔을 집어넣었다. 그러곤 자신의 품 안으로 은서를 끌어당겼다.

"으응, 진운 씨도 좀 자요."

끄덕끄덕, 반쯤 감긴 눈으로 고갤 끄덕인 은서는 제이디의 품 안으로 더욱 파고들었다. 그의 샴푸 향이 코끝을 스쳐 지나간다.

"진운 씨."

"응."

은서의 나른한 목소리에 제이디의 목소리도 한층 낮아진다.

"고마워요."

"……뭐가?"

기분 좋게 들려오는 제이디의 심장 소릴 느끼며 눈을 감은 은서는 잔잔한 미소를 띠었다.

"먼저, 사랑한다는 말 해 줘서요."

"별게 다……."

그런 건 고마워할 일도 아니라는 듯 말하는 제이디에게 은서는 고개를 끄덕여 보였다.

사랑한다는 말이 얼마나 무게가 있는 말인지 알고 있었다. 누군가에게 사랑한다는 말을 하는 건 내 마음에, 당신 마음에 책임을 지겠다는 소리라고 은서는 그렇게 생각하며 살아왔다.

누군가는 그런 은서가 촌스럽다고 할 수 있겠지만 은서에겐 쉽게, 아무렇게나, 언제나 쓸 수 있는 말이 아니었다.

"상처받는 게 겁나서 새로운 사람을 만나는 게 참 쉽지 않았어요, 저는……."

일하는 게 즐거워 시간을 조금 더 빨리 흘려보내긴 했지만 새로운 사랑을 만나는 건 쉽게 용기를 낼 수 없었던 은서였다.

누군가는 쉽게 만나고 쉽게 헤어지기도 잘하는데 왜 내겐 이리 어려운 일일까?

스스로가 답답했던 순간도 있었다.

"……누구나 그럴 수 있어."

"혹시 앞으로 우리가 싸우거나, 서로에게 화가 나거나 미워지는 순간이 올지도 모르지만, 난 열심히 최선을 다해서 사랑할 거예요."

제이디의 시선이 눈을 감고 있는 은서의 얼굴로 향했다.

"진운 씨가 내게 허락해 준 마음이 여기 잘 담겼으니까, 그러니까 오래 사랑할 수 있게 노력해요, 우리."

은서는 감고 있던 눈을 떠 제이디를 바라봤다. 그러곤 자신의 심장을 톡톡 손가락으로 가리켰다.

영원히 사랑한다는 말보다 오래 사랑할 수 있게 노력하자는 은서의 말이 제이디의 마음을 울렁이게 만들었다.

"노력할게. 나도 당신 마음 잘 받았으니까, 오래 같이할 수 있게 노력할 거야."

진심을 담은 제이디의 말에 은서는 어느 때보다 환한 얼굴이 되어 있었다.

사랑이란 건 여린 새싹 같은 거라, 관심을 주고, 귀를 기울이고, 아프지 않을까, 다치진 않을까 잘 보살펴야 한다. 익숙해짐에 잠시라도 한눈을 판다면 쉽게 시들고 아파지고, 한쪽의 일방적인 관심으로도 잘 자라나지 않는다.

물과, 바람과, 햇빛과, 흙이 조화를 이루어야 하는 것처럼 사랑은 두 사람의 마음과, 관심과, 노력이 있어야 꽃을 피울 수 있다.

"네, 얼른 자요. 내일 우리 데이트하기로 했잖아요."

샹젤리제 거리, 에펠탑 전망대, 가고 싶은 곳을 빼곡 하게 적어 놓은 은서의 수첩이 떠올라 제이디는 고갤 끄덕였다. 까먹을까 싶어 적어 왔다며 제이디에게 자신의 수첩을 꺼내 보인 은서에게 그는 꼭 함께해 주겠다 약속했다.

"떨어지기 싫으니까 답답해도 참아."

살짝 떨어진 은서의 몸을 다시금 품에 가둔 제이디는 그렇게 말하며 눈을 감았다. 파리에 살면서 이미 수십 번도 더 가 본 곳이지만 그녀가 원한다면 어디든 못 가겠는가.

"내일은 날씨가 좋았으면 좋겠다."

은서의 어깨를 감싸 쥐며 제이디는 그렇게 중얼거렸다.

12. 파리, 로맨틱, 성공적(2)

하늘이 잔뜩 흐렸다. 아침부터 안개가 자욱하게 끼더니, 한낮이 되어서도 먹구름이 가득 낀 하늘은 제 빛을 찾지 못했다.

그리고 TS엔터의 대표실도 하늘만큼 먹구름이 드리워져 있었다.

"잘들 한다."

TS엔터 대표인 태경은 지끈거리는 자신의 이마를 감싸며 소파에 등을 기댔다. 요즘 연예가의 트렌드가 공개 연예라고 하지만 한참 인기를 구가하고 있는 기획사 대표 배우의 스캔들은 여전히 조심해야 할 사안이었다.

그런데,

"한 놈 스캔들 겨우 정리해 가고 있으니까 다른 놈이 사고를 쳐?"

한 놈도 아니고 둘, 무려 둘의 스캔들이 터져 버린 것이다. 그것도 3일 간격으로.

"으음."

지끈거리는 관자놀이를 손으로 꾹꾹 누른 태경은 날카로운 눈으로 마주 앉아 있는 소속사 배우들을 노려봤다.

　지금 연예계에서 가장 핫하다는 남자 배우 둘이 이렇게 돌아가며 사고를 쳐 주시니 그야말로 눈앞이 깜깜해지는 태경이었다.

　"건우 저거야 어차피 언젠가는 공개될 일이었으니 그렇다 치고, 지훈이 넌 뭐야, 뜬금없이?"

　"숨길 이유가 없었다고요, 전."

　TS엔터 소속 배우 윤건우는 대표의 말에 발끈해 투덜거렸지만 강 대표는 그런 건우를 힐끗 바라본 후 지훈에게로 시선을 돌렸다. 마무리된 건우의 스캔들보다 시급한 건 지훈 쪽이었다.

　"죄송해요, 생각도 못 했어요."

　이른 새벽, 동이 트기도 전 핸드폰은 배터리가 나갈 정도로 울리기 시작했다. 새벽 2시가 넘는 시간까지 촬영을 하고 돌아와 간신히 눈을 붙였던 지훈은 요란한 벨소리에 결국 눈을 떠야 했다.

　전화기 너머로 들려오는 다급한 김 실장의 목소리에 지훈은 무슨 일이 생겼구나 짐작했다. 하지만 그게 스캔들 기사란 것은 생각조차 못 했었다.

강지훈, 주말 저녁 홍대 데이트 모습 포착

한류 스타 강지훈, 휴일 일반인 여자 친구와 데이트 즐겨

강지훈의 그녀, 일반인 H 씨는 누구?

독점 공개! 로코계의 황제 배우 강지훈, 홍대 데이트 모습 포착!!

로코계의 황제 배우 강지훈(34세)과 일반인 여자 친구 H 씨와의 데이트 현장이 포착돼 화제다.

본지에서는 28일 홍대 근처 레스토랑에서 데이트를 즐기는 배우

강지훈 씨의 모습을 담을 수 있었습니다. 자연스럽고 편안한 분위기의 두 사람은 와인을 마시며 즐겁게 데이트를 이어 가고 있었는데요, 강지훈 씨의 데이트 상대는 국내 속옷 회사 앨○○의 디자이너 H 씨로 아담한 키에⋯⋯.

"기사 내용 어디까지가 진짜야?"

강 대표는 출력된 여러 장의 스캔들 기사를 지훈에게 내밀며 물었다. 생각보다 자세하게 적혀 있는 상대에 대한 이야기는 물론 데이트 장면으로 보이는 사진까지 실려 있었다.

"무슨 사인데?"

"대표님, 그 한은서 씨는 지훈이랑 그런 사이가⋯⋯."

김 실장은 그런 사이가 아니라고, 오해라고 말을 하려 했지만 지훈은 손을 들어 그런 김 실장의 말을 가로막았다. 그러곤 진지한 얼굴로 태경을 마주했다.

"사귀는 사이는 아닙니다."

"그럼?"

"⋯⋯제가 오랫동안, 혼자 좋아하고 있는 여자예요."

그간 스캔들 한 번 없이 연예계의 매너남으로 많은 여성들의 사랑을 받아 온 지훈이 오랫동안 누군가를 좋아해 왔었다 말했다. 그것도 혼자.

지훈이 모델로 활동할 때부터 태경은 지훈과 형, 동생 사이로 가깝게 지내 왔다. 자기 이야긴 잘 꺼내지 않는 지훈이지만 아주 오래전 어렴풋하게 들어 본 적 있는 이야기.

좋아하는 여자도 없냐고, 연애라도 좀 하고 지내라고, 일에만 묻혀 사는 지훈에게 태경은 말했었다. 젊은 놈이 무슨 이유에선지 만나는 여자도 없고, 저 좋다는 여자들이 넘쳐 나는데도 제대로 눈길 한

번을 주지 않아서, 그렇게 살면 무슨 재미가 있냐고 했었다. 그러자 술에 취해 몸을 비틀거리면서도 지훈은 누군가를 떠올리며 환하게 웃어 보였었다.

'형, 제가 사실 기다리는 사람이 있어요. 보고 싶은 사람이 있어요. 그래서 다른 사람은 아직 안 돼요.'

그 뒤로 다른 말도 없고, 만나는 여자도 여전히 없고, 그저 그렇게 끝났나 보다 그러곤 잊어버리고 있었던 일이었다.

답답한 녀석.

태경은 진지한 지훈의 표정이 담아내는 진심을 단번에 읽어 냈다.

"어쨌든 수습은 해야지, 사귀는 사이 아니라면 오히려 쉬운 일이고."

"은서한테 피해 없게 부탁드려요, 형."

지훈은 고개를 숙이며 태경에게 부탁했다. 은서를 만난다는 생각에 다른 건 아무것도 생각하지 못했다. 이런 일이 생길 거라고 예상하지 못했기에 은서가 받을 피해가 고스란히 느껴져 걱정스러워진다.

내 안일함이 저지른 실수.

"일단 지훈이 빼고 다들 나가 봐. 건우 너도 당분간은 자중하고. 알았어?"

"네, 걱정 마세요. 아라한테도 이야기해 놨어요."

"알았다."

건우는 자신의 여자 친구는 걱정하지 않아도 된다 말한 후 자리에서 일어났고 그 뒤를 따라 지훈의 매니저 김 실장과, 건우의 매니저 방 실장도 밖으로 나갔다.

모두가 밖으로 나가고 나자 태경은 말없이 앉아 있는 지훈을 바라봤다. 남들은 쉽게도 사는 인생을 저 녀석은 왜 저렇게 힘겹게 살아가는 걸까.

"예전에 기다리고 있다던 그 여자가 이 여자냐?"

태경은 기다란 자신의 손가락으로 뽑아 놓은 기사를 가리키며 물었다. 모자이크 처리되어 있는 여자의 표정은 정확히 알 수 없지만 그녀를 보고 있는 지훈의 얼굴은 참으로 따뜻해 보였다.

"네. 잊고 살았다 생각했는데, 그저 잠시 묻어 두고 살았던 것 같아요."

"참, 너도 답답하게 산다. 마음만 먹으면 못 사귈 여자가 없을 텐데, 왜 그렇게 한 사람한테 목을 매?"

태경은 엷은 미소를 머금고 자신을 바라보고 있는 지훈이 답답해 차갑게 식어 버린 커피를 단번에 들이켰다.

"마음대로 안 되는 것도 있더라고요."

"나는 그런 순정이 없어서 모르겠다만, 너무 오래 속앓이하지 마라. 보기 싫으니까."

그러지 마라 한다고 접어질 마음이었다면 진작 접었을 테지.

하지만 태경은 회사의 대표 배우이자 친동생과도 같은 지훈의 속앓이를 길게 보고 싶지 않았다.

"김 실장과 상의해서 정정 기사 낼 거니까 걱정 말고, 오늘은 집에서 얌전히 쉬어."

퉁명스럽게 말하고 있지만 태경의 진심을 누구보다 잘 알고 있는 지훈은 알겠다며 고갤 끄덕였다. 사실 그 어떤 소리를 들어도 할 말이 없다. 하고 싶은 말도 없었다.

다만 걱정되는 건 은서 하나뿐.

너는 얼마나 놀랐을까? 내가 섬세하지 못해서 너를 또 멀어지게 하는 건 아닐까? 너는 또 내게 거리를 두지 않을까 걱정스럽다.

'내가, 자꾸만 네가 걱정돼서 그래.'

너에게 처음으로 내 마음을 내비친 그날, 보는 내가 미안해질 정도로 흔들리던 너의 눈빛. 섣불렀다고 스스로를 자책했지만 넌 애써 웃고 있었다.

'선배는 너무 착해서 탈인 거 아시죠?'

다른 마음이 아니라고, 그저 좋은 선배이길, 그런 사람이길, 간절한 네 눈빛에 나는 애써 고개를 끄덕여야 했다.

지훈은 은서를 떠올리며 씁쓸한 미소를 짓고는 대표실 문을 나섰다.

"괜찮아요?"

대표실 문을 열고 나서자 진작 밖으로 나가 있던 건우가 지훈을 기다리고 있었다.

"왜 안 가고 여기 있어? 스케줄은?"

어두운 표정으로 대표실을 나온 지훈이 걱정스러운지 건우는 벽에 기대서 있다 그의 앞으로 다가섰다. 평소 늘 웃는 얼굴로 다니는 지훈의 표정이 평소답지 않은 것이 건우는 마음에 걸린 듯했다.

"오늘은 없어요. 나중에 새벽에 아라 라디오 끝나면 데리러 가려구요."

며칠 전 연예계를 떠들썩하게 만들었던 스캔들. 한류 스타 윤건우와 전 걸그룹 출신 라디오 DJ 이아라의 스캔들.

이미 같은 소속사이자 친한 사이였던 지훈은 건우와 아라의 사이를 알고 있었다. 비밀리에 연애 중이던 둘의 사이가 밝혀지자 매스컴에선 한바탕 소동이 벌어졌다.

두 사람의 인지도 차이가 워낙 많이 나기도 한 데다 스캔들이 터지자마자 소속사엔 특별한 말도 없이 기다렸다는 듯 사이를 인정해 버린 건우로 인해 회사 역시 난리가 났었다.

"형, 술 한잔하실래요?"

"이 대낮에?"

"뭐, 어때요? 어차피 스케줄도 없는데. 가요! 꿀꿀할 땐 마셔 줘야 하는 거거든요."

평소 마음을 연 사람이 아니면 뻣뻣하기 짝이 없는 녀석의 애교 아닌 애교에 지훈은 고개를 끄덕였다.

이런 날엔 그저 먹고 취해 보는 것도 어쩌면 방법일지도 모르겠단 생각이 들었다.

은서가 걱정되면서도, 미안해서 전화조차 할 수 없던 지훈은 건우와 자신의 집으로 이동하며 간신히 문자 하나를 남겼다.

[은서야, 놀랐지? 혹시 기자들 찾아오거나 하면 너무 놀라지 말고, 무슨 일 있으면 바로 전화해. 김 실장님 번호도 남기니까 혹시 나 통화 연결 안 되면 바로 거기로 전화하고. 놀라게 해서 미안해.]

별이 부서져 내리면 저런 모습일까? 어두워진 하늘에 별보다 더욱 반짝이며 머리 위로 빛이 쏟아져 내렸다.

하늘이 고스란히 보이는 투명한 유리로 덮여 있는 크루즈는 지금 이 순간 서로를 너무나 사랑하는 연인, 가족들을 태우고 세느강을 유유히 떠가고 있었다.

"어때? 맛있어?"

하루 종일 은서가 가고 싶어 하던 곳을 구경한 제이디는 마주 앉은 은서에게 물었다. 야금야금 음식을 먹으며 주위를 둘러보는 모습이 귀여워 자신은 먹지 않아도 배가 부른 기분이 들었다.

오물오물 잘도 먹네, 저 입술이 귀여워서 자꾸 생각났었지.

무작정 은서를 불러내 맥주를 마셨던 날, 오징어튀김을 물고 오물거리던 은서의 모습이 자꾸만 떠올랐던 게 생각난다. 무언가 먹을 땐 집중력이 남다른 여자가 귀엽기도 했고.

"네, 맛있어요."

파리에 도착한 첫날, 도착함과 동시에 회사 일에 바빴던 제이디는 이튿날 자신의 시간을 오롯이 은서에게 내어 줬다.

전날, 늦은 새벽까지 사랑을 나누느라 녹초가 되어 11시가 넘은, 늦은 아침에 일어난 두 사람은 간단히 아침을 먹기 위해 집을 나섰다. 전날 비가 내려 걱정했던 은서의 마음을 알았는지 파리의 하늘은 새파랗게 자신의 청명함을 내보였다.

아침 겸 점심은 제이디가 강력 추천한 집 근처 단골집이었다. 쉐 마드모아젤(Chez Mademoiselle) 깔끔한 외관은 물론이고 파리에 가면 꼭 한번은 앉아 봐야 하는 야외 테이블까지 잘 마련된 곳이었다.

열심히 돌아다니려면 고기를 먹어야 한다며 제이디는 스테이크를, 은서는 자신의 얼굴보다 조금 작은 수제 버거를 맛있게 먹어 치웠다. 파리지앵처럼 야외 테이블에 앉아 따뜻한 햇볕까지 받으니 그 맛이 두 배가 되었다.

그 후 마레지구의 보주광장을 가볍게 돌아본 후 제이디가 다녔던 파리 의상학교를 구경했다. 유럽에서 볼 수 있는 화려하고 기품 넘치는 건물이 시선을 압도하는 곳이었다.

제이디의 땀과 노력과 청춘이 고스란히 담겨 있는 곳을 둘러본 은서는 그 시절의 제이디를 직접 보지 못한 것이 안타까울 따름이었다.

"세느강에서 크루즈를 타고 에펠탑을 보게 될 줄은 생각도 못 했어요."

은서는 들고 있던 포크를 내려놓고 창밖으로 고개를 돌렸다. 어둠이 내려앉은 파리를 찬란하게 빛내고 있는 야경이 눈앞에 고스란히 펼쳐진다.

"나도 처음이야. 그렇게 오래 파리에서 살았는데."

파리에서 공부를 하고, 일을 하고 지내면서 왜 이런 모습이 아름답다고 느끼지 못했을까? 에펠탑의 야경이 보고 싶다고 했던 은서의 말이 떠올라 세느강의 디너 크루즈를 예약한 제이디는 그간 느껴 보지 못했던 파리의 아름다움을 은서와 같이 나누고 있었다.

일상에선 보이지 않았던 아름다움이 한발 물러서 여유를 가지자 보이기 시작하는 기분.

반짝거리는 조명과 아름다운 목소리로 샹송을 불러 주는 가수 덕분에 크루즈 안은 그야말로 로맨틱 그 자체였다.

전채 요리부터 무엇 하나 맛있지 않은 것이 없었고 루비처럼 붉게 물든 와인은 제이디와 은서의 마음을 더욱 사랑스러움으로 채워 줬다.

"한국으로 돌아가려니 아쉽네요."

투명한 유리로 뒤덮인 크루즈, 함께 오기만 해도 사랑에 빠질 것 같은 세느강, 그렇게 오고 싶어 하던 곳을 사랑하는 사람과 함께 왔다는 사실만으로 은서는 몇 년 치의 행복을 몰아 받는 기분이었다.

"다음에 또 오자. 다음번엔 내가 파리 맛집 투어 가이드할게."

붉은색 와인이 은은한 향기를 내며 제이디의 목구멍을 타고 내려 갔다. 자주 마시던 와인조차 기뻐하는 은서와 함께하니 특별하게만 느껴진다.

"진운 씨, 그거 알아요?"

머리 위 별빛처럼 떨어지는 에펠탑의 반짝거림을 눈으로 좇던 은서는 그에게 고갤 돌렸다. 따뜻한 미소로 자신을 바라보는 남자가 보인다.

알고 있을까? 그 눈빛에 나는 마음이 떨려 어쩔 줄 모른다는 걸.

"응?"

"음…… 오늘 여기저기 돌아다니면서 느낀 건데요……."

무슨 말을 하려 저렇게 뜸을 들일까? 제이디의 눈이 은서의 작은 입술에 고정된다.

"진운 씨랑 파리는 닮았어요."

"응?"

제이디의 고개가 갸웃했다.

"화려하고, 눈길이 가고, 사람의 마음을 막 설레게 해요."

그냥 서 있기만 해도 한 폭의 그림 같고, 사람의 시선을 잡아끄는 남자.

"쉽게 오기 어렵고, 막상 와도 낯설어서 걱정이 되죠."

쉽게 다가가기 어렵고, 그의 직설적인 성격에 걱정도 되지만.

"하지만 속을 들여다보니까 소박하고 따뜻하고 여유로워요. 꼭 진운 씨처럼."

그가 열어 보인 마음은 따뜻하고 여유롭고 소박했다.

"그래서 다시 반했어요."

나와 같이 늙어 갈 거라 생각했던 남자는 나보다도 어린 여자를 만나 나를 떠났고 그런 그를 잊는 데 미련한 나는 꽤나 많은 시간이 필요했다.

그와 헤어지고 남은 것은 영원한 사랑은 없다는 현실의 팍팍함과, 배신당한 마음의 처절함, 그리고 새로운 사람을 만나는 데 주춤거리는 용기 없는 나였다.

연애란 것이 꿀처럼 달콤하기만 한 게 아니란 걸 아는 나이. 그럼에도 마음은 주책없이 그를 향해 손짓한다.

같은 공간을 공유하고, 서로를 바라보는 시간이 길어질수록 마음의 거리는 한 뼘씩 줄어 가고 비어져 있던 믿음은 다시금 그로 인해 채워진다. 없었던 용기가 절로 생겨날 만큼.

'그래서 다시 반했어요.'

은서의 목소리가 귓가에 울려 제이디는 말없이 자신을 향해 웃고 있는 은서를 바라봤다.

여자는 주춤거리며 수줍어하는 모습을 보이다가도 중요한 순간엔 한발도 물러서지 않고 직접적으로 부딪쳐 오곤 한다. 미팅조차 잡지 못해 거절당하자 일본으로 직접 자신을 찾으러 왔고, 한국에서 다시 만났을 때도 당황스러워 어쩔 줄 몰라 하다가도 나쁜 놈이라며 자신의 눈을 똑바로 쳐다보고 화를 냈다. 보고 싶었다는 자신의 말엔 금방이라도 불타올라 없어질 것 같은 얼굴로 자신도 그랬다고 말하는 여자.

사랑을 나누는 순간에도 어김없었다. 제이디의 손길에 파르르 몸을 떨면서도 거침없이 파고드는 제이디를 거부하지 않고 그를 온전히 받아 냈다.

사랑이란 덧없는 것이라, 누군가와 진지한 사이가 된다는 건 늘 두려움이었다. 알고 있었다. 세상 모든 사람이 세령과 같지 않음을, 그럼에도 그 배신의 대가는 오로지 제이디 혼자 짊어지는 짐처럼 무겁게 가슴을 내리눌렀고 마음을 나누는 법을 포기하게 만들었다.

다시 반했다며 자신을 바라보며 고백하던 은서의 말에 제이디는 턱을 괴며 살짝 옆으로 고갤 돌렸다.

"응? 왜 나 안 봐요?"

은서는 고갤 돌린 채 시선을 마주치지 않는 그에게 왜 그러냐며 물었다. 그러자 이번엔 와인 잔을 들어 남아 있는 와인을 벌컥벌컥 들이켜곤 난감한 표정을 지어 보인다.

"응?"

"……나도 쑥스러울 때가 있어."

심장이 떨어져 내리는 기분, 36년을 살면서 여자의 말 한마디에 심장이 덜컹 내려앉는 기분을 느껴 본 적이 있었던가?

제이디는 동그랗게 눈을 뜨고 자신을 바라보는 은서의 눈빛에 가슴이 떨려 왔다.

지금 이 크루즈 안이 결코 밝지 않다는 게 고맙게 느껴졌다. 그렇지 않다면 들키고 말았을 것이다. 수줍음에 늘 얼굴을 붉히는 은서처럼 불이 붙어 있을 자신의 얼굴을.

"그렇게 귀여우면 반칙이라는 거 모르죠?"

처음 보는 제이디의 수줍은 모습에 은서는 기쁜 마음을 숨기지 못했다. 양손으로 턱을 받치며 방실방실 행복한 미소를 짓고 있었다.

"나영 씨, 기사 봤어요? 이거 은서 씨 맞죠?"

이른 아침, 회사에 출근한 나영을 알렉스는 손짓까지 해 가며 불렀다. 전날 터진 스캔들 기사가 인터넷을 온통 뒤덮고 있었다. 실시간 검색어에 강지훈을 이어 일반인 H 씨란 단어가 오를 정도로 지훈의 스캔들녀에 대한 관심은 끊이질 않았다.

익명으로 할 거면 회사 이름도 이니셜로 해 줬어야지. 앨○○이라고 하면 우리 회사밖에 더 있어?

나영은 어제 본 기사 속 내용을 떠올리며 작게 한숨을 내쉬었다. 회사 이름이 공개되는 바람에 대학 동창들부터 거래처 사람들까지 여기저기서 받은 전화만 해도 어림잡아 백 통은 넘을 것이다. 한 대리 이야기 아니냐며 물어 오는 사람들에게 일일이 해명하는 것도 귀찮아 나영은 아예 전화기를 꺼 버렸다.

그런데 출근하자마자 또 저 소리라니.

"네, 한 대리 맞아요."

"우와, 진짜 강지훈이랑 사귀는 거예요? 아니죠?"

회사에선 독하게 굴어도 얼핏얼핏 은서를 보고 있는 제이디의 눈빛이 평소와 다르단 걸 알고 있는 알렉스로선 은서의 스캔들 기사가 여간 신경 쓰이는 게 아니었다.

그 자식, 질투 폭발하면 진짜 살벌한데.

"사귀는 사이는 아니에요. 아니라는 기사 떴잖아요."

"으음."

"강지훈 씨가 저희 대학 선배거든요."

어제 수십 번도 더 했던 이야길 또다시 꺼내는 나영은 알렉스의 다음 말이 뭘지 짐작이 됐다.

'진짜 아니에요?' 혹은 '그럼 무슨 사이예요?'

"그럼 무슨 사이예요? 사진으로 보니까 딱 연인 같은 느낌인데?"

저 소리도 이미 수없이 들었다.

"그런 거 아니에요."

차라리 사실이면 지훈 선배 속도, 은서도 편할 텐데.

기껏 좀 편한 사이로 지내나 했더니 눈치 없는 스캔들 기사가 터지다니. 그로 인해 은서가 또다시 지훈과 거리를 둘까 싶어 나영은 지훈이 걱정스럽다.

또 자기 탓이라고 자책이나 하고 있겠지. 그 멍청이.

"어쨌든 은서 씨, 많이 당황스럽겠어요. 사귀는 사이 아니라는 기사 났어도 믿지 않는 분위기던데, 통화는 해 봤어요?"

자리에 앉아 컴퓨터를 켜는 나영에게 지니가 다가와 물었다.

"계속 전화기가 꺼져 있더니 오늘 새벽에 연결됐어요. 파리 관광하느라 까맣게 모르고 있었더라고요."

지훈의 소속사에선 발 빠르게 사귀는 사이가 아니라 평소 알고 지낸 선후배 사이라고 반박 기사를 냈지만 그런 공식적인 인터뷰에도 매스컴의 분위기는 오히려 근거 없는 증거들로 두 사람이 오래 사귄 사이며 공공연한 비밀이었다는 식으로 기사를 몰아가 은서에 대한 관심만 높아지고 있었다.

"많이 놀랐겠네. 괜찮대요?"

"뭐…… 당황해하죠. 생각도 못 한 일이라. 더군다나 지훈 선배가 워낙 유명인이니까, 벌써부터 기사에 악플 달리는 게 장난 아니더라고요."

너무 놀라 말조차 하지 못하고 침묵을 유지하던 은서가 떠오른다. 상상조차 해 보지 않은 일에 어떻게 해야 할지 모르던 은서가 안쓰러운 나영이었다.

"지니, 제이디랑 은서 씨 몇 시쯤 오죠? 픽업 가야 하는 거 아닌가?"

오늘 오후면 한국에 도착하는 두 사람이 은근 걱정스러워 알렉스는 중얼거렸다.

"아냐, 제이디 공항에 차 가져갔어. 대행업체에 맡겨 놔서 도착 시간 되면 알아서 가져다줄 거야."

"그래? 그럼 다행이네, 그나저나 은서 씨 신상 다 털렸는데, 얼굴까지 공개되는 거 아니야? 이대로 있어도 되는 거야?"

IT 강국 대한민국이란 말이 거짓은 아니었는지 스캔들 기사가 난 지 꼬박 하루 만에 회사 이름은 물론이고 은서의 실명까지 댓글에 보이기 시작했다.

같은 학교를 다녔다는 둥, 같은 회사에서 일을 한다는 둥, 신빙성이 어느 정도인지는 모르겠지만 은서에 대한 신상 정보가 떠도는 것은 사실이었다.

[아니라는 인터뷰를 했는데도 쉽게 가라앉지를 않네, 오늘 안으로 어떻게든 정리할 거니까, 은서한테 너무 걱정 말라고 해 줘. 기자가 찾아가도 무시하라 하고.]

직접 연락은 할 엄두도 못 냈는지 나영은 지훈이 보낸 문자를 떠올리자 가슴이 답답해져 왔다. 생긴 건 남이 시샘할 만큼 다 가지고 태어난 사람이 연애 스킬은 남들에게 죄다 양보를 하고 태어난 것 같다.

은서에게 부담 주지 않으려다 호호 할아버지가 될 판이다.

[일단 전달은 하는데요, 선배가 직접 전화해서 말해요, 너무 걱정 말라고. 파리 갔다가 오늘 들어오니까.]

저렇게 여자를 모르는 남자가 로코계의 황제라 불리다니, 나영은 속이 터질 지경이었다.

은서한테 마음이 있다면, 지금 어필을 했어야지! 이 선배만 믿으라고, 걱정 말라고! 다 해결해 주겠다고!

"후우."

하지만 절대 그런 말은 하지 못할 사람. 지금 유지하고 있는 은서와의 거리마저 놓칠까 봐, 은서의 손 한번 제대로 잡지 못할 사람이 강지훈이란 걸 나영은 너무나 잘 알고 있었다.

내가 남 말 할 처지는 아니지.

나영은 고개를 세차게 흔들었다. 그러곤 오늘 해야 할 자신의 일을 시작했다.

"흐음."

"으음."

"후우."

"후우우."

공항 주차장 한쪽에 주차된 제이디의 차 안은 그의 한숨 섞인 소리로 가득했다. 잔뜩 구겨진 얼굴은 펴질 줄을 모르고 있었고 입에선 한숨이 연신 새어 나왔다.

한류 스타 강지훈의 그녀, 일반인 H 씨는 누구?

강지훈의 그녀? 강지훈의 그으녀? 누가? 얘가?

홍대에서 달콤한 데이트를 즐기는 강지훈♥그의 피앙세

얼씨구 피앙세? 피앙세라고 했어? 피. 앙. 세?

"저기…… 그거 그만 보시는 게……."

조수석에 앉아 시시각각 돌변하는 제이디의 표정을 바라보고 있던 은서는 그의 손에 들린 태블릿을 손바닥으로 가리며 말했다. 어찌나 표정이 다양한지 은서도 처음 보는 모습이었다. 하지만 태블릿을 가리는 은서의 손을 제이디는 살며시 밀어냈다.

강지훈♥H 씨, 평범한 여느 커플과 다를 바 없는 데이트 모습 공개!

소설을 써라. 소설을 써! 이것들을 허위 사실 유포로 다 고소를 해 버려야지, 아오!

"누구 여자를 어디다 갖다 붙여?"

크루즈 데이트를 마치고 집으로 돌아와 핸드폰을 켠 은서는 무슨 일인지 도통 핸드폰에서 시선을 거두지 못하고 있었다. 그 모습이 이상해 핸드폰을 들여다보니 수없이 찍혀 있는 부재중 전화와 문자들.

한국에서 어떤 일이 있었는지 머뭇거리며 털어놓는 은서의 말에 살짝 기분이 나쁘긴 했지만 그래도 그럭저럭 참을 만했었는데 막상 한국에 돌아와 기사를 하나하나 읽어 보니 열이 뻗치는 제이디였다.

마음에 안 드는 자식이라 생각했더니, 기어이 일을 만드는구만?

공식 입장 발표! 강지훈, H는 친한 대학 후배일 뿐 여자 친구 아니야…….

아니라는 인터뷰 기사에 달린 댓글에 눈이 쏠린 제이디는 머리 뚜껑이 열리기 직전이었다.

빼박 캔트! 이건 사귀는 거지.

누가 봐도 사귀는 사이구만, 다들 친한 선후배 사이라고 하더라.

둘이 사귄다에 한 표!

아니라고 하는데 이것들이 왜 사람 말을 안 믿어? 대한민국이 어떻게 돌아가려고 이렇게 불신이 가득해? 믿고 사는 양심 사회 몰라?

"저기…… 진운 씨, 그만 봐요. 네?"

기사를 하나씩 읽어 갈 때마다 씩씩거리는 강도가 높아지자 은서는 걱정이 되는지 그의 눈치를 살폈다.

하긴…… 나보다 본인이 더 당황스럽겠지. 쓰읍, 나 때문에 더 불안하겠네.

"미안, 잠시 이성을 잃었어."

태블릿을 뒷좌석에 던지듯 내려놓은 제이디는 걱정스러운 눈으로 자신을 바라보는 은서의 머리를 쓰다듬었다. 아무리 화가 났어도 한 은서의 불안함을 생각했어야 했는데 말이다.

"걱정 마, 화난 게 아니라 질투 중이니까."

"질투하지 말아요, 그런 사이 진짜 아니에요."

은서의 고개가 좌우로 흔들렸다. 괜한 일로 제이디의 마음을 상하게 한 건 아닌가 걱정스러웠다.

"아닌 거 알아. 나한테 반해 있으니까."

정말 괜찮다는 듯 방금 전과 달리 미소 띤 얼굴로 은서를 바라본 제이디는 여전히 걱정스러운 얼굴을 하고 있는 은서의 볼을 살며시 꼬집었다.

나 참, 어디서 이런 표정 짓는 건 배운 건지.

사람 마음을 끝없이 약해지게 만든다.

"피곤할 텐데, 집으로 바로 갈래? 회사 오늘 안 들어가도 돼."

일이라면 사서라도 하는 은서가 고개를 끄덕였다. 오랜 비행시간보다 더욱 은서의 마음을 고단하게 만드는 것은 인터넷 여기저기에 떠도는 자신에 대한 실체 없는 소문들과 무섭게 울려 대는 전화기였다.

"핸드폰 꺼 두고 눈 좀 붙여. 도착하면 깨워 줄게."

제이디는 울려 대는 은서의 핸드폰을 낚아챘다. 모르는 번호로 끊임없이 울리는 전화기, 기자들이란 먹잇감을 발견하면 그 먹잇감이 너덜너덜해질 때까지 놓지 않는 모양인지 이렇게 악착같을 수가 없다.

정말 다들 잡아다가 고소미를 먹여 주고 싶은 마음.

"네. 부탁할게요."

마음이 고단해 더는 버티기 힘들었는지 은서는 푹신한 좌석에 온전히 몸을 붙이고 눈을 감았다.

사실이 아닌 일이니 금방 사그라질 것이라 생각했지만 인터넷상에 떠도는 무성한 소문들은 지훈과 자신의 사이를 이미 연인이라 결론 내리고 있었고 은서에 대한 이유 없는 시샘과 욕, 유명인이 아닌 평범한 자신에 대한 무서울 정도의 관심이 엄청난 부담과 걱정으로 고스란히 다가왔다.

익명의 힘이란 이렇게 사람을 발가벗겨 놓고 무심히도 날카로운 칼날을 들이민다. 그로 인해 피해자는 온몸에 상처를 입고 피를 흘려도 익명이란 이름에 기대 사람들은 자신의 죄책감을 덜어 낸다.

눈을 감는 은서의 모습을 확인한 제이디는 시동을 걸어 차를 움직이기 시작했다. 행복했던 파리에서의 시간이 꿈처럼 아득하게만 느껴졌다.

제이디는 차를 몰아 은서의 집 근처까지 다다랐다. 이미 하늘은 어둑해졌고 곤히 잠이 든 은서는 꽤나 피곤했는지 여전히 눈을 뜨지 않고 있었다.

이 일을 어쩐다.

어떻게 알았는지 저 하이에나 같은 기자들은 어느새 은서의 오피스텔 건물 앞에 자릴 잡고 있었다. 알렉스의 말에 의하면 은서의 회사인 앨리스에도 기자들이 제법 몰려들었다고 했다.

저것들이 정말.

남의 여자를 다른 남자의 여자라고 허위 사실을 유포하는 걸로도 모자라 남의 집 앞에 죽치고 앉아서 이렇게 피해를 주다니! 제이디의 속이 부글부글 끓어올랐다.

그날, 제이디는 은서를 그 선배와의 약속 장소에 보내고 싶지 않았었다. 물론 다른 남자를 만난다는 사실이 기분 나빠서이기도 했지만 결론적으론 절대 보내면 안 되는 것이었다. 이런 일이 터지고 말았으니까.

"후우."

여태껏 수많은 취재 요청과 인터뷰 요청이 있었지만 제이디는 한 번도 그걸 수락한 적이 없었다. 란제리 디자이너, 그것도 남자 디자이너에게 가질 수 있는 편견을 주고 싶지 않아서가 첫 번째 이유였고 그다음은 얼굴이 알려져 자신의 생활에 제약이 따르는 게 싫었기 때문이다.

그런데 지금 이 순간, 할 수 있다면 저 사람들 앞에서 한은서는 내 여자라고 헛소리 좀 그만하라고 제이디는 소리치고 싶어졌다.

일하는 데 서로 불편한 일이 생길까 싶어 비밀로 연애를 하자고 한 게 잘한 일만은 아니란 생각도 더불어 들었다.

그러고 보니 그걸 순순히 받아들여 준 은서에게 미안해진다.

새근새근 깊이 잠든 은서의 얼굴을 바라보던 제이디는 자신의 전화길 들어 지니에게 전활 걸었다.

— 응, 도착했어? 어디야?

사무실에서도 은서의 도착을 기다린 것인지 지니의 목소리에 다급함이 담겨 있었다.

"오늘 일찍 퇴근들 좀 해."

— 응? 그게 무슨 말이야?

"이유는 묻지 말고, 다들 지금 퇴근 좀 하라고."

— 뭐, 그러면 우리야 좋지. 알았어, 진짜 퇴근합니다?

"응."

이대로 집으로 돌려보낼 수도 없고 그렇다고 호텔 같은 곳으로 보내기도 마음이 편치 않았다. 결국 제이디는 회사 건물 꼭대기에 위치한 자신의 집으로 은서를 데려가기로 마음먹었다. 다만 걸리는 건 회사 식구들의 눈.

하지만 이런 때 혼자 두고 싶진 않고.

"으음……."

전화 통화 중이던 제이디의 목소리에 잠이 깬 것인지 은서가 몸을 뒤척이며 슬며시 눈을 떴다. 꽤나 깊이 잠들었는지 잘 떠지지 않는 눈을 깜빡거리며 제이디를 바라본다.

"도착……했어요?"

"그렇긴 한데, 집에는 당분간 못 들어가."

"네?"

제이디의 눈길이 유리창 너머로 향하자 은서의 시선 역시 그를 따라 밖으로 향했다.

그렇게 멀리 떨어지지 않은 오피스텔의 입구엔 기자들로 보이는 무리들이 서 있었다.

"우리 집을 어떻게 알고……."

당황스러움에 은서의 몸이 반사적으로 의자에서 떨어졌다. 눈앞에 보이는 광경이 믿기지 않아서였다.

"여긴 안 돼, 우리 집으로 가."

이미 놀란 토끼 눈이 된 은서의 고개가 제이디에게로 돌아갔다.

"집이라면, 회사 말하는 거예요?"

더는 커질 수 없을 것 같던 눈이 더욱 동그래진다.

"응, 여기보단 안전하고…… 그렇다고 호텔 같은 데 보내고 싶지도 않아."

"그래도 그건…… 직원들도 있고……."

"퇴근시켰어. 정 불편하면 나랑 같이 호텔로 가든지. 혼자 두고 싶지 않아."

이렇게 불안한 표정을 짓고 있는데 너를 어떻게 혼자 둘 수 있을까.

기자들이 몰려와 진을 치고 있는 모습에 불안한 표정을 숨기지 못하는 은서의 어깨를 제이디는 조심히 감싸 쥐었다.

"그래도 진운 씨 집은 좀 그래요. 직원들 눈도 있고…… 나영이네가 있을게요."

"……내가 괜히 비밀로 하자고 해서 이럴 때 안 봐도 될 눈치를 보게 하네."

"아니에요. 일할 땐 저도 그게 편해요. 너무 걱정 마요, 나영이네 여기서 가깝고 저희 집보다 훨씬 넓어요."

입가가 떨릴 정도로 무리해서 웃고 있는 은서가 안타까웠다.

"나영이한테 전화 먼저 해 볼게요."

은서는 걱정스러운 눈을 하고 있는 제이디에게 괜찮다며 다시 웃어 보인 후 꺼져 있던 전화기를 켰다. 한 번도 본 적 없는 사람들이 집 앞까지 찾아와 자신을 기다리고, 자신의 의지와 관계없이 사생활이 폭로되는 것이 공포로 다가왔다.

꺼져 있던 핸드폰이 켜지자 밀려드는 메시지와 부재중 전화에 은서는 핸드폰을 잡고 있던 손에서 힘이 빠져나갔다.

"참 할 짓 없는 사람들 많네."

제이디는 지잉거리는 소리를 내며 끊임없이 울려 대는 전화기를 은서에게서 건네받았다. 다 읽기도 전에 넘어가는 메시지들은 온통 무슨 잡지사, 신문사의 기자들 연락이었다.

"마음 같아선 확 다 고소를 해 버려야……."

통화 목록에서 나영의 번호를 찾아낸 제이디가 통화 버튼을 누르려던 찰나였다. 또 한 번 핸드폰이 지잉거리며 요란하게 몸을 떨었다.

'지훈 선배'란 네 글자가 액정에 떠올랐고 제이디의 손에 들려 있던 자신의 핸드폰을 은서는 머뭇거리며 받아 들었다.

"제가 받을게요."

핸드폰을 건네받은 은서는 제이디의 표정을 살피며 전활 받았다. 사귀는 사람을 옆에 두고 스캔들 난 다른 남자와 통화를 하려니 마음이 편하지 않았다.

"네, 선배……."

쏟아지는 제이디의 따가운 눈빛이 느껴졌는지 은서의 목소리가 점점 작아져 간다. 그러자 제이디는 기죽은 은서의 손을 꽈악 움켜잡았다.

걱정 말라고, 이런 걸로 화낼 만큼 쪼잔한 남자 아니라며. 속은 부글거려도 기죽은 한은서의 모습은 보고 싶지 않으니까.

"네, 조금 놀랐어요. 집 앞에 기자들도 와 있고……."

힐끗 다시금 밖을 쳐다본 은서는 조금 전보다 더 불어난 것 같은 사람들의 숫자에 깊은 한숨을 내쉬었다.

"아니에요, 선배가 왜 죄송해요? 네, 나영이네 가 있는 게 좋을 것 같아서요."

선배란 사람은 자신의 잘못이라며 사과를 하고 있는 모양이었다.

그렇게 왜 남의 여자를 만나서 이런 일을 만드냐고. 여러 사람 불편하게.

"네? 지금 집 근처긴 한데, 아무래도 여기로 오시는 건 좀……."

뭐? 온다고?

제이디의 고개가 은서에게 획 돌아갔다. 애써 평온을 유지하던 그의 얼굴이 점점 구겨진다.

"아니에요. 혼자서도 갈 수 있어요. 제가 애도 아니구요……."

— 아니야, 내가 데리러 갈게. 내가 데려다줄게. 혼자 보내는 거 마음이 안 편해서 그래. 사과도 하고 싶고……. 너 직접 보고 이야기 해야 할 것 같아서…….

어렴풋하게 들려오는 남자의 목소리에 제이디의 미간이 꿈틀꿈틀 요동을 친다.

혼자 보낼 수 없다는 둥, 만나서 이야길 해야겠다는 둥, 은서를 걱정하는 마음이 자신과 다르지 않은 남자가 몹시 거슬렸다.

"선배, 죄송해요. 아무래도 지금은……."

지금은 아닌 것 같다고, 이런 때 만나서 또 사진이라도 찍히면 수

습하기가 더 어려워질 것 같아서 미안해하는 지훈의 마음을 알면서
도 은서는 그의 호의를 거절하려 했다.

하지만 그런 말을 다 꺼내기도 전 은서의 핸드폰을 낚아채 간 것은
제이디였다.

"만납시다. 강지훈 씨."

13. 선전 포고

어느덧 봄의 끝자락을 향해 가는 계절의 바람은 곧 비라도 퍼부을 것처럼 후덥지근하고 축축한 기운을 품고 있었다.

종일 비행기와 차 안에서 시간을 보낸, 제이디와 은서를 태운 차는 또다시 둘을 태운 채 이동했다. 자유롭고 여유로웠던 파리에서와 달리 지훈과의 스캔들로 어디 한 곳 마음 편히 갈 곳이 없는 은서는 옆에 앉은 제이디를 바라보다 창밖으로 시선을 옮겼다. 이미 해는 저물어 어둑어둑해졌고 환하게 불을 밝힌 건물들의 조명과 가로등 불빛들이 휘황찬란했지만 은서의 눈앞은 그저 깜깜하기만 했다.

말려야 했지 않았을까?

차는 유유히 달려 나가 목적지는 점점 가까워 왔지만 여전히 불안한 은서의 시선은 안정을 찾지 못한 채 허공 여기저기를 떠돌고 있었다.

무슨 생각을 저렇게 하는 걸까.

전방을 주시하던 제이디의 시선이 조용히 입을 다문 채 밖을 내다보고 있는 보조석의 은서에게로 향했다. 하루 사이에 생기 넘치던 얼굴이 핏기가 가신 것처럼 창백해졌다.

'진운 씨, 지훈 선배를 만나러 가는 건 좀⋯⋯.'

전화를 끊은 제이디를 향해 은서가 했던 말. 서로에게 불편한 일이 될까 싶어 걱정하는 여자의 마음을 모르지 않았지만 제이디는 물러날 마음이 없었다.

기자들 앞에서 내 여자라고 대놓고 이야기할 수 있는 처지도 당장 아니었다. 그렇다고 수없이 올라오는 기사들을 삭제시킬 재주도 없다. 이런 상황에서 제이디가 할 수 있는 것은 하나였다.

내 여자에 대한 최소한의 주장, 그녀의 울타리는 되어 줘야 한다는 것. 이건 남자의 본능이고 자존심이었다.

'이건 당신 남자로서 피할 수 없는 문제야. 멱살잡이는 하지 않을 테니 너무 걱정하지 마.'

할 수 있다면 그 멱살잡이, 진작 해 버렸을 테지만 은서와 지훈이 알고 지낸 세월이 있었기에 한은서 얼굴을 생각해 참는다 마음먹은 제이디였다.

그럼에도 마음은 한없이 복잡해 보이는 은서였지만.

"배고프지 않아? 기내식 이후로 아무것도 못 먹었잖아."

사람들의 눈을 피해 만나기로 한 곳은 지훈의 매니저인 김 실장의 아내가 운영하는 자그마한 카페였다. 은서의 집에선 차로 30분 거리. 이동에 이동을 거듭하느라 열두 시간 가까이 아무것도 먹지 못한 은서가 마음이 쓰였다.

"아, 그랬구나. 생각도 못 했어요. 진운 씨는 괜찮아요? 배고프죠?"

어찌나 정신이 없었던지 반나절 이상 아무것도 먹지 못했다는 걸 이제야 깨달았다.

"난 괜찮아. 먼저 밥부터 먹을 걸 그랬네. 얼른 끝내고 밥 먹자."

"……"

"그 선배, 내가 만나는 거 싫어? 그렇게 불편해?"

여전히 표정이 좋지 않은 은서의 얼굴을 보던 제이디가 조심히 물었다. 저런 표정 짓게 하고 싶지 않았는데 좀처럼 펴지지 않는 은서의 얼굴이 몹시 신경이 쓰인다.

"그런 건 아니에요. 그냥…… 지훈 선배의 잘못은 아니까."

이런 일이 벌어질 줄 알고 그날 약속을 잡은 건 서로 아니었으니까, 그러니까 지훈에게 원망을 해선 안 되는 일이라고 은서는 생각하고 있었다. 다만, 자꾸만 자신이 걱정이 된다며 흔들리던 지훈의 눈빛이 마음에 걸리는 은서였다.

"그게 다야?"

"네?"

"……아니야. 저긴가 보네."

지훈에게 무슨 말을 할까 싶어 걱정하는 것만은 아니란 걸 제이디는 어렴풋하게 느끼고 있었다. 그날, 모르고 있던 그 남자의 마음을 알게 된 건 아닐까 짐작만 할 뿐이었다.

나는 척 봐도 알겠던데 그동안 모르고 지낸 게 이상하지.

제이디는 평소 제법 눈치가 있는 편이라 생각된 은서가 선배란 사람의 마음을 그간 모르고 지낸 것이 어쩌면 자신에겐 다행스러운 일일지도 모른다는 생각이 들었다.

"한은서."

카페 뒤 주차장에 제이디의 차가 멈춰 섰다. 차 문을 열고 밖으로 나서려던 은서를 제이디가 불러 세웠다.

"차에서 10분만 기다리고 있어."

"네?"

"여기서 10분만 기다리고 있어. 먼저 들어갔다 올 테니까."

제이디의 말에 은서의 눈동자가 흔들렸다. 그의 의중을 이해하지 못해서였다.

"한은서한테 좋은 선배였다는 말 잊어버리지 않았으니까, 당신 곤란한 일은 안 만들어. 그러니까 나 믿고 기다리고 있어."

셋이 같이 앉아 할 이야기가 있고 아닌 이야기가 있다고 생각한 제이디는 잠시 은서를 차에서 기다리라 말했다.

"하지만……."

"두 사람 마주 보고 앉아서 서로 미안해하는 얼굴 보고 있으면 정말 화날 것 같아서 그래."

오랜 시간을 알고 지낸 사이라 했다. 대학 때 참 많이 챙겨 주던 좋은 선배라고. 은서에겐 그런 좋은 선배로 기억되고 있는 남자의 흔들리던 눈빛을 봐 버린 제이디는 그 남자의 마음을 짐작하고 있었다.

그런 눈빛으로 한은서를 바라보고 있는 걸 직접 대면하면 이성적인 사고를 유지하기 힘들지도 모른다.

"알았어요. 기다리고 있을게요."

그날 자신을 보던 지훈의 눈빛이 마음에 걸려, 혹시나 이런 일이 선배에게 상처가 되는 것은 아닐까 걱정했다. 하지만 자신을 안심시키려는 제이디의 마음을, 그를 믿고 있는 은서였다.

"다녀올게."

알겠다 말하는 은서에게 다시금 안심하라는 듯 부드럽게 미소 지어 보인 제이디는 은서를 남겨 두고 차에서 내렸다. 후덥지근하고 축축했던 바람은 곧 비를 퍼부을 것처럼 무거워져 있었다.

차에서 내린 제이디는 건물 입구로 들어가기 전 자신의 핸드폰을 꺼내 들었다. 그러곤 연락처에 저장된 이름 중 하나를 찾아 통화 버튼을 눌렀다.

뚜루룽거리는 신호음이 짧게 이어졌다.

"박 비서님, 저 진운입니다."

— 네, 알고 있습니다. 한국에 오셨다는 이야긴 들었습니다.

"잘 지내셨죠?"

— 물론입니다, 잘 지내셨습니까?

오랜만에 걸려 온 제이디, 진운의 전화가 반가웠는지 상대는 딱딱
한 말투에도 반가움을 담아내고 있었다.

"부탁드릴 일이 하나 있어서 전화드렸어요."

— 네, 뭐든 말씀하십시오.

"지금 언론에 떠도는 스캔들 기사 하나만 막아 주세요. 강지훈이
란 배우의 스캔들입니다."

— 강지훈요? 안 그래도 어제오늘 떠들썩하던데요. 아시는 분입니
까?

"스캔들 난 상대방이 일반인인데 신상이 공개돼서 집 앞으로 기자
들도 찾아오고 여러모로 좀 곤란해서요."

— 으음. 혹시 그 여성분과는 어떤…….

1년 만에 걸려 온 제이디의 전화 용건이 뜬금없긴 했지만 전화기
너머 들려오는 진지한 목소리에 박 비서는 하려던 말을 잠시 멈추었
다.

"……제가 만나는 여잡니다. 부탁 좀 드릴게요."

— 네, 최대한 발 빠르게 움직여 보겠습니다.

주택가 한쪽 골목에 위치한 카페는 조용하고 차분한 분위기를 하

고 있었다. 주변이 주택 단지라 그런 것인지 다니는 사람도 많지 않았고 간판 불이 꺼진 카페 정문엔 영업이 끝났다는 팻말 하나가 걸려 있었다.

드륵거리는 자동문 소리와 함께 가게 안으로 들어선 제이디의 눈에 세 명의 사람이 들어왔다. 주문을 받는 쪽에 서 있는 여자와 그 앞에 서서, 들어오는 제이디를 보는 남자. 그리고 가게 끝자리에 앉아 있는, 일전에 본 적 있는 얼굴. 강지훈이었다.

하얀색 면 티셔츠의 수수한 차림, 눌러쓴 모자, 제대로 얼굴을 보지 않아도 느껴지는 아우라, 그리고 제이디 뒤쪽에 고정된 시선, 아마도 은서를 찾는 모양이었다.

"일전에 본 적 있죠? 도진운입니다."

천천히 걸음을 옮긴 제이디는 자신을 보며 자리에서 일어나는 지훈에게 손을 내밀어 악수를 청했다. 애써 평온을 유지하려 애쓰는 지훈의 눈동자가 가까이 다가온 제이디로 인해 급격히 흔들렸다.

"네, 강지훈입니다. 앉으세요."

힐끗 다시 제이디의 뒤로 시선을 옮겨 가는 지훈이었지만 은서의 모습은 여전히 보이지 않았고 두 남자는 그저 말없이 자리에 앉았다.

어색하고 묘한 긴장감이 흘렀다. 서로에 대한 어렴풋한 인식은 이 시간을 기점으로 명확해지고 있었고 그렇기에 서로에 대한 감정은 복잡하고도 미묘해졌다.

"저기, 은서는 안 왔나요?"

앞에 앉은 남자와 함께 올 거란 생각과 달리 은서의 모습이 보이지 않자 지훈은 궁금했는지 질문을 던졌다.

"밖에서 기다리고 있습니다."

"그렇군요."

"스캔들 난 남자랑 사귀는 남자 사이에 버티고 앉아 대화를 나눌 만큼 강한 여자가 못 돼서요."

분명 눈조차 제대로 마주치지 못하고 진운의 기분을 살필지도 모른다. 또한 그의 눈치를 보지 않는다 하더라도 앞에 앉은 선배의 기분을 헤아리다 하고 싶은 말은 제대로 하지 못할 가능성이 농후했다.

"……."

"피차 셋이 앉아서 두런두런 이야기 나눌 만큼 유쾌한 기분도 아닐 것 같고요."

주문하지도 않은 녹차가 테이블 위에 놓였고 제이디는 따뜻한 차를 한 모금 삼켜 냈다. 자신의 등장에 그가 겪고 있는 복잡한 심경이 그의 손끝과 떨리고 있는 찻잔에서 고스란히 드러났다.

"은서랑은 사귀는 사이라고……."

"네. 만나고 있습니다."

찻잔이 지훈의 손에서 떨어지듯 테이블에 놓인다. 은서의 전화기를 통해 들려온 남자의 목소리에 짐작은 하고 있었다. 일전에 봤던 그 사람이 아닐까 예상도 했었다. 다만 직접 마주하고 보니 마음이 요동치는 것은 어쩔 수 없는 일이었다.

"……은서 많이 놀랐죠? 수습은 하고 있는데 쉽지 않네요."

떨리는 목소리를 애써 누르며 지훈은 말하고 있었다.

"편한 마음은 아니겠죠. 집 앞에 기자들이 진을 치고 있질 않나, 여기저기 신상이 까발려지고 있는 데다, 이런 시점에 만나자고 불러낸 그쪽도 그렇고."

아주 차분하고도 느린 말투였지만 날카롭고도 아프게 찔러 오는 그 말에 지훈은 작게 한숨을 내쉬었다. 김 실장 역시 지금 은서를 만나는 건 안 되는 일이라고, 극구 말렸지만 마음이 초조해 은서를 보지 않고는 안 될 것 같았다.

"뭐 어쨌거나, 벌어진 일은 벌어진 일이니까. 그쪽 직접 보고 이야기해야 할 것 같아 먼저 들어온 겁니다."

제이디는 마시고 있던 찻잔을 테이블에 내려놓고 지훈을 마주 봤다. 진지하고 흔들림 없는 눈동자가 따갑게 지훈에게 내리꽂혔다.

"남의 여자를 애먼 데다 찍어다 붙인 건 몹시 기분 나쁘지만 은서에겐 좋은 선배였다기에 이번은 그냥 넘어가죠. 하지만 두 번 참아줄 만큼 좋은 성격의 남자가 못 됩니다. 저는."

확고한 자기 영역 표시와 경고였다. 수컷들은 본능에 충실하고 또한 거침없다. 자신의 것을 탐하려 한다면 목숨이라도 내걸고 싸움을 하는 것처럼 제이디 역시 지훈에게 선을 지키라 말하고 있었다.

"경고라도 하는 겁니까?"

지훈은 전화기 너머 그를 만나면 어떤 말을 해야 할까 고민했었다. 어떤 표정을 지어야 할지, 연기를 할 때처럼 평온한 얼굴을 유지할 수 있을까 스스로도 궁금했었다. 하지만 직접 그의 여유로운 얼굴과 거침없는 말을 듣자 애써 달래며 숨겨 둔 마음들이 용솟음쳤다.

"이해력 빨라서 좋네."

이곳에 들어와 처음으로 지훈의 날카로운 눈빛을 느낀 제이디는 걸어 온 싸움을 피할 마음이 없다는 듯 되받아쳤다.

"은서에 대한 제 마음은 그쪽이 경고한다고 해서 쉽게 없어질 수 있는 게 아닙니다."

이미 충분히 오랜 시간 생각하고 기다려 왔다. 잊고 살려 노력했지만 잊지 못했고, 아닌 듯 살려 했지만 그럴 수 없었다. 지훈은 절벽 끝에 몰린 기분이 들었다. 거침없이 은서에 대한 소유권을 주장하는 진운이란 남자로 인해 그의 마음이 더는 물러나고 양보하는 것으론 되지 않을 마음이란 걸 일깨웠다.

"뺏을 수 있다면 얼마든지. 하지만 난 결코 한은서를 다른 남자한테 보낼 마음이 없거든?"

"자만 아닙니까?"

지훈의 부드럽게 휘어진 눈매가 더욱 날카롭게 변했다.

"자신감 혹은 한은서에 대한 믿음? 그 정도로 해 두지."

"……."

지훈의 선한 인상이 구겨진다. 그의 자신감이 마음을 아프게 짓눌렀다.

"당신이 한은서를 얼마나 좋아하는지는 관심 없어. 다만 당신의 경솔함이 지금 내 여자를 얼마나 불안하게 하고 궁지로 내몰고 있는지 그 머리로 생각 좀 하라고."

그의 말에서 자신감, 혹은 은서의 마음에 대한 확신 같은 것이 느껴졌다. '너는 넘어올 수 없다' 두 사람 사이의 견고한 벽이라도 있는 것처럼 단호한 그의 말에 지훈의 꽉 쥔 주먹이 부들부들 떨려 왔다.

용기 없이 바라보기만 한 자신에 대한 자책, 후회 같은 것들이 앞에 앉은 남자로 인해 되살아났다.

남아 있는 차를 한 모금 더 마신 제이디는 분노를 삼키며 앉아 있는 지훈을 바라본 후 자리에서 일어서려 했다.

"내가 만약 은서를 당신에게서 뺏겠다고 한다면 어떻게 할 겁니까?"

도발 혹은 도전.

지훈의 단호한 얼굴이 제이디의 평온했던 미간을 꿈틀거리게 만들었다. 그러쥔 손이 부들부들 떨릴 때까지 참기만 하는 샌님인 줄 알았더니, 이제 제법 사나운 눈빛을 한 채 제이디를 쳐다보고 있다. 두 사람 사이에 보이지 않는 스파크가 튀었다.

"할 수 있다면 얼마든지 뺏어 봐, 하지만 하나는 알아 둬야 할 거야. 당신이 좋은 선배로 한은서 곁에 남는다면 굳이 떼어 낼 생각은 없어, 하지만……."

혼자 짝사랑하는 마음이야 어차피 혼자 가지고 가는 거니까.

"여태 지켜 온 그 선을 넘겠다고 한다면, 그땐 옆에 둘 수 없지. 내 것에 허락 없이 함부로 손대는 건 참아 줄 수 없거든."

"……."

"그리고, 난 무슨 공격이든 받아 줄 각오가 되어 있는데, 두 번 다시 한은서를 이런 식으로 곤경에 빠트린다면 그땐 당신도 각오하는 게 좋을 거야. 이렇게 참는 일은 오늘 이후론 없을 것 같으니까."

자신에게 일어나는 일들은 개의치 않지만 자신의 여자에게 일어나는 일은 그 어떤 것이 되었든 용납하지 않겠다는 단호한 말. 그 말에 지훈은 입술을 깨물어야 했다. 인정하고 싶지 않아도 자신으로 인해 은서가 곤란해진 것은 사실이었음으로.

제이디는 어떠한 말도 하지 않은 채 자신을 노려보는 남자의 시선을 뒤로하고 가게 밖으로 나섰다. 10분만 기다리라고 했는데 이미 약속한 시간이 훨씬 지나 있었다.

아마 혼자 불안해하고 있겠지.

제이디는 걸음을 빨리해 자신의 차로 향했다. 카페 안으로 들어가기 전 축축했던 공기는 어느새 빗방울을 만들어 떨어트리고 있었다.

비까지 오고 난리야.

초조한 마음으로 자신을 기다리고 있을 은서가 마음에 걸려 제이디는 뛰듯이 걸었다.

"왜 나와 있어? 비도 오는데."

지붕이 있는 곳에 차를 정차해 둔 것이 얼마나 다행인지. 주차장에 도착한 제이디는 내리는 비를 바라보며 서 있는 은서를 발견했다.

"그냥, 마음이 조금 답답해서요. 이야기는 잘 끝냈어요?"

자신을 내내 걱정하던 제이디의 마음을 알고 있었는지 은서는 다가온 제이디를 향해 제법 편한 미소를 짓고 있었다.

"잘 끝냈어. 멱살잡이도 안 했고. 착하지?"

"네, 착해요."

은서에게 다가간 제이디는 언제부터 서 있었는지 모를 여자의 몸을 가볍게 끌어안았다. 조금의 저항도 없이 부드럽게 품속에 들어온 은서의 등을 가볍게 토닥여 준다.

"이번엔 내가 기다리고 있을 테니까. 걱정 말고 들어가서 이야기 나누고 와."

이렇게 해야 조금은 편하게 이야기할 수 있을 테지.

"고마워요. 금방 나올게요."

등을 토닥이는 제이디의 따뜻함에 코끝이 찡해 오는 은서는 그의 허리에 팔을 둘렀다. 이런 남자가 곁에 있어서 지금 이 순간 얼마나 다행인지…….

"얼른 다녀와, 나 배고파."

"네. 그럴게요. 금방 나올 테니까 기다려요."

제이디의 가슴에 기대고 있던 얼굴을 들어 은서는 빙긋 웃어 보였다. 걱정 말라고, 당신이 질투하기 전에, 걱정하기 전에 나올 테니까, 그러니까 안심하라는 듯.

무슨 이야길 어떤 정신으로 나눴는지 잘 기억이 나지 않는다. 그저 미안하다고, 나 때문에 피해를 보게 만든 것 같다고, 이런 일이 생길 줄은 몰랐다고, 미안하다고 그저 그 말만 했던 것 같다. 방금 여기 왔었던 남자가 자신이 좋아하는 남자라고, 그 사람 덕분에 용기를 내는 법을 다시 배우고 있다고 말하는 은서의 솔직한 말에 가슴이 아프고 마음이 아려 왔다.

'그리고 이번 일은 선배 책임이 아니잖아요. 너무 미안해하지 말아요, 안 그럼 저 불편해요.'

그저 고개만 끄덕였다.

'당분간은 선배 얼굴 보기 어렵겠어요, 워낙 보는 눈이 많아서…… 소문 잠잠해지고 편해지면 그때 나영이랑 같이 봐요.'

애써 웃으며 말하는 은서의 말에 이번에도 다른 말은 할 수 없어 고개만 끄덕였다.

'저 오늘 파리에서 돌아왔거든요. 그 사람도 기다리고, 죄송해요 먼저 일어날게요.'

자리에서 일어나며 그렇게 말하는 은서를 따라 일어났다. 온몸에 힘이 빠져나가는 것처럼 공허하고 헛헛한 마음이 들었다.

'선배. 제가 선배한테 늘 고마워하는 거 알죠? 대학 때도, 상훈 선배 일 때도, 앨리스 모델 건도…… 그러니까 지금처럼 좋은 선배, 좋은 후배로 잘 지내요.'

"술이나 한잔할래?"

아무 말도, 아무것도 하지 않은 채 한참을 제자리에 앉아 있는 지훈에게 김 실장이 말했다. 몰랐던 지훈의 짝사랑을 알게 되었을 때도 마음이 좋지 않았지만 정작 오늘의 광경을 보고 나니 저 멀쩡한 겉모습 안으로 썩어 들어갔을 녀석의 마음이 짠하고 슬퍼 김 실장은 그만 자신이 울컥 눈물을 쏟을 뻔했다.

"아니야, 형. 내일 촬영도 있고, 들어가서 쉬어야지."

"힘들면 말해, 스케줄 조정해 볼 테니까."

"후우……"

결국 아무것도, 아무 말도 할 수 없던 자신의 무력함이 너무도 선명하게 떠올라 지훈은 깊은 한숨을 내쉬었다.

"으이구! 이렇게 한숨만 쉰다고 그 여자 마음 잡을 수 있어? 확 고백하고 시원하게 차여, 차라리!"

커다란 컵에 얼음물을 가득 담아 지훈에게 내미는 사람은 김 실장의 아내 이주경이었다.

"모르면 당신은 가만히 좀 있어."

"사정이야 잘 모르지, 그래도 오래 짝사랑했다며? 언제까지 혼자 속앓이할래? 여자한테 고백하고 너 싫다 그럼 그때 가서 다시 고민해, 계속 좋아할지, 시원하게 차이고 잊을지. 이렇게 말조차 못 해 보고 끙끙거린다고 알아줄 것 같아?"

시원시원한 성격이 좋아 그 오랜 시간 친구로 지냈고, 그러다 여자로 보여 결혼까지 하게 되었지만 이런 때는 좀 살살 말해도 좋지 않았을까? 김 실장은 아내를 살짝 노려보았다.

"여자는, 아니 사람은 누가 자기 좋다고 하잖아, 그럼 한 번 더 보게 되어 있어. 그저 그런 남자가 좋다고 하는 게 아니라 멋진 남자가 좋다고 하잖아? 그럼 두 번은 더 보게 되어 있어. 천하의 강지훈이 어디 보통 남자니? 그러니까 최선을 다해서 그 여자한테 대시해, 대놓고 너 좋아한다고 하고, 보고 싶다고 하고, 할 수 있는 건 다 하라고! 그리고 포기해도 늦지 않아."

"우리 마누라 말 한번 잘한다."

"그런 의미로 내가 쏜다. 맥주 한잔하자, 마시자고 우리! 먹고 훌훌 털어 내고 다시 시작해. 0부터."

주경의 말에 앞에 앉은 지훈은 물론 그녀의 남편 김 실장까지 모두 고개를 끄덕였다.

0부터 다시…….

투둑투둑 하며 창문을 두드리고 사라져 가는 빗방울 소리가 귓가를 간지럽힌다. 세차게 내리는 비는 아니었지만 꽤나 후덥지근해진 날씨를 달래듯 내리고 있는 비를 바라보며 제이디는 잠을 이루지 못하고 있었다.

방금 전까지 자신의 품 안에 가둬 두었던 은서를 바라보았다. 새근거리며 겨우 잠든 여자의 하루가 참으로 고단했겠구나 싶어 배까지 내려온 이불을 끌어다 가슴께까지 올려 주었다.

자신의 집으로 가는 것을 망설이는 은서의 손을 잡고 한 호텔로 들어온 제이디는 씻자마자 쓰러지듯 침대에 몸을 눕히는 은서의 모습이 안쓰러워 그녀에게 팔을 내어 주었다. 그러곤 자그마한 여자의 등을 부드럽게 쓸어내리며 토닥였다. 그러자 경직되어 있던 은서의 몸이 그제야 편안하게 풀리기 시작했고 제이디의 가슴에 얼굴을 묻고 깊은 잠에 빠져들었다.

은서가 잠을 자는 동안 제이디는 복잡한 마음이 들었다. 지훈에게 자신 있게 말했지만 가늠이 되지 않는 그 오랜 시간을 한은서에 대한 마음을 품고 살았을 남자의 눈빛이 쉽게 잊혀지지 않았다. 그간 유지했던 그 관계가 깨어질까 조심스러웠던 것이 자신에겐 다행이란 생각도 들었다.

그러나 결코 지훈에게 지지 않을 은서에 대한 마음에 확신도 더불어 들었다. 그렇기에 은서를 곁에 두기 위해선 언제까지고 자신의 존재를 숨기고, 이 여자에 대한 마음도 다른 이에게 숨긴 채 지낼 수는 없단 생각이 든다.

"널 지키려면 내가 먼저 단단한 울타리가 되어야겠지."

전날 비를 뿌리던 하늘이 말끔하게 개었다. 흐렸던 하늘도 청명한 빛을 내고 있었고 성큼 다가온 초여름의 따뜻한 바람마저 기분 좋게 느껴지는 날이었다.

이번 달에만 특종을 두 건이나 잡은 연예정보 전문지 스타N스타의 이영진 기자는 맑은 하늘만큼이나 쾌활한 발걸음으로 자신의 회사 문을 열고 출근을 알렸다.

"아이고! 좋은 아침입니다."

시원한 아이스 아메리카노를 한 손에 들고 활짝 웃는 얼굴로 출근한 영진의 등장에 사무실 분위기가 이상하게 수군거리며 어수선해졌다.

뭐야, 이 분위기는?

어딘지 어수선하고 붕 떠 있는 사무실 분위기가 이상해 영진은 주변을 둘러본 후 자신의 책상에 들고 있던 커피를 내려놓았다. 그리고는 옆에 앉은 후배 기자에게 궁금하다는 듯 물었다.

"택수야, 분위기 왜 이러냐? 무슨 일 있어?"

"……저기, 선배님 부장실로 들어가 보셔야 할 것 같아요."

"왜? TS엔터에서 변호사 들이밀었어?"

요즘 대한민국에서 가장 잘나가는 두 남자 배우의 스캔들 기사를 가장 먼저 낸 것은 스타N스타의 영진이었다. 윤건우야 이미 오래전부터 그룹 루비의 멤버였던 아라와의 연애가 공공연한 비밀이었기에 크게 놀랄 일도 아니었지만 그 뒤에 터진 강지훈의 스캔들 기사는 파장도 크고 이슈화도 빠르게 진행되었다.

하여간 강 대표 까칠한 건 알아줘야 한다니까.

TS엔터의 강 대표 성격이야 모르는 사람이 없을 정도로 깐깐하고 까칠하니 또 고소를 한다는 둥 뭘 한다는 둥 변호사를 들이밀었을 것이 불 보듯 뻔했다.

"에휴, 이건 너나 마셔라. 잔소리 들으려면 오래 걸릴 것 같으니까."

영진은 자신이 사 들고 온 커피를 후배 택수에게 넘긴 후 터벅터벅 부장실로 걸음을 옮겼다. TS엔터에서 뭐라 하든 말든 이미 기사는 터졌고 대한민국에서 그 기사를 안 본 사람은 거의 없을 것이니 영진은 자신의 할 일은 다 했다고 여겼다.

1년을 쫓아다녀 잡은 특종인데 하반기에 승진이나 잘됐으면 좋겠군.

"부장님, 저 찾으셨습니까?"

굳게 닫힌 부장실의 문을 두어 번 노크한 영진은 들어오란 부장의 말에 문을 열고 안으로 들어섰다. TS엔터에서 압박을 넣어 와도 꿋꿋이 영진의 편을 들어 주며 수위 조절 해서 기사 내자고 했던 사람이 바로 김 부장이었다. 그런데.

"야, 이 자식아! 너 도대체 무슨 짓을 하고 다니는 거야? 어?!"

부장실에 발을 들이자마자 날아온 건 발간되고 있는 잡지와 부장의 성난 목소리였다.

"왜 이러세요?"

금일봉을 줘도 시원찮을 판에 있는 대로 성질을 부리는 부장을 보며 영진이 어이없다는 듯 소리쳤다. 그러자 부장은 붉으락푸르락한 얼굴로 씩씩거리며 영진을 노려봤다.

"하! 인마, 도대체 너 누굴 건드리고 다니는 거야? 누굴 건드려서 이 사달을 만드냐고!"

"제가 뭘 했다고 이러세요? 도대체 무슨 일인지 말을 해 줘야 알 거 아닙니까?"

무슨 일인지 설명조차 건너뛰고 고래고래 소리치는 부장에게 영진은 황당하단 얼굴을 숨기지 않았다.

"화앤담 변호사가 왔다 갔다 이놈아! 강지훈 스캔들 건부터 시작해서 아무튼 걸 수 있는 건 다 걸겠다고 국장님 협박하고 갔다고, 이 자식아!"

고래고래 소리를 질러도 화가 풀리지 않는지 김 부장은 자신의 희끗거리는 머리카락을 마구 헤집었다.

"화앤담이면…… 그 대형 로펌 말씀하시는 겁니까?"

화앤담. 기업 인수 분야에선 세계 10위권 안에 드는 거대 로펌이었다. 대한민국에서 가장 승소율 좋은 로펌. 그럼에도 3년 연속, 지칠 줄 모르는 상승세를 자랑하는 곳이었다. 거기다 한번 물면 놓지 않는 독종들만 모인 곳이란 소문도 자자했다.

"그 바닥에서 놀던 변호사가 여길 왜……."

기업들 인수나 큼직큼직한 사건을 맡기기에도 그 경쟁이 치열해 한참을 기다려야 한다고 소문난 대형 로펌의 변호사가 한낱 스캔들 기사 때문에 여길 왔다는 게 믿기지 않는 영진이었다.

"TS엔터 대표, 재벌가 아들이란 소문 있다며? 거기서 보낸 거 아니야?"

벙찐 얼굴로 자신을 바라보는 영진의 모습에 김 부장은 그제야 화가 진정되는지 소파에 털썩 엉덩일 붙이고 앉았다.

"재벌까진 아니고요, 알기론 외가 쪽이 SW그룹하고 연결이 되어 있는 것 같아요. 아버지는 그 산하의 제약 회사 운영하고 있고요."

"그럼 그쪽이 유력하네, 아님 강지훈이 그만한 빽이 있다 이거야?"

"그건 저도 잘……."

"1년 넘게 강지훈 쫓아다니고서 그 정도도 모른다 이거야?"

1년을 넘게 강지훈에게 붙어 기삿거릴 찾아다닌 영진이 모르는 것은 없었다.

　"제가 모르면 없는 거예요. 그런 건 없었어요. 집도 평범하고……."

　"그럼? 그럼 도대체 누가 그 어마어마한 로펌의 대표 변호사를 여기까지 보내냐 이 말이야!"

　심각한 표정으로 고갤 흔드는 영진의 모습이 답답해 김 부장의 목소리가 다시금 커졌다. 하지만 영진은 그런 부장의 목소리는 들리지도 않는지 의미심장한 미소를 지으며 중얼거렸다.

　"가장 유력한 건 강 대표 쪽이긴 한데, 찾아봐야죠. 그게 기자 정신 아니겠습니까?"

　기자의 감이 왔다. 한참 물오른 자신의 촉이 이건 분명 특종거리라고 말하고 있었다.

　"두고 보십쇼. 이번에도 제대로 하나 물어 올 테니까!"

14. 당신의 울타리

"엄마, 너무 걱정 마. 응, 응, 잘 해결된 것 같아. 기사도 다 내려갔더라고……. 응, 너무 걱정하지 마요. 응, 또 전화드릴게요."

이른 아침, 텅 빈 회의실에서 어머니의 전활 받은 은서는 길지 않은 통화를 끝낸 후 빈 의자에 자릴 잡고 앉았다.

어떻게 된 일인지 전날 인터넷을 도배하고 있던 억지 가득했던 지훈과의 스캔들 기사는 포털 사이트 메인에서 모두 내려졌고 기사 내용도 거의 다 삭제가 되어 가고 있었다.

하루가 너무 길고 힘들어 쓰러지듯 제이디의 품에서 잠들고 일어나 보니 다행히 날은 맑았고 걱정했던 스캔들 기사도 진정 국면에 들어간 듯 보여 은서는 불편했던 마음을 조금 덜어 낼 수 있었다.

천만다행이다. 지훈 선배 보기도 어색하고 진운 씨한테도 미안했는데…….

"한은서! 너 괜찮아?"

전날 집에는 갈 수가 없어 호텔에서 하룻밤을 보낸 은서는 제이디와 함께 가장 처음으로 사무실에 출근을 했다. 그리고 그다음이 아마 지금 회의실 문을 박차고 들어온 나영인 듯 보인다.

"이제 왔어? 좋은 아침!"

"이 기지배야! 얼마나 걱정했는지 알아? 핸드폰은 왜 꺼 뒀어? 연락을 해야 할 거 아니야!"

평소 차분하다가도 저렇게 화가 나면 속사포처럼 말을 쏟아 내는 나영의 모습이 새삼 반가워 은서는 다가오는 나영을 바라보며 빙긋 웃어 보였다.

"미안해, 배터리가 나갔었어. 거기다 전화가 너무 오니까 겁나서 충전을 못 하겠더라고."

너무 피곤해서 바로 자느라 충전할 정신이 없기도 했고.

"아우, 진짜! 어제 어디서 잔 거야? 집 앞에 기자들 오고 그랬다며?"

"호텔에서 잤어, 덕분에 씻고 옷도 갈아입었고. 그나저나 어떻게 알았어?"

"……지훈 선배한테 들었어. 지훈 선배가 네 걱정 많이 하더라."

일찍 퇴근해도 좋다는 대표의 말을 전달한 지니로 인해 조금의 지체 없이 회사를 나섰던 나영은 집으로 가던 중 걸려 온 한 통의 전화에 갓길로 차를 세웠다.

지훈의 전화. 무슨 일 때문에 전활 했을지, 묻지 않아도 은서 때문이란 걸 알고 있었지만 그럼에도 나영은 지훈의 전화가 반가웠다.

은서의 핸드폰이 꺼져 있어 걱정스러움에 전화했다는 지훈에게 아마 공항에서 바로 집으로 가는 것 같다고 말했고 지훈은 집 앞에 기자들이 와 있을지도 몰라서 걱정된다며, 혹시 그렇다면 은서랑 같이 좀 있어 달라 나영에게 부탁했다.

온통 은서에 대한 걱정으로 초조해하는 지훈의 목소리가 전화기 너머로도 너무나 선명했다.

"아, 그랬구나. 안 그래도 그것 때문에 너한테 부탁 좀 하려고 했는데…… 나 며칠만 너희 집 좀 가 있어도 돼? 기사는 내려갔는데 집에 못 가겠어……."

"그런 걸 뭘 부탁하고 그래 새삼? 당연히 우리 집으로 와야지!"

"고마워, 역시 친구밖에 없네?"

쓸데없는 소릴 한다며 인상을 찡긋거리는 나영을 은서는 덥석 끌어안았다. 하여간 쿨하고 의리 있는 나영은 언제나 든든한 은서의 아군이다.

"그나저나 어제 지훈 선배랑 이야기는 좀 해 봤어? 너한테 미안해서 죽으려고 하던데."

은서의 등을 토닥토닥한 나영은 지훈을 떠올리며 나직한 목소리로 물었다. 외롭고도 안타까움이 묻어나던 그의 목소리가 하루 종일 귓가에서 맴도는 것 같았다.

"사실 어제 잠깐 만났어. 얼굴 보고 사과하고 싶다 하더라고, 그렇게까지 안 해도 괜찮은데……."

은서는 쓸쓸한 표정을 지었던 지훈의 얼굴이 떠올라 말을 다 끝맺지 못했다. 그런 선배의 얼굴은 보고 싶지 않았는데, 미안해서 어쩔 줄 모르는 지훈의 얼굴이 은서는 여전히 마음에 걸렸다.

"너무 신경 쓰지 마, 선배 원래 그런 사람이잖아. 그렇게 착해 빠져서 연예계 생활은 어떻게 하는지……."

나영은 지훈을 떠올리며 쓴웃음을 지었다. 은서에게 미안하다 말하는 지훈의 모습을 보지 않아도 알 것 같아서였다. 왜 그렇게 바보같이 겁은 많은지.

똑똑.

"두 사람, 나와서 커피 마셔요. 간단히 먹을 샌드위치도 사 왔어요."

은서와 함께 출근한 후 옷을 갈아입으러 올라갔던 제이디는 말끔한 차림이 되어 회의실에 얼굴을 내밀었다.

"우와, 대표님 센스!"

평소 일할 땐 까칠하다 못해 뾰족뾰족한 사람이 어쩐 일인가 싶어 그의 얼굴을 힐끗 바라본 나영은 제이디에게 엄지손가락을 치켜세우곤 회의실 밖으로 나갔다.

"그거 사러 갔었어요?"

나영이 회의실을 나가자 그 뒤를 따르던 은서는 문 입구에 서서 자신을 바라보는 제이디에게 소곤거렸다. 위층에 올라간 후 내려오지 않는 제이디가 무얼 하나 싶어 궁금했던 은서였다.

"응, 오늘부터 다시 바빠질 텐데, 밥은 먹이고 일 시켜야지. 착하지?"

"네, 착해요."

제이디의 말에 은서는 고개를 끄덕이며 조금 전 나영처럼 엄지손가락을 치켜들었다.

그러자 힐끗, 주변을 둘러본 제이디는 커피에 정신이 뺏겨 이쪽을 보고 있지 않는 직원들의 모습을 확인하곤 앞에 서 있는 은서를 살며시 밀어 회의실 안으로 들어갔다. 그러곤 열려 있는 문을 살며시 닫는다.

"문은 왜 닫아요? 다른 사람들이 보면 어쩌려고……."

"착한 짓 하면 상 줘야지?"

"네?"

"착하다며, 상을 줘야지 그럼."

바깥 눈치를 보는 은서의 불안한 눈빛에도 제이디는 꿋꿋하게 입구를 막고 섰다. 그러고는 당황하는 은서를 바라보며 자신의 볼을 손가락으로 톡톡 가리킨다.

"상 안 주면 못 나가."

걱정했던 스캔들 기사가 내려가고 사태가 어느 정도 진정되어 가자 은서는 다행스럽게도 어제보다 훨씬 밝은 얼굴이 되었고 그 모습을 보고 있는 제이디 역시 한결 마음이 가벼워졌다.

"투덜이 스머프가 아니라 떼쟁이 스머프네요."

살짝 몸을 숙인 채 뽀뽀를 기다리는 제이디의 모습이 귀여워 은서는 키득거리며 웃었다. 어젠 세상에서 가장 든든한 남자의 모습이 돼 있었는데 오늘은 어린애가 되어 있다.

쪽!

"커피 잘 마실게요. 고마워요, 진운 씨."

자신의 볼을 내밀며 뽀뽀를 기다리고 있던 제이디의 볼을 양손으로 잡은 은서는 무방비 상태인 그의 입술에 입을 맞췄다. 말랑말랑한 입술에 번개처럼 빠르게 내려앉았다 입술을 뗀 은서는 걸음을 빨리해 회의실 문을 열고 밖으로 나섰다.

"어젯밤에 한숨도 못 잔 건 이걸로 용서해 준다."

새근거리며 세상 편하게 잠이 든 여자를 보며 불끈거리는 욕망을 얼마나 참아 냈던가, 진한 커피로도 그 고단함을 씻어 낼 수 없을 것 같던 제이디는 은서의 입술 감촉을 생각하며 기분 좋게 회의실을 나섰다.

"저흰 그럼 먼저 퇴근할게요. 다들 수고하셨어요!"

"여자 두 분이서 어디 가시게요?"

파리를 다녀온 며칠간의 공백을 메우기 위해 제이디도 은서도 밀린 업무를 처리하느라 몹시 바쁜 하루를 보냈다.

"네, 은서랑 둘이 맥주 한잔하고 집에 가려고요! 며칠간 우리 집에서 같이 지낼 거라서요."

부지런히 움직인 덕분에 정시에 퇴근을 할 수 있게 된 나영과 은서는 집으로 돌아가기 전 간단히 맥주와 치느님을 영접하기로 마음먹었다.

"우와아! 치사해. 다음엔 저도 끼워 줘요."

"네, 꼭 끼워 드릴게요."

알렉스의 말에 은서는 고개를 끄덕이며 알겠다 했다. 사람이 어쩜 저렇게 한결같이 밝을 수 있을까? 그런 알렉스가 신기하기도 한 은서였다.

"은서 씨, 약속했어요! 딱, 기억하고 있겠습니다?"

"네, 꼭!"

알렉스의 말에 손가락으로 오케이 표시를 해 보인 은서는 힐끗, 제이디가 있는 2층 사무실을 바라봤다. 한 시간 전 심각한 얼굴로 지니를 호출했던 그는 모습을 드러내지 않고 있었다.

무슨 일이 있는 건가?

은서는 심각한 표정으로 지니를 호출하던 제이디의 얼굴이 어쩐지 마음에 걸렸다.

"별일 아닐 거예요. 얼른 한잔하러 고고고 하세요."

걱정스러운 눈으로 대표실을 힐끔거리는 은서의 눈빛을 읽었는지 알렉스는 걱정 말라 말했다.

"네, 그럼 다행인데……."

"신경 꺼! 신경 꺼! 치킨이 기다린다고! 그럼 저희 진짜 갈게요. 수고하세요!"

힐끗거리며 자꾸만 2층 대표실을 살피는 은서의 팔짱을 끼며 나영이 소리쳤다. 지금 이 순간, 나영에게 중요한 건 대표실에 들어가 있는 지니보단 치맥이 우선이었다.

"네, 내일 봐요! 내 몫까지 먹어 줘요!"

은서와 나영이 먼저 회사를 나간 시각. 대표실 소파에 앉은 제이디와 지니는 길어진 대화를 마무리하는 중이었다. 대화 내내 진지하고 심각했던 얼굴이 이제야 조금씩 풀리기 시작했다.

"괜찮겠어?"

괜찮다는 듯 고개를 끄덕이고 있는 제이디에게 지니가 걱정스러운 표정으로 물었다.

"응, 그렇게 해야 될 것 같아."

"그래, 자기가 그렇게 정했으면 해야지. 근데 갑자기 왜? 얼굴 알려지는 거 불편하다고 제일 싫어했잖아."

여러 가지로 불편한 일이 생긴다며 자신의 존재에 대해 외부에 알려지는 걸 극도로 꺼리는 제이디가 오늘 지니에게 먼저 그 말을 꺼냈다.

'앞으론 공식적인 자리에 얼굴을 좀 비쳐야 할 것 같은데…….'

수없이 쏟아진 인터뷰 요청에도 단 한 번 그걸 수락한 적이 없던 그가, 먼저 얼굴을 비쳐야겠다 말한 것에 지니는 몹시 놀랄 수밖에 없었다. 자기 패션쇼에서조차 얼굴을 드러내지 않았었다. 운이 좋게도 그게 사람들의 호기심을 자극해 이름을 더욱 알리는 계기가 되었지만 말이다.

도대체 무슨 심경의 변화가 있었기에 갑자기 저러는 거지?

"사업하면서 언제까지고 이렇게 숨어 있을 순 없지. 이젠 때가 된 것 같아."

신비주의는 사람들의 호기심을 자극했다. 섬세하고 섹시한 팜므의 디자인은 트렌드를 주도하며 유명세를 탔고, 팜므의 속옷은 불티

나게 팔려 나갔다. 파리에서 시작된 인기는 유럽 전역으로 퍼져 나갔고 팜므는 지금의 모습을 갖출 수 있게 되었다. 하지만 사업이란 유명세만으로 할 수 있는 것은 분명 아니었다.

"그러면야 회사 입장에선 좋지. 디자인 브랜드는 그야말로 디자이너 자체가 상품인데."

별거 아니라는 듯 담담하게 이야길 꺼내고 있지만 지니는 여전히 그런 제이디의 모습이 낯설게만 느껴졌다.

"내 상세 프로필까지 알릴 필요는 없어, 그냥 제이디란 이름과 내 얼굴 정도만, 그 정도만 알리면 돼."

언젠가는 했어야 하는 일이라 생각했었다. 다만 그 시기를 당긴 것은 사랑하는 사람을 지키기 위해선 마음만으론 안 된다는 걸 알았기 때문이다.

"본사에도 이야기해 둘게. 홍보팀에서 좋아하겠다."

"이왕이면 공식적인 자리를 통해서 알리는 게 좋을 것 같아. 이번 프로젝트 건이면 더욱 좋을 테고."

오랫동안 숨겨 온 존재를 알리는 일, 이왕이면 일에 도움이 되면서도 임팩트 있는 자리, 그런 자리가 좋겠다고 제이디는 생각했다.

"3개월이면 제품 라인 전부 다 잡고 생산 들어갈 수 있을 거고, 그러고 나면 바로 홍보 들어가야 하니까 그때쯤이면 괜찮을 것 같은데, 어때?"

"너무 늦어, 다음 달이면 최종 품평회까지 가능해지니까 신제품 쇼케이스에서 하는 걸로 하지?"

"그래, 그것도 나쁘지 않고······."

어딘지 서두르는 감이 있었지만 그것 또한 나쁘지 않겠다 생각되어 지니는 제이디의 말에 동의했다.

"아, 그리고 이건 건의 사항!"

"뭔데?"

심각했던 제이디의 얼굴 표정이 슬며시 풀어지자 지니는 한쪽 팔을 번쩍 들며 소리쳤다.

"나영 씨랑, 한 팀장한테 들은 건데! 한국 회사에선 팀원들끼리 야유회 같은 것도 가고 그런다는데……."

"그래서?"

"우리도 가자, 다음 달이면 급한 거 마무리되잖아! 간단하게 1박 2일로다가! 응?"

"시간도 빠듯한데 무슨 말도 안 되는 소리야?"

어림없는 소리라며 제이디는 단호하게 말하며 자리에서 일어났다. 하지만 그런 제이디의 단호함에 기죽을 지니가 아니었다.

"대표님은 참석 안 하시겠다 그 말씀이죠? 우리끼리 가지 뭐."

하여간 노는 건 엄청 좋아한다니까. 어째 희한하게 나이 먹을수록 지치질 않네.

제이디는 뾰로통한 얼굴이 되어 있는 지니를 힐끗 바라본 후 자신의 핸드폰을 집어 들었다. 어느덧 7시 반이 넘은 시각이었다.

[저 나영이랑 치맥 한잔하고 들어가려고요! 무슨 일인지 모르지만 저녁은 꼭 챙겨 먹어요.]

은서가 보낸 메시지를 확인한 제이디는 저도 모르게 입꼬리를 끌어 올렸다. 그렇지 않아도 퇴근하는 모습을 보지 못했구나 싶어 마음이 쓰이려던 차였다.

하여간 누구 여잔지, 하는 짓마다 예뻐서 큰일이야.

[별일 아니었어, 그보다 보고 싶어지면 나영 씨 집으로 찾아가야 되나? 참을 자신 없는데.]

일주일 정도 나영의 집에 있겠다고 말하던 은서가 떠올라 제이디는 도도독거리며 메시지를 남겼다. 비밀 연애란 게 이럴 때 안 좋다는 걸 또 한 번 깨닫는다.

아무래도 대놓고 연애를 했어야······.

"대표님, 너 연애하니?"

비밀 연애는 할 게 아니었다는 생각을 하며 미간을 찡긋거리던 제이디에게 지니가 말했다. 이미 앉아 있던 자리에서 일어난 지니는 짝다리를 짚으며 날카로운 눈빛이 되어 있었다.

"······뭐?"

"방금 그 표정, 누가 봐도 수상한 표정이었어."

오랜 시간 서로를 봐 와서 그런 것인지 원래 눈치가 좋아서 그런 것인지, 날카로운 눈빛을 보내는 지니로 인해 제이디는 순간 마른침을 꼴깍 삼켜야 했다.

"난 연애도 못 해?"

"와! 바빠서 야유회도 못 간다는 사람이 지금 연애를 해? 한가하다? 엉?"

오늘의 핵심은 기승전야유회였구나 싶어 제이디는 씁쓸한 입맛을 다셨다.

하여간 사람 말문을 턱턱 막히게 만든다니까.

"그래, 알았어, 가!"

"진짜지? 딴말하기 없기야."

"알았어, 이제 얼른 퇴근해."

귀찮다는 듯 휘휘, 손을 휘젓는 제이디를 바라보며 승리의 미소를 지은 지니는 문 쪽으로 몸을 돌리려다 핸드폰을 확인하는 그를 다시금 쳐다봤다.

저, 저, 미소! 아무래도 수상해. 너무.

"그런데 재주도 좋다? 한국 와서 여자 만날 시간도 없었을 텐데, 도대체 누구랑 연애를 해?"

"내가 언제 시간 따져 가면서 여자 만나?"

"그건 아니지만 왠지······."

꼴깍, 눈치 좋고 감이 빠른 지니를 알렉스는 그렇게 불렀다. 뱀파이어, 혹은 육감의 여왕. 그랬기에 저렇게 의미심장한 미소를 지을 땐 제이디 역시 긴장되긴 마찬가지다. 저 눈치가 보통 눈치가 아니란 걸 이미 잘 알고 있기 때문에.

"뭐, 일단은 좀 더 지켜보고······ 근데 제이디 너 요즘 포커페이스를 좀 잃어 가는 거 같아."

"뭐?"

"안 하던 짓 너무 하니까, 누구 먹이려고 커피에 샌드위치를 사서 나르지 않나······. 일단 참고 좀 하라고. 티 나니까!"

평소 크게 당황하는 법이 없는 제이디의 벌겋게 달아오른 얼굴에 지니는 피식 웃어 보이곤 대표실을 나섰다.

"이놈의 회사는 사생활 보호가 너무 안 된다고!"

이미 걸렸구나.

재채기와 사랑은 숨길 수 없는 거라고 하더니 그 말이 딱인가 보다 싶은 제이디였다.

"알렉스가 아닌 게 천만다행이군."

그나마 입이 무거운 지니가 눈치챈 것이 다행이란 생각이 들었다. 알렉스가 알았다간 10분도 되지 않아 그 비밀이 다 까발려질 테니까.

제이디는 길게 한숨을 내뱉었다. 그러고는 핸드폰을 들어 키패드를 눌렀다.

[술 너무 마시지 말고, 잘생긴 놈 지나가도 쳐다보지 말고, 재미나게 놀다 들어가.]

지니에게 걸렸단 말은 쏙 빼 버렸다. 만약 은서가 알았다간 자신과 눈도 안 마주쳐 줄 게 뻔해서였다. 그런 데는 자신보다 더 냉정한 한은서니까.

"그나저나 저 입막음을 해야 할 텐데……."

은서에게 메시지를 전송한 제이디는 대표실 문을 열고 밖으로 나갔다. 그러곤 아래층에서 싱글벙글하며 퇴근 준비를 하는 지니와 알렉스에게 소리쳤다.

"내가 오늘 저녁 쏠게. 지니 먹고 싶은 걸로 먹어! 비싼 걸로!"

시간은 빠르게도 흘렀다. 하루 24시간을 쪼개고 쪼개어 써도 부족할 만큼 프로젝트의 가속도는 붙어 갔고 그로 인해 이번 프로젝트 팀원들은 더욱 바쁜 하루를 보내고 있었다.

파리를 다녀온 후 한 달여가 흘렀다.

그 시간 동안 디자이너들이 자신들의 혼과 열정을 쏟아 내며 준비한 최종 디자인들이 완성 되었다. 생산될 제품은 총 12가지. 슬립 2종과 200세트 한정의 웨딩 란제리 4종, 그리고 한국과 파리에서만 판매될 6종, 각 300세트 한정의 란제리까지 모두 정해졌고 양 회사의 임원들 앞에서 선보일 최종 품평회만을 남겨 둔 상황이었다. 품평회가 끝이 나면 본격적인 생산 및 홍보 활동 등이 이어질 것이다.

"으아, 배고파, 배고파!"

목요일 저녁, 주말을 앞두고 품평회의 마지막 마무리를 하던 알렉스는 도저히 참을 수 없다는 듯 자리에서 벌떡 일어나며 소리쳤다.

"악덕 사장!"

그러고는 제이디가 있는 2층 작업실을 째려본다.

"그러게! 야유회 한번 보내 주면서 사람 혼을 쏙 빼놓으려 한다니까?"

이번엔 지니가 불만 가득한 얼굴로 중얼거렸다.

"……."

이럴 줄 알았어, 살살 좀 하라니까.

직원들의 불만이 여기저기서 흘러나오자 은서는 힐끗 2층의 작업실 쪽을 바라봤다. 한두 번 겪는 일은 아니지만 직원들의 불만이 터져 나올 때면 가슴이 뜨끔해 은서가 도리어 더 당황이 되곤 한다.

'내일 야유회 갈 생각이면 오늘까지 일 마무리 하세요. 안 그럼 여기서 한 발자국도 못 나갈 줄 알아!'

지니의 적극적이고 집요한 협상으로 따낸 제1회 단합대회 겸 야유회 하루 전날, 대표인 제이디의 한마디에 다들 들뜬 마음을 가라앉히고 야근을 할 수밖에 없는 처지가 되었다.

"우리 밥은 좀 먹고 일하죠? 못해도 두 시간은 더 해야 할 것 같은데."

저녁 7시 반, 나영 역시 배가 고파와 중얼거리기 시작했다.

"한 팀장님, 배 안 고파요?"

아까부터 말없이 완성된 샘플을 마네킹에 디피 중인 은서에게 알렉스가 궁금하다는 듯 물었다.

"저, 저요? 저도 고파요……. 집중력이 떨어지고 있어요."

빨리 해 놓고 저녁을 먹어야겠다 다짐했지만 생각보다 일은 더디게 진행되고 있었고 한 치의 오차 없는 배꼽시계는 밥을 내어놓으라며 조금 전부터 아우성치기 시작했다.

"은서 씨, 은서 씨가 가서 밥 좀 먹고 하자고 해요. 일하는 데 빠져 가지고 직원들 밥은 먹는지, 안 먹는지도 모르는 저 악덕 사장한테요!"

배가 고파 집중력이 떨어진다고 말하면서도 얼굴에 미소를 잃지 않는 은서에게 지니가 말했다.

"예? 제가요?"

다른 직원들도 있는데 굳이 자신을 콕 집어 말하는 지니로 인해 은서는 난감한 듯 어색한 미소를 지어 보였다. 일전에 제이디가 했던 말이 불현듯 떠올랐다.

'지니가 눈치가 좋아. 이미 알고 있는 것도 같고……'

일주일 전, 난감한 일이 생기거나, 굳이 그러지 않아도 되는 일에도 자꾸만 자신을 제이디에게 보내는 지니로 인해 찜찜한 기분을 느낄 때였다.

제이디는 지니가 우리 사이를 알고 그러는 것 같다고 했고 그 말에 은서는 제이디와 회사에서 눈도 제대로 마주치지 않으려 했다. 물론 그때마다 삐쳐서 투덜거리는 그로 인해 꽤나 난감한 시간들을 보내야 했지만.

"작업할 때 무지 예민하잖아요. 은서 씨한테는 꺼지라고는 안 할 테니까."

"그래요, 지니 말발은 안 먹혀, 은서 씨 파이팅!"

지니에 이어 알렉스까지 두 주먹을 불끈 쥐어 보이며 은서를 독려했다. 총알받이로 세우는 기분이 들긴 했지만 지금 믿을 사람은 은서 당신뿐이야! 두 사람의 눈빛이 그렇게 말하고 있었다.

알고 저러시는 거야? 모르고 그러시는 거야?

지니의 반응이 알쏭달쏭했다. 뭔가 납득하기 어려운 이유 같지만 묘한 설득력이 있어 은서는 어쩔 수 없다는 듯 몸을 돌려 2층 작업실을 다시 올려다본다.

'밥은 먹고 하자고 해야지! 대표는 일하느라 정신없는데 우리끼리 밥 먹으러 간다고 할 수도 없고.'

지니의 반응이 어딘지 찜찜하긴 했지만 우선 작업실에 들어가 있는 제이디를 만나는 것이 우선이었다. 작업할 땐 밖에서 전쟁이 나도 모를 사람이다. 시간이 가는 줄도 모르고, 일에 몰두하면 다른 직원들이 밥을 먹는지, 퇴근을 하는지도 까맣게 잊어버리는 사람.

좀 살살하면 좋으련만, 일할 땐 앞도 뒤도 안 보이는 모양이야.

"그럼…… 제가 다녀올게요."

은서는 전쟁터에라도 나가는 사람처럼 비장하게 한 손을 불끈 쥐어 보였다. 평소 자신 앞에선 앙탈 부리는 고양이 같은 남자가 작업 중엔 사나운 맹수로 돌변하니까 살짝 긴장도 되었다.

"한 팀장님, 이왕이면 고기로 부탁해, 네가 먹자 그럼 그러자고 할 것 같으니까."

"응?"

두어 걸음 발자국을 떼자 이번엔 나영이 소리친다.

은서는 얼른 고갤 돌려 나영을 바라봤지만 나영은 아무렇지 않은 듯 얼른 가라며 손을 휘젓고 있었다.

아…… 뭐지? 이 뒤통수 당기는 찜찜함은?

마음 한쪽에 찜찜함이 남아 있었지만 은서는 우선 걸음을 옮겼다. 저 배고픈 영혼들을 지금 잘 달래지 않으면 제이디는 내일 야유회를 가는 그 시간까지 잘근잘근 씹히고 말 것이다.

일할 땐 악마 같긴 해도 좋아하는 남자니까, 그의 험담은 더는 듣지 않는 걸로!

"나영 씨도 알았어요?"

2층 작업실로 향하는 은서의 뒷모습을 바라보고 있던 지니가 나영에게 고개를 돌렸다. 그러곤 방금 은서에게 했던 말을 떠올리며 의미심장하게 묻는다.

"뭐야, 나만 아는 거 아니었어?"

"모르면 이상한 거 아니에요?"

황당하다는 듯 소곤거리는 알렉스에게 나영은 아무렇지 않은 표정으로 어깨를 들썩였다.

　일주일간 은서와 함께 지내며 알게 된 사실 하나, 자꾸만 핸드폰을 들여다본다. 잠시 편의점을 갔다 온다며 슬그머니 나가는 횟수가 늘었다. 고로 한은서가 사랑에 빠져 있었다는 것! 그것도 아주, 아주, 가까이 있는 남자와!

　"에이, 뭐야! 난 나만 아는 줄 알고 제이디 좀 골려 먹을까 했더니……."

　알렉스가 한껏 김이 샜다는 듯 투덜거렸다.

　"그리고 대표님 엄청 티 나지 않아요? 은서 커피에만 시럽을 넣어 오질 않나, 어제만 해도 갑자기 밥 잘 먹다가 은서 옆에 와서 자리 차지하고 앉아 있질 않나, 난 대표님이 그렇게 귀여운 구석이 있는지 몰랐다니까요?"

　나영은 어제 점심시간에 있었던 일이 떠올라 키득이며 웃어 버렸다. 은서에게 확인을 해 볼까 했지만 말하지 않는 이유가 있나 보다 싶어 모르는 척해 주는 중이었다.

　"은서 씨가 나영 씨한테도 아무 말 안 해요?"

　"네, 때 되면 말하겠지 하고 기다리고 있는 중이에요."

　"티 난다고 조심하라고 했는데, 하여튼……."

　"제이디는 학교 다닐 때부터 좋은 걸 못 숨겨요, 성격이 고약해져서 이제는 안 그러나 했더니 아니었나 봐."

　알렉스는 은서에게 시선을 뗄 줄 모르는 제이디가 떠올라 피식거렸다. 표정은 평소와 다를 바 없이 평온함을 유지하지만 시선은 늘 은서를 따라다녔다. 그 모습을 보고 있자니 어릴 적, 제이디가 도진 운이던 시절이 떠올랐다.

　'너는 아닌 척하면서도 좋아하는 여자 생기면 눈에서부터 하트

가 날아다녀, 그거 알아?'

세령에게 푹 빠져 있던 그 시절, 시크한 표정과는 달리 그의 눈빛만은 어찌나 부드러운지 알렉스는 그런 제이디를 매번 놀렸었다. 그때 늘 했던 말은.

'어쩔 수 없어. 안 봐도 보고 싶고, 보고 있어도 보고 싶은데.'

냉정하고 빈틈이 없던 놈도 사랑 앞에선 한낱 약자인지 참 어울리지도 않는 말이라며 핀잔을 주긴 했지만 가끔 그런 녀석이 부럽기도 했었다.

"뭐야, 다른 사람들은 다 눈치챘는데 저 둘만 안 들켰다고 생각하고 있었던 거야?"

오가는 대화를 듣고 있던 지니는 황당하단 얼굴로 나영과 알렉스를 바라봤다.

"아무래도 그런 것 같죠? 두 사람 다 바보 같아."

"이럴 거면 왜 굳이 비밀로 하고 연애를 하는지……."

나영의 말에 지니가 갸웃거리며 중얼거렸다. 너무 티 낸다 싶었는데, 이렇게 빨리 다 알게 될 줄은 지니 역시 몰랐던 일이다.

"자 그럼, 저 앙큼한 두 사람을 어떻게 놀라게 해 줄까?"

알렉스의 말에 세 사람은 똑같은 표정이 되어 두 사람이 함께 있는 작업실로 시선을 돌렸다. 다들 재미있는 일이 생기겠다며 잔뜩 들뜬 얼굴들이었다.

"이번 야유회가 아주 즐거워지겠어."

15. 지금 마시고 싶은 것? 너의 입술!

"인상 좀 펴!"

"너희들 뭐야?"

인상을 쓴다. 그것도 잔뜩. 아주 기분 나쁘다는 얼굴이었다.

"응? 우리가 뭐?"

하지만 뒷자리와 보조석에 앉은 지니와 알렉스는 아무렇지 않은 듯 싱글벙글한 얼굴이었다.

"알렉스, 이거 먹을래? 달달한 게 맛있네?"

지니가 한가득 봉지에 담긴 과자 중 하나를 꺼내 알렉스에게 내밀고 운전석의 제이디는 그런 두 사람의 모습에 어이가 없어지려 했다.

이 천하의 방해꾼들.

"한 차에 다섯 명이 다 탈 순 없잖아? 나영 씨가 은서 씨랑 같이 장봐서 온다니까 어쩔 수 없지!"

이른 아침, 가평으로 향하기 전 회사 앞에 모인 다섯 명의 사람들 중 제이디는 은서에게 은밀히 눈빛을 보냈다. 자신의 차에 타라고, 하지만 은서가 차에 타려는 순간, 알렉스가 뛰어와 말했다.

'은서 씨, 나영 씨가 장 봐서 오기로 했는데 같이 가는 게 어때요?'

저 천하의 방해꾼! 눈치 없는 자식! 도움이 안 돼!

"여자 둘만 보내는 게 마음에 걸려서 그렇지."

한은서를 거기 보낸 게 몹시 마음에 안 든다, 인마!

속마음을 애써 숨긴 채 제이디는 운전에 집중했다. 아무래도 이 회사는 사생활 보호가 안 되는 것과 더불어 연애하기엔 더더욱 안 좋은 회사란 생각이 들었다.

"그나저나, 아까 나영 씨랑 은서 씨 이야기하는 거 들어 보니까 강지훈 씨 춘천에서 촬영한다는 것 같던데 오라고 하면 안 되나? 3 대 3 짝도 딱 맞고! 나 강지훈 씨 드라마 다 봤거든. 완전 멋있어! 완전!"

지니는 캔 커피 뚜껑을 따며 출발 전 나영이 했던 이야길 꺼냈다.

"미쳤어? 또 소문나면 어쩌려고?"

힐끗, 백미러로 지니를 바라보는 제이디의 눈빛이 매섭다. 하지만 지니와 알렉스는 그런 제이디의 눈빛을 모른 척하며 이야길 이어 나갔다.

"3 대 3 찬성이야! 그럼 나는 나영 씨랑 짝할래! 지니가 제이디 맡아."

"그래, 나영 씨가 딱 알렉스가 좋아하는 스타일이긴 해, 키 크고 날씬하고, 아무튼 강지훈 씨랑 은서 씨 제법 잘 어울리더라고?"

저것들을 확 여기 버려두고 가 버려?

"어울리긴 어디가 어울려? 그런 눈썰미를 가지고 디자인을 어떻게 하는 건지……."

"왜? 잘 어울리지 않아? 안 그래, 알렉스?"

"음…… 어울렸던 것 같아. 비주얼이 나쁘지 않았어."

지니의 말에 알렉스는 자신의 턱을 손으로 받치며 중얼거렸다. 꽤나 심각한 얼굴로 진지한 표정을 짓는다.

놀고 있네, 어울리긴 어디가? 이것들이 왜 자꾸 남의 여자를 다른 데다 찍어 붙이고 난리야?

"한 팀장 의견은 안 들어보고 너네끼리 정하냐? 강지훈이랑 스캔들도 났었는데, 잘도 오라고 하겠다!"

그 여자가 그렇게 눈치 없는 여자가 아니거든? 너희들이 백날 강지훈 보고 싶다고 노랠 불러 봐라, 내가 있는데 절대 오라고 할 사람이 아니야.

되지도 않을 일에 호들갑 떨며 구시렁거리는 두 어리석은 중생들에게 가소롭다는 듯 비소를 날린 제이디는 운전에 집중했다.

"은서 씨, 강지훈 씨 안 바쁘면 오라고 하면 안 돼? 나 강지훈 씨 엄청 팬이라서 꼭 보고 싶은데! 응? 응?"

언제 또 전화를 걸었는지 지니는 한껏 들뜬 목소리로 은서와 통활하고 있었다.

그렇게 말한다고 들어줄 사람이 아니라니까, 참 포기를 모르시네?

"아, 정말? 알았어, 고마워! 꼭 물어봐 줘! 응! 응!"

실망 가득한 목소리로 전화를 끊을 줄 알았던 제이디는 의외로 밝은 목소리의 지니를 힐끗 쳐다본다. 얼굴 표정도 아주 신나 보인다.

설마……, 설마 아니겠지?

"은서 씨가 뭐래?"

"물어봤는데, 시간 되면 잠깐 들렀다 가라고 말해 주겠대! 천사 같은 우리 은서 씨."

지니의 눈에서 하트가 둥둥 떠다니기 시작했다. 그로 인해 제이디의 미간은 잔뜩 좁아졌다. 저건 또 무슨 어이없는 말이란 말인가?

내가 있는데 강지훈을 불러? 내가 있는데?

아무리 지니의 부탁을 받았다 해도 저건 아니지 않나? 제이디의 표정이 금방 뚱해졌다.

"어이, 어이, 속도 너무 빠른 거 아니야?"

"뭐가?"

있는 힘껏 엑셀을 밟는 제이디로 인해 슬그머니 겁이 난 알렉스와 지니는 매고 있던 안전벨트의 상태를 다시금 확인했다.

"속도 좀 줄여, 무서워 죽겠어!"

누구 맘대로? 운전대 잡은 사람은 나다, 이것들아!

"누가 내 차 타래? 잔말 말고 꽉 잡기나 해! 스피드가 뭔지 오늘 보여 줄 테니까."

꿈틀꿈틀, 짙은 눈썹을 꿈틀거리며 제이디가 말했다. 스스로 생각해도 유치하지만 한번 불타오른 질투심은 끝 모르게 올라왔다.

오늘 어디 한번 다들 죽어 봐!

"지훈 선배 부르려고?"

쌩쌩 달리는 차 안에서 은서가 걱정스러운 표정으로 나영을 바라봤다. 방금 전 걸려 온 지니와의 통화가 마음에 걸려서였다.

지훈 선배가 온다고 하면 난리가 날 텐데.

"글쎄다. 왜? 이제 안 불편하다며?"

"그건 그런데…… 근데 김 팀장님, 왜 너보고 은서 씨라 그래?"

"그러게 왜 그러셨지? 착각하셨나 보다."

힐끔, 옆을 바라본 후 다시 운전에 집중하는 나영의 모습이 평소 같지 않아 은서는 고개를 갸웃거렸다. 회사 앞에서부터 지금까지 뭔가 개운하지 않은 묘한 분위기가 풍겼다.

"너, 오늘 좀 이상하다? 영 수상하게 굴어."

은서는 자세를 고쳐 앉으며 나영에게 고개를 돌렸다. 아무리 봐도 어딘지 평소완 다른 느낌이 든다. 무슨 질문을 하든 대충대충 넘기는 것부터 평소의 나영이 아니었다.

"이상하긴…… 너는 나한테 뭐 할 말 없어?"

"응? 할 말?"

"뭐 없음 말고, 나한테 비밀 같은 거 안 만드니까 너는. 그치?"

뜨끔. 나영의 말에 가슴이 뜨끔거려 은서는 잠시 큼큼거리며 헛기침을 했다. 무슨 고민거리가 있거나 하면 언제나 나영이에게 의논하곤 했던 은서는 최근 제이디와의 연애는 말조차 꺼내지 못했다. 그게 내내 마음에 걸렸는데, 오늘 이런 말을 듣고 보니 어딘지 미안해 한숨이 나오려 했다.

"비, 비밀은 무슨…… 아, 날씨 진짜 더워졌다. 그치?"

"은서야."

전방을 주시하던 나영이 시선은 돌리지 않은 채 나지막이 은서를 불렀다. 그저 이름만 불렀을 뿐인데도 그 목소리가 진지하다는 것을 은서는 느낄 수 있었다.

"응?"

"너, 지훈 선배 마음…… 알고 있지?"

"……"

"선배한테 꼭 집어서 전처럼 좋은 선후배로 지내자고 했다고 했잖아. 너, 알고 있었던 거지?"

전방을 주시하던 나영의 눈빛이 작게 흔들렸지만 은서는 그것까진 보지 못한 채 나영의 옆모습에서 시선을 떼지 못했다.

"······너도 알고 있었어?"

그저 어렴풋하게, 걱정된다며 흔들리는 시선으로 자신을 바라보던 지훈의 눈빛이, 제이디와 함께 갔던 그 카페에서 선배를 마주했을 때 느껴지던 그 안타까움이, 지훈의 마음을 말해 주고 있었다.

언제부터였는지 묻지 않았다. 물어보면 다시는 선배의 얼굴을 마주할 용기가 없을 것 같아서였다. 지금처럼 좋은 선배로 남아 줬으면 하는 작은 이기심 때문이기도 했다.

"너 선배는 정말 아닌 거야? 남자로 볼 순 없는 거야?"

나영의 목소리가 어딘지 촉촉한 물기를 머금고 있었다.

"······나, 지금 좋아하는 사람 있어. 이유가 있어서 당분간은 누군지 말 못 하겠지만, 그런 사람이 생겼어. 나영아."

아직까지 그 사람이 제이디란 건 말해 줄 수 없지만······.

"그럼 나도 비밀 하나 말할게."

"비밀?"

은서의 말을 조용히 듣고 있던 나영이 잠시 고개를 돌려 은서에게 시선을 둔다. 그리고는 긴장이라도 하는 것인지 크게 숨을 내쉬었다.

"나 지훈 선배 좋아해."

나영의 말에 은서는 두 눈을 깜빡거렸다.

언제부터? 언제부터 좋아했던 거지?

전혀 몰랐던 이야기였다. 친구가 된 후 서로가 만나는 사람은 물론이고, 마음에 비밀이라곤 거의 만들어 보지 않았는데 나영이 지훈을 좋아하고 있다는 사실을 은서는 까맣게 모르고 있었다.

"뭐, 뭐야 너. 언제부터······."

'은서야, 나 저렇게 잘생긴 사람 처음 봤어.'

'저렇게 생겨서 저 정도로 착한 건 사기 아니야?'

'지훈 선배 오늘 드라마 캐스팅됐대, 진짜 별나라 사람 되려나 봐. 좋아한다고 말도 못 했는데.'

대학생 때, 어쩔 수 없이 끌려 나갔던 미팅에서 지훈을 처음 본 후 나영은 은서에게 그렇게 말했었다. 시간이 흘러 함께 어울려 다니기 시작하면서부턴 팬클럽에라도 가입할 기세로 눈에 하트를 달고 다녔던 것 같다.

그러곤 무슨 이유에선지 어느 날부터 나영은 지훈 선배에 대한 이야길 꺼내지 않았다.

"너 설마, 설마 대학 때부터……."

"아니야, 내가 그렇게 순정파니? 그동안 만난 남자들은 뭐가 돼!"

나영은 고개를 흔들었다.

"그럼 언제부터 좋아했던 거야? 나 진짜 까맣게 모르고……."

나영의 마음도 모르고 지훈과 둘이 만나 밥을 먹고, 스캔들 기사까지 났다. 그걸 다 지켜봤을 나영의 마음이 걱정스러워졌다. 자신의 무덤으로 친구의 마음이 번잡했을지도 모를 일이었다.

"잘 모르겠어. 그냥 다시 만나게 된 때부터 조금씩, 그냥 신경 쓰였던 것 같아."

여전히 바보처럼 착한 지훈이 안쓰럽게 보였다. 은서에게 마음조차 전달하지 못하는 그 미련함이 신경 쓰였고 그러다 보니 자꾸만 떠올라 마음을 어지럽혔다.

"……진작 말 좀 해 주지. 미안해, 그것도 모르고……."

"기지배, 너 요즘 사람 좀 서운하게 만든다. 미안하단 말이 웬 말? 우리 사이에 그게 어울리는 말이야?"

"그래도 내가 너무 모르고 있어서…… 너 신경 쓰였을까 봐."

"그런 거 신경 쓰지 마. 오늘 너한테 이야기 꺼낸 건, 나 차이면 술이나 같이 마셔 달라고 이야기한 거야."

"술이야 3일 밤낮으로 먹어 주긴 할 건데, 벌써 차일 생각부터 해? 천하의 신나영이?"

"해 보는 데까지는 해 보고 안 되면 그만두는 거지 뭐. 내 연애는 일단 내가 알아서 해 볼 테니까, 넌 잔뜩 골나 있을 남자 친구 신경 써야 할걸?"

가슴에 담아 두기만 했던 말을 내뱉고 나니 한결 마음이 가볍고 개운해져 나영은 환한 얼굴로 웃어 보였다.

"……너 알았어?"

"……너 진짜 몰랐어? 완전 티 나!"

깜짝 놀란 눈으로 바라보는 은서에게 나영이 더 놀란 얼굴로 되물었다.

저렇게 눈치 없던 애는 아니었던 것 같은데.

"진짜? 진짜 티 나?"

"너는 일부러 대표님 피해 다니고, 대표님은 그런 너 졸졸 따라다니고, 완전 웃겼거든?"

"아, 진짜! 내가 회사에서 그러지 말자고 했는데……."

지니가 눈치챘을 것 같다는 말에 회사에서 제이디와 거리를 두려 했던 은서였다. 그때마다 골난 얼굴로 자신을 졸졸 따라다니는 제이디로 인해 몹시 힘들었었다.

"비밀 연애 왜 하는데?"

"회사에선 일만 하려고. 대표님 독설가인 거 알잖아? 사적인 감정이 들어가면 대표님이 아닌 남자 친구한테 서운해질까 싶어서 그랬어."

공과 사의 경계가 무너질까 싶어 조심조심했던 건데, 이렇게 일찍 다른 사람에게 들켜 버리고 나니 은서는 허무한 기분이 들었다.

"한은서, 너 마음 많이 약해졌다? 우리 그것보다 더한 소리 얼마나 많이 들었는데 그런 걸로 서운해? 대표님이 하는 말이 너 서운하라고 하는 말 아닌 건 네가 제일 잘 알면서?"

"그래도 좋아하는 남자한테 맨날 욕먹어 봐, 그게 기분이 좋냐?"

"푸흣, 그건 그렇다. 일할 땐 인격이 상당히 나빠져."

은서의 말에 나영 역시 인정한다며 고개를 끄덕였다. 분명 은서를 좋아하는 것 같은데 은서가 무슨 실수를 하거나 하면 눈에서 불을 뿜으며 화를 내는 모습에 '내가 착각했나?' 고개를 갸웃거리기도 했었다.

"아무튼 그래서 내가 너한테 말도 못 하고 그랬었어."

"뭐, 서운할 뻔했는데 이번엔 넘어가 준다!"

나영의 시원한 웃음에 은서 역시 고개를 끄덕이며 미소를 지어 보였다. 이렇게 말하고 나면 시원했을 일을 괜히 비밀로 한다고 했나 싶어진 은서였다.

"그래도 다행이야, 김 팀장님은 둘째 치고 알렉스 씨가 알았으면 엄청 놀렸을 텐데."

제이디의 말처럼 김 팀장님은 알면서 모르는 척하고 있는 걸 수도 있지만 장난기 가득한 알렉스에게 사실을 들켰다면 아마 며칠은 그의 놀림감이 되었을지도 모른다.

"내가 아는데, 그 사람들이라고 모르겠어?"

핑크빛 립스틱을 바른 나영의 입꼬리가 씩 위로 올라갔다. 그 모습을 보자 은서는 순간 머리가 지끈거렸다.

"도대체 언제부터 알았던 거야, 다들?"

"우와, 여기 너무 좋다!"

차를 달리고 달려 도착한 가평의 한 펜션, 차에서 내리자마자 지니는 신이 난 목소리로 소리쳤다. 아주 어릴 적부터 외국에서 생활했던 터라 한국의 산이며, 계곡이며, 드라마를 통해서만 봤던 지니였다.

"펜션 너무 예쁘죠?"

신나 하는 지니에게 나영이 차에서 내리며 말했다. 독채로 지어진 2층짜리 하얀 건물은 푸릇푸릇한 나뭇잎들 사이에 자리 잡아 더욱 아름답게 보였다.

"나영아, 트렁크!"

차에서 내린 은서가 나영을 향해 소리쳤다. 술이며, 고기며, 잔뜩 사 왔던 것들을 안으로 옮겨야 했다.

표정 보니까 삐친 게 분명해, 투덜이 스머프가 아니라 삐돌이 스머프라니까?

운전석 문에 기대 뚱한 표정으로 주변을 휙휙 둘러보고 있는 제이디가 눈에 들어왔다. 저렇게 기분 나쁘다는 표정을 대놓고 짓고 있으니 주변 사람들이 몰랐을 리가 없구나 싶어진다.

나랑 제이디랑 둘만 몰랐어. 바보같이.

"알렉스 그만 뛰어다니고 빨리 저기 짐 날라! 제이디 너도 어서!"

잔뜩 신이나 여기저기를 뛰어다니는 알렉스와 뚱해 있는 제이디에게 지니가 소리쳤고 그제야 돌아가 있던 제이디의 고개가 은서에게 와 닿았다.

"단단히 삐쳤나 보네, 표정 봐, 표정!"

뚱한 제이디의 표정에 나영은 재미있다는 듯 히죽거렸고 은서는 난감한 표정을 지었다.

"그러니까, 하여튼 다들 장난꾸러기야, 아주!"

"나영 씨, 은서 씨, 나랑 제이디가 다 들고 갈 테니까, 안에 들어가서 쉬어요. 더워, 더워."

"같이 들고 가요, 엄청 많아요."

한껏 신이 났는지 방방 뛰며 달려온 알렉스에게 은서는 봉투 하나를 들어 보이며 말했다. 저기 뒤에서 어슬렁어슬렁 걸어오고 있는 제이디가 신경 쓰였지만 일단 할 일은 해 놓고 그를 달래 줘야겠다 마음먹는다.

"짐은 내가 들 테니까, 제이디 좀 부탁해요. 오는 동안 우리가 심하게 놀렸거든요, 완전 삐쳤어."

은서의 손에 들린 봉투를 건네받으며 알렉스는 난감한 얼굴로 은서에게 속삭였다. 제이디의 눈치가 보이는 모양이었다.

"그러게, 왜 그랬어요?"

"둘이 우리 몰래 연애한다기에 놀려 주려고 그런 건데, 오늘 황천길 갈 뻔했어요, 분노의 질주 한 편 찍었거든요."

"그럼 짐 좀 부탁해요. 전 잠시 저분 달래고 올게요."

은서는 알렉스에게 그렇게 말한 후 천천히 자신에게 걸어오고 있던 제이디에게 성큼성큼 걸어갔다.

꿍해 있는 제이디의 모습에 은서는 피식 웃음을 터트렸다. 다들 눈치채고 있었는데 둘만 그 사실을 모르고 숨기려고 끙끙거렸다는 사실이 무척 우스웠다.

"화 많이 났어요? 인상 좀 펴세요."

"화는 무슨."

바로 앞까지 다가온 제이디를 올려다보며 은서가 물었다. 그러자 제이디는 고갤 돌리며 아니라 했다.

치, 누가 봐도 삐쳤네.

"다들 짐 옮긴다는데, 우린 데이트나 할까요?"

"뭐? 왜, 왜 이래?"

은서는 뚱해 있는 제이디의 팔짱을 꼈다. 그러곤 빙긋 웃으며 그를 바라봤다.

"왜긴요, 삐쳐 있는 우리 삐돌이 스머프 기분 풀어 주려고 그러죠."

"다른 사람들이 눈치챌 텐데?"

"일단 가요, 여기 예약할 때 보니까, 뒤쪽에 산책로가 너무 예쁘더라."

의아한 표정으로 자신을 바라보는 제이디의 눈빛에도 은서는 아무렇지 않다는 듯 더욱 그의 팔을 꽉 붙잡았다. 그러곤 황당해하는 그의 몸을 돌려 펜션 뒤쪽으로 나 있는 숲 속 산책로로 이끌었다.

"얼른 와요."

푸릇한 초록색 잎들과 여름의 싱그러움이 고스란히 느껴지는 곳이었다. 그늘진 나무숲 사이사이로 이름 모를 들꽃이 군락을 이루고 있었고 풀 내음이 향긋하게 풍기고 있었다.

"시원하죠?"

"그러네. 근데 진짜 이래도 돼? 회사에선 들킬까 봐 나랑 눈도 안 마주치잖아."

가평으로 오는 동안 내내 불편했던 마음이 자신의 팔을 붙잡는 여자의 손길 한번에 모두 사라졌다.

내가 이렇게 단순한 놈이었어?

"우리가 그렇게 애썼는데, 다들 알고 있었대요."

"뭐? 지니만 알고 있는 거 아니야?"

제이디의 눈이 두 배로 커졌다. 반응을 보아 그 역시도 들켰다는 걸 모르고 있었던 것 같다.

"아니었어요. 그래서 일부러 장난쳤던 거예요."

"그랬던 거야? 어쩐지 수상하게 굴더라니."

굳이 자신의 차에 타려는 은서를 나영에게 보낸 것부터 히죽이며 웃는 얼굴까지, 어딘지 수상하긴 했었다. 그걸 진즉에 알아차리지 못했다니.

한은서로 인해 이성의 끈을 살짝 놓았던 게 분명하다. 인정한다.

"막 삐쳐서 분노의 질주 한번 했다면서요? 알렉스 씨가 무서웠다고 덜덜 떨던데요?"

자신의 팔에 올려진 은서의 팔을 내려 손을 잡은 제이디는 그녀의 말에 피식 웃어 버렸다. 무섭다고 징징대던 알렉스의 모습이 떠오른다.

"그 자식 거의 울 뻔했어. 아무튼, 다들 장난이 심하다니까."

"위험하게 그러면 어떻게 해요?"

"흠흠."

은서의 핀잔에 제이디는 그제야 자신이 한 일이 쑥스러운지 큼큼거리며 고갤 돌렸다. 조금 전까지 짜증스럽기만 했던 더운 바람도 은서와 함께하니 달게만 느껴졌다.

이번 주말이 지나고 나면 다음 주부턴 새로운 전쟁이 시작될 것이다. 그렇기에 이 야유회가 처음과 달리 나쁘게만 느껴지는 것은 아니었다.

"지훈 선배도 안 올 거예요. 누구 질투하는 거 무서워서 안 불렀어요."

"누가 질투를 해? 내가?"

지금 무슨 말을 하냐는 듯 까맣게 모르겠다는 얼굴로 말하는 제이디에게 고개를 끄덕인 은서는 천천히 그와 함께 걸음을 옮겼다. 나무숲 사이로 시원한 바람이 불어왔다.

"이제 기분 풀린 거죠? 나 걱정 안 하고 마음 놓고 놀아도 되죠?"

"누가 삐쳤다고 그래, 아니거든."

가평으로 오는 동안 자신이 저지른 만행이 생각나 제이디는 얼굴로 열이 올라왔다. 하지만 그런 제이디의 모습마저 마냥 좋은지 은서는 환한 얼굴이 되었다.

"그보다, 이렇게 된 거 그냥 마음 편하게 연애해도 되겠다. 회사에서도 너무 애쓰지 말고."

최근 비밀 연애란 되지도 않을 일을 시작한 자신의 행동이 무척 후회스러웠다. 애초에 공개하고 만났다면 사람들의 호기심 어린 눈길에서 한은서를 지켜 줄 수 있었을 텐데, 그러지 못한 자신이 참으로 초라하고 작게 느껴졌었다.

"너무 대놓고 그럼 놀림당할걸요? 다들 얼마나 짓궂은지."

"뭐 어때, 이제 숨기지 않아도 되니까 속은 편하네."

한결 마음이 가벼워진 제이디는 은서의 어깨에 손을 둘렀다. 자그마한 어깨가 자신의 팔 안으로 들어오자 마음 가득 채워지는 이 알 수 없는 충족감.

"거기 풍기 문란 커플! 어서 와서 밥 준비 합시다, 들어야 할 말도 많은 것 같고!"

"오늘 각오 좀 하긴 해야겠지?"

산책길 중간에 서서 손을 흔드는 알렉스의 모습에 제이디는 중얼거렸다. 아무래도 이번 야유회를 벼르고 있었던 모양인지 얼굴 가득 장난기가 가득해 보였다.

"그래야 될 것 같아요."

"가 보자, 까짓것 풍기 문란이 뭔지 제대로 보여 주자고!"

고개를 끄덕이며 동의하는 은서를 바라보는 제이디의 얼굴이 오늘 중 가장 환한 얼굴이 되어 있었다.

서울이라고는 믿을 수 없을 만큼 고즈넉한 종로의 한 한정식집은 어둑해진 주변을 밝히는 조명들로 빛이 나고 있었다. 조선 시대 대군의 별장으로 사용했던 곳인 만큼 건물 자체가 주는 중압감이 보통은 아닌 곳이었다.

"그래서, 그놈은 만나 본 거냐?"

정갈하게 차려진 음식들을 맛보며 중년의 남자는 자신 앞에 앉은 두 아들에게 물었다. 셋 다 잘 다려진 고급 정장 바지와 하얀 셔츠 차림의 모습으로 앉아 있었고 그 모습은 어딘지 꽤나 딱딱하고 경직되어 보였다.

"아직요, 기회가 없었어요."

말끔하게 쓸어 넘긴 머리카락, 높은 콧대, 서늘한 인상을 풍기는 세운은 자신의 아버지와 동생 정운의 대화를 잠시 듣다 이내 고개를 돌렸다.

"얼마 전에 연락이 왔었다며?"

아들의 대답이 썩 마음에 들지 않는지 그의 걸걸한 목소리가 제법 높아졌다.

"여보, 식사부터 하세요. 애들 체하겠어요."

남편의 목소리가 높아지자 옆에 앉아 식사를 하고 있던 그의 아내는 그런 남편을 말리며 조곤조곤 말을 이어 갔다.

"세운이나, 정운이나, 하는 일들이 워낙 많잖아요. 아시면서 그러세요."

"누가 그걸 모르나, 이 사람아."

"조만간 연락해서 만나고 오겠습니다."

아내의 잔소리에 헛기침을 내뱉는 남자에게 그의 큰아들 세운이 대답했다. 평소 남들 앞에서 절대 지는 법 없는 아버지가 가장 약해지는 순간이 어머니 앞이란 사실이 새삼스럽게 다가왔다.

"세운아, 여기 전복구이 포장 좀 하라고 했다, 수영이가 좋아하잖니."

곧 출산을 앞둔 큰며느리 수영이 좋아하는 음식을 미리 챙겨 둔 그 녀는 큰아들의 밥그릇 위에 도미 살을 집어 올려 준다. 어느덧 마흔 을 바라보는 아들이 아직도 그녀의 눈엔 어린아이처럼 느껴질 때가 있었다.

"네, 감사합니다."

"다경이도 좋아하는데요, 어머니?"

"어휴, 저 팔푼이 같은 놈."

아무런 말 없이 앉아 밥을 먹고 있던 정운이 자신의 아내도 좋아하 는 거라며 한마디 거들고 나서자 그런 아들의 모습에 어이가 없다는 듯 고개를 젓는 그의 아버지였다.

"다경이는 전복구이보다 너비아니랑 송이를 더 좋아해! 따로 포장 하라고 했다."

"아, 너비아니였나? 아무튼 감사합니다. 어머니."

"둘 다, 회사 일에 바쁜 건 알지만 와이프들 챙겨. 특히 수영이는 요즘 몸이 무거워서 힘들어할 텐데."

"친정에 가 있으니까 괜찮을 겁니다."

"그래, 내가 챙겨 주는 것보다 사부인께서 더 신경 써 주실 거야."

"지들 여자는 지들이 챙겨야지, 왜 내 마누라를 귀찮게 하나 몰 라?"

며느리 일까지 하나하나 신경 쓰는 부인의 모습이 마음에 들지 않 는 듯 잔에 담긴 인삼주를 꼴깍 삼킨 그는 아들들을 휙 둘러봤다.

"아버지, 아버지는 회사에선 안 그러신데, 어머니 앞에선 한없이 약해지십니다?"

밖에선 돈벌레니, 돈귀신이니, 벼락부자니 별의별 말을 다 들으면 서도 꼿꼿하기만 한 자신의 아버지가 어머니 앞에선 순한 양이 되는 게 그저 신기한 정운이었다. 뭐 유전의 힘인지 자신은 물론, 멋없고 딱딱하기만 한 자신의 형도 부인 앞에선 한없이 약해지지만.

"실없는 소리 고만하고, 박 비서가 법무팀 데려다가 막은 스캔들, 그거 왜 그런 거야?"

"네?"

"내가 모를 줄 알았어, 이놈아? 왜 법무팀이랑 화앤담 팀장인 네 처남까지 데려다가 그 스캔들 막았냐고."

아버지의 호통 아닌 호통에 정운은 들고 있던 젓가락을 살며시 테이블에 내려놓았다.

이거 그냥 피해 갈 수 있는 문제가 아니네?

아버지의 눈빛이 모든 걸 알고 있다고 말하고 있었다.

거짓말했다간 이 상이 엎어지지 싶다.

"진운이 아는 사람인가 봐요. 필요해서 좀 부탁했던 것 같고요."

스캔들 난 배우가 아니라 그 상대방 여자가 진운이 만나고 있는 여자라는 말은 쏙 빼 버렸다. 자기 인생 열심히 사는 동생의 사생활이니 굳이 제 입으로 말하고 싶지 않기도 한 정운이었다.

"집안이랑 연 끊고 지내는 놈이 아쉬울 때만 연락하지? 해상그룹 법무팀이 그렇게 한가하냐? 하여간 마음에 안 드는 놈!"

들고 있던 잔을 탁! 하는 소리가 날 만큼 세게 내려놓은 그의 표정이 몹시 좋지 않다.

"힘들 때, 그래도 가족밖에 더 있습니까? 전 그렇게라도 연락하니까 좋기만 한데요."

생일이나, 명절이 되어야 연락하는 놈이 그래도 도움이 필요할 때 자신의 비서에게 연락한 것이 정운은 마음이 놓였다. 파리에 처음 갔을 때 어머니가 마련해 준 작은 아파트 외엔 어떤 도움도 받지 않고 지금의 자리까지 올라간 자신의 동생이 자랑스럽고 대견하면서도 한편으론 저렇게 힘들게 살아야 하나 안쓰럽기도 했었다.

물론 그런 독한 마음은 아버지와 똑 닮았으니 핏줄의 힘이 무섭긴
하다.

"제 형들 도와서 회사 일이나 했으면 좋았을 것을, 여자 속옷을 만
든다고 난리야, 난리는!"

"또 그러신다, 그러면서 진운이 회사 어떻게 돌아가나 체크하시는
거 애들도 다 알아요."

조곤조곤한 목소리로 성난 남편의 잔에 술을 따라 주는 그녀의 얼
굴에 흐뭇한 미소가 걸려 있었다. 저렇게 화를 내면서도 때가 되면
막내아들이 운영하는 회사에 대한 보고를 받고 있다는 걸 알고 있기
때문이었다.

"쓸데없는 소리! 밥이나 먹어, 오랜만에 외식인데, 그놈 이야기하
니까 입맛이 딱 떨어지는구먼!"

"하여튼 아버지나 진운이나 고집 센 건 알아줘야 합니다. 안 그래
형?"

누구 하나 굽히는 법 없이 팽팽하게 맞서는 두 사람, 아버지의 심
기를 건드리고 있는 진운은 이 세 형제 중 가장 아버지를 많이 닮아
있었다.

세운은 정운의 말에 고개를 끄덕였다.

"식사하시죠. 진운이는 조만간 제가 만나 보겠습니다."

펜션 뒤편 자그마한 정원에는 여길 찾은 손님들이 모여 앉아 식사
를 할 수 있는 나무 테이블이 마련돼 있었다. 남들보다 조금 이른 시
기에 찾아와서일까? 쉽게 독차지할 수 없는 커다란 테이블에 앉을
수 있게 된 것은 행운이었다.

"와, 예쁘다! 언제 식탁보까지 준비했어요?"

굳이 그거까지 필요하겠냐는 은서의 만류에도 예쁘니까 가져가고 싶다던 나영은 자신의 짐 속에서 연한 파스텔 톤의 식탁보를 꺼내 테이블 위에 펼쳐 두었다.

"예쁘죠? 거봐, 이거 깔아 두니까 폼 나잖아."

지니의 말에 한껏 신이 난 얼굴로 자신을 바라보는 나영에게 은서는 크게 고개를 끄덕였다.

우쮸쮸, 우쮸쮸, 우리 나영이 참 잘했어요.

"참 잘했어요, 도장이라도 찍어 줘?"

"그건 됐고, 너 그럼 대표님이랑 썸 타는 게 아니라 사귀는 사이다 그거지?"

조금 떨어진 곳에서 알렉스와 함께 고기를 굽고 있는 제이디를 힐끗 나영이 바라봤다. 사귀는 사이보단 썸에 가까운 사이라고 생각하고 있었는데, 오늘 막상 나란히 서 있는 두 사람을 보고 나니 확신 아닌 확신이 들었다.

"으응, 그게…… 그렇게 됐어."

제이디를 향해 있던 시선을 돌린 은서는 고개를 작게 끄덕였다.

"썸 타는 정돈 줄 알았는데, 생각보다 진도가 빨랐어!"

나영의 말이 쑥스럽고 민망해 은서는 어색한 웃음을 지었다. 민망함과 동시에 눈이 마주칠 때마다 자신에게 방긋거리며 웃어 보이는 남자의 모습에 마음이 설렌다.

"제이디가 잘해 줘요? 나 쟤가 여자한테 착하게 구는 거 거의 못 봤거든요. 신기해!"

지니는 테이블 위에 와인 잔을 세팅하며 은서를 바라봤다. 발그레한 뺨이 같은 여자가 봐도 저리 사랑스러운데 마음을 뺏긴 남자의 눈엔 얼마나 예뻐 보일까?

그래서일까? 여자들에겐 비즈니스적인 만남이나, 그저 스쳐 지나가는 하룻밤 만남이 아니라면 결코 곁을 주지 않던 제이디가 진심으로 누군가를 마음에 담았다는 게 느껴졌다.

"음…… 잘해 주긴 하는데요, 회사에선 늘 보시던 그대로예요. 맨날 무섭게 혼내잖아요."

거의 하루도 빠짐없이 혼나다 보니 어떤 날은 혼내지 않는 그가 이상해 보일 정도였다.

"그건 그렇긴 한데, 그래도 은서 씨한텐 많이 순화시켜서 말하던데요? 그래서 우리가 눈치챘고."

지니의 말에 은서는 고개를 끄덕였다. 아직까지 대표실에 들어가 혼나면서도 '이럴 거면 회사 때려치워!' 라거나 '당장 나가!' 소리는 듣지 않았으니까.

알렉스나 지니에게 그 말을 할 때 제이디의 모습은 악마가 따로 없어 보였다.

좀 살살하라니까. 하여튼 그 성질.

"내 여자 친구 앞에서 날 씹는 건 너무한 거 아니야?"

잘 익은 고기, 알록달록한 파프리카와 토마토, 거기다 쫀쫀한 버섯까지, 접시 한가득 담아 온 제이디가 여자들 사이를 끼어들었다.

"은서 씨가 속고 있는 거 같아서 그래! 쟤가 여자들한테 찬바람 막 쌩쌩 불고요, 은서 씨……."

"지니한테 최근에 차인 남자들이 미스터 강, 찰스, 로이, 또 누구더라? 아, 그 야구 선수 데이비드……."

지니의 말에 제이디는 들고 있던 접시를 테이블 위에 올려놓으며 중얼거렸다. 그간 지니가 만났으나 한 달도 되지 않아 그녀에게 차였던 남자들이었다.

"야야! 저것 봐요, 쟤가 저렇게 사악하다니까? 다시 생각해 봐요,

은서 씨! 불구덩이로 들어가는 걸 수도 있어요!"

씩, 입꼬리를 끌어 올리는 제이디의 모습에 지니는 잔뜩 뿔이 났지만 나영과 은서는 그런 두 사람의 모습이 재미있어 그저 말없이 둘을 바라보았다.

오랜 시간 알고 지낸 사이라 그런지 지니와 제이디, 알렉스 세 사람은 꼭 한집에서 태어난 개성 강한 남매들처럼 보일 때가 있었다.

"다시 생각하긴 뭘 다시 생각해? 한은서한테는 천사표거든. 그렇지?"

은근슬쩍 은서의 옆자릴 차지하고 앉은 제이디는 자신을 바라보는 그녀의 고운 눈빛을 마주하며 물었다. 시원스러운 눈매가 어느새 부드럽게 반달을 그리며 그를 향해 있었다.

"은서 씨, 진짜예요?"

"네, 그런 것 같아요."

도저히 믿을 수 없다는 지니의 표정에도 은서의 발그레한 두 뺨은 원래 빛으로 돌아올 줄 몰랐다. 심장이 꼭 풍선껌이 된 기분이 들었다. 달콤하고 말랑하고 쫀득쫀득하고, 크게 부풀어 오르기도 한다.

"우와, 저 두 사람 눈에서 꿀 떨어지는 것 봐. 부러워서 나도 연애할 거야."

그릴에서 잘 구워진 나머지 고기를 챙겨 오며 알렉스가 소리쳤다. 졸졸졸 은서에게만 향해 있는 제이디의 눈빛이 친구인 그의 눈에도 참 다정해 보였다. 굳이 자신들이 먼저 이야기하지 않았더라도 저 성격에 분명 얼마 가지 않아 자기 입으로 사실을 밝혔을 것이다.

좋은 건 절대 숨기지 못하는 놈이니까.

"자, 일단 잔들 채우시고 두 사람 연애사는 천천히 들어 보자고요!"

"휴우, 배부르다."

넉넉하게 차려진 음식들로 든든하게 배를 채운 은서는 말끔히 비워진 빈 접시들을 둘러보며 말했다.

일할 땐 카리스마 넘치는 지니는 회사 밖에선 그저 성격 좋은 큰 언니 같았고, 일에 집중할 때 외엔 늘 나이 어린 동생 같은 알렉스는 고기도 잘 굽고, 불도 잘 피우고, 힘도 잘 쓰는 든든한 오빠 같은 모습을 보여 줬다.

평소 사무실에서 보던 모습과는 사뭇 달라 신기하기도 했고 그 모습들을 보고 있자니 꼭 오랫동안 알고 지낸 친구처럼 편하게 느껴지기도 했다.

술은 한국 소주가 최고라며 흥청망청 술을 들이부은 알렉스와 지니는 '한 잔 더!'를 외치다 제이디에게 '주정뱅이들'이란 소릴 듣게 되었고, 결국 안으로 들어가 잠을 청하게 되었다. 그러고 나서야 은서와 나영, 제이디는 남은 음식들과 테이블 위를 말끔히 정리하기 시작했다.

"은서야, 커피 한 잔 마실래? 대표님도 드실래요? 술 좀 취하신 거 같은데 시원한 걸로."

"좋습니다."

"나도 좋아."

나영의 말에 제이디와 은서가 고개를 끄덕였다. 소주는 잘 마시지 못한다던 제이디의 얼굴이 조금 붉어져 있었다.

"그럼 기다려요, 내가 금방 만들어 올 테니까."

"응, 나머진 내가 정리할게."

"오래된 친구 사이라고 했지?"

잠시 기다리라며 나영은 후다닥 뛰어 펜션 안으로 사라졌고 남겨진 제이디는 나지막한 목소리로 은서에게 물었다. 술기운이 스멀스멀 올라오는지 그의 목소리가 평소보다 더욱 낮고, 촉촉해져 있었다.

"네, 10년 됐어요. 대학을 서울로 왔는데 저는 지방 출신이라 서울엔 친구도 없고, 아는 사람도 없고, 그랬거든요."

"고향이 어딘데?"

"부산이에요."

"부산? 사투리 안 쓰네?"

"처음엔 썼는데 서울 생활 10년 하니까 고쳐지던데요? 그래도 부산 집에 가면 써요."

사투리를 쓰는 은서의 모습이 상상이 되지 않는지 제이디는 잠시 그런 은서의 모습을 떠올리다 피식 웃어 버렸다.

"상상이 안 돼, 아무튼 그래서 친해졌어?"

"네, 처음엔 뭐 저런 화려한 애가 다 있나, 거부감도 들고 그랬거든요."

예쁜 얼굴에 보기 좋은 몸매, 짧은 미니스커트, 굽 높은 힐, 거기다 찰랑이는 갈색 머리카락. 어딘지 같은 나이라고 하기엔 화려하고, 또래들보다 세련된 모습이었다.

"그러다 같은 조가 돼서 과제를 같이 하게 됐는데 생각보다 너무 성실한 거예요. 잘 모르겠다고 저한테 하루에도 열 번씩 전활 걸지 않나, 좀 의외더라고요. 그러다 친해졌어요."

그때의 모습이 떠오르는지 은서의 입가에 부드러운 미소가 번졌다. 그 모습을 옆에서 마주하던 제이디는 테이블 위에 올려진 은서의 한 손을 살며시 그러쥐었다.

"신나영 씨한테 질투 나려고 한다."

"네?"

제이디의 짙은 눈썹이 잠시 꿈틀거리다 이내 평온을 되찾았다.

"내가 모르는 한은서를 다 알고 있잖아. 강지훈, 그 사람도 그럴 테고……."

"……."

귀여워라. 이 질투쟁이.

"이러다가 우리 엄마한테도 질투하겠어요."

"그건 아니고……."

어둠이 내려앉아서 그런 것일까? 아님 평소보다 많은 술을 먹어서 일까? 제이디의 목소리가 꽤나 나른하고 촉촉하다.

"후우…… 할 수 있으면 다 가지고 싶어."

제이디는 취기로 달아오른 얼굴을 숨기지 못한 채 은서를 바라봤다. 눈빛이 짙어졌다.

"뭘요?"

뭐가 그렇게 가지고 싶을까?

은서는 궁금함에 되물었다.

"어린 시절의 한은서, 갓 학교를 들어갔을 때의 한은서, 사춘기 소녀였던 한은서, 스무 살 풋내기 시절의 한은서."

"……."

누군가를 좋아하면, 마음에 담으면, 다들 이렇게 욕심쟁이가 되어 가는 걸까? 자신이 모르던 시절의 한은서를 모두 갖고 싶다며 말하는 그가 넘치도록 사랑스러워 은서는 미소 지었다.

"욕심쟁이네요."

"내가 몰랐던 시절의 너는 어떠했을지 궁금해, 그걸 모르고 살았다니 안타깝고……."

너를 조금 더 일찍 만날 수 있었다면 얼마나 좋았을까? 가시 돋친 마음으로 흘려보낸 세월이 아깝고도 아까웠다.

은서는 술기운이 올라오는지 눈을 감고 중얼거리는 그를 바라봤다. 나영이 커피를 타러 안으로 들어간 게 이 순간 얼마나 다행인지 모를 일이었다.

사랑스럽고 사랑스러운 그의 모습을 다른 누군가에게 보여 주고 싶지 않은 욕심이 생겨 버렸다.

은서는 잡혀 있던 손을 빼내어 뜨끈해진 제이디의 얼굴을 양손으로 감싸 쥐었다. 손바닥으로 그의 달아오른 뺨의 열기가 고스란히 전해져 왔다.

"내가 그렇게 좋아요?"

감추려 애쓰던 마음이 물꼬가 트이자 거침없이 흘러나왔다.

"좋아."

1초의 망설임도 없다.

눈을 감고 고개를 끄덕이는 남자의 모습에 은서의 목소리에 웃음기가 서렸다.

"나 없으면 어쩔 뻔했어요?"

"……그저 너를 만나기 전처럼 살았겠지."

조금 전과 달리 잠시 머뭇거리던 제이디는 감고 있던 눈을 떠 은서를 바라봤다.

"나를 만나기 전엔 어떻게 살았어요?"

감정에 아주 솔직한 사람이지만 그는 자신의 이야길 잘하지 않는 사람이었다. 굳이 과거나, 가족에 대한 것들은 궁금하긴 해도 부담을 줄까 싶어 은서 역시 그에게 묻지 않았다. 그저 그가 자신의 이야길 편하게 할 수 있을 때까지 기다리고 있을 뿐.

"바쁘게. 아등바등 살았어. 맨발로 뜨거운 아스팔트 바닥을 끊임없이 뛰어다니는 느낌이랄까?"

보여 주고 싶었다. 자신을 떠난 세령과, 자신을 파리로 보내 버린 아버지에게, 당신들이 나를 절벽으로 몰아넣어도 결코 주저앉거나 포기하는 일은 없을 것이라고 이를 악물며 버텼다.

제이디의 세상은 그로 인해 아주 바쁘게 돌아갔고, 여유는 없었으며, 더욱더 성공을 갈구하게 돼 버렸다. 지금의 생활에 만족하면서도 끝없는 허망함과 갈증이 있었다.

"……그럼 지금은, 지금은 달라졌어요?"

길지 않은 말을 뱉어 내면서도 자신을 향해 있는 그의 눈빛이 떨리는 게 보여 은서는 제이디의 얼굴을 부드럽게 쓰다듬었다.

세 번째였다. 금방이라도 울음을 터트릴 것 같은 안타까운 얼굴, 그 눈빛이 마음을 쿡쿡 찔러 왔다.

"달라지고 있어, 네 속도에 맞춰서 걷다 보니 많은 것들이 달라 보이더라고."

여유롭지만 게으르지 않고, 성공을 위해 달려가지만 편법은 쓰지 않는다. 자신의 부족함을 노력으로 메우려는 성실한 사람. 앞으로 달려 나가기만 한 제이디에게 은서는 자신이 가지지 못했던 여유와 열정을 동시에 가지고 있는 사람이었다.

"날 만나기 전의 삶은…… 후회가 남아요?"

"잘 모르겠어. 다만 가끔, 왜 그렇게 성공에만 급급해서 살았나 싶기도 해."

그렇게 살았던 이유는 세상에 대한 복수 같은 것일지도 모르고, 마음의 공허함을 메우기 위한 것이었을지도 모르겠다.

"누군가와 속도를 맞추면서 산다는 건 생각해 보지 않았었거든."

제이디는 자신의 뺨을 어루만지는 은서의 한쪽 손을 꼭 붙잡았다. 그러곤 그녀의 손바닥에 살며시 입을 맞췄다. 이 손을 마주 잡은 후 많은 것이 달라지고 있었다.

"의미 없는 시간은 없었을 거예요. 남들보다 더 열심히 뛰었기에 지금의 진운 씨가 있는 거니까……."

은서는 흔들리는 눈동자로 자신을 바라보는 제이디의 몸을 살며시 끌어안았다. 언제나 이 단단한 가슴에 안겨 보기만 했지 그를 이렇게 안아 준 적은 없었던 것 같다.

"참…… 잘했어요, 누구보다 노력했던 거, 이렇게 멋지게 성공한 거, 다 잘했어요. 진운 씨."

은서는 작은 손으로 제이디의 등을 토닥토닥, 잘도 두드린다. 누구보다 열심히 뛰어다녔을 그의 모습이 눈앞에 어른거리는 기분이었다.

왜 그런 울 것 같은 얼굴이 되는지 조금은 알 것 같기도 하다.

그저 다 가진 사람이라 생각했다. 남들이 가지지 못한 실력과 감각, 알아주는 유명 브랜드의 CEO, 넘치는 자신감. 그 모든 것들은 다른 이들이 부러워하고 가지고 싶어 하는 모습이니까.

그런데, 그 성공이란 길 외에 다른 것엔 한눈조차 팔지 못했을 이 사람이 참 외로운 사람이었을지도 모른다는 생각이 들었다.

"당신이 그렇다면 그런 거겠지, 근데…… 하난 후회된다."

자신의 등을 토닥이던 여자의 손길에 미소 짓고 있던 제이디는 무언가 생각난 듯 고개를 들며 은서를 바라봤다. 그러곤 잔뜩 아쉬운 얼굴이 되어 말했다.

"어떤 게 후회되는데요?"

"방을, 하나 더 따로 잡았어야 했지 않나 싶어서."

"네?"

"이렇게 다들 알고 있는 줄 알았으면 우리 방을 하나 더 잡는 건데, 아쉬워!"

"……진짜 말도 안 되는 소린 건 알죠? 회사에서 직원들 어떻게 보려고!"

제이디의 얼굴이 평소의 그로 돌아왔다.

"근데 신나영 씨는 안 오려나?"

입술을 삐죽이며 말도 안 되는 소리라고 핀잔을 주는 은서의 양손을 붙잡은 제이디는 힐끗 펜션 건물 쪽으로 잠시 시선을 돌렸다.

"글쎄요, 나올 때가 지났는데…… 갈증 나요? 내가 가져다줄게요. 물? 커피? 어떤 거……."

쪽.

"입술, 이거면 돼."

짧게 닿았다 떨어진 제이디의 입술에 은서는 깜짝 놀라 주위를 두리번거렸다.

"언제 나올지 모르니까, 나올 때까지 조금만 더……."

다시금 다가오는 제이디의 얼굴 때문에 은서는 고개를 절레절레 흔들었다. 그러지 말라고, 나영이가 나와서 보면 그 민망함을 어떻게 할 거냐고, 하지만 다가오는 그의 입술을 거부하고 싶지 않은 이중적인 마음은 어떻게 설명해야 할까.

"정말…… 사람 곤란하게 만들어요, 그거 알죠?"

"그래도 싫지 않지?"

"……당연한 거 묻지 말아요."

16. 오늘은 당신 울릴지도 모르겠다

욕실에서 들려오던 시원한 물소리를 들으며 눈을 감고 있던 세령은 작게 한숨을 쉬며 눈을 떴다.

평소 좋아하는 푹신한 침대의 감촉도, 포근한 이불도, 오늘은 세령의 기분을 좋게 만들지 못했다.

'그 소문 들었어?'

'무슨 소문?'

어제저녁, 회사 화장실에서 우연히 듣게 된 말이 세령의 머릿속을 잠식하고 있었다.

'본부장님 말야, 태화그룹 막내딸이랑 선본다는 것 같더라?'

'뭐? 에이, 디자인팀 윤 실장이랑 사귀는 사인 거 모르는 사람이 없는데, 선은 무슨?'

'아냐, 내 친구가 태화 백화점에서 근무하는데, 거기 딸이랑 사모님이 와서 하는 이야기 들었대.'

'본부장님이랑 윤 실장이랑 사이 엄청 좋지 않아?'

'둘만 좋으면 뭘 해? 사모님께서 두 분 엄청 반대하잖아, 나 전에 주차장에서 한 번 봤어. 사모님이 윤 실장한테 너 같은 애 우리 집 며느리로 들일 마음 없다고 하시는 거.'

'진짜? 그 정도로 반대가 심했어? 그럼 진짜 선보시려나?'

'그럴 것 같아, 솔직히 윤 실장 가끔 우리 무시하고 했잖아. 그럴 때 보면 진짜 꼴 보기 싫었는데 좀 쌤통이야.'

부들부들 손이 떨렸다. 문을 열고 밖으로 나가 그들에게 모르는 소리 하지 말라며 다그치고 싶었지만 다리는 떨어지지 않았다. 세령은 한참을 화장실 부스 안에서 나올 수 없었다.

"왜 안 자고 있어? 피곤해 보이던데."

갓 샤워를 하고 나온 진호는 침대에 누워 있는 세령에게 다가와 말했다. 요즘 유독 피곤해하는 것 같은 세령의 모습에 그녀를 안고 싶은 마음도 꾹꾹 눌러 참아 왔던 진호였다.

"……그냥, 잠이 안 와서요."

잠들 수가 없다고 말하고 싶었다. 불안해서, 마음이 떨리고 불안해서 잠이 오지 않는다고.

"아직도 프로젝트 일 때문에 마음이 심란해?"

"……아니에요."

하지만 입은 떨어지지 않는다.

"새 시즌 상품 준비 한다고 바쁘지? 요즘 살도 더 빠진 것 같고."

진호는 세령이 누워 있는 침대 곁으로 다가가 앉았다. 그러고는 헝클어진 세령의 머리를 쓸어 넘겨 줬다. 오늘따라 유달리 하얀 피부가 창백하게 느껴졌다.

"진호 씨."

"응."

세령은 자신의 머리카락을 쓰다듬는 진호의 손을 잡아 내렸다. 크고 따뜻한 손, 이 손은 세령에게 동아줄이자 버팀목 같은 존재였다.

"……."

그런데 선이라니, 이 손마저 자신을 떠나면 오로지 세상엔 저 혼자 남을 것 같은 불안감이 들었다.

"왜?"

다정한 눈빛, 부드러운 목소리, 세령은 진호의 모습에 눈물이 나려 했다.

"……선봐요?"

놓치지 않으려 얼마나 많은 노력을 했는지 모를 것이다. 그의 눈에 들고 싶어서, 그의 취향에 맞는 여자가 되기 위해 끊임없이 노력했다.

"어떻게 알았어?"

"우연히 들었어요. 정말인가 봐요……."

조금 놀란 듯, 당혹스러워하는 진호의 얼굴빛이 그 일이 거짓이 아니란 걸 말해 준다. 세령은 자리에서 일어나 침대 헤드에 등을 기대고 앉았다. 마음이 파르르 떨려 왔다.

"그냥 말만 오갔을 뿐이야, 선볼 생각 없다고 어머니께 말씀드렸고."

"……봐요, 그 선. 어머님이 저 마음에 안 들어 하시는 거 당연해요, 집안도 볼품없고, 가진 것도 없고……."

가지고 싶은 건 욕심을 부릴 때마다 자꾸만 멀어진다.

"마음 상했구나."

"……."

"걱정 마, 난 당신 아닌 다른 여자랑 결혼할 생각 없으니까."

당신마저 놓치면, 난 아무것도 남는 게 없는데…… 그 말에도 왜 이렇게 마음이 불안할까?

진호의 손길이 부드럽게 세령의 뺨을 쓰다듬었고 그 손길에 세령의 눈에선 눈물이 뚝뚝 떨어졌다.

"……."

고갤 떨군 채 눈물을 흘리는 세령의 모습에 진호의 마음이 찌르르 아파 왔다. 가녀린 그녀의 어깨가 들썩였다.

"내가 당신을 불안하게 만들었구나."

진호는 팔을 뻗어 세령을 끌어안았다.

"내가 어떻게 해야 불안하지 않을까?"

"……내가 부족해서 그런 거죠. 나도…… 알아요."

"당신이 어디가 어때서?"

"……."

진호의 말에 세령은 고개를 흔들었다. 더 제대로 해야 한다. 더 열심히 해야 한다. 이 자리를 지키기 위해서, 그의 손을 놓치지 않기 위해서, 그의 집안에 일원으로 들어가기 위해선 더, 더, 더.

"노력할 거예요, 그러니까…… 그러니까 이 품, 다른 여자한테 주지 말아요."

세령은 진호의 품으로 더욱 파고들었다. 더 이상 물러날 곳도, 떨어질 곳도 없는 절박한 마음이 그녀의 가슴을 휩쓸고 지나갔다.

배신하지 말아요. 나를 더 몰아넣지 말아요. 부탁이에요.

"다들 피곤할 텐데, 오늘 내일 푹 쉬고 월요일 날 봅시다."

서울로 돌아오는 길, 마지막 휴게소에서 제이디는 자신의 차에 은서를 태웠다. 간단히 식사를 마치고 각자의 집으로 돌아가기만 하면 되는 터였고 나머지 직원들도 은서의 등을 떠밀었다. 알렉스는 분노의 질주는 한 번의 경험으로 족하다며 제발 제이디의 차에 타 달라 은서에게 부탁까지 했었다.

"피곤하지?"

"전 괜찮아요, 운전하느라 고생했어요."

그 덕에 알콩달콩하며 서울까지 도착한 그들은 은서의 집 앞 주차장에 차를 멈추었다.

"늦게까지 푹 잤더니 괜찮아."

전날, 평소엔 잘 먹지 않는 소주를 마신 덕에 꽤나 힘들었는지 제이디는 점심시간이 지나서야 눈을 떴다.

"머리 아프다는 건 괜찮아요?"

소주의 여파는 꽤나 컸던 모양인지 자고 일어난 제이디는 머리가 지끈거린다며 인상을 썼다. 물론 그 덕에 은서가 끓인 북엇국까지 맛보긴 했지만.

"응, 북엇국 덕분."

"다행이다. 운전하느라 힘들었을 텐데 가서 푹 쉬고 일찍 자요."

"가라고? 아직 9시밖에 안 됐는데?"

"피곤하지 않아요?"

"내일 일요일이라 쉴 텐데? 가라고? 가? 진짜 가?"

절대 있을 수 없는 일이라는 듯 제이디는 두 눈을 크게 뜨고 은서를 바라보았고, 그런 남자의 모습에 은서는 그만 저도 모르게 소리 내 웃고 말았다.

"푸훗, 아, 진짜 떼쟁이! 그럼, 커피라도 마시고 갈래요?"

"어디에서? 카페? 난 카페 싫은데."

속이 훤하게 보이는 제이디 때문에 은서는 웃음기 가득한 얼굴로 고갤 흔들었다.

카페로 데려갔다간 두고두고 원망받을 텐데, 그럴 순 없지.

"아니요, 한은서 하우스요. 초대할게요, 커피 마시고 가요."

"초대까지 한다면야 기꺼이 가야지."

원하는 대답을 들은 덕분인지 제이디의 얼굴은 환하게 바뀌었다. 늘 집 앞까지만 왔다 갔지 그녀의 집은 들어가 본 적이 없었다.

이렇게 좋아하는 모습을 보니 그에게 오라는 말을 안 했으면 큰일 날 뻔했다.

조금 더 애를 태워 볼 걸 그랬다며 은서는 아쉬운 마음이 들었지만 신나 하는 제이디의 얼굴을 보고 있자니 어쩔 수 없단 생각이 들었다.

방 하나와 적당한 크기의 거실 하나가 있는 은서의 오피스텔은 전체적으로 아주 깔끔한 느낌이 들었다. 여자의 집이란 이런 것일까? 전체적인 색감은 화이트였지만 따뜻한 느낌이 풍기는 카펫과 가구가 제법 괜찮은 매치를 이루고 있었다.

"집 예쁘네."

딱 한은서 집이란 느낌이 들었다.

"소파에 앉아 있어요, 커피 내려 줄게요."

"괜찮아, 천천히 해."

"그럼 저 옷 좀 갈아입고 나올 테니까 기다려요."

은서의 말에 고개를 끄덕인 제이디는 거실 여기저기를 구경하기 시작했다. 한쪽 벽면에 놓인 책장엔 그녀의 취향을 보여 주는 책들이 빼곡하게 꽂혀 있었고 여기저기 앙증맞은 장신구들도 보였다.

가족사진인가?

TV가 놓여 있는 곳엔 손바닥만 한 작은 액자들이 몇 개 놓여 있다.

"어머니랑 쏙 닮았네."

묻지 않아도 알 수 있었다. 은서 옆에 자리 잡고 선 온화한 미소의 중년 여인이 그녀의 어머니란 걸. 세월의 무게가 있어 잔주름이 있는 얼굴이었지만 한은서와 똑 닮아 있었다.

"고등학생 땐가?"

일자로 자른 앞머리를 눈썹까지 내리고 남색의 교복을 입은 은서의 사진도 있었다. 앳된 얼굴. 지금도 나이에 비해 어려 보이는 얼굴이지만 이때는 볼살도 통통했구나, 제이디의 얼굴에 흐뭇한 미소가 피어올랐다.

"고3 때예요. 어려 보이죠?"

방으로 들어갔던 은서는 편해 보이는 스트라이프 티에 하얀 반바지 차림을 하고선 거실로 나왔다. 긴 머리는 둘둘 말아 올려 더욱 시원해 보이는 느낌이었다.

"볼살이 통통한 게 귀여워."

"아무래도 어릴 때라서, 음…… 뭐 마실래요? 커피? 과일 주스도 있어요."

"커피. 근데 사진은 이게 다야?"

"아뇨, 앨범 있어요. 볼래요?"

"응."

부엌으로 걸음을 옮기던 은서는 제이디의 말에 가던 걸음을 멈추고 돌아섰다. 자신의 집 소파에 앉아 있는 남자의 모습이 어색하고 낯설면서도 왜인지 모를 설렘이 느껴졌다.

한은서의 어린 시절이 알고 싶다던 남자의 말이 떠올라 은서는 자신의 방으로 가 앨범을 꺼내 왔다. 어린 시절의 사진을 보여 준다는 게 쑥스럽긴 했지만.

중학생 땐 엄청 통통했는데, 놀라는 거 아니야?

"보고 놀리기 없기예요."

"알았어."

커피를 내리러 간 은서를 기다리며 제이디는 그녀가 건넨 앨범을 펼쳤다. 두툼한 두께답게 여자의 어린 시절이 고스란히 그곳에 담겨 있었다.

서너 살쯤 보이는 사진들이 첫 페이지에 들어 있었다. 하얀 얼굴에 크고 까만 눈동자는 어릴 때나 지금이나 변함없어 보였다.

"인형이 따로 없네."

동글동글, 토실토실한 어린 시절 은서의 모습에 입꼬리가 저절로 올라갔다.

"푸흡."

입이 아니라 얼굴로 짜장면을 먹은 건지 까만 짜장을 묻히고 찍은 사진에 제이디는 저도 모르게 소리 내 웃어 버렸다. 어릴 땐 꽤나 장난꾸러기였던 모양이다.

"재미있어요? 뭘 보고 그렇게 웃는 거야?"

보기만 해도 시원해 보이는 유리컵에 아이스커피를 담아 온 은서는 그걸 제이디에게 건네며 옆에 자릴 잡고 앉았다. 제이디는 재미있어 죽겠다는 얼굴을 하고 있었다.

"어릴 때 개구쟁이였나 봐? 이 얼굴 봐, 장난기가 가득하네. 옆은 동생?"

"네, 동생이에요. 어릴 땐 엄청 뛰어다니고 맨날 넘어지고 그랬는데 학교 다니면서 좀 얌전해졌어요."

"그랬어?"

"네, 여기 넘겨 보면 초등학교 때 사진 한번 보세요. 봐요, 머리도 길고 원피스 입은 거 보이죠?"

"그러네. 얌전해 보여."

초등학생 때는 어떤 학생이었는지, 중학생 때는 어떤 아이였는지, 은서는 종알종알 제이디에게 학창 시절 이야기를 들려주기 시작했다. 친구인 나영에게도 제대로 해 본 적 없는 이야기들이었다.

제이디는 방긋거리며 이야길 꺼내는 은서의 목소리에 귀 기울였다. 어젯밤 취한 채 그녀의 과거조차 다 가지고 싶다고 말했던 것이 떠오른다. 이건 그녀의 배려 같은 것이리라.

"중·고등학교 때는 인기가 제법 있었을 것 같은데?"

"음, 별로 없었어요. 그런 건 아예 관심도 없었고."

"그럼 어떤 거에 관심이 있었는데?"

제이디는 궁금하다는 듯 물었다. 이렇게 사진을 보며 그녀의 이야길 듣다 보니 꼭 그 시절의 한은서를 만나고 있는 기분마저 들었다.

"중3 때요, 목욕탕에 갔다가 어떤 언니가 속옷을 입는데 그게 너무너무 예쁜 거예요. 전 그때까지 엄마가 사다 주는 대로 입었거든요. 잘 모르기도 했고, 쑥스럽고 해서."

"응."

"그런데 그 언니가 입은 하얀색 레이스 속옷을 보고 충격 아닌 충격을 받은 거죠. 저렇게 화려하고 예쁜 게 있는지 전 몰랐으니까요. 그때 엄마가 준 용돈을 모으고 모아서 처음으로 레이스 달린 속옷을 샀어요."

예쁜 속옷을 입고 있어서 일까? 그 언니가 얼마나 예뻐 보였던지, 지금도 그때의 모습이 생생하다.

"그래서 좋았어?"

"네, 친구들이 남자한테 관심 가질 때 전 거기에 꽂혔던 것 같아요. 학생이 사기엔 비싸서 자주 사진 못 하니까, 입고 싶은 속옷을 그때부터 그렸어요. 지금 보면 엉망진창이지만……."

그저 그리기만 해도 행복했다. 상상만으로도 그 레이스 속옷을 가졌다는 기분이 들었다.

"그래서 디자이너가 됐어?"

"네. 근데 쉽진 않았어요. 형편이 안 좋아서 예고 대신 일반고로 진학했는데 아버지 반대가 심했거든요. 미술 하는 거 싫어하셨어요."

"왜?"

"돈이 많이 들잖아요. 그렇게 넉넉하지도 못했고, 공부도 제법 했거든요. 그래서 교대나 법대나 그런 쪽으로 갔으면 하셨어요. 오죽하면 고3 때부터 대학 합격 발표 날 때까지 저랑 밥도 같이 안 드셨어요."

그땐 한없이 밉기만 했다. 넉넉하지 않은 형편에 욕심이란 걸 알면서도 하지 않으면 후회할 것 같아 끝끝내 고집을 피웠다. 아버지의 단호함이 미웠고 원망스러웠던 고3 시절이었다.

"회사 들어가고 나서도 좋아하진 않으셨어요. 대리 달고 나서 처음으로 고생했다, 더 열심히 해라 말씀하셨어요."

"그럼 이제는 뭐라고 안 하셔?"

"네, 그냥 그게 네 길인가 보다 하시는 거 같아요."

제이디는 들고 있던 앨범을 내려놓고 푹신한 소파에 몸을 기댔다. 그녀의 이야길 듣고 있자니 이 길을 반대하던 자신의 아버지가 떠올랐다. 물론 자신의 아버지가 더 심했으리라 생각하지만 은서 역시 그런 갈등의 시간을 겪었다고 생각하니 마음이 짠해져 왔다.

"열심히 살았네, 한은서."

"나보다 더 열심히 살았잖아요."

은서는 제이디의 어깨에 머리를 살며시 기댔다. 내 공간 속에 들어와 진지한 얼굴로 자신의 이야길 들어 주는 남자가 편하고 듬직해 보였다.

"우리 아버진 결코 남한테 져 주거나 하지 않는 분이라."

자신의 길을 반대했던 아버지가 떠올랐는지 제이디의 표정이 씁쓸해졌다.

"아직도 많이 반대하세요?"

"지금은 반대라기보다 포기 상태랄까? 내놓은 자식이랄까, 뭐, 그런 상태야."

담담한 목소리였다. 하지만 가족에게 인정받지 못하는 길이 얼마나 외로운 길인지 잠시나마 느껴 본 은서로서는 그런 제이디의 상황이 안타깝게 느껴졌다.

"언젠가는 이해해 주실 거예요."

"뭐, 언젠가는 그런 날이 오긴 하겠지. 근데 나만큼 고집이 세거든, 우리 아버지가."

제이디는 자신의 어깨에 기대어 있는 은서를 바라보며 말했다. 그 핏줄이 어디 가겠냐고 어머니가 하셨던 말이 떠오른다.

"난 위로 형만 둘인데, 우리 집 남자들은 다 아버지를 쏙 빼닮았어. 고집도 세고, 여간해선 져 주는 법도 없고."

"역시 피는 물보다 진한가 봐요."

어떤 사람들일까? 그와 닮았다면 분명 좋은 사람들일 것 같은 기분이 든다.

"절대 안 꺾이는 황소고집인데 자기 여자한테는 또 엄청 약해."

"그럼 진운 씨도 저한테는 약해요?"

기대어 있던 얼굴을 들어 제이디의 코앞까지 다가간 은서는 궁금하다는 듯 물었다.

"제일 약하잖아. 당신한테."

고개를 끄덕이며 말하는 그의 대답이 마음에 든 은서는 활짝 웃으며 그에게 조금 더 가까이 다가갔다. 그러곤 자신에게서 시선을 떼지 않는 제이디의 귀에 속삭였다.

"그럼 오늘 자고 갈래요? 같이…… 있고 싶은데."

자신의 이야길 잘 꺼내지 않는 그가 스스로 조금씩 마음을 열고 자신을 보여 주는 게 은서를 기쁘게 했다. 그로 인해 마음속 깊은 곳에서부터 차오르는 이 충만함.

당신과 함께 있고 싶다. 너무 사랑스러워서, 너무 좋아서, 떨어지고 싶지 않은 기분.

"싫어요? 나한테 약하다면서, 꺄악!"

아무런 말 없이 얼굴만 뚫어져라 바라보는 남자의 반응에 은서가 삐죽 입술을 내밀었을 때였다. 자신의 귀에 소곤거리며 이야기하는 여자의 몸을 휙 낚아채 무릎 위에 앉혀 버리는 제이디였다.

"누구 말씀이라고, 싫을 리가!"

쪽.

당황한 여자가 자세도 고쳐 잡기 전에 제이디는 여자의 입술을 날름 집어삼켰다. 눈길이 머물 때마다 가지고 싶어지는 요상한 입술. 말랑말랑하고 달달한 맛이 느껴지는 입술이다.

보드라운 감촉을 입 안에서 느끼던 제이디는 천천히 여자의 입술 안으로 자신의 매끈한 혀끝을 집어넣었다.

"……으음."

짧은 신음이 새어 나온다.

"오늘 잠은 못 잘 텐데, 괜찮아?"

"……."

잠시 입술을 뗀 제이디는 은서에게 물었고, 여자는 대답 대신 고개를 끄덕였다. 붉은 입술이 더욱 탐스럽게 빛나자 제이디는 만족스러운 얼굴로 여자를 번쩍 안아 들고 일어섰다.

"침실에 내가 들어가도 되나?"

"······네. 허락할게요."

마음이 쿵쾅쿵쾅 소릴 내며 세차게 뛴다. 누구도 초대하지 않았던 자신의 침실에 그를 초대한다. 그것만으로도 마음이 떨려 왔고 그가 전해 줄 뜨거운 열기가 생각나 은서의 뺨은 물들어 가기 시작했다.

완연하게 드러난 새하얀 여자의 몸은 빛을 머금은 듯 반짝거렸다. 뜨겁게 뛰는 부드러운 목덜미에 지그시 입술을 내리누른 제이디는 여자의 떨림을 고스란히 느끼고 있었다. 자신의 숨결이 닿을 때마다 기다렸다는 듯 여자의 입술에선 작은 신음이 새어 나왔다.

"으음······."

매끄러운 등을 타고 내려간 손길은 봉긋한 엉덩이를 타고 다시금 위로 올라왔다. 그러곤 탐스러운 여자의 가슴을 한 손에 가득 움켜쥐었다. 느릿하고, 여유로운 손길에 은서는 숨을 몰아쉬며 애원하는 눈빛으로 그를 바라봤다.

"하아······."

애가 탄다. 느릿하고 여유로운 남자의 손길이 관능적이고 섹시해 마음을 초조하게 만들었다.

"예뻐."

손바닥 가득 느껴지는 보드라운 감촉은 정신을 아득하게 만들기에 충분했다. 말캉거리고 따뜻한 가슴을 양손으로 움켜쥔 제이디는 꼿꼿하게 일어난 작은 돌기를 손가락으로 지분거리다 손톱으로 살며시 긁어냈다.

"하웃!"

은서의 몸이 들썩이며 비틀렸다. 발끝이 저릴 만큼 아찔한 쾌감이 온몸을 휩쓸고 지나갔다.

할짝.

이미 여자의 예민한 살결을 느낀 적 있는 제이디는 망설임 없이 여자의 가슴에 입술을 묻었다. 달큰한 향이 남자의 코끝을 자극했고 은서는 그가 전해 주는 열기에 몸을 들썩이며 신음했다.

"하윽! 아아……."

돌기 주변부터 천천히 맛을 보던 제이디는 혀끝을 날카롭게 세워 여자의 돌기를 간지럽혔다. 뜨거운 혀끝에 전해지는 여자의 떨림이 그를 더욱 노골적으로 만들고 있었다.

"후우."

욕망에 짙어진 제이디의 시선이 여자의 숨겨진 공간으로 향했다. 오로지 자신만이 침범할 수 있는 그녀의 공간. 누구에게도 허락하지 않을 자신의 것.

"하아, 하아……."

붉은 입술을 잠시 핥고 떨어지는 그의 입술에 은서는 아쉬운 듯 시선을 보냈지만 제이디는 거친 숨을 몰아쉬며 천천히 여자의 젖은 공간을 지분거렸다. 꽃잎은 파르르 떨려 왔고 깊은 물속을 헤엄치는 물고기처럼 그의 손은 은서의 안에서 자유롭게 움직였다.

뜨거운 여자의 꿀이 그의 기다란 손가락에 고스란히 전해졌다. 그의 손가락이 깊이 들어가면 여자는 기다렸다는 듯 파르르 몸을 떨었고 달뜬 신음은 더욱 커져 갔다.

"하앗, 제발…… 으음!"

그가 전해 주는 열기에 몸을 비틀며 괴로워하는 은서의 반응을 즐기기라도 하듯 제이디는 더욱 여유롭게 여자의 몸속을 더듬었다. 이미 그의 숨결만으로도 온몸이 저릿할 정도로 흥분한 여자의 반응이 그의 불길을 더욱 키우고 있었다.

"제발, 그다음 말은 뭐지?"

여자의 입술 위에 자신의 입술을 가져다 댄 제이디의 허스키한 목소리에 은서는 감고 있던 눈을 떠 그를 바라봤다. 여전히 그의 다른 손은 자신의 안을 지분거리고 있었다.

"그다음 말, 뭐지?"

"하아, 진운 씨, 제발…… 애태우지…… 말아요."

정신이 아득해졌다. 몸은 이미 힘이 빠져나갔고 그의 움직임에 이리저리 비틀렸지만 그를 밀어낼 수 없었다. 그의 열기로 달아오른 은서의 머릿속을 지배하는 건 그를 가지고 싶다는 욕망.

부풀어 오른 남자의 뜨거운 상징이 은서의 흐릿한 시야에 들어왔다.

"잠시 기다려."

제이디는 여자의 대답이 만족스러운지 살며시 미소 짓고는 잠시 몸을 돌리려 했다. 아무리 그녀를 가지고 싶다고 해도 콘돔 없이 안을 순 없었다.

"괜찮으니까…… 멈추지 말아요."

위험한 날이 아니었다. 자신을 생각해 피임을 하려는 남자의 마음도 알고 있었다. 하지만 은서는 지금 그대로의 제이디를 받아들이고 싶어졌다.

"괜찮겠어?"

자신의 팔을 살며시 붙잡는 은서에게 제이디는 조심스레 물었다.

"네. 그대로 안아 줘요……."

은서의 대답에 제이디는 고갤 끄덕이곤 여자의 이마에 입을 맞췄다. 그대로의 자신을 허락해 준 그녀가 사랑스럽고 고맙게 느껴졌다.

"아악!"

"읏!"

순식간이었다. 잠시 멈춰져 있던 그는 이미 충분히 젖어 있는 여자의 안으로 조금의 머뭇거림 없이 밀고 들어갔다. 뜨겁고 축축한 열기가 고스란히 전해졌다.

"하앗! 으응⋯⋯."

부드러웠던 애무와 달리 제이디의 움직임은 점점 빨라졌다. 파리에서 은서를 안았을 때와는 사뭇 다른 몸놀림이었다. 그땐 아주 천천히, 은서가 아프지 않게 조심스럽게 움직였지만 지금은 여자를 잡아먹을 듯한 기세로 움직이고 있었다.

"웃!"

거친 남자의 움직임에 은서의 몸은 이리저리 흔들렸다. 달려드는 그의 기세가 평소보다 거칠고 뜨거워 은서는 정신을 차릴 수가 없었다.

자신을 이토록 원하고 있는 남자의 욕망이 고스란히 전해져 왔다. 그런 그가 더욱 사랑스럽게 느껴졌다.

"아앗!"

좁은 여자의 안을 비집고 들어간 남자는 매섭게 초원을 내달리는 사자처럼 절정을 향해 달려가고 있었고 이미 그가 전해 주는 열기로 온몸이 달아오른 은서는 아득해지는 정신을 간신히 지탱하기에 여념이 없었다.

사라락— 사라락—

시트가 쓸리는 소리마저 음란한 밤. 더 이상 커질 수 없을 것 같던 제이디의 남성이 은서의 안에서 크게 부풀어 올랐고 어둠 속 별빛을 발견한 것처럼 은서의 눈앞은 순식간에 새하얗게 변해 버렸다.

"아으읏!"

"흐읍!"

뜨거운 열기가 순식간에 뿜어져 나왔고, 눈앞은 섬광이 번뜩이는 기분이 들었다. 아프게 조여 오는 은서로 인해 제이디는 자신의 모든 걸 고스란히 여자의 안에 쏟아 냈다. 뜨겁고 축축한 열기가 은서의 안을 가득 메웠다.

"사랑해, 사랑한다 한은서."

자신에게 모든 걸 맡긴 은서가 사랑스럽고 사랑스러워 제이디는 지친 그녀의 얼굴에 자잘한 키스를 퍼부었다. 은서의 몸 이곳저곳에 새겨진 키스 자국이 그녀의 하얀 피부 위에서 더욱 선명하게 피어올랐다.

"하아, 하앗……."

숨을 고르는 은서의 모습을 바라보던 제이디는 그녀의 몸에 피어오른 키스 마크를 천천히 손끝으로 훑어 내렸고 간신히 숨을 고르고 있던 은서의 몸은 또다시 그의 손끝에서 움찔거렸다.

제이디는 다시 고개 숙여 은서의 귓가로 입술을 가져다 댔다.

"오늘은…… 당신 울릴지도 모르겠다."

자신의 목에 매달려 애원하는 여자의 모습이 보고 싶어지는 제이디였다.

"……음란 마귀, 읏!"

"각오해도 좋아."

은서의 앙증맞은 귓불을 혀끝으로 핥아 내린 제이디는 그녀의 반응이 귀여워 피식 웃어 버렸고 처음 느끼는 낯선 감각에 은서는 그를 거부하지 못한 채 질끈 눈을 감아 버렸다.

17. 길 잃은 마음

　‘선배, 오늘 저녁에 촬영 없다고 했죠? 저 밥 좀 사 주시면 안 돼요?’

　큰 용기였다.

　‘그럼! 사 줄게. 어디서 볼까? 나영이 네가 편한 곳으로 정해.’

　아무렇지 않은 목소리로 밝게 대답하는 그로 인해 심장이 요동쳤다.

　‘저 지금 밖이니까 선배 픽업 갈게요. 집 근처로 가면 돼요?’

　행복해하는 은서를 보고 나니 용기가 생겼다. 해 보지 않고 후회하는 게 세상에서 제일 싫다던 은서의 말이 떠올라 나영은 용기를 내 지훈에게 연락했다. 이 순간 그를 만나지 않으면 후회가 될 것 같아서.

　‘음, 그럼 지금 올래? 내가 주차장으로 내려갈게.’

　‘네, 도착해서 연락할게요. 조금 있다 봐요.’

"후우, 왜 이렇게 떨리는 거야?"

그 전화를 끊고 곧장 지훈에게로 달려왔다. 지훈은 검은색 모자를 눌러쓰고 청바지에 하얀 면 티셔츠 차림으로 주차장 한쪽에서 나영을 기다리고 있었다.

'나영아, 내가 이런 말 해도 될지 모르겠지만, 해 보지 않고 포기하면 나중에 엄청 후회할 거야. 그러니까 파이팅해. 알았지?'

해 보는 데까지 해 보고 안 되면 포기하겠다 말하는 자신에게 은서는 활짝 웃으며 두 주먹을 불끈 쥐어 보였다. 지훈과 나영, 자신에 대한 미안함과 고마움 같은 것들이 뒤섞인 듯 은서는 잠시 복잡한 표정을 지어 보였지만 이내 평소의 은서로 돌아갔다.

"그래, 해 보는 데까지 해 보고 안 되면 그때 털어 내면 되는 거야."

당장 고백을 한다거나, 사귀자거나 그런 이야길 꺼낼 생각은 아니다. 그런 부담을 지훈에게 주고 싶지 않다. 다만 지훈처럼 마음을 꽁꽁 숨길 생각은 없다. 알아주지 않는 마음을 혼자 가슴에 품고 아파할 생각이 나영은 없었다.

"이모님한테 붙잡혀서 사인만 열 장 했어."

지훈은 식당 룸에서 혼자 기다리고 있었던 나영이 마음에 쓰여 콧등을 찡긋거리며 두 손을 모았다. 미안하다는 제스처였다.

대학생 때 은서와 함께 자주 오던 학교 앞 허름한 고깃집에 도착한 둘은 사람들의 눈이 닿지 않는 룸으로 들어가 자릴 잡았다.

작은 가게에 딱 두 개만 있는 공간이었다.

"이모가 선배 대학생 때부터 팬이잖아요. 그 덕에 우리가 서비스로 얼마나 많이 먹었는데?"

"그랬나? 아무튼 여기 진짜 하나도 안 변했다."

아주 오랜만에 찾은 곳이 변함없이 그대로 유지되고 있는 게 지훈은 기분 좋게 느껴졌다. 많은 것들이 빨리 변하고 없어지는 세상에서 추억을 간직한 공간이 남아 있다는 사실이 기쁨이었다.

"그렇죠? 저도 한 1년 만에 와 봐요. 은서랑 작년에 왔었거든요."

"······그랬어? 아, 가평은 재미있었고?"

그저 은서의 이름이 잠시 나왔을 뿐이었다. 그런데 그 짧은 순간에도 지훈은 그 단어에 반응했다. 꼭 그렇게 프로그램이 짜여 있는 사람처럼. 티 없이 맑은 웃음기를 머금었던 얼굴은 이내 굳어졌다 다시 펴진다.

그렇게 좋아하고 있구나.

나영은 이런 지훈의 표정만으로도 그의 마음이 읽히는 것 같았다.

"네, 재미있었어요. 학교 다닐 때 생각도 나고······."

은서가 이번에도 찌개를 끓였다고, 몇 년째 우려먹는 레시핀지 모르겠다고 말하려다 나영은 그 말은 집어 삼켰다. 때마침 차려진 음식들 덕분에 자연스럽게 대화가 멈춰 다행이란 생각이 든다.

"다행이네, 먹자, 배고프다며."

지훈이 고갤 끄덕였다. 나영과 있으니 은서의 얼굴이 자꾸만 떠올랐다.

"네, 선배도 많이 드세요. 맛있겠다."

누군가를 좋아하는 게 마냥 설레고 기분 좋은 일이면 얼마나 좋을까? 은서에게 마음조차 제대로 전달해 보지 못한 지훈이 안쓰럽고, 그 마음이 애달프게 느껴져 나영은 애써 웃으며 맛깔나게 구워 나온 고기를 지훈의 밥그릇 위에 올려 줬다.

그런 남잘 좋아하는 나도 어쩔 수 없고.

"그래, 너도 많이 먹어."

빨간 양념이 너무나 먹음직스럽게 보이는 돼지 불고기를 입 안에

넣고 오물거렸다. 달콤하고 매콤한 맛이 입 안에 가득 차오르자 생각지 않으려던 은서가 또다시 떠오르는 지훈이었다.

"여기 음식 은서가 좋아했는데, 같이 왔으면 좋았을걸."

사람을 좋아하게 되면 모든 세상이 그 사람을 중심으로 돌아가는 것인지 지훈은 이 공간에 있지도 않은 은서가 자꾸만 떠올라 저도 모르게 중얼거렸다.

"……다음에 같이 와요, 그럼."

알고 있다, 이럴 거란 걸 알면서도, 마음이 자꾸만 움직여 어쩔 도리가 없었다. 저 말에 마음이 아픈 건 은서만 생각하고 있는 지훈 때문이 아니라 그의 마음이 너무나 아프게 공감되어서다.

"오랜만에 먹으니까 맛있네, 그치 나영아?"

나영의 말에 괜시리 민망해져 지훈은 말을 돌렸다. 그러자 나영은 그런 지훈에게 그 어떤 때보다 환한 얼굴로 고갤 끄덕여 준다.

잊으라고 해서 잊을 수 있는 마음이었으면 여태껏 끌어안고 살지도 않았겠지. 그런 미련한 선배를 나는 좋아하는 거니까.

"저기, 오늘 여기서 모임 하기로 한 거여? 뺀질이 총각도 왔네!"

잠시 멈춰 있던 젓가락질을 다시 시작할 때였다. 닫혀 있던 미닫이문이 드르륵 소릴 내며 열렸고 지훈의 오랜 팬이자 이 가게의 주인은 깜짝 놀란 눈으로 나영과 지훈을 바라보며 말했다.

"뺀질이 총각요?"

나영의 고개가 갸웃했다.

뺀질이 총각이 누구지?

"상훈이요?"

나영이 뺀질이 총각이 누군지 기억해 내기 위해 갸웃거리던 찰나 지훈이 먼저 그 답을 내놓는다.

"어이! 두 사람, 오랜만이다?"

"상훈 선배?"

열려 있는 문틈 사이로 익숙한 얼굴 하나가 나타났다. 오랜만에 만나는 두 사람이 꽤나 반가운 듯 손까지 흔들며 나타난 사람. 지훈의 친구이자, 나영의 선배이자, 은서의 남자 친구였던 상훈이었다.

"이야, 이게 얼마 만이야? 둘 다 잘 지냈어?"

상훈은 반가운 목소리로 인사하며 나영과 지훈이 있는 룸 안으로 들어와 자릴 잡았다.

"잘 지냈지, 근데 여긴 어떻게 왔어?"

지훈은 나영 옆에 자릴 잡고 앉은 상훈에게 궁금하다는 듯 물었다. 따로 약속한 일이 없는데 갑자기 나타난 상훈이 신기했다.

"여기 바로 맞은편 술집에서 술 마시고 있는데 거기 알바가 여기 너 온 것 같다고 하더라고."

"아, 그랬어?"

지훈은 이제서야 갑자기 나타난 상훈이 이해된다는 듯 고갤 끄덕였다. 상훈과 이렇게 얼굴을 마주한 건 어느덧 2년 만이었다.

"나영이 넌 더 오랜만이다."

"네."

상훈의 등장이 반갑지 않은 나영은 시큰둥하게 대답했다. 원래도 상훈의 가벼움을 좋아하진 않았다. 여자 친구인 은서가 있음에도 늘 아무렇지 않게 여자 후배들에게 추파를 던지곤 했다. 물론 장난으로 한 거지만 그때마다 은서가 얼마나 불안해했는지 그는 끝까지 알아차리지 못했다.

나쁜 자식.

은서에게 했던 것들을 생각하면 앞에 놓여 있는 물 잔을 그의 머리에 엎어 버리고 싶어진다.

"하여튼 까칠한 건 여전하네."

나영의 반응을 예상했던 상훈은 고개를 까딱거리며 대수롭지 않게 웃어 버린다. 은서와 헤어진 후 처음 보는 거니 세월이 꽤 흐르긴 했다.

"맥주 한잔 마실래?"

"좋지."

나영과 상훈의 분위기가 좋지 않자 지훈은 미리 시켜 놓은 맥주의 뚜껑을 따며 물었다. 은서와 가장 친한 나영의 입장에선 상훈이 반갑지 않은 것이 당연하리라.

차가운 맥주를 한 모금씩 마신 후 상훈은 지훈과 나영을 힐끗 바라봤다. 지훈은 여전히 미소 띤 얼굴이었고 나영은 여전히 표정이 좋지 못하다.

"……은서는?"

"그건 왜 묻는데요?"

이 두 사람이 있는 자리에 한은서가 없다는 사실이 이상했는지 상훈은 머뭇거리며 물었고 나영은 그의 말이 떨어지기 무섭게 그를 노려보며 되물었다.

"궁금해서 그런다."

나영의 날 선 반응에 상훈은 투덜거리며 맥주를 한 모금 더 들이켰다.

"이제 와서 은서가 왜 궁금한데요? 그건 좀 아니지 않아요?"

"그냥 물어본 거야. 너희 둘 있는 자리에 은서가 없으니까 이상하잖아."

"잘 먹고 잘 사니까 걱정 말아요."

옆에서 지켜보기만 해도 은서가 상훈을 얼마나 좋아했는지 충분히 알 수 있었다. 누군가를 진지하게 좋아해 본 건 그가 처음이라고 은서는 나영에게 말했었다. 그 말에 평소 상훈의 가벼움을 좋아하지 않았던 나영도 더는 반대하지 않았다.

결국 열심히 노력하고 사랑을 지켜 내려 애쓴 은서 대신 새파랗게 어린 회사 후배와 눈이 맞아 버렸지만.

"너는 잘 지냈고? 결혼 이야기 나오는 것 같더니……."

"아, 애가 먼저 생겨서 작년에 혼인 신고부터 했어. 올가을에 식 올릴 거고."

지훈의 이야기에 상훈의 표정이 밝아졌다.

"아, 그래? 축하한다. 잘됐네."

"저 잠시 화장실 좀 다녀올게요."

지훈과 상훈의 대화를 듣고 있던 나영이 자릴 박차고 일어섰다. 결국 그때 그 여자와 결혼까지 하게 된 모양이었다.

한은서, 이 미련퉁이! 저렇게 애까지 낳고 잘 먹고 잘 살 동안 지는 혼자 무슨…… 제이디라도 만나서 천만다행이다 진짜.

"아직도 내가 꼴 보기 싫은가 보다. 뭐, 이해는 하지만."

나영이 자릴 비운 후 상훈은 남아 있는 맥주를 모두 마시며 말했다.

"……어쩔 수 없잖아."

"알지, 하지만 서운한 건 어쩔 수 없네, 그런데 쟤도 나이를 먹나 보네, 쌍욕을 할 줄 알았더니."

"나영이가 그래도 욕은 안 해."

"크큭, 그랬나?"

"잘됐다. 아이는 딸이야? 아들이야?"

지훈은 맥주병을 들어 비어진 상훈의 잔을 채워 줬다. 만나지 못한 2년 동안 많은 일이 있었던 것 같다. 그래서일까?

어딘지 철이 든 것 같기도 하고.

"딸. 날 많이 닮았어, 나중에 끝내주는 미인이 될 것 같기도 하고."

"자식, 뻔뻔한 건 그대로다."

상훈의 말에 지훈이 웃어 버렸다. 하여튼 저 자신감은 예전이나 지금이나 변함이 없다.

"너 스캔들 기사 난 거 봤다. 그 여자 은서 맞지?"

"……그랬어?"

상훈의 입에서 은서의 이야기가 나올 때면 지훈은 늘 죄인이 된 기분이었다. 대학 시절부터 그랬다. 친구의 여자를 남몰래 마음에 담았고 욕심냈다. 그래서 지훈은 늘 상훈에게 미안한 마음이 있었다.

"둘이 사귀냐?"

지훈에게 시선을 두지 않은 채 질문하는 상훈의 목소리가 잠시 주춤거렸다.

"아니."

이미 헤어진 지 오래된 사이, 거기다 각자의 인생을 살아가는 사람들이건만 상훈이 은서의 이야길 꺼내는 순간 지훈은 또다시 죄인이 된 기분이었다.

"아직도 아니야? 하여간 너도 참 답답한 놈이다."

지훈의 대답에 상훈은 들고 있던 잔을 내려놓은 채 답답하단 표정을 지었다. 그 모습에 지훈의 눈동자가 세차게 흔들렸다.

언제부터? 언제부터 알고 있었던 걸까? 나는 언제부터 네 앞에서 뻔뻔한 놈이 되어 있었을까?

지훈의 심장이 커다랗게 울렁거렸다.

"너도 참 너다. 야, 인마. 네가 한은서 좋아하는 거 나 대학 다닐 때 이미 알았어. 나영이 쟤도 알았을걸? 아니 우리랑 어울리던 애들 중에 한은서 빼고 모르는 사람 없었어. 아직까진 줄은 몰랐지만 기사 보니까 딱 알겠더만, 은서 보는 네 표정. 딱 사랑하는 여자 보는 눈이야."

"……."

말문이 턱 하고 막혀 왔다.

"그래서 학교 다닐 때, 은서한테 너 못 만나게 하고 그랬어. 네가 구해 주는 알바도 못 하게 했고."

"……그랬구나."

"그땐 철이 없었지, 너처럼 잘난 놈이 내 여자 친구 좋다고 하니까 불안하고 질투도 나고, 뺏길 것 같기도 하고 그랬어. 물론 뿌듯한 기분도 들었지만."

상훈의 말에 지훈은 그저 고개를 끄덕였다. 무슨 말을 해야 할지 머릿속이 텅 비어 생각나지 않았다.

"스캔들 난 거 보고 둘이 잘 만나고 있다고 생각했어. 당연히 나랑 헤어지고 나서 너랑 사귈 거라 생각했거든. 나같이 나쁜 놈 만나서 맘고생 했으니까 다음은 너처럼 다정하고 좋은 놈 만났으면 하기도 했고."

헤어지고 나서도 문득문득 은서가 떠올랐다. 그때마다 마음을 짓누르는 답답함, 은서에 대한 미안함이 상훈을 괴롭게 했다. 한순간 흔들렸고, 오랜 연애 덕분에 이제 슬슬 지루해질 즈음 은서보다 더 설레는 여자를 만나 헤어졌지만 은서가 자신에게 보여 줬던 마음이 얼마나 따뜻하고 진실했는지 그것조차 모르진 않았다.

그래서 좋은 남자를 만났으면 좋겠다고 생각했다. 자신이 못 해 줬던 것, 마음 아프게 만들었던 것, 전부 다 보상받을 수 있는 따뜻하고 좋은 사람을.

"하하, 그랬구나."

씁쓸한 미소를 짓는 지훈의 얼굴을 바라보던 상훈은 비어진 지훈의 잔에 술을 채워 줬다. 참 답답한 놈이다.

"혹시…… 은서 만나는 남자 있냐?"

지훈의 고개가 작게 끄덕였다.

"등신, 세상에 좋은 여자 많아. 물론 한은서도 좋은 여자지만 너랑 인연이 아닌가 보다. 나영이 쟤는 어때? 쟤가 성격이 까칠해도 의리 있고 괜찮잖아?"

화장실을 다녀온 나영이 때마침 룸으로 들어오자 상훈은 나영을 올려다보며 말했다. 나영은 학교 다닐 때 꽤 인기가 있었다.

지훈은 무슨 상황인가 싶어 두 눈을 깜빡거리는 나영을 잠시 올려다보다 고갤 돌렸다.

"그런 말 하면 나영이한테 실례지 인마, 나한테 과분해. 아무튼 결혼식 때 꼭 불러. 갈게."

"한 팀장, 잠깐 멈춰 봐요. 이봐, 여기 조명이 너무 밝아서 둥둥 뜨잖아!"

팜므와 앨리스의 합작 프로젝트 최종 품평회 날, 품평회까지 남은 시간은 세 시간. 최종 리허설에 들어간 제이디는 하나부터 열까지 진행 사항을 모두 체크하고 있었다.

품평회장의 조명부터 자리 배치, 샘플을 전시한 공간과의 거리, 모든 걸 하나하나 체크하는 제이디의 깐깐함에 품평회가 열릴 호텔의 직원들은 혀를 내두르고 있었다.

"이쪽 조명이 너무 밝으니까 뒤쪽이 반사돼서 모니터가 잘 안 보이잖아!"

바삐 움직이며 체크를 하던 제이디의 음성이 결국 높아졌다. 양쪽 회사의 임원들이 참석하는 자리인 만큼 그 어떤 것 하나도 소홀히 넘길 수 없는 상황이었다.

"마이크 음량 다시 체크했어?"

"체크했습니다."

"좋아, 그럼 계속하지, 한 팀장 그 부분부터 다시 해요."

길지 않은 PT를 진행하는 동안 어느덧 멈췄다 다시 했다를 다섯 번째 반복하는 중이었다. 하지만 이 과정들이 얼마나 중요한 것인지 모르지 않는 직원들은 그의 까탈에도 싫은 내색 하지 않고 묵묵히 따르고 있었다.

"다들 점심 먹고 합시다."

최종 리허설을 끝낸 후 제이디는 그제야 조금 안심이 된다는 듯 한결 밝아진 표정으로 말했다. 프로젝트 품평회까지 남은 시간, 단 두 시간 전이었다.

"점심 간단히 해결하고 동선 한 번 더 체크합시다."

"네."

"후우! 생각보다 빨리 끝났네."

지니는 PT 진행을 맡은 은서의 곁으로 다가와 시원한 생수 한 병을 건넸다. 총책임을 맡고 있는 제이디와 이런 일을 처음 해 보는 은서가 얼마나 긴장했을지 짐작이 갔다.

"은서 씨, 고생했어요. 진 빠지죠?"

"네, 실전까지 이제 한 번 남았네요. 안 떨고 잘해야 할 텐데."

한국어 발음이나, 여러 가지를 고려했을 때 은서가 적임자라는 자체 평가가 있었고 그로 인해 맡게 된 PT가 꽤나 걱정이 되었는지 은서는 여러 번의 리허설 후에야 비로소 안도의 숨을 크게 내쉬었다.

이렇게 큰 PT는 처음 맡아 진행하는 것이었다.

"한 팀장 잘했어요. 밥부터 먹읍시다."

제이디는 차가운 생수를 들이켜는 은서의 옆으로 다가왔다. 리허설 중 긴장하는 모습을 보이긴 했지만 큰 실수 없이 잘 마무리한 은서가 대견한 제이디였다.

"네."

띠리리릭— 띠리리릭—

제이디의 말에 모두들 걸음을 옮기려는 찰나였다. 알렉스의 핸드폰이 요란한 소릴 내며 울려왔다.

"네, 알렉스입니다."

지잉— 지잉— 지잉—

알렉스가 자신의 전활 받자마자 제이디의 핸드폰도 몸을 떨며 진동을 울렸다.

지이잉— 지이잉— 지이잉—

나영과 은서의 핸드폰도 곧이어 요란한 진동음을 냈다.

"뭐야? 갑자기 왜들 이래?"

여기저기서 울려오는 핸드폰 소리에 지니는 어리둥절한 표정으로 주월 둘러봤고 제이디는 이 상황이 어딘지 이상하단 생각을 하며 자신의 핸드폰을 꺼내 들었다.

"이거 뭔가 일이 이상하게 된 것 같은데?"

"무슨 일인데 그래?"

가장 먼저 전화를 받은 알렉스의 표정이 창백하게 변하자 지니는 걱정스럽게 바라보며 물었다.

"네, 한은서입니다. 네. 팀장님, 무슨 일 있으세요?"

은서는 자신의 핸드폰 너머로 들려오는 다급한 장 팀장의 목소리에 불안한 표정으로 전활 받았다. 평소 여간 해선 흥분하지 않는 장 팀장의 목소리가 떨려 오고 있었다.

— 은서 씨, 이게 어떻게 된 일이야? 지금 레이본에서 신제품으로 출시한 상품이 프로젝트 디자인이랑 판박이야!

"네? 그게 무슨 말씀이세요?"

장 팀장의 목소리가 다급함을 넘어 절박하게 들려왔다.

뭔가 일이 잘못된 것이 분명했다.

— 디자인이 유출된 것 같단 말이야! 모르고 있었어?

"디자인…… 디자인이 유출됐다구요?"

은서의 눈동자가 파도에 휩쓸린 지푸라기처럼 세차게 흔들렸다. 초점을 잃어 가는 눈빛에 제이디는 그녀의 전화길 뺏어 들었다.

"다시 한 번 말씀해 주시죠?"

— 아, 대표님? 지금 레이본에서 새로 나온 제품이 우리 프로젝트 디자인하고 판박이라고요, 이게 어떻게 된 일인지…… 시중에 벌써 깔렸어요. TV 광고도 오늘 오전부터 나가는 모양이에요.

"알겠습니다. 일단 사태 파악부터 하고 다시 연락드리겠습니다."

눈앞이 아찔해질 만한 말에도 제이디는 일단 크게 숨을 내쉰 후 담담한 표정을 유지하려 애쓰고 있었다.

— 네, 그런데 한 가지 더 문제가 있어요.

"네, 말씀하세요."

— 유출된 디자인이 모두 저희 쪽 디자인입니다.

장 팀장의 목소리에 힘이 들어갔다. 억울하고 답답한 마음이 고스란히 전해졌다.

"일단 알겠습니다. 다시 연락드리겠습니다."

"뭐야? 어떻게 된 건데? 디자인 유출이라니?"

전화 끊은 제이디에게 지니의 질문이 폭풍처럼 쏟아졌다. 하지만 돌아오는 대답은 아무것도 없었다. 그저 핸드폰의 주인인 은서에게 전화길 건넬 뿐이다.

생각해 보지 못했던 상황을 직면하게 된 제이디는 복잡해져 오는 머릿속을 정리하고 있었다.

"다들 식사부터 하세요. 사태 파악은 내가 직접 할 테니까."

"이 상황에 밥을 어떻게 먹어? 말해 봐, 어떻게 됐다는 건데?"

"아직 정확히 몰라. 임원들한테 연락부터 넣어. 이미 알고 있을 수도 있지만 일단 품평회는 미뤄야 할 것 같다."

제이디는 지니에게 짧게 대답한 후 자신의 핸드폰을 꺼내 들었다.

"일단 설명을……."

지니가 무어라 다시 말을 꺼내려 하자 제이디는 귀찮다는 듯 손을 휘저었다. 잠시 나가 달란 뜻이었고 그 모습에 알렉스는 지니와 나영, 은서, 호텔의 직원들까지 모두 품평회가 열릴 예정이던 회장 밖으로 내보냈다.

"일단 좀 쉬고들 있어요. 내가 어떻게 된 일인지 알아보고 이야기해 줄 테니까. 너무 걱정하지 말고요. 뭔가 착오 같은 게 있는 거겠죠."

하루를 1년처럼 열심히 이 순간을 준비했다는 걸 다들 알고 있었기에 갑자기 벌어진 일이 청천벽력같이 느껴지는 건 당연한 일이었다.

"네, 확인해 보고 이야기해 주세요."

은서는 갑작스레 벌어진 일에 당황스러움 가득한 눈으로 제이디를 바라봤다. 담담한 목소리 톤을 유지하고 있지만 그의 미간 사이가 좁아져 있었다.

「마크, 한국에 문제가 좀 생겼어, 디자인 유출 건인데 감사팀 협조받아서 사태 파악하고 15분 내로 연락해. 응, 그래 15분 내로, 무조건!」

모두가 밖으로 나간 것을 확인하자 제이디는 갑갑하게 느껴지던 타이를 거칠게 손으로 잡아당겨 풀어 헤쳤다. 담담함으로 포장하고 있던 복잡한 심경이 이제야 터져 나왔다.

"앨리스 측에선 뭐래?"

비서와의 통화를 끝낸 제이디를 향해 알렉스가 물었다. 아까와 달리 이미 굳어 버린 제이디의 표정만으로도 이번 일이 그냥 넘길 수 있는 일은 아니라는 게 전해졌다.

생각보다 심각한 모양이네.

"앨리스 측 디자인만 유출된 모양이야."

"뭐?"

"이미 시중에 풀렸어. 광고도 나가는 것 같고, 자세히 알아봐야 알겠지만……."

"아니, 왜 앨리스 측 디자인만……."

어떠한 경로로, 어떻게 유출된 것인지 분명 밝혀내야 할 문제였다. 조사를 진행하다 보면 분명 밝혀질 일이다. 다만 한 가지 걱정스러운 것은.

"은서 씨랑 나영 씨 입장이……."

"곤란해질 수 있겠지."

"아니야, 그럴 사람들 아닌 거 잘 알잖아. 분명 무슨 문제가 있었을 거야."

"알아."

알렉스의 말에 제이디 역시 고갤 끄덕였다. 어떠한 경로로 유출되었든 두 사람은 아닐 것이다. 절대 그럴 사람들이 아니란 건 알고 있다. 다만…….

"……이번 일은 세령이 때랑은 달라. 은서 씨나 나영 씨 그런 사람들 아니야."

알렉스는 제이디의 표정을 살피며 말했다. 제이디의 반응이 걱정스럽다.

"알아."

이 사건에 두 사람이 관련 있을 거란 생각은 하지 않는다. 그건 함께 근무하는 동안 충분히 보고 느낀 확신이었다.

"움직여, 억울하게 사람 잡지 않으려면 찾아내야지."

"응."

제이디는 크게 숨을 내쉰 후 핸드폰을 재킷 주머니에 집어넣었다. 그러고선 흐트러져 있던 타이를 다시금 매만졌다. 이렇게 당하고만 있을 순 없다는 결론을 내린 제이디는 걸음을 옮기기 시작했다.

불안한 눈빛으로 자신을 바라보던 은서의 모습이 머릿속을 계속 맴돌았다.

18. 휘몰아치는 폭풍

　살면서 누군가에게 나쁜 짓은 해 본 적이 없고 이 길을 가면서 스스로에게 부끄러웠던 일은 한 적이 없었다. 그런데 왜 내게 이런 일이 생긴 걸까?

　은서는 머리가 지끈지끈해 잠시 눈을 감았다. 어디서부터 뭐가 잘못된 것인지 가늠조차 하기 어려워 머릿속은 여전히 정리가 되지 않았고 너무 놀라고 어이가 없어 그저 헛웃음이 났다.

　디자인이 유출되었다는 소식을 듣게 된 지 만 하루가 지났다. 은서는 본사 호출을 받아 돌아와야 했고 팜므와 앨리스에선 사건의 진실을 파헤치기 위해 동분서주하고 있었다.

　'지금부턴 당신 입에서 나오는 말 모두가 어떤 방향으로 튈지 몰라. 그러니까 최대한 말을 아끼고 조금만 기다려, 내가 금방, 금방 해결할 테니까.'

　전날 복잡한 마음으로 걸음조차 제대로 옮기지 못한 은서를 제이디는 그렇게 다독이며 집으로 데려다줬다. 아무 일 없을 거라고, 그러니까 지금 상황이 정리될 때까지 조금만 버티면 되니까 마음 약하게 먹지 말라고 제이디는 수없이 은서의 손을 잡고 이야기했다.

그의 위로의 말이 수없이 귓가를 맴돌았지만 조금의 위안도 되지 않았다.

텅 빈 회의실 한쪽 자리에 앉아 있던 은서는 문이 열리는 소리에 몸을 일으켰다. 난감한 표정으로 들어온 사람은 앨리스 디자인팀의 장 팀장이었다.

"한 대리 많이 기다렸지?"

본사로 호출되어 온 은서는 회의실에 앉아 장 팀장을 기다리고 있었다.

"괜찮아? 잠도 제대로 못 잤다며? 얼굴이 좋지 않네……."

햇병아리 시절부터 함께해 왔기에 누구보다 은서를 잘 알고 있는 장 팀장은 작게 한숨을 내쉬었다. 도대체 어떻게 이런 일이 생길 수 있는 건지…….

그것도 왜 하필이면 자신이 아끼는 사람인지, 답답해져 오는 마음에 절로 한숨이 흘러나왔다.

"괜찮아요. 그보다 어떻게 됐어요? 어쩌다가 디자인이 레이본으로……."

답답하고 속상한 일에 은서의 표정이 어두워졌다.

"일단 레이본 측에도 사람을 보내서 확인 중이니까…… 기다려 보자."

팜므와의 프로젝트는 앨리스의 입장에서 반드시 성공해야 하는 일이었고 팜므 역시 마찬가지였다. 하지만 뜻밖의 디자인 유출 건으로 각 회사의 입장은 물론 손해도 막대할 것이 분명했다. 혹여나 앨리스 측의 잘못으로 인해 이 사건이 시작된 것이라면 팜므와의 프로젝트는 물 건너가고 그 손해 배상 역시 만만치 않게 해야 할 것이다.

그러니 회사에선 이 사건에 연루되었을 가능성이 있는 은서와 나영을 각각 따로 호출했다. 프로젝트에 참여한 앨리스 측 디자이너는 총 네 명이었지만 팜므의 사무실에 상주하며 일을 진행한 것은 은서와 나영 두 사람이었기 때문이다.

"근데 우리 쪽 디자인만 빼돌렸다는 게 좋지 않은 상황을 만드는 것 같아. 한 대리나 나영 씨를 노리고 한 짓 아닌가 하고 팜므 대표는 생각하는 것 같던데……."

왜? 무슨 이득을 보려고 이런 일을 벌인 걸까? 그저 우린 열심히 주어진 일을 했을 뿐인데.

"무슨 이유로 저희를요?"

"일단 유출된 경로를 찾고 있으니까 곧 밝혀질 거야. 다만…… 한 대리나 나영 씨는 당분간 모든 일에서 손을 떼야 할 것 같아. 사건이 밝혀질 때까진."

"아예 손을 떼라는 말씀이세요?"

여태껏 노력한 시간이 한순간에 와르르 무너져 내리는 것 같아 애써 차분함을 유지하고 있던 은서의 목소리가 심하게 떨려 왔다.

"그렇게 하는 게 좋을 것 같아. 팜므 쪽에서도 그러는 게 좋을 것 같다고 했고."

무어라 말을 하려 했지만 더 이상 어떠한 말도 제대로 떠오르지 않아 은서는 그저 입을 다물었다. 은서의 입장에선 억울한 일이지만 회사에선 만약의 일에도 대비를 해야 할 테니까.

그럼에도 가슴을 울컥거리게 만드는 서운함.

"알겠습니다."

"한 대리."

은서는 장 팀장에게 고개 숙여 인사한 후 자리에서 일어섰다. 서운한 마음은 들었지만 팀장 입장에선 어쩔 수 없는 선택이란 걸 알고 있었다.

"내가 해 줄 수 있는 게 없어서 미안하네……."

장 팀장은 이런 일에 휘말려 잔뜩 근심 어린 얼굴을 하고 있는 은서를 보고 있자니 마음이 편하지 않았다.

"금방 밝혀질 테니까 조금만 참고 기다려. 알겠지?"

"네, 알겠습니다."

아무것도 할 수 없다는 것이 이토록 사람을 무기력하게 만드는 거란 걸 은서는 이제야 알 것 같았다. 회사에서 내려진 결정은 어쩔 수 없는 일이란 걸 알면서도 하지 않은 일에 의심을 사고 있는 이 상황은 억울했다.

"후우……."

회사를 나온 은서의 입에서 짧은 한숨이 흘러나왔다.

"아무래도 상황이 좋지 않은 것 같다."

대표실에서 보고를 기다리고 있던 제이디의 귀에 낮게 깔린 어두운 알렉스의 목소리가 들려왔다. 어두운 그 목소리만 들어도 상황이 좋지 않다는 걸 알 수 있었다.

"얼마나?"

"레이본 측 직원 하나가 이야길 시작했어. 그런데…… 은서 씨를 지목한 것 같아."

"뭐?"

자리에 앉아 있던 제이디가 튕겨져 나가듯 벌떡 일어섰다. 생각하고 싶지 않은 상황에 직면한 제이디의 얼굴이 잔뜩 구겨졌다.

"앨리스 측 한 대리의 제의를 받았다고 이야길 꺼낸 모양이야. 지금 우리 쪽이나 앨리스 쪽 사람들이 같이 이야길 듣고 있으니까……."

"Shit, 말도 안 되잖아!"

한은서는 그럴 사람이 아니다. 아니, 그럴 수 있는 사람이 아니다. 그녀는 자신의 일을 누구보다 사랑하고 열심히 하는 사람, 그건 제이디 본인이 곁에서 지켜봐 왔기에 너무나 잘 알고 있는 사실이었다.

"증거를 가져오라고 해, 아무 죄 없는 사람 몰아가지 말고."

제이디는 짜증스럽다는 듯 머리카락을 헝클며 말했다.

우리도 이렇게 당황스러운데, 저 녀석은 더 하겠지.

알렉스는 어두워져만 가는 제이디의 안색을 살폈다.

"일단 은서 씨 이름이 나온 이상 피하진 못해. 조사는 들어갈 거야."

"한은서가 그런 일을 할 리가 없잖아!"

누구보다 열정을 가지고 일하는 여자다. 밥은 제때 챙겨 먹지 못해도 해 오라는 일은 제때, 조금의 오차 없이 해 오는 여자. 한 번 실수한 일은 두 번 하지 않고, 부족한 부분을 지적하면 밤을 새서라도 공부하고 또 공부한다.

쉽게 사는 법을 아는 여자였다면, 그런 디자이너였다면 결코 그렇게 하지 못했을 것이다.

"우리도 아니라고 생각해, 하지만 일단 상대측에서 은서 씨 이야길 꺼냈으니까……."

"젠장!"

쾅 하는 소리와 함께 제이디의 단단한 주먹이 책상을 세차게 내리쳤다. 회사가 입을 타격이나 손해보다 한은서가 받을 충격이 더욱 가슴을 답답하게 만들었다.

"나 들어가도 되지?"

법무팀의 상황을 전해 듣기 위해 밖에서 기다리고 있던 지니가 소란스러운 대표실 문을 열고 들어왔다. 지니의 표정 역시 사태의 심각성을 말해 주는 듯 무척 어두워져 있었다.

이런 식으로 한 사람을 몰고 간다면 아주 티끌만 한 오해에도 범인으로 몰릴 수 있다.

"아무래도 우리가 생각하는 것보다 사태가 심각한 것 같아."

"뜸 들이지 말고 요점만 말해."

지니의 머뭇거림에 제이디의 서늘한 목소리가 빨리 들은 이야길 꺼내 놓으라고 재촉했다.

"경찰 조사 시작할 것 같아. 은서 씨가 보낸 문자가 확인됐어. 레이본 측 디자이너가 은서 씨 제안에 돈을 건넸다고 진술했고."

"……."

뭔가 잘못된 일이다. 증거라니, 그런 게 나올 리가 없잖아?

"그런 건 충분히 조작할 수 있어, 마음만 먹으면 한은서로 몰아갈 수 있다고. 제대로 조사해야 돼."

"그건 당연한데…… 만약의 일을 대비해야 할 것 같아."

제이디는 고개를 끄덕이며 자리에 털썩 주저앉아 버렸다. 온몸에 힘이 빠져나간다.

왜, 어째서, 하필 한은서란 말인가?

"일단 법무팀 사무실로 들어오라고 하고, 본사에 연락해."

"응. 은서 씨는 당분간 출근하긴 어려울 것 같아. 앨리스 쪽에서도 이렇게 된 이상……."

"……."

지시를 내린 후 복잡해져 오는 머릿속을 정리하고 싶은 듯 제이디는 두 눈을 감은 채 손을 휘저었다. 잠시 혼자 있고 싶으니 나가 달라는 뜻이었다.

"법무팀 들어오면 알려 줄게."

"지니, 먼저 나가 있어요."

지끈거려 오는 머리를 의자에 기대며 두 눈을 감고 있는 제이디의 얼굴색을 살피던 알렉스는 지니를 밖으로 내보낸 후 그 앞에 다가가 섰다. 깊은 한숨을 내쉬는 제이디의 심정이 얼마나 복잡할지 저 깊은 한숨 소리가 대변해 주고 있었다.

"세령이 때랑은 달라, 같다고 생각하면 안 돼."

세령이 한국으로 돌아간 후 공모전에 입상했다는 소문이 학교 안에 심심치 않게 퍼져 나가고 있을 때였다. 그때까지도 제이디는 세령의 어머니가 아파서, 그래서 한국에 돌아갔다는 그 말을 굳게 믿고 있었다.

'어머니가 아픈데 네 디자인 북을 들고 한국을 가? 말이 된다고 생각하냐?'

성난 알렉스의 말에도 제이디는 그녀에 대한 믿음의 끈을 놓지 않고 있었다. 그녀의 성격을 알면서도 자신을 그런 식으로 배신하지는 않을 거라는 일말의 희망 같은 걸 품고 있는 듯 보였다.

하지만 모든 건 거짓이었다. 세령은 제이디의 디자인으로 공모전 수상을 이뤄 냈고 그 뒤 어떠한 이야기도 하지 않은 채 모습을 감춰 버렸다.

한국을 떠나와 마음의 헛헛함을 채워 준 세령에게 배신당한 후 괴로워하던 제이디는 금세 아무렇지 않은 듯 털고 일어났지만 곁에서 지켜본 알렉스는 알 수 있었다. 그저 게임처럼 여자를 만나고, 자신의 본모습을 보여 주지 않은 채 잠깐의 쾌락만을 즐기던 녀석의 모습을.

그저 지금의 괴로움을 잠시 숨겨 두고 있는 것뿐이란 걸.

그러다 녀석은 한은서라는 상냥한 사람을 만났다. 천만다행이었다. 화려한 겉과 달리 외로운 녀석의 마음을 채워 줄 사람이 생겼다는 게 얼마나 다행인지 알렉스는 자신의 일처럼 둘을 축하해 줬다.

"나도 그 정돈 알고 있어……."

하지만 녀석의 마음속 깊은 곳에 자리 잡은 불안감은 쉽사리 사라지지 않았다.

"증거란 게 나왔다 해도 네 말처럼 조작일 수 있어. 은서 씨 그럴 사람 아니라고, 네가 제일 믿고 있잖아?"

"알아."

"그런데 표정은 왜 그래? 불안해 죽겠다는 표정이야, 지금."

극복하지 못하고 꾹꾹 숨겨 놓기만 했던 상처는 아주 작은 흔들림으로도 그 뚜껑을 열고 모습을 드러냈다.

"……."

과거의 일이 바로 어제 일처럼 생생하게 떠올라 답답한 가슴을 치게 만든다.

"은서 씨, 의심해? 증거라는 게 나오니까 불안해?"

평소 명확하고 정확한 것이 아니면 신뢰하지 않았다. 그랬기에 생겨나는 오류, 증거 앞에서 불현듯 마음엔 의구심이 생겨났다.

아니, 한은서는 그럴 사람이 아니야, 그건 내가 제일 잘 알아…….

하지만 한은서도 사람이라는 사실, 그녀를 100프로 다 안다고 할 수 있을까? 고작 우리가 함께한 시간은 반년이 채 되지 않는데…….

"그런 표정 지을 거면 당분간 은서 씨 만나지 마. 은서 씨한테 상처만 줄 뿐이야."

"……그냥 조금 불안했을 뿐이야."

알렉스의 말이 조금도 틀리지 않다고 제이디는 생각했다. 마음속 한 곳에서 자꾸만 고개 드는 의문들은 고스란히 은서에게 상처가 될 것이다.

네가 그럴 사람이 아니라고 생각하면서도 두 번은 그런 일을 겪고 싶지 않은 내 마음은 날카로운 가시가 돋치는 기분이 든다.

이런 마음을 들킨다면 한은서는 자신을 보려 하지 않을지도 모른다. 그럼에도 불안해하고 있을 그녀가 떠올라 제이디는 마음이 고단했다.

"혹시 몰라 저장해 뒀어요. 이게 제가 받은 문잡니다."

레이본 디자인팀 6년 차 채미경 대리는 자신의 핸드폰에 저장된 문자 하나를 선택해 보여 줬다. 감사팀과 법무팀, 거기다 앨리스와 팜므의 법무 대리인들까지 참석한 자리에서 더는 거짓말을 할 수 없었는지 여자는 금방이라도 울 것 같은 얼굴이었다.

[건당 3,000이면 돼요. 직접 만나는 건 보는 눈들이 많아 힘드니, 결정되면 메일로 연락하세요.]

"저는 그런 프로젝트에서 쓰는 디자인인 줄은 몰랐어요, 간혹 이런 식으로 디자인을 파는 사람이 있긴 하니까……. 저도 실적 때문에 압박이 심했고 샘플로 보내 준 걸 보니까 실력도 있는 것 같고……."

채 대리는 눈물을 흘리며 말하고 있었다. 자신의 것은 아니지만 당당히 돈을 주고 샀으니 어딘지 억울한 기분마저 들었다.

"제안도 그쪽에서 먼저 했어요! 전 진짜 대출까지 받아서 디자인 산 것밖에는……."

"그럼 이 돈을 지불했단 말입니까?"

"네, 알려 주는 계좌로 한 번에 천만 원씩 나눠서 입금했어요. 총 세 번."

"증거 있습니까?"

앨리스 측 법무 대리인이 날카로운 눈빛으로 채 대리에게 물었다.

"물론이죠, 영수증 가지고 있습니다. 정 못 믿으시겠다면 입금받은 계좌 추적이라도 해 보세요. 그리고 메일, 메일도 보냈으니까 확인해 보면 되는 거잖아요!"

억울하다는 듯 채 대리의 울음 섞인 목소리는 점점 커져 갔다.

"일단 알겠습니다. 경찰과 함께 조사에 나서도록 하죠."

모든 정황들이 너무나 명확하게 한 사람에게 집중되고 있었다. 채 대리의 말처럼 계좌를 추적하거나 메일을 확인해 보면 금방 사건의 진상이 밝혀질 것이었다.

"네, 김 팀장님. 저 강 변호삽니다. 일단 경찰 조사 시작할 예정이고요, 저는 지금 사무실로 들어갈까 하는데요."

팜므의 한국지사 법무팀을 맡고 있는 강 변호사는 레이본의 빌딩을 나서며 프로젝트 팀장 지니에게 전활 걸었다.

— 네, 강 변호사님. 어떻게 됐어요?

"뭐, 조사를 조금 더 해 봐야 알겠지만…… 정황상으론 좋지 않습니다. 증거들도 있고요."

강 변호사의 말에 지니의 한숨이 들려왔다.

— 네, 일단 들어오셔서 다시 이야기하죠. 조심히 오세요.

팜므와 앨리스의 법무팀과 임원들이 참석한 회의는 생각보다 길어지고 있었다. 모두들 길어지는 회의에 지치기도 했지만 무엇보다 갑작스럽게 벌어진 사건으로 인해 입게 된 막대한 손실과, 프로젝트에 대한 차질, 거기다 함께 일했던 동료가 엮인 일이라는 것이 몹시 그들을 언짢고 힘들게 만들고 있었다.

팜므의 한국 법무팀 담당을 맡고 있는 강 변호사는 진지한 얼굴로 회의에 참여하며 조금 전 만났던 팜므의 대표를 떠올렸다.

'무조건 진상을 밝히는 데 주력하세요. 진범을 잡을 때까지 시간을 벌라 이 말입니다.'

무슨 일이든 정확하고 빠르게 처리하길 원하는 대표가 시간을 벌라는 말을 한다는 것이 어딘지 이상해 보여 이건 시간을 끌 일이 아니라 말하자 그는 단호하게 고갤 흔들었다.

'누군가 책임을 져야 한다면 제가 집니다. 사건의 진실이 더 중요해요, 최대한 비밀 유지 해서 범인부터 잡으세요. 한 사람 인생이 걸린 일입니다.'

2년 전, 한국에서 일을 하기 위해 준비 중이던 그를 만났을 때완 사뭇 다른 느낌이 들었다. 사람이 변했다고 할까? 좀 더 부드러워진 느낌이었다.

"일단 수사기관에 의뢰해 진위 파악과 인과 관계에 대해 조사를 시작하면 곧 사건의 진상은 밝혀질 테지만 여기서 쟁점은 두 가집니다. 우선……."

강 변호사는 자신의 팀에 있는 어소시엣 윤 변호사의 말을 들으며 앨리스 측 사람들을 바라보고 있었다. 이번 사건의 범인으로 지목받은 한 대리가 앨리스의 사람인 이상 팜므 쪽 의견에 조금 더 무게가 실릴 수밖에 없는 상황이었다.

'앨리스 측에선 분명 협조하겠지만 자기 회사가 불리해진다 싶으면 한 대리에게 모든 책임을 넘겨 버릴 수도 있습니다. 그건 막아야 합니다.'

맞는 말이었다. 앨리스 측에선 자신들의 직원이 그러한 일에 주범이라고 밝혀진다면 발을 빼고 한 대리에게 모든 책임을 물을 것이다. 잔인하다 싶겠지만 회사의 입장이란 그런 것이니까.

"일단 이 경우엔 부정경쟁 및 영업비밀보호에 관한 법률에 의하여 처벌 가능하고 손해가 발생되었을 경우에는 그 손해도 배상받을 수 있습니다. 그 침해에 대한 금지요청 등도 할 수 있고요……. 다만 처벌에 앞서 사건의 진위를 파악하는 데 주력해야 할 것 같습니다. 저희 대표께서도 그 부분에 대해서 당부를 하셨고요."

"네, 그렇게 해야겠죠."

강 변호사의 말에 앨리스 측에서도 동의를 했다. 처벌은 나중에라도 가능한 일이지만 억울한 사람을 만들지 말자는 의견에는 모두 이견이 없는 모습이었다.

그 덕에 회의에 참석한 알렉스는 물론 앨리스의 장 팀장 역시 안도의 한숨을 내쉬었다.

"은서 씨랑 연락은 해 보셨어요?"

회의실을 빠져나오며 알렉스는 장 팀장에게 조심스럽게 물었다. 일이 터진 후 은서를 만나 보지 못했기에 걱정이 많은 얼굴이었다.

"아까 회의 전에 잠시요, 잠도 못 자고, 먹지도 못하고 그러는 것 같더라고요."

"……이런."

그럴지도 모른다고 생각하긴 했지만 은서가 받은 충격이 얼마나 큰지 알 것 같아 알렉스는 입 안이 씁쓸해졌다.

"아무리 생각해도 한 대리가 그럴 사람이 아닌데…… 왜 한 대리를 지목한 건지 이해할 수가 없네요."

"저희도 은서 씨가 그런 일 할 사람이 아니라고 생각해요, 다만 채 대리 쪽에서 너무 공격적으로 나오니까 상황이 은서 씨에게 좋진 않겠죠."

"아무래도 그렇겠죠?"

"네, 돈 이체한 영수증도 있다고 하고 문자도 나오고 했으니까. 원래 이런 건 증거라고 먼저 들이미는 쪽이 심리적으로 유리하거든요."

"뭔가 잘못된 것 같아요, 이건 한 대리 커리어에 치명타예요."

디자이너의 생명이 달려 있다. 이런 좁은 바닥에서 그런 소문이 얼마나 치명타인지, 또 얼마나 바람처럼 퍼져 나가는지 알렉스나 장 팀장은 알고 있었다.

"무슨 수를 쓰더라도 밝혀낼 거예요. 제이디가 그런 데는 아주 집요하거든요."

"그럼 다행이지만…… 아무튼 큰일 없이 얼른 밝혀져야 할 텐데 걱정이 많네요. 회사 측에서도 우선은 한 대리를 보호하겠다 나섰지만 언제까지 이럴 수 있을는지 모르겠어요."

장 팀장의 깊어지는 시름이 느껴졌다. 은서를 아낀다는 말은 들었는데, 그녀를 진심으로 걱정하는 얼굴을 보고 있자니 그 말이 거짓은 아니었구나 싶어진다.

그 녀석이 은서 씨를 잘 달래 줘야 할 텐데.

보기와 달리 마음에 상처를 담아 두고 살아온 제이디가 이번 일을 잘 극복해 내길, 그래서 꼭 사랑하는 여자를 지켜 낼 수 있길 알렉스는 바라고 있었다.

'내가 데려다준다니까? 당신 오늘 피곤하잖아.'

다정한 얼굴, 부드러운 목소리, 눈앞의 여자가 사랑스러워 어쩔 줄 모르는 듯 커다란 제이디의 손은 은서의 볼을 매만지고 있었다.

'피곤한 건 진운 씨도 마찬가지잖아요. 전 택시 타면 금방이에 요.'

'떨어지기 싫어서 그래.'

불 꺼진 회사 건물 앞에서 서로를 끌어안고 있는 둘은 누가 봐도 사랑하는 연인이었다. 멀리서도 두 사람만의 따뜻하고 사랑스러운 기운이 느껴질 정도로.

한때는 자신이 가졌던 눈빛이었다. 사랑스러워 어쩔 줄 모른다는 저 손짓도 자신만의 것이었던 적도 있었다. 그리고 문득 궁금해졌다. 저 여자는 불안하지 않을까? 저 남자의 능력이, 저 남자의 철저함이 무섭진 않을까?

작은 실수에도 냉정한 사람. 그런 사람이 새로운 사랑을 시작했 고, 그녀는 함께 일하는 디자이너였다. 그걸 알게 된 순간, 목구멍을 타고 씁쓸한 기운이 올라왔다. 그토록 바랐다. 그와 함께 마주 보며 같은 길을 가는 꿈, 서로에게 도움이 되고 도움을 받고 의지하며, 그 렇게 함께 일하는 걸 누구보다 꿈꿨었다. 하지만 자신은 이루지 못했 다.

너는 그의 차가운 눈동자를 견딜 수 있을까? 진운 선배 당신은 배 신이란 고통을 또다시 이겨 낼 수 있을까?

세상모르고 환하게 웃고 있는 여자가 참으로 밉고, 부러웠다.

그렇게 쉽게 가질 수 있는 거라면 불공평하잖아. 난 누구보다 괴 로웠는데.

"실장님, 기자님 오셨는데요."

당신도 조금 그 괴로움을 맛보게 해 주고 싶어.

"실장님?"

깊은 생각에 빠져 있는 세령에게 비서가 다가와 한 번 더 그녀를 불렀다. 아무런 소리도 듣지 못하고 있던 그녀는 다가온 비서의 목소리에 그제야 고갤 돌렸다.

"네?"

"기자님 도착하셨습니다."

"아, 그래요? 네, 들어오시라고 하세요."

얼마나 깊이 생각에 빠져 있었을까? 이미 어둠이 내려앉기 시작한 시각, 세령은 비서의 안내를 받아 준비된 룸으로 들어오는 이 기자를 반가운 얼굴로 맞이했다.

"어서 오세요, 윤세령입니다. 이렇게 멀리까지 오시라고 해서 죄송해요."

헤라의 디자인 실장이 연예부 기자인 자신을 봤으면 한다고 공손한 투로 전화를 걸어 왔다. 이게 무슨 일인가 싶어 잠시 망설였지만 기자의 감이 거절할 이유가 전혀 없다고 말하고 있었다. 이 기자는 서울 외곽에 자리 잡은 고급 한정식 식당을 찾았다.

"아닙니다, 제가 영광이죠."

아름다운 여자, 환한 미소, 세련된 얼굴에 온몸을 짜릿하게 만들 정도로 아찔한 눈매, 영진은 세령의 얼굴을 바라본 순간 저도 모르게 몸에 힘이 들어갔다. 이렇게 젊고 아름다운 여자일 거란 생각을 해 보지 않았기 때문이었다.

"실장님 식사 먼저 들일까요?"

이 기자와 세령이 자릴 잡고 앉자 비서는 기다렸다는 듯 물었다.

"이 기자님, 식사는 제가 미리 주문했습니다. 드시면서 천천히 이야기 나누실까요?"

"네. 좋습니다."

미리 주문한 음식들이 세령의 말과 동시에 한 상 가득 차려지기 시작했다. 이런 고급 음식은 몇 번 맛본 적 없던 영진으로서는 차려지는 음식을 보는 것만으로도 그녀에게 압도당하는 기분이 들었다.

도대체 자신에게 무엇을 바라는 것일까? 한 상 거하게 차려진 음식들을 맛보며 영진은 그제야 여자의 진짜 의중이 무엇일까 호기심이 일었다.

"저한테 바라시는 게 어떤 겁니까?"

"바라는 건 아니고, 이 기자님 도움을 좀 받고 싶어서요."

생글생글, 화사한 미소에 영진은 저도 모르게 고개를 끄덕였다.

"제가 도울 일이 있다면 도와야죠."

"몇 달 전에 강지훈 씨 스캔들 기사 내신 거 봤어요. 열의가 대단하신 것 같던데요?"

"오랫동안 집중 취재를 하긴 했었죠."

그 스캔들 기사 하나로 영진은 천국과 지옥을 오갔다. 승진이라도 할 수 있을 줄 알았던 대형 스캔들은 폭탄이 되어 날아왔고 그 후 영진은 강지훈에 대한 취재에서 일절 손을 떼야만 했다.

생각할수록 화가 나는 일에 영진은 떨떠름한 표정을 지었고 세령은 그 순간을 놓치지 않았다.

"그 기사 때문에 꽤나 곤란하셨다고 들었어요."

어디까지 알고 있는 걸까? 영진은 세령의 표정을 살폈지만 그녀는 여전히 생글생글 웃는 얼굴을 유지하고 있었다.

"하고 싶은 말이 뭡니까?"

굳이 좋은 이야기도 아닌 것을 다시금 꺼내는 세령으로 인해 영진은 들고 있던 젓가락을 내려놓았다. 기분이 상했다는 표시였다.

"이 사진 속 여자 알아보시겠어요?"

세령은 자신의 가방에서 몇 장의 사진을 꺼내 펼쳐 놓았다. 그러고는 사진으로 시선을 옮기는 영진의 표정을 여유로운 웃음을 머금은 채 바라보았다.

기자들이란 먹잇감을 알아보는 눈이 탁월하니까. 분명 자신이 던지는 미끼를 물지 않을 수 없을 것이라는 확신이 들었다.

"물론입니다. 강지훈하고 같이 있는 걸 내 눈으로 직접 봤으니까."

"그럼 마주 보고 서 있는 남자는 누군지 알아보시겠어요?"

"아니오, 처음 보는 사람입니다만……."

세령이 건넨 사진 속에는 여자와 다정하게 바라보며 웃고 있는 남자가 함께 찍혀 있었다. 화질이 썩 좋지 않은 데다 어둠 속에서 몰래 찍은 사진으로 보이는 터라 명확하진 않았지만 꽤 미남으로 보였다.

누굴까? 강지훈의 후배라던 이 여자의 애인? 유명인인가? 근데 이런 걸 왜 내게 보여 주는 거지? 이렇게 외곽으로 불러 사람들의 눈까지 피해 가면서?

영진의 머릿속 계산기가 쉼 없이 답을 찾기 위해 타닥거리며 돌아갔지만 쉽사리 세령의 의중을 읽을 수 없어 그는 말없이 사진만 응시했다.

"이름 도진운, 현재 란제리 브랜드 팜프의 CEO이자, 디자이너예요. 그 유명한 베일 속에 가려진 신비주의 디자이너 제이디."

"네? 제이디요?"

영진의 가느다란 눈이 전에 없이 커졌다.

여기까지 온 보람이 있구나! 이건 대박감이다, 특종이라고!

기자의 감이 번뜩였다. 이 여자를 만나러 여기까지 온 건 자신 인생에 로또 같은 거라는 확신 아닌 확신이 들고 있었다.

"여기까지 오시는 동안 저에 대해서 알아보지 않으셨다고는 생각하지 않아요."

세령은 펼쳐져 있던 사진을 한쪽에 밀어 놓았다. 그저 그런 연예 잡지 기자를 여기까지 따로 부른 이유는 지금부터 꺼낼 이야기 때문이니까.

"뭐, 물론 좀 알아보긴 했죠. 박 회장님 며느리가 되실 거라는 소문 들었습니다."

흥미로웠다. 헤라라는 유명 브랜드의 수석 디자이너이자 그녀 자신이 몸담고 있는 회사의 회장 아들과 만나고 있다는 풍문쯤은 이미 영진 역시 들어 알고 있었으니까.

"확률은 반반이에요. 될지도 모르고, 아닐지도 모르죠."

세령의 휘어져 있던 눈꼬리는 서서히 자신의 자리를 찾아갔고, 영진은 어느새 서늘한 눈매로 자신을 바라보고 있는 세령의 다음 말을 기다리고 있었다.

"헤라는 그 여자가 몸담고 있는 앨리스와 동등한 조건으로 프로젝트 심사를 받았다고 생각하지 않습니다. 그 이유는 사진에서 보다시피 두 사람이 사귀는 사이거든요."

영진은 세령의 말에 입꼬리를 비틀어 올렸다. 이 사진 몇 장으로 엮어 낼 수 있는 꽤 괜찮은 시나리오였다.

영악한 여자구만?

세령의 뒷조사를 조금 해 본 영진은 여자의 의중이 이제야 파악되었다. 그 집안의 며느릿감으로는 조건이 썩 좋지 않은 그녀를 박 회장의 아내가 반대한다는 소문, 거기다 세령을 밀어주던 박 회장 역시 팜므와의 프로젝트가 어긋난 후 한 발자국 물러났다는 소문. 그리고 최근 박 회장의 아들이 모 재벌가의 영애와 선을 본다는 말이 떠돌았다고 했다.

급했군, 자신의 입지가 흔들릴지도 모르니까 이런 식으로 판을 다시 벌여 보겠다는 말?

"그건 추측일 뿐 위험성이 너무 크지 않습니까? 콩밥 먹기 딱 좋은 스케일인데."

"팩트를 쓰라는 게 아니에요. 그런 분위기만 만들어 주면 됩니다. 나머진 제가 알아서 하죠."

"그래도 이건 위험성이 너무 커서……."

매서웠던 세령의 눈매가 어느새 다시 둥그렇게 휘어져 있었다. 여유로운 얼굴과 몸짓으로 영진의 말을 듣고 있던 세령은 피식, 터지는 웃음을 내뱉어 버렸다.

"후훗, 제 제안을 받아들인다면 이 기자님은 두 가지 득을 보실 거예요."

두 가지의 득?

"첫째, 알려진 적 없는 제이디의 본모습을 세계 최초로 보도하는 기자가 되겠죠? 그저 그런 연예인 스캔들보다 더 임팩트가 있을 것 같은데……."

맞는 말이다. 유럽에서 활동하는 동안에도 공식적인 인터뷰나 그에 관한 사진이 나돈 적은 없었다. 세계 최초. 그 말이 영진의 가슴을 뛰게 만들었다.

"둘째, 그 기사로 제가 원하는 바를 이룬다면 재벌가에 든든한 끈 하나 두시는 건데, 나쁘지 않은 조건 아닌가요? 아, 물론 팜므와의 일을 진행하기 위해선 제 익명성은 보장해 주셔야 하고요."

"익명성 보장은 당연합니다."

"그리고 이건…… 제 성의예요. 취재비라고 생각하시고 부족하면 말씀하세요."

세령은 미리 준비해 두었던 봉투 하나를 꺼내 영진에게 내밀었다.

"이런 것까진 필요 없습니다."

"아니요, 받아 주세요. 이 기자님 손에 아주 많은 게 걸려 있으니까."

괜찮다며 손사래 치는 영진의 손에 봉투를 쥐여 준 세령은 별거 아니라는 듯 웃어 보였고 결국 이 기자는 세령이 건네는 봉투를 슬그머니 챙겨 자신의 가방에 밀어 넣었다.

　사람이란 받은 만큼만 주게 되어 있으니까, 이 기자 당신이 얼마나 잘해 줄지 기대가 되네.

19. 덫

한 번도 만난 적 없던 사람이 자신에게 문자를 받았다 했다. 거기다 구경조차 해 보지 못한 어마어마한 돈을 보냈다고 한다. 그 이야기를 전해 듣고 나니 너무 놀라고 당황스러워 은서는 헛웃음이 나려 했다.

'아무래도 경찰 조사는 피하기 어렵겠어, 마음 단단히 먹고 일단 쉬고 있어, 팜프 쪽에선 손해 보는 것보다 진범을 찾는 데 주력했으면 하더라고, 한 대리 걱정 많이 하는 것 같더라.'

걸려 온 장 팀장의 전화를 받고 나선 침대에서 꼼짝도 하지 않고 누워 있었다. 억울하고 속이 상해 눈물이 나려 했다. 거기다 어떤 이유가 되었든 제이디에게 피해를 준 것 같아 마음 한쪽이 자꾸만 무거워진다.

딩동—

"……."

적막만이 감도는 조용한 집 안에 울리는 초인종 소리에 은서는 감고 있던 눈을 떴다. 집을 찾아올 사람은 나영, 혹은 제이디 두 사람뿐. 둘 중 누구를 보아도 분명 눈물을 흘릴 것 같아 전화조차 받지 못하고 있었다.

마음이 쉽사리 진정되지 않아 은서는 몸을 일으킨 후 꼼짝 않고 앉아 있었다.

딩동—

다시금 들려오는 초인종 소리.

딩동—

"문 열어, 나야."

현관문 너머로 들려오는 목소리에 심장이 쿵 하고 떨어지는 기분이 들었다. 보고 싶고, 목소리가 듣고 싶었지만 괜한 오해를 살까 싶어 망설였다. 그를 곤란하게 만들고 싶지 않아서.

그런데도 마음의 의지할 곳은 그였는지 들려오는 목소리가 반가워 참았던 눈물이 흐르려 했다.

"한은서, 나야."

은서는 쉽사리 떨어지지 않는 발걸음을 옮겨 현관문 앞에 다가섰다. 두껍지 않은 현관문을 사이에 두고 심호흡을 한 은서는 머뭇거리며 현관문을 열었다.

"……."

"왜 이렇게…… 얼굴이 안 좋아?"

열리지 않을 것 같던 문이 열리고 이미 촉촉하게 젖은 눈동자로 자신을 바라보며 서 있는 은서를 제이디는 망설임 없이 품에 끌어안았다. 그러자 기다렸다는 듯 은서는 참았던 눈물을 터트리며 어깨를 들썩였다. 작고 가냘픈 어깨가 오늘따라 참으로 애처롭게 느껴졌다.

"바로 오지 못해서 미안해."

"……."

제이디의 말에 은서의 고개가 좌우로 흔들렸다. 괜찮다고, 어쩔 수 없는 상황이란 걸 누구보다 잘 알고 있다는 뜻이었다.

자신으로 인해 그에게 엄청난 피해를 준 것 같아 마음이 무거웠다.

"미안…… 무서웠지?"

하지도 않은 일들이 꼭 자신이 한 일처럼 포장되어 사실처럼 만들어질수록 은서는 괴롭고 힘들었을 것이다. 곧 경찰 조사까지 받게 될지 모르는 상황, 조금 더 일찍 안아 주지 못한 미안함에 제이디는 더욱 힘 있게 그녀를 끌어안았다.

"죄송해요…… 어쩌다가 이렇게 된 건지…….”

눈앞이 깜깜하다는 건 이런 걸 두고 하는 말이 아닐까? 한 치 앞도 보이지 않고 마치 길을 잃은 기분이 들어 무섭고 두렵고 외로웠다. 어디가 출구인지 보이지 않았다.

"왜 사과해? 당신이 잘못한 게 아니잖아."

바보같이, 이런 상황에도 미안하단 말을 꺼내는 은서가 마음을 아프게 만든다.

"네가 잘못한 게 없는데 왜 사과를 해? 바보같이."

"그치만…… 그건 아는데…… 나도 왜 이렇게 된 건지 모르겠어요."

은서는 결국 흐느껴 울기 시작했다. 애써 참고 있던 울음은 더 이상 참아지지 않았고 제이디는 그런 은서를 잠시 말없이 바라봤다.

이곳에 오기까지 잠시 망설이고 있었다. 아닐 거란 걸 알면서도 마음에 피어난 의심은 만일을 대비하라고 경고했고 알렉스 역시 그런 어중간한 마음으로 은서를 만나 상처 주지 말라며 당부했다. 그러다 문득 이런 상황이 벌어졌다는 것만으로도 미안해 전화조차 받지 못하는 은서를 떠올린 제이디는 그길로 회사를 뛰쳐나왔다.

"얼굴색이 너무 안 좋아, 일단 들어가자."

터져 버린 울음을 간신히 삼켜 내고 있는 은서의 자그마한 몸이 제이디로 인해 저항 없이 그대로 들어 올려졌고 뭐라 말할 힘도 없는지 은서는 그대로 제이디의 품에 머리를 기댔다.

"아무것도 안 먹었지?"

침대 위에 살며시 은서를 내려놓은 제이디는 걱정스러운 얼굴로 그녀를 바라봤다. 머릿속이 복잡해 분명 아무것도 먹지 않았을 것이다.

"……생각 없어요."

"마실 거라도 가져다줄게 그럼."

몸이 힘들었는지, 긴장이 풀려서인지 은서의 얼굴색이 무척 창백했다.

"그냥…… 나 좀 안아 주면 안 돼요?"

마실 것도, 먹을 것도 생각나지 않는다. 다만 그의 따뜻한 품에 잠시만 더 안겨 있고 싶은 마음뿐.

은서의 말에 제이디는 고개를 끄덕인 후 그녀의 옆자리에 올라 팔을 내주었다. 어미 품을 찾는 자그마한 강아지처럼 은서는 제이디의 품을 파고들었다.

불안했던 마음이 옅게 풍겨져 오는 제이디의 향기로 인해 평온을 되찾고 있었다.

"졸려?"

토닥토닥, 은서의 등을 토닥이던 제이디의 말에 은서는 고개를 가로저었다.

"옛날이야기 하나 할까 하는데, 졸리면 말해."

"네……."

"사실 나는 사람을 어떻게 믿어야 하는 건지 잘 몰라."

망설이고 망설이던 이야기를 제이디는 어렵게 꺼내 놓기 시작했다.

"아주 어릴 때부터 우리 아버진 내게 그런 말씀을 하셨어. 사람을 믿을 바엔 차라리 돈을 믿으라고. 정 사람을 믿을 거면 너를 믿고, 네가 가진 힘을 믿으라고. 고생도 많이 하시고 작은 사채업부터 시작해서 자수성가하신 분이었거든."

갑작스레 시작된 제이디의 말을 들으며 은서는 고개를 끄덕였다. 그의 목소리를 듣고 있는 것만으로도 괴롭던 기억은 잠시 멀리 달아나고 있었다.

그의 차분한 목소리를 따라 어릴 적 제이디의 시간으로 거슬러 올라갔다.

"고2 때 처음으로 여자를 좋아해 봤어. 첫사랑 같은 건데, 그땐 숫기가 없어서 말도 못 하고 1년이나 짝사랑했었거든. 그러던 어느 날 갑자기 나보고 사귀자고 하더라고. 내가 자길 좋아하는 걸 알았는지, 아니면 통했는지······."

숫기가 없었다던 그 시절 제이디는 어떠했을지 잠시 눈을 감고 생각해 봤지만 쉽게 상상이 되지 않는다.

어릴 땐 무척 순진했구나.

"사귄 지 한 달도 채 지나지 않았는데, 그 애가 갑자기 울면서 나한테 싹싹 비는 거야. 자기 아버지 회사 망하게 하지 말아 달라고."

"······."

"알고 보니까 우리 아버지한테 사채를 빌렸나 보더라고 그 애 아버지가. 그래서 나한테 사귀자고 했던 거였어. 내가 좋았던 게 아니라 다른 목적이 있었던 거지."

아버지 생각이 틀렸다는 걸 보여 주고 싶었던 어린 날, 어쩌면 돈귀신이라 불리는 아버지 말이 조금도 틀리지 않았을지 모른다는 현실의 팍팍함을 직면하게 되었다.

"그때부턴 그저 가볍게 사람을 만났어. 진지해지는 것 자체가 싫어졌지. 그러다 군대도 가고 유학까지 가게 됐어. 뭐, 반쯤 쫓겨난 거지만."

"……."

"아버지랑 사이는 이미 유학 가기 전부터 안 좋았고, 쫓겨났다는 생각에 반항심은 커졌지. 많이 외롭고 힘들었어. 꼴에 또 자존심이라고 첫해 유학 비용만 받았거든. 간간이 큰형이 용돈을 부쳐 주긴 했지만."

더 이상의 도움은 필요 없다고, 자신의 힘으로 성공하겠다고 아버지 앞에서 큰소리쳤고 그때부터 제이디는 앞만 보고 달리기 시작했다.

"그러다 알렉스도 알게 되고, 지니도 알게 되고, 외로움을 채워 주는 여자를…… 만났지. 당신도 알고 있는 사람이야."

"……설마."

"맞아. 윤세령이야."

질투라는 건 눈치가 없다. 이런 와중에도 그의 외로움을 채워 주었을 여자가 부럽고, 부럽게 느껴지는 그녀가 세령이란 사실에 가슴이 삐그덕 요란한 소릴 낸다.

은서는 조금 더 제이디의 품으로 파고들었다.

"그즈음에 나는 사람을 믿기 위해 수많은 의심을 하기 시작했어. 검증하고 싶었던 것 같아. 이 사람은 내가 믿을 수 있는 사람일까? 아닐까? 좋아하는 마음이 있으면서도 제삼자의 눈으로 냉정하게 그 사람을 평가하려고 했어. 아마 그런 내 곁에서 괴롭기도 했었겠지."

노력과 달리 세령의 슬럼프는 길었고 공모전은 수시로 낙방했다.

자신에게 의지하고 싶어 하는 걸 알고 있었지만 모든 게 버겁고 힘들었기에 세령의 마음까지 짊어지고 싶지 않았던 것 같다.

"가진 것보다 욕심이 많은 애였어. 남들에게 보여지는 부분을 많이 신경 썼던 것 같아. 나는 그게 싫었고. 많이 싸웠지. 그러다 한국으로 돌아갔어, 부모님 건강이 좋지 않았었거든……."

믿었다. 만남을 이어 가고 시간이 길어질수록 실망하고 맞지 않는 사람이란 걸 느끼면서도 외로웠던 마음을 위로해 주었던 세령에 대한 고마움으로 그녀를 포기하고 싶지 않았던 그 시절.

"그런데 세령이가 한국으로 돌아가면서 내 디자인 북과 졸업 작품으로 준비했던 샘플을 들고 사라졌어. 당황했고 놀랐어. 그리고 얼마 뒤에 듣게 됐지, 한국에서 공모전 입상을 하고 디자이너로 취직까지 했다고."

"설마……."

"맞아. 내 디자인이었어. 그 덕에 나는 디자인 도용이란 후폭풍을 맞았고, 그 뒤로 본명도 쓰지 않게 됐어. 이 바닥 워낙 좁잖아."

"……그랬었구나."

디자이너가 되기 위해 집안의 반대도 불사하고 날아갔을 파리, 누구보다 노력했을 그에게 그 사건은 얼마나 절망이었을까? 믿었던 여자 친구의 배신, 아마 그 마음은 갈기갈기 찢어졌을지도 모를 일이다.

"그 후론 누굴 의심한다거나 누굴 믿는다거나 그런 관계 자체를 만들지 않았어. 어차피 좋아하는 마음이란 건 자신의 욕망 앞에선 속수무책이니까. 그래서 날 좋아한다는 여자들은 그저 날 이용하거나, 내게 목적이 있어서 좋아하는 척하는 거라고 단정 지어 버렸지."

그랬다. 그런 관계조차 시작하고 싶지 않아 적당히 즐기며 지낼 수 있는 그 정도의 관계만을 유지하며 살아왔다.

"널 만나기 전까지, 나한테 세상 여자들은 딱 그 정도 존재였어."

"……많이 외로웠죠?"

은서는 제이디의 허리에 둘렀던 팔에 조금 더 힘을 주었다. 상처받는 게 두려워 믿는 것조차 시도해 보지 않았던 그의 시간들이 너무나 외롭게 느껴졌다.

"사실 여기 오기까지 겁이 났어. 내 인생에 더는 다른 여자는 없다고, 너뿐이라고 생각했기 때문에 혹여나 너를 잃는 건 아닌지. 어쩌면 잠시 유혹에 흔들렸을지도 모른다고……."

한은서 역시 사람이기에, 자신의 욕망 앞에서 한없이 나약해질 수 있는 존재라고, 잠시나마 그녀를 의심했다.

"미안해."

제이디의 떨리는 목소리를 듣고 있던 은서는 고개를 흔들었다. 의심할 수 있는 일이라고 생각했다. 서운한 마음은 둘째 치고, 은서 자신이었어도 의심하는 것보다 의심하지 않는 편이 더 힘들었으리란 마음이 들었다.

"그런데…… 그래도 참을 수가 없어서…… 설사 네가 그런 일을 했다고 해도 널 안 보고 살 자신이 없어서…… 네가 보고 싶어서 견딜 수가 없어서 달려왔어."

그렇게 생각했다. 한은서가 혹여나 그런 유혹에 흔들렸다고 하더라도 너만은 잃고 싶지 않다고, 그러니 나는 네가 어떠한 사람이라도 상관없다고.

"그리고 너를 보고 나서 알았어."

"……."

떨려 오는 그의 목소리에 은서는 눈물이 핑 돌았다. 그저, 그저 아무런 이유 없이 그의 목소리만으로, 자신에게 닿는 그의 눈빛만으로도 그의 마음이 전해져 왔다.

"이런 와중에도 내 걱정을 하고 있는 널 보고 나니 알겠더라고 내가 믿지 못한 건 네가 아니라…… 나야."

"진운 씨……."

"이렇게 바보 같고 너덜너덜한 속은 보여 주고 싶지 않았어. 이런 모습 보이고 나면 떠날 것 같아서 불안했던 것 같아. 누굴 좋아하면 끝이 좋지 않으니까 겁도 났고…… 어떻게 이겨 내야 하는지 몰라서 상처 같은 건 그냥 숨기고만 살았거든."

세상에서 제일 좋은 남자의 모습으로 있고 싶었다. 한은서를 지키기 위해서 슈퍼맨 같은 든든한 남자이고 싶었다. 어떠한 공격도 다 이겨 낼 수 있는 그런 남자가 되어야 한다고 생각했다. 하지만 한없이 여린 어깨를 들썩이며 울음을 삼키는 은서를 보고서야 깨달았다.

너를 지키는 건 너를 믿는 것이라는걸. 너를 믿는다는 건 내 마음에 확신을 가진다는 것부터 시작해야 한다는걸. 그 확신은 나의 비겁하고 나약한 마음을 꺼내 놓는 것으로부터 가질 수 있는 것이라는걸.

나는 겉보기처럼 다 가진 사람이 아닌데, 이렇게 겁 많고, 바보 같은 남자여도 괜찮을까? 이런 모습 다 보이고도…… 내가 당신 곁에 있어도 될까?

"……."

"상처받는 게 싫어서, 알량한 유명 디자이너 제이디의 가면을 쓰고 살았어. 화려하고 다 가진 남자처럼 네 앞에서 당당한 척했지만 사실 완벽하지 않은 내게 네가 실망할까 봐 두려웠어. 진짜 내 모습을 보여 줄 자신이 없어서 네 앞에서도 아닌 척하고 있었던 거야."

제이디의 말을 은서는 아무런 대꾸 없이 듣고 있었다. 자신의 나약한 모습에 실망할까 두려웠다는 그의 말이 은서의 마음을 아프게 짓눌렀다.

"이렇게…… 못난 남자지만, 그래도 당신 곁에 있고 싶은데……
내가, 이런 나라도 괜찮을까?"

디자이너 제이디가 아닌 인간 도진운으로, 당신을 사랑하는 도진
운이란 이름의 평범한 남자로 당신 곁에 있어도 되는 걸까?

"불안했구나, 그동안."

제이디의 품에 묻었던 고개를 들며 은서는 그의 눈빛을 마주했다.
이미 촉촉하게 젖어 있는 그의 눈빛은 은서에게 숨김없이 보여지고
있었다.

"나도 그랬어요, 사실."

"……."

"이미 너무나 유명한 당신을 만나게 되었을 때, 그런 당신이랑 사
랑하는 사이가 되었을 때, 불안했어요. 나처럼 평범한 사람이…… 당
신처럼 완벽한 사람을 좋아해도 될까? 당신은 이런 내가 왜 좋을까?
그런 생각 했었어요."

"……."

완벽해 보이는 당신 앞에서 작아지는 느낌, 나는 평범해도 너무
평범한데, 그런 나를 좋아하는 그의 마음이 궁금했다.

"그래서 열심히 했어요, 일할 때도 실수하는 모습 보이지 않으려
고 악착같이…… 그런 걸로 실망할 사람 아니라는 거 알면서도 내 마
음이 그렇지 않더라고요. 바보 같죠?"

"아니……."

제이디의 고개가 흔들렸고 그런 제이디의 얼굴을 은서는 손을 들
어 매만졌다.

"내겐 너무나 완벽한 진운 씨가 질투하고, 삐치고, 실수하는 모습
을 볼 때요, 나 실망하지 않았어요. 오히려 그게 너무 사랑스럽고, 나
처럼 당신도 평범한 사람이구나 싶어서 안심했어요. 진운 씨는 어땠

어요? 나 실수하고 잘못하고 삐치면 싫어요?"

"그럴…… 리가 없잖아."

"난 철저하고 완벽주의자인 제이디도 멋있지만 내 앞에서 솔직해지는 도진운이 더 좋아요. 그러니까 다 보여 줘요. 나도 그럴게요. 그동안은 나도 완벽한 척하려고 애썼지만, 진운 씬 있는 그대로의 나도 누구보다 사랑해 줄 것 같은 확신이 들어요."

사랑하는 사람 앞에서 누구보다 완벽한 모습을 보이려 애썼고 그로 인해 솔직한 마음속 이야기는 숨겨 두고 지냈다. 그런 것들이 서로를 불안하게 만들었을지도 모르는 일이라고 은서는 생각하고 있었다.

"물론이야, 어떤 한은서라도 사랑할 거야."

"늙어서 주름이 자글자글해져도?"

"물론이지."

은서는 어느새 부드럽고 둥그런 눈매를 만들며 누워 있는 제이디의 가슴에 두 손을 얹었다. 그러고선 환한 얼굴로 그를 바라봤다. 쿵쿵거리는 그의 심장 소리가 손바닥을 타고 고스란히 전해졌다.

"나잇살에 배가 뚱뚱해져도 사랑할 거예요?"

"얼마든지."

"나 역시 그래요, 진운 씨가 세상에서 가장 나쁜 사람이라고 해도, 실상은 평범하기 짝이 없다고 해도, 그냥 당신이면 되니까…… 내 옆에 있어 주는 진운 씨가 좋은 거니까, 그러니까 너무 애쓰지 말아요, 우리."

남들이 말하는 인연이니, 운명이니 하는 소리를 단 한 번도 믿어 본 적이 없다. 세상에 존재하는 많은 신들조차도 보이지 않으니 믿을 수 없다고 생각하며 살았다. 첫눈에 반한다거나, 그 사람이 아니면 죽을 것 같다는 달콤한 말도 허상일 뿐 한 번도 와닿은 적이 없었다.

"한은서처럼 멋있는 여자는 처음이야."

반했다. 가슴이 아플 정도로 뛰게 만드는 여자한테.

"너를 만나서 구원받았어."

당신이 아니었다면 나는 지금처럼 가면을 쓰고 살았겠지. 내 속의 상처가 어떻게 생겼는지 돌아볼 자신이 없어서.

"미안해, 고맙고."

제이디의 눈가가 촉촉해져 왔고 그걸 바라보던 은서는 고갤 흔들었다. 그는 자신을 나약하고 비겁한 사람이라고 말했지만 은서의 눈엔 그렇게 보이지 않았다.

누구보다 자신을 사랑해 주는, 세상에서 제일 멋있는 남자로 보였다.

"피이, 그래도 나 의심했다는 건 좀 서운한 것도 같구……."

장난스럽게 입꼬리를 말아 올린 은서는 누워 있는 제이디의 볼을 살며시 꼬집었다.

"……그건 백 번, 천 번, 미안해."

"지금도 의심해요?"

"아니, 당신이 그럴 사람 아니라는 거 다시 느꼈어. 확신해."

"저요, 열심히 살았어요. 그런 나쁜 짓 꿈에서도 해 본 적 없어요."

그랬을 것 같다. 무슨 일이든 최선을 다했던 한은서가 너무나 멋져 보였으니까.

제이디는 은서를 자신의 품으로 바짝 끌어안았다.

"진범이 누가 됐든 아마 일을 벌인 이유가 있을 거야. 이런 일을 저질렀으니 원하는 걸 받아 내려는 사람이 분명 있을 거야."

은서에게 죄를 뒤집어씌우고 득을 보는 사람이 분명 있을 것이라고 생각했다. 납치범이 납치 후 돈을 원하는 전화를 걸어 오는 것처럼, 한은서에게 죄를 뒤집어씌운 사람은 반드시 자신이 원하는 걸 가지기 위해 모습을 나타낼 것이다.

"그러니 힘들어도 조금만 견디자. 내가 그 범인 꼭 찾을 거니까."

"네, 힘낼게요. 진운 씨도 힘내요."

"그런 의미로……."

쪽.

은서의 오른쪽 뺨에 제이디의 입술이 닿았다 떨어졌다. 그녀를 잃을지도 모른다는 절박했던 마음은 금세 그녀로 인해 사랑으로 충만해진다. 그녀를 사랑하지 않았더라면 알지 못했을 감정들. 제이디는 은서가 전해 주는 열기로 마음의 안정을 찾아가고 있었다.

"싫어요."

뺨에 닿았던 입술이 떨어지자 은서는 고개까지 흔들며 싫다고 했다.

"싫어?"

"거기 말고요……."

은서는 빙그레 웃으며 자신의 입술을 손가락으로 가리켰다.

"얼마든지."

제이디의 커다란 손이 은서의 뺨을 매만진 후 부드러운 입술을 쓰다듬었다. 그러곤 천천히, 은서의 도톰한 입술 위로 자신의 입술을 내렸다.

"도진운."

영진은 자신의 데스크 위에 놓여진 사진을 들여다보며 연신 중얼거렸다. 헤라의 디자이너 윤세령을 만나고 난 후 내내 머릿속을 떠나지 않는 이름이었다.

사진을 아무리 봐도 남자의 얼굴은 본 적 없는 얼굴이었다. 그런데 왜 이렇게 이름은 낯설지 않을까? 제이디의 본명은 그날 처음 들은 것이었는데.

"도진운이라, 도진운. 강지훈 스캔들녀랑 만나는 사이라 이거지?"

끊어져 있는 기억의 실타래를 이어 보려 노력했지만 쉽사리 되지 않아 영진은 마음이 초조해졌다. 세령이 말한 것처럼 이와 관련된 기사를 내는 건 어렵지 않다. 하지만 상대에 대한 정확한 정보 없이 싸움에 끼어들어선 낭패를 보기 십상이다.

일전에 냈던 강지훈 스캔들처럼 후폭풍을 맞을지도 모를 일…….

"잠깐? 설마 그럼…….""

강지훈 스캔들을 막기 위해 나타났던 화앤담 변호사들, 그 사람들은 쉽게 사건을 맡아 주는 사람들이 아니다. 재벌가에서도 그들을 선임하기 위해 얼마나 많은 노력을 하는가.

한낱 연예인 스캔들 기사를 막고자 나타났을 때 뭔가 이상하다 싶었었다.

"화앤담, 도진운. 분명 뭔가 연관이 있는 것 같은데."

머릿속 퍼즐들이 하나둘씩 모여지고 있었지만 여전히 진운에 대한 존재는 영진의 머릿속에 명확하게 떠오르지 않았다.

화앤담 박세준…….

"아!"

부장을 찾아왔던 화앤담 변호사의 이름을 입 속에서 되뇌던 순간이었다. 영진의 머릿속을 번뜩 스치는 이름 하나.

"도정운! 맞아 도정운!"

영진은 번뜩인 생각에 얼른 그 이름을 검색했다.

해상그룹 도 회장의 둘째 아들, 도정운 그는 법조계에 존경받는 인물이자 화앤담 대표인 박무근의 사위였다.

"도세운, 도정운, 도진운. 아무리 봐도 이거 엄청난 걸 물었구만."

아무리 봐도 한 핏줄인 듯한 이름들을 나열해 놓고 보니 세령이 던져 준 사진이 로또가 틀림없다 싶어진다.

해상그룹 도 회장이 아들만 셋이란 소릴 들어 본 적 있는 것 같네. 그래, 이거야! 이거!

"이제야 앞뒤가 맞아. 화앤담 변호사는 도진운, 당신이 보낸 거였군?"

"이 기자! 뭘 그렇게 중얼거려? 특종 좀 물어 오라고!"

점심 식사를 끝내고 들어오던 부장은 밥도 거른 채 책상에 앉아 중얼거리고 있는 영진에게 소리쳤다. 강지훈 기사에서 손을 떼고 난 후 영 의욕이 없어 보이는 영진이 걱정스럽기도 했다.

"부장님."

"왜?"

"이번에 제가 특종 잡아 오면 승진 약속 해 주셔야 합니다."

영진의 얼굴이 자신감으로 가득했다.

저놈, 뭐 하나 물긴 했구나?

"무슨 특종인데?"

"약속하십쇼. 이번엔 상상을 초월할 일이 벌어질 테니까."

"뭐든 좋아, 약속할 테니 특종만 잡아 와!"

"물론입니다."

"통장은 대포통장인 것 같습니다. 그리고 이상한 점이 하나 있는데……."

경찰의 협조하에 진행된 수사는 생각보다 속도가 더뎠다.

"뭔데?"

강 변호사의 표정이 사뭇 진지했다.

"돈이 입금은 됐는데 출금이 하나도 안 됐어요. 그대로 통장에 들어 있어요. 돈이 필요해서 디자인을 판 거라면, 그래서 대포통장까지 만든 거라면 돈을 찾아야 하는 게 아닐까요?"

"굳이 찾지 않고 돈을 그대로 뒀다고? 내가 범인이요, 광고를 하는 거 같잖아."

"그렇죠? 아무래도 이 사건 뭔가 이상합니다. 채 대리라는 사람 말로 시작되긴 했지만 조사받고 있는 한은서 씨는 정말 일절 모르는 일인 것 같더라고요. 거짓말하는 것 같진 않던데……."

"성실하게 조사받고 있는 것 같더라고."

"그리고 메일이나 문자가 좀 걸리는데, 대포통장까지 만들어서 입금을 하라고 할 정도의 사람이 자기 번호나 메일로 그런 연락을 한 것도 좀 이상합니다."

강 변호사의 고개가 끄덕거려진다. 무죄추정의 원칙상 증거가 나왔다 하더라도 은서를 범인으로 확정하기엔 무리가 있는 상황, 더군다나 이번 사건은 교묘한 듯, 절묘한 듯, 어딘지 껄끄러운 느낌을 강 변호사는 지워 버릴 수가 없었다.

"김 형사님 어디 계시지? 서에 계신가?"

"네, 지금 한은서 씨 조사받고 있는 중이라서요."

"그럼 차 대기시켜. 서로 가 봐야겠어."

"네, 알겠습니다."

강 변호사는 자신의 핸드폰과 가방을 챙겨 자리에서 일어났다.

'그 사람, 그럴 사람 아닙니다. 이건 제가 보장해요. 그러니 꼭 범인 잡아 주십시오.'

팜므의 대표 제이디는 강 변호사와 김 형사에게 고개 숙여 인사했다. 평소 여유 만만한 남자의 절박한 얼굴을 보고 나니 강 변호사는 한은서란 사람에 대해 궁금해졌다. 모두들 하나같이 입을 모아 그럴 사람이 아니라고 했다.

"그럼 어디서부터 시작을 해 볼까. 억울한 누명을 쓰게 만들어선 체면이 안 서지. 절대."

독점 공개! 신비주의 디자이너 제이디, 그의 숨겨진 정체!!

신비주의 디자이너 제이디, 그의 본모습과 함께 그의 연인까지 독점 공개 됩니다.

세계 여성들의 사랑을 받고 있는 유럽의 란제리 브랜드 팜므의 대표이자 디자이너 제이디. 그는 신비주의 디자이너로 알려져 있습니다. 그동안 수많은 루머들 속에서도 그의 정체는 언론에 공개된 적이 없었습니다. 취재를 통해 그가 여자라는 루머와 달리 란제리 업계에 선 보기 드문 남자 디자이너이며, 국내 유통업계의 큰손으로 알려진 H그룹의 아들인 것으로……

"제이디의 연인 H 씨는 얼마 전 배우 강지훈 씨와의 스캔들로 몸살을 앓았던 모 란제리 브랜드의 디자이너로 알려져 또 한 번 많은 여성들의 질투를 받을 것으로 예상된다."

"……."

이른 아침, 한 연예전문 잡지에서 시작된 제이디의 이야기는 인터넷, 신문 등을 통해 범람하고 있었고 그 소식은 이야기 속에 등장하는 모 그룹의 오너이자 제이디의 아버지인 도 회장의 귀에도 들어오게 되었다.

비서가 뽑아 준 인터넷 기사를 읽던 도 회장은 초조한 얼굴로 자신을 바라보고 있는 두 아들을 매서운 눈빛으로 노려보았다.

"여자가 있었어?"

"아버지 그게……."

"거기다 연예인이랑 스캔들 난 여자다 이거냐? 그래서 네 처남 데려다 스캔들 기사 막고? 아주 두 놈이 쿵짝이 맞는구나, 맞아!"

호랑이의 포효 같다고 생각했다. 성난 눈빛을 번뜩이는 아버지의 모습이 어찌나 살벌한지 정운은 뒷목이 서늘해지는 기분을 느끼고 있었다.

이거 제대로 불똥이 튀겠구나.

"진운이 놈 만난다는 이 여자, 어떤 여잔 게냐."

"저도 잘 몰라요, 묻는다고 어디 진운이가 말을 해 주나요."

"네가 대답 안 해 준다고 가만히 있을 놈이야?"

들고 있던 기사를 내려놓은 도 회장은 어림없는 소리 말라며 정운을 다그쳤다. 그러자 정운은 어쩔 수 없다는 듯 작게 한숨을 내쉰다.

절대 그냥 넘어가는 분은 아니지.

"저도 자세히는 모릅니다. 그냥 기본적인 것만 알아봤……."

"읊어."

정운의 말이 채 끝나기도 전 도 회장의 날 선 목소리가 쩌렁쩌렁하게 울려왔다. 평소 잘 눌러 온 급한 성격이 이럴 땐 꼭 티가 나고 만다.

"평범해요. H대 졸업. 앨리스 디자인팀 대리이자 현재 팜므 프로젝트 앨리스 쪽 팀장 맡고 있습니다. 진운이랑은 일하면서 만나게 된 사이 같고요. 회사 내에서도 평판이 좋습니다. 성실하고 열심히 일하는 사람인 것 같더라고요."

"집안은?"

"넉넉하진 않은 것 같습니다."

"그게 다냐?"

"네. 자세한 건 진운이한테 직접 물어보세요."

도 회장은 푹신한 소파에 등을 붙이며 떨떠름한 표정을 지어 보였다. 막내아들 진운은 어릴 때부터 유독 위의 두 형들과 달리 도 회장의 말을 잘 듣지 않는 녀석이었다. 자신의 주장이 강하기도 했고 하기 싫은 것과 하고 싶은 것에 대한 뚜렷한 취향을 가지고 있었다. 그런 아들의 당찬 성격이 마음에 들면서도 마음대로 되지 않는 자식 때문에 속을 끓이기도 했다.

"하여간 그놈은 맘처럼 되지가 않는구먼. 자세히 알아봐라. 어떤 여잔지, 그 스캔들 난 놈이랑은 뭔 사인지, 진운이랑 얼마나 깊은 사인지 알아봐, 그리고 기사 난 거 수습하고."

반쯤은 포기했다는 듯 고갤 절레절레 흔드는 도 회장을 바라보던 정운은 생각보다 담담한 아버지의 반응에 내심 안심이 되었다.

"아버지."

"왜."

"누굴 만나도 당분간은 모른 척해 주세요. 그 녀석 그동안 많이 외로웠습니다."

"……."

"아시겠지만 그 녀석 파리로 간 뒤로 아쉬운 소리 한 번 안 하고 열심히 일만 하면서 살았습니다. 맨몸으로 가다시피 해서 그만큼 큰 회사 운영하는 거 얼마나 힘든 일인지 잘 아시지 않습니까?"

아무것도 없이, 누구의 도움 없이 혼자 성공해 보이겠다고 이 악물던 동생을 떠올리자 정운은 마음이 아린 기분이 들었다. 가지고 있는 걸 다 팔아 가면서도 도와 달란 말 한마디 꺼내지 않고 회사를 차린 동생의 오기와 노력이 참으로 대단하단 생각이 들었다.

편하게 살려면 얼마든지 편하게 살아갈 수 있는 인생이니까.

"여태껏 너무 일만 하고 사는 것 같아 마음에 걸렸는데…… 그래도 좋아하는 여자도 생기고 다행이란 생각이 듭니다. 그래서 자세히 알아보지도 않았고요. 그러니까 모르는 척해 주십시오. 녀석도 사람도 좀 만나고……."

"누가 그걸 몰라? 그러니까 알아보란 소리 아니야? 아무 여자 만나서 연애할 나이는 지났잖아!"

"아버지?"

"흠흠, 잔말 말고 알아보고 보고나 해."

도 회장은 자신을 뚫어져라 바라보는 정운의 눈빛이 부담스러운지 자리에서 일어나 몸을 돌렸다.

"나쁜 사람은 아닐 거예요. 그 녀석 맘에 든 여자니까."

회장실을 나서며 한마디 던지는 아들에게 귀찮다는 듯 손을 휘저은 도 회장은 확 트여 있는 사무실 창밖을 말없이 내다보았다.

'아버지, 전 반대하셔도 이 길 갑니다. 그러니까 이번엔 아버지가 포기하십시오.'

경영학과가 아닌 미대를 가겠다며 자신의 말에 한마디도 지지 않고 덤벼드는 아들놈의 모습에 도 회장은 어이가 없어 웃음을 터트렸다. 원래도 자기 마음대로 되지 않는 녀석이었지만 뜬금없이 미대라니 상상조차 해 보지 않았던 말이었다.

'호적에서 파신다고 해도 포기할 마음이 없습니다. 아버지가 정해 준 길 위에서 편하게, 영혼 없이 살고 싶지 않으니까요. 저도 꿈이 있습니다.'

군대를 다녀와서도 포기하지 않는 진운에게 호적에서 파겠다는 둥, 아들 하나 없는 셈 친다는 둥 온갖 말로 협박을 해 봤지만 아들은 포기하지 않았고 오히려 더욱 당당히 자신의 의견을 내세웠다.

꿈이라.

어림없는 소리라고 생각했다. 세상이 만만치 않다는 걸 외국에서 고생하며 몸으로 느끼면 알게 될 것이라 생각했다. 그럼 곧 수그리고 들어와 회사 일을 배울 것이라고. 하지만 사업 감각을 타고났던 것인지, 디자이너로 역량을 펼치고 끝내 성공을 이뤄 냈다.

"결혼도 내가 하라는 여자랑 할 리가 없지, 그놈이 어떤 놈인데."

여전히 냉랭한 부자 사이지만 그렇다고 해서 아들의 행복을 바라지 않는 것은 아니었다. 정운의 말처럼 오랫동안 외국 생활을 하며 외롭게 살았을 막내아들이 이제는 안정된 생활을 하며 좋은 가정을 이루길 바랐다.

"하여간 내 맘대로 되는 놈이 아니야, 그놈은."

아무리 좋은 조건의 여자를 들이밀어도 자신의 마음에 들지 않는다면 절대 만날 리가 없는 녀석이다. 그러니 이왕 지금 만나는 여자가 마음에 든다면, 그 여자만큼은 좋은 여자이길 도 회장은 바라고 있었다.

"이거 보세요. 한은서 씨 메일 맞죠? 포털 사이트 측에 의뢰해 받은 메일입니다. 한은서 씨의 아이디로 이 시간에 보내졌어요."

메일함에 남아 있지 않던 메일을 프린트해 내미는 경찰로 인해 은서는 당황스러웠다. 정말 보내지 않은 메일이 자신의 아이디로 보내져 있었다.

"제 아이디가 맞지만, 전 정말 보내지 않았어요. 정말입니다."

"아이피 추적 결과 회사 사무실로 확인됐습니다. 근무하시는 사무실엔 CCTV가 없어 보내는 장면을 확인할 수가 없더군요."

형사의 말에 은서는 고갤 흔들었다. 분명 자신의 아이디가 맞았다. 하지만 메일 속 내용은 자신이 보낸 적이 없는 이야기였다.

"한은서 씨, 잘 생각해 보세요. 본인 아이디로 직접 보내진 메일이고, 무조건 모른다고 해서는 불리합니다."

"하지만 정말 하지 않았어요. 제 디자인만 팔아넘겼다면서요? 그렇게 금방 들통날 짓을 제가 왜 하냐고요!"

"그럼 이 시간대, 뭘 했는지 기억합니까?"

오후 1시 22분. 점심을 먹고 막 들어왔을 시간인데…….

"점심 먹고 사무실에 들어온 시간인 것 같아요. 보통 이 시간대엔 사무실에 들어오니까요."

"사무실에 있을 시간이고, 본인 아이디로, 회사에서 보낸 메일인데, 무조건 모르겠다? 이건 말이 안 되지 않습니까."

"……."

"후우, 도대체 왜 일이 이렇게 된 건지 저도 모르겠어요."

경찰서를 나서며 방금 전 형사가 했던 이야기를 떠올린 은서는 가슴이 답답해져 오고 있었다. 정확히 그날 어떤 일이 있었는지 기억이 가물가물했다. 한 가지 중요한 건 12시 30분부터 시작되는 점심시간. 여유롭게 10분 전엔 자리에 와 다음 일을 준비한다. 평소엔 늘 그렇게 해 왔다.

이날도 그랬던 것 같은데…….

벌써 1개월이 넘은 일이기도 하고 특별한 사건은 떠오르지 않았다.

"은서 씨, 초조하게 생각하지 말고, 천천히 기억을 더듬어 봐요."

은서의 초조한 얼굴이 걱정스러웠는지 조사받는 내내 곁을 지켜 준 강 변호사는 부드러운 미소를 머금은 채 은서를 달랬다.

"분명 은서 씨가 한 것이 아니라면 그날 평소와 다른 일이 있었을 거예요."

"잘 생각해 볼게요. 그런데 도대체 왜 저일까요? 프로젝트 자체를 와해시키려고 그랬을까요?"

"그게 저도 의문입니다. 은서 씨가 앨리스 측 팀장이니까 그런 걸 수도 있는데, 아무튼 너무 계획적이고 목표가 명확해요. 아무래도 좀 마음에 걸리는 부분이 있네요."

"……."

강 변호사의 말에 은서는 고개를 끄덕였다. 왜 본인인지는 모르겠지만 분명한 건 제이디의 말처럼 뭔가 노림수가 있을 것이란 생각이 들었다.

"그보다 이제 좀 괜찮아요? 아침에 얼굴이 너무 어둡던데."

작게 한숨 쉬는 은서를 바라보던 강 변호사는 오늘 아침, 은서의 어두웠던 얼굴을 떠올리며 물었다. 아마 연달아 터진 기사들 때문이 아닐까 예상은 되지만 말이다.

"아…… 네. 괜찮아요."

고개를 끄덕이며 괜찮다고는 하고 있었지만 은서의 표정이 좋지 않음을 강 변호사는 읽어 낼 수 있었다. 제이디에 관련된 기사에 이어 기다렸다는 듯 은서의 이름이 거론되며 프로젝트 파트너 선정에 공정성이 없었다는 기사가 연달아 터졌다. 두 사람이 연인 관계이기에 앨리스 측에서 이득을 본 결과라는 내용의 기사였다. 그로 인해 프로젝트 파트너 경쟁에 뛰어들었던 업계 사람들은 결국 공정성에 대한 의심을 드러냈다.

최근 대한민국 사회의 분위기상 갑질 논란이나, 갑을 관계에 대한 잠재적인 불만들을 품고 있어서인지 누군가 인맥이나 보이지 않는 힘으로 인해 공정하지 못한 대우를 받았을 때 그에 대한 비판은 상상을 초월한다.

더군다나 익명성이 보장되는 인터넷상의 비난은 눈을 뜨고 보지 못할 지경이다.

거기다 인기 연예인과 스캔들까지 났으니 공격의 화살은 더욱 가차 없어지는 거지…….

"타요. 데려다줄게요."

"아니에요. 친구 만나기로 했어요. 오늘 감사했습니다."

"친구 만나는 곳까지 태워다 줄게요."

괜찮다며 고개를 흔드는 은서의 표정이 좋지 않아 강 변호사는 다시금 권유했지만 은서는 이내 고갤 다시 흔들었다. 그러곤 엷은 미소를 머금은 채 강 변호사에게 말했다.

"가까운 곳이라 걸어가도 돼요. 그것보다……."

"부탁할 일 있으세요?"

"혹시 팜므 사무실 들어가시면, 대표님께 저 씩씩하게 조사 잘 받았다고 해 주세요. 부탁드려요."

방금 전까지 근심으로 가득했던 얼굴이 애써 지어 보이는 미소로 잠시 환해졌다. 정말 괜찮으니 꼭 씩씩하다고 전해 달라는 듯.

"그렇게 할게요. 조심히 가요, 그럼."

"네. 오늘 정말 감사했어요."

강 변호사는 감사 인사를 한 후 걸음을 옮기는 은서에게 괜찮다며 손을 흔들었다. 그녀가 겪고 있는 안타까운 사건들에 비하면 이런 일이야 뭐 그리 어려운 일이겠는가.

"은서 씨."

"네?"

몇 걸음 떼어 저만큼 걸어가는 은서를 부른 강 변호사는 환한 얼굴로 소리쳤다.

"진실은 힘이 있어요. 전 그 힘을 믿고 있는 사람입니다. 은서 씨도 믿었으면 좋겠어요."

"네, 감사합니다."

진실의 힘. 진짜 그런 힘이 있었으면 좋겠네요. 강 변호사의 말을 마음속으로 곱씹으며 은서는 천천히 걸음을 옮겼다.

20. 하나뿐인 버팀목

「그래서 결론은 뭡니까? 앨리스와의 계약은 종료하고 새 파트너를 찾자 그 말입니까?」

팜므 파리 본사 회의실은 적막감이 감돌았다. 한국에서 있던 일련의 사건들로 인해 회사 이미지는 물론이고 그에 따른 피해가 만만치 않았기에 이번 회의는 그 피해에 대한 보상 방법을 논의하는 자리였다.

두 시간이 넘는 시간 동안 날카로운 눈빛으로 회의를 지켜보던 제이디의 마지막 한마디에 임원들은 잠시 침묵을 지키며 대표의 얼굴색을 살폈다.

「네. 일단 사건의 마무리가 시급합니다. 공식적인 인터뷰와 보도자료를 내보냈음에도 파트너 선정에 대한 의문들이 쏟아져 나오고 있습니다. 프로젝트 선정에 참여했던 회사들도 항의가 오고 있고요.」

「……」

연일 언론사들을 통해 뿌려지는 기사들을 매일 읽고 있었기에 제이디는 기획부 이사의 다음 말을 기다리고 있었다.

「더 이상 앨리스와의 계약은 무의미하다는 판단입니다. 부정적인 이미지가 계속된다면 시작조차 해 보지 않은 아시아 진출에 제동이 걸릴 것입니다. 회사 이미지에 심각한 타격을 받을 수도 있고요. 사건의 수사는 계속될 예정이지만 앨리스와의 계약은 종료하는 것이 맞는다는 판단입니다. 신뢰를 잃은 파트너와의 합작은 문제가 생길 테니까요.」

한국의 언론은 앨리스가 팜므 대표인 제이디와의 사적인 인맥을 통해 부정적인 경합을 펼쳤다는 식의 기사를 쏟아 내고 있었고 그로 인한 반발은 생각보다 거셌다.

제이디는 지끈거려 오는 자신의 머리를 한 손으로 꾹꾹 눌렀다. 이 회의실에 모인 20명이 넘는 직원들이 오로지 자신의 입만 바라보고 있는 기분. 그리고 스쳐 지나가는 은서의 얼굴.

「후우. 지금 확인되지도 않은 범행 사실로 파트너사를 간단히 버리자는 말입니까?」

「앨리스 측에서도 국내 시장에서 부정적인 이미지가 쌓이는 부분을 걱정하고 있습니다. 조속한 마무리로 피해를 최소화할 수 있다면 계약 종료 문제에 찬성한다는 입장이었습니다.」

「뭐요?」

제이디의 미간이 다시금 꿈틀하며 좁아졌다. 앨리스 측에서 그런 입장을 밝혀 왔다는 것은 어쩌면…….

「문제의 직원은 앨리스 측에서 해고 조치를 한 상태입니다만 그렇게 해서 덮어질 문제는 아니라는 판단입니다. 더 늦기 전에 새 파트너사를 알아보시는 것이 좋을 듯합니다.」

「해고?」

경영본부장 에덤의 말에 날 선 목소리로 제이디가 되물었다.

「네, 오늘부로 해고 조치 되었다는 보고를 받았습니다.」

듣지 못했던 이야기에 제이디는 고개를 뒤로 젖히며 작게 한숨을 내쉬었다. 뒷목이 뻐근해져 오는 기분이었다.

「그 직원이 범인으로 확정이 된 것도 아닌데, 해고를 했다 그 말입니까?」

「결과야 어쨌든 이런 식으로 이름이 오르내리는 직원을 앨리스 측에서도 안고 가기 버거웠을 겁니다. 안타까운 일이지만 그 직원의 일보단 다음 파트너사를 빠른 시일 내에…….」

「알았으니, 오늘 회의는 여기서 끝내도록 하죠.」

「대표님! 우선 결정을 하셔야 합니다.」

깐깐하고 치밀한 성격의 에덤은 자리를 뜨려는 대표 제이디를 불러 세웠다. 시일을 끌 일이 아니라는 걸 여기 있는 모두가 알고 있었기 때문에 더 이상 물러날 곳이 없었다.

「……내일까지 후보 추려서 보고서 올리세요. 이상입니다.」

앨리스 측의 결정에 무어라 왈가왈부할 수 있는 입장이 아니란 걸 제이디 역시 잘 알고 있었다. 팜므의 CEO로서 회사의 입장이란 것도 있다는 걸 잘 알고 있기 때문이다. 하지만 그녀가 다니고 있는 회사이기 때문에 최소한의 손해로 매듭지을 수 있길 바랐다.

그렇게 만들기 위해 노력했지만 앨리스 측에서 한은서를 보호하지 않겠다고 한다면 자신 역시 앨리스를 보호할 이유가 없다.

더 이상 부정적인 이미지로 역풍을 맞으면서까지 팜므와의 합작은 의미가 없다고 앨리스는 판단한 것이다.

"대표님!"

회의실을 가장 먼저 빠져나온 제이디가 엘리베이터에 오르려 하자 어느새 쫓아왔는지 지니가 그를 불러 세웠다.

"왜?"

"은서 씨랑 연락은 해 봤어?"

"아니, 아직."

해고라는 말을 전해 들었을 그녀의 좌절감이 가슴 깊이 느껴져 제이디는 마음이 무거워졌다.

파리에서 한국이 이렇게 멀었었나?

당장이라도 날아가 그녀를 안아 주고 싶은 마음과 그러지 못하는 현실이 가슴을 답답하게 만든다.

"이런 말 어떻게 들릴지 모르겠는데…… 난 더 큰 손해를 보기 전에 앨리스랑 계약 종료 하는 게 좋다고 생각해. 뭐 앨리스 입장은 안타깝게 되었지만 그쪽도 한국 시장에서 이미지를 걱정하고 있고, 손해만 최소화로 할 수 있다면 계약 종료에도 크게 문제 제기할 것 같지도 않아. 은서 씨 입장이 좀 걱정이긴 한데……."

눈치를 보며 조심스럽게 은서의 이야길 꺼내는 지니를 보며 제이디는 알겠다는 듯 대충 손을 흔들었다.

"일단 좀 쉬고 싶으니까 아주 급한 일 아닌 이상 마크한테 보고해 줘."

"응, 쉬어."

까칠해진 얼굴이 지금 그의 고민이 어느 정도인지 보여 주는 것 같아 지니는 더 이상의 말은 삼갔다. 더 이상 어떠한 말을 해 봐야 그의 귀에 들리지도 않을 테지만.

"그나저나 은서 씨가 걱정이네…… 얼른 마무리가 되든지 해야지 원."

[한은서! 너 어디야? 장 팀장님 연락받았어, 왜 말 안 했어?]

[야! 이 나쁜 기지배! 얼른 전화 좀 받아! 너 이럴래?]

카페에 앉아 누군가를 기다리던 은서는 아까부터 울려오는 핸드폰을 힐끗 바라본 후 무음으로 바꿔 놓았다. 나영이의 깊은 분노가 카톡을 통해 전해져 오고 있었지만 지금은 딱히 무어라 말해야 좋을지 잘 생각이 나지 않았다.

'사건이 제대로 마무리도 되지 않아 이런 이야기 하는 게 참 미안하지만, 한은서 씨. 회사 입장이 좀 많이 난처해졌어. 이런 사건이 회사 이미지에 얼마나 타격이 큰지 모르는 건 아닐 테고⋯⋯.'

정확히 3일 전, 제이디가 파리 본사로 들어가고 난 다음 날. 앨리스 경영팀 최 이사는 은서를 자신의 사무실로 불러 조곤조곤 차분한 어투로 말을 이어 갔다. 회사 입장에서도 큰 사건이었고 이미 여기저기 흘러 나간 많은 말들이 꽤나 부담스러웠던 모양이다.

'아무래도 은서 씨를 안고 가기엔 무리가 있겠어. 사직서 제출해 줬으면 하는데.'

담백한 어투였다. 더 이상 회사는 한은서를 데리고 갈 마음이 없다는 단호한 말. 억울하고 분하고 서러워 아니라고, 자신은 범인이 아니라고 은서는 이야기했지만 최 이사는 그럼에도 안 된다는 듯 단호한 눈빛으로 냉정히 은서를 바라보았다.

"후⋯⋯."

미안하다는 장 팀장의 이야기에 은서는 그저 작게 고개를 끄덕이곤 회사를 나왔다. 그간의 일들이 스쳐 지나가 눈물이 나오려 했지만 울어 버리고 나면 자신이 너무 초라할 것 같아 꾹꾹 울음을 눌러 참으며 집으로 돌아왔었다.

"나영이 잔소리 들으려면 한나절이겠네."

속상하고 억울하고 마음이 혼란스러워 당장 무슨 이야길 꺼내더라도 원망 섞인 말만 내뱉게 될 것 같아 말을 아끼고 있었을 뿐 숨기려 한 것은 아니었다. 은서는 핸드폰을 들어 다닥다닥 나영에게 메시지를 보냈다.

[나영아 미안해, 내가 지금 누굴 좀 만나러 나와 있어서…… 일단 조금 있다 연락할게.]

길지 않은 메시지를 보내 놓고 나자 먼저 주문한 아이스커피가 은서 앞에 놓였다. 보고만 있어도 시원함이 느껴지는 유리잔을 바라보며 은서는 작게 한숨을 내쉬었다.

'한은서 씨 핸드폰 맞나요?'

어제저녁 걸려 온 한 통의 전화. 전화기 너머로 들려오는 낯선 여자의 목소리에 은서는 전에 없는 불안감을 느껴야 했다.

'헤라 디자인팀 실장 윤세령이라고 합니다. 좀 만났으면 하는데요.'

갑작스러운 전화에 많이 놀랐지만 왜 만나려고 하는지 이유는 묻지 않았다. 이유가 무엇이든 피해서는 안 될 일이라는 걸 그녀의 이름을 듣자마자 은서는 예감하고 있었다.

"한은서 씨?"

"아, 네."

누군가 자신을 부르는 소리에 고갤 들었다. 세련되고 화사해 보이는 여자의 모습. 자신감 넘치는 표정.

이 사람이 윤세령이구나.

"제가 조금 늦었죠? 죄송해요. 차가 막혀서."

그의 외로웠던 시절을 함께해 주었고, 많은 상처를 남긴 사람. 그녀를 만나면 꽤나 복잡한 마음이 되지 않을까, 그런 생각을 했다. 하지만 그녀를 본 순간 생글거리는 미소가 너무나 아름다워 보여 은서는 조금 주눅이 들었다.

"아니요. 저도 방금 도착했어요."

"그럼 다행이네요."

오목조목 잘 자리 잡은 이목구비와 자그마한 얼굴이 아니라면 절대 쉽사리 커버하기 힘든 세련된 단발머리가 그녀를 더욱 아름답게 보이게 했다.

"갑자기 만나자고 해서 놀라셨죠?"

많이 놀랐고 불안했고 걱정스러웠지만 피할 수는 없었다.

"네."

"후훗, 솔직하시네요. 음…… 요즘 정신이 없으실 테니 용건만 간단히 말할게요."

방금까지 너무나 아름답다고 생각했던 그녀의 얼굴에 서늘함이 느껴지자 은서는 앞에 놓인 잔을 잡으려던 손을 다시금 테이블 아래로 내렸다. 척추를 타고 무언가 기분 나쁜 감정이 올라왔다.

조금 전하고 표정이 완전히 다르네.

"진운 씨가 이 업계에서 얼마나 대단한 사람인지 그 정도는 알고 있는 거죠?"

"네?"

그의 본래 이름을 너무나 자연스럽고 편하게 그녀가 불렀다. 낯설지 않게, 너무도 당연하게 본명을 부르는 세령의 눈빛에 은서의 한쪽 가슴이 따끔하게 저려 왔다.

"이 좁은 바닥에 지금 얼마나 많은 소문이 떠도는지, 그로 인해 진운 씨의 평판이 얼마나 바닥을 치고 있는지 은서 씬 전혀 관심이 없어 보여서요."

찌르르한 통증이 가슴을 후벼 파는 것 같아 은서는 테이블 아래 내려 둔 손을 꽉 움켜쥐었다. 업체 선정에 공정성이 없었다는 둥, 만나고 있는 사람이 속해 있는 회사에게 조금 더 높은 점수를 준 것이 아니냐는 둥 거기에 더불어 디자인 도용 사건까지, 이니셜로 처리되긴 했지만 자극적인 기사들이 쏟아지고 있는 지금, 그로 인해 그에게 피해를 준 것 같아 미안해하던 은서에겐 너무나 아픈 말이었다.

"……무슨 말씀이 하고 싶으신 거죠?"

그녀의 이야기가 무슨 뜻을 품고 있는 것인지 은서는 어렴풋하게 알고 있었다. 하지만 어떠한 대답도 제대로 할 수 없었다.

"일련의 불미스러운 사건으로 팜므의 이미지는 점점 나빠지고 있어요. 반감도 생기고 있고요. 시간을 질질 끌수록 피해는 은서 씨가 아닌 진운 씨와 그의 회사가 짊어지게 될 거예요. 팜므에서 호기롭게 시작한 아시아 진출에도 제동이 걸리겠죠. 하지만……."

주문한 커피가 테이블에 놓이자 세령은 여유로운 손짓으로 잔을 집어 들었다. 그러곤 잠시 자신의 말을 멈추고 커피의 향을, 맛을 음미했다. 그녀의 행동이 물 흐르듯 유려할수록 당황스러움에 어쩔 줄 몰라 하는 은서의 모습은 애처롭기 그지없었다.

"헤라라면 아낌없는 지원으로 팜므를 도울 수 있겠죠."

"듣고 싶은 대답이 뭐죠?"

"답답한 분이네요. 이렇게까지 말씀드렸는데도 이해가 안 된다고 하시니……."

"……."

은서의 대답이 너무나 답답하다는 듯 세령은 작게 고갤 흔들었다. 그러곤 찻잔을 내려놓으며 똑바른 눈빛으로 은서를 바라봤다. 아주 날카롭고 차가운 눈빛.

화사한 꽃처럼 아름답던 미소 속에 품고 있던 독. 은서는 그녀의 눈빛이 무섭다는 생각을 했다.

"사건의 빠른 마무리요. 헤라만큼 팜므의 아시아 진출에 든든한 파트너는 없을 거예요. 누구나 아는 사실이죠. 하지만 계약이 되지 못하고 있는 건 한은서 씨를 보호하려는 진운 씨의 망설임 때문 아닌가요?"

"사건의 마무리는 제가 하는 게 아닙니다. 지금 조사 중에 있으니……."

"아뇨, 한은서 씨만이 이 사건을 빠르게 마무리 지을 수 있어요. 결심만 하신다면 그 뒤는 제가 돕도록 하죠. 변호사든 보상이든 무엇이든지요."

단호하고도 확신이 가득 담긴 세령의 목소리. 하지만 은서는 그런 세령의 눈빛을 피하지 않았다.

"뒤를 봐줄 테니 하지 않은 일을 했다고 자백이라도 하란 소린가요?"

그녀의 말을 곱씹으며 듣고 있던 은서는 더 이상은 참을 수 없다는 듯 날카로운 눈으로 세령을 쏘아보았다. 간신히 눌러 왔던 감정이 폭발하기 직전이었다.

"도진운. 사랑하는 거 아닌가요? 한쪽만 희생하길 바라는 건 이기적인 거죠."

이기적이라. 그래 그렇게 보일지도 몰라, 하지만…….

"죄송하지만, 전 돈 몇 푼에 하지 않은 일을 했다고 할 만큼 어리석지 않습니다. 더구나 그런 짓으로 날 믿고 있는 그 사람 믿음에 상처 내고 싶지 않고요. 사람 잘못 보신 것 같군요."

'마음 바뀌면 연락 주세요. 보상은 물론이고 변호사도 최고로 붙여 드리죠.'

"보상이라……."

"허튼 생각 하지 마. 이 기지배야!"

어지럽고 복잡한 마음으로 나영을 만나러 온 은서는 걱정스런 얼굴로 자신을 보는 나영의 얼굴에 참고 있던 울음을 터트려 버렸다. 잘 살고 있었다고 생각했던 자신의 시간들이 일련의 사건으로 인해 모두 무너져 내린 기분.

"알아, 그런데 진운 씨 생각하면 어떻게 해야 좋을지 나도 잘 모르겠네……."

"뭘 하려고 하지 마! 그 여자한테 시원하게 말 잘하고 와서 왜 고민해?"

은서는 차가운 맥주를 벌컥벌컥 들이마시고서도 답답한 마음이 해소되지 않자 잠시 미간을 좁혔다. 세령의 말처럼 자신으로 인해 그 사람이 피해를 본다는 것이 가슴을 답답하게 만들었다.

"그냥 진운 씨 고생하는 거 알면서도 아무것도 할 수 있는 게 없다는 게…… 내 이름이랑 같이 거론되면서 입장도 난처할 것 같고…… 아무튼 마음이 편하지 않아."

세령에게 했던 말처럼 하지 않은 일을 했다고 말할 마음은 조금도 없다. 의혹이 있다면 밝혀질 때까지 열심히 노력할 것이다. 마음이 괴롭다고 해서 거짓을 말해 버리면 그건 자신을 믿고 싸워 주고 있는 진운에 대한 배신이란 걸 누구보다 잘 알고 있다. 하지만 그럼에도 마음이 쓰이는 건 은서 자신으로 인해 소문에 휩싸여 입방아에 오르내리게 된 진운이다.

"회사 간의 일은 회사에서 알아서 할 거야. 넌 네 앞길이나 생각해. 사표 쓰라고 덜컥 써 버리면 어떻게 해?"

"버틸 수 있는 상황이 아니더라고."

제이디에게는 물론이고 몸담고 있던 회사에도 피해를 준 것은 어쩔 수 없는 사실이었다. 일이 왜 이렇게 꼬여 버린 것인지…….

"근데 아무리 생각해도 좀 이상하다."

비어져 있던 맥주잔에 술을 채워 주던 나영은 이해가 되지 않는다는 듯 의문스러운 얼굴로 은서를 바라봤다.

"뭐가?"

"그 여자 말이야, 아무리 헤라가 계약을 하고 싶다고 해도 보상이니 변호사니 자기가 왜? 시간이 걸리긴 해도 어쨌든 진실은 밝혀질 텐데."

"마음이 급했나 봐."

"그래도 영 찝찝하다 그 여자."

사랑하는 남자의 이름을 너무나 자연스럽게 부르던 그녀에게 경계심이 들지 않았던 것은 아니다. 그녀에게 불린 그의 이름이 꼭 낯선 사람처럼 느껴지기도 했다.

외롭던 그 사람에게 참 많은 위안을 주기도, 또한 상처를 주기도 했다는 그녀. 은서는 오늘 만났던 화려한 외모의 세령을 다시금 떠올리다 세차게 고갤 흔들었다.

이 와중에도 질투라니, 한은서 못났다.

"그보다 이제 어떻게 할 거야? 당분간 조사받을 건 없는 거지?"

"응, 당분간 좀 쉬려고, 아! 나영아 너 다이어리 요즘도 쓰지?"

"응, 쓰기야 쓰지. 왜?"

"내 스케줄 표에도 따로 써 놓은 게 없어서 그러는데, 지난달 12일 점심시간에 특별한 일 없었나 해서."

"12일? 뭐 특별한 일 있었나? 다이어리 회사에 두고 왔는데 내일 확인해 볼게."

특별한 일이 있었다면 분명 다이어리나, 스케줄 표에 기록된 것이 있을 텐데 은서는 자신의 스케줄 표를 아무리 찾아봐도 그날 있었던 특별한 사건은 떠오르지 않았다. 평소와 다름없는 점심시간이었다.

"응, 1시 22분에 내가 메일을 보낸 게 있다는데, 그 시간이면 보통 사무실에 있을 시간이잖아? 근데 어떻게 내 아이디로 메일을 보낸 게 있는지 잘 모르겠어."

"일단 내가 내일 회사 나가서 확인해 볼게, 그 시간에 네가 그 메일을 보낸 게 아니라는 것만 증명되면 된다는 거잖아?"

"일단은…… 혐의부터 벗는 게 중요하다고 하셨어. 변호사님이."

"그래, 어떤 놈 짓인지 분명 꼬리가 잡힐 거야. 걱정 말고 일단 마셔, 마셔!"

잔 가득 찰랑거리며 흔들리는 맥주를 바라보며 나영이 말했고 은서의 고개도 그와 함께 동시에 끄덕여졌다. 막막한 것은 변함없지만 그럼에도 한 가닥 실낱같은 희망이 느껴졌다.

"빨리 마무리되면 좋겠어. 그래야 마음 편히 그 사람 얼굴을 볼 텐데……."

파리에서 바쁜 시간을 보내고 있는 진운을 떠올린 은서의 얼굴에 잔잔한 미소가 걸렸다. 그를 떠올리는 것만으로도 기분 좋은 미소가 걸리는 것을 스스로 알고는 있는 것인지 나영은 마주한 은서의 표정 변화를 바라보며 피식 웃음을 터트렸다.

"생각만 해도 그렇게 좋냐? 죽상이던 얼굴이 금방 좋아지네."

"그런가? 며칠 못 봐서 그런지 엄청 보고 싶긴 하다."

"연락은 왔어? 파리 간 지 며칠이나 됐지?"

"6일, 파리 도착한 날 전화 왔었어. 그 뒤로는 나도 바쁠 것 같아서 아직 못 했고."

분명 아주 바쁜 시간을 보내고 있을 그에게 선뜻 전화를 걸어 볼 용기가 나지 않아 아직 연락하지 못한 은서는 테이블 위에 덩그러니 놓인 자신의 핸드폰을 바라봤다.

밝은 목소리로 전화 걸어 볼까?

조사는 잘 받았고, 미미하지만 사건을 풀 수 있는 실마리를 찾을지도 모른다고, 그러니 너무 걱정 말고 본사 일을 잘 마무리하고 오라고 말이다.

아니, 이제 그러지 않기로 했잖아. 솔직하게, 불안하면 불안하다 겁나면 겁난다 다 말하기로 약속했잖아.

제이디의 가면을 벗어던진 도진운이란 남자의 품에 안겨 잠들었던 밤. 그날 은서는 다짐했었다. 애써 괜찮은 척하지 않고, 애써 밝은 척하지 않고 있는 그대로의 자신을 그에게 보여 주기로.

"후우, 고민 그만하고 전화 걸어 봐야겠어. 보고 싶어서 못 견디겠어."

은서는 더는 안 되겠다는 듯 고갤 세차게 흔든 후 핸드폰을 집어 들었다.

"한은서 너 좀 달라졌다?"

핸드폰 키패드를 누르려는 은서의 한쪽 손을 나영은 낚아채듯 잡으며 그렇게 질문했다. 평소 한은서라면 파리에 있을 그의 입장을 생각하느라 여전히 전화기만 바라보고 있었을 거란 걸 나영은 잘 알고 있었기 때문이었다. 하지만 기다렸다는 듯 은서는 고갤 끄덕였다.

"응, 약속했거든. 속상하고, 겁나고, 불안하고, 좋고, 싫고, 암튼 뭐든 솔직히 말하기로 했어. 애쓰면서 괜찮은 척 이제 안 하려고."

"흐음, 그렇답니다. 대표님."

응? 대표님?

자신의 뒤쪽으로 시선을 고정하고 있는 나영의 모습에 은서는 얼른 고갤 돌려 뒤를 바라봤다. 친구의 입에서 흘러나온 대표님이란 말이 누굴 말하는지 묻지 않아도 잘 알고 있으니까.

"진운⋯⋯."

"착하네. 약속도 잘 지키고."

언제부터 와 있었던 거지?

환한 얼굴로 자신을 바라보며 웃고 있는 진운의 모습을 발견한 은서의 커다란 눈이 깜빡깜빡, 바삐 움직였다.

"어떻게 왔어요? 아니 언제 왔어요? 아니, 바쁠 텐데 어떻게……."

"오늘, 입국한 지는 이제 3시간 23분 됐네."

깜짝 놀라 쉬지 않고 질문을 쏟아 내는 은서의 어깨를 토닥토닥 두드린 제이디는 그녀의 곁에 자리 잡고 앉아 빙그레 미소를 지었다. 깜짝 놀라게 해 주고 싶은 마음에 급하게 날아온 작전은 아무래도 대성공한 것 같아 마음이 흡족했다.

"공항에서 바로 왔어요? 피곤할 텐데."

"괜찮아. 비행기에서 푹 잤어. 그것보다 반갑지 않나?"

"반갑지 않을 리가 없잖아요, 엄청 보고 싶었는데."

제이디의 말에 절대 아니라며 고갤 흔든 은서는 테이블 아래 놓인 그의 손을 끌어 잡았다. 커다랗고 따뜻한 그의 손에 불안했던 마음이 눈 녹듯 녹아내리는 것만 같다.

"우와, 이 커플 보게? 사람 앞에 두고 너무 닭살이시다!"

서로를 바라보는 눈빛이 어찌나 달달한지 앞에 앉아 있던 나영은 그런 두 사람을 보며 부러움 섞인 소릴 내뱉었다. 그러자 제이디는 그런 나영의 볼멘소리가 나쁘지 않다는 듯 여유로운 얼굴로 대답했다.

"신나영 씨가 이해해요. 나도 일주일 만이라 자제가 잘 안 됩니다."

"남자 친구 없는 사람 서러워서 살 수가 없네요. 술이나 마셔야지!"

"원하면 알렉스라도 호출해 줘요?"

"알렉스보단 그 비서 씨가 더 제 취향이니까 참고 부탁드려요."

프랑스 남자인 마크 쪽이 더 취향이라 말하며 빙긋 웃어 보이는 나영의 모습에 은서는 키득거리며 웃었고 제이디는 참고하겠다는 듯 고갤 끄덕였다.

"그럼 이걸 마지막 잔으로 하고 일어나죠. 일주일 만에 만난 커플 사이에 껴서 방해하는 훼방꾼이 되고 싶진 않으니까."

"아냐, 방해라니, 그런 거 아니야."

나영의 장난스러운 말에 은서는 아니라며 손사래 쳤지만 그런 은서에게 되레 나영은 아니라며 고갤 흔들었다.

"이 정도 센스는 발휘할 수 있게 해 주라 친구야. 그래야 나도 마크 씨 소개받을 거 아냐?"

"소개팅 일주일 내로 시켜 드리죠. 고마워요, 신나영 씨."

"기대할게요. 그럼 나의 소개팅과 두 사람의 뜨거운 밤을 위해 건배할까요?"

"두 사람 지금 만담하는 거죠?"

나영의 말에 기다렸다는 듯 제이디는 채워진 자신의 잔을 집어 들었고 쿵짝이 잘 맞아떨어지는 두 사람의 모습에 은서 역시 잔을 들며 어쩔 수 없다는 듯 피식 웃어 버렸다.

"건배!"

익숙하고 달콤한 향기가 코끝을 간지럽혔다. 마음이 편해지는 그 향기에 잠에서 갓 깨어난 은서는 어렴풋하게나마 돌아온 정신이 점점 또렷해지는 것 같았다.

인기척을 느낀 제이디는 어젯밤 자신의 품으로 파고들던 사랑스러운 여자 친구 은서를 떠올렸다.

'오늘 정말 너무 보고 싶었는데, 와 줘서 고마워요.'

어느덧 잠이 쏟아지는지 나른한 목소리로 그렇게 중얼거리는 은서를 자신의 품에 바짝 끌어안은 제이디는 졸린 눈을 감은 채 다음 말을 이어 가는 은서의 얼굴을 조용히 바라보았다.

요즘 마음고생을 많이 해서 그런 것인지 살이 더욱 빠진 그녀의 얼굴이 애처롭다.

'미안해요. 나 때문에 요즘 더 힘들다는 거 잘 알고 있는데, 저 열심히 조사받고 무죄인 거 꼭 밝힐 테니까 조금만, 조금만 기다려 줘요.'

무슨 일이 있었기에 이렇게 다짐하고 또 다짐하는 것인지 궁금했지만 어느새 스르르 잠에 빠져 버린 은서를 깨우지 못한 채 제이디 역시 잠에 빠져들었다.

"으음……."

눈을 감고 잠시 어젯밤 일을 떠올린 제이디의 귓가에 몸을 비틀며 꼼지락거리는 은서의 소리가 들려왔다. 이러다 은서가 잠에서 깰까 싶어 제이디는 살며시 감고 있던 눈을 떠 자신의 품에 안겨 있는 은서에게 시선을 돌렸다.

사표 냈다는 소리는 결국 하지 않는 건가.

숨김없이 다 말하겠다 했지만 혹여나 자신이 걱정을 할까 싶어서인지 사표 이야긴 결국 꺼내지 않은 은서였고 제이디 역시 먼저 그 말을 묻지 않았다.

일할 때 누구보다 열심히 하고 누구보다 즐거워했던 은서의 표정을 떠올리니 차마 말이 나오지 않았기 때문이다.

"음…… 언제 깼어요?"

잠시 생각에 빠져 있던 제이디의 품으로 자그마한 강아지처럼 꼼지락거리며 몸을 더 깊숙이 파묻은 은서는 작은 목소리로 그렇게 물었다.

"잘 잤어?"

끄덕끄덕, 단단한 제이디의 가슴팍에 얼굴을 묻은 채 은서의 고개가 작게 끄덕여졌다.

"조금 더 자. 아침은 내가 할게."

다시금 대답 대신 고개를 끄덕이는 은서의 모습에 제이디는 내려가 있던 이불을 끌어다 어깨까지 덮어 줬다. 그러자 은서의 팔이 조심스럽게 제이디의 허리를 끌어안았다.

"저요…… 사실 사표 냈어요. 선택 사항은 아니었긴 하지만."

잠에 취해서인지 평소 목소리보다 조금 낮아진 목소리 톤, 제이디는 은서의 말을 들으며 그녀의 어깨를 토닥거렸다. 언제 이야기를 해 주려나 기다리고 있던 그의 마음을 읽기라도 한 것처럼 먼저 이야길 꺼내는 그녀가 무척 고맙게 느껴졌다.

"입사해서 여태껏 정말 열심히 했는데…… 뭔가 아쉽고 속상하고 그랬어요. 그래서 얼굴 보고 위로받고 싶었는데, 어제 딱 나타나고……."

"……."

담담한 목소리로 말을 이어 가는 은서의 모습에 제이디는 고개를 끄덕이며 여린 어깨를 쓰다듬었다. 그녀가 누구보다 열심히 했다는 건 이미 알고 있으니까. 그래서 또 얼마나 아쉬울지 잘 알고 있으니 그 어떤 말로 위로를 해야 할지 감이 오지 않았다.

"진짜 범인이 누구인지 밝혀지면 진운 씨나 회사에 피해를 준 것 같아 미안한 이 마음이 좀 나아지겠죠?"

"미안할 게 뭐가 있어? 당신 잘못이 아닌데."

"나 때문에 이런저런 소문에, 평판도 떨어지고……."

"그런 거 조금도 신경 안 써. 그 정도로 떨어질 평판도 아니고."

잔뜩 걱정스런 목소리가 되어 버린 은서에게 그깟 일은 대수롭지도 않다는 듯 무심한 투로 대꾸한다. 이 자그마한 머리에서 어찌나 생각이 많은 것인지.

제이디는 흐트러진 은서의 머리칼을 귀 뒤로 쓸어 넘기며 다시금 담담하게 말을 이어 나갔다.

"당신이 미안해야 할 일은 조금도 없어. 그러니까 다른 생각은 그만하고, 일도 쉬게 된 김에 내 생각만 열심히 해 줬으면 좋겠는데? 요 자그마한 머리로 말이지."

커다랗고 따뜻한 손이 은서의 머리를 조심스레 쓰다듬었다. 그 손길에 사랑이 듬뿍 담겨진 게 느껴져 은서는 더는 고민하지 말아야겠다 마음먹었다.

"그럼 저 이제 백조 돼서 시간 엄청 많으니까 열심히 나랑 놀아 줘야 되는 거 알죠?"

"물론, 그런 의미로 아침밥 먹기 전에 할 일이 있는데."

"할 일이요?"

이른 아침부터 할 일이 무엇일까? 은서의 눈빛이 궁금증으로 반짝거린다.

"설마……."

그러다 반짝 머릿속에 빨간불이 들어왔다. 맛있는 먹잇감을 발견했다는 듯 번뜩거리는 눈빛, 장난스레 올라간 입꼬리.

"정답."

고개 돌릴 조금의 틈도 주지 않은 채 제이디의 입술이 은서의 아랫입술을 쏙 빨아 당겼다. 번뜩이던 눈빛과 달리 부드럽게 감겨 오는 그의 혀끝에 살며시 굳어 있던 은서의 몸이 보드랍게 그를 받아들였다.

커다란 제이디의 손은 뺨을 지나고 목덜미를 지나 봉긋하게 솟은 은서의 가슴으로 향했고 그가 전해 주는 열기가 몸을 통해 전해 오자 은서의 마음은 두근거림과 함께 안정감을 찾아가고 있었다. 자신에 대한 미안함이나 안타까움 같은 것은 모두 넣어 두어도 된다는 듯 제이디는 조금 더 부드럽고 천천히 은서의 몸을 탐해 가고 있었다.

이른 아침. 한국 팜므 디자인 사무실은 북적이는 사람들에 비해 조용하고 차갑게 분위기가 가라앉아 있었다. 얼마 전까지 이 시간이면 서로 커피를 나눠 마시는 직원들의 웃음소리로 가득했던 시간이었다. 그런데 오늘은 유독 서늘한 느낌만이 감돌았다.

하지만 그런 사무실 분위기는 아무렇지도 않다는 듯 화사한 외모와 밝은 목소리의 세령은 사무실 여기저기를 둘러본 후 말했다.

"오늘부터 함께 일하게 된 윤세령입니다. 아는 얼굴도 있고, 처음 뵙는 분들도 있는데 잘 부탁드려요."

앨리스와의 계약은 서로 간의 피해를 최소화하며 끝맺음을 지었고 조용히 다른 업체 선정에 들어간 팜므의 최종 결정은 헤라였다.

"어수선했던 분위기 잘 마무리해서 좋은 결과 내면 좋겠네요."

"네. 그러죠."

좋은 결과를 냈으면 좋겠다는 세령의 말에 아직 출근하지 않은 제이디를 대신해 지니가 짧게 대답했고 알렉스는 자리에 앉아 자신의 컴퓨터만 뚫어지게 바라보고 있었다.

"기존에 앨리스와 함께 준비했던 디자인 콘셉트는 전부 폐기하는 게 어떨까 싶은데요?"

"디자인은 사용 불가지만 콘셉트 자체는 나쁘지 않았습니다."

세령과 지니의 대화를 듣고 있던 알렉스의 고개가 휙 하니 세령에게로 돌아갔다. 어쩔 수 없는 상황이라 헤라와 함께 일하게 되었지만 기존에 앨리스와의 치열한 회의를 통해 정해진 콘셉트 자체를 버리자는 말은 용납하기가 어려웠다.

더구나 은서의 자릴 세령이 앉아 일하게 되었다는 것도 알렉스는 마음에 들지 않았다.

'앨리스 쪽에서 정리를 원했다 하지만 은서 씨도 그렇게 되고, 아직 사건도 마무리가 안 됐는데 왜 이렇게 서둘러?'

어쩔 수 없는 상황이란 걸 모르는 팜므의 직원은 없었다. 하지만 억울한 누명을 쓰고 회사까지 퇴사하게 된 은서를 떠올리면 모든 책임을 그녀에게 지우게 된 것 같아 마음이 편하지 않았다.

'다른 대안 있어? 한국 시장 진출 더 이상 미뤄지면 곤란해. 여기에 얼마의 예산이 들어갔는데.'

지니의 말이 틀린 말이 아니란 것도 알렉스는 이해했다. 하지만 다른 이도 아닌 윤세령이, 자신과 제이디 앞에서 아무렇지 않은 얼굴로 환하게 웃고 있다는 건 받아들이기 쉬운 일이 아니었다.

"그렇다고 해도 문제가 되었던 직원의 콘셉트라면 치워 버리는 게 좋을 것 같은데요? 아님 헤라의 콘셉트가 그 정도도 따라가지 못한다고 생각하시는 건 아니죠?"

"치워 버린다뇨, 그런 표현은 듣기 거북합니다."

"알렉스 씨, 우리 공과 사는 구분 좀 하죠? 사고 친 직원의 디자인 콘셉트 유지해서 좋을 게 뭐죠?"

알렉스의 날 선 반응이 세령 역시 거슬렸는지 들고 있던 서류철을 내려놓고 한마디 내뱉었다.

"뭐요?"

"아침부터 왜 이렇게 시끄러워?"

아침에 들를 곳이 있어 조금 늦게 출근하겠다 했던 제이디는 꽤나 피곤하다는 얼굴로 한 손에 커피를 들고 나타나 어수선한 실내를 두리번거렸다. 그저 실내에 나타나 주변을 둘러보았을 뿐인데 일순 사람들의 시선이 그에게 집중됐다.

"왔어요? 그냥 디자인 콘셉트 이야기하고 있었어요. 기존 디자인 콘셉트는 폐기하고……."

조금 전 알렉스를 대하던 얼굴빛과는 달리 생글거리며 세령이 제이디를 반겼다. 오랜만에 그와 함께 무언가를 한다는 것이 꽤나 기쁜 모양이었다.

"디자인 콘셉트는 상호 의견 조율하여 정하겠지만 우리 쪽 콘셉트를 마음대로 폐기하자고 논하는 건 곤란합니다."

"하지만 그건 앨리스 쪽과 정한 콘셉트잖아요? 헤라가 앨리스 쪽보다 떨어진다고 여기는 것이 아니라면……."

"우리 쪽 콘셉트라고 말씀드렸습니다. 그리고 앨리스와 비교되지 않으려면 제출할 디자인부터 서둘러 주시죠? 아, 김 팀장님은 저 좀 봅시다."

길어지는 세령의 말을 잘라 내며 제이디는 걸음을 옮겼다.

"네."

부들부들, 웃고 있던 세령의 얼굴색은 이미 변해 있었고 분함에 입을 꾹 다물어 버린 그녀의 모습을 확인한 지니는 제이디의 뒤를 따라 대표실로 향했다. 그러자 남겨져 있던 알렉스는 피식, 참고 있던 웃음을 터트렸다.

"큭!"

"혜진 씨, 기존 콘셉트 파일 좀 찾아다 줄래요? 얼마나 대단한지 확인하고 싶어지네요."

제이디의 단호함과 알렉스의 웃음에 자존심이 상했는지 세령은 자신의 자리에 풀썩 주저앉으며 양 비서를 불렀다.

"네? 아…… 네."

사무실로 세령이 출근한 건 오늘이 처음. 그 후 계속 짐 정리를 하고 바삐 왔다 갔다 하는 건 봤지만 양 비서와 따로 이야길 나누는 모습을 본 적은 없었는데 어느새 이름까지 이야길 했는지 모두가 양 비서라 부르는 혜진의 이름을 자연스럽게 부르는 세령의 모습에 알렉스는 잠시 고개를 갸웃거렸다.

하여튼 자기편 만드는 건 예나 지금이나 잘하는군.

자기가 유리한 고지를 점령하기 위해서라면 누구든 이용 가능한 세령이 예전부터 마음에 들지 않았던 알렉스는 여전히 태연한 얼굴로 앉아 있는 세령이 마뜩잖아 고갤 흔들었다.

음, 은서 씨랑 나영 씨가 보고 싶구나. 솔직하고 좋은 사람들이었는데…….

"후우."

밀려드는 아쉬움에 알렉스는 깊은 한숨을 내쉬었다.

"은서 씨는 어때? 괜찮아?"

대표실로 자리를 옮긴 지니는 들고 있던 커피를 마시는 제이디 곁으로 다가갔다. 그러곤 아무렇지 않게 커피를 홀짝이는 제이디에게 질문했다.

"뭐가?"

"뭐긴 뭐야, 헤라랑 일하게 된 거 은서 씨가 알게 됐다며, 괜찮으냐고."

"생각보다 담담해. 걱정했는데."

제이디는 앨리스와의 계약을 끝내고 다른 업체 선정에 들어갔다는 사실과 그 파트너사로 헤라가 선정된 것 역시 은서에게 숨김없이 이야기했다. 열심히 노력했던 프로젝트의 결과가 이렇게 되어 버린 사실에 속상해할 은서가 걱정됐다.

'회사에서 잘 생각하고 결정한 일일 테니까 아쉽지만 어쩔 수 없죠.'

하지만 생각보다 담담하게 은서는 고갤 끄덕였다. 시장 장악력이 약한 앨리스에선 소비자들의 반감을 걱정하지 않을 리 없다고, 그래서 어느 정도 예상을 하고 있었던 일이라 했다.

'그래도 제가 부주의해서 생긴 일 같아서 마음이 편하지는 않네요.'

그렇게 말하며 애써 웃는 은서의 어깨를 부드럽게 도닥인 제이디는 떨어지지 않는 발걸음을 회사로 옮겼다.

"그래? 그럼 다행이긴 한데…… 얼른 사건 마무리가 되어야 은서 씨도 마음이 편할 텐데."

"은서 아이디로 누군가 메일을 보냈어. 근데 문제는 그 시간이 한은서가 사무실에 있었을 시간이라는 거지. 그 알리바이를 우선 깨야 혐의를 벗을 것 같아."

"그래도 그것만 깨지면 은서 씨 무죄를 입증할 수 있다는 거지?"

"뭐 일단은, 자세한 건 강 변호사랑 이야기해 봐야 할 것 같고."

여러 개의 대포통장을 만들어 돈을 입금하게 한 철저한 사람. 그러나 정작 핸드폰과 메일은 한은서의 것으로 보내 흔적을 남겼다. 그 사실이 꼭 한은서를 범인으로 만들기 위해 그런 것 같다는 강 변호사의 말이 떠올랐다.

한은서를 노린 건 필시 이유가 있겠지.

"그나저나 나는 왜 따로 불렀어?"

"아, 나 내일 집안 행사에 참여를 해야 돼서 말이지. 저녁 시간부터 스케줄 좀 빼 줬으면 좋겠는데."

"집안 행사?"

한 번도 제이디의 입에서 먼저 나온 적 없던 단어에 지니는 이해가 되지 않는지 놀란 눈으로 되물었다. 그러자 고갤 끄덕인 제이디는 난감한 얼굴이 되었다 이내 돌아온다.

"어머니 생신. 여자 친구 인사도 시킬 겸, 뭐 여러 가지로."

그간 일 때문에 한국에 올 때에도 절대 부모님을 뵈러 가겠다는 말을 하지 않았던 제이디의 변화에 지니는 흐뭇한 누나 미소를 지어 보였다. 은서 씨를 소개시키겠다는 건 그만큼 진지하게 사랑을 하고 있다는 증거이리라.

"알았어, 스케줄 빼 줄게."

"응, 아 그리고 디자인 콘셉트 회의는 헤라 쪽 디자인 확인하고 잡아."

"알았어. 그럼 나가 볼게."

대표실을 나가는 지니의 모습을 잠시 확인한 제이디는 데스크 위에 올려 둔 자신의 핸드폰을 집어 들었다. 그러고는 키패드를 꾹꾹 눌러 어디론가 전활 걸었다.

— 어쩐 일로 먼저 전화야?

핸드폰 너머 들려오는 목소리가 제이디의 오랜만의 전화가 반갑다는 듯 밝은 톤을 유지하고 있었다.

"어머니 생신날, 집으로 가면 돼?"

— 진짜? 진짜 오려고?

"흠, 그러니까 전화했지. 집으로 가면 되는 거야?"

— 하하! 철들었네, 철들었어. 응, 집으로 와. 어머니가 엄청 좋아하시겠다.

제이디의 말에 그의 형인 정운은 한껏 기쁘다는 듯 밝은 목소리로 대답했다.

"6시까지 갈게. 여자 친구도 데리고 갈 거니까 그렇게 알고 있어."

— 오! 알았어. 꼭 와라.

가족들과의 일은 목에 걸린 가시처럼 언제나 제이디의 마음을 불편하게 만들었다. 그리고 제대로 마주 보려 애쓰지 못하는 자신에게 은서는 어젯밤 그런 말을 했었다.

'저 다음 주에 잠시 부모님 댁에 내려갈까 해요.'

'무슨 일 있어?'

'엄마 생신이기도 하고 서울 올라와선 명절 때 말곤 거의 내려가질 못해서 이번 기회에 다녀오려구요. 시간도 많으니까.'

그 이야기를 듣고 나자 곧 어머니의 생신이 돌아온다는 걸 깨달았다.

'아, 곧 어머니 생신인데…….'

그 한마디에 눈을 반짝거리며 자신의 등을 떠밀어 준 은서.

'가요. 어머니 뵈러.'

그 별것 아닌 한마디에 없던 용기가 생겨 제이디는 그러겠다 고갤끄덕였다. 언제까지 피할 수는 없는 일이니까.

'그럼 같이 가 줄래? 정식으로 소개도 시키고 싶은데.'

부담되어 싫다고 해도 서운한 마음은 들지 않았을 것이다.

'그럴게요. 같이 가요.'

그러나 너무나 고맙게도 환한 얼굴로 자신의 손을 잡아 줬다. 그래서 아주 오랫동안 미뤄 두었던 가족들과의 만남을 이제는 해도 되지 않을까 제이디는 그렇게 생각했다.

"흐음, 부모님 댁에 내려갈 때 나도 데려가겠지?"

사랑하는 여자의 가족을 만난다는 건 이렇게 생각만으로도 긴장되는 일이구나. 처음 겪어 보는 감정에 제이디는 떨려 오는 마음을 진정시키며 크게 숨을 내쉬었다.

21. 가족, 그리고 우리

"어머니, 지금 상 차릴까요?"

"그래, 그러자구나. 이제 곧 올 시간 됐어."

작은 며느리 다경이의 말에 이 여사는 함박웃음을 지어 보이며 부엌으로 걸음을 옮겼다.

"어머니, 제가 할게요. 쉬고 계세요."

"아니야, 오랜만에 진운이가 온다니까 앉아 있을 수가 있어야지."

몇 년 만에 집으로 찾아온다는 아들을 맞이할 생각에 이 여사는 자신의 생일상을 차리는 것임에도 가장 바삐 손을 움직이고 있었다.

"좋으시죠?"

그런 이 여사의 밝은 얼굴이 좋아 보여 다경은 쪼르르 옆으로 다가가 쫑알쫑알 바삐 입을 놀렸다.

"전 막내 도련님, 신혼여행 가서 한 번 뵙고 그 뒤로는 처음이라 무척 기대되네요."

결혼식 날 참석하지 못한 막냇동생을 보기 위해 신혼여행 코스를 파리로 잡았던 정운 덕에 다경은 그때 처음으로 진운을 만날 수 있었다. 오랫동안 홀로 파리에서 지냈다는 그는 정운과 무척 닮았고 그러면서도 참 다르게 느껴졌었다.

"피는 못 속인다고 그 양반이랑 제일 닮았어. 얼굴도 그렇고 성격도 그렇고, 깜짝 놀랄 게야."

"여자 친구분도 데려온다고 하셨다면서요? 후훗 어떤 분일지 참 기대되네요."

이 집안으로 시집와 처음으로 모든 가족들이 모일 것이란 생각을 하니 다경 역시도 시어머니만큼이나 마음이 설레었다. 늘 챙겨 주지 못한 동생에 대한 미안한 마음을 가지고 사는 남편 정운의 마음도 이제 조금은 편해지지 않을까.

"그 애가 집에 오는 것도 신기한데, 여자 친구까지 소개시킨다니 나도 꿈인가 싶다."

다경의 말에 전적으로 공감한다는 듯 이 여사의 고개는 쉼 없이 끄덕여졌다. 아들이 소개하겠다고 하는 여자가 어떤 아이일지, 아니 어떤 아이라도 대환영해 주고 싶은 마음이 들었다.

"어머니 생신날, 막내 도련님이 제일 좋은 선물 하시네요."

"그러게 말이다. 살다 보니 이런 날도 다 오는구나."

여전히 감격에 겨워 빠르게 손을 움직이는 이 여사의 모습에 다경 역시 덩달아 신이 나 바삐 움직이기 시작했다. 오랜만에 티 없이 맑게 웃고 있는 시어머니 이 여사의 모습이 꼭 봄바람에 설레는 소녀같이 느껴졌다.

"다경아, 음식 준비는 내 마저 할 테니 정운이한테 전화 한번 넣어 보렴. 언제쯤 도착할는지."

"네, 그럴게요. 어머니."

온 가족이 모일 생각에 설렘이 그치지 않는지 이 여사의 올라간 입꼬리는 여전히 내려올 줄 모르고 있었다.

갑작스레 걸려 온 전화. 전화기 너머 들려오던 걱정 가득한 지훈의 목소리에 나영은 작게 한숨을 내쉬었다. 무슨 이유로 그렇게 목소리에 힘이 없는지 묻지 않아도 알 수 있었고 그럼에도 걸려 온 지훈의 전화가 너무나 반가운 자신의 처지가 안타까워서였다.

'나영아, 시간 괜찮으면 술친구 좀 해 줄래?'

같이 술 마셔 줄 친구가 없는 것도 아닐 텐데 굳이 자신에게 연락해 술친구가 되어 달라고 하는 지훈의 마음을 떠올려 봤다. 누구에게도 말하지 못할 답답한 마음을 나영 자신에게는 꺼낼 수 있을 것 같은 기분에 전화를 건 것은 아닐까 싶어졌다.

'알았어요. 만나요.'

이럴 줄 알았지만 너무 예상을 빗나가지 않네.

나영은 약속 장소인 일식집에 도착했고 지배인의 안내에 따라 들어간 곳에는 잔뜩 어두운 얼굴의 지훈이 앉아 있었다.

"표정이 왜 그렇게 죽상이에요?"

"아, 나영이 왔구나. 언제 왔어?"

"방금요. 밥은 먹고 다니는 거예요?"

여러 가지 일들로 꽤나 힘든 시간을 보내고 있을 은서가 걱정이 되었던 것인지 아니면 은서에게 더 이상 선배가 아닌 그 무엇이 될 수 없다는 사실에 힘겨운 것인지 지훈의 얼굴색은 몹시 어두웠고 핼쑥해져 있었다.

"잘 먹고 다니지. 스케줄이 많아서 조금 피곤해서 그래."

"그런 거면 다행이네요. 밥도 못 먹고 일하나 했어요."

나영은 지훈의 말에 고개를 끄덕이며 자리에 앉았다. 차라리 일이 바빠 그런 거라면 정말 다행이다 싶어진다.

"갑자기 불러내서 당황했지? 바쁜데 내가 시간 뺏는 건 아닌지 모르겠다."

"괜찮아요. 약속도 없었구요."

술 한잔 같이 하자는 전화를 걸기까지 지훈의 성격상 얼마나 고민을 했을지 보지 않아도 짐작이 되어 나영은 괜찮다는 듯 고갤 흔들었다.

"근데 여기 엄청 비싼 곳 아니에요?"

미리 예약하지 않으면 쉽게 오기도 어렵고 온다 하더라도 그 비싼 음식값에 깜짝 놀라 가슴을 쓸어내릴 만한 음식점이라 나영은 걱정스럽다는 듯 지훈을 바라봤다.

"괜찮아. 이런 곳 아니면 쉽게 술 한잔 마시기도 어렵고."

"흐음, 인기인이란 게 참 쓸데없이 불편한 게 많네요. 그렇죠?"

"하하, 감수하고 살아야 하는 건데 뭘. 괜찮아."

감수하고 살아야 한다. 그 한마디가 나영의 마음을 찌르르 아프게 만들었다. 많은 이들이 부러워하는 인기인으로 살아가는 그의 화려한 인생이 꼭 좋은 것만은 아니라는 게 고스란히 느껴져서였다.

"저녁은 안 먹었지? 참치가 제법 맛있네. 얼른 좀 먹어."

자리에 앉아 아무런 말 없이 자신을 잠시 바라보는 나영에게 지훈은 참치 맛이 좋다며 권했다. 그러자 나영은 고개를 끄덕이며 지훈이 추천해 준 참치 한 점을 집어 들었다. 평소 비릿함 때문에 좋아하지 않던 참치가 지훈의 말 덕분인지 유난히 맛깔스러워 보였다.

"네, 맛있어 보이네요. 선배도 좀 먹어요."

"응, 먹자."

한 점, 두 점, 기름지고 찰진 참치의 맛을 느끼던 나영은 이미 비워진 지훈의 잔에 사케 한 잔을 따라 주었다. 쪼로록거리는 소리가 조용한 룸 안에 울려 퍼지자 멀찌감치 떨어져 있던 지훈의 시선이 나영에게 다가와 내려앉았다.

"왜 아무 말도 안 해? 답답하다고 한 소리 할 줄 알았는데."

자신의 모습이 스스로도 답답하고 한심하다는 듯 지훈은 멋쩍은 웃음을 띠며 나영에게 말했다.

"한 소리 듣고 싶어서 저 부른 거예요?"

"응, 너한테 혼나고 나면 정신이 번쩍 들 것 같아서."

"……."

"하하, 농담이야. 그냥 일전에도 너 만나고 나니까 기분이 풀리더라고. 그래서 보자고 했어."

"다행이네요. 그런 이유라면."

지훈의 말에 나영은 자신의 술잔에 채워져 있던 술을 한 모금 꼴깍 집어삼켰다. 무슨 이유가 되었든지 이렇게 지훈을 볼 수 있다는 사실만으로도 나영은 충분하다는 생각이 들었다. 그가 은서에 대한 마음을 쉽게 접어 버릴 수 없는 것처럼 자신 또한 이 마음이 쉽게 없어지지 않고 있으므로.

"나영이 넌 예나 지금이나 솔직하고 당당하고, 그래서 참 멋있다."

"멋있다구요?"

"하하, 여자한테 멋있다 그럼 좀 그런가?"

"그렇다기보다 멋있다는 말은 처음 들어서요."

이왕이면 예쁘다는 말이 더 듣기 좋았을까? 아니, 멋있다는 말도 나쁘지 않은걸.

지훈의 입에서 흘러나온 칭찬에 나영은 쑥스럽다는 듯 작게 미소 지어 보였다. 별 뜻이 있어 한 이야기는 아닐 텐데 왜 이렇게 마음은 떨려 오는지.

"뭐든 시원시원하게 밀어붙이고 잘 떨쳐 내고 그럴 거 같아 너는."

언제나 당당하고 시원하게 미소 지었던 대학 시절 나영을 보며 지훈은 늘 그런 생각을 했다.

"당당하고 멋져 보였어. 부럽기도 했고. 나는 알다시피 맺고 끊고 잘 못하잖아."

누군가에게 마음을 전하는 것도, 쉽게 누군가를 지워 내는 것도 지훈에게는 너무나 어려운 일이었다.

"선배가 잘 몰라서 그래요. 선배만큼이나 미련 많은 여자예요. 저 도."

그저 당신만 모르고 있을 뿐.

나영은 흐트러짐 없는 눈빛으로 지훈을 바라보았다. 그러자 지훈의 눈꼬리가 아래로 훅 떨어져 내렸다.

"정말? 처음 듣는 이야기네. 나영이 넌 그런 거 없을 줄 알았는데."

그저 당신이 날 잘 몰라서 그런 것일 뿐.

"원래는 그런 성격 아닌데 한 사람 앞에선 어쩔 수 없더라고요. 짝사랑 스킬도 느는 건지."

"짝사랑?"

"네. 열렬히 짝사랑 중이거든요."

이런 식으로 마음을 내보여도 되는 것일까? 잠시 고민스러웠으나 나영은 멈추지 않기로 마음먹었다. 언제까지 이렇게 지지부진하게 자신의 마음을 감추기만 해서는 되지 않을 일이란 걸 누구보다 잘 알고 있기 때문이었다.

"우와, 새로운 사실이네. 나영이 네가 짝사랑이라니. 어떤 남자길래 그렇게 눈이 높은 거야?"

지훈이 나영의 말에 믿을 수 없다는 듯 고갤 흔들었다. 대학 시절
에도, 사회생활을 하고 있는 지금도 나영은 남자들의 눈길을 사로잡
기에 충분할 만큼 아름답고 멋있는 여자였기 때문이었다.

"……."

지훈의 말에 나영은 술잔에 남아 있던 술을 꼴깍 마저 마셔 버렸
다. 그러고는 결심한 듯 크게 심호흡을 했다.

"선배."

"응?"

나영의 부름에 지훈이 호기심 가득한 눈으로 나영을 바라봤다.

"선배라구요. 그 눈 높은 남자요."

상대방의 마음만 배려하다 결국 제대로 마음조차 전달하지 못하
는 일은 하지 않으리라. 나영은 그렇게 마음먹었다. 죽이 되든 밥이
되든 이제 짝사랑은 그만해야겠다고.

날씨가 화창했다. 그녀를 처음 만났던 날도 이렇게 마음이 두근거
릴 만큼 화창하고 따뜻한 날씨였다. 빨간 원피스에 단정하면서도 세
련되어 보이는 단발머리, 화사한 얼굴로 자신에게 인사했던 세령의
모습에 진호는 그렇게 첫눈에 반해 버렸다. 화려한 외모로 사람들에
게 간혹 오해를 사기도 했지만 그녀 특유의 친화력으로 주변 사람들
을 자신의 편으로 만들어 갔다.

그래서 더 좋았다. 무엇이든 열심히 하고 냉정해 보이는 겉모습과
달리 여린 마음을 가진 여자. 그래서 그녀를 위해서라면 무엇이든 다
주겠다고, 다 들어주겠다고 마음먹었다.

'안녕하십니까. 저는 기자 이영진이라고 합니다. 윤세령 씨 아시죠?'

낯선 이의 전화 한 통. 진호는 자신을 기자라 말한 그의 입에서 흘러나온 세령의 이름에 멈칫했고 결국 전화를 끊지 못하고 이 자리에 나오게 되었다.

'윤세령 씨와 관련해 박 본부장님과 대화를 좀 하고 싶습니다.'

무슨 일이기에 나를 만나자고 했을까?

진호의 머릿속은 시간이 갈수록 복잡해져 왔다. 낯선 이, 그것도 기자가 세령과 관련해 자신과 대화를 하고 싶다니 아무리 생각해도 조금의 접점도 없었다.

'꼭 만나서 할 말이 있습니다.'

그리 한가한 사람이 아니라고 할 말이 있다면 직접 찾아오란 말을 하려던 진호는 꼭 만나서 할 말이 있다는 그 기자의 말을 결국 무시하지 못했다.

'좋습니다. 만납시다.'

무엇인가 찝찝한 기분이 가슴을 스치고 지나가서였다. 그리고 그런 진호의 예감은 틀리지 않았다.

"원하는 게 뭡니까? 이런 걸 내게 건네는 이유가 있을 거 아닙니까?"

날 선 진호의 목소리에도 영진은 조금의 미동도 없이 그를 똑바로 바라보았다. 그러고는 회심의 미소를 지었다.

괜히 위험한 사람들 건드려서 피를 볼 순 없지. 잘만 엮으면 윤세령이 건넨 활동비보다 더 많은 금액을 받아 낼 수 있겠는걸?

"제가 뭘 원하는지는 내용 확인 하시고 그때 다시 이야기해도 충분합니다."

영진의 미소를 지켜보던 진호는 자신 앞에 놓인 서류 봉투 하나와 자그마한 녹음기를 바라보았다. 로마 신화 속 판도라의 상자를 마주한 기분이었다. 확인하지 말아야 할 것 같은 꺼림칙한 느낌, 그러나 꼭 확인해 보고 싶은 이 호기심.

"내가 당신의 요구에 무조건 따라 줘야 하는 건가?"

비릿한 웃음을 흘리는 영진의 모습이 거슬려 진호는 저도 모르게 날카롭게 쏘아붙였다.

"원하지 않으시면 그냥 확인하시고 이건 버려도 됩니다. 그럼 전 원래 하려던 대로 특종 기사 하나 내면 되니까요."

두둑한 돈을 받아 내지 못할 바에야 특종으로 기사를 내 버리면 그만이기에 조금도 아쉬울 게 없다는 듯 말했다.

"다만 그렇게 된다면…… 본부장님은 사랑하는 여자를 잃게 될 거고 윤세령 씨는 으음, 어떻게 될지 저도 궁금하군요."

"협박하는 건가?"

"그럴 리가 있습니까? 협상이죠."

"협상?"

너무나 뻔뻔한 영진의 말에 진호의 입꼬리가 비틀렸다.

"확인하시고 연락 주시죠. 저도 그렇게 오래 기다리지는 못합니다."

영진은 테이블 위에 놓여 있던 자신의 명함을 조금 더 밀어 진호 앞에 두고는 자리에서 일어났다. 그러고는 잔뜩 미간을 좁히고 있는 진호에게 말했다.

"아, 이건 오지랖이라고 생각하셔도 좋습니다만……."

"……."

"윤세령 씨는 꽤 위험한 여자더군요. 조심하시는 게 좋겠습니다. 그럼 이만."

세령을 만난 후 영진은 그녀의 뒷조사를 시작했다. 위험한 제안을 하는 아름다운 여자. 독을 품고 있는 화려한 무늬의 뱀 같은 그녀의 모습을 떠올리며 영진은 그곳을 벗어났다.

"위험한 여자라."

사라져 가는 영진의 뒷모습을 바라보던 진호는 자신 앞에 놓인 서류 봉투를 집어 들었다. 그리고는 자신을 만나 이 기자가 그토록 전하고자 했던 내용물을 조심스레 꺼내 보았다.

"하하!"

들어 있던 것은 그간 진호는 본적 없을 정도로 너무나 밝게 웃고 있는 세령의 사진 몇 장. 그리고 그녀의 곁에 서 있는 남자. 누가 보아도 사랑스러워 보이는 두 사람의 사진과 영진이 적어 둔 듯한 메모 하나에 진호는 헛웃음을 뱉었다.

'윤세령 씨의 옆에 있는 사람은 디자이너 제이디입니다. 꽤나 유명한 교내 커플이었더군요.'

커플. 그녀가 과거에 누군가를 만나지 않았을 것이란 헛된 망상은 한 번도 한 적 없었다. 다만 그녀의 미소가 너무나 평온하고 밝아 보였다.

"도대체 윤세령, 당신 뭘 하고 다니는 거야?"

진호의 가슴에 불길이 솟아올랐다.

높고 기다란 담벼락, 장인이 만든 것 같은 화려하고 정교한 무늬의 대문을 지나니 넓은 정원이 펼쳐졌다. 푸릇한 잔디와 커다란 나무들이 정원을 채우고 있었고 그 사이로 난 길을 조금 따라 걸으니 고풍스럽고 커다란 저택이 모습을 드러냈다.

이런 좋은 집은 TV 드라마나 영화에서만 나오는 건 줄 알았는데 그런 집에 발을 딛다니, 어딘지 낯설고 어색해 은서는 제이디의 손을 꼬옥 그러잡았다.

은서의 긴장한 모습에 사실 자신 역시도 이 집이 그렇게 편하진 않다고, 그러니 너무 걱정할 필요 없다 말하며 제이디는 환한 얼굴로 미소 지었다.

"그래도 너무너무 떨려요! 저 이상하지 않죠? 그렇죠?"

여러 번 확인했지만 그래도 마음이 놓이지 않아 은서는 현관문 앞에서 또 같은 질문을 했고 그런 은서의 모습이 귀여워 제이디는 쪽 소리 나게 그녀의 이마에 입을 맞췄다.

그 후 어떤 정신으로 인사를 드리고 식사를 했는지 잘 기억나지 않는다. 다만 제이디와 꼭 닮은 두 형과 그의 아버지를 보며 조금은 재미있었고 부드러운 미소로 자신을 맞아 주는 그의 어머니의 덕에 은서는 간신히 떨리던 마음을 진정할 수 있었다.

"우리 아들이 잘해 줘요?"

식사를 한 후 디저트를 준비하러 부엌으로 들어간 이 여사를 따라 은서 역시 걸음을 옮겼다. 괜찮다고, 앉아 있어도 된다는 말을 들었지만 그러기엔 마음이 편하지 않아서였다.

"네. 아주 다정한 성격이에요."

과일을 깎던 이 여사는 차를 우리는 은서의 얼굴을 유심히 살폈다. 그저 생각만 해도 좋은 것인지 아주 따뜻하고 부드러운 미소가 입가에 걸려 있는 걸 확인하고 나니 왠지 코끝이 찡해져 왔다.

"진운이가 다정해? 하도 못 보고 산 지가 오래돼서⋯⋯."

자신의 손으로 등 떠밀어 파리로 보내 버린 막내아들은, 이 여사에겐 목구멍에 걸려 있는 가시처럼 수시로 뜨끔거리고 아픈 존재였다. 시간이 흐르면 벌어졌던 부자 사이가 메워질 거라 생각했지만 좀처럼 그리되지 않았기 때문이다.

"네, 따뜻하고 배려심도 많은 편이에요."

"워낙 혼자 지낸 지 오래된 터라 내가 걱정이 많았는데, 이렇게 여자 친구도 데려오고 이제야 조금 안심이 되네."

아들 옆자릴 지켜 주고 있는 은서가 무척이나 고마운지 이 여사는 깎던 과일을 내려놓고 은서의 두 손을 꼭 붙잡았다.

"앞으로도 우리 아들 잘 부탁해."

이렇게 오랫동안 발길을 끊었던 집으로 아들이 돌아와 준 건 은서 덕분이란 걸 이 여사는 묻지 않아도 알 수 있었다. 외로웠을 아들의 곁을 지켜 주는 이 순하고 참해 보이는 아가씨가 그녀는 무척 마음에 들었다.

"두 분, 두 손 꼭 잡고 뭐 하십니까?"

터벅터벅, 기다란 기럭지를 뽐내며 부엌으로 들어온 제이디는 두 손을 마주 잡고 있는 자신의 어머니와 여자 친구를 보며 고개를 갸웃했다.

"앞으로도 못난 아들 잘 부탁한다고 하고 있었지."

어머니의 말에 쑥스러워진 제이디는 차를 우리고 있는 은서의 곁으로 다가왔다. 그러곤 자신을 바라보며 웃고 있는 은서의 볼을 손가락으로 콕 찌르며 묻는다.

"어딜 봐서 못난 아들이야? 이 정도 생기면 훌륭한 건데? 안 그래요, 은서 씨?"

끄덕끄덕. 대답 대신 은서의 고개가 위아래로 끄덕여지자 제이디는 만족스런 얼굴이 되어 자신의 어머니를 바라봤다.

"보셨죠? 그러니 너무 걱정 마세요."

"후훗, 내 아들이지만 쟤가 저렇게 뻔뻔한 구석이 있어. 은서 씨가 이해해."

"네, 이제 적응이 돼서 저도 그러려니 하고 있어요."

"어휴, 천만다행이네. 아들! 여자 친구한테 잘해! 알겠어?"

어머니와 은서의 쿵짝이 잘 맞아떨어지자 제이디는 흐뭇한 마음이 들어 알겠다며 고갤 끄덕였다. 어른들에게 잘할 거란 생각은 했었지만 결코 만만한 사람들은 아닌 자신의 가족들 사이에 잘 녹아드는 은서의 모습에 제이디는 안심이 되었다.

'인상도 좋고 차분하고 무엇보다 가정 교육을 잘 받은 것 같구나.'

어머니를 따라 부엌으로 들어가는 은서를 보며 자신의 아버지가 그렇게 말했다. 평소 까다롭고 냉정하기로는 자신보다 몇 배는 더한 아버지가 아니던가?

은서의 직업은 뭔지, 그녀의 집안은 어떤지 꼬치꼬치 묻지 않은 건 이미 어느 정도 파악을 끝낸 상태이기 때문이라고 제이디는 짐작하고 있었다. 하지만 의외인 건 아주 평범한 집안의 은서를 반대하는 내색 없이 순순히 인정하는 아버지의 모습이었다.

"마음에 드세요?"

둘째 아들의 질문에 조금의 고민도 없이 고갤 끄덕인 도 회장은 자신을 바라보는 진운을 힐끗 쳐다본 후 입을 열었다.

"그래, 다른 것보다 저 까다로운 놈이랑 만나는 거 보면 애 인성은 두말할 것도 없다."

"진운 씨, 다 됐어요. 나가요."

과일을 담아 거실로 나간 이 여사의 뒤를 이어 거실로 향하던 은서는 멍하니 있는 제이디를 불렀다. 그러자 그제야 정신이 든 듯 제이디의 고개가 은서에게로 향했다.

"응, 이거 당신이 사 온 홍차야? 향기 좋은데?"

부모님을 찾아뵐 때 딱히 선물 같은 걸 준비하지 않아도 된다는 그의 말에도 은서는 제이디의 기억 속 부모님의 취향을 더듬어 선물을 마련했다.

"네, 입맛에 맞으실지 모르겠어요."

"두 분 다 홍차는 즐기시는 편이니까 괜찮을 거야. 그보다……."

그윽하게 올라오는 홍차 향기에 기분 좋은 미소를 짓던 제이디는 은서의 손에 올려진 트레이를 건네받았다. 그러고는 휙휙 주변을 빠르게 둘러봤다.

쪽!

번개 같은 속도로 은서의 입술을 쪽, 훔쳐 버린다.

"내 디저트는 이쪽."

"가족들이 보면…… 어쩌려구."

화르르, 불이 붙은 얼굴이 되어 누군가 보진 않았을까 두리번두리번 주변을 살피는 은서의 모습에 제이디는 키득거리며 소릴 내어 웃었다.

"한 번 더 해도 돼? 아쉬운데."

"안 돼요. 절대!"

제이디의 장난스런 말에 은서는 재빨리 자신의 손으로 입술을 가렸고 세차게 고개까지 흔들었다. 그의 가족 중 누군가 이 모습을 보기라도 한다면 민망함은 오로지 자신 몫일 테니까.

"알았어, 나중에 하지 뭐."

"얼른 나가요. 기다리시겠……."

짓궂게 장난치는 제이디의 몸을 돌려 밖으로 나가려던 은서는 그의 품속에서 울리는 핸드폰 진동 소리에 하던 말을 멈추었다.

"진동 오는데요?"

"그러네, 잠시만 이것 좀."

제이디는 자신의 손에 들려 있던 트레이를 다시 은서에게 건네며 얼른 핸드폰을 꺼내 들었다. 자그마한 핸드폰은 징징 요란스럽게도 몸을 떨어 댔다.

"어, 왜?"

— 은서 씨가 전화를 안 받아서. 혹시 같이 있어?

"응, 무슨 일인데?"

핸드폰 너머로 작게 들려오는 익숙한 목소리.

"알렉스 씨?"

은서의 말에 제이디가 고개를 끄덕였다.

"무슨 일인데?"

— 찾았어!

"뭘 찾아?"

찾아? 뭘 찾았다는 거지?

전화기 너머 들려오는 다급한 알렉스의 목소리와 제이디의 다음 말을 은서는 주시했다.

— 증거! 은서 씨 혐의를 벗길 증거를 찾았다고!

22. 밝혀지는 진실

"강 변호사님, 이제 혐의는 벗을 수 있겠습니까?"

토요일 오후. 원래라면 누구도 출근하지 않았을 조용한 팜므 사무실에 대표 제이디와 은서, 법무팀 강 변호사와 지니, 알렉스, 나영까지 여섯 명의 사람이 모여 앉아 있었다.

"일단은 조사해 봐야겠죠. 그래도 희망은 보이네요. 담당 형사님께 말씀드렸으니 오늘 내로 연락이 올 겁니다."

강 변호사는 테이블 위에 놓인 한 장의 영수증을 유심히 바라보며 대답했다. 그 모습을 지켜보던 제이디가 강 변호사의 말에 다행이라는 듯 고개를 끄덕였다.

"그보다 알렉스, 넌 이거 어떻게 알았어?"

알렉스가 찾아낸 한 장의 영수증은 여기 앉아 있는 모든 사람들의 마음에 자그마한 불빛을 밝혔다.

"우연히 들었을 뿐이야. 그 두 사람 사이가 뭔가 좀 이상해서 유심히 관찰했거든. 그랬더니 꼬리가 잡히더라."

이런 일은 별것 아니라는 듯 어깨를 들썩거린 알렉스는 놓여진 영수증을 집어 들었다. 그 영수증은 은서의 PC에 문제가 있다는 양 비서의 말에 따라 수리기사를 불렀던 증거로 수리기사의 카드 리더기로 결제된 법인카드 영수증이었고 12일 오후 1시 27분이란 시간이 정확히 표시되어 있었다.

"이때 은서 씨와 나영 씨는 나랑 위층 디자인실에서 곧 있을 회의 준비를 하고 있었을 거야. PC는 수리 중이었고 그로 인해 사용할 일도 전혀 없었던 거지."

"아……."

은서는 알렉스의 말에 그날 일이 어렴풋이 떠올랐다. 평소처럼 밥을 먹고 돌아오니 양 비서는 PC 수리기사가 와 있다며 한 이삼십 분 PC 사용이 어렵다고 했고 은서는 곧 회의가 있을 예정이라 괜찮다 말했다.

"흐음, 내부 사람일 거라 어느 정도 예상은 했지만 양 비서님이 메일을 보냈다고? 아니 왜? 이유가 없잖아?"

알렉스의 말에 나영은 이해가 되지 않는다는 듯 고갤 흔들었다. 양 비서가 무슨 이유로 그런 짓을 했으며 왜 은서를 타깃으로 한 것일까.

"두 사람이라면 윤 실장이랑 양 비서지? 무슨 말을 들었는데?"

잠자코 듣고 있던 지니가 궁금하다는 듯 알렉스의 대답을 독촉했다.

"어제저녁에 옥상에서 담배를 피우고 있는데 누가 올라오더라고. 늦은 시간이라 누군가 싶어 보려고 하니까 양 비서랑 윤세령이었어."

"응."

"촉이 이상해서 숨어서 하는 이야기를 들었는데, 양 비서가 윤세령한테 이렇게 말하더라고 '약속 지키세요. 더는 못 기다려요.' 라고."

"무슨 약속?"

알렉스의 말에 지니는 이해가 되지 않는다는 듯 되물었다.

"자세히는 몰라. 윤세령은 알겠다고 했고 양 비서는 일주일 주겠다며, 약속을 지키지 않으면 영수증을 은서 씨한테 보내겠다고 하더라고."

그 말을 듣고 난 알렉스는 꼼짝없이 옥상 정원에 갇힌 채 두 여자가 회사를 나가길 기다리고 있었고 그녀들이 빠져나간 회사 사무실을 밤새 뒤지고 또 뒤졌다. 그리고 양 비서의 잠겨진 서랍장을 열었을 때 나온 영수증 한 장. 결제한 후 경비 처리를 위해 제출했던 영수증과는 날짜만 같을 뿐 시간은 다른 영수증이었다.

"물증이 나왔으니 나머지는 형사님들이 조사해 주실 겁니다. 다만 예상대로 양 비서가 이 범행에 관여되어 있고 헤라의 윤세령 실장이 그 배후라면 이 문제는 커질 거예요. 거기에 대비해 준비하겠습니다."

강 변호사의 말에 모두가 고갤 끄덕일 때, 유일하게 나영과 은서만이 서로를 바라보며 복잡한 표정을 지어 보였다.

"은서야, 그래서 널 만났나 보다."

"그게 무슨 소리야?"

두 사람의 복잡한 표정과 더불어 선뜻 이해되지 않는 말에 제이디는 아무런 말이 없는 은서를 자신 쪽으로 돌려 앉혔다.

"만났어? 누굴?"

"윤세령 씨요. 실은 얼마 전에 만났어요. 연락이 와서."

그녀를 만났다는 이야길 어떻게 꺼내는 게 좋을지 감이 오지 않아 미루고 미뤄 두었던 말. 은서는 어쩔 수 없다는 듯 그날의 이야길 모두에게 털어놓았다.

괜찮은가?

이야기가 시작되면서부터 끝날 때까지 결코 좋지 않은 제이디의 표정이 신경 쓰여 은서는 그를 주시했다.

숨기지 않고 다 말한다고 해 놓구…… 아마 화났겠지?

솔직하게 말하지 못했다는 사실에 은서는 제이디의 눈치를 살폈다.

"괜찮아? 어디 다치거나 하지는 않았어?"

"은서 씨, 진짜 괜찮아요? 어디 맞은 거 아니야?"

"네?"

화를 내지 않을까 걱정했던 것과 달리 제이디와 알렉스는 놀란 눈이 되어 은서를 바라봤고 제이디는 조금 전보다 심각한 얼굴로 이리저리 은서의 몸을 살폈다.

"이 반응은 뭐야? 다른 게 걱정이 아니라 맞았을까 봐 걱정하는 눈친데?"

두 남자의 예상 밖의 반응에 지니는 궁금하다는 듯 물었고 알렉스는 모르는 소리 말라며 고개까지 흔들며 대답했다.

"윤세령 걔가 성깔이 보통이 아니라서 그래. 은서 씨 머리채 잡히거나 그런 건 아니죠?"

"진짜 괜찮아? 왜 진작 말 안 했어?"

걱정스러운 눈빛, 잔뜩 구겨진 미간. 제이디의 표정에 염려가 가득해 은서는 그의 손을 잡으며 고갤 흔들었다. 생각했던 반응이 아니라 조금 당황스러웠지만 그의 걱정스런 눈빛을 보고 있자니 괜히 더 미안한 마음이 들었다.

"맞거나 그러지 않았어요. 정말로."

"후우…… 왜 그런 이야길……."

"미안해요, 어떻게 말을 꺼내야 하나 잘 모르겠어서요."

"별일 없었으면 됐어."

세령을 만났다는 사실에 깜짝 놀라긴 했지만 별일 없었다는 소리에 제이디는 안심이 되었다. 은서의 성격상 자신에게 윤세령을 만났다는 이야길 꺼내긴 무척 어려웠을 거란 걸 이미 잘 알고 있기 때문이었다. 그리고 기다렸다는 듯 강 변호사의 전화기가 울려 왔다.

"네, 강 변호삽니다. 아, 그래요? 네, 곧 서로 들어가겠습니다. 조금 있다 뵙죠."

"김 형사님입니까?"

통화를 짧게 끝낸 강 변호사에게 제이디는 궁금하다는 듯 물었다.

"네, 수리기사의 증언도 확보했고 알아보니 양혜진 씨, 곧 미국으로 출국하려고 준비 중이었던 것 같아요. 윤세령 씨와 무슨 거래를 했는지는 지금 조사 중에 있답니다."

"정말 양 비서랑 윤세령이 짜고 은서한테 누명을 씌운 거야?"

나영의 말에 고갤 끄덕인 강 변호사는 자신의 핸드폰을 품속에 집어넣으며 자리에서 일어났다. 그러곤 큰 눈을 깜빡거리며 저를 보고 있는 은서에게 말했다.

"은서 씨는 저랑 잠시 경찰서에 들어가셔야 할 것 같은데요."

"아, 네. 그럼요. 가요."

은서와 함께 자리에서 일어난 제이디는 왜 일어나느냐는 눈빛으로 힐끗 자신을 바라보는 강 변호사에게 대답했다.

"저도 갑니다."

이 여자 일에 자신이 빠지는 건 말이 안 된다는 듯 단호한 표정을 짓는 제이디에게 알겠다며 고갤 끄덕인 강 변호사는 남아 있는 사람들에게 인사한 후 사무실을 나섰다. 그리고 그의 뒤를 따라 은서와 제이디도 걸음을 옮겼다.

길고 지루한 시간이 흘렀다. 흔히 우리가 떠올리는 형사의 이미지와는 달리 매우 깔끔하고 말끔해 보이는 중년의 형사는 아무런 말 없이 입을 꾹 다문 채 버티고 앉아 있는 혜진을 잠시 바라보다 어쩔 수 없다는 듯 자리에서 일어났다.

"버틴다고 덮어질 일은 아닙니다. 양혜진 씨."

혜진 역시 형사의 말뜻이 무엇인지 모르지 않았지만 무슨 말을 꺼내 든 자신에게 불리하다는 생각과 함께 앞으로 다가올 일이 무서워 쉽사리 입이 떨어지지 않고 있었다.

"수리기사의 증언도 확보했습니다. 그날, 한은서 씨 PC로 메일을 보내는 것을 그 기사가 봤다고 하더군요. 그래서 그 수리기사 입막음을 하려고 돈도 지불했고 말이죠."

"······."

"입금된 내역도 확인했습니다. 그러니 이제 말씀하시죠. 이유가 뭡니까?"

"······."

조금의 언성도 높이지 않고 차분하게 하나하나 이야기해 나가는 김 형사의 목소리에 혜진은 왠지 더 큰 두려움이 느껴졌다. 이제 어쩔 도리조차 없다는 걸 다시금 깨달았다.

똑똑.

혜진의 눈동자가 심하게 흔들릴 때였다. 누군가 조사실의 문을 두드렸고 이내 형사의 눈에 익숙한 얼굴이 들어왔다.

"강 변호사님, 한은서 씨, 오셨습니까?"

여전히 차분한 목소리의 형사는 안으로 들어오는 강 변호사와 은서를 발견하곤 조금 밝은 얼굴이 되었고 형사의 목소리에 혜진은 입구로 시선을 돌렸다.

"네, 잠시 양혜진 씨와 이야길 좀 나누고 싶은데 가능할까요?"

"물론입니다. 도통 입을 열지 않아 애 좀 먹을 수 있지만요. 그럼 대화 나누시죠."

강 변호사의 정중한 부탁에 담당 형사 역시 알겠다며 고갤 끄덕인 후 조사실 밖으로 걸음을 옮겼다. 이윽고 조용한 조사실엔 고갤 돌린 혜진과 강 변호사, 그리고 은서만이 남게 되었다.

이 자리가 불편한 듯 잔뜩 찡그린 얼굴로 고갤 돌리고 앉은 혜진의 모습을 마주하자 담담할 줄 알았던 마음이 요동쳤다. 은서는 그런 마음을 잠시 진정시키고 있었다.

왜 그런 일을 했을까?

같은 사무실에서 일하는 동안 은서의 눈에 비친 양 비서는 성실했고, 뭐든 열심히며 꼼꼼한 성격의 사람이었다. 사무실 사람 누구에게든 늘 친절하고 상냥할뿐더러 항상 웃는 얼굴을 했었다.

"양 비서님."

하지만 지금 고개를 돌린 그녀의 미간은 잔뜩 찡그려진 상태였고 은서의 부름에도 그녀는 쉽게 응하지 않았다.

"도대체 왜 그러셨어요? 아무리 이해하려고 해도 이해가 잘 안 돼서요."

무슨 이유가 있어서 그런 무서운 일을 한 건지, 윤세령과는 무슨 거래를 한 것인지 아무런 말이 없는 혜진의 생각이 은서는 몹시 궁금했다.

잠깐의 침묵이 흐르고 어쩔 수 없는 상황이란 걸 잘 알고 있는 혜진이 작게 한숨을 내쉰 후 자신에게 고정되어 있는 은서의 얼굴을 바라봤다.

"……은서 씨한테 악감정이 있어서 한 일은 아니에요."

"그럼 도대체 왜 그런 일을 했어요? 이 일이 얼마나 위험하고 무서운 일인지 모르지 않잖아요?"

악감정이 있어서 한 일은 아니라고 대답하는 혜진의 말에 참았던 감정이 고스란히 터져 나왔다. 그렇다면 도대체 왜 그런 무서운 일을 했다는 말인가. 영원히 들키지 않을 거라 생각했던 걸까?

"양 비서님 앞날도 생각하셨어야죠. 무슨 조건이 되었든 그 앞도 생각하셨어야죠."

은서의 눈빛이, 목소리가 너무도 진솔해 양 비서는 마음이 울렁거렸다. 자신이 윤세령을 도와준다는 명목하에 했던 일로 인해 한은서라는 사람은 회사에서도 잘리고, 범인으로 몰려 그동안 쌓아 온 커리어가 산산조각 났다. 그런데도 자신의 앞날까지 걱정하고 있다니.

바보 같은 사람이네, 정말.

"지금 내 걱정 하는 거예요?"

양 비서는 어이없다는 듯 은서에게 물었다. 저 상냥한 마음에 밀려오는 것은 한없는 부끄러움이었다.

"네, 밉고, 억울하고, 양 비서님이 이해가 안 되긴 하는데…… 그래도 조금 걱정은 되네요."

은서는 애써 떨리는 목소릴 진정시키며 그렇게 대답했다. 진심으로 억울하기도 했고, 누군지 모를 범인이 미웠고 무섭기도 했으나 정작 눈앞에 앉아 눈조차 제대로 마주치지 못하는 양 비서의 모습을 보고 나니 조금 걱정이 됐다.

"그저…… 윤 실장이 내건 조건이 마음에 들었을 뿐이에요. 은서 씨 좋은 사람이고…… 나한테 여러모로 잘해 줬는데 정말 미안해요."

꼿꼿하게 버티고 있던 혜진은 은서의 촉촉해진 눈동자를 마주하자 이내 고갤 떨구었다. 눈앞의 유혹에 넘어가 저지른 일이었지만 은서에게 미안한 마음이 없던 것은 아니었다.

"이런 말로 부족하겠지만 정말…… 미안해요."

"그렇다면 솔직히 대답해 주세요. 도대체 무슨 조건이기에 이런 무서운 일을 한 거죠?"

꾹 다물어져 있던 양 비서의 입은 은서의 물음에 잠시 머뭇거리다 열리기 시작했다.

"하나는 은서 씨 메일을 사용해 대신 메일을 보내 주는 것, 또 다른 하나는 은서 씨 핸드폰 유심을 빼내 문자를 보내는 것. 단 두 가지였어요. 그 일만 잘 해내면 내가 요구한 돈을 준다고 약속했어요."

"그래서 돈은 받았습니까?"

"일단 절반은 받았어요. 내 통장은 아니고, 저희 엄마 통장으로요. 확인해 보셔도 돼요."

강 변호사의 눈빛이 반짝였고, 조사실 밖에서 이 모든 상황을 지켜보고 있던 담당 형사 역시 혜진의 다음 말을 주목하며 눈빛을 빛내고 있었다.

"이 형사, 양혜진 씨 어머니 통장 계좌 추적해 봐."

"네."

"이유가 뭡니까? 윤세령 씨가 양혜진 씨를 이용해 이런 일을 벌인 이유가 뭐죠?"

강 변호사의 질문에 대답을 하던 양 비서는 잠시 하던 말을 멈추고 마주 앉은 은서를 힐끗 바라봤다.

"자세한 건 저도 잘 몰라요. 다만 팜므와의 합작 프로젝트 때문이란 것과……."

'이 모든 일의 책임은 한은서 씨가 지게 될 거예요. 난 그 여자

가 우는 걸 꼭 보고 싶거든요.'

하던 말을 멈추고 은서를 바라보는 양 비서의 입술이 달싹거리자 강 변호사는 지체 없이 질문을 던졌다.

"그리고요?"

"이유는 모르지만 은서 씨에 대한 감정이 좋지 않아 보였어요. 그 외에는 저도 잘 모르고요."

"은서 씨, 뭐 짚이는 거 있어요?"

양 비서와 강 변호사의 질문에 머릿속을 스치는 것은 제이디. 그의 얼굴이었지만 은서는 그저 고갤 가로저었다. 이미 오래전에 끝난 사이니 그와의 예전 관계를 떠올리는 건 너무 지나친 생각일 수 있다 싶었다.

"아, 그리고 그 연예부 기자요. 대표님 정체 폭로한…… 그 기자랑 윤 실장이랑 뭔가 있어요. 언성 높이면서 최근에 몇 번 통화를 하더라고요."

"연예부 기자라."

"……아무튼 여러 가지로 피해 줘서 정말 미안해요. 은서 씨, 미안합니다."

조사실을 나서기 전 양 비서는 참았던 울음을 터트리며 그렇게 사과했고 은서는 대답 대신 작게 고갤 끄덕이고는 걸음을 옮겼다. 아무런 걱정 하지 말라고, 이제 곧 마무리될 테니 마음 편히 가지라 말한 강 변호사는 담당 형사를 만나러 갔다. 한편 조사실 밖에서 은서를 기다리고 있던 제이디는 조사실 문을 열고 나온 그녀를 복잡한 표정으로 바라보았다.

"……"

잔뜩 어두워진 얼굴의 제이디가 걱정스러워 은서는 곁으로 다가가 힘이 빠져 있는 그의 팔에 자신의 팔을 둘렀다.

"이제 저 정말 다리 뻗고 잘 것 같아요. 강 변호사님도 더는 걱정 안 해도 될 것 같다고 하시고요."

양 비서를 떠올리면 썩 마음이 편하진 않았지만 답답하게 가려져 있던 범인의 실체를 알고 나니 가슴을 막고 있던 무언가가 뚫리는 기분이 들었다.

이제 정말 끝났구나. 다행이다.

"내가 뭐라고 해야 할지……."

하지만 여전히 제이디는 복잡한 얼굴이었다. 그 얼굴이 말하고 있는 것이 무엇인지 은서는 알고 있었다.

세령이 자신을 목표로 한 것은 제이디와의 과거 때문일지도 모른다고 자신도 그 생각을 잠시 했었기 때문에 그 역시 그런 것을 떠올린 게 아닐까?

"다른 말은 안 해두 되고요, 짐꾼 좀 해 주세요."

"짐꾼?"

"네, 혐의 벗은 기념이랄까? 뭐 아무튼 걱정하고 있을 사람들 초대해서 우리 집에서 밥해 먹어요."

괜찮다고, 당신 때문이 아니라고 은서는 환한 얼굴로 웃어 보였다. 윤세령, 그녀의 진심이 무엇일지, 어떤 생각으로 이런 일을 벌였는지는 형사가 밝혀 줄 것이고 수습은 강 변호사가 열심히 애써 줄 것이다.

"일단, 저 지금 진짜 홀가분해요. 그러니까 축하 파티 해요. 네?"

"하지만……."

"진운 씨 탓이 아니잖아요. 그런 생각 하지 말아요."

머뭇거리는 그의 손을 꼭 붙잡으며 은서는 빙긋 웃어 보였다.

"알았어. 그럴게."

어두워진 표정 때문이었을까? 밝은 얼굴로 평소보다 조금 더 조잘

조잘 말을 이어 가는 은서의 모습에 제이디는 어쩔 수 없다는 듯 미
소를 머금었다.

자신으로 인해 생긴 일인 것 같아 마음은 좋지 않았지만 진심으로
그녀가 혐의를 벗게 된 것은 축하해야 할 일이었으므로.

[선배, 은서 일 잘 마무리될 것 같아요. 그러니까 너무 걱정 마요.]

지훈은 스케줄 때문에 이동하는 차 안에서 핸드폰 액정에 찍힌 나
영의 문자를 한참 멍하게 바라보고 있었다.

'선배라구요. 그 눈 높은 남자요.'

언제부터였을까? 까맣게 모르고 있던 나영의 마음을 알게 된 그날
부터 지훈은 오랜 기억을 더듬어 봤지만 나영이 언제부터 자신을 좋
아했던 것인지 도통 알 수가 없었다. 그동안 다른 여자에겐 자그마한
관심조차 가지지 않았던 지훈이니 어쩌면 당연한 일일지도 모르지만
나영은 보통 여자들과는 또 다른 존재였다. 대학 시절부터 은서를 제
외하고, 유일하게 지훈이 챙겼던 여자 아니었던가.

'선배라구요. 그 눈 높은 남자요.'

"이런······."

어느덧 촉촉해진 눈으로 자신을 바라보던 나영의 모습이 떠올라
지훈은 들고 있던 핸드폰을 옆 좌석에 툭 내던져 버렸다.

"너 안 자? 좀 자야 스케줄 소화할 거 아니야?"

아까부터 한참을 멍하게 앉아 한숨만 푹푹 내쉬는 지훈의 모습에
매니저는 걱정스럽다는 듯 말했다.

"형, 잠이 안 와."

"왜? 은서 씨 때문에?"

"아니."

"아니야? 그럼 왜 잠도 안 자고 밥도 못 먹고 그래?"

매니저의 말에 지훈은 고개를 세차게 흔들었다. 오랜 시간 그저 좋은 후배로만 생각하던 나영의 고백은 먹는 것도 잠자는 것도 포기하게 만들 만큼 지훈에겐 충격 아닌 충격이었다.

'사귀어 달라. 뭐 그런 의미로 하는 말 아니에요. 선배 마음이 어디 있는지도 잘 알아요. 다만 이렇게라도 전하지 않으면 후회가 남을 것 같아서요.'

이제 어떻게 해야 하나…….

후회할 것 같아 말했다고 하는 나영의 모습이 꼭 자신을 보는 것 같아 지훈은 그 순간 마음이 찌르르 아파 왔다. 하지만 앞으로 나영을 어떻게 대해야 할지는 여전히 지훈에겐 고민스러운 부분이었다.

'전 제가 하고 싶은 대로, 선배는 선배 편한 대로 해요. 다만 무시하지만 말아 줘요.'

"후우."

그로부터 3일. 아무런 연락 없던 나영은 아무렇지 않은 듯 은서는 걱정하지 말라는 문자 하나를 보내왔다. 너무나 담백하고 군더더기 없는 그 말에 지훈의 머리는 더욱 복잡해졌다.

애써 아무렇지 않은 척하는 건지, 아니면 정말 쿨하게 자신을 대할 수 있는 것인지 짧은 문자에선 나영의 생각이 전혀 읽히지 않았다.

띠롱—

복잡한 머릿속을 연신 정리하려 애쓰던 지훈의 귀에 핸드폰 알림 소리가 들려왔다.

[선배, 오늘 저녁에 시간 되면 이번엔 제 술친구 좀 해 주세요.]

갑작스레 날아온 문자 하나, 나영이었다.

기습 공격을 당한 느낌에 지훈의 얼굴에 난감함이 서렸다.

술친구라……. 어떻게 해야 되나.

평소라면 절대 고민하지 않았을 일이었다. 그간 나영으로 인해 꽤나 많은 위로를 받아 왔으니까. 하지만 지금은 사정이 달라져 버렸다.

"형, 오늘 스케줄 뭐 남았지?"

"대본 리딩하고 나면 없어. 적어도 9시에는 끝날걸?"

"알았어."

매니저에게 남아 있는 스케줄을 확인한 지훈은 들고 있던 핸드폰 액정을 터치했다. 뚜르르거리며 짧게 신호음이 흘렀고 이내 들려오는 목소리.

— 선배?

갑작스런 전화에 당황한 듯 나영의 목소리가 평소보다 높아져 있었다.

"아……. 응, 나영아 나 지훈이. 오늘 9시 넘어야 시간 될 것 같은데 괜찮겠어?"

— 네, 돼요. 그때 봐요. 그럼 약속 장소는 제가 정해서 톡 남길게요.

"응, 알았어. 저녁에 보자."

끊어진 통화. 나영의 떨리는 목소리를 듣고 나자 지훈의 마음은 조금 전보다 더욱 싱숭생숭해졌다. 이렇게 갑작스레 걸려 온 자신의 전화에도 떨리는 목소리를 제대로 숨기지 못하는 나영을 왜 그동안 전혀 모르고 있었을까?

"널 어떻게 해야 좋겠니, 나영아."

지훈은 난감한 얼굴로 작게 중얼거렸다.

"나 진짜 안 이상하지?"

"몇 번을 말해. 완전 이뻐!"

"아, 왜 이렇게 떨리는 거야."

저녁 7시, 오랜만에 제이디가 아닌 나영과 저녁을 먹은 은서는 계속된 나영의 질문에 기운이 쏙 빠지려 했다.

"먼저 술 한잔하자고 할 때는 언제고 이렇게 떨어? 신나영답지 않아!"

오늘 밤, 지훈에게 술친구가 되어 달라고 먼저 연락했다 말하던 나영의 얼굴은 그 어느 때보다 상기되어 있었다.

"그러게 말야. 그래도 떨리는 걸 어떻게 하니? 지훈 선배가 그렇게 바로 알았다고 할 줄은 몰랐어."

"선배 성격 몰라? 정말 바빠서 시간이 없는 거 아니곤 일부러 피하거나 할 사람은 아니잖아."

지훈에게 자신의 마음을 고백한 후 나영은 은서에게 그간에 있었던 이야길 조심스레 꺼내 놓았다. 은서에게 좋은 마음을 가지고 있는 지훈의 마음을 모르는 것은 아니었지만 더는 후회하고 싶지 않아 용기를 냈다 말하는 나영에게 은서는 그 누구보다 힘찬 응원을 보내 주었다.

"응, 그런 사람이라 이래도 되나 싶어. 너무 몰아붙이는 거 아닌가 싶고."

"천하의 신나영이 그런 소릴 하다니, 너 진짜 지훈 선배 좋아하는 구나?"

누구를 만나도 언제나 당당하고, 자신의 감정에 솔직한 나영이 그 오랜 시간 지훈을 보며 마음 아파했을 걸 생각하니 은서는 마음이 짠

해 왔다. 더불어 나영이 지훈을 얼마나 진심으로 좋아하고 있는지 더는 말하지 않아도 충분히 와닿았다.

"좋은 사람이잖아. 그래서 부담 주고 싶지 않기도 해."

자신의 고백에 얼떨떨한 표정으로 한참을 멍하게 있던 지훈의 모습이 떠올랐다. 이리저리 흔들리던 눈빛이 너무 애처로워 괜한 고백을 했다 싶어졌다. 그럼에도 이미 주워 담을 수 없는 말을 내뱉어 버렸으므로 나영은 지훈에게 미안하지만 물러서지 않기로 마음먹었다.

'나영아, 그, 그러니까 지금……'

'나? 나 말하는 거니? 어…… 알다시피 나는…….'

당황스러워 제대로 말조차 하지 못하는 지훈이 어렵게 꺼낸 그 말 뒤에 무슨 말을 할지 나영은 알고 있었다. 자신은 은서를 좋아한다고. 아직까지 그 미련한 마음을 버리지 못한 사람이라고 그러니 자신은 안 된다는 말을 했을 것이다. 그래서 나영은 지훈의 말을 가로막았다.

'알아요. 그래도 선배가 좋아요 저는.'

"은서야, 나 해 볼 수 있는 건 다 해 보려고. 그러고 나서도 정말 선배가 날 여자로 못 보겠다고 하면 그때 포기할 거야. 그 전에는 절대 포기 안 해."

"응! 멋있다 신나영. 잘하고 와."

"응, 다녀올게."

은서의 응원을 받은 나영은 환하게 웃으며 약속 장소로 향했다. 혹여 부담스러워 오늘 자리를 피하지 않을까 염려했지만 지훈은 흔쾌히 만나자고 했다. 그래서 왠지 모를 기대와 걱정이 교차한다.

자기는 은서를 좋아하니까 좋아하지 말아 달라 하려나? 아니면 미안하다고, 정말 미안하다고 사과를 하려나?

지훈이 무슨 이야기를 할지 걱정스러워 잠시 인상을 찡긋거린 나영이 세차게 고개를 흔들었다.

"나쁜 생각 하지 말자. 신나영! 벌써 기죽을 필요 없어."

약속한 장소에 다다르는 동안 무수히 많은 생각이 교차했지만 그때마다 나영은 나쁜 생각은 하지 않으려 애쓰며 마음을 다잡았다. 하지만 정작 약속 장소에 도착해 미리 기다리고 있는 지훈의 모습을 발견하자 진정시켰던 마음은 커다란 파도를 만난 돛단배처럼 이리저리 흔들리고 말았다.

"나영이 왔어?"

"네, 일찍 왔네요?"

다가온 나영을 발견한 지훈은 그 어느 때보다 환하고 밝은 얼굴로 인사했다.

"응, 스케줄이 일찍 끝나서. 어서 앉아."

"네."

쿵쾅쿵쾅, 꼭 주인을 알아보기라도 한 것처럼 지훈과 마주 앉자 나영의 심장이 더욱 세차게 뛰기 시작했다.

"배고프지? 뭐 좀 시키자. 뭐 먹을래?"

일전에 고백한 일은 없었던 것처럼 지훈은 침착한 얼굴로 평소처럼 나영에게 메뉴판을 밀어 줬다.

"선배는 식사하셨어요?"

"아니, 커피 우유 하나 마셨어. 배고프네."

"그럼 식사 될 만한 걸로 시켜요. 음…… 치킨 어때요?"

터질 듯이 뛰는 심장은 모르는 척하며 나영은 애써 평온한 얼굴을 유지하고 있었다. 하지만 긴장해서인지 저도 모르게 목소리가 떨려 왔다.

"응, 치킨 좋겠다. 그걸로 먹자."

"네."

하얀색 면 티셔츠에 밝은색 청바지, 거기다 푹 눌러쓴 모자. 평범한 복장을 한 지훈이지만 연예인은 역시 다른 것인지 반쯤 가려진 얼굴이 무척이나 세련된 느낌을 풍겼다.

날렵한 턱선, 손으로 한번 만져 보고 싶을 만큼 매끄러워 보이는 하얗고 깨끗한 피부. 검은색 모자 아래 가려져 있지만 부드러워 보이는 갈색 머리카락. 나영은 지훈의 모든 것들이 한 폭의 그림같이 보였다.

"선배, 오늘 나와 줘서 고마워요."

오지 않아도 원망하지 않았을 약속, 하지만 흔쾌히 그는 자신의 말에 응해 주었다.

"고맙긴……. 음…… 그런데 나영아."

"네."

지훈은 잠시 하려던 말을 멈추고 자신을 바라보는 나영에게로 시선을 옮겼다. 가녀리게 떨려 오던 나영의 목소리가 머릿속을 떠나지 않았다.

"미안해. 나는 네 마음에 보답할 수가 없어. 정말 미안하다."

마주 보고 앉은 나영의 얼굴도 제대로 바라볼 수 없는지 지훈은 고개를 숙이며 그렇게 말했다.

"……."

"아직까지 마음에 은서가 있어. 더 이상 은서에게 전하지 못할 마음이라도 아직 내 마음에 남아 있어. 그래서……."

"선배."

은서가 남아 있다고 그래서 다른 이는 안 된다 말하려는 지훈의 말이 다 끝나기도 전 나영은 자리에서 벌떡 일어나며 지훈을 불렀다. 그러고는 그런 자신을 겨우 바라보는 지훈에게 물었다.

"제가 싫어요?"

"싫은 게 아니야. 다만 여자로 누군가를 보기엔 아직 내가……."

"싫은 건 아니다 그거죠?"

"응?"

지훈의 말에 나영은 조금 전과 달리 단호하게 되물었다.

"싫은 건 아니다 그 말이죠?"

"나영아……."

난감한 얼굴이 되어 버린 지훈의 모습에 나영은 작게 한숨을 내쉬었다. 그에게 저런 표정을 짓게 만들려던 것은 아니었는데…….

"지훈 선배."

"응?"

자신의 부름에 대답하는 지훈을 향해 나영은 조금의 망설임도 없이 걸음을 옮겼다. 그리고 지훈이 눈치채기도 전, 순식간에 그의 입술에 나영은 자신의 입술을 갖다 댔다.

1초, 2초, 3초.

"내가 싫은 게 아니라면 제가 기다려 줄게요."

"뭐?"

"천천히 와도 돼요."

쿵쾅쿵쾅. 심장은 입 밖으로 튀어나올 듯 요란했지만 나영은 환하게 웃어 보였다. 그러고는 당황스러움에 붉어진 얼굴로 자신을 올려다보는 지훈을 바라봤다.

"그러니까 각오하세요. 선배는 제가 찜했어요."

불 꺼진 방 안. 아무런 소리도 들리지 않고, 아무런 빛도 들어오지 않는 자신의 침실에서 세령은 조용히 앉아 있었다. 이렇게 앉아 있기만 한 게 몇 시간째인지 기억조차 잘 나지 않을 정도였다.

'진호 씨, 오늘 표정이 왜 그렇게 어두워요?'

오랜만에 단골 레스토랑을 찾은 세령은 맞은편에 앉아 아무런 말 없이 식사를 하고 있는 진호의 안색을 살피다 궁금하다는 듯 물었다. 요즘 해야 할 일이 많아 자주 만나지 못했기에 오늘을 무척 기다린 세령은 어두운 얼굴을 한 진호의 모습이 참으로 낯설게 느껴졌다.

'그냥, 조금 피곤하네.'

'어제오늘 계속 본사 회의 때문에 정신없었죠?'

'응.'

짧은 대답, 건조한 말투에 세령은 잠시 진호의 얼굴색을 살피다 놓여진 와인 한 모금을 꼴깍 삼켜 버렸다. 오늘따라 목구멍을 타고 넘어가는 와인의 맛이 진호의 무정함에 더욱 까끌까끌하고 쓰게만 느껴졌다.

'그럼 얼른 먹고 우리 집으로 가요.'

여간해선 찌푸린 얼굴을 잘 보이지 않는 진호의 어두운 낯빛이 무척 신경 쓰였지만 마음을 스치고 지나가는 불안함을 이기려 세령은 애써 웃는 얼굴을 유지했다.

무슨 일이 있는 걸까? 어제저녁, 사모님이 회사에 오셨다는 이야 긴 들었는데…….

무슨 연례행사처럼 잠잠하다 싶으면 진호에게 세령 자신과 헤어 지라 이야기하는 그의 어머니를 떠올리자 다시금 마음이 불안해졌 다. 진호, 그도 사람이니까. 언젠간 자신의 어머니의 종용에 두 손을 들 날이 오는 게 아닐까, 때때로 그런 생각에 세령은 잠들기가 무서 워지곤 했다.

'그보다 팜므와의 일은 잘되어 가는 거야? 그쪽 사무실로 출근 한 지 제법 됐잖아?'

가게에 들어온 후 제대로 마주친 적 없던 진호의 시선이 자신에게로 향하자 그제야 마음이 놓인다는 듯 세령은 고개를 끄덕였다.

　'시간도 없는데 디자인 콘셉트 조율하는 게 쉽지 않네요. 워낙 헤라랑은 베이스부터 다른 회사라……'

　마주친 진호의 시선에 꼭 소녀가 된 것처럼 종알종알 세령은 쉬지 않고 말을 이어 나갔다.

　'소문만큼이나 제이디가 아주 깐깐해요, 그냥 넘어가는 부분이 없고…… 하루에도 몇 번씩 고개가 절레절레 흔들어진다니까요?'

　평소라면 그런 길고 지루한 콘셉트 회의에 질릴 법도 하건만 세령은 제이디와 치열하게 대립하며 의견을 주고받는 그 시간이 너무 즐겁고 재미있었다. 아주 예전, 어리고 열정 가득했던 유학 시절로 돌아간 듯.

　'그 제이디라는 사람, 당신이랑 같은 학교 출신이라던데……'

　손에 쥐어져 있던 나이프와 포크를 내려놓은 진호는 천천히 와인한 모금을 삼켰다. 그러곤 와인 잔 너머로 조금은 날카로운 눈빛으로 세령을 바라봤다. 무미건조한 듯하면서도 차갑고, 그러면서도 이글거리는 눈빛, 세령은 그의 눈빛에 서늘함을 느꼈다.

　'안면이 없는 사이인가?'

　갑작스러운 질문에 세령의 눈빛이 흔들렸다. 무언가를 알고 물어본 것은 아닐 테지만 어딘지 날카로운 그의 눈빛이 가슴을 뜨끔하게 만들었다.

　'그렇다고 이야긴 들었는데, 학교도 워낙 크고 학생도 많고…… 본 적은 없어요. 그런데 갑자기 그런 건 왜 물어요?'

　아무렇지 않은 표정으로 와인을 마시고 다시금 나이프를 손에 쥐는 진호의 표정을 살피며 세령이 물었다. 그러자 진호는 기다렸다는 듯 세령의 눈빛을 받아 냈다.

'전혀 안면이 없는 사이다……. 그건가?'

무슨 이야길 들은 건가? 아니…… 예전 그 일을 알 사람이 없을 텐데…….

세령은 몰려드는 불안감에 대답 대신 작게 고개를 끄덕였다.

'그럼 이상한 일이군. 그 안면도 없는 사람이랑 당신이 꽤나 오래 사귀었다는 소릴 들었거든. 거기다 이 기자란 사람이 내게 이런 것도 건네더군.'

여태껏 본 적 없는 차가운 목소리에 세령은 몸이 뻣뻣하게 굳어 오는 느낌을 받아 그저 눈동자만 겨우 움직이며 진호의 다음 행동을 주시했다. 그는 자신의 옆자리에 놓아둔 자그마한 서류 봉투 하나를 툭, 테이블 위에 던지듯 올려놓았고 여지없이 감정이 담기지 않은 목소리로 말했다.

'당신, 도대체 무슨 일을 벌이고 다닌 거지?'

'무슨 일을 저지른 거야? 그 기자는 또 뭐고? 이건 또 뭐지?'

언제부터 알았을까? 어디서부터 어디까지 알고 있을까?

경멸이 가득 찬 눈빛으로 자신을 바라보며 따지듯 묻는 진호의 얼굴이 떠오르자 세령의 미간은 다시금 급격히 좁아졌다. 레스토랑에서 진호가 던지듯 꺼내 놓은 서류철 안에는 과거 자신과 제이디가 함께 찍었던, 세령 자신이 모두 없애 버렸던 사진과 함께 자그마한 녹음기 하나가 들어 있었고 거기엔 서울 외각에서 이 기자를 만나 기사를 의뢰했던 그날의 모든 대화 내용이 고스란히 담겨져 있었다.

― 윤 실장님, 제가 아주 흥미로운 사실을 하나 알게 되었습니다. 이게 박 본부장 귀에 들어가면 몹시 곤란해질 것 같은데요?

"하!"

약점을 잡았다고 생각한 것이었을까? 이 기자는 과거 세령과 진운 사이에 있었던 일을 거론하며 세령을 압박하기 시작했다.

'그 기자 만난 뒤로 여러 방면으로 좀 알아봤어. 디자인 도용을 했다던데 사실인가?'

정말 이해가 되지 않는다는 듯 차가운 눈빛으로 자신을 내려다보던 진호는 아무런 말을 하지 못하는 세령을 바라보며 결국 한숨을 내쉬었고 그길로 자리에서 일어나 그녀의 시야에서 사라졌다.

프로젝트 성공이 목적이었다. 그래야 그의 부모에게 인정받을 수 있을 테니까. 그래서 아등바등 몸부림쳤다. 진운이 자신을 얼마나 미워하고 있는지 알고 있다. 하지만 그에게 보여 주고 싶은 마음도 있었다.

인정받고 싶은 마음. 그 마음이 왜 그리도 억누르기 어려웠을까?

그러고 나니 자신과 달리 너무나 행복한 표정으로 모든 걸 가진 여자가 눈에 들어왔다. 더불어 묘한 질투심도 함께였다.

"그저 조금 더 가지고 싶었던 것인데……."

진운을 배신한 후 누구보다 노력했다고 자부한다. 그렇게 죽도록 노력하며 살아왔으니 하나 정돈 원하는 걸 가져도 되지 않을까? 죽도록 가지고 싶었던 남자는 결국 놓쳤지만, 그 후 찾아온 사랑은 놓치지 않고 끝까지 지키고 싶었을 뿐이다.

"푸훗, 자업자득이지."

'날 믿고 있는 그 사람 믿음에 상처 내고 싶지 않고요.'

조금의 흔들림도 없이 똑바른 눈빛으로 자신을 바라보는 은서의 얼굴이 떠올랐다. 우습게도 그 여자가 그 순간 참 멋있어 보였다. 외모도, 사회적인 지위도 무엇 하나 자신보다 나을 것이 없는 여자였는데도 말이다.

그 후 그 믿음이란 말이 도통 머릿속을 떠나지 않았다. 그것은 어떻게 가질 수 있는 것일까? 그게 있다면 그녀처럼 조금의 흔들림도 없이 상대방을 믿을 수 있는 것일까?

딩동—

적막만이 가득한 집 안 가득 초인종 소리가 울려 왔다.

딩동—

이 시간에 찾아온 사람은 누구일까? 혹시 진호는 아닐까? 세령은 아닐 거라고 생각하면서도 떨려 오는 마음을 어쩌지 못해 간신히 걸음을 옮겼다.

"후우, 누구세요?"

정적. 누구냐 묻는 세령의 대답에도 문밖의 사람은 아무런 대답이 없었고 그녀는 떨리는 마음으로 인터폰 속 화면을 바라보았다.

"한은서 씨?"

며칠 전 양 비서가 경찰 조사를 받았고, 사무실에 형사들이 들이닥쳤다는 이야길 이미 전해 들었다. 그래서 이 시각 자신을 찾은 사람이 진호는 아닐 것이라 예상했지만 차마 한은서일 거란 생각은 상상조차 하지 못했다.

그래, 이렇게 마주할 때가 오는 거겠지.

담담한 표정으로 문이 열리길 기다리는 은서의 얼굴을 잠시 바라보던 세령은 터벅터벅 걸음을 옮겨 자신의 집 현관문을 열었다.

"여기까진 어쩐 일이죠?"

"갑작스레 찾아와서 죄송합니다. 할 말이 있어서 왔어요."

"들어오세요."

공손하면서도 흔들림 없는 은서의 눈빛이 세령에게 쏟아졌다. 그런 올곧은 눈빛을 마주하고 있자니 스스로가 너무나 비참하고 초라하게 느껴져 세령은 은서의 눈빛을 피해 몸을 돌렸고 그런 그녀의 뒤를 따라 은서 역시 걸음을 옮겨 안으로 들어섰다.

넓고 넓은 오피스텔, 깔끔하면서도 건조해 보이는 공간에 자리 잡고 앉은 두 여자는 서로를 바라보며 잠시 침묵을 유지했다. 해야 할 말은 분명 많았지만 각자 다른 이유로 말을 꺼내기를 망설이고 있었다.

"뭐 좀 마실래요?"

"네. 물 한 잔만 주세요."

잠시의 침묵이 흐르고 먼저 정적을 깬 세령이 자리에서 일어나 부엌으로 향하며 한마디를 건넸다. 은서는 짧은 대답을 내뱉었다.

여기까지 찾아오는 동안 수없이 발걸음을 멈추었다 다시 떼길 반복했다. 잔뜩 걱정스러운 얼굴을 하던 제이디가 마음에 걸렸지만 그에게 제대로 말조차 하지 못하고 여기까지 찾아온 건 윤세령 그녀와 이야길 해 보고 싶어서다.

"할 말 있으면 얼른 해요. 그러려고 온 거 알고 있으니까."

차가운 생수 한 잔을 은서에게 건넨 세령은 자리에 앉으며 그렇게 말했다. 목소리는 담담하였으나 그녀의 시선은 이미 은서의 눈길을 피하고 있었다.

"윤세령 씨가 무슨 목적으로 그런 일을 한 건지, 왜 그 대상이 나였는지 알고 싶어서요."

이미 일은 벌어졌고 사건의 진상이 밝혀졌다. 그런데도 그 이유가 왜 궁금한 것일까?

"목적이라, 이유야 당연한 거 아닌가요? 그 프로젝트 내가 가지고 싶었거든요."

세령은 폭신한 소파에 등을 기대며 다리를 꼬았다. 그러고는 망설임 없이 말을 이어 나갔다.

"그 프로젝트, 반드시 내가 성공시켜야 했어요. 실패하지 않을 자신도 있었어요. 그런데 변수가 생기더군요."

세령의 눈앞을 아득하게 만들었던 두 가지 변수.

"팜므의 대표가 진운 씨라는 것과 헤라와는 상대도 되지 않던 앨리스가 막판 프로젝트 경쟁자로 떠오른 거죠."

"그래서요? 그래서 저한테 누명을 씌우고 사건을 조작했나요?"

조금의 망설임도 없이 술술 자신의 생각을 꺼내 놓는 세령의 말에 은서의 반듯했던 미간이 잠시 좁아졌다 펴졌다. 그녀의 욕망으로 인해 얼마나 괴롭고 힘들었었는지 은서는 밀려오는 분한 감정을 간신히 눌러 참고 있었다.

"그래요. 프로젝트 때문이기도 했지만 한은서 씨도 마음에 들지 않았으니까요."

"왜죠?"

"나에 대해서 얼마나 아는지 모르겠지만, 난 도진운 그 사람한테 좋은 여자는 아니었어요. 제가 그를 배신했죠. 그 사람을 배신하고 수없이 후회하면서도 돌이킬 수 없는 일이란 걸 잘 알았기 때문에 난 누구보다 노력했어요. 그렇게 해야 나중에라도 그를 만나 용서를 빌 수 있을 것 같아서요."

"……."

진운에게 들었던 이야기를 세령을 통해 다시 듣고 있자니 은서는 복잡한 감정이 들었다.

"아는 사람들을 통해 그 사람 이야길 전해 들었어요. 저로 인해 몹시 괴로워한다는 이야기였죠. 미안하고 죄책감이 들었지만 알게 되었어요. 어떤 형태로든 난 그 사람에게 잊을 수 없는 사람이란걸."

자신감, 우월감. 그가 괴롭고 방황할수록 세령은 그제야 진운이 자신의 남자가 된 것 같은 기분이 들었다.

"우연히 제이디가 그 사람인 걸 알았을 때, 나를 향해 분노하던 모습에 안심했어요. 그렇게 오랜 시간이 지나도 그 사람은 날 잊지 않고 있었다는 걸 알았거든요."

제이디의 사무실을 찾아가 그를 끌어안았던 날, 세령은 분노에 차

몸을 떨던 진운의 모습을 눈으로 확인했다. 오래도록 잊지 못했던 남자. 그의 기억 속에 세령은 여전히 살아 있었던 것이다.

아직도 나를 잊지 않았구나.

나쁜 년이라 해도 그의 기억 속에 결코 지울 수 없는 기억이 되어 있는 자신의 모습을 확인한 세령은 이제야말로 그에게 제대로 사과하고 그간 노력해 왔던 자신을 보여 줄 수 있을 거란 기대감이 생겼었다.

"하지만 곧 알게 되었어요. 한은서 씨, 당신이란 사람 때문에 그 사람 속에 나는 이미 희미해졌고 그 사람에게 인정받는 것도, 사과하는 것도 모두 물거품이 되어 버렸다는 걸요. 더구나 프로젝트까지 날아가 버리고 말이죠."

은서는 자신을 노려보는 세령의 눈빛을 피하지 않고 대꾸했다.

"정말 이기적이네요. 그 사람 상처에 안도했다니. 이미 오래전에 그렇게 상처를 내고 이별했으면서 이제 와서 무슨 인정을 받고 싶다는 거죠?"

조금 전보다 높아진 은서의 목소리가 살며시 떨리고 있었다. 곧 눈물을 흘릴 것처럼 자신을 바라보았던 예전 제이디의 모습이 떠올라서였다.

"네, 이기적인 거 알아요. 하지만 그렇게 오랜 시간이 지나도록 누구보다 노력한 나를 인정해 주지 않는 도진운이란 남자를 다시 마주하니 꼭 확인해 보고 싶어지더군요."

"확인이라뇨?"

"사랑하는 여자가 또다시 자신을 배신하면 그는 버틸 수 있을까?"

세령의 눈꼬리가 반달 모양으로 휘어지며 올라갔다. 그러곤 날카로운 눈빛으로 자신을 바라보는 은서의 반응이 재미있다는 듯 입가에 어느 때보다 여유로운 미소를 머금었다.

"아마 그런 일이 생기면 분명 그는 버티지 못할 테고 누구보다 비참하게 당신이 버려질 거라 생각했어요. 아주 예전부터 냉정한 구석이 있는 사람이었어요. 그래서 타인의 삶에 깊게 관여되는 걸 극도로 피하고 사랑하는 사람도 냉정히 평가하는 사람이거든요."

"……."

오래전 진운이 했던 이야길 은서는 떠올렸다. 뜨거운 아스팔트 바닥을 맨발로 뛰어가는 것처럼 인생을 살아왔었다고. 그래서 힘들어하는 걸 알면서도 따뜻하게 위로해 주지 못했고 주변 사람에게 누구보다 냉정하게 굴었다고.

"그런데 왜죠? 왜 당신은 다른 거지? 버려질 줄 알았는데, 어떻게 그렇게 아무렇지 않게 그 사람 곁에 있을 수 있는 거죠?"

여유롭게 웃고 있던 세령의 얼굴이 질투 섞인 표정으로 변해 버렸고 그 모습을 보던 은서는 눈앞의 윤세령이란 사람이 얼마나 딱한 사람인지 알 것 같았다.

"윤세령 씨, 당신 정말 불쌍한 사람이네요."

"뭐?"

"도진운은 냉정한 사람이 아니라 서툰 사람이었어요. 어떻게 감정을 주고받아야 하는지, 약한 모습을 보이는 방법을 몰라 서툴렀을 뿐이라고요."

누구에게도 제대로 된 마음을 열지 못했던 것은 아마도 또다시 상처받는 게 두려워서였으리라.

"……."

"왜 나는 다르냐고 물었죠? 아마 윤세령 씨와 내 차이는 하나일 거예요. 그는 완벽한 사람이 아니란 걸 난 인정했거든요."

"완벽한 사람이 아니라고?"

"윤세령 씨가 보기에 진운 씨는 재능 있고 능력 있고 뭐 그런 대단한 사람으로 보이겠죠?"

"당연한 소릴 왜 하는 거지?"

은서의 말에 세령은 이해가 되지 않는다는 듯 코웃음 쳤다. 그토록 완벽한 남자를 만나고 있는 걸 자랑이라도 하고 싶어 하는 듯 보였다.

"뭐 맞는 말이긴 하죠. 재능 있는 디자이너고, 능력 있고, 집안 좋고, 거기다 잘생겼고. 나도 그랬어요. 이런 멋진 사람이랑 내가 어울리긴 하나? 고민했었죠."

"……."

"그런데요. 그 사람 그렇게 완벽하지 않아요. 내면은 외롭고, 고독하고, 가족들에게 인정받고, 사랑받고 싶어 하는 평범한 남자예요. 난 시간이 걸렸지만 그걸 이해했고, 인정했고, 받아들였어요."

"완벽하지 않다고? 그걸 인정해? 도대체 무슨 말도 안 되는 소린지."

은서의 말에 세령은 이해할 수 없다는 듯 고갤 돌렸다. 하지만 그녀의 귓가에 은서의 목소리는 여전히 맴돌았다.

"세상에 완벽한 사람은 없어요. 서로 그걸 인정하고 나니까 다 보여 줄 수 있더라구요. 우린 서로가 어떤 사람인지 잘 알아요. 그리고 온전히 믿게 됐죠."

믿음. 서로의 부족함을 인정해야 비로소 믿을 수 있다는 은서의 말에 세령은 마음이 울렁거렸다. 자신은 그 오래전 진운을 만날 때도, 지금의 진호를 만날 때도 그들은 자신과 달리 너무나 완벽한 사람들이라 자신이 너무도 초라하게만 느껴졌기 때문이었다.

"어쨌든 그쪽이 제게 한 일은 쉽게 용서하지 못할 것 같아요. 그래도 오늘 하고 싶었던 말은 하고 가도 되겠죠."

세령이 고갤 돌려 은서를 외면했다. 뒤돌아선 그녀의 떨고 있는 어깨를 바라본 은서는 작게 한숨을 쉬며 자리에게 일어섰다.

"그 사람 외로웠던 시절에 참 많은 위로가 되어 주셨다고 들었어요. 그 점은 감사합니다. 하지만 두 번 다시 그 사람 마음을 괴롭게 하지 말아 주세요. 그럼 이만 가 보겠습니다."

은서는 그렇게 꾸벅 고개 숙여 인사한 후 세령의 집을 나섰다. 가만히 앉아 자신의 이야길 듣고만 있던 그녀의 마지막 모습이 조금 외로워 보였지만 하고 싶던 말을 다 하고 나니 그 어느 때보다 홀가분한 마음으로 걸음을 옮길 수 있었다.

"완벽하지 않은 사람이라고?"

자신의 집에 덩그러니 남겨진 세령은 은서의 말을 곱씹고 또 곱씹었다. 누구보다 완벽한 남자들이다. 진운도 진호도 너무나 가진 것이 많아 세령은 늘 그들의 곁에서 초초하고 스스로가 작게만 느껴졌다. 그래서 그들과 수준을 맞추고 싶어 아등바등했다. 그런데 그런 사람들이 완벽한 사람이 아니라니?

망치로 머리를 세차게 얻어맞은 기분이 들었다. 그녀의 말이 맞는다면 자신은 도대체 그동안 어떤 부분을 보며 그들을 만났던 것일까. 왜 이다지도 한은서의 말에 분한 마음이 드는 것일까?

"바보구나, 윤세령."

그 어느 때보다 스스로가 초라해 세령은 결국 고개를 떨구고 말았다.

23. 사랑하는 시간

서울의 유명 일식집. 일본 현지에서도 알아주는 유명 일식 요리사가 한국에 야심 차게 오픈한 곳으로 그 명성만으로도 몇 달분의 웨이팅이 밀려 있는 곳. 그러나 평소라면 손님들로 칸칸마다 채워졌을 가게가 오늘은 유난히 조용하고 썰렁한 분위기였다.

"그럼 즐거운 식사 되십시오."

이 가게의 안주인인 하루 상은 기품 있는 기모노 차림으로 음식을 세팅한 후 정중히 인사했고 오늘 가게를 통째로 빌린 두 중년의 남성은 그런 하루 상의 말에 작게 고갤 끄덕인 후 놓여진 따뜻한 사케 한 모금을 들이켰다.

따끈한 술이 목구멍을 타고 넘어가자 박 회장의 굳어 있었던 입술이 달싹거려졌다.

"이렇게 시간 내 주셔서 감사합니다."

쉽사리 떨어지지 않던 입술을 뗀 박 회장은 자신의 고개가 테이블에 닿을 정도로 바짝 숙여 인사했다. 마주 앉은 도 회장의 얼굴을 차마 쳐다보기 민망한 박 회장이었다.

"별말씀을요. 그만하시고 식사합시다."

고개 숙인 박 회장의 모습에 도 회장은 괜찮다는 듯 말했고 그 말에 간신히 박 회장은 고갤 들어 그를 마주했다. 돈귀신이라 불리는 도 회장과 다져 온 그간의 시간들이 얼마 전 있던 사건 사고로 인해 무너지게 될까 노심초사하던 박 회장은 도 회장의 웃는 낯을 마주하자 그제야 조금 안심이 되었다.

"제가 도 회장님 뵙기에 면목이 없습니다."

"박 회장님께서 일부러 하신 일도 아니지 않습니까. 마음에 두지 마십시오. 그보다 박 본부장 마음이 영 편하지는 않겠습니다."

도 회장은 정말 괜찮다는 듯 놓여진 박 회장의 술잔을 채워 주었다. 하늘을 찌를 듯 자존심 높던 자가 이렇게 고개 숙여 사과하는 이유는 도 회장 자신의 아들 진운이 SW그룹 계열사인 헤라로 인해 직접적인 피해를 받았기 때문이리라.

"그 녀석은 잠시 미국 지사에 나가 있겠다고 합니다. 그보다 도 회장님께서 그렇게 말씀하시니 조금 마음이 놓입니다."

"회사 일은 각자 회사에서 알아서 하지 않겠습니까? 자자, 근심 걱정 내려놓으시고 한 잔 드시지요."

"네, 그렇게 하겠습니다."

그윽한 향을 내며 잔 속에서 찰랑거리는 술을 박 회장은 망설임 없이 입으로 가져갔다. 우려했던 것과 달리 도 회장은 웃는 얼굴을 유지하며 괜찮다 말했고 그 말을 듣고 나니 한시름 놓아도 되겠다는 생각이 들었다.

꼴깍, 부드럽게 목구멍을 타고 술이 넘어갔다.

"그런데 말입니다."

단숨에 비워진 술잔을 테이블에 내려놓으려 할 때였다. 술잔을 들어 향과 맛을 음미하던 도 회장이 천천히 잔을 내리며 박 회장을 바라봤다. 그의 눈빛이 조금 전과 달리 날카롭게 빛나고 있었다.

"그 윤 실장이라는 아이, 처벌은 조금의 자비 없이 철저히 받게 할 생각입니다."

"……."

"지은 죄만큼 벌받게 할 생각이니 혹시 마음 상하시지 않길 바랍니다, 박 회장님."

"하하, 그럴 리가 있습니까. 당연히 지은 죄가 있으면 달게 받아야지요."

도 회장의 차분한 말에 박 회장은 애써 웃으며 대답했지만 결코 유쾌한 기분은 아니었다. 이렇게 큰 실망을 안기긴 했으나 며느리로 생각했던 아이가 아니었던가.

"혹시 그 윤 실장이 누명을 씌우려 했던 아이가 누군지 아십니까?"

"아드님 회사 직원이라고 들었습니다."

박 회장은 영문 모를 질문에 짧게 대답했다. 그러자 도 회장은 곧바로 고개를 가로저었다.

"아니요, 제 막내며느리 될 아이입니다."

"네?"

"제가 돈벌레니 돈귀신이니 오만 잡소리를 다 듣고 살아도 말입니다. 제 사람들 위협하는 건 못 참습니다. 아무리 박 회장님 며느리 될 아이였다 해도 이번엔 가벼이 넘기지 못할 것 같으니 이해 부탁드립니다."

당황하는 박 회장의 눈앞에 고개 숙여 인사하는 도 회장의 모습이 보였다. 공손히 고개를 숙이며 말하고 있었지만 그가 말하고자 하는 것이 어떤 의미인지 충분히 깨달을 수 있었다.

비즈니스 세계, 한 회사의 최고 경영진으로 많은 것을 버리고, 이해하며 살아가는 그들에게도 결코 건드리면 안 되는 부분이 하나 정도는 있기 마련. 그 하나는 모든 것을 감내하더라도 반드시 지키고자 하는 게 사람의 본성이다. 가족에게 끔찍이 잘한다는 도 회장의 이야긴 이미 들어서 알고 있는 터.

아무래도 윤 실장이 크나큰 실수를 저질렀구나.

박 회장은 회사가 입은 손해와 더불어 윤세령의 재기는 요원할 것이란 생각을 떠올리며 다시금 채워지는 술잔을 바라보고 있었다.

내 그리 믿었거늘! 윤세령이 지뢰를 밟았어. 지뢰를.

살면서 주눅 드는 일이 언제였더라? 이렇게 긴장감을 느낀 적은 또 언제지?

무릎을 꿇고 공손히 앉아 마른침만 삼키길 20여 분. 슬슬 저려 오는 다리와 감도는 긴장감에 제이디는 깊게 숨을 들이켰다. 정겹고 맛있는 음식 냄새가 코끝을 자극하며 굶주린 배를 더 고프게 만들었지만 그는 꼼짝 않고 흐트러지려던 자세를 고쳐 잡았다.

"이보게."

"네, 아버님."

희끗하게 올라온 흰머리와 검은 머리칼의 조화가 참으로 멋스럽게 느껴지는 중년의 남자는 잔뜩 긴장해 있는 제이디의 모습을 잠시 바라본 후 말을 이어 나갔다. 석호는 애지중지하던 은서가 소개시키고 싶은 사람이 있다는 말을 해 왔을 때, 아무렇지 않은 척했지만 실은 잠까지 설쳤다.

"술은 좀 하는가?"

"네, 조금 마시는 편입니다."

"그래, 그럼 나랑 한잔하지."

아기자기한 사이즈의 액자들이 거실 이곳저곳에 놓여 있었고 그 액자 속엔 제이디가 너무나 사랑하는 그녀, 한은서와 그의 가족들의 모습이 가득 담겨져 있었다. 그리고 그들이 살고 있는 집 거실에 앉아 잔뜩 긴장하고 있던 제이디는 부엌에 있다 모습을 나타낸 은서를 발견하곤 이내 주인을 만난 강아지처럼 두 눈빛을 반짝였다.

괜찮아요?

거실에 앉아 있는 제이디와 눈이 마주친 은서는 입 모양을 벙긋거리며 물었고 그는 대답 대신 고개를 끄덕였다.

"은서 너는 인삼주 담가 둔 것 좀 꺼내 와라."

"아빠, 아직 점심 전인데 술은 좀……."

"얼른."

이제 갓 12시를 넘긴 시각. 점심상을 차리기 직전인 시간에 술을 꺼내 오라 말하는 아버지의 말에 은서는 난감한 얼굴을 했지만 제이디는 걱정스런 눈으로 자신을 바라보는 은서에게 고개를 저어 보였다.

괜찮으니 아버지 말씀 따르라고.

"알았어요. 가져올게요."

무릎 꿇고 앉아 잔뜩 긴장하고 있는 그에게 안타까운 눈빛을 보낸 후 은서는 쉽게 떨어지지 않는 걸음을 옮겼다. 홀로 남겨진 제이디는 이리저리 둘러봐도 은서와 무척이나 닮은 그의 아버지를 조심히 살펴보았다. 닮기는 어머니 쪽을 더 많이 닮은 은서였지만 시원하게 트인 눈매만큼은 아버지를 쏙 **빼닮았다**고 그를 마주한 제이디는 생각했다.

"어머나, 왜 아직도 이러고 앉아 있어요? 다리 저리겠네, 편하게 앉아요. 편하게."

딸기며, 사과며 손님에게 내어 줄 과일을 예쁘게 깎아 접시에 담아 온 은서의 모친은 여전히 긴장한 채로 자신의 남편 앞에 무릎을 꿇고 앉아 있는 제이디의 모습에 그러지 말라며 손사래 쳤다.

"은서가 보여 줄 사람 있다고 해서 어떤 사람일까 했는데, 이렇게 훤칠하게 잘생긴 사람일 줄은 몰랐네."

마주 앉아 딱딱하게 굳어 있는 두 남자의 모습이 귀엽다는 듯 남 여사는 포크로 과일을 콕 찍어 두 사람에게 각각 건네며 웃었다.

"감사합니다."

"우리 은서랑 같은 일 한다고 하던데, 맞아요?"

"네. 그렇습니다."

상냥하고 부드러운 말투의 남 여사 덕에 긴장감이 조금씩 사라진 제이디는 이곳에 도착해 가장 편한 얼굴로 대답할 수 있었다.

"남자가 어쩌다가 그런 일을 하려고 생각했는가? 집에서 반대도 꽤 했을 것 같던데."

두 사람의 대화를 잠시 듣고 있던 석호는 궁금하다는 듯 제이디에게 질문했다. 은서가 미술을 한다고 했을 때도 더 나아가 속옷 디자이너가 되겠다고 했을 때 역시 석호는 참으로 많은 반대를 했었다. 조금 더 안정적이고 좋은 직업이 있을 거란 생각과 딸에 대한 기대치가 있었기 때문에 은서의 결정을 쉽게 받아들일 수 없었다.

그저 평범한 자신도 그러한데 한 기업을 이끄는 집안의 아들이라는 이 청년의 결정을 그 집에선 쉽사리 허락했을 리가 없지 않겠는가?

"사업을 하시는 분이다 보니, 회사 일을 배웠으면 하신 터라 반대를 정말 많이 하셨습니다."

"그런데? 그래도 왜 굳이 그 일을 시작했는가?"

"일반 옷을 만드는 것보다 섬세하고 아름다운 걸 만드는 것이 더 좋아서 이쪽 길로 들어섰습니다."

"뭐, 같은 일 하면 서로 이해하고 좋긴 하겠지."

확신과 자신감이 넘치는 제이디의 모습이 마음에 든 석호는 아내가 건네는 사과를 아작 씹어 대며 흠흠거렸다. 저런 확신이 있는 남자라면 자신의 일도 잘 해낼 것 같다는 생각이 들었다.

"같은 일 하고 있으니 잘 알겠네. 우리 은서는 어때요? 일 잘해요? 실은 이 양반이 반대를 참 많이 했거든. 그냥 그림만 좀 그린다고 디자이너 하냐고 애 기도 많이 죽였고요."

남 여사가 예전의 남편 모습을 떠올리며 뱉은 말에 당황한 석호는 연신 헛기침을 쏟아 냈다.

"허허, 거참. 언제 적 이야기를 하고 그러나."

"은서 씨 아주 재능 있는 사람입니다. 좋아하는 여자라서 하는 이야기가 아니라, 같은 디자이너로 봤을 때도 실력 있고 능력 있는 사람입니다. 근성도 좋고요."

일할 때 누구보다 반짝반짝 빛이 나던 은서를 떠올리자 제이디의 입가에 스르르 미소가 번졌다. 그 모습에 남 여사와 석호는 고개를 끄덕였다.

"흠흠! 그럼 뭐 해? 회사에 사표 던지고 놀고 있는 백순데 뭘."

인삼주가 담긴 커다란 병을 품에 안고 낑낑거리며 안으로 들어선 은서를 발견한 석호는 괜한 쑥스러움에 불퉁거리며 말했고 솔직하지 못한 그의 반응에 남 여사는 물론 제이디까지 슬며시 웃어 버렸다.

"뭐야, 다들 저 백수라고 험담하고 계셨어요?"

"사표까지 던지고 놀고 있는데 험담 좀 할 수 있지. 안 그런가?"

석호는 딸의 뾰로통한 모습에 괜히 민망해져 마주 앉은 제이디에게 물었다. 어떤 말을 해야 할지 몰라 속으로 끙끙대던 그는 은서와 그녀의 아버지를 번갈아 보며 잠시 고민하다 고개를 끄덕였다.

나중에 혼나더라도 점수 좀 딸게.

은서에겐 미안하다는 듯 한쪽 눈을 찡긋거려 보았지만 새침한 표정의 은서는 인삼주를 내려놓고 그대로 부엌으로 들어가 버렸다.

"식사부터 하고 드시지."

"됐어, 술 한잔하면서 이야기하고 싶어서 그러니 당신은 안주 좀 내와 봐."

"알았어요. 그럼 잠시 기다려 보세요."

남 여사는 요기도 할 겸, 안주가 될 만한 음식을 가지러 부엌으로 들어갔고 거실에는 또다시 제이디와 은서의 아버지 석호만이 덩그러니 남게 되었다.

흐음, 이상하게 아버님하고만 있으면 긴장이 되는군.

"편하게 앉게. 그러다 다리에 쥐 나."

"네. 감사합니다."

두 여자가 부엌으로 들어가 달그락 소리를 내며 음식을 준비하자 석호는 마주 앉은 제이디에게 손짓하며 편하게 앉으라 말했다. 그의 말에 제이디는 그제야 편하게 다리를 풀고 양반다리로 자세를 고쳐 앉았다.

"흐음. 자네 집안이랑 우리 집안이랑 차이가 좀 나는 것 같은데, 집에서는 우리 은서 만나는 거 알고 있나?"

그 전날 자세히 이야기는 하지 않았지만 은서를 통해 어떤 집안이고, 어떤 일을 하는 사람인지 대충의 이야기를 전해 들었던 석호가 아까와는 달리 조금 걱정스러운 목소리로 물었다.

남들에게 피해 주지 않고 밥벌이하며 살아온 인생이지만 그래 봐야 평범한 집안, 혹여나 제이디의 집에서 은서를 반대하는 것은 아닌지 석호는 걱정스러웠다.

"네, 얼마 전에 인사드렸습니다. 부모님 두 분 다 아주 좋아하셨습니다."

"그런가?"

"네, 걱정하지 않으셔도 됩니다."

그녀의 아버지가 무슨 걱정을 하는지 자세히 듣지 않아도 제이디는 알 수 있었다. 디자이너가 되는 걸 그토록 반대했던 그녀의 아버지는 표현하지 못했을 뿐 넘치는 애정으로 딸을 사랑하는 분이란 걸 이 집에 들어서자마자 제이디는 알게 되었다.

"그렇게 말해 주니 다행이네. 자네 집에 소개도 시켰다고 하니 진지하게 생각하고 만나는 거라 여겨도 되겠나?"

"네. 아직 은서 씨에겐 정식으로 말하지 못했지만 허락해 주신다면 은서 씨와 결혼하고 싶습니다."

반듯하게 자세를 고쳐 잡은 제이디가 진지한 눈빛으로 그렇게 말했다. 아직 은서에겐 제대로 말하지 못했지만 그녀와 함께하는 미래를 조심스레 그려 보고 있었다.

"살림이라곤 잘하지도 못할 걸세. 은근히 덤벙거리고, 고집도 날 닮아 센 편인데 괜찮겠나?"

"은서 씨 덕분에 전 더 많은 것을 받았습니다. 오히려 제가 은서 씨에게 부족한 남자라 걱정입니다."

진지하고 올곧은 눈빛으로 대답하는 제이디의 모습에 석호는 고개를 끄덕이며 그의 한쪽 손을 끌어다 잡았다. 그러고는 그 어느 순간보다 정중하게 말했다.

"부족한 딸이지만 잘 부탁하네."

하루가 어떻게 갔는지 모를 정도로 빠르게 지나갔다. 부모님 댁에서 식구들과 시간을 보낸 후 제이디와 은서는 늦은 밤이 되어서야 서울에 도착했다.

아버지가 건네는 술을 마다하지 않고 열심히 마신 덕에 꽤나 힘들어하던 제이디에게 꿀물을 건네며 은서가 물었다.

"오늘 고생 많았어요. 속은 괜찮아요?"

"응, 나 대신 운전하느라 힘들었지?"

"전혀요, 그보다 정말 속은 괜찮아요?"

시원한 꿀물을 한 방울도 남기지 않고 들이켠 제이디는 고개를 끄덕였다. 은서의 포근한 향기가 감도는 침대에 잠시 누워 있던 덕분일까 아팠던 머리가 조금은 편해진 상태였다.

"우리 아버지가 좀 그래요. 고생했어요."

"아버님 좋으시던데? 멋있으신 분이더라. 술은 좀 센 편이시고."

제이디는 자신의 곁에 다가와 앉는 은서의 어깨를 가볍게 감싸며 그렇게 말했다. 누구보다 딸을 사랑하는 아버지의 진지한 눈빛이 다시금 떠오른다.

"그렇게 말해 주니까 고맙네요."

"당신 많이 아끼고 사랑하는 그 마음이 느껴졌어. 어머니도 그렇고."

"네, 좋은 분들이에요."

은서는 자신의 부모님을 좋게 말해 주는 그에게 고맙다며 빙그레 웃어 보였다.

"나 오늘 자고 가도 돼?"

"돼요. 내가 여기로 납치해 왔잖아요."

빙긋, 은서는 괜찮다며 고개를 끄덕인 후 제이디의 몸을 살짝 밀며 침대에 눕혔다. 그러고는 그가 언젠가 자신에게 했던 것처럼 그의 매끈한 얼굴을 쓰다듬으며 말했다.

"그러니까 편히 쉬고 있어요."

"이렇게 눕혀지니까 설레는데?"

자신을 내려다보며 빙긋 웃어 보이는 은서의 모습에 제이디 역시 웃는 얼굴로 대답했다. 하늘거리는 실크 원단처럼 보이는 그녀의 머리칼 사이로 은은하고 달콤한 향기가 순식간에 코끝을 스친다.

제이디는 내려져 있던 자신의 팔을 올려 은서의 볼을 매만졌다. 보드랍고 따뜻한 촉감이 기분 좋게 손끝에서 전해져 왔다.

"나 궁금한 게 있는데."

"뭔데요?"

제이디의 질문에 은서의 눈은 조금 전보다 더 반달이 되어 그를 주시했다.

"혹시 앞으로 어떤 계획 세운 거 있어? 일이라든지······."

"으음····· 일단 수시아 공채 지원해 볼까 하는 중이에요. 헤라만큼은 아니지만 회사도 탄탄하고 생각보다 자유롭게 일할 수 있다고 하더라고요. 뭐 아직도 도는 소문이 워낙 많아서 면접이나 볼 수 있을지는 모르겠지만."

사건의 진실은 밝혀졌지만 사람들의 입을 통해 옮겨지는 말은 막을 도리가 없었고 그로 인해 각양각색의 근거 없는 소문들이 꽤나 많이 퍼져 있는 상태였다.

"흐음. 잠시 기다려."

은서의 말에 누워 있던 몸을 일으켜 세운 제이디가 거실에 걸어 두었던 자신의 재킷에서 무언가 하나를 꺼내 품에 감춘 후 다시 돌아왔다.

"언제 이야기를 꺼내야 할까 고민 많이 했는데, 아무래도 오늘 이야기해야 될 것 같아."

"무슨 말인데요?"

아른거리는 스탠드 조명 빛으로 둘러싸인 방 안에서 제이디는 그어느 때보다 진지한 얼굴로 은서를 마주하고 있었다.

"일본에서 우리 처음 봤던 날 기억해?"

제이디는 호기심 가득한 얼굴이 되어 자신을 바라보는 은서의 한쪽 손을 꼭 잡으며 그렇게 물었고 은서의 고개는 빠르게 끄덕여졌다.

"물론이죠."

"그때, 당신이 잠들었을 때 실은 당신 다이어리 봤었어."

"내 다이어리요?"

"응, 당신이 준비해 온 기획안 넘겨 보다가 눈에 띄는 디자인을 발견했는데 왠지 당신이 디자인했을 것 같다는 느낌이 들더라고. 보통디자이너들이 그렇잖아. 낙서처럼 그려 두는 것들이 있으니까 확인해 보고 싶었어."

"그랬구나."

"응, 역시 내 생각이 맞았더라고. 그때 내가 무슨 생각 했는지 알아?"

"무슨 생각 했어요?"

"부드럽던 머리카락도."

은서의 손을 잡고 있던 한쪽 손이 천천히 은서의 머리칼을 쓸어내렸다.

"뜨겁던 입술도, 그 실크 같던 살결도 다 내가 가지고 싶었지만……."

제이디의 손은 은서의 입술을 스치고 부드러운 목덜미를 스친 후 다시금 그녀의 볼을 쓰다듬었다.

"무엇보다 당신 감각, 그리고 이 재능이 갖고 싶더라고."

"욕심 많은 남자네요."

"하하, 맞아. 처음엔 어떤 디자인을 해낼지 궁금했고, 이 자그마한 머리에서 어떻게 이런 반짝거리는 것들이 쏟아져 나오나 신기하기도 했고, 한국에서 디자이너로 성공하기가 얼마나 어려운지 잘 아니까, 그래서 당신 재능이 안타깝기도 하고 그랬어."

"엄청 영광이네요."

커다란 제이디 손의 따뜻함을 느끼며 은서가 빙그레 웃어 보였다.

"당신 일하는 거 옆에서 보면서 앨리스가 작긴 하지만 그래도 충분히 당신 역량 펼치면서 성공할 수 있겠다고, 그렇게 생각했었어."

"그랬었구나…… 앨리스에서 정말 열심히 했던 것 같아요. 제 이십 대 중후반은 다 거기서 보내기도 했고 또 많이 배웠으니까. 아쉽긴 해도…… 이제 괜찮아요."

괜찮다고 말하긴 했지만 앨리스를 떠올리면 은서 역시 아쉽고 안타까웠다.

"그래서 말인데, 당신 말처럼 난 욕심 많은 남자라……."

"네?"

"사랑하는 여자기도 하지만 디자이너인 한은서도 놓치고 싶지 않아 나는."

제이디의 말뜻을 선뜻 이해하지 못한 은서의 커다란 눈이 그저 깜빡깜빡, 움직이고 있었다. 무어라 말을 하려던 찰나 제이디는 자신의 품에서 기다란 봉투 하나를 꺼냈다.

"당신이랑 같이 일하고 싶어. 그 재능, 우리 회사에서 마음껏 펼쳐 주면 좋겠는데. 어때?"

"그 말은 저를…… 그러니까 팜므에 저를……."

"응, 스카우트하는 거야. 재능 있는 디자이너를 다른 회사에 뺏길 순 없지. 알다시피 하고 싶은 디자인 열심히 하면서 많은 경험도 할 수 있을 거야. 물론 한국뿐 아니라 파리도 오가면서 일하는 게 쉽지는 않겠지만."

"정말이에요? 농담 아니고요?"

"물론이야."

"너무, 너무 갑작스러워서."

제이디의 제안에 깜짝 놀란 은서는 기쁨과 당황스러움이 교차하는 듯했다.

"사실이야. 이건 비행기 표, 당신이 오케이 한다면 계약은 본사에서 해야 하니까. 그리고 이거……."

제이디는 품속에서 꺼내 온 비행기 표를 은서에게 건넸고 당황스러워 어쩔 줄 몰라 하는 그녀의 모습에 잠시 미소 지었다. 그러고는 그녀의 침실로 들어오면서부터 꼭 쥐고 있었던 자신의 한쪽 주먹을 은서에게 내밀었다.

"또 뭐 있어요?"

은서는 자신에게 내밀어진 그의 주먹을 바라보곤 갸웃거리며 주춤하다 그의 주먹을 손으로 펼쳐 보았다.

툭.

그러자 은서의 손바닥 위에 톡 떨어지는 물건, 자그마하고 반짝거리는 붉은 보석이 박힌 반지 두 개.

"좀 더 멋있게 말하려고 했었는데, 아버님께 먼저 고백을 해 버려서, 이렇게 하게 됐네."

"……이거?"

"디자이너 제이디가 디자이너 한은서에 대한 고백은 했으니까 이젠 남자 도진운으로 말할게."

"······."

쿵쾅쿵쾅. 평화롭던 심장이 거센 소리를 내며 뛰기 시작했다. 나지막한 그의 목소리가 온몸으로 흡수되는 것처럼 스며들어 왔다.

"부족하고 채울 게 많은 인생이지만 이런 내 인생에 당신을 스카우트하고 싶어."

평소 긴장하는 모습이라곤 잘 보이지 않던 제이디가 오늘은 하루 종일 긴장하고 있는 모습을 보여 주었다. 아버지 앞에서, 그리고 떨리는 목소리로 고백을 하고 있는 지금도.

"앞만 보며 뛰기만 하던 내가 당신을 만나 많이 변했고 많이 배웠어. 주변을 돌아볼 여유도 없이 많은 걸 놓치고 살았던 내게 당신이 보여 준 그 많은 것들에 감사해. 당신이 허락해 준다면, 평생 한은서 속도에 맞춰 같이 가고 싶어."

은서는 낯설기도 한 그의 긴장한 모습과 손바닥 위의 반지 두 개를 번갈아 바라보았다. 가슴속에서 터져 나오는 이 기쁨과 벅찬 감동을 어떻게 말해야 할까? 어떻게 말을 해야 그에게 이 감격스러움을 고스란히 전달할 수 있을까?

"프러포즈받고 우는 여자들, 왜 그런지 이해 안 됐었는데 이제 알겠어요."

은서는 손바닥 위에 놓여진 반지를 바라보며 빙긋 웃어 보였다. 금방이라도 눈물이 쏟아질 것 같았지만 그런 건 중요하지 않았다. 지금 이 순간 방 안을 밝혀 주는 따뜻한 스탠드 불빛이 없다고 해도 세상 모든 것이 반짝여 보일 것같이 기뻤다.

"생각했던 것과 너무 다른 프러포즈긴 한데······ 그래서 더 기뻐요."

"그럼······."

긴장한 듯 마른침을 꼴깍 삼키는 그의 모습에 은서는 건네준 반지 하나를 제이디의 손가락에 끼워 준다. 그러고는 나머지 하나를 자신의 약지에 끼운 채 그를 향해 방긋 웃어 보였다.

"응, 나도 진운 씨 옆에서 같이 걸어가고 싶어요."

누군가의 인생에 온전히 들어갈 단 한 사람이 된 날. 은서는 그 어느 때보다 환한 얼굴로 웃어 보이는 제이디의 품속으로 안겨 들었다.

24. 해피엔딩으로 가는 길

 '피고 윤세령은 본 사건을 치밀하게 계획하고 실행하였으며 그 과정을 미루어 보아 죄질이 심히 나쁘다. 허나 본 사건에 대한 자백 및 깊은 반성, 또한 초범인 점을 감안하여 이번 사건에 판결을 내리겠다. 본 법정은 법률 제14108호 5조, 319조에 따라…….'

 모든 사건이 끝이 났다. 앨리스의 디자인을 유출해 막대한 손해를 입히고 그로 인해 한 여자의 인생을 송두리째 흔든 것치고는 징역 3년 이란 시간이 무척 작다고 느껴지기도 했지만 세령 자신이 저지른 죄에 대한 대가를 받게 되었으니 그것으로 은서는 되었다 말했다.

 '이제 와서 이런 말 무슨 소용인가 싶지만…… 한은서 씨, 그동 안 정말 미안했어요.'

 판결이 난 후 세령은 은서에게 다가와 그렇게 말했다. 화장기 하나 없는 얼굴로 다가온 세령의 모습이 낯설기도 했지만 그 어느 때 보다 홀가분해 보이는 그녀의 진심 어린 말에 은서는 말없이 고개를 끄덕였다.

'한은서 씨, 전에 나한테 그런 말 했었죠? 도진운이 완벽한 남자가 아니란 걸 인정했다고, 그래도 그를 사랑한다고……'

'네.'

'그 말은 내가 완벽한 사람이 아니라도 누군가에게 사랑받을 수 있다는 말인가요?'

도도하고 차갑게만 보였던 세령의 눈가에 촉촉하게 눈물이 맺혀 있었고 은서는 그녀의 얼굴을 잠시 말없이 바라보았다.

"무슨 생각 해?"

"네?"

법원을 나서는 동안 한참 멍하게 생각에 빠져 있던 은서를 제이디가 불러 세웠다.

"무슨 생각을 그렇게 하고 있냐고."

"아…… 잠시 윤세령 씨 생각을 좀 했어요."

"흐음……."

은서의 입에서 나온 세령의 이름에 제이디의 미간이 잠시 꿈틀거리며 구겨졌다.

"인상 쓰지 말아요. 그냥…… 윤세령 씨 생각을 잠깐 했을 뿐이에요."

"무슨 생각?"

"윤세령 씨는 사랑하는 사람에게 부족하고 모자란 자신의 모습을 들키고 싶지 않았던 것 같아요. 무서웠던 거죠."

꼭 예전의 제이디처럼, 그리고 은서 자신처럼. 상대방에게 자신의 부족한 모습을 보여 줄 용기가 세령에겐 없었던 것 같다.

"누구나 겁내는 부분은 있어. 그렇다고 그런 짓을 모두가 다 하지 않아."

"윤세령 씨가 잘못하지 않았다는 건 아니에요. 다만······ 자신의 약한 모습을 보여 줄 수 있는, 그런 사람을 만났으면 좋겠다 싶어서요."

진심으로 그렇게 생각했다. 그녀가 밉고 원망스러웠던 순간도 분명 있었다. 하지만 오늘 눈물 맺힌 그녀의 눈동자를 보며 은서는 어딘지 모르게 짠하고 안타까운 마음이 들었다. 그래서 그녀가 자신의 말처럼 완벽하지 않은 한 인간으로도 누군가에게 사랑받을 수 있기를 은서는 진심으로 바랐다.

"한은서 양, 다른 생각 말고 이제 나한테 집중 좀 하시죠?"

"완전 집중 중인데요?"

다른 생각은 그만하라는 듯 뾰로통한 표정을 지어 보이는 제이디를 향해 환하게 웃은 은서는 그의 팔에 팔짱을 꼈다.

"아닌 것 같은데 말이지?"

"그럴 리가요! 아, 그보다 얼른 가요. 어머니 기다리시겠어요."

"이것 봐, 나보다 요즘은 우리 식구들이 먼저지?"

"푸훗, 질투 그만하구 얼른 가요. 어머니가 맛있는 거 해 주신다고 했어요."

양가 부모님께 결혼을 하고 싶다는 이야길 하자 어른들은 기다렸다는 듯 상견례 날짜를 잡았고 좋은 날을 받아 얼른 결혼을 시키자고 합의를 보셨다. 특히 제이디 집안에서는 까칠하고 무뚝뚝하기만 하던 아들과 결혼하겠다 마음먹어 준 은서에게 고마운 마음까지 든다며 그녀를 무척이나 예뻐하셨다.

"당신 나랑 결혼하는 게 아니라 우리 어머랑 결혼하는 것 같아. 질투 나."

괜한 말로 투덜거리는 제이디를 은서는 귀엽다는 듯 바라보며 빙긋 웃어 보였다.

"누가 투덜이 스머프 아니랄까 봐!"

그러고는 얼른 까치발을 들어 그의 볼에 쪽! 입을 맞췄다.

"내가 얼마나 사랑하는지 몰라서 그런 말 하는 거 아니죠?"

"흠흠! 누가 모른데?"

"나한테는 제이디가 첫 번째예요. 그러니까 질투하지 말아요."

세상 누구도 당신만큼 내 심장을 뛰게 할 수 없다고, 당신만이 내 유일한 사랑이라고 은서는 두 눈 가득 달달한 꿀을 머금고 제이디를 바라보았다. 그러자 방금까지 투덜거리던 제이디는 그녀의 앞에서 순한 양이 된 듯 고개를 끄덕였다.

"내가 당신을 이길 수가 없다. 가자, 어머니 기다리시겠다."

"네!"

환하게 웃으며 고갤 끄덕거리는 은서의 모습에 제이디는 앞으로도 이렇게 그녀에게 이길 생각은 하지 말아야겠다 마음먹었다. 아마 남은 인생 그녀와 함께 걸어가는 그 길에 자신은 한은서의 말이라면 언제든 복종하는 순한 양이 되어 있을 것이 분명했다. 조금도 걱정스럽지는 않았다. 그녀와 함께라면 그런 인생도 충분히 행복할 것이 분명하니까.

"한 비서님 오랜만에 뵙네요."

"네, 잘 지내시죠?"

짧고 세련되어 보였던 머리카락의 길이는 어느덧 어깨에 닿을 만큼 길어 있었고 뜨거웠던 날씨도 선선한 바람을 지나 들이마시는 숨에도 서늘함을 품게 되는 겨울로 접어들었다. 찾아오는 이 없던 교도소에 한 비서가 찾아온 것이 세령은 무척 기쁜 얼굴이었다. 헤라에서 일하는 동안 나이 지긋한 한 비서는 진호의 전담 비서로 많은 것들을 해 준 사람이었다.

"네, 신경 써 주신 덕에 저는 잘 지내요."

수척해진 얼굴, 화려하고 말끔하던 사람이 화장기 하나 없는 얼굴로 자신을 바라보고 있으니 한 비서의 마음은 착잡하기 이를 데 없었다. 나이로 치면 자신의 조카뻘인 세령이었다.

"다행입니다. 대충 이야기는 들으셨죠?"

"아……. 네, 들었습니다."

어느덧 시간은 흘렀고 자신이 저지른 죄에 대한 대가를 치르는 세령에게 전해진 소식 하나. 생각보다 출소가 빨라질 것이란 이야기였다. 성실히 생활한 덕도 있었지만 누군가 세령의 형을 줄이기 위해 애써 주었단 것이었다.

"그간 고생 많으셨습니다."

"……아니에요. 그보다 혹시 진호 씨가……. 아니, 아니죠? 회장님이신가요?"

"……."

팜므와 앨리스 그리고 은서를 설득하고 합의를 이끌어 내 준 사람. 혹시 그가 아닐까 괜한 기대감이 들어 세령은 자신의 아랫입술을 세게 깨물었다.

윤세령, 헛된 기대는 하지 말자. 그 사람을 그렇게 실망시켜 놓고선…….

"아직도 본부장님께 매일 편지 쓰십니까?"

"……네. 답장은 없지만요. 그렇게 해야 마음이 편할 것 같아서요."

"변하셨네요."

"그런가요?"

"네, 그간 무척 위태로워 보였는데 오히려 지금이 마음 편해 보이십니다."

죄의 대가를 치르는 동안 세령은 한 자 한 자 정성 들여 진호에게 편지를 남겼다. 단 한 번도 답장을 받은 적은 없지만 은서와 마지막으로 나누었던 이야기가 떠올라 진심으로 그에게 사과를 하고 싶어져서였다.

"부족한 저를 그대로 보여 줄 용기가 없었어요. 남들보다 더 많이 가지고 대단한 사람이 되어야 사랑받을 수 있다고 생각했거든요."

"그런데 아닌가요?"

"네, 한은서 씨가 알려 줬어요. 부족한 나로도 사랑받을 수 있다고. 믿음이 있어야 정말 사랑할 수 있다는 걸요."

"따뜻한 분이죠. 한은서 씨. 이번 일도 한은서 씨 탄원서가 아니었으면 쉽지 않았을 겁니다."

"네, 그래서 진호 씨에게 매일 편지를 썼어요. 되돌아보니 못할 짓만 너무 많이 했더라구요."

그를 만나 그의 사랑을 받는 동안 세령은 진호의 사랑은 자신이 노력한 것에 대한 당연한 대가라 생각했다. 그랬기에 그의 사랑이 얼마나 깊고 따뜻한 것인지, 그가 어떤 마음으로 자신을 사랑하는지 생각해 보지 못했었다.

돌이켜 보니 하루하루 후회만 남았다. 그래서 아무것도 하지 않고는 가슴이 무너질 것 같아 세령은 매일 편지를 썼다.

"진호 씨는 미국에서 잘 지내는 거죠?"

"아니요."

"네? 왜요? 혹시 어디 아프거나…… 아니, 어디 안 좋아요? 무슨 일 있는 건가요?"

한 비서의 말에 세령이 화들짝 놀라 되물었다. 당연히 잘 지낼 거라 생각했기 때문에 한 비서의 의외의 대답에 세령은 불안해졌다.

"한 비서님, 무슨……."

딸깍.

그리고 불안감에 한 비서에게 대답을 독촉하려던 세령은 면회실 문을 열고 들어오는 한 사람으로 인해 하고자 했던 말을 삼켜 버렸다.

"그럼 두 분 대화 나누십시오."

얼마 만에 보는 것일까?

천천히, 천천히 자신에게 걸어오는 사람. 매일 자신에게 얼마나 많은 사랑을 주었는지 떠올릴수록 뼈저리게 느끼게 만든 사람. 그래서 마음을 아프게 만든 사람. 너무나 보고 싶던 사람.

"진호……."

진호 씨. 그 길지 않은 말조차 입 밖으로 제대로 나오지 않았다.

"……전해야 될 답장이 너무 많아서…… 그래서 직접 왔어."

한 걸음, 한 걸음, 천천히 자신에게 다가오며 건네는 그의 말이 조금의 흐트러짐 없이 세령의 가슴으로 파고들었다. 그리고 그만큼 울컥 솟아오르는 눈물.

"진호…… 진호 씨."

어느덧 자신 앞에 다가와 마주 선 진호를 올려다보며 세령은 그 어느 때보다 많은 눈물을 쏟아 냈다.

어느덧 네 번을 마주한 파리의 겨울은 한국처럼 살을 에는 추위는 없었지만 꽤나 흐린 날씨들이 길게 이어졌고 때때로 부슬부슬 겨울비가 내리기도 했다. 촉촉하게 젖은 파리의 풍경을 볼 때마다 은서는 떠나온 한국이 그리워지기도 한다.

「은서! 다 마무리했어요?」

사무실에 남아 오늘 해야 할 일을 마무리 짓던 은서에게 마크가 손을 흔들며 다가왔다.

「네, 대표님 기다리시죠?」

「투덜거리긴 하지만 원래 그런 스타일이잖아요?」

약속 시간보다 20분이나 늦게 된 것이 마음에 걸려 걸음을 빨리하던 은서는 마크의 대답에 웃음을 터트렸다. 그의 투덜거리는 모습이 눈에 보일 듯 선명해졌기 때문이다.

「잔소리 들을 것 같은데 어서 가야겠어요.」

우여곡절 많았던 한국 프로젝트는 디자인 도용 사건과 일련의 사건들이 마무리되면서 의도치 않은 홍보 효과를 얻어 세간의 관심을 받게 되었고 그 관심을 기회 삼아 팜므는 한국 시장에 수월하게 안착했다. 한정판 란제리의 프리미엄 덕분이기도 했지만 유럽에서의 명성과 입소문으로 출시 한 달 만에 1차 출고분 전량이 매진되었다.

그와 함께 한국에서 시작한 아시아 시장 공략은 성공적으로 스타트를 끊었고 제이디는 파리 본사는 물론 한국과 홍콩, 일본을 오가며 바삐 움직이며 사업을 확장해 나갔다. 팜므는 어느덧 아시아와 유럽에서 가장 사랑받는 브랜드 중 하나로 자리매김 중이었다.

"이런, 왜 이렇게 살이 빠졌어요? 밥도 제대로 안 먹고 일했죠?"

파리 시내의 한 레스토랑에 자리 잡고 앉아 은서를 기다리던 제이디는 자신을 발견하자마자 걱정스런 얼굴이 되어 버린 은서의 모습에 괜찮다며 고갤 저었다.

"조금 피곤해서 그랬나 봐. 괜찮아."

"으휴, 밥 좀 먹어 가면서 하라니까요. 이래서 아빠는 어떻게 될 거예요?"

양가 부모님에게 결혼 이야기를 꺼낸 후 일사천리로 상견례까지 이어졌고 파리로 들어오기 전 두 사람은 조촐하게 가까운 친척과 친구들을 불러 결혼식을 올렸다. 그 후 은서는 파리에서 신혼 생활을 이어 갔고 팜프에서 디자이너로 자리매김하고 있었다. 그리고 올겨울이 끝나기 전 은서와 제이디는 기다렸던 두 사람의 아이를 마주하게 될 예정이다.

"응, 그래서 이번 달 안에 마무리하고 좀 쉬려고. 육아 휴직 해야지 나도."

너무 바빠 입덧을 할 때도, 배가 불러와 몸이 무거워지기 시작할 때도 은서의 곁에서 많은 시간을 보내 주지 못했던 제이디는 곧 8개월에 접어드는 은서를 위해 육아 휴직 계획을 세우고 있었다.

"너무 무리하지 말아요. 몸 상할까 봐 걱정이야."

"나보다 당신이 더 걱정이야. 너무 무리해서 일하는 거 아니야?"

"아니에요, 재미있어요. 팀장인 믹키가 까다롭긴 하지만 배우는 것도 많고요."

처음엔 프랑스어를 배워 가며 일하는 것이 생각보다 쉬운 일은 아니었지만 팜프는 은서가 더 즐겁고 재미나게 일할 수 있게 모든 지원을 아끼지 않는 회사였다. 그 덕에 은서는 한국에서 경험하지 못했던 많은 것을 눈으로 보고 배우며 실력을 쌓아 갔다.

"그럼 다행이네. 힘들게 하면 나한테 말하고, 알았지?"

"후훗, 이번 주까지 일하고 나면 휴직이라 말할 거리가 없을 것 같긴 하지만."

"그래도, 혹시 모르잖아. 걱정돼서 일이 안 돼."

요즘 들어 어찌나 발길질을 해 대는지 가끔 깜짝깜짝 놀란다는 은서의 말을 떠올린 제이디는 걱정스런 눈으로 그녀와 그녀의 배를 바라보았다.

"걱정 말아요. 그래서 나영이도 오잖아요."

"아, 나영 씨 내일 온다고 했었지?"

"네, 알렉스랑 지니 씨 파리 들어올 때 같이 들어온다고 하더라고요. 아껴 둔 연차 팍팍 써서."

파리 여행 겸 출산까지 얼마 남지 않은 은서를 만나기 위해 한국에서 날아올 친구들을 떠올리자 두 사람의 입가엔 기분 좋은 미소가 걸렸다.

"나영 씨 한국 들어갈 때 같이 들어갈 거지?"

"네, 다음 달 되면 비행기 오래 타기 힘들 것 같아서요. 어머니도 그렇고 저희 엄마도 그렇고 한국에서 낳았으면 하셨잖아요."

"응, 나도 일 끝나는 대로 바로 들어갈게."

마음 같아서는 은서와 함께 한국에 들어가고 싶었지만 마무리해야 할 일이 있어 같이 가지 못하는 게 제이디는 여간 신경 쓰이는 것이 아니었다. 하지만 그런 제이디의 마음을 알고 있다는 듯 은서는 걱정 말라며 고개를 흔든다.

"응, 너무 걱정 마요."

주문한 음식이 다 차려지고 와인 대신 향긋한 주스까지 준비되자 제이디는 은서에게 잔을 건네며 물었다.

"신나영 씨는 그 선배랑 잘 만나는 거야? 마크 소개팅도 거절하더니."

"네, 얼마나 끈기 있게 도전했던지, 선배가 결국은 백기 들었죠, 뭐."

"잘됐네. 작년에 두 사람 파리 왔을 때 느낌이 딱 오더라고."

오랜 시간이 걸리긴 했지만 누구보다 노력했던 나영은 결국 지훈의 마음을 사로잡았고 두 사람은 조심스럽게 마음을 주고받으며 사랑을 키워 나가고 있었다. 작년 여름, 뜨거웠던 파리에 같이 나타난 두 사람은 아직 제대로 된 연애 시작하지 못했다고 말했지만 제이디는 그 둘을 보고 난 후 은서에게 말했었다.

'조만간 두 사람 사귄다. 눈빛이 달라졌더라고.'

나영을 바라보는 지훈의 눈빛이 무척 부드러웠다고, 그래서 조만간 두 사람이 잘 만날 것 같다고 말이다. 그 후 세 달이 채 지나지 않아 나영에게 온 연락 한 통. 지훈 선배와 조심스럽게 사귀기 시작했다고. 그 말에 은서는 너무 기뻐 소리를 지르고 말았다.

"정말 잘됐죠? 지훈 선배 좋은 사람이니까 나영이도 행복할 것 같고."

"어허! 남편 앞에서 외간 남자 생각은 금물이지!"

"이제 저 아줌마 될 텐데, 그래도 걱정돼요? 질투 나고?"

빙그레 웃으며 묻는 은서의 말에 제이디는 먹기 좋은 크기로 잘라둔 스테이크 고기를 그녀의 접시에 옮기며 당연한 소리 말라는 듯 대답했다.

"당연하지. 아줌마든 호호 할머니든 내 여잔데. 그리고 내 눈엔 제일 예뻐."

그녀와 함께하는 결혼 생활은 텅 비워져 있던 자신의 젊은 날의 공백을 채우고도 남을 만큼 행복했다. 그저 내 곁에서 나와 같은 속도로 걷고 같은 풍경을 바라봐 주는 사람이 있다는 것만으로도 삶이 이렇게 풍족하고 여유롭게 느껴질 수 있다는 것을 제이디는 결혼이란 관문을 통과하며 깨달았다.

따뜻하고 부드럽게 자신을 감싸 주는 그녀의 마음은 없던 힘도 내게 한다.

"그 말 들으니까 처음 만났을 때 생각나네요."

은서는 빙그레 웃으며 자신 앞에 마주 앉은 그를 바라보았다. 그리고 아주 오래전 일처럼 느껴지는 그날의 일을 떠올렸다.

"일본에서 봤던 때?"

"네. 그때 레이를 봤을 때 내가 무슨 생각 했었는지 알아요?"

"무슨 생각 했었는데?"

은서는 아주 오래전 기억을 꺼내는 사람처럼 잠시 말을 멈추었다. 그러고는 그날의 일을 떠올리다 빙긋 다시금 미소 지었다.

"와, 이렇게 멋있는 남자가 또 있을까? 사람한테 넋을 놓았다고 해야 하나? 그래서 연락처도 묻지 못하고 한국에 왔을 때 엄청 후회했었거든요."

"그랬어?"

"사실 그때 첫눈에 반했었던 것 같아요. 시선도, 마음도, 몽땅 다 당신한테 뺏겼어요."

그래서 인생을 모른다고 하는 걸까?

평범한 인생에 그런 극적이고 영화 같은 사랑을 할 수 없을 거라 생각했던 날들, 술에 취해 보낸 그 하룻밤이 이렇게 평생을 함께하게 될 사람을 만나는 계기가 될 거라 생각해 보지 못했었다.

시선도, 마음도, 무엇 하나 남김없이 빼앗아 간 남자. 그런 남자와 함께 보낼 자신의 남은 인생은 또 얼마나 즐거울까? 은서는 앞으로 함께할 10년, 20년 뒤의 일들이 기다려지고 있었다.

그 어떤 때보다 사랑스러운 미소를 보이고 있는 은서를 향해 자신만만한 말을 건넨 제이디는 테이블 위에 놓여진 은서의 한쪽 손을 자신의 손으로 덮으며 말했다.

"걱정 마. 다음 생도 나 아니면 다른 남자는 눈에도 들어오지 않을 테니까."

자신감 넘치는 말과 달리 너무나 부드러운 제이디의 손길에 은서는 고개를 끄덕였다.

"다음 생에도 스카우트 부탁할게요."

꼭 당신이란 사람과 다음 생도 함께할 수 있길. 은서와 제이디는 서로를 바라보며 그렇게 행복한 미소를 짓고 있었다.

— The end

외전. 배앗긴 남자

"당신이란 여자, 내가 어떻게 이해해야 하는 거지? 내가 알고 있는 윤세령이 당신이 맞긴 한 건가?"

그를 만나는 동안 이렇게 무서운 눈빛으로 나를 바라보는 건 처음이었다. 처음 만났던 날부터 지금까지 한 번도 내게 화를 내지 않았던 사람. 그래서 너무나 미안하고 한편으론 너무나 안심해 버린 사람.

나를 버리진 않을 것이라고 그렇게 늘 믿고 있었다.

"어디까지 갈 생각이었어? 아니 언제까지 숨길 생각이었어? 언제까지 그렇게 가증스럽게 내 앞에서 웃고 있을 심산이었냐고!"

"미안해요."

소리치고 화내는 그에게 세령은 더 이상의 말은 할 수가 없었다. 제이디와의 관계를 들킨 것보다 그를 더욱 화나게 만든 것은 최근 벌어진 디자인 도용 사건의 주범이 자신이라는 사실이었기 때문이다.

"미안하다는 말 말고 다른 말을 해. 내가 당신이란 여자를 이해할 수 있게 핑계라도 말하란 말이야! 왜 그랬어? 아버지께 잘 보이기 위해서? 아님, 제이디란 남자와 다시 시작하고 싶어서?"

"진호 씨……."

성난 눈으로 바라보는 진호의 모습에 세령은 찌르르 마음이 아파 왔다. 그토록 다정하던 사람을 저렇게 만든 것은 본인이었기 때문이다.

"말해! 왜 아무런 말도 안 했어? 나한테, 적어도 나한테는 솔직하게 말을 했어야지! 팜프와의 합작이 안 된다고 해서 내가 당신을 버릴 것 같았어?"

'당신이 힘들 때 내가 아무것도 해 줄 게 없다면 그땐 나를 떠나도 좋아. 하지만 아무런 말도 하지 않고 혼자 해결하려 하지는 마. 내가 언제나 당신 편이라는 거 잊지 마.'

오래전, 디자인팀 실장으로 갓 승진이 되었을 때였다. 잘 해내고 싶은 욕심만큼 팀원들은 따라와 주지 못했고 세령은 초조해 매일같이 야근을 하고 있던 무렵이었다. 진호에게 힘들다고 어리광 부릴 법도 했지만 세령은 그러지 못했고 진호는 그런 자신의 여자 친구가 마음이 아파 힘든 일이 있다면 꼭 말하라 했다.

'그 어떤 나쁜 일이라도 내가 대신해 줄 테니까. 날 믿어.'

"잘 해내고 싶었어요. 그 프로젝트 따내고 싶은 욕심이 있었어요. 성공해서, 그래서 당신 부모님께 인정받고 싶었어요."

자신을 반대하는 진호의 어머니, 그녀가 세령은 늘 불안하고 두려웠다. 진호가 자신을 만나고 있는 걸 알면서도 끊임없이 선 자리를 만들었고 진호는 거절하다 거절하다 어쩔 수 없이 가끔 그런 자릴 나가야만 했다.

"그 프로젝트 따내지 못한다고 해서 내가 당신을 버릴 일은 없었어. 그런데도 굳이 그렇게까지 한 이유가 뭐야? 제이디란 남자 때문이야?"

그의 말이 틀린 말은 아니었다. 성공하여 인정받고 싶었던 마음과 제이디의 마음을 아프게 만들고 싶었던 마음이 공존했었다.

"네."

길고 긴 이야기를 해 봐야 그의 이해를 구하긴 어려울 것이 분명했다. 그래서 세령은 그저 짧게 대답하고 말았다. 그러자 진호의 눈빛은 그 어느 때보다 심하게 흔들렸고 이내 체념한 듯 짧은 한숨을 내쉬었다.

"그게 당신 마음이라면 알겠어."

딱 그 한 마디. 진호는 그 말만 남긴 채 세령을 두고 나가 버렸다.

그리고 남겨진 세령은 그의 뒷모습을 보며 직감하고 있었다. 그와 함께 걸어갈 앞날은 더 이상 없다는 걸, 그의 넘쳐 났던 애정도, 그의 무한한 신뢰도 오늘로써 모든 걸 잃어버렸다는 걸.

"흐흑!"

그의 뒷모습이 보이지 않을 때쯤 참았던 눈물이 터져 나왔다. 꾹꾹 눌러 참아 왔던 눈물이 멈추지 않고 쉼 없이 흘렀다.

이런 걸 바란 건 아니었는데, 이렇게 모든 걸 잃으려 시작한 일은 아니었는데……. 세령은 돌아오지 않을 진호의 뒷모습을 떠올리며 그렇게 눈물을 흘렸다.

"그것 봐요. 내가 뭐라고 했어요? 그 애 눈빛이 영 마음에 안 든다고 여러 번 말씀드렸잖아요?"

평창동. 박 회장의 아내는 귀가한 남편을 향해 원망의 말을 쏟아

내고 있었다. 그동안 세령을 반대할 때마다 박 회장은 세령의 집안은 중요하지 않다고 그 아이의 능력을 보면 아들 진호에게 어울릴 만하다며 아내를 설득했었다.

"그것참, 그만 좀 해. 당신 원하는 대로 되었잖아?"

"어머, 무슨 말씀을 그렇게 하세요? 제가 그 애보고 그런 일 만들라고 시킨 것도 아니잖아요? 그리고 제가 괜히 반대한 줄 아세요? 그런 가정에서 뭘 배우면서 컸겠냐고요."

"평범한 집안이잖아."

박 회장은 꽉 매여 있던 넥타이를 풀어 헤치며 아내의 말에 대충 대답했다. 오늘 저녁 해상그룹 도 회장을 만나 이마가 땅에 닿을 때까지 사과를 하고 온 것이 몹시도 피곤함을 몰고 왔다.

"평범? 그게 어딜 봐서 평범해요? 나도 어지간하면 그렇게까지 반대 안 했어요. 근데 어느 정도여야지. 아버지란 작자는 바람나서 두 집 살림이나 하고 그 엄마라는 사람은 지금이야 조그마한 식당이라도 하고 있는 거지, 원래는 술집 여자였다고요. 술집 여자!"

"그런 뒷조사까지 했었어?"

"당연하죠! 집안에 사람 들이는 게 어디 쉬운 일인 줄 알아요? 며느리 잘못 맞아서 구설수 오르는 집안이 어디 한둘이에요? 평강병원 김 원장네만 봐도 그래요. 아들이랑 같은 병원에서 일하던 의사 며느리 맞이했었잖아요?"

"그랬지."

"집안은 빠져도 사람 능력 보고 데려왔더니 밑으로 동생만 줄줄에 며느리 집안에서 김 원장 아들한테 손 벌리는 걸 예사로 안답디다. 그러니 집안을 안 보고 며느리 맞을 수 있겠냐구요."

박 회장은 조금도 쉬지 않고 다다다, 말을 쏟아 내는 자신의 아내를 잠시 바라봤다. 뒷조사까지 했다는 사실은 그간 자신에겐 비밀로 하고 있었던 터였기에 본인은 세령의 집안이 그런 사정이 있다는 것을 전혀 알지 못하고 있었다.

"알았으니 진호 앞에선 그런 이야기 꺼내지 마. 괜히 마음만 심란하지."

"제가 뭐 그 정도 눈치도 없는 줄 아세요? 걱정 마세요. 그보다 도 회장은 뭐라고 해요?"

박 회장이 풀어 헤쳐 둔 넥타이를 정리하며 그녀는 그렇게 물었다. 해상그룹만큼 유통업계에서 큰 영향력을 행사하는 곳이 없는데 그런 곳과 사이가 틀어지게 되면 분명 회사에도 영향이 있을 것이 분명했다.

"윤 실장이 건든 애가 도 회장 막내며느리 될 아이라고 하더구만."

"네? 그게 무슨 말이에요?"

"도 회장 막내아들이 만나는 여자를 건든 모양이야. 범인으로 몰려서 억울하게 다니던 회사도 잘린 모양이고. 철저하게 지은 죄만큼 처벌받게 하겠다고 엄포를 놓더구만."

"쓸데없이 윤 실장 편들고 그러지 마세요. 이제 우리랑은 완전히 인연이 끝난 아이니까."

"편들게 뭐가 있나. 죄지은 만큼 처벌받는 게 맞는 거지. 그보다 진호 녀석이 신경 쓰이는구만."

"소문이 좀 잠잠해질 때까지 미국 지사로 좀 보내는 게 어때요? 마음 정리도 할 겸."

"뭐 가겠다고 한다면……. 그보다 아직 안 들어왔어?"

"네, 어디서 뭘 하고 있는지. 걱정되네요."

"애도 아니니 당분간 그냥 모른 척 내버려 둬."

오늘 오전 회사에서 무표정한 얼굴로 평소와 다름없이 일을 하고 있는 아들의 모습을 본 박 회장은 녀석의 마음이 어떨지 잠시 떠올려

보다 한숨을 내쉬고는 뒤돌아섰었다.

'아버지, 디자인팀 윤세령 씨를 제가 마음에 두고 있습니다.'

진호가 세령을 마음에 들어 한다는 소문이 심심치 않게 비서를 통해 박 회장의 귀에 들어오던 어느 날, 진호는 박 회장에게 직접 자신의 마음을 고백했었다.

'반대하신다고 해도 만날 생각입니다. 그 사람에게 불합리한 일은 안 하실 거라 믿습니다.'

조용하고 차분한 성격의 진호가 그렇게까지 말을 하니 박 회장은 어쩔 수 없다는 생각이 들었다. 그것은 아들과 아버지 사이가 아닌 남자 대 남자로서 느낄 수 있는 진심이었고 그렇게까지 단호하게 이야기한다면 말려 봐야 소용없는 일이란 걸 직감했다.

"머리가 아프구만."

"진호 들어왔나 보네요."

지끈거리는 머리를 받치며 인상을 쓰던 박 회장과 그의 아내는 거실에서 들려오는 목소리에 자리에서 일어났다.

"허허."

그리고 거실로 나온 박 회장은 잔뜩 취해 제대로 설 수조차 없어 비서의 부축을 받고 들어온 아들의 모습에 헛웃음을 지었다.

"어머, 얘가!"

이토록 취한 모습은 난생처음 보는 박 회장과 그의 아내는 인사불성이 되어 있는 아들의 모습에 가슴 한편이 아려 왔다.

"도대체 어디서 이렇게 많이 마셨어?"

"죄송합니다. 많이 취하셔서 일단 좀 누우셔야 될 것 같습니다."

"아줌마, 진호 방문 좀 열어 줘요."

"네 사모님."

비서의 부축에도 한쪽으로 쓰러질 듯 몸이 기운 진호의 곁으로 다가간 그녀는 집안일을 하는 아줌마를 불러 방문을 열게 하곤 아들의 몸을 부축했다.

"저, 안 취했습니다……."

비틀거리며 제대로 서지도 못하던 진호는 잔뜩 꼬인 발음으로 그렇게 중얼거렸다.

"아버지, 저 미국으로 가겠습니다. 가야겠어요, 가야겠습니다."

중얼중얼, 제대로 목소리조차 나오지 않는지 한참을 더듬거리며 진호는 그렇게 말했고 박 회장은 무너져 내린 아들의 모습에 한숨을 쉬며 안으로 들어갔다.

"그래서요? 그래서 윤 실장은 어떻게 된 거예요?"

"어떻게 되긴? 재판받고 벌받고 있지. 그래서 박 본부장이 여기 들어온 거야."

미국으로 들어온 지 어느새 넉 달. 그사이 한국에서는 세령의 재판이 있었고 진호는 간간이 자신의 비서를 통해 세령의 소식을 전해 듣고 있었지만 세령에 관한 말은 그 어떤 말도 꺼내지 않고 있었다.

그럼에도 여기저기 주변에선 여전히 진호와 세령의 이야기가 입방아에 오르내렸다.

"본부장님, 이거……."

한국에서 돌아온 한 비서는 진호 앞에 한 장의 편지 봉투를 조심스레 꺼내 놓았다.

"또 온 겁니까?"

오래도록 진호의 비서로 일해 온 한 비서는 그 어느 때보다 조심스럽게 그의 얼굴색을 살피고 있었다.

"네. 윤세령 씨의 편지입니다."

"……."

움찔, 그저 그녀의 이름만 들었을 뿐인데도 진호는 평소 유지하고 있던 평정심을 잃어 가고 있었다.

"버리세요."

"제가 버리기엔…… 여기 올려 두고 나가겠습니다."

세령의 재판이 끝난 어느 날, 한 비서 앞으로 한 통의 편지가 배달되어 왔다. 오랫동안 고민하고 고민하다 보낸 흔적이 역력한 편지 안에는 세령의 간곡한 부탁이 들어 있었다. 그에게 꼭 전할 말이 있다고. 그러니 자신의 편지를 꼭 좀 전해 달라는 것이었다.

"……두고 나가세요."

한 비서의 말에 알겠다는 듯 진호는 손짓하며 말했고 한 비서는 그제야 한결 마음이 편해진 얼굴로 사무실을 나섰다.

'진호 씨에게.'

하얀 편지 봉투에는 여전히 너무도 익숙한 세령의 필체가 적혀 있었다.

"이제 와서 이런 게 다 무슨 소용이라고……."

'그 프로젝트 따내지 못한다고 해서 내가 당신을 버릴 일은 없었어. 그런데도 굳이 그렇게까지 한 이유가 뭐야? 제이디란 남자 때문이야?'

'네.'

그녀의 한마디에 진호는 그날 많은 것을 포기했다. 처음 보는 순간부터 사랑에 빠져 오로지 그녀만을 사랑했던 자신의 마음과 그녀에 대한 믿음도, 신뢰도 모두 포기해 버렸다.

그녀가 저지른 일보다 그녀가 자신이 아닌 다른 남자의 마음을 얻고 싶어 그랬을지도 모른다는 것이 진호의 마음에 불을 질렀고 그게 참을 수 없이 화가 났다.

모든 걸 다 주어도 아깝지 않고 모든 걸 다 해 줄 수 있을 것 같았던 여자. 그녀가 원한다면 어쩌면 진호 본인이 그녀가 저지른 일보다 더한 일을 했을지도 모를 일이었다.

하지만 일주일에 두세 번씩 꼭 자신 앞에 놓이는 세령의 편지를 진호는 읽지 않고 있었다.

"이제 와서 뭐가 그렇게 할 말이 많은 거야?"

어느덧 50통 가까운 편지가 진호의 책상 안에 자리 잡고 있었다. 하지만 그 편지를 뜯어 읽어 볼 만큼 그의 마음은 단단해지지 못한 상태였다.

'진호 씨, 힘들죠? 피곤해 보여요.'

'진호 씨, 오늘은 어제보다 더 멋있어 보이네요?'

눈앞에 놓인 편지들을 바라보던 진호는 사소한 한마디, 그녀가 아무도 모르게 몰래몰래 전달해 주었던 자그마한 쪽지들이 떠올랐다. 사람들의 눈을 피해 결재 서류에 끼워 넣어 오기도 하고 아무도 모르고 손에 쥐여 주기도 했었다.

그녀가 글로 전해 주는 속삭임에 얼마나 떨리고 설레었던가.

읽어야 하나 말아야 하나 진호는 그 자리에 앉아 한참을 고민하고 있었지만 쉽사리 편지를 열어 볼 용기는 아직 나지 않고 있었다.

"본부장님, 시간 되었습니다. 지금 출발하셔야 합니다."

"네."

곧 있을 저녁 약속을 위해 사무실을 나서야 하는 진호에게 한 비서는 약속 시간이 다가옴을 알렸고 진호는 그제야 정신이 든다는 듯 놓여 있던 편지를 자신의 재킷 안쪽 주머니에 집어넣고 자리에서 일어났다.

"멀리서 온 분들이니 늦지 않게 가죠."

"네, 알겠습니다."

미국으로 들어와 하루하루 바쁘게 지내면서도 이렇게 세령의 편지 하나에 마음이 요동치는 스스로가 우습지만 약속 장소를 향하는 길지 않은 시간에도 진호는 문득문득 세령과의 지난 추억들을 떠올렸다. 마냥 좋은 일만 있었던 것처럼 그녀를 떠올리면 언제나 행복했던 일만 떠오른다.

나도 중증이군.

이제는 그녀를 떨쳐 내야 한다는 걸 잘 알면서도 도무지 뜻대로 되지 않는 일에 진호는 또다시 한숨을 쉬었다.

"도착했습니다."

어느덧 약속 장소에 도착한 차는 넓은 주차장에 주차를 마쳤다. 하지만 인상을 쓰고 앉아 있는 진호의 모습에 한 비서는 걱정스러운 듯 그를 불렀다.

"본부장님, 괜찮으십니까?"

"아, 네. 시간이 꽤 지났는데도 막상 두 사람 얼굴 보려니 민망해져서요. 내리죠."

"알겠습니다. 준비한 선물은 제가 챙겨서 들어가겠습니다."

"네, 부탁드려요."

한 비서의 대답을 듣고 난 후 진호는 쉽사리 떨어지지 않는 발걸음을 옮겨 레스토랑 안으로 들어섰다.

넓고 넓은 공간에 화려하게 빛나는 조명, 그 속에 더욱 빛나 보이는 한 쌍의 커플. 진호는 약속 장소에서 자신을 기다리고 있는 그 커플에게로 다가갔다.

"제가 좀 늦었습니다."

진호는 5분 정도 늦은 것이 미안하다는 듯 그렇게 말하며 준비된 자신의 자리에 앉았다.

"아닙니다. 저희도 방금 왔습니다."

제이디는 오랜만에 보는 진호에게 반가운 얼굴이 되어 인사했다.

"두 분 다 얼굴빛이 좋아 보입니다."

"박 본부장님도 얼굴빛 괜찮은데요?"

"하하, 그런가요? 아, 결혼식 참석 못 해 미안합니다. 이건 결혼 선물입니다."

진호는 한 비서가 가지고 들어온 결혼 선물을 내려놓으며 말했고 은서는 그가 건네준 선물 상자를 바라보며 말했다.

"이런 건 안 주셔도 괜찮은데요."

"아닙니다. 큰 건 아니니까 부담 가지지 마세요."

"네, 감사합니다."

은서는 다시 한 번 고맙다는 인사를 건넨 후 옆에 앉아 있는 제이디를 힐끗 바라보았다. 결혼식을 올리고 파리로 들어가기 전 제이디는 진호를 만나기 위해 먼저 미국행을 선택했다.

미국 시장에 유통되고 있는 팜므의 속옷들을 조금 더 효과적으로 판매할 방법을 고민하던 제이디는 SW그룹과의 협업을 기획했다. 그리고 그 담당자는 현재 미국 지사에 나와 있는 박 본부장이 되었던 것이다. 처음 두 사람이 마주하게 되었던 날은 어색함에 숨이 막힐 지경이었다. 서로의 존재가 불편하다고도 편하다고도 할 수 없는 관계였기 때문에 더욱 그러했다.

그러나 두 사람은 일에 대한 이야기로 금세 어색함을 풀어냈다.

"일 이야기는 조금 있다 하기로 하고 먼저 식사부터 하시죠."

"그럽시다."

두툼한 스테이크와 붉고 쌉싸름한 와인, 샐러드에 파스타까지 꽤나 먹음직스러운 한 상이 차려졌고 셋은 꼬르륵거리는 배를 진정시키기 위해 하나둘 놓여진 음식을 맛보기 시작했다. 그러다 이내 기분이 좋다는 듯 진호는 쉼 없이 와인을 삼켜 냈다.

"너무 과음하시는 거 아닙니까?"

제이디는 연거푸 와인을 들이켜고 있는 진호의 모습에 걱정스러운 듯 물었다.

"오늘 와인이 맛있네요. 두 분 보니까 반갑기도 하고요. 사실 이렇게 반가운 마음이 들 거라곤 생각도 못 했습니다. 어떻게 한은서 씨 얼굴을 봐야 하나 좀 걱정했거든요."

미국에서의 생활이 힘들거나 하지 않았음에도 다정해 보이는 두 사람을 보고 있자니 어딘지 외로운 마음이 들었다. 더구나 제이디와는 이미 두어 번 미팅을 하며 얼굴을 마주했었지만 은서를 만나는 것은 처음이라 그녀의 얼굴을 어떻게 봐야 할지 조금 걱정스러웠다.

진호 본인의 잘못은 아니었지만 왜인지 그녀에겐 늘 죄를 지은 기분이 들었기 때문이었다.

"걱정하셨다구요?"

"네, 왜인지 마음이 그랬습니다. 죄를 지은 기분도 들었고요."

"그렇게까지 마음 쓰지 않으셔도 되는데…… 윤세령 씨 재판도…… 으음, 끝이 났으니까요."

"네."

진호는 저도 모르게 윤세령이란 이름을 꺼내고 흠칫 놀라 하는 은서에게 괜찮다는 듯 작게 미소 지어 보였다. 그러고는 자신의 잔에 남아 있던 와인을 마저 털어 넣었다.

윤세령. 그녀의 이름은 듣기만 해도 마음을 아프게 만든다.

"음, 이런 말 제가 드려도 될지 모르겠지만 재판받던 날 윤세령 씨가 그런 말을 했어요."

"네?"

"본인이 완벽한 사람이 아니라도 누군가에게 사랑받을 수 있냐고 묻더라구요. 아마 제가 그녀에게 했던 말 때문이었던 것 같아요. 진운 씨가 완벽한 사람이 아니란 걸 난 인정했고 그래서 더욱 사랑하게 되었다고 말했거든요."

"그랬습니까?"

은서의 말에 진호는 애써 침착한 척하고 있었지만 자꾸만 마음이 요동치려 했다. 그녀의 이야길 이렇게 직접 자신에게 전하는 이는 그동안 없었기 때문이다.

"윤세령 씨는 완벽하지 않은 본인을 보여 주는 게 무서웠던 것 같아요. 그래서 잘하는 모습, 완벽한 모습만 본부장님께 보여 주려 했던 것 같구요. 진실한 마음으로 누군가를 사랑하기엔 겁이 너무 많았던 게 아니었을까 그런 생각이 들었거든요."

"……."

"용서하시라 그런 말은 아니구요. 그냥 그랬던 것 같아서요. 윤세령 씨 마지막 모습이 자꾸 마음에 걸리기도 하구요. 제가 너무 주제넘었죠? 죄송해요."

은서는 괜한 이야기를 꺼내 자리를 불편하게 만든 것 같아 걱정스러운 마음에 진호와 옆자리에 앉은 제이디를 바라보았다. 그러자 제이디는 괜찮다는 듯 고갤 끄덕였고 진호는 여전히 아무런 말 없이 와인 잔을 만지작거렸다.

"박진호 씨, 윤세령 씨는 저랑 참 많이 닮았어요. 뭐, 여전히 저도 이해가 안 되고 이 사람한테 한 짓 생각하면 용서하기 힘들긴 하지만 아주 조금 이해할 순 있을 것 같습니다."

"닮았다구요?"

제이디의 입에서 흘러나오는 세령의 얘기가 방금 전 은서가 꺼낸 이야기보다 듣기에 거슬렸는지 진호의 미간이 좁아졌다.

"네, 앞만 보고 달리니까. 성공하고 싶고, 성공해야만 하고, 나약한 모습은 보여 줄 수가 없고 그래서 더더욱 완벽한 모습만 보여 주고 싶고. 그러다 보니 당신에게도 못할 짓을 하게 되지 않았을까 싶네요."

"그렇습니까?"

제이디의 이야기를 듣고 있던 진호는 씁쓸한 미소를 지어 보였다. 제이디의 말처럼 정말 세령은 앞만 보고 달리고 성공하고 싶어 했었다. 그걸 옆에서 지켜보던 진호는 늘 완벽한 사람이고 싶어 하는 세령의 모습이 안타까웠다.

"아마 곁에 아무도 없었다면 아니, 나를 보여 줄 용기가 없었다면 저 역시 어긋난 길을 걸었을지도 모릅니다."

"……."

"이런 이야긴 그만하고 마저 마시고 일어나죠? 저희도 내일 파리로 돌아가야 해서요."

"네. 그렇게 하죠. 다시 한 번 결혼 축하드립니다."

'미안해요. 미안해요, 진호 씨.'

진호는 힘겹게 눈을 떴다. 머리는 어지럽고 속은 울렁거렸다. 아무래도 어제 과음한 와인이 원인인 게 분명했다.

새벽 3시. 집에 들어온 기억까진 나지만 그 이후에는 어떻게 잠자리에 들었는지 잘 기억나지 않았다.

"후우."

잠결에 얼핏 세령의 꿈을 꾼 듯했다. 그저 미안하다고, 뒤돌아서는 자신을 향해 울먹이던 세령의 모습. 그 잔상이 눈을 뜬 지금에도 머릿속을 떠나지 않았다.

진호는 타들어 가는 듯한 갈증에 시원한 냉수를 한 잔 벌컥 들이켰다. 그러고 나니 조금 정신이 깨어나는 듯했다.

'자신이 완벽하지 않은 사람이라고 해도 사랑받을 수 있냐고 묻더군요.'

어제저녁, 은서가 했던 이야기가 불현듯 떠올랐다.

"완벽하지 않은 사람이라."

언제나 진호의 눈에 그녀는 완벽한 여자였다. 본인이 그렇게 바라보고 있던 것인지 아니면 그녀의 노력 때문에 그렇게 볼 수밖에 없었던 것인지 잠시 혼란스러워졌다.

외모부터 진호가 바라 오던 이상형에 가까웠고 끊임없이 노력하는 세령의 모습이 너무나 아름다웠다. 무슨 일을 하든 허투루 하는 법이 없었고 남들이 쉽게 하는 자그마한 실수도 그녀는 하지 않았다. 그래서 언제나 세령은 진호에겐 완벽한 여자였다.

"완벽해서 사랑한 것은 아니었는데……."

하지만 이상한 일이었다. 그녀가 실수를 하거나 무언가 잘못했던 모습을 진호에게 보인 건 한은서를 디자인 도용 범인으로 만들었던 그때가 처음이었다.

딱 한 번, 자신 앞에서 보였던 그녀의 잘못된 행동에 진호는 그녀를 용서하지 않았다.

"기분이 이상하군."

어쩌면 그녀의 완벽한 모습을 진호 본인은 바라 왔던 것일지도 모른다는 생각이 들었다. 그 생각이 머릿속을 스치자 진호는 재킷 주머니에 넣어 두었던 세령의 편지가 떠올랐다.

그간 제대로 읽어 보지 않았던 그녀의 편지, 세령이 무슨 이야길 하고 싶어 했는지 몹시도 궁금해졌다. 진호는 어제저녁 넣어 두었던 그녀의 편지 한 통을 꺼내 마주했다.

자그마한 편지 봉투에 곱게 적혀 있는 세령의 글씨가 보였다.

'진호 씨에게.

진호 씨, 잘 지내고 있죠? 날씨가 이제 제법 많이 추워졌어요.'

간단한 안부 인사로 시작되는 그녀의 편지를 진호는 그렇게, 처음으로 읽기 시작했다.

작가 후기

　패나 오랜 시간을 썼다 지웠다를 반복했던 작품이라 때론 밉기도 했고 즐겁기도 했던 작품입니다. 많은 분들이 도와주셨고, 애정을 가져 주셨기에 끝까지 마무리할 수 있게 되었습니다. 작품을 쓰는 동안 제 개인적으로도 좋은 일, 기쁜 일, 행복한 일이 많았기에 이 글을 읽어 주시는 모든 분들에게도 올 한 해 즐겁고 기쁘고 행복한 일이 가득하시길 바랍니다.

　저의 가족들, 그리고 작품 처음부터 끝까지 책임지고 함께해 주신 담당자님께 감사드립니다. 새해 복 많이 받으시고 행복하세요.

　저는 더 좋은 이야기, 즐거운 이야기로 다시 찾아뵙겠습니다. 감사합니다.

2018년 1월, 남혜정 올림

빼앗는 남자

1판 1쇄 찍음 2018년 1월 22일
1판 1쇄 펴냄 2018년 1월 29일

지은이 남혜정
펴낸이 정 필
펴낸곳 (주)뿔미디어

편집장 박경희
기획 · 편집 박경희
디자인 박현진

출판등록 2002년 9월 11일 (제1081-1-132호)
주소 경기도 부천시 원미구 소향로 17, 303(두성프라자)
전화 032)651-6513 팩스 032)651-6094
E-mail scarlets2012@hanmail.net
블로그 http://blog.naver.com/dahyangs
비북스 http://b-books.co.kr

ISBN 979-11-315-8556-6 03810